BASTARDS

J. S. WONDA

Meine Bücher und Produkte gibt es im:

www.wondaversum.de

BASTARDS

Neuauflage 2023
ehemals BROTHERS: Spiel um Rache

Bildmaterial: Shutterstock.com, freepik.com
Gute Fee: Iris Gierga
Korrektorat: Claudia Matheis
Zweitkorrektur: Veronika Schlotmann-Thiessen

Bestellung und Vertrieb: Nova MD GmbH, Vachendorf

ISBN: 978-3-98595-662-3

CPI books GmbH, Leck
Printed in the EU

Jane S. Wonda
Am Himmelkamp 10
30890 Barsinghausen
www.janeswonda.com
www.wondaversum.de

Du findest mich auf Facebook | Instagram | TikTok

SOUNDTRACK

Havana
Camila Cabello, Young Thug
(Nummer 1 Inspirationshit)

By You
Noraa
(Nummer 2 Schreibhit)

Almost Like This
Andrew Applepie
(Nummer 3 Hit)

Die vollständige Playlist gibt es auf Spotify.
Vielen Dank an die Musiker und Künstler.

Für alle, die New York lieben.
Für alle, die Havana lieben.
Für alle, die lieben.
Und für alle, die lieben, wen sie wollen.

VORWORT

Wenn du dieses Buch liest, könnte es dir passieren, dass du an Grenzen gerätst, die das Genre so mit sich bringt. Dabei rede ich nicht von Sex. Nicht von Blut. Nicht von Thrill. Ich rede davon, dass du gleich eine Welt betrittst, die frei von Vorurteilen ist, auch wenn einige Vorurteile sicherlich nicht verkehrt wären. Zum Beispiel behaupten viele Menschen, es sei eher nicht geil, mit Drogen zu dealen oder sich auf Bad Boys (in Mehrzahl) einzulassen. Wenn du merkst, dass deine Grenze bereits auf den ersten Seiten überschritten wird, schlag das Buch schnell zu und rufe dreimal laut: »Ich bleibe bei meinen braven Büchern!«, damit die Wörter aufhören, ihren Sog auf dich auszuüben. Niemand wird dich in diesem Buch nach einem Safeword fragen, also solltest du lieber gehen, bevor es zu spät ist.

Denn irgendwann ist es zu spät.
Immer.

JADE

In meine Handtasche passten 80 Tütchen Kokain.

Jedes Tütchen kostete 100 Dollar.

Eine einfache Rechnung genügte, um zu erfahren, wie viel ihr Inhalt wert war.

Beim Packen meines abendlichen Accessoires fragte ich mich häufiger, wozu ich eine Handtasche mitnehmen sollte, wenn ich sie nicht randvoll mit Kokain füllen würde. Womit füllte eine Frau sonst eine winzige paillettenbestickte 2000-Dollar-Clutch? Wozu trug sie das Täschchen den gesamten Abend durch die Gegend, machte damit gestellte Fotos vor der Boulevard-Presse, klammerte sich daran beim Smalltalk fest und schleppte es mit aufs Klo?

Ich brauchte für eine Party zwei Dinge, die ich auch an anderen Orten unterbringen könnte, wenn ich nicht sowieso eine Dolce-Clutch dabeihätte: meinen kirschfarbenen Lippenstift, ein Kondom oder zu gewissen Zeiten im Monat einen Tampon.

That's it, Baby. Bleib mir mit all deinem Girly-Make-up-Scheiß und deiner diamantenverzierten Powerbank vom Hals. Ich nahm nicht einmal ein Handy mit. Wenn ich arbeitete, konnte ich keine Ablenkung gebrauchen.

Außerdem entstand das Social Media erst dort, wo ich mich aufhielt – wozu über mich posten, wenn es doch zig andere Leute um mich herum taten? Ich gehörte als Carpenter-Tochter zur Rich-and-Famous-Sparte New Yorks und war nicht nur bei den Türstehern der angesagtesten Clubs beliebt. Es gab viele Frauen, die um meine Freundschaft buhlten, und noch mehr Junggesellen, die es auf den Reichtum meiner Familie abgesehen hatten. Meine Rettung aus dieser Oberflächlichkeit: Sex, Drugs and Black Music. Ich suchte den Namen des sexy Typen nicht erst auf Facebook, bevor ich ihn vögelte, und es kam vor, dass man mich beim Sex filmte.

Aber, hey! Who cares? Das war nun mal die einzige Möglichkeit, der Langeweile in den oberen Stockwerken der Upper East Side zu entfliehen.

Mach dein Leben so interessant, dass du gar nicht erst einen Selfie-Stick brauchst, um fotografiert zu werden.

Mit einem sanften Klick schloss sich die hübsche Dolce-Clutch und ich betrachtete mich zusammen mit meinem tütchenbepackten Heiligtum im Spiegel.

Ich war verdammt hübsch.

Anstatt wie die meisten meiner ›Freundinnen‹ zu hungern, trieb ich Sport, weshalb mein Körper wohldefiniert war. Und eine wohlgesonnene Göttin hatte vor meiner Geburt entschieden, dass meine Augen mandelförmig, meine Lippen geschwungen und meine Brüste voll sein sollten, während meine Taille sich perfekt in einer weichen Hüfte ergießen würde.

Zusammen mit dem roten Versace-Kleid, das nicht zu viel zeigte und nicht zu viel verbarg, gab ich die perfekte Sexbombe ab. Die halbe Upper East Side wollte mit mir schlafen, daran hatte ich mich längst gewöhnt.

Ich strich ein letztes Mal meine Haare glatt, sodass sie in geradliniger Perfektion über meine Schultern fielen, und verließ das Bad. Meine Laune sank, sobald mein Spiegelbild nicht mehr die einzige Person mit mir im Raum war – denn es gehörte zu meinem Leben, mein Innerstes zu verbergen, und soweit ich mich zurückerinnern konnte, war das Badezimmer mein einziger Zufluchtsort zu mir selbst gewesen. Sogar in meinem Schlafzimmer wuselte das Hausmädchen herum, weil sie den Hinweis einer geschlossenen Tür verkannte, und außerhalb meiner drei Räume im oberen Teil des Penthouses verhielt ich mich sowieso wie ein ganz anderer Mensch.

Mein Lächeln hatte sich längst in meine Lippen gebrannt, meine stets damenhafte Haltung war perfekt einstudiert und mein Tonfall glich der einer italienischen Primadonna während einer ihrer Arien.

Ich war durch und durch darauf trainiert, in der High Society zu überleben.

In den Wolkenkratzern New Yorks überlebte man nur auf diese Art.

Als ich nach dem Geländer griff und meinen eleganten Treppenabgang nach unten begann, atmete ich ein letztes Mal tief durch. Der Abend würde lang werden und ich musste erfolgreich sein, denn jeden Dollar, den ich verdiente, hatte ich auch dringend nötig. Schwarzes Geld war zurzeit mein einziges Ticket in ein bisschen Freiheit.

Auf der mittleren Treppenstufe hielt ich abrupt inne. In unserem Eingangsfoyer wartete ein Mann. Einer dieser Lackaffen im Anzug. Er betrachtete das abstrakte Gemälde von Michael Goldberg, als würde er in dem Sammelsurium aus Farbklecksen mehr erkennen als die Verarsche all der grandiosen Künstler des vorherigen Jahrhunderts.

Michael Goldberg war nichts gegen den Expressionismus von Kandinsky, aber das schien er nicht zu wissen.

Die Schultern des Mannes waren breit, sein Haar kurz.

Etwas verriet mir, dass er nicht die Begleitung meiner Mutter war, denn er wirkte wesentlich jünger als sie.

Mist. Sie hatte letztens Andeutungen gemacht, sie wolle mir jemanden vorstellen. Seit wann machte sie ihre Drohungen wahr? Und warum ausgerechnet heute Abend? Ausgerechnet dann, wenn ich nur noch knapp bei Kasse war?

Ich gaffte ihn einen Moment zu lange an, denn unser Gast erwischte mich beinahe dabei. Im letzten Moment richtete ich mich wieder auf und ging die Treppe weiter hinunter, als wäre nichts gewesen, während er sich wendig herumdrehte.

Sein blasiertes Lächeln hasste ich schon jetzt. Er mochte attraktiv sein, aber alles, was ich sah, waren die weiß gebleachten Zähne, die perfekt gelegte Frisur und der bescheuerte Maßanzug, der dadurch, dass jeder in meiner Bekanntschaft einen trug, nicht mehr besonders wirkte. Dieser Typ war einer dieser geldgierigen Schwanzlutscher, die ihr Leben damit verbrachten, morgens an die Wall Street zu fahren, um Millionen zu spekulieren, und abends wieder nach Hause zu fahren. Die Wochenenden verbrachten sie in den Hamptons, Weihnachten in Florida.

Sie würden von Mummy und Daddy mehr erben, als eine amerikanische Großfamilie in dreihundert Jahren verdient, und sie wussten es.

Sie wussten, wie unfassbar geil und begehrenswert sie waren. Und dieser Typ lächelte mich auf dieselbe unerträgliche Bonzen-Art an, wie jeder andere, der dachte, ich, die einzige Tochter im wohlhabenden Hause Carpenter, wäre darauf aus, einen von ihnen zu heiraten.

Ich lächelte zurück.

»Jade?« Meine Mutter erschien im Durchgang zum Essbereich. Ihr Abendkleid schimmerte in einem kühlen Blau und ihre blonden Locken steckten in einem kunstvollen

Dutt. »Landon wird uns heute Abend zur Party begleiten. Habe ich euch bereits vorgestellt?«

Meine Mom: das gerissenste Verbrecher jagende Biest dieser Stadt.

Ihr Faible: so zu tun, als bestünde ihr Alltag lediglich aus Wattewolken-Basteleien und Do-it-yourself-Erlebnistherapie.

Ihr Geheimnis: genau das in ihrer Freizeit zu tun. Rotary Club, Kinder-für-Arme, Geschenke nach Afrika schicken, all das war total ihr Ding, während sie den Tag über mit einer Waffe herumstolzierte und allen Agenten unter sich zeigte, wie wenig Herz sie besaß.

Mein Problem: Wir hassten uns abgrundtief. Wobei sie vermutlich glaubte, ich wisse nichts davon.

»Nein, das hast du noch nicht getan«, gab ich zuckersüß zurück. »Und falls doch, tut es mir leid, wenn ich es vergessen haben sollte.« Mein Gehirn kotzte regelmäßig, wenn ich den Mund im Beisein meiner Familie öffnete.

»Nicht schlimm«, unterbrach sie mich schnell. »Landon, meine Tochter Jade. Jade, Landon Mulvaney. Einer der aufstrebendsten Agenten, die ich während der letzten Jahre begleiten durfte. Ich hatte dir von ihm erzählt und dass er heute Abend ...«

Ich blendete ihr Gerede aus.

Landon Mulvaney streckte mir die Hand entgegen und ich schwor mir bei Gott, sie so bald wie möglich zu waschen, als ich nach ihr griff. Sein Händedruck war fest und seine Augen leuchteten unheimlich intensiv, aber all das konnte nicht darüber hinwegtäuschen, dass er nun einmal ein Lackaffe der oberen Zehntausend war und auch noch versuchte, in der beschissensten Vereinigung Amerikas – dem FBI – Fuß zu fassen.

Das war definitiv ebenso schlimm wie ein Job an der Wall Street. FBI, Banken, Politik ... Es ging immer nur darum, den Status quo am Laufen zu halten und niemals etwas zu verändern. Schon gar nicht zum Positiven. Damit brauchte mir auch dieser Landon nicht kommen, dessen Lächeln immer schlimmer und bekloppter wurde.

Vermutlich übten wir uns beide darin, besonders förmlich und glatt zu sein. Er, weil er seine Vorgesetzte beeindrucken musste, ich, weil diese Vorgesetzte meine Mutter war.

»... schon einmal vor. Ich fahre gemeinsam mit deinem Großvater, Liebes.« Dass meine Mutter mich ›Liebes‹ nannte, war eine besondere Farce, und es brachte mich dazu, wieder hinzuhören. »Du hast doch nichts dagegen, oder?«

Ich schüttelte den Kopf. Ein paar Minuten alleine mit dem Kerl? *Das gibt mir die Möglichkeit, ihm klarzumachen, wie der Hase läuft.*

Er hielt mir den Arm hin und zwang mich so, mich bei ihm einzuhaken.

»Ich freue mich, dich kennenzulernen, Jade«, sagte er charmant und führte mich zum Fahrstuhl.

Ich musste ihm zugestehen, dass er gut roch, was damit zusammenhängen mochte, dass er kein Parfum trug – oder aber nur im homöopathischen Maße.

»Ich freue mich auch so sehr«, sagte ich und verdrehte die Augen, als er den Fahrstuhlknopf betätigte, sodass er es nicht mitbekam.

»Das sehe ich«, sagte er so leise, dass ich nicht sicher war, ob ich mich verhört hatte. Aber sein ironisches Lächeln verriet ihn.

Hatte er meine Fassade so leicht durchschaut?

»Ich freue mich wirklich«, wiederholte ich und ließ es so klingen, als hätte ich keinen Schimmer, warum er so dämlich lächelte. Naiv und gutgläubig: mein Bild nach außen.

»Dann wird das wohl ein sehr interessanter Abend werden.« Der Schalk, der seine Augen umspielte, verschwand nicht. Fuck. Wieso war er so ganz anders, als ich ihn auf den ersten Blick eingeschätzt hatte? Hinter seiner geschniegelten, gut gebauten Fassade schien er mehr zu verbergen. Was war es? Ich untersuchte seine Augen, die gräulich schimmerten, und sah so lange hinein, bis er sich räusperte.

Die Fahrstuhltüren standen längst offen.

»Ach, Jade?« Meine Mutter rief mich zurück und nun verbarg ich ein Augenrollen nicht. »Kommst du bitte noch einmal in die Küche?«

»Natürlich.« Ich verdrückte eine Träne bei dem Gedanken, Landon weiter warten zu lassen, und machte kehrt. Ich liebte es, wenn meine Mutter mich zurückrief und so tat, als hätte sie Einfluss auf mein Verhalten. Zu wissen, dass sie sich an mir den Mund fusselig redete, gab mir das nötige Gefühl von Macht.

Macht, die ich brauchte, um es hier auszuhalten. So lange jedenfalls, bis es mir möglich war, woanders neu zu beginnen.

»Du siehst wunderschön aus.« Susan Carpenter alias meine Mutter ließ sich zu einer seltenen Gefühlsregung herab, als sie mich in der Küche empfing. In ihren Augen war so etwas wie Wärme zu erkennen.

»Danke, Mom.«

»Nein, ich meine das ernst. Du wirkst sehr ...«

Komm schon.

»Damenhaft und angemessen.«

Ah, richtig. Immer angemessen. Wie wenig damenhaft der Inhalt meiner Handtasche war, würde sie nie erfahren.

»Ich bin stolz auf dich.«

Oh, wie mich das freut.

»Dieser Landon ist ein hübscher Kerl, oder? Ich will dir

nur etwas Mut machen. Ich glaube, er hat ein Auge auf dich geworfen.«

Er kennt mich seit zwei Minuten.

»Er hat schon mehrmals versucht, in deine Nähe zu gelangen ...«

Wird vermutlich nichts mit dem Vermögen meiner Familie zu tun haben.

»Aber er war dabei so diskret, dass ich es als fehlendes Interesse interpretiert habe. Als ich ihn für heute Abend eingeladen habe ...«

Oder mit der Position meiner Mutter.

»... hat ihn das sehr gefreut. Weißt du, dass wir zufällig darauf kamen, dass ihr in derselben französischen Stadt einen Schüleraustausch gemacht habt?«

Nein! Was für ein Zufall!

»Vielleicht könnt ihr euch darüber ja unterhalten.«

»Ich kann mich kaum an Frankreich erinnern.«

Sie zwinkerte. *Oh Mann.* »Eine gute Gelegenheit, die Erinnerungen aufzufrischen.«

Spätestens jetzt wurde es peinlich. »Danke, Mom. Ich bin seit der Grundschule aufgeklärt.«

»So meinte ich das doch nicht!«

»Wie denn?«, fragte ich freundlich.

»Ich wollte ... ich meinte doch nur ...«

Sie will mich verkuppeln. Darum ging es ihr. Sie wollte mich loswerden. Ihr hatte es schon nicht in den Kram gepasst, dass ich nach meinem abgebrochenen Studium aus Boston zurückgekommen war. Und jetzt studierte ich mit vierundzwanzig Jahren in New York noch immer ambitionslos vor mich hin. Dabei befand ich mich im perfekten Alter, um eine großartige Karriere zu starten oder eine glamouröse Hochzeit zu feiern. Da meine Mutter und mein Großvater nicht mehr glaubten, eine steile Karriere würde für mich in Frage kommen, drängten sie auf eine Heirat.

Ich sollte die Familienehre retten, da ich selbst ein uneheliches Kind war. Es sollte viele kleine Carpenter-Kinder geben, die ich alle gebären würde, damit der Familienstrang nicht mit mir endete und ausstarb.

Außerdem gab es nur eine Entschuldigung in der Upper Class, nicht erfolgreich zu sein und einen Doktortitel zu erreichen: Kinder.

»Wir werden bestimmt einen tollen Abend haben«, rettete ich sie aus ihrem Gestammel und drehte mich wieder um.

»Jade, warte.«

Was denn noch?!

»Dein Großvater wünscht sich, dass du sie heute Abend trägst.« Ihre immer so unnahbar wirkende Maske bekam Risse, als sie mir ein Schmuckkästchen zuschob. »Sie ist von deiner Großmutter.«

Ich öffnete es und versuchte, mir nicht anmerken zu lassen, dass dieses Geschenk für mich wertlos war. In dem Schmuckkästchen befand sich eine Perlenkette. Sie war vermutlich irre teuer und man sah es ihr absolut nicht an. Allerdings kam sie von Grandma, was ihre Wertigkeit für mich hob, auch wenn ich ihre persönlicheren Geschenke viel mehr wertschätzte. Selbstgemachtes, Briefe voller Herzlichkeit oder Dinge, die man auch auf dem Flohmarkt bekam. Alles das war so viel schöner, so viel rührender als eine Perlenkette von Tiffany.

»Heute Abend?«, fragte ich und ein Kloß entstand in meinem Hals bei dem Gedanken an Grandma. Vielleicht hätte sie die Kette gerne selbst getragen.

»Sie soll eines der versteigerten Objekte heute Abend werden. Du würdest sie also den Abend über präsentieren.«

Oh, wie ich es liebe, teuren Schmuck durch die Gegend zu tragen mit dem Wissen, es diene einem guten Zweck. Meine Mutter lächelte vorsichtig. »Komm her, ich werde sie dir umlegen.«

Als könnte ich ›Nein‹ sagen ... Ohne mir den inneren Unwillen anmerken zu lassen, drehte ich mich um und hob meine Haare an.

Ihre dünnen Finger berührten meine Haut, als sie den Verschluss zuknipste. Sie berührte mich so selten, dass damit immer eine körperliche Reaktion einherging.

Ich verstand sehr wohl, was sie gegen mich hatte: Vor fünfundzwanzig Jahren wurde sie von einem unbekannten Asiaten schwanger, der daraufhin für immer verschwand, und musste es meinem Großvater und der gesamten New Yorker Gesellschaft erklären. Ich hatte mit meiner reinen Existenz ihr Leben zerstört. Ihre Karriere hatte wegen der Mutterschaft für Jahre stagniert und ihr guter Carpenter-Ruf war dahin.

Mir wäre es lieber gewesen, sie hätte mich zur Adoption freigegeben, statt mich mein Leben lang so zu behandeln, als wäre ich ein Störfaktor. Auf den Gedanken kam sie leider nicht.

Schade.

»Sie sieht gut aus«, sagte sie und betrachtete meinen Hals.

»Danke, Mom.«

Ich schenkte ihr ein kraftvolles Lächeln, griff nach meiner Handtasche und verließ die Küche. Mein Lächeln starb, sobald ich ihr den Rücken zugekehrt hatte.

ICH, 19:02

Das wird leicht.

GIL-BOY, 19:02

Why?

ICH, 19:02

Weil ich es sage, Gilly. Jade Carpenter ist ein kleines, naives Püppchen, das nicht einmal meine Anspielungen versteht. Ich könnte sie noch hier und gleich im Fahrstuhl ficken.

GIL-BOY, 19:02

;-) Natürlich.

ICH, 19:02

Dumm fickt …

GIL-BOY, 19:03

Warum simst du mir und tust es nicht?
Das steht dir gar nicht, Junge ;-)

ICH, 19:03

Sie spricht mit ihrer Mutter.

GIL-BOY, 19:03

Warum wohnt sie noch zu Hause?

ICH, 19:03

Das werde ich herausfinden. Aber warum sollte sie dieses Schloss von einem Penthouse verlassen wollen?

GIL-BOY, 19:03

Mir fallen viele Gründe ein.

ICH, 19:04

Du bist ja auch ein kleiner Gangster und sie ist Jade Carpenter.

GIL-BOY, 19:04

🙄

GIL-BOY, 19:05

Sie studiert nicht. Mich interessiert brennend, warum.

ICH, 19:05

Was macht sie sonst?

GIL-BOY, 19:05

Frag sie! Ich will es wissen.

ICH, 19:05

Sicher, dass du den Job nicht übernehmen willst, Gil-Boy?

GIL-BOY, 19:05

Das haben wir durch. Mir würde sie niemals vertrauen.

Wenn sie wirklich so oberflächlich ist, wie du behauptest, ist sie nichts für mich. Viel Spaß beim langweiligsten Fick deines Lebens.

ICH, 19:06

Selbst wenn sie das sein sollte – langweilig – ist sie ziemlich scharf. Der Anblick wird reichen.

GIL-BOY, 19:06

Wer bist du? Warum sitzt am anderen Ende dieser Leitung so ein oberflächlicher Wichser?

ICH, 19:07

……

GIL-BOY, 19:07

Ernst gemeinte Frage.

ICH, 19:08

Vergiss es einfach. Warum halte ich dich überhaupt auf dem Laufenden? Sie kommt zurück.

GIL-BOY, 19:08

Weil ich in den verdammten Startlöchern für Plan B stehe? Ich weiß noch, wie laut du rumgeheult hast, weil du dir so unsicher warst.

ICH, 19:08

jaja

GIL-BOY, 19:08

Was ist, wenn sie doch ne Lesbe ist

GIL-BOY, 19:09

Was ist, wenn sie mich nicht mag

Was ist, wenn sie Jungfrau …

Was ist, wenn ich es nicht schaffe, sie von mir zu überzeugen …

ICH, 19:09

fick dich.

GIL-BOY, 19:09

😁

JADE

Landon schob sein Smartphone zurück in die Hosentasche, als ich ihn erreichte. Sicherlich hatte er irgendeinen wichtigen Kram zu beantworten. Jemand wie er, der so jung bereits so weit aufgestiegen war, dass er von meiner Mutter zu einer Charity-Abendveranstaltung eingeladen wurde, arbeitete bestimmt rund um die Uhr.

»Miss Carpenter«, sagte er mit einem ekelhaften Lächeln und trat aus der Lichtschranke, um mich durchzulassen.

Ihm fiel nicht auf, dass mein Outfit um eine Perlenkette bereichert worden war, aber auch er war schließlich nur ein Mann.

»Mr. Mulvaney«, nickte ich knapp und stellte mich in die rechte Ecke, sodass er den Knopf fürs Erdgeschoss betätigen musste. »Was ist das für ein Name? Mulvaney?«

»Der Name meines Vaters«, sagte er und sein Lächeln verlor für einen Moment an Stärke. *Oh, da ist also einer empfindlich. Ob sein Vater ihm als Kind immer gesagt hat, dass er es nie zu etwas bringen wird, und er es deshalb allen beweisen muss?* »Noch nie gehört?«, fragte er.

Keine Ahnung?! »Gerade zum ersten Mal.«

Ob Mister Daddy-Komplex eine Waffe trug?

»Ist nicht gerade selten«, ergänzte Landon. »Ein Arbeiter-Name aus Kanada.«

»Na, dann kann ich ihn wohl nicht kennen«, sagte ich, als sich die Türen schlossen. Wofür hielt er mich? Als bestünde mein Umgang ausschließlich aus millionenschweren Arschlöchern.

Wobei ...

Mit meiner ironischen Antwort schien er nicht gerechnet zu haben. Seine perfekt gestutzten Augenbrauen hoben sich leicht. »Ich verstehe diese Anspielung nicht ganz ...«

Der Fahrstuhl setzte sich in Bewegung. *Die nächsten zehn Sekunden gehören mir.* »Du verstehst meine Anspielungen nicht?« Ich trat auf ihn zu, ließ eine Hand über sein angegossenes Hemd wandern, über die Bauchmuskeln darunter, hin zu seinem Schwanz. »Vielleicht muss ich deutlicher werden?«, fragte ich rauchig.

Für eine Sekunde blitzte Verlangen in seinem Blick auf, dann begann er vor Schmerz zu schreien.

»Hör zu, du riesiger Scheißer von einem verschissenen FBI-Agenten. Was auch immer du glaubst, heute Abend hier zu tun, du wirst dich konsequent eine halbe Meile von mir entfernt aufhalten, sonst wird dich meine Mutter bei der nächsten Gelegenheit feuern. Lass dir eine gute Begründung einfallen, warum du *bedauerlicherweise* nicht in unserer Nähe verweilst. Vielleicht vögelst du auch einfach eine der Kellnerinnen dort und machst dich zum Affen. Mir egal. Aber glaub mir, du willst nicht, dass ich meiner Mutter erzähle, dass du *mich* gevögelt hast – obwohl ich es nicht wollte und verzweifelt versucht habe, mich aus deinem viel zu starken Griff zu befreien. Verstehen wir uns, Mulvaney?«

»Fuuck«, stöhnte er, als ich meine Finger noch etwas

fester um seinen Sack schloss.

»Ein einfaches ›Ja‹ genügt.«

»Verdammte Scheiße.« Er versuchte meine Arme herunterzudrücken, was dazu führte, dass ich seine kleinen Eier beinahe zerquetschte. »Ja, verdammt!«, heulte er.

Ich ließ ihn zufrieden los.

Doch er reagierte schnell. Ehe ich mich versah, hatte sich sein verzerrter Gesichtsausdruck gewandelt und sein Körper mich gegen die Wand gedrängt. Wir kämpften kurz und hart. Seine Hand landete an meinem Hals, er würgte mich, und es gefiel mir, wie stark und männlich er plötzlich wirkte.

Aber leider vergaß er, dass ich wusste, wie und wo FBI-Agenten zu entwaffnen waren. Während er meinen Körper in Beschlag nahm und ich schmerzhaft gegen die Fahrstuhlwand gedrückt wurde, griff ich an seinen Rücken und zog seine Waffe.

Er legte seine Hand um meinen Hals, ich drückte ihm die Mündung seiner Pistole in die Leiste.

Seine Augen verrieten, dass er auch damit bei einer äußerlich solch zarten, liebreizenden Person wie mir nicht gerechnet hatte.

»Anfängerfehler«, sagte ich schmeichelnd.

Seine Hand um meinen Hals löste sich. »Ja, denn die Munition befindet sich in der Nähe der Gegend, die du gerade noch zwischen deinen süßen Fingern hattest.«

»Flirtest du mit mir?«, fragte ich lasziv.

»Ich sage dir nur, dass die Pistole nicht geladen ist. Also was machen wir jetzt, Jade Carpenter? Wir scheinen ziemlich in der Zwickmühle zu stecken, denn du glaubst, die Macht zu haben, mich feuern zu lassen.«

»Die habe ich, *Wichser*.«

»Ja, die hast du vielleicht.«

Wir fixierten uns.

»Du glaubst«, sagte ich gelangweilt, »irgendeinen Scheiß in der Hinterhand zu haben, aber das hast du nicht.«

»Wirklich nicht?«, fragte er lächelnd. All sein oberflächliches Gehabe war verschwunden. Er ließ mich ebenso schnell los, wie er mich gepackt hatte.

Seine Hand legte sich um mein Handgelenk und ich hatte nur eine Möglichkeit, bevor ich mich wie ein dummes Huhn entwaffnen ließ – ich drückte ab.

Leider hatte das Arschloch recht gehabt und die Scheißwaffe war nicht geladen. Er entriss sie mir.

Von dem Schock, ihn beinahe erschossen zu haben, musste auch ich mich für einen Augenblick erholen.

Dieser eine Augenblick genügte, dass er zurücktreten und den Fahrstuhl anhalten konnte.

Es rüttelte stark und ich verlor beinahe das Gleichgewicht.

Landon war vorbereitet. Mit festem Stand griff er sich in die Hosentasche, die Waffe in seiner anderen Hand. Ich schluckte.

Zügig hatte er das Magazin in den Schacht geschoben und durchgeladen.

Wenn er nicht wahnsinnig war, würde er mich nicht erschießen – er käme aus diesem Fahrstuhl niemals ungesehen heraus.

Aber dennoch. Wie hatte ich es zulassen können, dass er das Blatt wendete?

»Ich wollte nur einen schönen Abend mit deiner Familie verbringen, Jade«, erklärte er süffisant.

Ich schnaubte. »Wer's glaubt.«

»Aber eigentlich will ich schon eine ganze Weile befördert werden. Also wieso drehen wir den Spieß nicht um und du sorgst dafür, dass das geschehen wird?«

»Du hast nichts gegen mich in der Hand außer deiner mickrigen Schwanzverlängerung in Form einer Waffe.«

Er lachte laut.

»Die du auch bitter nötig hast!«, log ich.

Meine Beleidigung beeindruckte ihn nicht. Er wusste, dass er gut bestückt war. Das hatte ich leider zuvor erfühlen müssen. Wie ich Männer hasste, die mit einem großen Schwanz ausgestattet waren – sie hatten keine Minderwertigkeitskomplexe und man konnte sie nicht so leicht treffen.

Außer vielleicht mit ihrem Daddy.

»Warum rufst du deinen Dad nicht an, vielleicht kann er dir ein paar Tipps zur Karriereleiter geben? Als *Arbeiter* hat er es ja sicher weit gebracht, wer hätte dir sonst das Studium finanziert?«

Volltreffer. Seine Miene verzerrte sich zu einer wütenden Grimasse. »Du bist 'ne kleine Bitch und glaubst, niemand würde das bemerken.«

»Als ich eben über dein Armani-Hemd gestreichelt habe, hat dich die Vorstellung, mich zu ficken, noch ziemlich erregt.«

»Ja, die *Vorstellung*, dich in deinen vorlauten Mund zu ficken, erregt mich auch jetzt noch.«

»Uuuh, da spielt jemand die Diskriminierungskarte aus.«

»Du glaubst, ich hätte nichts gegen dich in der Hand? Wie ist es damit, dass ich weiß, was du wirklich tagsüber tust?«

Mein Blut gefror. *Er kann unmöglich von den Drogen wissen.*

»Dass du gar nicht so ordentlich studierst, wie du es vorgibst?«

»Ich werde dir niemals helfen«, spie ich ihm entgegen. »Egal, was du zu wissen glaubst.«

»Okay, kein Problem.« Er lächelte blasiert und steckte die Waffe zurück an seinen Rücken. »Ich habe deine Hilfe bisher auch nicht gebraucht. Du wirst noch früh genug darauf zurückkommen und von mir etwas wollen.«

»Natürlich«, sagte ich spöttisch.

Er setzte den Fahrstuhl wieder in Gang. »Sei es meine Verschwiegenheit in Bezug auf deine Geheimnisse«, *er kann unmöglich von den Drogen wissen!,* »oder meine außerordentlich gute Bestückung.«

Verdammte Scheiße, war der Typ aufgeblasen! »Woher weißt du davon?«, fragte ich forsch.

Er lächelte noch breiter. Aus ihm würde ich ohne weitere Recherche nichts herausbekommen – verdammt, ich sah ihn heute zum ersten Mal und er wusste Dinge über mich, die ich nicht einmal meinem Tagebuch anvertraute – zugegeben, ich schrieb auch wirklich selten hinein.

»Dann sag mir wenigstens, warum du auch nur eine Sekunde glaubst, ich würde jemals einen zweiten Gedanken an deinen Schwanz verschwenden!«, forderte ich.

Er kam näher. Sein Atem traf meine Haut und sein Geruch stieg mir penetrant in die Nase. »Da war der zweite Gedanke schon«, sagte er leise. »Deine Sexgeschichten kann man bei Instagram nachlesen, man muss dir nicht einmal folgen.«

»Du suchst mich auf Instagram? Andere Hobbys sind dir wohl fremd?«

Er lachte amüsiert. »Glaub doch, was du willst. Ich werde mich jedenfalls nicht eine Fußlänge von deiner Mutter und dir fortbewegen. Mein Leben besteht nämlich in der Tat nicht nur aus Hobbys.«

»Das nächste Mal töte ich dich wirklich«, zischte ich. Er hatte es geschafft, dass ich ihn nach kürzester Zeit hasste.

»Ja, Jade«, sagte er leise. »Damit zu rechnen, erschossen zu werden, gehört zu meinem Job. Und ich bin tatsächlich sehr gut darin ausgebildet worden, es zu vermeiden.«

ICH, 19:20

Äää …

GIL-BOY, 19:22

Ist sie doch ein umoperierter Mann?

ICH, 19:22

So ähnlich.

GIL-BOY, 19:22

Hmm, möchte nicht in deiner Haut stecken. ;-)

GIL-BOY, 19:25

Halten wir am Plan fest?

CALEB

Ich brach meine zweite Schachtel Zigaretten an diesem Abend an. Auf dem Bürgersteig glitzerte vereinzelt Eis. Die Straßen waren bis auf ein paar wenige Taxis leer. Niemand begab sich freiwillig raus in die Kälte.

Ich beobachtete aus den Augenwinkeln, wie Diego in einer dunklen Seitengasse einen Inder zusammenschlug, der versucht hatte, sich unserer eisernen Hand zu entziehen.

Wäre ich der Inder, hätte ich zwar auch keinen Bock, Schutzgeld abzudrücken, aber wäre ich der Inder, wüsste ich, dass ich keine Wahl besaß.

Der Rauch floss durch meine Lungen.

Warum rebellierten Menschen, wenn es doch so sinnlos war?

Hätte irgendeines unserer Schafe jemals Erfolg gehabt, wären wir nicht, wer wir waren. Als von dem Mann nur noch ein wimmerndes Häufchen Elend übrig war, summte das erlösende Telefon in meiner Jeans.

Nicht, dass ich Diego hätte aufhalten können – nach außen hin feuerte ich ihn an – aber das Handy war mein Fenster in eine bessere Realität. Ich ging den Plan im Kopf noch einmal durch, las die Nachrichten und warf die halb aufgerauchte Kippe in den Rinnstein. Sirenengeheul in der Ferne verriet, dass Diegos Aggressionstherapie nicht unbemerkt geblieben war. Irgendjemand in dieser gottverlassenen Gegend schien sich zu Zivilcourage herabgelassen zu haben.

Ich setzte mich in den Wagen und startete den Motor. Als Diego zustieg, stank seine blutüberströmte Faust nach Eisen.

»Avanti, wir können«, sagte er und schlug die Tür zu, als hätte er ein Paket abgeliefert und würde darauf warten, zur nächsten Adresse gebracht zu werden.

Ich setzte den Transporter in Bewegung. Keine Pakete. Der Wagen war bis auf ein paar Werkzeuge, die sich als Waffen eigneten, und ein paar Bündel Bargeld leer.

Als ich nach rechts auf die Interstate Richtung Manhattan einbog, richtete sich Diego in seinem Sitz auf. »Wir ziehen das wirklich durch, Mann?«, fragte er murrend.

Am liebsten hätte ich ihm eine reingeschlagen, weil er einerseits kein Problem damit hatte, Menschen zu quälen, sich aber vor echten Jobs fürchtete.

Ich blieb ruhig. »Jap.«

»Unter der Nase des Bosses vorbei?«, fragte er.

»Es heißt ›an der Nase vorbei‹ und nein, er vertraut mir.«

»Si, er vertraut dir scheißenblind. Aber da gibt's doch nix zu holen.«

»Doch.«

»No, nicht genug für das Risiko.«

»Du darfst im Auto bleiben, während ich mit Luis und Nicholson den Laden ausräume.«

»Vergiss es. Nicholson ist wie eine verfickte Amsel, der gibt nix wieder her, wenn es glänzt und wertvoll ist.«

»Du meinst eine Elster, und hör auf rumzuheulen, als

wärest du nicht mehr als eine dreckige Pussy. Überprüf die Munition.«

»Das ist ein riesiger Fehler«, grummelte er, als er nach hinten griff. »Nur weil wir ein paar Securitys einschleusen konnten, heißt das nicht, dass wir save sind.«

»Sagen wir, es wird nicht so leicht, wie Sunil zu Brei zu schlagen. Aber du packst das schon.«

»Willste mich beleidigen, Cal?«

»Niemals.«

»Ich hasse deine Sprüche.«

Wir fuhren in einen Stau. Und ich hasste es, mit Diego Zeit zu verbringen. Sobald ich die Gelegenheit dazu bekam, würde ich ihm sein dummes Grinsen aus dem Gesicht schießen und die Faust, mit der er so viele Leute malträtiert hatte, abschneiden und kochen.

Ich lächelte bei dem Gedanken daran. Die einzige Freude, die mir geblieben war; mir vorzustellen, wie ich sie alle verriet.

LANDON

Der kleinen Schlampe war es tatsächlich gelungen, sich aus dem Staub zu machen. Egal, wie häufig ich den Raum scannte, sie blieb spurlos verschwunden. Ich hatte nur eine Sekunde dem Gouverneur die Hand geschüttelt, eine Sekunde Unachtsamkeit, und das kleine Biest war weg.

Wenn sie nicht so unerträglich wichtig für uns wäre, hätte ich sie gerne sich selbst und der Partygesellschaft überlassen. In mir brodelte es, seitdem sie es gewagt hatte, mich herauszufordern, und die Vorstellung, wie ich ihr zehnfach das an Schmerzen zurückgab, was sie in mir erzeugt hatte, beflügelte mein schwarzes Herz.

Ich könnte sie wimmernd vor mir haben und sie dann langsam immer und immer wieder in ihre süße Mundhöhle ...

Es brachte mir nichts, mir harten Sex auszumalen, der in meiner Fantasie nicht nur ein wenig einer Vergewaltigung glich. Ich musste sie finden und tun, was auch immer nötig war, um sie von mir zu überzeugen.

Die Party war gut besucht. Gediegen, unterhaltsam, eine friedliche Stimmung. Ich schlängelte mich durch die teuren Abendkleider, Champagnergläser und Anzugträger hindurch, bis ich bei den zweiten Gästetoiletten angekommen war. Mrs. Carpenter ließ sich leicht vertrösten, als ich ihr erklärte, nach wem ich suchen wollte.

So kühl und unberechenbar sie ihren Job ausführte; sie schien eine weiche Seite zu haben und mir vollkommen zu vertrauen.

Warum? Wieso eigentlich gerade mir?

Die Tür zum Badezimmer war abgeschlossen. Ich erinnerte mich daran, dass dahinter ein Vorraum lag und es ein längliches, innengelegenes Seitenfenster gab, um diesem mehr Eleganz zu verleihen. Ich umrundete das Raum-Karree und stellte mich möglichst unauffällig neben eine mannshohe Bananenstaude, die mit ihren ausladenden Blättern dieses Fenster verbarg. Ich musste eines davon zur Seite schieben, damit ich in den Raum hineinspähen konnte, und was ich sah, übertraf meine Vorstellungen vollkommen.

Jade Carpenter saß auf einer der zwei Kommoden, die den Vorraum zum Badezimmer schmückten. Ihre Brüste waren nach oben gerutscht, sodass sie nur noch halb vom Kleid verdeckt wurden, ihre Beine nackt.

Sie saß breitbeinig da, den Kopf in den Nacken gelegt, die Augen geschlossen, und ließ sich von einem Fremden lecken.

Es mochte einer der Bediensteten sein, denn er trug einen schlichten schwarzen Anzug wie die Kellner, aber natürlich bestand die Möglichkeit, dass es ihr Freund oder einer der anderen Gäste war.

Auf jeden Fall wusste sie, was sie da tat. Oder viel mehr, was sie wollte, das man mit ihr tat.

Ihre Haut glühte rötlich, ihre Frisur war leicht zerzaust. Das kräftige Rot ihrer Lippen und Fingernägel vollendete sich mit dem verruchten Kleid zu einem Bild purer Erotik.

Sie stöhnte.

Ich konnte sie nicht hören, aber man sah es ihr an. Sie stöhnte und ließ sich in den Himmel lecken, während ich hier draußen herumgerannt war, um sie zu finden.

Frustriert massierte ich meine Schläfen. Es stand außer Frage, dass ich keinerlei Verlangen danach hatte, ebenfalls vor ihr in die Knie zu gehen, aber ihr Anblick im Gesamten, das wilde Ausleben ihrer Lust, konnte nicht spurlos an mir vorbeigehen.

Sie war sexy.

Und sie wusste es.

Zudem hatte ich nun den ultimativen Beweis vor mir, dass sie sicher keine Jungfrau oder Lesbe war und sie Erfahrungen hatte, von denen die meisten Frauen nur träumten.

Ich griff nach einem Glas Champagner, das gerade zufällig an mir vorbeigetragen wurde, und leerte es in einem Zug.

Als ich zurücksah, begegnete mir Jades Blick. Sie erkannte mich und grinste plötzlich. Dieser Blick hatte es in sich. Wie vorhin im Fahrstuhl war er voller Feuer und Provokation.

Sie hob ihre rechte Hand und streichelte sich damit über ihr Dekolleté, bis sie sich fest in eine ihrer Titten griff. Sie warf den Kopf zurück, ohne mich aus den Augen zu lassen, und massierte sich. Die andere Hand nutzte sie dafür, den Typen unter sich zu führen.

Ihre Show galt mir. Als hätte sie nur darauf gewartet, dass ich sie fand und beobachtete – vielleicht war das sogar ihr Plan bei dieser Sache gewesen.

Ich ließ das Blatt der Pflanze zurückfallen und suchte

in der Umgebung nach einem spitzen Gegenstand. Die Frauen trugen Haarklammern, aber es dürfte schwierig werden, an eine zu gelangen. Mir sprang die Handtasche einer Ehefrau entgegen, die sich an ihren Politiker-Gatten gekettet hatte. Ich passte den Moment ab, als ein Kellner sich durch die Menge schob, sorgte dafür, dass er dicht an der Frau vorbeiging, indem ich ihm den Weg abschnitt, und wartete, bis er außer Hörweite war, bevor ich selbst auf sie zuging.

»Entschuldigen Sie«, ich drückte die Tasche der Frau zu, »aber ich würde Ihnen empfehlen, Ihre Handtasche zu schließen. Einer der Servicekräfte scheint einen Blick darauf geworfen zu haben, ich beobachte ihn schon eine Weile.«

»Sind Sie sicher?«, fragte sie mich verblüfft und zog ihre Tasche an sich. »Und dabei hofft man doch, man könne sich hier frei bewegen.«

»Vielleicht nicht ganz so frei, Ma'am.« Ich verbeugte mich entschuldigend und trat höflich zurück. Die Brosche hatte ich leicht entfernen können. Damit bewaffnet machte ich mich an dem Türschloss zum Gästebadezimmer zu schaffen und behielt gleichzeitig die Umgebung im Auge. Befände ich mich unter Kollegen, wäre ich vorsichtiger gewesen, aber die einzige andere Agentin in diesem Raum war Mrs. Carpenter selbst, die sich gerade mit dem Rücken zu mir gewandt unterhielt.

Nach ein paar Sekunden hatte ich das Schloss geöffnet. Ich verschwand hinter der Tür und ließ die Brosche in eine Vase fallen, die in der Nähe stand.

Jades Stöhnen stoppte abrupt, als sie das Schließen der Tür hörte. »Fuck.«

Ich lächelte kurz.

Sie stieß den anderen Kerl von sich. »Geh!«

»Was?!«, sagte dieser überrascht und richtete sich langsam auf.

»Es war toll mit dir, aber wir wurden gestört. Ich rufe dich an.«

»Willst du mich verarschen?«, fragte er ungemütlich.

»Nein! Ja! Ja.«

»Schlampe«, stieß er hervor und griff nach etwas, das neben Jades nackten Schenkeln auf der Kommode lag. Als er mich bemerkte, gefror seine Miene. Was auch immer er sich zusammenrechnete, es brachte ihn dazu, mir einen tödlichen Blick zuzuwerfen und zu verschwinden.

Wieder überraschte Jade mich. Warum ließ sie es zu, dass wir allein waren?

Kaum hatte der Typ den Raum verlassen, schloss ich hinter ihm ab.

Jade hatte sich nur halbherzig wieder bedeckt. »Dir gefällt es wohl, zuzusehen?«

»Und dir gefällt es, mir etwas vorzuspielen?«

»Ich habe nicht gespielt.«

»Gar nicht.«

»Na gut, ein wenig.« Sie lächelte breiter und lehnte sich an die Wand. »Und, was machen wir jetzt, Mr. ›Wie komme ich bloß an das Vermögen meiner Chefin heran? Ah, ich angle mir einfach ihre naiv-dumme Tochter!‹, hm?«

Ich schmunzelte. *Vermögen? Naiv und dumm?* »Hast recht. Am Anfang dachte ich, du wärst ein hohles Dummchen.«

Ihre Augen blitzten auf. »Ich weiß.«

Es schien ihr zu imponieren, dass auch ich von ihrer Maskerade getäuscht worden war. Kam ich so an sie heran? Indem ich mit ihrer Maske spielte und sie entwaffnete? »So willst du eigentlich wirken? Naiv, dumm, notgeil und verdorben?«

»Wir suchen uns die unpassendsten Gelegenheiten aus, um miteinander zu quatschen«, seufzte sie. »Weißt du auch, warum? Weil ich keinerlei Interesse daran habe, dich kennenzulernen, weshalb du gerne von mir denken magst, was du willst.«

»Sondern? Du schickst den Kerl weg, noch bevor er dich zum Höhepunkt lecken konnte, um mit mir hier genau *was* zu tun?«

Sie zuckte die Achseln. »Ich weiß nicht. Dich zu ärgern, weil du glauben könntest, du hättest eine Chance, in mein Innerstes zu schauen und bla, bla, bla. Was auch immer in deinem gestörten Agenten-Hirn vorgehen mag.«

Ich lachte. »Ja, so etwas hatte ich in der Tat vor.«

Sie fühlte sich bestätigt. »Siehst du?« Ihr Lächeln wurde schief und sie saß noch immer ermattet gegen die Wand gelehnt. »Und was möchtest du jetzt von mir, Landon? Das Klo ist eine Tür weiter.«

Ich ging auf sie zu. Offenbar wollte sie etwas *von mir*, sonst würde sie sich nicht so leicht in meine Hand begeben. Oder aber ihr war langweilig und ich der interessanteste Spielpartner an diesem Abend. Was wollte ich von ihr? Aus meinem Plan, der aufstrebende FBI-Agent zu sein, der ihr die Sterne vom Himmel holte und so nebenbei herausfand, was er herausfinden musste, wurde nichts. Dieses Mädchen besaß längst alle Sterne selbst. Also was würde sie dazu bringen, mir zu vertrauen?

Je näher ich trat, desto eher schob sich ein Gedanke in meinen Kopf, dass mich etwas störte. Etwas an ihrem Gehabe. Doch eine Falle? Oder war es nur ihr Aussehen ...?

»Stopp.«

Ich hielt inne.

»Keinen Schritt weiter«, verlangte sie.

»Sonst?«

»Schreie ich.«

»Gute Idee.«

»Ich tue es wirklich.«

»Kein Problem. Ich bleibe hier stehen und versuche herauszufinden, was dich so interessant macht.«

Sie lachte auf. »Interessant für dich ist nur, dass ich dich ein ums andere Mal abweise.«

»Wenn du mir einen Korb geben wolltest, hättest du es längst getan.«

»Habe ich.«

Ich bewegte mich wieder. Sie schrie nicht. Also war alles, was sie hervorbrachte, nur ein Bluff. »Nein«, sagte ich sanft und war nun so nah, dass ich ihr Bein berühren konnte. »Ein Korb ist definitiv etwas anderes als das hier.« Langsam glitt ich mit einem Finger ihr Bein hinauf. Ihre Haut war warm und geschmeidig glatt. Härchen stellten sich auf. Entweder fand sie es erregend oder unangenehm. Aber sie sagte kein Wort. »Wie viele Männer haben dir schon gesagt, dass du wunderschön bist?« Es mochte ein abgedroschener Anmachspruch sein, aber er funktionierte. Er funktionierte, wenn man ihn sagte, wie ich ihn sagte. Ohne mit der Wimper zu zucken oder sich unsicher zu geben.

»Eine Menge«, raunte sie.

»Das glaube ich nicht. Niemand hat es auch so gemeint, als er sagte, dass du *wunderschön* bist.«

»Mit deinem Geschleime rettest du gar nichts.«

Ich erreichte den Saum ihres Kleides, welches nur knapp ihren Schritt bedeckte. Für einen Moment durchzuckte mich das Verlangen, sie mir jetzt zu nehmen, aber eben das war das Gefährliche. Meine eigene Lust hatte hier nichts verloren.

»Berühr mich doch«, forderte sie ruhig und bewegte ihre Beine leicht auseinander. »Ich kann dir ansehen, dass du mich gerne ficken würdest, auch wenn du mich längst hasst.«

»Ich hasse dich nicht.« Hass machte einen wie Liebe abhängig. Jade hingegen war mir einfach egal. Langsam schob ich ihr Kleid beiseite. Noch immer galt mein Blick ihrer Haut und meinem Finger. Sie zitterte, je näher ich ihrer Pussy kam, und ja, verdammt, es war zu verlockend, sie zu berühren. Jade Carpenter war eine perfekte Verführerin. Wieso an meinem Plan festhalten …? Wieso sollte ich ihr nicht hier und jetzt beweisen, wie falsch sie damit lag, mich herausfordern zu können?

Wenn ich mit ihr fertig war, hätte sie Angst vor mir. Und ich die Genugtuung, die Macht mit sich brachte.

»Weiter«, forderte sie leise.

Ich sah auf.

In ihren Augen loderte Verlangen.

»Ich würde dich wahrscheinlich auf der Stelle fingern, wenn ich nicht Gefahr liefe, dabei den Speichel eines anderen unter meinen Nägeln wegkratzen zu müssen.«

Sie lachte wieder.

Ich zog ihr Kleid nach unten, sodass es bis zu ihren Knien reichte. »Du findest einen anderen.«

Jades Iriden leuchteten schwarz und ein gefährliches Lächeln stahl sich auf ihre Lippen, als sie nach meiner Hand griff.

Dann wusste ich nicht, was mit mir geschah. Im nächsten Moment waren wir ineinander verschlungen und ihre Lippen lagen auf meinen.

Sie übermannte mich.

Etwas an ihr machte es so unerträglich schwer, zu widerstehen. Ihre Zunge schmiegte sich um meine, gierte nach mehr. Ich wollte sie besitzen, einnehmen, noch enger an mich ziehen. Ihr perfekt gebauter Körper floss durch meine

Hände. Ihr Arsch, ihre Titten, die blanke, glatte Haut ... Dieser Kuss war eine Explosion. Sie befeuerte mich. Wir konnten nicht genug voneinander bekommen, nicht tiefer in den anderen vordringen. Dass sie an meinen Gürtel griff, war nur die logische Konsequenz des Verlangens, das zwischen uns entstand. Ich umschloss ihren Nacken, damit sie nicht zurückweichen konnte, und küsste sie hart und fordernd.

Immer drängender. Bis sie fliehen wollte, es aber nicht konnte, was sie wütend und erregt zugleich aufstöhnen ließ. Ich sah den Sex vor mir, den explosiven Austausch unserer gegenseitigen Abneigung und füreinander bestimmten Lust, als sie an meinen Schwanz griff, ihre zarten Finger sich um ihn schlossen und mir in diesem Moment klar wurde, was nicht mit ihr stimmte.

So besitzergreifend, wie ich sie gerade gezwungen hatte, mich weiter zu küssen, so starr hielt ich sie jetzt von mir weg.

»Scheiße!«, fluchte sie. »Du tust mir weh!«

Mein Griff um ihren Hals mochte zu fest sein. Aber ich konnte es ihr nicht erlauben, wegzusehen. Ihre Iriden funkelten schwarz. Und das, obwohl die kleine Carpenter normalerweise bernsteinfarbene Augen besaß. Diese hatten mich im Fahrstuhl sofort fasziniert. »Was hast du genommen?«, fragte ich tonlos.

»Nichts! Lass mich los!« Sie riss ihr Bein hoch, aber ich war schneller.

Blitzschnell hatte ich mich zwischen sie gedrängt, sodass sie wehrlos auf der Kommode saß und mir nichts antun konnte, außer vielleicht ins Gesicht zu spucken. Darauf bereitete ich mich sicherheitshalber vor. »Deine Iriden sind schwärzer als der New Yorker Sternenhimmel«, raunte ich. »Also, *was hast du genommen*.«

Ihre Augen verengten sich, und wenn sie zaubern

könnte, träfen mich daraus Blitze. »Fick dich. Ich schreie wirklich. In eins, zwei …«

Ich legte ihr eine Hand auf den Mund. »Schrei. Selbst deine Mutter wird etwas dagegen haben, wenn du Drogen nimmst. Sie wird mich als Helden feiern, dass ich etwas dagegen unternommen habe.«

Ich nahm die Hand wieder zurück.

»Du glaubst den Bullshit auch noch, den du von dir gibst«, zischte sie. Und dennoch schrie sie nicht.

Ich ließ sie mit einem Mal los und griff nach ihrer Handtasche, die auf der zweiten Kommode lag.

»Tu das nicht!«, schrie sie und versuchte, mich von hinten anzugreifen. Ich wehrte sie locker ab, während ich darauf achtete, ihr keine Möglichkeit zu lassen, an meine Waffe zu gelangen. »Das ist meine Tasche und du lässt sie sofort los!«

Ich knipste sie auf. *Shit.*

»Wie wäre es, wenn ich in deinen Sachen herumwühlen würde, he? Es gibt bei allem Grenzen und das ist meine!«

Shit. Shit. Shit.

Ich starrte auf den Inhalt ihrer Handtasche, in der Hoffnung, das Bild würde sich doch noch wandeln.

Jade riss mir die Clutch aus der Hand und ließ sie wieder zuschnappen.

Ich sah sie an und verstand gar nichts mehr. Das war zu viel des Guten. Hiermit hatte ich nicht gerechnet. Okay, ich hatte mit gar nichts von alldem gerechnet, aber nun fügte sich ein Bild zu einer Realität zusammen, die es nahezu unmöglich für mich machte, ihr Vertrauen zu gewinnen.

»Und? Gehen wir jetzt zu Mommy petzen?«, fragte sie nonchalant und richtete ihr Kleid.

Mir fehlten die Worte.

»Überleg es dir gut, Mr. FBI-Karriere-Suchti. Ich suche

mir währenddessen Spaß auf der Party.« Ohne ein weiteres Wort schloss sie die Tür auf und verließ den Raum.

Sie hatte mich erwischt. Ich wäre niemals auf die Idee gekommen, dass ausgerechnet die Carpenter-Tochter eine mit allen Wassern gewaschene Dealerin war.

Und überhaupt – wer zur Hölle war in dieser Stadt ihre Quelle?

ICH, 21:20

Kokain.

ICH, 21:28

Schau auf dein Handy, Alter!

Sie ist zu 100% anders, als wir dachten.

ICH, 21:39

Gil?

JADE

Ich könnte brüllen, weil ich mich so ärgerte. Meine unendliche Wut ließ sich kaum verbergen. Meine sonst so gut inszenierten Masken funktionierten nicht. Das war auch der Grund, weshalb mich Cicily ansprach.

Zum ersten Mal in meinem Leben fragte sie mich vermutlich: »Ist alles in Ordnung mit dir, Jade?«

»Mein Fisch ist heute Morgen gestorben.« Es war mir unmöglich, zu verbergen, dass ich alles andere als glücklich war, also musste eine Ausrede her.

»Dein Fisch?«, fragte sie perplex.

»Ein Fisch«, zischte ich. »Diese Dinger, die in Aquarien herumschwimmen und hübsch aussehen. Er hieß Ted. Ted wie Teddy und ich hatte ihn seit fünf Jahren.«

»Können Fische so alt werden?«, fragte sie noch perplexer.

»Ted schon!«

Sie runzelte verwirrt die Stirn. »Ich wusste nicht mal, dass du einen Fisch hast.«

»Tja, so erfährst du Neues.«

»Du hast nie von ihm erzählt.«

Ich seufzte. *Am liebsten wäre es ihr, wenn ich ihr von der*

Farbe meines Stuhlgangs berichtete, so neugierig ist sie. »Jetzt erfährst du ja von ihm«, säuselte ich und griff nach einem weiteren Glas Champagner. *Bald bin ich betrunken und bald hat Landon mich verraten und ich verliere die Grundlage meiner Existenz.*

Oder zumindest die Grundsicherung. Hatte ich jemals damit gerechnet, nicht erwischt zu werden? Wenn ich ehrlich war, wusste ich von Anfang an, dass das Dealen früher oder später auffliegen würde. Mir war es nur darum gegangen, dass es – wenn es dann herauskam – alle schocken würde. Vor vier Jahren, nach meiner Rückkehr nach New York und Grandmas Tod, war das erste Päckchen durch meine Hand gegangen. Seitdem bin ich zu einer bedeutenden Größe aufgestiegen und habe ein wunderbares Netz aus Geheimnissen, Intrigen und Zulieferern gesponnen. Wenn diese Bombe platzte, stünde der Gouverneur ziemlich schlecht da – und das war auch der Grund, weshalb die Bombe niemals platzen würde – selbst wenn sie mich auf frischer Tat ertappten. Denn mein Großvater würde es nicht zulassen, dass ich ihm seinen Ruf vermieste und er Gefahr lief, nicht wiedergewählt zu werden.

Worum machte ich mir Sorgen?

»Bist du mit Terrence eigentlich jetzt zusammen?«

»Wer ist Terrence?«, fragte ich gedankenverloren.

»Terrence!« Cicily stieß mich an.

»Oh, der.« Mein Quickie von vorhin. »Warum zur Hölle denkst du das?« Cicily weckte zum ersten Mal an diesem Abend mein Interesse. Vor jedem, der es glauben wollte, tat ich so, als wäre sie meine beste Freundin. Dabei war sie das nur, weil sie zu meinem geschauspielerten Ich so gut passte. Cicily und ich hatten beide in der Schule versagt. Cicily und ich studierten beide überdurchschnittlich langsam. Cicily und ich waren beide vollkommen ungeeignet für intellektuellen Smalltalk. Wir wählten Trump, weil das

Wort so gut klang, und hassten Baseball, weil wir die Spielregeln nicht verstanden.

Wir waren durch und durch dämlich.

Na ja. Sie zumindest. Was nicht hieß, dass ich sie nicht mochte. Sie tat mir sogar leid, dass ausgerechnet ich sie als Freundin auserkoren hatte. Sie verdiente jemand Besseren. Im tiefsten Innern wünschte ich ihr einen charismatischen Mann, der sie nicht wegen ihres Treuhandfonds liebte, und ihr die Welt zeigte, die nicht nur aus guten Noten und Bestenlisten bestand. Aber bis dahin musste sie ihre Zeit auf Partys damit verbringen, mit mir herumzusitzen und so zu tun, als würde uns der Klatsch und Tratsch der High Society interessieren – wobei, Cicily interessierte sich leider wirklich dafür.

Wie halte ich es hier aus?

»Du hast mir doch schon von ihm erzählt. Dass er mit uns zusammen studiert und du ihn so toll findest.«

»Terrence?!«

Sie kniff die Augen zusammen. Ein klares Zeichen dafür, dass sie versuchte nachzudenken. »Ja …?«, fragte sie gedehnt.

Ich musste das letzte Mal so high gewesen sein, dass ich mich nicht erinnern konnte. Daher nippte ich nur noch an meinem Champagner. Ich konnte es mir nicht erlauben, die Kontrolle zu verlieren. »Ich bin nicht mit jedem zusammen, nur weil ich mit ihm flirte.«

»Ihr wart im Bett!«

»Ein Ausrutscher.«

»Also ist er frei?«

Ich starrte sie an. »Er ist schwarz!«, flüsterte ich.

Ihre Wangen wurden rosig. »Ich finde ihn so unglaublich gut aussehend!«

»Du kannst niemals …« Ich sah mich nach Cicilys Vater um. Die New Yorker Gesellschaft versuchte, frei von rassistischem Gedankengut zu sein. Dennoch gab es zu viele, die ihr Problem mit Hautfarben verbargen, und Cicilys Vater gehörte definitiv dazu. Ich ertrug diese Leute nicht, was es wirklich schwierig für mich machte, Cicily zu Hause zu besuchen. »Ich meine, du kannst natürlich schon ...«

»Hast du seine Nummer?«, fragte sie erpicht.

»Klar.« Ich sagte ihr nicht, dass sie kaum eine Chance bei Terrence haben würde. Cicily wirkte mit ihrem hochgeschlossenen Kleid, den Perlenohrringen und den rosig geschminkten Wangen zu unschuldig, um für einen Mann wie Terrence interessant zu sein. Ihr erstes Mal hatte sie mit Easton. Einem Informatiker, der jetzt am MIT studierte. Mein Nacken kribbelte, als ich Cicilys Handy dafür benutzte, in meinen Facebook-Account zu gehen, um Terrences Nummer herauszufischen. Ich reichte es ihr zurück und musste mich nicht einmal umsehen, um zu wissen, wer mich beobachtete.

Landon unterhielt sich mit dem Wahlkampfmanager und seinen zwei Söhnen. Aber selbst wenn er sprach, ruhte sein Blick auf mir.

Die Hand locker in der Hosentasche, in der anderen einen Whiskey, füllte er diesen Raum mit seiner Präsenz, als gehörte er ihm.

Ich dachte an seine dominante Art zurück, seinen brennenden Kuss, und daran, dass er mich verraten hatte, als er meine Tasche öffnete. Menschen, die ihre Neugier nicht im Zaum hielten und Grenzen übertraten, die andere ihnen setzten, verloren meinen Respekt.

Ich hatte nichts dagegen, mir zeigen zu lassen, dass er körperlich überlegen war, aber es musste bei jedem Spiel ein Safeword geben und er hatte meines absichtlich ignoriert.

Sollte er doch bleiben, wo der Pfeffer wuchs.

Mit einer raschen Handbewegung zeigte ich ihm den

Mittelfinger, den ich ebenso schnell wieder verschwinden ließ. Seine Brauen hoben sich und ich mochte sein arschiges Lächeln, aber er hatte keine Chance bei mir.

Niemals.

»Und meinst du, ich kann ihn einfach anrufen?«, riss mich Cicily mit ihrer Schwärmerei aus den Gedanken.

»Ja, ruf ihn einfach an, er wird nur leider keine Ahnung haben, wer du bist.« Ich wandte mich ihr zu, bemerkte noch in den Augenwinkeln, wie Landon sich in unsere Richtung bewegte, und sah im nächsten Moment gar nichts mehr.

»Was zur ...«

Einige Frauen schrien, was mich davon abhielt, zu denken, ich wäre in Ohnmacht gefallen. Hektisch suchte ich in der Dunkelheit nach Cicilys Hand und nach meiner Tasche. Als ich beides fand, fühlte ich mich sicherer.

Irgendetwas passierte um mich herum. Handydisplays blitzten auf. Männerrufe. Wütende »Heys« und »Was soll das?!«

»Ruft vielleicht mal jemand den Sicherheitsdienst?«

»Stromausfall?! Das gibt's doch nicht!«

»Ich glaube, ich wurde beklaut!«

»Brandon? Brandon?«

»Aaaaaaah!« Ein ohrenbetäubender Schrei, noch mehr Hektik und eine Stimme, die alle anderen übertönte.

»Lassen Sie ihre Handys aus! Wir sind bewaffnet!«

Irgendwo blitzte dennoch ein kleines Licht auf, im nächsten Moment gellte ein Schuss. Scheiße. Frauen schrien, viele der Anwesenden warfen sich zu Boden.

»Das ist nur ein *kleiner* Raubüberfall«, klärte uns die Stimme auf, sie klang verzerrt. »Bleiben Sie ruhig, dann wird Ihnen nichts geschehen.«

Von wegen. Wenn sie meine Tasche klauten, hatte ich ein echtes Problem. Die Gangster mussten sich mit Nachtsichtbrillen durch den Raum bewegen. Wo war eigentlich meine Mutter?

Ich hatte sie eine ganze Weile schon nicht mehr gesehen.

Ich suchte Cicilys Hand in der Dunkelheit, während es um uns herum immer stiller wurde. »Gib mir dein Handy!«, flüsterte ich.

Immer mal wieder war ein erschrockener Aufschrei zu hören, während die Einbrecher durch die Menge gingen.

Cicily atmete hektisch. »Du darfst es nicht einschalten!«, jammerte sie panisch.

Oh Mann. Ich griff über ihre Schenkel, erfühlte ihr Smartphone, riss es ihr aus den Fingern und spürte, wie es mir im nächsten Moment aus der Hand gezogen wurde.

Ein Stofffetzen auf meinem Mund, mein erstickter Schrei, der nicht gehört wurde. Ein Mann, der mich hochzerrte. Ein kräftiger Mann.

Landon?

Ich umklammerte meine Clutch und versuchte, mich zu wehren, aber der Geruch, der von dem Stoff ausging, ließ mich schlaff werden. Machtlos ließ ich mich davonziehen. Ich konnte gehen, mich aber nicht wehren.

Dunkelheit, Schwärze. Nicht einmal das winzige Licht eines Sterns drang durch die Gardinen. Wer auch immer mich davonschleifte, er kannte sich bestens in der Etage aus. Als könne er sehen, bewegte er sich vorwärts. Zickzacklinien, weil er immer wieder jemandem auszuweichen schien. Meine Füße gaben nach. Er zerrte mich mehr, als dass ich ging.

»Landon?«, fragte ich matt.

Eine Tür öffnete sich, Helligkeit. Für eine Sekunde sah ich die erneut ins Licht getauchte Party vor mir, die vielen verwirrt und ängstlich am Boden kauernden Gäste, dann schloss sich eine Tür, der Lappen wurde von meinem Gesicht genommen, Klarheit kehrte zurück.

Eine Waffe blitzte auf, grub sich in meine Leiste.

Ein Mann mit Lederjacke, Tattoos am Handgelenk, zerrissener Jeans und Motorradmaske drückte sie mir ins Fleisch. Er roch nach Zigaretten. »Die Treppen runter«, knurrte er durch einen Stimmverzerrer, den er unter der Maske zu tragen schien.

Es war nicht Landon.

Dennoch starrte ich den Kerl an, als wäre seine Waffe nur eine Attrappe.

Er schubste mich zur ersten Treppenstufe. Wir befanden uns im Treppenhaus. »Hör zu«, knurrte er, »ich verlasse dieses Gebäude mit dir oder mit deiner Leiche. Also schwing deinen Arsch die Treppen hinunter, bevor ich es mir leicht mache!«

Meinte er das ernst? *Nicht unbedingt der passende Moment, das infrage zu stellen.* Also lief ich.

Er blieb mir dicht auf den Fersen, während ich Treppenstufe um Treppenstufe nach unten nahm.

»Schneller!«, forderte er mich mehrmals auf.

Meine High Heels gehörten verflucht, denn ich drohte jederzeit zu fallen. Er war so dicht hinter mir, dass er mich immer dann packte, wenn ich das Gleichgewicht verlor, aber plötzlich hielt er mich ganz zurück.

»Ruhig«, flüsterte er, sodass nicht einmal der Stimmverzerrer seine Stimme transportierte.

Die Tür vor uns, die zum nächsten Stockwerk führte, war nur angelehnt.

Der Fremde hielt mir eine Hand vor den Mund und schob mich vorwärts.

»Nicht auf deine Hacken treten«, befahl er und ich spürte seine Pistole wieder in der Leiste, damit ich gehorchte.

Er lehnte sich gegen die Wand neben der Tür, meinen Körper als Schutzschild zwischen sich und dem geöffneten Spalt.

Mein Herz raste, aber ansonsten blieb alles still, bis eine Männerstimme zu uns drang.

»Niemand weiß, dass ich hier bin. Einer der Jungs hat diesen verschissenen Überfall geplant.«

Eine Antwort, die ich nicht verstand, weil sie so leise war, dass sie das Rauschen in meinen Ohren nicht übertönte.

»Du bist hier, weil ich es so will.« ... »Widersetz dich mir nicht! Ich musste mit dir sprechen. Ich konnte nicht noch länger warten.«

Was passiert da?! Aber bevor ich genauer hinhören konnte, wurde ich von der Tür weggezerrt, nachdem mein Entführer sie geräuschlos geschlossen hatte.

»Sei leise.« Er schubste mich zur Treppe und ich nahm die Stufen so geräuschlos wie möglich. Ohne je in einer solchen Situation gewesen zu sein, ahnte ich, dass mein Entführer sich vergessen könnte, sollte uns dieser Jemand hören und verfolgen, und so risikofreudig war ich dann doch nicht.

»Warum entführst du mich?«, fragte ich atemlos nach dem nächsten Stockwerk, während ich mich am Geländer festkrallte, um nicht zu fallen.

»Lauf weiter«, war die knappe Antwort.

»Wenn es dir ums Geld geht –«

»Ist eine Entführung genau das Richtige, um daran zu gelangen. Schneller.«

»Lass mich die Schuhe ausziehen«, keuchte ich zwei Treppenabsätze später.

»Nein.«

»Aber ...!« Ich wollte mich zu ihm umdrehen, doch er

drückte gegen meine Schulter, sodass ich weiter nach vorne laufen musste.

Ich fasste nach dem Geländer und griff ins Leere, zu weit hatte ich mich vorgebeugt. Scheiße! Stolpernd fiel ich nach vorn, landete auf meinen Knien und Händen. Als ich wieder aufstehen wollte, knickte ich weg.

Dann setzte der Schmerz ein. Ein höllischer Schmerz in meinem Fußgelenk.

»Shit.« Er griff an meinen Arm. »Steh auf!«

»Ich kann nicht!«, wimmerte ich und unterdrückte die Tränen, so gut ich konnte.

»Steh auf!«, brüllte er.

»Ich bin mit dem Fuß umgeknickt!«

Die Mündung seiner Pistole landete in meinem Rücken.

Was ist, wenn er schießt? Wenn er mein Leben jetzt und hier beendet?

Er bewegte sich hinter mir, seine Hand legte sich um mein Fußgelenk. Was auch immer er damit machte, im nächsten Moment schrie ich unter Höllenqualen leidend auf. Diesen heftigen Schmerz hatte ich zu keiner Sekunde erwartet.

»Verflucht.« Er drehte mich auf den Rücken. Die warme Haut seiner Hände fühlte sich rau auf meiner an. Der Schmerz versiegte so schnell, wie er gekommen war. Jetzt erinnerte nur noch ein sanftes Pochen an ihn. »Ich hab geblufft«, sagte er und blickte mir in die Augen. Seine waren grün. »Du bist mir lebendig lieber als tot. Aber wenn ich dich jetzt trage und du versuchst, mich zu linken, kann es dazu führen, dass ich die Kontrolle verliere. Und das möchtest du nicht, klar?«

Ich nickte.

»Denn irgendwelche anderen Idioten, die sich uns in

den Weg stellen könnten, erschieße ich in jedem Fall, und du könntest dabei getroffen werden.«

»Warum entführst du mich?«, fragte ich noch einmal. Hatte es etwas mit dem Kokain zu tun? War ich unvorsichtig geworden? Hatte meine Quelle mich verraten?

»Das ist nichts Persönliches.« Er griff unter meine Achseln und zog mich hoch in den Stand. Dann packte er mich um meine Mitte und warf mich über seine Schulter. Mein zusätzliches Gewicht auf sich lastend rannte er die Treppen hinunter.

»Nichts Persönliches?«, fragte ich und klammerte mich an ihm fest. Noch erschien es mir ziemlich ausweglos, fliehen zu wollen.

»Ist 'ne alte Geschichte«, antwortete er und klang dabei so normal, als würde er gerade Billard spielen und nicht sechzig Kilo schleppen. Er war durchtrainiert. Sein gesamter Rücken bestand aus Muskeln.

»Habe ich eine Chance, von dieser zu erfahren?«

Er stöhnte auf und setzte mich ab, als wir im 3. Stockwerk angekommen waren. »Laberst du immer so viel, während man dich kidnappt?«

Ich lehnte mich gegen die Wand, um meinen Fuß zu entlasten, während er sich am Schloss der Tür zu schaffen machte. »Ich werde nicht so häufig entführt.« Dabei hielt er seine Pistole in der Hand und ich befürchtete, dass es nicht leicht werden würde, ihn zu entwaffnen. »Gibst du denn auch sonst so viele Antworten?«

Er richtete sich auf und öffnete die Tür, während er mich musterte. »Ist leichter, wenn du keine Angst vor mir hast, weshalb ich nett bin. Aber die hast du eh nicht. Geh vor, stütz dich an der Wand ab, geh zum Fenster. Wir fliehen übers Dach.«

»Das ist selten dämlich. Bestimmt kreisen längst Hubschrauber über dem Gebäude.«

»Geh jetzt«, knurrte er ungeduldig.

Ich verengte missmutig die Augen und schleppte mich voran. Sobald ich durch die Tür war, kam er mir wieder nahe, legte meinen Arm um seine Schulter und stützte mich. Dadurch waren wir etwas schneller als eine Schnecke.

»Du solltest ohne mich gehen, dann schaffst du es vielleicht zu fliehen.«

Er lachte trocken.

»Ernsthaft, was bringt es dir, für Jahre in den Knast zu wandern? Nimm meine Tasche. Darin befindet sich Kokain im Wert von über achttausend Dollar. Jedenfalls, wenn du jedes Päckchen überteuert verkaufst, was im Grunde nur auf der Party oben möglich ist ...«

»Scheiße!«, fluchte er und schleuderte mich gegen die Wand. Mein Kopf schlug auf, mein Herz begann zu rasen.

Der Lauf seiner Waffe drückte sich in meinen Hals.

»Du tust abgebrüht, aber du hast nicht die verschissenste Ahnung, was jeder andere an meiner Stelle längst mit dir getan hätte, um deine nervtötende Klappe zu schließen. Könntest du bitte ein bisschen mehr *Respekt* davor zeigen, dass ich dich jede Sekunde abknallen könnte? Was ist los mit dir, dass du keine Angst hast? Und was soll die Scheiße mit dem Kokain?! Hältst du mich für vollkommen bescheuert?«

Ich schüttelte den Kopf.

Er verdrehte die Augen. »Also weiter.« Nun zerrte er mich wieder, sodass mein Fuß höllisch schmerzte, aber ich verkniff mir das Gejammer.

Wir erreichten das Fenster am Ende des Flures. Er lehnte sich dagegen und schaute gen Himmel. Das blinkende Licht eines Helikopters erschien direkt über uns.

»Sag ich doch.«

Er warf mir einen Blick zu. *Wie gerne hätte ich unter seine*

Maske gesehen ... »Das ist *irgendein* verschissener Heli. Die Polizei ist nicht so schnell. Nicht einmal deine Mutter.«

»Du weißt, dass ...?«

Er zückte seine Waffe, richtete sie aufs Glas, schoss hinein und warf sich dagegen. Das Fenster brach in hunderte wunderschön glitzernde Splitter.

»Nach dir, Madame.« Er streckte mir die Hand entgegen, um mir hinauszuhelfen. »Wenn du nicht gehst«, ergänzte er, weil ich zögerte, »werfe ich dich durch.«

»Ist ja gut ...« Ich schleppte mich zum Loch in der Wand, ließ mich von seiner Hand stützen und auf das Flachdach der Empfangshalle fallen. Dabei kam mein Fuß falsch auf und ich knickte abermals weg. *Aah, fuck!*

Mein Entführer landete neben mir. Ich suchte nach meiner Tasche auf dem Boden, die ich beim Sturz verloren hatte, aber er ließ mir keine Zeit.

Unerbittlich zerrte er mich voran, eine Mischung aus Ziehen und Stützen.

Das Dach war groß und ich hatte keine Ahnung, wie er von hier oben nach unten gelangen wollte. Vielleicht eine super auffällige Feuerleiter ...? Langsam zweifelte ich, ob er überhaupt wusste, was er tat.

»Halt!«

Er verharrte. Ich blickte mich um und sah jemanden im durchschlagenen Fenster stehen. Der Mann richtete eine Waffe auf uns, und noch bevor mein Entführer mich vor sich zerren oder mit seiner Pistole bedrohen konnte, gellte ein Schuss durch die Nacht.

Ich keuchte auf, als der Mann neben mir zu Boden sank.

Tot.

Einfach tot.

Wie erstarrt blickte ich auf die Leiche. *Wie kann das ...? Wieso war das ...?*

Erst jetzt kehrte die Erinnerung an den Schmerz in meinem Fuß zurück. Jemand lief auf mich zu, gerade als ich zusammensank.

Arme stützten mich.

Warmer Atem, ein vertrauter Geruch.

»Alles okay mit dir?«

Dann wurde alles endgültig schwarz.

GIL-BOY, 22:58

Scheiße. Was war das denn?!

ICH, 22:59

Ich weiß es nicht. Ehrlich nicht. Du meinst sie, oder?

GIL-BOY, 22:59

Ich meine ihre unglaubliche … sie … keine Ahnung.

Und was war das mit dem Kokain?

ICH, 22:59

Ich sag's dir. Ihre Tasche ist voll davon.

ICH, 23:00

Vielleicht sollten wir unseren Plan ändern. Ihr ist scheißegal, ob ich sie rette oder nicht. Ich glaube, ich könnte sie nur dann beeindrucken, wenn ich eine Coca-Plantage mein Eigen nennen würde.

GIL-BOY, 23:00

Ja, das wird in der Tat schwierig zu realisieren. Aber seit wann gibst du so schnell auf?

ICH, 23:00

Mir ist die Lust vergangen. Das wird Arbeit.

GIL-BOY, 23:01

...

ICH, 23:02

Wenn ich sie ansehe, möchte ich nur zwei Dinge mit ihr tun. Ihr den Hals umdrehen oder sie gegen ihren Willen ficken. Beides nicht besonders zuträglich für eine Romanze

GIL-BOY, 23:04

Lass es mich versuchen.

ICH, 23:04

Dich?

😆🤣

GIL-BOY, 23:05

Sie ist genauso kaputt wie ich. Ein Anknüpfungspunkt.

GIL-BOY, 23:07

Brauchst jetzt nicht sentimental zu werden.

ICH, 23:07

Ich mach mir Sorgen.

GIL-BOY, 23:08

Dein Ego würde es nur nicht ertragen, wenn ich dich Anzugträger aussteche.

ICH, 23:09

Du willst sie? Bitte. Du nimmst mir dadurch eine Menge verlogene Scheiße ab. Weißt du, wie viel Überwindung es mich kostet, nett zu ihr zu sein?

GIL-BOY, 23:10

Nett zu sein hat dich schon immer Überwindung gekostet. ;-)

JADE

Ich bin kein Typ für Ohnmachtsanfälle.

Das war mein erster Gedanke, als ich im Krankenhaus aufwachte. Eine Frau im weißen Kittel lächelte mich an. Ich war an ein Gerät angeschlossen und nur gedämpftes Licht drang zu mir. Während sie mich etwas fragte, das verzögert meine Ohren erreichte, kamen die Erinnerungen zurück.

Ich war nicht die gesamte Zeit über ohnmächtig gewesen. Der Krankentransport, die Blaulichter, die Übelkeit ... Ich hatte mich übergeben.

»Wie geht es Ihnen, Miss Carpenter?«

»Gut.«

»Haben Sie noch Schmerzen?«

Ich fühlte in mich hinein. »Mein Fuß ...«

»Nur eine Verstauchung. Belasten Sie den Fuß nicht mehr, dann sollte alles in Ordnung sein.«

»Danke.«

»Möchten Sie sich noch einen Moment ausruhen? Ihre Mutter ließ mir ausrichten ...«

»Sie ist nicht hier?« *Mit wem hat sie sich getroffen und unterhalten?*

Die Ärztin schüttelte lächelnd den Kopf. »Sie ist vor Ort geblieben.«

Natürlich. Warum sollte sie mich auch begleiten?

»Aber Sie haben einen anderen sehr zuvorkommenden Aufpasser an Ihrer Seite.«

Oh nein ...

»Ich werde Sie nun alleine lassen.« Die Ärztin zwinkerte sogar, als würde sie glauben, mich erwartete im nächsten Moment ein Traumdate.

Kaum hatte sie den Raum verlassen, trat Landon in mein Blickfeld.

Ich starrte konsequent an die Decke. »Hast du mich gerettet?«

Er schien zu zögern. »Jap.«

»Du hast den Kerl erschossen?«

»Nicht so laut«, forderte er. »Die Medien dürfen davon noch nichts erfahren.«

»Hast du?«

»Ja.«

»Ich hätte dabei draufgehen können.«

»Bist du nicht.«

»Hätte ich aber.«

»Nein. Sonst hätte ich nicht geschossen.«

»Du hättest nicht schießen dürfen.«

»Es war absolut sicher.«

»Er ist tot!«, fauchte ich ihn an und musste ihm dafür leider in seine blasierte Miene sehen. *Mann, wie er mich nervte!* »Du bist mir nachgelaufen, hast dich waghalsig zu erkennen gegeben und einen Fremden erschossen, um was? Um dich als Helden aufzuspielen? Es hätte verdammt noch mal gereicht, ihm ins Bein zu schießen!«

Er sah aus, wie er aussehen sollte; als hätte ich ihm ins Gesicht geschlagen.

Das verlieh mir Genugtuung. »Darum ging es dir wirklich, oder? Du dachtest, wenn du dich todesmutig auf die alleinige Verfolgungsjagd begibst und mich auch noch rettest, wirst du mein Herz und das meiner Mutter erobern. Aber wie du siehst, war das vollkommen überflüssig! Ich bin meiner Mutter egal und du bleibst mir egal!«

»Wie wär's, wenn du dich ein bisschen weniger aufregst?«, fragte er trocken.

»Wie wär's, wenn du einfach verschwindest?!«

Seine Miene verschloss sich. »Hätte ich ihm ins Bein geschossen, hätte er dich immer noch verletzen oder sogar erschießen können. Oberste FBI-Regel.«

»Hätte er nicht.«

»Oh, du kennst den Kerl also?«

»Arschloch!«

»Worum geht es dir? Wäre es mal eine erfrischende Abwechslung gewesen, entführt zu werden? Das ist es? Wenn du willst, kann ich das einrichten. Ich kenne ein paar Männer, die auf Bewährung raus sind und dir sicherlich nicht widerstehen könnten.«

Ich lächelte ihn dämlich an. »Warum hat mich nicht Cicily hierher begleitet? Warum tust ausgerechnet du vor der gesamten Krankenhausbelegschaft so, als wären wir die besten Freunde?«

»Ich habe mir Sorgen gemacht«, erklärte er und kam näher.

Ich wich in meinem Bett zurück.

»Und ich wollte sichergehen, dass diese hier niemand Falschem in die Hände gerät.« Landon legte meine Handtasche auf dem Bett ab. Dabei berührte seine Hand meine Hüfte unter der Decke.

Er hatte meine Tasche aufgesammelt, weil er wusste, wie gefährlich es für mich war, wenn jemand den Inhalt fand. Das konnte ich ihm nicht übel nehmen.

»Danke«, sagte ich leise.

Er nickte fast unmerklich, während er mich weiterhin ansah und weiterhin berührte. Dann entschied der Teil in mir, den ich selten gut unter Kontrolle hatte, und ich griff nach seinem Arm, zog ihn zu mir heran und reckte mich ihm entgegen.

Ich wollte ihn noch einmal küssen, ohne Kokaineinfluss, nicht high. Ich wollte wissen, ob ich mir nur eingebildet hatte, wie gut er darin war.

Aber er wich meinen Lippen aus und küsste mich dafür auf die Stirn, während er mich sanft zurück in die Kissen drückte. »Du hast dich übergeben. Nimm es mir nicht übel, wenn ich warte, bis du wieder beisammen und nüchtern bist.«

Er richtete sich auf. Mein Körper glühte vor Scham. *Das Übergeben* ... richtig, ich hätte mich daran erinnern müssen. Und so, wie ich gerade aussah, hatte ich ihn verführen wollen? Warum eigentlich? Was an ihm benebelte meinen Verstand dermaßen?

»War ein ziemlich krasses erstes Date«, sagte er schmunzelnd und strich mir eine Strähne aus dem Gesicht. »Wie wär's, wenn wir demnächst ungefährlich essen gehen? Ich besorge mir so einen Hodenschützer von den Footballern und du lässt deine Accessoires zu Hause?«

»Nein.«

»Es war klar, dass du absagst, ohne auch nur eine Sekunde darüber nachzudenken.«

»Nein, ich werde meine *Accessoires* nicht zu Hause lassen«, ergänzte ich. »Und wenn du dich noch einmal mit mir treffen willst, wäre es kontraproduktiv, dein bestes Stück vor mir wegzusperren.«

Er hob die Brauen.

»Ich habe Sex beim zweiten Date. Ansonsten nenne ich es Abendessen.«

»Alles klar«, sagte er, nicht ganz so trocken und unbeeindruckt, wie er es vermutlich gerne getan hätte. »Nächste Woche, Freitagabend?«

»Wenn du bis dahin warten kannst?«

»Mittwoch?«

»Klingt besser.«

»Du wirst mich sitzen lassen«, stellte er gelangweilt fest. »Fällt dir keine bessere Racheaktion ein?«

»Ich werde dich *ficken*, damit du mich endlich in Ruhe lässt. Rache kommt später, wenn du mehr von mir willst und nicht kriegen kannst.«

Ein echtes Lächeln wanderte auf seine Züge. »Sicher, dass Sie mir langfristig widerstehen können, Miss Carpenter?«

»Einem FBI-Wichser, der blind um sich schießt, um seinen Schwanz zu verlängern? Definitiv.«

Sein Lächeln wurde noch eine Spur breiter, ehe er seine Hand endlich zurücknahm und sich abwandte. »Mittwochabend, neunzehn Uhr. Du solltest pünktlich kommen, weil ich nicht lange auf dich warten werde.«

»Natürlich nicht«, murmelte ich, als sich die Tür hinter ihm schloss, und sank zurück in die Kissen.

Wer hatte mich entführen wollen?

Und war es ein guter Plan, über Landon herausfinden zu wollen, was dahintersteckte?

CALEB

Unter Silva Baresi zu arbeiten, ließ sich mit dem Leben in einem totalitären Staat vergleichen. Nicht nur diejenigen, die unter ihm litten, wurden permanent überwacht und bei dem kleinsten Vergehen bestraft, auch diejenigen, die Teil der Struktur waren, konnten ihre Freiheit vergessen.

Ja, selbst die Paten und Bosse und Scheißschwanzlutscher in ihren obersten Reihen waren nur Marionetten einer viel größeren Macht. Die Mafia war längst vom Kapital zerschlagen worden wie alles andere. Sie existierte nur noch, weil jemand mit Geld das so wollte.

Mir vorzustellen, wie ich diesem Jemand ins Gesicht sah und dabei einen der größten Komplotte New Yorks aufdeckte, verlieh mir tiefe Befriedigung. Mir vorzustellen, wie ich diesen Jemand tötete, um mich für den Scheiß zu rächen, den ich die letzten Jahre tagtäglich hatte tun müssen, auch. Würde es dann enden?

Nein, es endete niemals, weil es kein Ende für den menschlichen Abgrund gab, aber es ging mir um mein persönliches Ziel. Bevor ich starb, musste ich dafür sorgen, dass gewisse Personen ebenfalls nicht mehr lange oder zumindest nicht mehr in Freiheit leben würden.

Meine Liste dieser Personen wurde tagtäglich länger.

»Einen Cappuccino, bitte. Nein, keine Sahne.«

Ein kalter Schauer strich mir über den Nacken, als sie direkt neben mir auftauchte.

»Was soll das immer mit der Sahne?«

Sie war es. Ohne Zweifel.

»Ja, welche Sorte haben Sie? ... Nehmen Sie irgendetwas Kreatives. Das, was man hier am seltensten bestellt. ... Macadamiamilch? Ernsthaft? Bald gibt es auch noch Kastanienmilch, oder? ... Wissen Sie nicht? Aber Sie müssen doch Erfahrung in diesem Bereich haben. Ich meine, Macadamiamilch ... ich weiß ja, dass das hier ein alternativer Laden ist, aber *so* alternativ?!«

Der Barista zuckte die Achseln und notierte Jades Namen.

»Hast du auch Durst, oder warum starrst du mich so an, als würdest du nicht wissen, wie man sich einen Kaffee bestellt?« Noch während sie sprach, weiteten sich ihre Augen. Dann glitten sie über meine gesamte Erscheinung. Ihre Lippen spitzten sich und ihr entwich ein leises: »Shit.«

Das ist es. Ein totaler Shit-Moment. Ich hatte definitiv nicht damit gerechnet, sie heute hier zu sehen. Die ausgelegte Fährte hatte sie schneller zu mir geführt als erwartet. Wir befanden uns in der Bronx. Nicht nur am Rand, sondern in der tiefsten Bronx. Hatte ein kleiner Bonus-Coupon schon gereicht, um sie zu locken?

Jade trug einen Pferdeschwanz, eine große Sonnenbrille, schräge 90er-Jahre-Klamotten und einen zerschlissenen Rucksack in ihren Händen. Ich hätte sie nicht erkannt, wäre sie irgendein anderes Mädchen gewesen, aber ihre Stimme und diese Lippen hatten sich in mein Gedächtnis gebrannt und ich würde sie selbst unter einer Maske erkennen.

»Du …«, begann sie stockend. »Du bist …«

Scheiße. Natürlich trug ich denselben Kram wie am Samstagabend und sie musste dumm sein, um mich nicht zu erkennen. Wie sollte ich antworten? Würde meine Stimme mich verraten?

»Du … ich meine …«

»Macadamia-Cappuccino für Jade!«, rief die zweite Barista.

Jade griff dankbar nach ihrem Coffee-to-go-Becher und lächelte verunsichert. »Ich glaube, ich trink den dann doch nicht hier drin.«

Sie wandte sich ab.

Ich zog mir mein Cappy tiefer in die Stirn und hoffte, sie würde verschwinden. Ich hätte mich nicht schlechter auf dieses Treffen vorbereiten können. Warum auch immer sie sich so weit außerhalb Manhattans in Hipster-Klamotten gekleidet herumtrieb, gerade war nicht der richtige Zeitpunkt, das herauszufinden.

Ich konzentrierte mich wieder auf meinen fast leeren Americano, als sich plötzlich ein To-go-Becher auf der Theke in mein Blickfeld schob.

»Ich muss dich etwas fragen.«

Ich sah auf. *Shit. Warum kommt sie zurück?*

»Der Kaffee ist für dich«, sagte sie mit festerer Stimme als zuvor. »Ich lad dich ein, weil ich dringend … mit dir reden muss. Sorry?«, wandte sie sich an die Angestellten, »ich hätte gerne dasselbe noch mal, geht das? Also …«, und drehte sich wieder in meine Richtung, »vor fünf Tagen war ich auf einer Party.«

Sie hat mich so was von erkannt.

»Und da war jemand. Der hatte deine Augen … und trug dieselbe Lederjacke. Ja, ich meine, er hat sein Gesicht verborgen, aber er sah genauso aus wie du!«

»Und was hat dieser Jemand getan?«, fragte ich leise, sodass meine Stimme noch tiefer klang als sonst. Ich würde sie von nun an verstellen müssen, wenn ich mit ihr sprach. Meine Frage war eine Warnung. Wenn sie meinte, ich hätte wie ihr Entführer ausgesehen, war es vollkommen dämlich und leichtsinnig von ihr, mich anzuquatschen. *Warum fürchtet sie sich nicht? Warum?!*

Bei dem Klang meiner Stimme erschauderte sie, aber sie blieb, wo sie war. »Na ja ... er hat ...« Sie blickte sich im Café um. »Hast du einen Bruder, der dir sehr ähnlich sieht?«

»Nein.«

»Meinst du denn, ich verwechsle dich? Ist schon ziemlich krass, oder? Nur anhand von grünen, stechenden Augen und 'ner blöden Lederjacke zu glauben, jemanden wiederzuerkennen ... Aber du kommst mir wahnsinnig bekannt vor, was nicht sein kann, weil du dann eigentlich ...« Sie grinste unsicher und verhaspelte sich. »Ich meine, die Jacke ist nicht blöd, sie steht dir, ich meine, sie sieht wirklich ... verdammt gut ...«

Ein Kompliment? »Verstehe.«

Sie schloss den Mund, griff nach dem Coffee-to-go-Becher, den sie mir eben noch geschenkt hatte, und trank einen großen Schluck, während sie zur anderen Seite aus dem Fenster blickte.

Was verunsichert sie so sehr?

»Alles in Ordnung mit dir?«, fragte ich leicht besorgt. Sie war unschuldig und sollte sich nicht schlecht fühlen.

Jade drehte sich zurück in meine Richtung. Sie hatte ihre Sonnenbrille abgenommen und ihre hellbraunen Augen betrachteten mich intensiv. Sie nach all den Jahren im Ganzen vor mir zu sehen, ließ mich fühlen, als wäre ich endlich angekommen. Dabei war sie nicht das Ziel. Sie war nur das Mittel, mit dem wir es erreichen wollten. Dennoch konnte ich mich nicht an ihren Eigenheiten sattsehen. Da wäre einmal diese kleine Falte zwischen ihren Brauen, wenn sie nachdachte. Die schmalen Augen, in denen lebensfrohe Funken tanzten. Ihr Kinn lief spitz zu, ihre Stupsnase verlieh ihr einen kecken Ausdruck und ihre sanft geschwungenen Lippen ... fügten alles perfekt zusammen. »Normalerweise spreche ich hier niemanden an«, flüsterte sie verschwörerisch. Sie schien nicht mitzubekommen, wie ich sie ebenfalls im Gegenzug musterte.

»Hier?«, fragte ich.

»In der Bronx.«

Sie spricht niemanden in der Bronx an ...? Ich strich mir durch den Nacken. Sollte ich dieses Gespräch vertiefen?

»Ich komme hierher«, fuhr sie fort, »spaziere durch die Straßen, höre Musik, schaue mir die neuesten Tags an und fahre wieder.«

»Tags.«

»Graffiti, Straßenkunst ... du musst das Wort kennen.«

War sie dieselbe Jade Carpenter, die ich glaubte zu kennen? »Natürlich kenne ich das Wort.«

Sie lächelte etwas zuversichtlicher. »Ganz ehrlich? Ich glaube, ich war zuletzt bei meiner Fahrprüfung so nervös.« Sie lachte und spielte mit dem Ende ihres Pferdeschwanzes, bevor sie mir in die Augen sah.

Ich stelle mir vor, wie ihr Haar in meiner Hand liegt ...

»Lust auf einen Spaziergang?«, fragte sie plötzlich. Sie wartete keine Antwort ab, sondern zahlte ihren zweiten Kaffee, drückte mir einen davon in die Hand und tänzelte zur Tür.

Ihre Jeans saßen eng und bewiesen einmal mehr, wie vollkommen sie war.

Folgen? Oder nicht folgen?

Es mochte ein Fehler sein, mich von ihr hinauslocken zu lassen. Aber wie sollte ich sonst herausfinden, wer sie eigentlich war, und ob sie verdiente, was wir mit ihr vorhatten?

JADE

Was zur Hölle tat ich hier? Ich quasselte diesen Fremden zu, als wäre ich naive dreizehn und hätte keine Scheu vor Gangstern, die aussahen, als kämen sie gerade frisch von einem Raubzug.

Dieser Typ war kaputt. Das sah ich, das roch ich, das machte ihn so verdammt interessant ... Seine Hände wirkten rau, als würde er häufig schwere Arbeit damit verrichten, aber sein Aussehen ließ den Gedanken, er würde ehrlich arbeiten, einfach nicht zu.

Er trug einen Bart, der seine grünen Augen noch intensiver hervorstechen ließ. Die Lederjacke hatte er hochgekrempelt. An seinem rechten Unterarm schimmerten zahlreiche Tattoos. Ich versuchte mich zu erinnern, ob sie denen meines Entführers ähnlich sahen, aber ich hatte keinen Schimmer. Seine dunklen Haare lugten unter dem Cappy hervor, seine Jeans hing tief und seine Sneakers mochten niemals weiß gewesen sein. Dennoch wirkte er nicht ungepflegt. Er roch angenehm, nach irgendeinem Shampoo mit leichtem Vanillearoma. Und dann waren da diese Schatten in seinem Gesicht, als hätte er noch so viel mehr zu verbergen. Abgesehen von dieser unglaublich tiefen, rauchigen Stimme ...

Wir waren erst ein paar Schritte gegangen, als er innehielt, sich in die Brusttasche griff und eine Schachtel Zigaretten hervorholte. Er bot mir eine an, aber ich lehnte kopfschüttelnd ab.

Seine Augen hörten nicht auf, mich zu mustern, als er sie sich anzündete.

Allein die Geste, wie er das Feuerzeug hielt und den ersten Zug nahm, war so heiß, dass sich etwas in meinen Beinen ausbreitete, das da definitiv nicht hingehörte. Es gab auch für mich einen Tabubereich. Ich hasste Risiken. Und er war nicht nur Risiko, er war Gefahr pur.

»Du wirst mich für verrückt erklären, wenn ich dir die gesamte Geschichte erzähle«, plapperte ich schließlich drauf los. Ich begab mich auf unbekanntes Terrain – wann hatte ich zuletzt mit einem Kerl gesprochen, der mir nicht jedes Auto auf der Straße kaufen konnte, aber so aussah, als würde er es notfalls stehlen? Ich zählte zusammen und kam auf: niemals. »Ich war auf einer dieser todlangweiligen Partys in Manhattan. Schätzungsweise hast du keine Ahnung, wie langweilig sie sein können.«

»Warum warst du eingeladen?« Da war es wieder. Seine Stimme. Diese Stimme, die mir so bekannt vorkam ...

»Was schätzt du?«

Er rauchte, während wir langsam den Gehweg entlangschlenderten. »Du bist eine Kellnerin?«

»Nicht ganz. Leider war ich Gast.«

Er hob die Brauen. »Ehrlich? Eine Begleitung?«

»So ähnlich.«

Das nahm er wortlos hin. Vermutlich glaubte er nun, ich arbeitete als Escort. Immer noch besser, als ihm unter die Nase zu reiben, dass man mich als Enkelin des Gouverneurs hatte entführen wollen. Und wenn tatsächlich *er* mein Entführer gewesen war? Das würde bedeuten, Landon hätte ihn nicht getötet *und* daneben geschossen.

Aber warum war mein Entführer dann an meiner Seite zusammengesackt? Nein, wenn sie sich nicht gerade abgesprochen hatten, ergab das so viel Sinn wie Sahne auf einem italienischen Cappuccino.

»Es gab einen Stromausfall«, redete ich weiter, weil ich das Gefühl hatte, ich müsse ihm diese dämliche Geschichte erzählen, damit er mir beweisen konnte, dass ich mich täuschte. »Panik brach aus. Schüsse fielen. Und plötzlich hat mich jemand gepackt.«

Er hörte schweigend zu.

»Dieser Jemand bugsierte mich durch die Dunkelheit und zwang mich mit vorgehaltener Waffe, die Treppen hinunterzulaufen. Ich knickte mit dem Fuß um, aber er zog mich weiter.«

Er sah kurz an mir herunter.

»Nur eine Verstauchung«, ergänzte ich bescheuert. *Warum erzähle ich ihm nicht gleich, wie er an den Safe in unserer Wohnung gelangt?!* »Wie auch immer. Dieser Typ jedenfalls, er hatte dieselben Augen wie du. Eine verdammt ähnliche Stimme und ... auch dieselbe Statur.«

Er lächelte, als würde er mich nicht für voll nehmen.

»Und er ist erschossen worden.«

Er zog die Luft zwischen den Zähnen ein. »Übel. Und jetzt bist du auf der Suche nach seinem Geist?«

»Ich bin auf der Flucht vor meinem Leben. Mit seinem Geist hätte ich nie gerechnet. Schon gar nicht im Coffee&Sparkle.«

»Ich bin kein Geist.«

»Das ist ja so merkwürdig.«

»Partys in Manhattan sind also so schrecklich, dass man vor ihnen fliehen muss?«

»Ein goldener Käfig. Jeden Tag schaffe ich es, die Tür aufzubiegen und jeden Abend schließt sie sich wieder.«

»Was hält dich dort?«

»Ganz schön tiefsinnige Fragen für einen ersten Spaziergang, oder?«

Er schmunzelte und blickte auf die Straße. Es war eine typische Straße der Bronx. Ein paar Läden, ein paar falsch parkende Autos, Studenten und Mütter, die sich den Gehweg teilten – und viel mehr abgehalfterte Typen als in anderen Teilen New Yorks. Daher versuchte ich, wenigstens nicht mit meinem Kleidungsstil aufzufallen, wenn ich hier unterwegs war.

»Manchmal träume ich davon, eine Galerie zu eröffnen.« Mich überkam das Bedürfnis, auf seine Frage zu antworten, auch wenn ich dafür ausholen musste. *Wann hatte ich zuletzt mit jemandem darüber gesprochen? Hatte ich das überhaupt jemals?* Wenn ich mit einem Fremden darüber sprach, der nicht mein Kidnapper *sein konnte*, dann wäre es, als würde ich mit niemandem darüber sprechen. Ich sollte öfter in die Bronx fahren und meine Geheimnisse irgendwelchen Fremden anvertrauen, die sie so schnell vergessen würden wie mich.

»Eine Galerie?«, hakte er nach.

»Nicht unbedingt hier, aber vielleicht ... in Brooklyn. Eine Galerie mit einem Café. So wie in dieser schrecklichen Serie Gossip Girl, die nicht im Mindesten meine Generation einfängt. Aber ... ja, irgendwie ist das genau das, was ich gerne tun würde, wenn ich es schaffe, die Tür meines Käfigs aufzubrechen und das Gold zu verkaufen. Verstehst du ... was ich sagen will?«

»Ja«, entgegnete er ruhig. »Du hoffst also auf dein Erbe, um diesen Traum verwirklichen zu können«, ergänzte er scherzhaft. »Zeichnest du gerne?«

»Eben nicht. Ich bin eine Niete! In allem. Ich kann eigentlich gar nichts besonders gut –«, *außer vielleicht Kokain zu verticken und mit irgendwelchen Typen zu vögeln,* »und ich finde, Kunst wird zurzeit völlig ignoriert. Dabei gibt es so wunderbare Menschen, die so unglaublich schöne Bilder malen. Ob hier, die Graffitis, oder Ölgemälde auf Leinwänden ... Ich liebe es. Ich könnte den ganzen Tag damit verbringen, mir Bilder anzusehen, und jemanden davon überzeugen, dass alles, was ihm fehlt, das Bild ist, was sein Herz berührt.«

Er schwieg und ich fragte mich, ob ich ihm das gerade alles offenbart hatte. Hatte ich. *Warum bloß?!*

»Ich glaube, ich habe zuletzt über so normale Dinge geredet, als ich achtzehn war«, sagte er schließlich und klang verändert. »Normalerweise spreche ich in dieser Gegend mit niemandem.«

Ich schluckte, weil er meine Worte verwendete. Vor Nervosität? Oder weil ich es mochte, wie er auf geheimnisvolle Art flirtete? Flirtete er überhaupt? Himmel, warum war mir das wichtig? »Warum nicht?«, fragte ich etwas zu leise.

Rauch aus seinen Lungen wehte mir entgegen. »Die meisten Menschen langweilen mich. Und die Bronx ist voller abgehalfterter Leute, die nur zum Schlafen aus Manhattan herkommen.«

»Deswegen fahre ich hierher.«

Er grinste. »Sehe ich. Du suchst die anderen Freaks, die sich nicht mal in die Nähe der Wall Street trauen, oder?«

Ich schlug ihm scherzhaft auf den Oberarm. »Kein Grund, mich zu beleidigen!«

»Du siehst aus, als wäre die Bezeichnung ›Freak‹ für dich ein Kompliment«, sagte er ausweichend und grinste noch breiter.

»Aber keines, das ich gewohnt bin zu hören.«

»Du sprichst einen Typen wie mich in einem heruntergekommenen Coffee-Schuppen an, spendierst ihm einen Kaffee und lädst ihn zu einem Spaziergang ein – du musst diese Bezeichnung ständig hören.«

»Wie gesagt, ich komme hier nur her und verschwinde wieder. Niemand sieht oder bemerkt mich.«

»Das glaube ich kaum.«

»Wieso?«, hakte ich nach.

Er schüttelte grinsend den Kopf und rauchte weiter.

»Was meinst du damit? Bin ich zu auffällig? Oder zu ›weiß‹?« Ich streckte ihm die Zunge heraus.

»Das nicht unbedingt. Schlabberpullis sind zwar etwas aus der Mode ...«

»Ich habe ihn aus dem Schrank meiner Mutter. Glaubt man das? Ich trage ihre Kleidung. Etwas Intimeres haben wir selten geteilt.«

»Klingt nach einer stabilen Familiensituation?«

»Ich sollte jetzt wirklich aufhören, dir davon zu erzählen.«

Vor einer Kreuzung hielten wir und er drehte sich in meine Richtung. Sein Blick wurde ernst. »Solltest du. Am besten, du nimmst dir ein Taxi und fährst zurück. Es ist nicht gut für dich, mit mir gesehen zu werden. Vor allem nicht hier.«

Ich lachte auf.

»Ich habe ... *Freunde.* Sie werden fragen, wer du bist.«

»Was für dämliche Freunde erlauben dir nicht, mit einer Frau zu sprechen?«

»Sie erlauben es mir. Allerdings wird es sie wundern, weil ich nicht häufig mit Frauen spreche.«

Ich lachte lauter. »Hast du Angst vor dem weiblichen Geschlecht? Und du nennst *mich* Freak?«

Auch er musste wieder lächeln. Er nahm einen weiteren Zug, bevor er antwortete. Es gefiel mir, wie intensiv seine Augen mich fixierten. »Wenn wir zum Beispiel in einen Club gehen würden und ich würde dort mit dir reden und dich nicht flachlegen, dann wäre das etwas, das meine Freunde sehr wundern würde. Sie würden denken, es ginge mir darum, etwas über dich herauszufinden, und zwar nicht, weil ich dich heiraten will. Du wirst interessant und ich möchte nicht, dass du ihr Interesse weckst. Ich lebe auch in einem Käfig. Allerdings ist meiner aus Stahl. Kannst du ein bisschen was mit meinen Andeutungen anfangen?«

Mein Lächeln war gefroren und ich schüttelte den Kopf.

»Oh, ich konnte dir Angst einjagen. Besser, du quatschst jemanden wie mich nicht mehr an. Gerade dann nicht, wenn er deinem Kidnapper ähnelt.«

Da war es wieder. Das Wort ›Angst‹ und die Warnung, vorsichtiger zu sein. »Aber du bist es nicht, oder?«, fragte ich drängend. »Du bist es nicht gewesen.«

Er trat die Zigarette aus und hielt im richtigen Moment ein Taxi für mich an, indem er locker den Arm hob. »Dann wäre ich jetzt tot. Und ich fühle mich eigentlich recht lebendig.«

Wieder schluckte ich. Mein Speichel wollte sich nicht reproduzieren.

»Mach's gut, Jade.« Er öffnete mir die hintere Tür des Taxis.

»Woher kennst du meinen Namen?«, musste ich noch wissen.

Sein Lächeln blieb echt. »Du hast ihn der Barista gesagt. Woher sollte ich ihn sonst kennen?«

GIL-BOY, 19:00

Alter …

ICH, 19:06

Langweile mich nicht mit Kurznachrichten.
Sie ist zu spät. Ich brauche Ablenkung.

GIL-BOY, 19:06

Ich weiß, warum sie zu spät ist.

ICH, 19:07

?!

JADE

Als ich nach Hause kam, herrschte Totenstille in der Wohnung. »Mom?«

Ihr Arbeitszimmer war erleuchtet, im Wohnzimmer lief der Fernseher ohne Ton.

»Hallo?«

Die Tür zur Garderobe stand offen und es herrschte Unordnung.

»Okay, shit«, fluchte ich leise und griff nach dem Schuhanzieher als provisorische Waffe. Ich hatte mich in etwas verwickeln lassen und ein Schuhanzieher würde mir nicht helfen, aber es wäre noch dümmer, zu sterben und nicht einmal an eine Waffe gedacht zu haben.

Langsam ging ich auf das Arbeitszimmer meiner Mutter zu. Es war unheimlich, denn so still und gleichzeitig beleuchtet war die Wohnung noch nie gewesen.

Als wäre sie einfach tot umgefallen ...

Ich lehnte mich an den Türrahmen und linste ins Büro. Niemand war zu sehen. Ich achtete auch auf Schatten, die nicht hätten da sein dürfen.

Nichts.

Eine Vase war umgefallen und die künstlichen Blumen lagen verstreut auf dem Teppich.

Was habe ich zu verlieren?

Ich trat ein.

Der Safe stand offen.

Möglicherweise war dies das erste Mal, dass ich ihn offen vor mir sah.

Gut. Damit war klar, dass etwas nicht stimmte.

Ich sah mich im Raum um, lauschte noch einmal in die Zimmer und legte den Schuhanzieher schließlich ab. Geräuschlos huschte ich durch den Raum auf das Gemälde zu, hinter dem sich Moms heiliger Safe verbarg.

Die Tür war angelehnt. Ich könnte ihn ganz leicht vollständig aufziehen.

Sollte ich das tun?

Wie oft hatte ich mir bereits ausgemalt, meiner Mutter Geld zu klauen? Hunderte Male. Denn auch wenn sie mir Geld gab, so herrschte doch eine strenge Kontrolle darüber, wofür ich es ausgab, und sie hätte bedauerlicherweise etwas dagegen, wenn ich die Übungsleiter an meiner Uni bestechen würde, damit sie mir Scheine ausstellten.

Deswegen brauchte ich das Kokain, um so Geld zu erwirtschaften, von dem sie nichts wusste, und deswegen war es so verdammt verlockend ...

Ich dachte nicht länger darüber nach – fragte mich nicht, zu was diese unheimliche Situation in ihrem Arbeitszimmer geführt hatte und ob ich geradewegs in eine Falle getappt war – ich streckte den Arm aus und stieß die schwere Tür auf.

Das Bild schwang beiseite und ließ den Blick frei auf ...

Bücher.

Es fiel mir schwer, zu realisieren, was ich da sah.

Aber jap, es waren einfach nur verdammte Bücher. Notizbücher. Eng gestapelt, fein säuberlich übereinander.

Enttäuscht griff ich nach einem davon. Besaß meine Mutter noch einen zweiten Safe, von dem ich nichts wusste? Wie konnte mir das entgangen sein? Wie schlecht war meine Bespitzelung, bitte schön? Warum schaffte sie es, so viel vor mir zu verbergen?

Gerade als ich das Buch aufschlagen wollte, hörte ich das Öffnen der Fahrstuhltüren.

»Jade?« Susan Carpenter.

Shit! Ich legte das Buch zurück, lehnte die Safetür wieder an und war doch nicht schnell genug. Meine Mutter erschien im Türrahmen zu ihrem Büro.

»Geh da nicht ran!«, schrie sie panisch und blieb wie angewurzelt stehen.

Ebenso überrascht verharrte ich.

»Jade!«, herrschte sie. »Verlass sofort mein Büro! Auf der Stelle!«

Innerlich kochte die größte Wut in mir hoch und es fiel mir unfassbar schwer, entschuldigend zu lächeln. »Natürlich«, sagte ich mit bebender Stimme und blieb, wo ich war. Ich konnte mich nicht rühren. Die Enttäuschung darüber, dass ich für meine Mutter nicht mehr als eine Fremde war, die bedauerlicherweise mit ihr im selben Haus wohnte, fraß sich durch meinen Körper. Was würde passieren, wenn ich nach einem Buch griff und es aufschlug? Oder es gar nach ihr warf? Es stahl? Es keine-Ahnung-was-damit-tat?

»Jade«, sagte sie mit einem warnenden Unterton in der Stimme und kam auf mich zu. »Ich möchte, dass du meinen Schreibtisch verlässt. Das sind meine privaten Dokumente.«

»Was für Dokumente?«, fragte ich unschuldig.

»Papiere. Mehr hat dich nicht zu interessieren.«

»Ich war auch gar nicht neugierig.« Endlich erlangte ich meine gewohnt naive Dumm-Bäckchen-Art zurück. »Ich habe mir nur Sorgen gemacht, weil es so still war und die

Blumen heruntergefallen sind. Der Safe stand offen ... Ich fürchtete, es sei eingebrochen worden.«

»Dein Großvater musste ins Krankenhaus gebracht werden«, erklärte sie tonlos.

»Großvater?!«

»Er hatte einen Schlaganfall. Ich habe nicht mehr daran gedacht, die Tür wieder zu schließen. Es musste alles so schnell gehen. Hat dir Arthur denn nichts gesagt, als du gekommen bist?«

»Nein.« *Ich hatte mich am Portier vorbeigeschlichen. Ich mochte es nicht, wenn er mitbekam, wie ich kam und ging.* »Soll ich zu ihm fahren?«, fragte ich und betete, sie würde Nein sagen. Die Schein-Welt-Jade verehrte ihren Großvater, die echte hasste ihn.

»Hast du nicht heute Abend dein Date mit Landon?«, fragte meine Mutter.

Mein Lächeln wurde anstrengend. »Das kann ich auch verschieben.«

»Du solltest erst morgen zu ihm fahren. Er braucht Ruhe.«

»Aber er wird wieder gesund?«

»Ja, sein gesundheitlicher Zustand ist nicht kritisch.« Meine Mutter bewegte ihre Hand, als würde sie mich hinausscheuchen wollen. »Bitte lass mich jetzt allein.«

Aah! Wieso ist sie so schrecklich herzlos? Wieso war ihr das Date mit Landon wichtiger als ihr eigener Vater? Oder wollte sie nicht, dass Großvater durch meine Anwesenheit gestört wurde?

Längst in meinem Zimmer angekommen, lag ich wie gelähmt auf meinem Bett.

Ich musste zu ihm fahren, oder? Wenn ich es nicht tat, könnte er denken, er wäre mir egal, richtig? Und wenn er einmal dachte, dass er mir egal wäre, würde er mir genauso viel vererben wie der Madenfamilie XY im Central Park.

Immer wieder fragte ich mich, warum meine Großmutter überhaupt mit ihm zusammen gewesen war.

Gedankenverloren griff ich nach der Kette auf meinem Nachttisch, die sie mir zum fünften Geburtstag geschenkt hatte. Ihr war es nie möglich gewesen, offen mit mir zu sprechen – ich vermutete, mein Großvater hatte sie zu sehr im Griff – aber ihre Geschenke waren es gewesen, mit denen sie ihre Liebe ausgedrückt hatte.

Seitdem ich klein war, hatte sie mir etwas Selbstgemachtes geschenkt. Etwas Kleines, etwas Wertloses, mal ein Spielzeug, mal einen Kalender, mal einen selbstgestrickten Schal ... Ihre Geschenke waren mir heilig. *Sie* war mir heilig gewesen.

Und daher ertrug ich den Gedanken nicht, sie mir in dem Krankenhausbett vorzustellen, in dem mein Großvater jetzt lag. In einem dieser kühl eingerichteten Zimmer. Am Ende hatte sie nicht einmal mehr gewusst, wie ich hieß. Die Erinnerung war so furchtbar, dass ich krampfhaft die Tränen herunterschluckte und wie ferngesteuert aufstand.

Es war bereits sieben Uhr, als ich vor den Spiegel trat. Ich hatte mich nicht einmal ansatzweise auf das Date mit Landon vorbereitet.

Aber war es überhaupt wichtig, wie ich dort aufkreuzte?

Hatte ich Bock, heute Abend die Starke zu mimen?

LANDON

Die Quelle meiner Wut versiegte nicht. Wieso zur Hölle musste ich mich mit diesem Mädchen herumplagen? Warum war sie nicht ansatzweise so einfach wie alle anderen Frauen, die ich in den letzten Jahren durchgevögelt hatte?

Beziehungen waren mir nicht fremd. Ich beherrschte das Trara des souveränen Mannes, der neben seiner Flamme zum Weichei wurde, gut genug. Häufig war es besser gewesen, eine Freundin zu haben, die man vorstellen konnte, wenn jemand nach ihr fragte. Unauffälliger, harmloser.

Stunden hatte ich damit verbracht, an der 5th Avenue zu shoppen. Ewigkeiten damit, im Starbucks abzuhängen, weil *die Eine* es gerade so wollte. Ich hielt Türen auf, ich bezahlte Drinks, ich verzichtete auf Sex, ich hörte zu, ich zog die ganze große, einstudierte Show des perfekten Schwiegersohns ab – ich war also so was von prädestiniert für den Job, Jade Carpenter und ihre gesamte Familie von mir zu überzeugen.

Aber ausgerechnet dieses kleine Miststück war eine unerträgliche Bitch und versuchte, mir zu widerstehen.

Daher hasste ich sie. Jede einzelne Minute, die sie mich warten ließ, hasste ich sie mehr.

Ich stellte mir vor, wie ich Ophelia dafür bestrafte, dass ich statt mit Jade mit ihr meine Zeit vertrödeln musste. Ich stellte mir vor, wie der Sex so hart war, dass Ophelia am Ende heulend zusammenbrechen würde. Dann würde ich ihr sagen, was ich wirklich von ihr hielt, und ihr kleines Herz würde zerbrechen und die Trümmer lägen am Boden, während ich auf sie hinabwichste.

Ein gutes Bild.

Ich brauchte Rache.

Ich brauchte Befriedigung.

Ich brauchte einen Kanal für meine Wut.

»... und dann haben wir uns für ein Broadway-Musical verabredet. Ist das nicht toll? Ich habe noch nie so schnell eine neue Freundin gefunden. Sie studiert Geschichte. Nächstes Semester haben wir sogar einen gemeinsamen Kurs. Ich freue mich darüber so sehr. Das wird doch sicherlich spaßig, oder?«

»Ophelia?«, bat ich sie charmant.

»Ja?«, fragte sie und lief rot an, als ich nach ihrer Hand griff. Ihre Uhr zeigte zehn vor acht. *Fuck! Fuck, fuck, fuck, fuck!*

»Wollen wir gehen?«

»Jetzt schon?«, fragte sie irritiert.

»Ich möchte den Abend lieber mit dir gemeinsam auf meiner Couch ausklingen lassen. Du weißt schon ...«

Sie wurde noch röter. Das letzte Mal hatte ich sie auf ihrer Couch in den Himmel geleckt, bis sie heiser vom Schreien war, heute würde ich sie hart in den Arsch ficken, auf dass sie nicht einmal in die Nähe eines Orgasmus gelangte. »Ja, gern«, sagte sie kichernd.

Ich nickte müde. Ich hatte nie damit gerechnet, dass

Jade heute Abend erscheinen würde. Also warum regte es mich so sehr auf, dass sie es nicht tat?

Ich holte mein Portemonnaie hervor und winkte dem Kellner. Kopfschmerzen machten sich hinter meiner Stirn breit. Wenn ich Jade nicht knackte, würde alles andere so viel schwerer werden. Was machte ich bloß falsch? Wie lautete der Schlüssel zu ihrem abgehobenen Herzen?

»Eine Dame beim Empfang fragt nach Ihnen, Sir«, sagte der Kellner, als er mir die Rechnung brachte.

Ich sah auf.

»Soll ich ihr ausrichten, dass Sie demnächst das Lokal verlassen werden?«

Mein Blick flog durch den Raum, bis ich sie tatsächlich beim Empfang stehen sah. Was dann mit mir geschah, war definitiv nicht gesund. Ich empfand Erleichterung, aber auch etwas, das ich schleunigst unterdrücken musste: Neugierde.

»Nein. Wir bleiben doch noch. Nehmen Sie die Rechnung wieder mit.«

»Wie Sie wünschen, Sir.«

Er verzog sich und ich fing Jades Blick ein.

Sie lächelte breit, als sie mich entdeckte, und kam selbstbewusst auf mich zu. Vermutlich fühlte sie sich in ihrer Unwiderstehlichkeit bestätigt, da ich noch immer hier saß und auf sie wartete.

Aber sie wird nicht mit meiner Überraschung für sie gerechnet haben.

JADE

Ein einfaches Date. Eine einfache Ablenkung. So blöd ich diesen Typen fand, Sex mit einem durchtrainierten, gut bestückten Mann war jetzt genau das, was ich brauchte, um wieder in meine goldene Mitte zu finden.

Vergessen sollte diese Party sein. Das undurchsichtige Gespräch, das meine Mutter geführt hatte. Die merkwürdigen Bücher in ihrem Safe. Der Kerl heute im Café und alles, was damit zusammenhing.

Warum nicht weitermachen wie bisher?

Und die Bronx eine Weile meiden …?

Landon hatte mich kurz in den Blick gefasst, als ich nach ihm Ausschau gehalten hatte, jetzt konzentrierte er sich wieder auf die Person vor ihm.

Moment … die Person vor ihm?

Beim Näherkommen stellte ich überrascht fest, dass ihm gegenüber eine andere Frau saß. Möglicherweise mein Alter, eher etwas jünger.

Ich hatte mir ja denken können, dass er sauer war, wenn ich zu spät kam, aber sich einfach Ersatz zu suchen?

Oh Gott, das war so was von billig.

»Guten Abend!«, flötete ich, als ich den Tisch der

beiden erreichte, und lächelte die andere freudestrahlend an. Sie war 'ne graue Maus, fast so schlimm wie Cicily.

Und mit der wollte er mich ernsthaft ersetzen?

Es wurde immer lachhafter!

Ich zog mir einen dritten Stuhl heran und entschied mich dazu, sie einfach zu ignorieren. »Hast du schon gegessen?«, fragte ich Landon und sah mich nach einem Kellner um, damit er mir eine Karte brachte.

»Entschuldigung?«, fragte er und tat so, als würde ihn meine Anwesenheit irritieren.

»Ich muss mich stärken, bevor wir den Sexmarathon starten«, erklärte ich ihm knapp und ließ mir die Karte reichen.

»Sexmarathon?«, wiederholte seine Ische perplex.

Ich verdrehte die Augen. »Ja, aber bitte ohne dich.«

»Was?!«

»Jade?«, fragte Landon. Nun klang er noch bescheuerter. Wie ein obervernünftiger FBI-Furz, was er ja leider auch war. »Habe ich etwas verpasst?«

»Ich bin zu spät, sorry«, murmelte ich und las die Speisekarte durch.

»Wir waren nicht verabredet.«

Oh Mann ... »Ernsthaft jetzt?«, fragte ich und sah gelangweilt auf.

»Möchtest du uns vielleicht ... vorstellen?«, fragte das Mädel neben mir spitz.

»Natürlich, Liebling. Das ist Jade Carpenter. Die Tochter meiner Vorgesetzten. Jade? Das ist Ophelia Stewarts. Meine Freundin.«

»Schön für sie.« Ich schenkte ihr kein zweites Mal meine Aufmerksamkeit.

»Wir wollten einen gemeinsamen Abend verbringen. Zu zweit«, ergänzte er nachdrücklich.

»Ich weiß«, sagte ich leichthin. »Also, was macht *sie* hier?«

»Hallo!?«, keifte die Nervkröte.

Ich stöhnte auf.

»Jade«, sagte Landon noch eindringlicher, griff nach der Karte und zog sie nach unten, sodass ich gezwungen war, ihm ins Gesicht zu sehen. »Du musst etwas verwechseln. Ich weiß ja, dass dich der Überfall mitgenommen hat, aber ich bin für diese Probleme nicht der richtige Ansprechpartner. Du solltest dich vielleicht an einen Psychologen wenden.«

Ich starrte ihn an. »Was für ein blödsinniger Witz soll das werden?«

»Meine *Freundin* Ophelia und ich sind seit sieben Monaten zusammen. Ich habe mich nicht mit dir verabredet. Wann soll das gewesen sein?«

»Vielleicht kurz nachdem du deine Zunge in meinen verdammten Hals gesteckt hast?«, schlug ich genervt vor.

Landon betrachtete mich, als würde er sich aufrichtig Sorgen um meine Gesundheit machen.

Er spielte mir etwas vor, oder? Er war doch in diesem dämlichen Krankenhaus gewesen, nicht wahr? Das hatte ich mir verdammt noch mal nicht eingebildet – richtig?

Fuck!

Ich verwechselte den Kidnapper mit einem x-beliebigen grünäugigen Kerl, der irgendwo in einem Café aufkreuzte? Ich bildete mir ein, mich mit Landon verabredet zu haben? Mein Großvater lag im Krankenhaus und ich rannte trotzdem hierher?

Was stimmt nicht mit mir?!

»Ihr scheint es wirklich nicht besonders gut zu gehen«, sagte Ophelia besorgt und ich wandte mich ihr zu.

Als ich sie eine Weile ansah, kehrte meine Zuversicht zurück. Landon würde niemals mit dieser zugeknöpften

Blondine ausgehen, wenn er *mich* haben könnte. Das bewies, dass er nur spielte und ich nicht verrückter war als sonst.

»Ich glaube wirklich, dass es mir furchtbar geht«, sagte ich jammernd und blickte sie von unten herauf mit Hundeäuglein an. »Würdest du mir eine Kopfschmerztablette holen, Ophelia? Ich glaube, die haben hier am Empfang welche. Dann geht es mir hoffentlich etwas besser. Mein Schädel brummt ... es ist furchtbar.«

Im ersten Moment wirkte sie verwirrt, dann schien Landon sie mit einem Nicken zu bestärken aufzustehen, und sie tat es. »Natürlich«, sagte sie eifrig und eilte zum Empfang.

Dumme Bitch.

Kaum war sie weit genug entfernt, nahm ich ihren Platz ein.

Landon grinste, während er eine Augenbraue hob.

»Du bist so ein Arschloch«, zischte ich. »Noch nicht aufgefallen, dass sie dir aus der Hand frisst? Was hast du davon, sie zu verletzen?«

»Ich habe keine Ahnung, wovon du redest«, sagte er und grinste breiter.

Ich wusste nicht, ob ich ihn lieber würgen oder verprügeln wollte. Am besten beides. In dem Bruchteil einer Sekunde entschied ich mich dafür, auf das Essen zu verzichten, und stand wieder auf.

Ich zögerte nicht, ging auf ihn zu und schlug mein Bein über seinen Schoß.

Während ich seinen Hals umfasste, setzte ich mich auf ihn, presste mich auf seinen Schoß und zog ihn zu mir heran.

Ich küsste ihn. Wartete darauf, dass sein Mund sich öffnete, und stieß dann in ihn vor. Immer tiefer ließ ich meine Zunge zwischen seine Lippen gleiten, bewegte mich rhythmisch auf seinen Schenkeln und spürte die Erektion unter mir wachsen.

Dann biss ich ihm in die Unterlippe.

»Fuck«, stöhnte er.

»Du hättest es wissen müssen«, raunte ich und stand wieder auf.

»Lass uns auf die Toilette verschwinden«, murmelte er aufgegeilt. Seine Augen glänzten. *Auch nur Show ...?*

»Vergiss es. Du hast eine *Freundin*. Du verbringst den Abend mit ihr.« Ich setzte mich zurück auf meinen Platz und schlug die Beine übereinander.

Landon richtete seinen Anzug und die Krawatte, deren Ordnung ich bei meinem Überfall zerstört hatte, und ließ mich nicht daran teilhaben, was er dachte.

Er beherrschte dieses verdammte Pokerface perfekt.

»Warum sind deine Entscheidungen dermaßen absehbar?«, fragte er.

»Findest du?«

»Ich hätte Wetten darauf abschließen können, was du tun wirst, wenn Ophelia mich begleitet, und ich hätte jede davon gewonnen. Dein arrogantes Gehabe, sie wegzuschicken, um mich dann wild und hemmungslos zu küssen. Ja, genau so habe ich es mir vorgestellt. Ach, nicht zu vergessen, dass du mir einen Korb gibst, sobald ich vorschlage weiterzumachen.«

»Oh«, säuselte ich, »meinst du, das verletzt mich jetzt?«

Er öffnete den Mund, aber ihm fiel keine Antwort ein. *Schwachkopf.*

»Hast du absehen können, dass du mich damit verletzen wirst, den Blödmann zu markieren, ausgerechnet dann, wenn mein Großvater einen Schlaganfall hatte?«, fuhr ich locker fort. »Hm, so wie dein aalglattes Baby-Face gerade aussieht, hast du gedacht, ich wäre absichtlich zu spät gekommen. Aber du kennst mich schlecht. Jede andere Schlampe dieser Stadt hätte es wohl nötig, dich warten zu lassen, um dir das Gefühl zu geben, die Auswahl ihrer Abendgarderobe wäre wichtiger als du. Tatsächlich habe ich mir *irgendetwas* angezogen und im Taxi, welches allerdings von der Upper East Side bis nach Midtown eine geschlagene halbe Stunde benötigt, den Rest erledigt. Willst du jetzt also weiter so tun, als wäre ich hier die Bekloppte am Tisch, oder hast du Lust, deinen kleinen Mann zu stehen und dich zu entschuldigen?«

»Hier, die Tablette.« Ophelia legte sie mir vor meinen Platz. »Geht es dir schon etwas besser? Wofür soll Landon sich denn entschuldigen? Vielleicht solltest du wirklich besser nach Hause gehen, wenn du so verwirrt bist …«

»Hör einfach auf zu sprechen!«, fuhr ich sie an.

»Wie bitte?!«

»Ophelia«, sagte Landon.

»Gott, die ist echt total schräg! Können wir bitte gehen? Wenn sie nicht gehen will, gehen wir eben. Sollen sich die Angestellten des Restaurants um sie kümmern.«

»Ophelia«, beschwichtigte Landon sie. *Was für ein strunzdämlicher Name!*

Ich blieb sitzen, wo ich war.

»Landon, ich möchte jetzt gehen!«, forderte Ophelia aufgelöst und sah von mir zu ihm, zurück zu mir.

»Ich würde *dich* bitten zu gehen«, sagte Landon ernst.

»Was?!«

»Die Beziehung ist beendet.«

»Was?!«, kreischte sie.

»Ich habe dich schon am Samstagabend mit Jade betrogen.«

Ophelia fiel aus allen Wolken und plumpste auf ihren Platz. »Wie?«

»Wie?«, wiederholte Landon sanft. »Ich muss Jade nur ansehen und betrüge dich in meinem Kopf mit ihr. Bitte entschuldige, aber du kannst dieser Frau nicht das Wasser reichen. Ich habe nie geplant, ihr näher zu kommen. Wie du weißt, wollte ich nur eine gute Figur vor ihrer Mutter abgeben. Aber jetzt hat sie mich umgehauen. Ja, ich kann mir gar nicht mehr vorstellen, in nächster Zeit eine andere zu wollen. Sie ist die schönste Frau im Raum und das weiß sie. Und im Gegensatz zu allen Supermodels und Stars, die durch New York streifen, verleiht ihr dieses Wissen über ihre eigene Perfektion eine Menge Eleganz. Ich würde sogar so weit gehen, zu sagen, dass sie mich emotional berührt. Alles klar?«

Ophelia schien nichts besonders klar zu sein.

Ich blieb ebenfalls wie festgewachsen sitzen. Sollte das ein Scherz sein? Hatte er Ophelia nur deswegen hierherbestellt, um sie vorzuführen? Oder um mich vorzuführen? Oder sich selbst?

Als weder Ophelia noch Landon sich bewegten und auch niemand von ihnen etwas sagte, stand ich auf. »Klärt das ohne mich.«

Landon hielt mich nicht zurück – etwas, das mir sehr entgegenkam – und ich konnte mich ohne Weiteres vom Tisch entfernen. Mit jedem Schritt fühlte ich mich schlechter. Was sollte das alles? Was passierte hier? Ich ging zu den Toiletten, stieß die Tür auf und hielt erst vor einem der Spiegel.

Jade Carpenter starrte mich an. Eine Jade, die am Boden war, deren einzige nahestehende Person gestorben war und die jetzt auf ihren Studienabschluss wartete, um endlich *frei* zu sein. Ich hatte niemanden. Keine Mutter, keinen Vater, keine Familie. Ich war eine Puppe, die funktionierte, seitdem sie geboren wurde, und ich tat nichts dagegen, dass über mich bestimmt wurde.

Vielleicht hatte ich zu lange gezögert. Vielleicht war New York nicht meine Stadt und die Menschen in dieser

Gegend nicht diejenigen, die mir guttaten. Ich schien nicht in ihren Plan zu passen, nicht für das Korsett gemacht zu sein, das jedem hier umgelegt wurde.

Wozu hatte ich es nach all den Jahren gebracht? Zu einer Drogendealerin ohne Passion? Warum dealte ich nicht wenigstens, um mir ein Imperium aufzubauen? Irgendetwas mit Ziel und Aussicht auf eine Rentenversicherung? Was auch immer!

Aber auch das passte nicht zu mir. Nichts passte zu mir, denn *ich* schien nirgends hineinzupassen.

Und schon gar nicht in normale menschliche Beziehungen. Solche Idioten wie Landon sollten mein Umgang sein? Er hatte versucht, mich zu verletzen, seitdem ich ihm die Eier abgekniffen hatte. Die Einladung zum Date, Ophelia, seine schmeichelnde Rede über meine angebliche Perfektion: Sie hatte zu seinem Racheplan gehört.

Da war nie mehr gewesen als der Hass zwischen uns, weil ich ihm kurzzeitig überlegen war. Jetzt hatte er das Blatt gewendet. Ich hatte seine Rache verdient und die Gleichgültigkeit, mit der er mich verletzte.

Ein Grund zum Heulen?

Ich verdrängte den emotionalen Schmerz ebenso schnell, wie er gekommen war, zog meine Lippen nach und verließ die Toilette, als hätte ich nicht gerade kurz vor einem Zusammenbruch gestanden.

Das hier war exakt der richtige Ort, an dem ich sein sollte. New York war meine Stadt und ich würde sie mir nicht streitig machen lassen.

Ich spürte die Blicke aller anwesenden Männer auf mir, als ich seitlich durch das Restaurant auf den Ausgang zuging. Wenn ich wollte, konnte ich mir jeden einzelnen von ihnen vornehmen, niemand würde mir widerstehen. Ich lächelte unnahbar und ließ sie mit meinem sanften Hüftschwung spüren, dass sie nicht in meiner Liga verweilten, als ich den Ausgang erreichte.

Ich stockte.

Landon lehnte entspannt an der Wand, die Hände in die Taschen gesteckt. Sein Anzug warf an den richtigen Stellen Falten und saß wie angegossen.

Sein breites Lächeln galt mir, seine Augen blitzten dunkel.

Dafür, dass er ein Arschloch war, sah er verdammt gut aus.

Er trat an meine Seite, als ich weiterging. »Entschuldigung, Miss …« Er hielt mir seine Hand hin. »Landon Mulvaney. Ein ziemlicher Idiot, was erste und zweite Dates angeht und nicht gerade befähigt darin, Frauenherzen im Sturm zu erobern, die mehr wert sind als die Schaufensterpuppen an der 5th Avenue. Schon gar nicht gehört es zu meinen Stärken, das Richtige zu tun, wenn Sie vor mir aufkreuzen.«

»Gut. Was soll dein Geschleime jetzt?«

»Jade«, sagte er, fast tadelnd. »Könntest du mir bitte eine Chance geben? Nur eine einzige. Eine echte.«

»Die hattest du schon. Ein paar.«

»Die hatte ich nie.«

»Was willst du mit einer meiner Chancen? Mich so vorführen wie Ophelia?«

Er legte die Fingerspitzen an die Lippen. »Ich bitte dich, Ophelia ist …«

»Dass sie dumm ist, ändert nichts daran, dass du sie verletzt hast.«

»Ich weiß.«

Wir sahen uns an. Ich sollte gehen, aber etwas hielt mich davon ab, ihn einfach stehen zu lassen. *Was will er wirklich von mir?*

»Ich hatte Angst, *du* würdest mich verletzen«, sagte er

leise. »Ich tue cool, aber bisher habe ich nicht viel machen müssen, um eine Frau rumzubekommen. Normalerweise werden meine Eier geleckt und nicht abgekniffen.«

»Herr Ober, haben Sie eine Dose Mitleid zum Mitnehmen?«

Sein Blick nahm an Intensität zu. »Ich bin nicht der Einzige, der Ophelia vorhin das Herz gebrochen hat. Du bist genauso ignorant und egoistisch wie ich.«

»Bin ich nicht.«

»Und einsam.«

Ich presste die Zähne zusammen.

»Warum lässt du mich nicht hinter deine Maske blicken? Nur ein winziges bisschen?«

»Und du? Wie sieht dein wahres Gesicht aus?«

Er schwieg einen Moment. »Ich habe eben nicht gelogen. In diesem Restaurant sitzen dreißig Männer. Sie alle wollen dich haben und niemand wird dich jemals bekommen. Auch ich nicht. Ich könnte zwanzig Frauen abweisen, um dich zu bekommen, es wäre dir egal.«

»Weil *du* mir egal bist.«

Er trat zur Seite, um nicht länger den Weg zur Tür zu versperren. »Dann kann ich nichts tun.«

Ich sah zweifelnd zu ihm hoch. »Meinst du irgendetwas von deinen Worten ernst? Hättest du Ophelia nicht angeschleppt, lägen wir längst zusammen in einem Hotelbett oder würden es in der Toilette treiben. Was willst du wirklich von mir?«

»Sex kann ich mit jeder haben. Aber mit dir gibt es *mehr*.«

Beinahe hätte ich gelacht. »Mehr? Mehr als einen Quickie? Du spinnst.«

Er lächelte. »Ein Gentleman weiß, wann er verloren hat.«

Schnaubend ging ich an ihm vorbei. *Gentleman. Klar.*

Vor der Drehtür hielt ich inne. Ein Pärchen kam mir entgegen, eng umschlungen, sie nahmen mich nicht einmal wahr.

Mehr? Landon wollte mehr und zog dafür jedes mögliche Register?

Ich fuhr zu ihm herum. Noch immer blickte ich in ein undurchschaubares Pokerface. »Das Carlton oder der Trump Tower?«

ICH, 20:01

Ich will nichts sagen, Gil-Boy …

GIL-BOY, 20:01

Warum tust du es dann, Jack? ;-)

ICH, 20:02

Diese Frau ist …

GIL-BOY, 20:02

Ja. Schreib mir noch zehnmal, wie sehr du sie eigentlich hasst.

ICH, 20:02

Das ist es nicht. Ich glaube …

GIL-BOY, 20:02

🙄

ICH, 20:05

Ich glaube, ich will das hier. Nicht so vielleicht, also nicht auf diese Schleim-Typ-Art … aber …

GIL-BOY, 20:05

Wovon zur Hölle redest du?! Was zur Hölle willst du? Den Plan zu Ende bringen? Ja, das hoffe ich für dich.

ICH, 20:08

Ich weiß doch, Mann. Ich rede nicht vom Plan.

Sondern von ihr.

GIL-BOY, 20:08

Aha?

ICH, 20:21

Ich will sie.

JADE

Es war eine Mischung aus Eis und Sturm, der einsetzte, sobald die Tür ins Schloss gefallen war.

Unsere Finger fanden wie selbstverständlich an die Kleidung des anderen. Ich öffnete sein Hemd, er schälte mich aus meinem Oberteil.

Landons Haut war glatt, eben und, wie ich vermutet hatte, perfekt. Meine Fingerkuppen brannten, weil seine definierten Muskeln sie so sehr erhitzten, und ich spürte das Verlangen in mir aufkommen, die Kontrolle vollständig abzugeben.

Ja, ich ließ mich fallen und alles um mich herum los. Landon gehörte definitiv zu dem Typ Mann, der wusste, was er tat.

Er packte mich unter den Schenkeln und trug mich zum Bett. Ganz der gekonnte Liebhaber, zog er mich aus, während er Küsse auf meiner Haut verteilte, und öffnete zuletzt seinen Gürtel.

Ich rollte mich auf dem Bett ein und sah ihm dabei zu.

Das Licht der umstehenden Wolkenkratzer war das einzige im Raum und erhellte seinen gestählten Körper. Seine Schamhaare waren gestutzt, seine Erektion verlockend groß. Muskeln spannten sich über seinen gesamten Körper. Er besaß nicht ein Gramm Fett zu viel und keinen einzigen sichtbaren Makel.

Als er sich zu mir aufs Bett legen wollte, hielt ich ihn davon ab.

»Stopp«, sagte ich flüsternd.

Er hielt inne. Ob er fürchtete, ich würde einen Rückzieher machen?

»Was malst du dir wirklich mit mir aus?«, fragte ich noch leiser.

Seine Haltung verspannte sich leicht. »Wie meinst du das?«

»Als du dir den Sex mit mir vorgestellt hast, wie war er wirklich? Er glich niemals diesem Standard-One-Night-Stand-Kram, den du zwar sehr gut beherrschst, aber mit dem du auch schon Mädchen wie Ophelia beglückt hast, oder?«

»Sondern?«, fragte er.

Liege ich falsch? Ist er nicht eigentlich viel herrischer, viel dominanter, so wie im Fahrstuhl? »Ich ... weiß nicht?«

Er seufzte und richtete sich wieder auf. »Jade, warum vögeln wir nicht einfach? Wir wollen es beide. Mehr als deutlich. Lass es uns einfach tun.«

»Wir wollen es. Aber du willst es nicht auf diese Art.«

»Und du?«

»Ich kann diese Nacht entweder vergessen, weil sie so wie alle anderen mit allen anderen Typen sein wird, oder du zeigst mir endlich, was du vor mir verbirgst.«

»Du bist verdammt herausfordernd.«

»Ich bin echt.«

»Jade ...« Er griff mit beiden Händen in sein Haar und schloss für einen Moment die Augen, was mir die Zeit ließ, seinen Körper noch eine Weile länger zu betrachten. Es gab nichts, das mich störte. Er gefiel mir durch und durch.

Eine wunderbare Voraussetzung für guten Sex. Als er sie wieder öffnete, hatte sich etwas in ihnen verändert. Seine Iriden schimmerten dunkel und erzeugten eine Gänsehaut auf meinen Armen. Landon setzte sich zu mir aufs Bett, legte eine Hand in meine Taille und zog meinen Oberkörper zu sich heran. Liebkosend verteilte er Küsse auf meiner Brust. »Ich kann diese Nacht unvergesslich für dich machen. Aber nicht mit Sex.« Er küsste mich auf meine Brustwarze und atmete tief ein. »Du müsstest dich öffnen, damit ich das in dir erzeugen kann, wonach du dich wirklich sehnst.« Seine Küsse wanderten tiefer. Über meinem Bauch hielt er inne.

»Was versuchst du, mir zu sagen?«, fragte ich atemlos. »Dir ist klar, dass kein Mann, den ich je traf, so etwas vorm Sex gesagt hat, oder?«

Er blickte zu mir auf. Die Schatten in seinem Gesicht ließen mich noch weniger erahnen, was er dachte. »Ich will auch gar nicht reden. Versprich mir nur, dass du morgen nicht verschwunden bist. Denk bitte länger als ein paar Sekunden darüber nach, dass das hier mehr werden könnte als ein One-Night-Stand.«

»Wovon zur Hölle sprichst du?!«, fragte ich ihn und rutschte von ihm weg, was er allerdings nicht zuließ. Ganz im Gegenteil, er zog mich noch näher zu sich heran.

»Ich will dich nicht mehr gehen lassen, Jade. Und leider reihe ich mich damit nur in eine ziemlich große Männerschar ein.«

»Kannst du endlich aufhören, so mit mir zu reden, als wärst du kein nüchternes Arschloch? Das ist nämlich der *eigentliche* Grund, weshalb ich mich auf das alles hier eingelassen habe.«

»Ich weiß«, raunte er. »Aber das Arschloch war nur gespielt.«

»Um mich rumzukriegen?!«

»Um dir näherzukommen.«

»Das ist doch ein Witz!«

»Nein«, sagte er und wanderte mit seinen Lippen tiefer. »Hätte ich es nicht getan, wären wir jetzt nicht hier. Das weißt du.«

Ich sollte ihn davon abhalten, weiter zu gehen, und fordern, dass er endlich aufhört, mir etwas vorzuspielen, aber leider ließ er im nächsten Moment seine Zunge zwischen meine Schamlippen gleiten und schon war es um meine Standhaftigkeit geschehen. Ich drückte mich ihm entgegen und gab mich hin.

Spätestens jetzt wusste ich, dass er zig Frauen vor mir gehabt haben musste, denn er stimulierte mich mit seinem Mund wie kaum ein zweiter. *Oder lag es an etwas anderem? Fühlte ich das erste Mal mehr als pure Erregung ...?*

Seine Zunge glitt zwischen meinen Lippen entlang, während seine Hände fest in meinen Hintern packten. Mit jeder Sekunde, die verstrich und in der er mich leckte, wuchs das Verlangen in mir. Nach Sex. Nach *ihm*. Ich musste unbedingt wissen, wie es war, wenn er mich fickte. Wäre er ebenso sanft und geduldig wie jetzt? Würde er seine eigene Lust so lange im Zaum halten, bis ich gekommen war? Wobei ich mir auch gut vorstellen konnte, den ganzen Abend so dazuliegen. Meine Hände ins Bettlaken zu krallen und mich ihm entgegenzubäumen, auf dass seine Zunge mich noch intensiver liebkoste, küsste, leckte und schließlich ...

»Fuck!«, schrie ich, als er mich plötzlich überreizte. Mein Schritt brannte vor unbefriedigter Lust. Im nächsten Moment war er über mir, seine dunklen Augen scannten mein Gesicht.

»Willst du es?«, fragte er, obwohl ich längst meine Beine für ihn geöffnet hatte.

Diese Frage kam überraschend, ja, sie war unglaublich intim. Wann hatte mich ein Mann zuletzt gefragt, ob ich es will? Ob ich es wirklich will?

»Ja«, flüsterte ich und er tauchte in mich ein.

Seine Schwanzspitze reizte meine Wände und glitt immer tiefer. Er war so dermaßen gut bestückt, dass es beinahe schmerzte, weil er mich mit einem Mal so dehnte.

Aber Landon glich seine Größe aus, indem er besonders umsichtig in mich eindrang. Woher nahm er plötzlich sein Feingefühl? Warum riss er sich zusammen?

Er eroberte mich und beherrschte nicht nur meinen Körper, der ihm längst willenlos ausgeliefert war. Durch seinen intensiven Blick, seine ungestüme, aber nicht gewaltsame Art, berührte er mich tiefer, als seine Lust jemals dringen könnte.

Landon schob sich mit einem letzten dominanten Stoß in mich und ich umschlang ihn mit meinen Armen.

Wir küssten uns. Wir küssten uns, während er mich fickte, und etwas in meinem Kopf registrierte, dass alles anders war als sonst. Intensiver, emotionaler, intimer. Er vögelte mich nicht nur, er schlief mit mir.

Und in meinem Bauch entstand ein sehnsüchtiges Ziehen, das nicht zum Sex gehörte. Sondern zu ihm. Noch nie zuvor hatte mein Mund so fordernd nach Küssen verlangt und noch nie zuvor war mein Körper so sehr mit einem anderen verschmolzen.

Es war Sex.

Es war verdammt guter Sex.

Er ging die halbe Nacht.

Aber es war noch so viel mehr.

Sobald wir aufhörten, fingen wir wieder an. Es gab kein Ende, unsere Zärtlichkeiten, die hemmungslose Lust, das liebevolle Teilen, es endete nicht.

Und als ich einschlief, stellte ich fest, dass ich es nur tat, um wieder Kraft zu tanken. Denn ich wollte nicht mehr gehen.

ICH, 12:23

Guten Morgen, Bro.

GIL-BOY, 12:23

Es ist Mittag.

ICH, 12:23

Ach tatsächlich …

GIL-BOY, 12:24

Wie war dein Date?

ICH, 12:24

Großartig. Sie bläst mir gerade einen.

GIL-BOY, 12:24

…

ICH, 12:25

Wirklich! Und wie! Gott, diese Frau ist erfahrener als alle vorher zusammen. Eine echte Wucht. Tut mir fast schon leid, dass du nicht in ihren Genuss kommen wirst. Wie sie ihre Lippen …

aaaah fuck

GIL-BOY, 12:25

Lass mich nur weiter dran teilhaben. Interessiert mich brennend.

ICH, 12:25

Wann hattest du zuletzt eine Frau in deinem Bett, Gil?

GIL-BOY, 12:26

Ich bin nicht wie du, Mulvaney. Für mich gehört mehr dazu, als meinen Schwanz in irgendeine Pussy zu versenken.

ICH, 12:26

Gott! Was hat man bei deiner Geburt nur falsch gemacht?

GIL-BOY, 12:26

Also bist du am Ziel?

ICH, 12:26

Sieht so aus …

GIL-BOY, 12:26

Vertraut sie dir?

ICH, 12:26

Sieht so aus?!

GIL-BOY, 12:27

Gut.

GIL-BOY, 12:27

Verarsch sie nicht.

ICH, 12:28

🤣🤣🤣🤣

bitte was?!

GIL-BOY, 12:28

Sie kann nichts dafür, dass sie dazwischen steht.

ICH, 12:28

Alter, was glaubst du, was ich hier gerade tue?!

GIL-BOY, 12:28

Dein Ziel aus den Augen verlieren?

ICH, 12:30

Ich hab sie nicht rumbekommen, weil ich irgendeine meiner Gefühlsäußerungen ernst meine. Es war ein hartes Pokerspiel und ich hab mich einfach wie der letzte Arsch verhalten! Darauf steht die Kleine! Sie zu knacken war letztendlich so leicht, wie eine Erdnuss zu zerbrechen. Okay? Sie lag gestern auf dem Bett und forderte, ich solle mit ihr so umgehen, wie ich wirklich mit ihr umgehen WILL. xD Alter! Überleg dir das … In meiner Phantasie liegt sie geknebelt und gefesselt vor mir und ich frage sie nicht erst, ob ich in ihren Mund und alle anderen Löcher abspritzen kann. In meiner Fantasie ficke ich sie in den Arsch und ich mache mir nicht die Mühe, ihn vorher einzucremen.

GIL-BOY, 12:30

Wow. Jetzt habe ich ein glanzvolles Kopfkino, dank dir, Bro.

ICH, 12:30

Du verstehst nicht.

GIL-BOY, 12:30

Doch. Du bist noch kaputter als ich. Gestern noch faselst du was davon, dass du sie WILLST. Ja, jetzt ist mir auch klar, wie du das meintest. Wie hätte es bloß sein können, dass du mal so was wie Gefühle zulässt.

ICH, 12:31

Gefühle?

GIL-BOY, 12:31

Ja, ich weiß, dass du das Wort nicht kennst.

ICH, 12:31

Spinnst du jetzt?

GIL-BOY, 12:31

Lies dir die Nachricht noch mal durch und realisiere, dass du gerade eines der besten Mädchen der Upper Class im Bett hast. Du wirst meiner Meinung sein. Vielleicht erst, nachdem du gekommen bist. Falls du nicht nur gelogen hast, um mich zu beeindrucken. So wie du schreibst, bist du eine Meile weit davon entfernt, ihr Vertrauen zu gewinnen.

ICH, 12:32

Wichser.

GIL-BOY, 12:32

Ja. ;-) Du.

CALEB

Als ich den Raum betrat, brannte das helle Licht der Halogenlampen in meinen Augen. Ich tastete nach dem Lichtschalter und schaltete es aus. Jetzt kam das einzige Licht von der Straßenlaterne draußen, deren Strahlen sich mühsam durch die Rollos kämpften.

Das Opfer saß auf einem Stuhl.

Gefesselt.

Einen Knebel im Mund.

Wenn ich ehrlich zu mir war, hatte ich so wenig Bock auf diesen Job wie auf die Aussicht, einen Ponyhof zu führen. Männer zu foltern war ein Zeitvertreib, den man ausschließlich für Psychos reservierte – und noch zählte ich mich nicht dazu.

Schlecht gelaunt zog ich einen Stuhl heran. Das Opfer zuckte zusammen, als er das Schleifen auf dem Boden hörte, und zuckte noch heftiger, als ich in seinem Blickfeld auftauchte.

Ich stellte den Stuhl vor ihn hin.

Setzte mich darauf.

Zündete mir eine Zigarette an und sah ihn einfach nur an.

»Ich hab euch nicht verraten«, stammelte Giu. Giuseppe Branco, einer der größten Loser des Syndikats. Er war nur dabei, weil sein Vater bereits dabei gewesen war – und dessen Vater, und dessen Vater vielleicht auch. Aber er sprach nicht mal mehr Italienisch. »Ich hab nichts gesagt! Ich hab nichts gesagt! Nichts! Ich habe –«

»Schnauze«, brummte Diego.

Ich rauchte weiter.

»Du bist abgehauen«, erinnerte Diego unser Opfer. »Wir wollen einen Grund.«

»Ehrlich ...« Gius Augen standen vor Angst so weit offen, dass ich ihm Drogenmissbrauch unterstellt hätte, wäre er nicht bereits seit Tagen hier drin. »Ich will einfach nur aussteigen. Versteht ihr, ich mach nichts, ich will nur ...«

Diego lachte schallend und auch ich musste grinsen.

»Ich mach nichts! Ich steh nach wie vor hinter euch, es ist nur ...«

»Ja, was?«, fragte ich drohend.

»Eine Frau«, log er panisch. »Ich habe mich verliebt. Drüben in New Jersey. Ich will umziehen und zu ihr und sie ... ist schwanger.«

Ich atmete den Rauch des nächsten Zuges tief ein. Diego lachte noch immer.

»Ist dir klar, dass dich die Vokabel ›verliebt‹ in diesem Zusammenhang nur verraten kann?«, fragte ich.

»Es ist so!«, jammerte er.

»Sei kein dämlicher Schwachkopf, Giu!« *Letzte Chance, mein Freund.* »Sag uns einfach die Wahrheit und wir werden dir vergeben. Meine Fresse, jeder macht mal Fehler, klar? Davon bist du ganz sicher nicht ausgenommen. Wir werden dich ein bisschen strenger kontrollieren, bis das Vertrauen wieder da ist, und dann ist alles wie früher.«

»Nein«, sagte er panisch und schüttelte den Kopf. »Ich habe nichts getan und ich will einfach nur aussteigen.«

Diego gluckste.

Mir hingegen platzte der Kragen. »Du kannst nicht aussteigen, du verschissene Ratte! Das hier ist kein Zirkus, bei dem man mitmacht und dann seiner Wege geht. Wieso muss ich dir das erklären?! Jetzt piss dich nicht ein und spuck's aus, bevor wir dich umlegen. Scheiße, ist dir nicht klar, worum es hier geht, wenn du fünf verschissene Wochen verschwunden bist und wir dich auf der *Grand Central Station* aufgabeln, mit einem Scheißticket nach Scheißkanada in der Hand? Muss ich dir das erklären, weil man dir zwischendurch das Hirn leergepumpt hat, oder was?!«

»Caleb«, murmelte er. »Bitte.«

Ich zog meine Brauen zusammen. Flehte dieser Scheißpisser mich an? »Bitte was? Bitte schick meiner Oma einen Abschiedsbrief? Was ist los mit dir, verdammt?!«

»Bitte, töte mich nicht. Ich habe nichts getan.«

Ich atmete tief durch und warf die Kippe auf den Boden. Was auch immer Giu getan oder nicht getan hatte – ich musste es herausfinden, denn seine letzte Scheißaufgabe war es nun mal gewesen, einen unserer eigenen korrupten FBI-Agenten zu beschatten, von dem wir nicht mehr zu hundert Prozent wussten, auf welcher Seite er stand. Und alles, was das FBI anging, lag nun mal in meinem Aufgabenbereich.

Dabei hasste ich Foltern. Ich hasste es, Dinge zu tun, für die ich sie alle verabscheute.

»Alles klar, hol den Sack«, befahl ich.

»Si«, sagte Diego und schaltete das Licht wieder ein.

»Und lass das Scheißlicht aus! Mach die Stehlampe da hinten an!«

»Funktioniert die?«, fragte Diego perplex. Ich traute dem riesigen Kerl zu, dass er noch nie zuvor eine Stehlampe auch nur berührt hatte. So etwas gab es in seinem Universum nicht. Aber er fand den Schalter direkt beim dritten Anlauf.

Ich zündete mir die zweite Zigarette an.

»Bitte, tu's nicht«, flüsterte Giu und rückte mit seinem Kopf näher, was ihn durch die Gurte an seiner Brust unglücklich entstellte. »Es wird dich töten. Lass mich einfach nur gehen.«

»Mich?«, fragte ich beiläufig und ließ das Feuerzeug aufschnappen. *Jetzt wurde es interessant.*

»Bitte, Caleb«, jammerte er wieder.

Diego kam zurück.

»Letzte Chance«, bot ich Giu an, aber dieser schüttelte nur ängstlich den Kopf.

Im nächsten Moment verschwand sein Gesicht unter Stoff.

Diego trat gegen Gius Stuhl, sodass dieser nach hinten kippte, und schob ihn damit so weit über den Boden, bis Gius Kopf über dem kleinen Vorsprung hinunterhing. Im Lagerraum gab es eine circa kniehohe Vertiefung mit Abfluss im Boden, deren Zweck niemand kannte und die sich perfekt fürs Waterboarding eignete.

Diego ließ nebenbei ein paar Eimer einlaufen und auch er war es, dem ich es überließ, das Wasser über Gius Schädel zu kippen.

Nach all den Jahren hatte ich mich an den Anblick gewöhnt. Und jedes Mal malte ich mir aus, dass ich selbst einmal auf diesem Stuhl sitzen würde. Ich stellte mir vor, wie das Gefühl war, von jemandes Gnade abhängig zu sein. Wie mir eine Verschnaufspause gewährt wurde, damit ich redete und man mich gleich wieder mit Wasser überspülen konnte, auch wenn ich schon alles gesagt hatte, was ich wusste.

Am Ende würde ich sterben – so oder so. Daher verstand ich nicht, warum einige die Folter in Kauf nahmen und dann doch redeten.

Entweder mein Wissen würde mich töten – dann

brauchte ich es nicht zu offenbaren. Oder es würde mich nicht töten – dann erzählte ich es verdammt noch mal gleich.

Aber es konnte wohl nicht jeder Idiot dieses einfache Rechenbeispiel nachvollziehen – die meisten der Männer, mit denen ich tagtäglich abhängen musste, konnten nicht einmal schreiben. Intelligent geführte Gespräche waren noch seltener.

»Also noch mal ...«, begann ich. Diego zog dem prustenden und Luft holenden Giu den Sack kurzzeitig wieder ab. »Möchtest du uns nun sagen, was du weißt, oder lieber gleich sterben?«

»Bitte ...!«

Diego stülpte ihm den Sack wieder über.

Ich gelangte zu meiner dritten Zigarette, während ich um das Loch im Boden herumging und versuchte, von selbst draufzukommen, was der Vogel Giu angedeutet hatte. *Es* würde mich töten? Was würde mich töten? Sein Geheimnis? Mein Geheimnis? Schon möglich, dass Giu mich nur schützen wollte, indem er im Beisein von Diego nichts verriet. Konnte das sein?

»Diego?«, hielt ich ihn davon ab, den x-ten Eimer über Gius Gesicht zu schütten. »Gib mir deine Waffe.«

»Was?«, fragte dieser perplex.

»Ich habe meine vergessen und ich werde ungeduldig. Und wenn hier irgendjemand den kleinen Scheißer erschießt, dann ich.«

Diego zögerte, bevor er sich an den Rücken griff. »Bau keine Scheiße. Wir brauchen die Informationen.«

»Nein. Ich baue nie Scheiß.« Ich wartete, bis Diego ein drittes Mal den Sack vom Kopf unseres Opfers zog, dann richtete ich die Waffe auf ihn. »Sag es mir, Giu. Vielleicht erschieße ich ihn und nicht dich.«

»Hey, was soll die Scheiße, Idiota!«, rief Diego, als er sich aufrichtete und bemerkte, dass ich auf ihn zielte.

»Beweg dich keinen Zentimeter oder ich drücke ab«, warnte ich ihn.

»Scheiße, ich gebe dir verdammt noch mal nie wieder meine Waffe!«

»Also?«, fragte ich Giu.

Dieser atmete hektisch und starrte auf die Waffe, die in sicherer Entfernung mitten auf Diegos Brust zeigte. »Ich hab Jenkin Harper überprüft!«, sagte er. »Er ist sauber, er arbeitet noch für uns!«

»Schön. Und?«

»Aber er hat ... ich meine ... er hat dich ...«

»Ich würde gerne bis morgen früh fertig werden.«

»Dich erkannt.«

Ich runzelte die Stirn. »Na und? Wir kennen uns von irgendeinem Treffen vor ein paar Jahren.«

»Er hat *dich* erkannt!«, schrie Giu. »Und ich auch! Ich hab's mit eigenen Augen gesehen! Ich weiß, wie du ohne Bart aussiehst! Auch wenn das schon 'ne Ewigkeit her ist, dass ich dich ohne gesehen hab, aber ...«

»Wovon redet dieser Scheißkerl?«, fragte Diego mürrisch. »Soll ich ihn lieber auf 'ne andere Arte foltern? Und nimm die Waffe runter.«

»Und wo glaubst du, mich erkannt zu haben?«, fragte ich Giu.

»Na, beim FBI!«

Es fiel mir erst schwer, zu glauben, dass er das ernst meinte. Giu hatte Landon erkannt? War ihm nicht klar, dass ich ihn nun erschießen *musste*? Und unseren Kontaktmann Jenkin Harper gleich mit dazu? Wieso erinnerten sich diese Schwachmaten bloß daran, wie ich ohne Bart aussah? Meine Tarnung war perfekt – das wusste ich. Das wussten wir. Aber nun ... zerbröckelte unsere perfekt geführte Identität und ich musste eine Reihe unangenehmer Entscheidungen fällen. Um die Show aufrechtzuerhalten, brach ich in Gelächter aus. »Mich?«, fragte ich lachend. »Was zur Hölle ist falsch mit dir, Giu? Deswegen haust du ab? Ich war seit 'ner verschissenen Ewigkeit nicht mehr in Manhattan, geschweige denn in der Nähe des FBI-Gebäudes! Das letzte Mal vor drei Wochen und Diego kann dir ziemlich gerne bestätigen, dass ich an diesem Abend nicht wie ein FBI-Agent herumgetanzt bin.«

»Ich hab dich erkannt! Der Typ sah genauso aus wie du! Exakt genauso! Er hatte deine Stimme! Jedenfalls ... er hatte deine verschissene Stimme!«

»Du haust ab, weil du glaubst, meinen Doppelgänger gesehen zu haben?«, fragte ich noch immer amüsiert. »Deswegen riskierst du dein Leben? Und dann fällt dir nichts Besseres ein, als es mir auch noch zu gestehen?«

Giu schien mit meiner Reaktion nicht gerechnet zu haben. »Ich dachte ... ich war ... der sah dir so ähnlich ...«

»Erklär das Gott.« Ich richtete die Waffe auf seine Stirn und drückte ab. Ein perfekter Schuss, dessen Rückstoß ich kaum spürte. Gius Auge platzte auf und Blut verteilte sich im restlichen Wasser am Boden.

»Sag mal, bist du bescheuert?!«, fragte Diego fassungslos. »Der Typ hat doch nix getan, sondern nur wegen einer Verwechslung ein bisschen gejammert! Das war ein guter Mann –!«

Ein zweiter Schuss und er schwieg.

»Guter Mann«, spuckte ich.

Diegos Körper fiel nach vorne und damit zur Hälfte auf Gius Beine und den Stuhl, an dem sie gefesselt waren.

»Weder ist irgendjemand in diesem Drecksloch gut, noch ist jemand ein Mann, wenn er wie Giu nur mit Huren schläft.«

Leider hörten sie mich beide nicht mehr.

Ich sicherte die Waffe, steckte sie in meine Jeanstasche und schaltete mein Handy an. »Boss.«

»Caleb«, begrüßte er mich freundlich. Jeden anderen, der ihn um diese Uhrzeit auf seinem Handy angerufen hätte, wäre er an die Gurgel gegangen. »Wenn es was Ernstes ist, sprich nicht am Telefon mit mir darüber. Und wenn es nichts Ernstes ist, ruf verdammt noch mal nicht an!«

»Ich habe unseren Verräter.«

Schweigen. »Wen?«

»Diego. Giu hat ihn enttarnt.«

JADE

»Sag mal, sind das echte Notizen?!« Meine Freundin Naomi zog meinen Block zu sich heran. »Notizen? Zu einer Vorlesung? Kennen wir uns? Wer bist du? Wo hast du Jade gelassen?!«

Ich entriss ihr den Block wieder. »Krieg dich ein.«

»Nein, ernsthaft. Dass du seit zweieinhalb Wochen hier aufkreuzt, ist schon ... sagen wir ... ich habe mir nicht so viel dabei gedacht. Aber was willst du mit Notizen?!«

»Ich studiere hier?«, schlug ich ihr vor. »Seit bereits drei Jahren?«

Sie prustete los.

Okay, warum noch mal zählte ich sie zu meinen Freundinnen?

Naomi war das krasse Gegenteil zu Cicily. Sie hatte ein Stipendium, war vier Jahre jünger als ich und hielt sich für schlau. Ihre Wochenenden verbrachte sie damit, zu lernen, und unter der Woche – tada – lernte sie. Damit glich sie den vielen anderen chinesischen Stipendiaten, die an diese Uni kamen und tatsächlich studierten, wobei Naomi zwar chinesisch aussah, aber Naomi hieß und in Montana geboren wurde. Sie war eine meiner besten Kundinnen und die einzige Freundin, die mein Asiatengen teilte.

Manchmal versuchte ich, mich daran zu erinnern, wie wir uns kennengelernt hatten, aber über der Nacht hing ein großes schwarzes Blackout. Möglicherweise waren mehrere Kerle daran beteiligt gewesen, möglicherweise hatten wir LSD genommen und sie war dieser Kerl. Jedenfalls mochte ich die Art, wie sie küsste. Und sie mochte mein Geld.

Letztendlich konnte ich im Uni-Alltag nicht vielen vertrauen, aber Kokain war mein Schlüssel zu Freundschaften und Glück. Da ich so gut wie keine Prüfung selbst schrieb oder selten häufiger als dreimal im Monat anwesend war, benötigte ich ein wasserdichtes Netz aus Lügen. Naomi kannte Teile dieses Netzes. Sie war die einzige Eingeweihte, die dafür sorgte, dass mein Kopf nicht platzte, wenn ich mich bei jemandem auskotzen musste.

»Hat es etwas mit diesem Landon zu tun?«, bohrte sie weiter.

Den hatte sie schon am ersten Tag für sich entdeckt, als er mich abgeholt hatte. Ob sie auf ihn stand? Oder sich zumindest gemeinsamen Sex mit uns vorstellte?

Ein ungewohntes Gefühl machte sich in meiner Magengegend breit.

Landon werde ich mit niemandem teilen.

»Ja, hat es. Zufrieden?«

»Er holt dich immer noch jeden Tag nach der Uni ab, richtig? Deswegen kommst du her und bleibst bis siebzehn Uhr. Damit er dich abholen kann.«

Mir war so egal, was sie dachte.

»Hast du nicht mal erzählt, dass Beziehungen nichts für dich sind?«, fragte sie.

»Sind sie auch nicht.«

»Das sieht aber verdammt nach einer Beziehung aus.«

»Pscht«, machte ich. »Ich muss zuhören.«

Sie kicherte wieder.

Hinter uns ging die Tür auf. Cicily erschien, entdeckte uns und kam winkend auf uns zu. Naomi und Cicily besaßen genau eine Gemeinsamkeit; mich. Wenn ich da war, verstanden sie sich prima, war ich abwesend, wechselten sie kein Wort miteinander.

»Du?«, flüsterte Cicily und rutschte in unsere Reihe. »Schon wieder hier?«

»Seit heute Morgen um neun.«

»Alles wegen diesem Landon?«, flüsterte sie.

»Habe ich auch schon richtig vermutet«, bestätigte Naomi sie.

»Ich liebe ihn«, sagte Cicily. »Er passt richtig gut zu Jade.«

»Du liebst ihn?«, schaltete ich mich ein. »Ernsthaft jetzt?«

»Ja, er ist toll!«

»Ich habe nur eine Frage«, sagte Naomi. »Er ist doch beim FBI. Deine Mutter ist seine direkte Vorgesetzte, Jade. Bist du sicher, dass er dich nicht verarscht?«

Ich seufzte.

»Oh Gott«, entfuhr es Naomi. »Das war ein verliebter Seufzer! Ich habe es genau gehört!«

»Ja«, sagte ich gedankenverloren und zeichnete wie in Trance das Diagramm von der Tafel ab. Ja, ich war verknallt. Ich war unendlich verknallt.

»Aber warum?!«, fragte Naomi besorgt. »Du lässt dich doch sonst nicht so krass um den Finger wickeln!«

»Landon verarscht sie nicht«, behauptete Cicily schwärmend. »Er ist toll ...«

»Sicher?«, fragte Naomi.

»Ja!«, rief Cicily im Bühnenflüsterton.

»Nein«, ging ich dazwischen und wurde mit jeder Minute verträumter. Ich dachte an den Sex zurück. An den von heute Morgen. Verdammt, allein wenn ich daran dachte, wurde es zwischen meinen Schenkeln warm. »Er verarscht mich.«

»Was?!«, fragte Cicily.

»Siehst du!«, rief Naomi flüsternd.

»Und er macht es sooo gut …« Ich seufzte wieder und zeichnete in das Diagramm seinen Namen. »Er glaubt, ich durchschaue ihn nicht. Und er legt sich so sehr ins Zeug. Ich kann alles von ihm verlangen. Er ist der perfekte Boyfriend. Der heißeste Liebhaber. Er gibt sich Mühe, weil er mich unbedingt will. Weil er *irgendetwas* von mir will. Oder von meiner Mutter. Aber das ist mir so egal. Denn er ist wie ich. Und irgendwas ist da hinter seiner bescheuerten, egoistischen Fassade, die ich nicht ausstehen kann. Irgendwo da schlägt ein Herz. Und ich glaube, ich habe mich in dieses verliebt, ohne es zu kennen.«

Nachdem ich eine volle Minute geschwiegen hatte, weil mich die Buchstaben seines Namens so sehr in Beschlag genommen hatten, sah ich auf und blickte in zwei völlig entsetzte Gesichter.

»Ich mach nur Witze«, beruhigte ich meine Freundinnen und sie entspannten sich augenblicklich. »Ich bin nur mit ihm zusammen, weil er einen riesigen Schwanz hat, zufrieden?«

LANDON

Auch wenn ich es niemals laut aussprechen würde, laugte mich der Sex mit Jade vollkommen aus. Ich hätte nie gedacht, dass in mir einmal der Wunsch nach einer Pause entstehen könnte. Rein sexuell. Nicht, weil sie nicht heiß war und ich keinen hochbekam, sondern weil ich *immer* einen hochbekam, warum auch immer sie mich nach dieser langen Zeit noch reizte.

Dabei hatte der Sex nichts Besonderes – außer dass ich Jade fickte und sie eigentlich hasste – und er war so austauschbar wie unerträglich nervenzehrend und unvergesslich.

Ich leckte sie morgens im Bett, nachdem sie aufgewacht war. Sie lockte mich in die Dusche. Wir machten weiter. Sie hielt mich hin. Ich setzte sie bei der Uni ab. Sie tat so, als würde sie studieren, ich tat so, als könnte ich mich auf die Arbeit konzentrieren, ich holte sie ab, ich fummelte mit ihr auf irgendeiner Toilette, sie zwang mich dazu, den gesamten Nachmittag mit ihr zu verbringen, bis sie unter meinen Lippen einschlief – nachdem sie mindestens zweimal gekommen war.

Ihre Orgasmen zählte ich schon gar nicht mehr.

Wenn sie sich nicht gerade in einer Position von mir

durchnehmen ließ, die ihre Stimulation erlaubte, fingerte sie sich beim Sex selbst.

Und sie küsste mich oft und hemmungslos, an den unverständlichsten Orten, während sich die Welt um sie herum langsamer zu drehen schien.

Sie schaffte mich.

Sie schaffte mich total und es war zu einem Kampf geworden, mir das nicht anmerken zu lassen.

Letztendlich sah ich aber keinen Ausweg. Ich musste an mein Ziel gelangen und ihrer Verführungskunst widerstehen. Mich nicht länger von Sex ablenken lassen.

Jedenfalls fasste ich diesen Entschluss, bevor sie durch die Tür des Hörsaals kam.

Dann war er wieder verschwunden.

»Hi, Baby«, sagte sie, sobald sie mich erreichte, und gab mir einen brennenden Kuss. Reflexartig hob ich meine Hand, legte sie in ihren Nacken und presste sie an mich. Meine Wut über meinen zunehmenden Kontrollverlust *nicht* an ihr auszulassen, fiel mir mit jedem Tag schwerer. Sie gefühlvoll statt hart zu ficken und ihr zuzuhören, statt ihr meinen Schwanz zwischen die Lippen zu rammen, waren die wahren Herausforderungen des Alltags mit ihr.

Im Grunde war ich vollkommen am Ende.

Manchmal dachte ich sogar daran, mir Hilfe zu holen. Irgendjemanden, der mit ihr schlief, während ich schlief – um mich zu erholen.

»Hi, Baby«, murmelte ich an ihren Lippen. »Hast du etwas gelernt?«

»Wie man Diagramme zusammen mit deinem Namen hübsch aussehen lässt. Mehr nicht.«

»Du malst meinen Namen?« *Oh Mann. Das ist ein gutes Zeichen, oder? Sollte ich es heute wagen, sie zurück in ihr Zuhause zu locken?* »Ich weiß nicht, ob mir der Fortschritt unserer Beziehung gefällt«, setzte ich scherzhaft an.

»Aber ich bin so unglaublich verliebt in dich«, schmeichelte sie mir und gab mir einen kurzen Kuss. »Was soll ich sonst tun?«

Sie spielt. Oder?

Ich versuchte, es herauszufinden. »Baby, auch wenn ich dieses Wort gerne aus deinem Mund höre, heb es dir auf, bis du es ernst meinst.«

Ihre Augen gewannen einen leuchtenden Ton, bevor sie die Lider senkte. »Ich liebe dich.«

Fuck.

»Diese Worte werde ich niemals ernst meinen«, ergänzte sie und das Band um meine Brust löste sich. »Was machen wir heute?«

Durchatmen. »Wir fahren zu dir nach Hause.«

»Was?«

»Ich bringe dich nach Hause. Du kannst mich nicht ewig von dort fernhalten.«

»Doch?«, sagte sie selbstbewusst. »Ich sage einfach ›Nein‹, das funktioniert prima.«

»Baby …«, versuchte ich, sie umzustimmen, aber sie legte mir eine Hand auf die Lippen. Ich bemerkte, wie zwei ihrer Freundinnen im Hintergrund standen und mich beobachteten. *Irgendwie muss ich doch zurück in dieses Scheißpenthouse gelangen!*

»Red gar nicht erst weiter, Süßer«, säuselte sie. »Ich liebe deine Wohnung. Die Neun-bis-fünf-Uhr-nachmittags-Trennung täglich reicht mir bisher vollkommen und ich werde noch eine Weile bei dir schlafen.«

»So läuft das nicht, Jade. Ich brauche meine Ruhe. Gönn mir Erholung. Lass mich dich nach Hause bringen und gegen Abend fahren.«

Als sie nun die Augen aufriss, fiel es mir besonders schwer, darin zu lesen. Diesen Blick kannte ich bereits – er verunsicherte mich. Wie eine Barbie Doll sah sie zu mir hoch und weckte den Hero Instinct in mir. Es waren ebendiese weit geöffneten Augen, von denen ich mir wünschte, sie würden mich bei einem Blowjob betrachten – etwas, das sie mir partout nicht gönnte. *Das wäre ja geradezu entgegenkommend von ihr nach all den oralen Orgasmen, die ich ihr bescherte.*

Jade hatte nie aufgehört, mich an den Eiern zu packen. Ja, Scheiße, sie lagen noch immer fest in ihrem Griff.

Zeit für Volume B.

»Wir gehen«, bestimmte ich und umfasste ihren Oberarm. Vor ihren Freundinnen – denen ich ein böses Lächeln zuwarf – bugsierte ich sie nach draußen. Auf der Straße steuerte ich auf eines der Taxis zu, die hier für die Angestellten und Studenten parkten und setzte Jade hinein.

»Lass das!«, wehrte sie sich, aber sie war zu schwach. »Du willst mich doch nicht ernsthaft zwingen, nach Hause zu fahren? Hast du einen Knall?«

Ich schlug die Tür zu und setzte mich auf die andere Seite.

Sie öffnete die Tür wieder, aber ich hielt sie gerade noch rechtzeitig mittels Körpereinsatz zurück.

»Stell dich nicht so an«, sagte ich genervt. »Lexington Avenue, Ecke 82. Straße, bitte. Danke.«

Jade zog die Tür wieder zu. »Du hast mich gerade vorgeführt. Vor meinen Freundinnen.«

»Das wolltest du doch so«, riet ich ins Blaue hinein. »Du sagst ›Nein‹, damit man deinen Willen bricht.«

»Falsch.«

»Sondern?«

»Ich sage Nein, weil ich es so meine.«

»Ist mir auch egal. Ich bringe dich nach Hause.«

»Okay, hör mir zu, Landon.« Sie schlug einen vollkommen neuartigen Ton an und wartete, bis ich ihr in die Augen blickte. »Ich hasse mein Zuhause. Seitdem meine

Grandma nicht mehr da ist, ist es noch schlimmer. Du hast die Freude, meine Mutter zu kennen, und glaub mir, sie ist als Mutter kälter, als sie jemals ein Verhör geführt hat oder führen wird. Denkst du, ich habe von ihr erfahren, was zur Hölle auf dieser Party passiert ist? Ich wurde zwar entführt, aber ich weiß nicht, von wem, und weder du noch *sie* weiht mich ein, als wäre ich an diesem Abend gar nicht anwesend gewesen. Ich weiß *nichts*. Weil Susan Carpenter mir ausweicht, und es ihr egal ist, wie sich das für mich anfühlt. Deswegen bring mich bitte *irgendwohin*, aber nicht an diesen grausamen Ort meiner kindlichen Vergewaltigung.«

Ich lehnte meinen Kopf zurück und sah sie einfach nur an. Vielleicht hasste ich sie doch nicht. Nicht so ganz. »Was soll ich machen, Jade?«, fragte ich müde. »Deine Mutter gehört nun mal zu den herzlosesten Frauen dieses Landes.«

»Wie bitte?«

Ich seufzte und sah aus dem Fenster. *Was Gil-Boy wohl gerade macht?* Seit Tagen schrieb ich ihm nicht. Es ging einfach nicht. Jade ließ mir keine Sekunde Freiraum und hätte es sonst bemerkt. »Ja, was soll ich dir sagen? Nicht nur dir ist aufgefallen, wie brutal sie vorgeht und wie wenig Mitgefühl sie kennt. Das ist kein Grund, dich wie eine Ausreißerin zu benehmen. Pack deine Sachen und zieh von zu Hause aus.« *Tu das bloß nicht!* »Ich helfe dir dabei.« *Gerne auch nächtelang, damit ich die Gelegenheit habe, meinem Ziel näher zu kommen.*

»Und wo soll ich hinziehen?«, fragte sie mich.

»Babe, keine Ahnung. Wie wäre es mit Brooklyn? Soll ein cooler Stadtteil sein.«

»So löst du meine Probleme?«, fragte sie spitz.

Nein, bitte nicht ... keine Vorwürfe. Ich drehte meinen Kopf zurück in ihre Richtung.

»Ich vertraue dir an, dass ich ein echtes Problem mit meiner Mutter habe, und das ist alles, was du dazu sagst?«

»Okay, was soll ich noch sagen?«

»Keine Ahnung! Du könntest mir eine Hilfe sein! Was tust du hier eigentlich? Wenn du meine Mutter so sehr hasst, was willst du dann von ihr? Oder von mir? Warum spielst du mir seit Wochen vor, dass wir zusammen sind?«

»Ich spiele dir nichts vor!«

»Nee, genau. So wie du mir und anderen zu keiner Zeit etwas vorgespielt hast.«

»Scheiße, was ist denn jetzt los mit dir?«

»Sie können anhalten.«

»Jade ...«

»Darling«, zwitscherte sie. »Geben wir es doch zu. Mir steht dieses ganze Beziehungs-Rumgezicke-Willendurchgesetze nicht und du bist einfach zu viel ignorantes Arschloch, um etwas mit meinen Gefühlen anfangen zu können. Hier, schau dir das an.« Sie legte mir ein zerknülltes Blatt Papier in die Hand. »Ist'n bisschen kritisch geworden mit mir, oder? *Ich male deinen Namen.* Und dann mache ich dich in einem Taxi an. Ist echt nicht meine Welt. Lass mich aussteigen und geh zurück zu Ophelia. Dann bekommst du auch wieder ein bisschen Schlaf.«

Leider erzeugten ihre Worte etwas in mir, das nicht hätte in mir aufkommen dürfen. Ich hasste diese Körbe. Ausgeteilt von Jade Carpenter und nur von ihr. »Ich rufe dich an, ja?«, schlug ich matt vor. Mir fiel nichts anderes ein. Am liebsten hätte ich sie ziehen gelassen – und geheult.

Sie schnaubte. »Ja, ich freue mich auf deinen Anruf«, sagte sie und stieg aus.

Erst als sie die Tür geschlossen hatte und der Taxifahrer wieder angefahren war, erlaubte ich es mir, durchzuatmen.

Warum geschah das alles? Wieso schaffte sie es, dass ich mich derart beschissen fühlte? Noch nie zuvor war mir dermaßen auf den Zahn gefühlt worden – und das seit Wochen.

Jade Carpenter. *Du solltest nur ein verschissener Plan B sein und jetzt führst du zu meinem Untergang?* Während ich ihren Zettel auffaltete, zückte ich mein Handy. Und anstatt zu schreiben, wählte ich das Symbol des Hörers. Die Gefahr, überwacht zu werden, war zu groß, aber es musste raus. Spätestens dann, als ich meinen Namen mit Herzchen eingekreist auf dem zerknitterten Papier stehen sah. *Wieso ist diese Lady so verrückt, zeichnet meinen Namen und macht im nächsten Moment Schluss?!*

»Bro?«, fragte ich erschöpft ins Telefon.

»Ja«, kam die kurze Antwort.

»It's your turn. Beweis, was du kannst.«

JADE

Ich war stinksauer. Dieser Kerl brachte alles in mir zum Kochen. Nun zwang er mich, nach Hause zu gehen, wo man mich nicht eine Sekunde vermisst hatte.

Ich hasste ihn. Warum wagte er es?

Das Hausmädchen begrüßte mich höflich, aber reserviert. Wir koexistierten im unter der Woche leeren Penthouse. Ansonsten war niemand da. Unsere frühere Haushälterin und Nanny lebte schon seit einer Ewigkeit in Miami. Sie war zwar für mich da gewesen, aber sie hatte es fürs Geld getan. Und immer dazu gestanden.

Die nächsten Stunden ließ ich mein Handy aus und verschanzte mich. Mir tat mein neues Verhalten nicht gut. Dieser Beziehungskram machte mich schwach und krank. Hatte ich tatsächlich zweieinhalb Wochen so tun können, als wäre ich vergeben?

Ich sollte mir dringend Ablenkung suchen – die letzte hatte nicht funktioniert. Landon hätte niemals eine Ablenkung werden dürfen!

Warum wurde ich nicht endlich vernünftig und erwachsen?

Weil ich Angst davor hatte, Verantwortung zu übernehmen.

Im Hause Carpenter hatte ich nie Kind sein dürfen und nun forderte ich es mit meinem kindischen Verhalten ein, all die Jahre nachzuholen.

Am späten Abend hielt ich die Stille in der leeren Wohnung nicht mehr aus. Meine Mutter ließ sich unter der Woche selten blicken und das Hausmädchen war längst gegangen.

Zügig zog ich mich wieder an und ging zurück nach draußen. Nachdem ich zweimal um den Block gelaufen war, hielt ich es nicht mehr aus.

Ich schaltete mein Handy an und lehnte mich gegen eine Hauswand, während das Freizeichen ertönte.

»Ja?«

»Bist du sauer auf mich?«, fragte ich kleinlaut.

»Nein! Jade, nein ... ich habe nur ...«

»Geschlafen«, beendete ich seinen Satz.

»Ja, ich glaube, ich bin doch menschlicher, als ich es zugeben will.«

Ich musste lächeln. »Kannst du vorbeikommen?«

»Jetzt? Zu dir?«

»Ja ... zu mir.«

Es verstrichen zwei Sekunden, ehe er antwortete. »Ich fahre hier in einer halben Stunde los.«

»Okay«, flüsterte ich. »Ich freu mich.«

»Ich mich auch. Bis gleich.« Er legte auf.

Das warme Gefühl in meinem Magen kehrte zurück und ich fühlte mich sehr viel besser. Beschwingt trat ich den Rückweg an und begann sogar, ein Lied zu summen.

Und wenn schon!

Dann summte ich eben! Dann verknallte ich mich eben in einen FBI-Schnösel! Und? Jeder machte mal einen großen Fehler!

Allerdings blieb mir der Refrain von *Havana* in der

Kehle stecken, als jemand vor mir auftauchte, mit dem ich zuletzt gerechnet hätte.

Eine Zigarette, das Handy am Ohr, diese Lederjacke und der Bart.

Er stand mir direkt gegenüber auf dem Gehweg und sprach undeutlich ins Telefon. Als er bemerkte, dass ich stehen geblieben war, drehte er sich abwesend in meine Richtung, um mich vorbeizulassen, und erkannte schließlich auch mich.

Er nahm das Handy vom Ohr, ohne ein weiteres Wort zu sagen, und wir starrten uns an.

»Ich glaube«, begann ich stockend, »so weit kann ich mich gar nicht verlaufen haben, als dass es Sinn ergeben würde, dich hier wiederzutreffen.«

Er nahm das Handy wieder ans Ohr. »Ich rufe dich gleich zurück«, sagte er und schaltete es aus. »Jade«, sagte er perplex.

»Du erinnerst dich an meinen Namen?«

»Den kann ich nicht vergessen. Du wohnst hier?«

»Und du?«

Er sah sich in der diesigen Straße um. War es ratsam, stehen zu bleiben und mit ihm zu reden?

»Lass mich raten«, begann ich herausfordernd und ignorierte das ungute Gefühl in meiner Magengegend, »du und deine Freunde räumt gerade ein Haus aus oder beschattet es zumindest, hm?«

Er wirkte wie vor den Kopf gestoßen, aber dann grinste er. »So ähnlich. Die Upper East Side ist nichts für mich. Ich arbeite hier nur.«

»Du bist mir nicht gefolgt oder so?«, fragte ich selbstbewusst, auch wenn mich sein Auftreten wie beim letzten Mal extrem einschüchterte. Diese Tattoos ... diese schwarze Lederjacke ... diese grünen, stechenden Augen. Ansonsten lagen sein Gesicht und seine Gestalt in dunklen Schatten, denn er trug wie beim letzten Mal ein Cappy und schwarze Kleidung. Irgendetwas störte mich an seinem Aussehen. Diese Gesichtszüge ... Aber es war einfach zu dunkel und ich mal wieder zu nervös, um weiter darüber nachdenken zu wollen.

»Nicht mit Absicht«, sagte er nebulös. »Hi, ich bin Caleb.« Er reichte mir die Hand.

Ich nahm sie entgegen. »Jade.«

»Freut mich.«

»Wir müssen essen gehen. Jetzt.«

»Was?«, fragte er verblüfft und grinste noch breiter.

Ich ließ ihn nicht los. »Man trifft sich immer zweimal im Leben. Das hier ist unser zweites Mal. Und bevor ich dich nie wieder treffe, muss ich dich löchern. Ich meine, da ist immer noch dieses Paradoxon, dass ich dich wiederzuerkennen glaube ... Ich hatte gehofft, unsere zweite Begegnung läge weit in der Zukunft. Sehr viel weiter. Aber man muss nehmen, was man kriegt.«

Unsere Hände lösten sich. Er wirkte angespannt. »Essen gehen? Hier?«

»Ich lade dich ein. Bist du dabei?«

Er zögerte. Ob er eine Freundin hatte? Ob er dachte, dass ich mehr von ihm wollte als ein interessantes Gespräch, um zu erfahren, warum er mich an meinen Kidnapper erinnerte? Oder dachte er wieder daran, was seine ›Freunde‹ denken würden, wenn sie uns zusammen sähen? »Ich habe keine Wahl, wie es scheint«, sagte er schließlich. »Wo geht's hin?«

»Einen Block weiter gibt es ein französisches Restaurant. Nicht, dass ich Französisch mag, aber der Wein ist prima.«

Caleb schmunzelte. »Okay.«

Ich hatte mir nichts dabei gedacht, ihn einzuladen, aber als wir losgingen und dabei schwiegen, wurde mir doch mulmig. Nicht wirklich mulmig ... es war, als fühlte ich mich zehn Jahre jünger. Schon wieder wurde ich dieses Kribbeln nicht los, die Nervosität. Zum ersten Mal seit einer gefühlten Ewigkeit blieb mein Mund verschlossen, weil ich keine Ahnung hatte, was ich sagen sollte.

Und dann stellte ich mir noch vor, wie er mich in eine dunkle Häusernische zog und es niemand bemerkte ... War das nun prickelnd? Oder jagte es mir Angst ein?

»Bist du hier aufgewachsen?«, fragte er nach der Hälfte des Weges.

Froh, dass er etwas Belangloses fragte, atmete ich auf. »Ja. Gleich hier in der Nähe.«

»Und? Wie war das? Ich habe viele Freunde in der Bronx. Das hier muss das krasse Gegenteil dazu sein.«

»Wenn du meinst, dass die Familien hier weniger kaputt und die Leute weniger herzlos sind, dann liegst du ziemlich falsch. In der Bronx spielen die Kinder zwischen den Häuserblocks, hier nur auf den Tasten eines Klaviers. Das prägt.«

»Autsch, das klingt trostlos.«

»Wo bist du aufgewachsen?«

»In Vermont.«

»Uh, auch nicht schlecht. Meine Familie besitzt dort ein Ferienhaus.«

»Tatsächlich? Im absoluten Nirgendwo unseres großartigen Landes? Ich habe mich immer gefragt, wer dort freiwillig hinreist und nicht nur nach Kanada will. Wir haben alle immer von New York geträumt. Von der Stadt, von den Möglichkeiten, vom Leben.«

»Wir?«

»Meine Geschwister und ich.«

»Wie viele hast du?«

»Viele. Ich bin in einem Waisenhaus aufgewachsen.«

»Oh ...«

Er blieb stehen und sah mir ins Gesicht. Eine Braue angehoben. »Das bringt dich aus der Fassung? Mach dir keine Sorgen, es war Vermont, es war verdammt friedlich.«

»Ich kenne meinen Vater nicht. Und meine Mutter ist ... Ich habe es mir tausende Male ausgemalt, wie es gewesen wäre, hätte ich auch sie nicht gekannt.«

»Ein Waisenhaus ist schlimmer, glaub mir.«

»Warum? Du hast doch gar keinen Vergleich, weil du meine Familie nicht kennst.«

Caleb vergrub die Hände in den Taschen seiner Lederjacke. »Stimmt. Ich habe mich blenden lassen. Upper East Side ist so etwas wie das Disney-Märchen für jedes verarmte Kind. Ich musste mir jedes Spielzeug teilen und mir jede Liebe erkämpfen. Mein Leben lang war ich neidisch auf Familien mit Geld. Das hat mich geprägt.«

»Ich musste auch um Liebe kämpfen und bekam dafür nur goldene Löffel in den Mund gesteckt. Wer wäre ich, wenn ich mich nicht daran gewöhnt hätte, dass ich mir alles kaufen kann, was ich sehe?«

»Kannst du das?«

Ich biss mir auf die Lippe.

Er lachte wieder. »Keine Angst. Ich habe es nicht nötig, dich auszurauben.«

»Puh, da bin ich aber froh«, sagte ich ironisch. Das unwohle Gefühl verschwand nicht. Auch die Neugierde blieb. Denn trotz seines Cappys und des vollen Bartes schien ich ihn zu erkennen. *Hatte er nicht auch eine Ähnlichkeit mit ...? Nein, das war noch irrsinniger, als meinem Kidnapper zu ähneln.* Dennoch schien ich ihm viel näher sein zu können als den meisten Menschen, die ich kannte. Näher als Landon.

Wir gingen weiter. »Besser«, sagte er, »du fragst nicht, was ich tue, dann muss ich dich nicht anlügen.«

»Ja, so sollten wir es handhaben«, bestätigte ich ihn. »Ich studiere. Das ist alles, was du wissen musst.«

Er grinste mich von der Seite an. »Verbirgst du etwa noch mehr?«

»Nein.«

»Doch. Deine Ausflüge in die Bronx.«

»Wir haben abgemacht, nicht zu bohren, oder?«

»Nicht ganz. Ich schlug dir vor, mich nicht zu zwingen, dir etwas vorzulügen. Aber auf deine Lüge bin ich ziemlich gespannt.«

»Die Luft ist besser in der Bronx.«

Er lachte noch lauter als zuvor. Es war ein schönes, befreites Lachen. »Wer weiß davon, was du wirklich dort tust?«, fragte er wieder ernst, gerade als wir das französische Restaurant erreichten. Es war eines meiner liebsten in New York, weil es durch seinen Charme das Gefühl vermittelte, man befände sich tatsächlich in Frankreich.

»Niemand«, gab ich zu.

»Niemand?«

»Nein.«

»Hast du keinen Freund? Oder Freundinnen, die das interessiert?«

»Nein.«

»Nein?«, hakte er wieder nach. »Jemand wie du ist single?«

Zum ersten Mal in meinem Leben sah ich auf den Boden, während ich einem Kerl antwortete. Und das nicht aufgrund von falscher Scheu – sondern aufgrund von echter. »Vielleicht habe ich einen. Es ist aber eine ziemlich gestörte Beziehung. Zu was anderem bin ich nicht fähig.«

»Inwiefern gestört?«

»Ich lasse mich ausnutzen.«

»Das ist nicht gestört, sondern für die meisten normal. Warum bist du mit ihm zusammen?«

»Bin ich nicht. Will ich nicht sein.« Ich seufzte. »Ich weiß es auch nicht.«

»Wie lange geht das schon?«

Ich biss mir auf die Lippe und sah vorsichtig zu ihm auf. »Zwei, drei Wochen?«

Er hob wieder eine Braue, bis er verstand, dass ich keinen Scherz machte, dann prusteten wir beide los.

Noch nie zuvor hatte ich so befreit mit einem Typen lachen können – wohlgemerkt, einem Lederjacke tragenden und tätowierten Typen, den ich kaum kannte und dem ich zutraute, dass er erst gar kein Bargeld mitnahm, weil er alles stahl, was er benötigte. Aber ich lachte. Ich fühlte mich gut.

Und plötzlich war er bei mir.

Plötzlich lagen seine rauen Hände an meinem Hals.

Plötzlich küsste er mich.

In meinem Kopf galoppierten die Emotionen. Ich atmete mehr, als dass ich fühlte. Sauerstoff verarmte in meinem Körper und sein Geruch benebelte meine Sinne. Er roch nach Rauch und Tabak, nach Metall und Leder, und er schmeckte nach Leidenschaft und Sex.

Unsere Zungen berührten sich nicht. Alles, was an mir haften blieb, war der Geschmack seiner Lippen, als er sich wieder löste.

Mein Magen brannte. Ich hatte keine Ahnung, was ich hier tat. *Unerfahren.* Ich fühlte mich dieser Situation definitiv nicht gewachsen.

»Du solltest nach Hause gehen«, raunte er dunkel.

Ich war seiner Meinung.

»Das mit dem Franzosen holen wir nach.«

»Nachholen?«, fragte ich verunsichert. Wollte ich das? Nein? Ich wollte das nicht?

»Ja, irgendwann. Heute ist es dort drin eh zu voll.« Er nickte zu den Glasfenstern und entfernte sich rückwärtsgehend.

»Und wie wollen wir das verabreden? Ich finde dich bestimmt nicht bei Twitter, oder?«

»Ich finde dich. Gute Nacht, Jade.« Er griff sich zum Gruß an das Cappy und drehte sich schließlich um.

»Gute Nacht«, murmelte ich. Sein Kuss brannte noch ewig auf meinen Lippen.

JADE

Ich lag die halbe Nacht wach. Es war, als hätte ein Sturm durch mich hindurchgefegt und mich zu großen Teilen ausgehöhlt.

Landons Arme zu spüren, wie sie mich umschlossen, setzte mich teilweise wieder zusammen, aber die größte Unsicherheit blieb.

Eine Unsicherheit, die ich nicht mehr ertrug.

»Landon?«, fragte ich in die Dunkelheit hinein.

»Ja?«, antwortete er. Auch er musste wach dagelegen haben.

Ich drehte mich zu ihm um. Sein Gesicht; wie immer die undurchschaubare Maske, unter der er seine wahren Gedanken verbarg. »Ich mag dich wirklich«, flüsterte ich.

Er lächelte unbestimmt. »Und ich dachte, du hasst mich noch immer, weswegen du ununterbrochen mit mir schläfst.«

»Ich meine das ernst. Bitte lass es mich nie wissen, wenn du noch eine andere hast.«

»Ich habe keine andere.«

»Richtig, genau so.«

Er lachte. »Jade, es ist mir unmöglich, die Zeit für eine ›andere‹ aufzubringen.«

»Im Büro. Ein Quickie. Davon spreche ich. Ich möchte es nicht erfahren.«

»Da wird es auch nie etwas für dich zu erfahren geben.«

Ich verengte die Augen. »Hör auf. Diese Beziehung ... oder was auch immer es ist –«

»Ich nenne es so«, unterbrach er mich.

»... kann nur funktionieren, wenn wir so tun, als wäre es eine. Es muss Regeln geben. Zum Beispiel, dass wir auf die Gefühle des anderen Rücksicht nehmen. Sollte ich mitbekommen, dass du zu dämlich bist, eine Affäre vor mir zu verbergen ... ist es um deinen Job geschehen, weil ich mich selbst nicht mehr unter Kontrolle haben werde und meine Mutter zu meinem Schwert wird.«

»Wow.« Landon verzog die Brauen. »Du bist eifersüchtig.«

»Nein! Du kannst tun und lassen, was du willst! Ich möchte es nur nie erfahren.«

»Was für eine dämliche Forderung, Jade.«

»Warum?«, fragte ich spitz.

»Weil es dann trotzdem passiert. Mir ist so was von egal, ob ich davon erfahre oder nicht, wenn dich irgendein Kerl auch nur *anfasst* ...«

Ich legte ihm drei Finger auf die Lippen und er verzog sein Gesicht zu einer genervten Grimasse. »Du lügst. Darum geht es dir nicht.«

Er seufzte und drehte sich auf den Rücken. »Lass uns das Beziehungsgespräch verschieben.«

»Du hast davon angefangen. Du wolltest, dass es mehr wird als ein One-Night-Stand.«

»Aber ich will keine offene Beziehung, Jade! Ich will Vertrauen! Echtes Vertrauen!«

»Das musst du dir noch erarbeiten und ich glaube, das bekommst du von mir nie.«

Er rieb sich übers Gesicht. Die Schlaflosigkeit schien ihm wirklich zu schaffen zu machen. *Ob ich ihm mal ein wenig Pause gönnen sollte?* Plötzlich hielt Landon in seiner Bewegung inne, nahm die Hände herunter und sah mich wieder an. Echtes Erstaunen trat auf seine Züge. »Läuft da bei dir was nebenbei?«

Ich betrachtete ihn skeptisch.

»Fuck.« Er setzte sich auf. »Ich habe doch wirklich geglaubt, du würdest mir den Gefallen tun und in uns etwas Ernstes sehen.«

»Du lügst dir doch selbst was vor! So ein Typ wie du ist nur zum Schein mit Frauen zusammen! Dir geht es hierbei um irgendetwas!«

»Falsch!«, fuhr er mich an. Er wurde richtig wütend. »Du sagst, du magst mich, und vögelst nebenbei einen anderen? So läuft das nicht. Ich bin nicht der Typ für was Halbes. Ich gebe dem hier wirklich eine *Chance*. Und du?« Seine mattgrauen Augen funkelten vor Zorn. »Du spielst einfach weiter deine perfiden Spiele. Scheiße, Jade. Wenn du glaubst, mir würde es hierbei nur um Sex gehen, hast du mich verdammt falsch eingeschätzt. Es geht mir auch nicht um deine Mutter«, ergänzte er, als ich etwas einwenden wollte, »es geht mir um überhaupt nichts, außer der Tatsache, dass ich verdammt noch mal auf dich stehe und noch niemals so etwas für eine Frau empfunden habe.«

»Das glaubst du doch selbst nicht«, sagte ich spöttisch.

»Kannst du in mich hineingucken?!«, fuhr er mich noch wütender an. »Du hast doch keine Ahnung. Nur weil alle anderen Typen vorher Schwächlinge waren, die sich nicht getraut haben, um dich zu kämpfen, heißt es nicht, dass man dich nicht lieben kann.«

»Landon, hör bitte auf, so zu reden.«

Er presste den Kiefer zusammen. »Gut.«

»Du klingst unmännlich.«

Er lachte abfällig und stand auf. »Und du bist so wenig Frau wie keine andere.«

»Na und?«

»Nichts ›na und‹. Ich habe verstanden, was du mir sagen willst. Offene Beziehung, während wir so tun, als wäre es eine echte. Kein Problem, ich rufe gleich meine Kollegin an und frage sie, ob sie morgen Mittag Zeit hat.«

»Idiot.«

»Hast du einen besseren Vorschlag?«

»Komm einfach damit klar, dass ich mir nicht einbilde, dir blind vertrauen zu können. Das ist alles, was ich von dir wollte.«

»Und was ist mit mir?«, fragte er leise. »Was, wenn ich dir blind vertrauen können will?«

»Dann ist das dein Pech.«

Ich sah die Wut in ihm hochkochen, hatte aber keine Lust mehr auf dieses dämliche Gespräch. Der zweite Streit an einem Tag? Nein, danke. Er sollte aufhören zu glauben, dass ich ihm jemals vertrauen würde, wenn er nicht endlich ehrlich war. Aber das, was er verbarg, wollte ich vielleicht gar nicht wissen.

ICH, 01:10

Sie hat einen anderen.

GIL-BOY, 01:10

Wen?

ICH, 01:11

Alter, wieso schläfst du nicht?

GIL-BOY, 01:11

Wen?

ICH, 01:11

Wenn ich es wüsste, hätte sie ihn nicht mehr.

GIL-BOY, 01:11

;-) Da ist aber jemand sauer.

ICH, 01:12

Ich mein's ernst. Wir brauchen einen gewaltigen Coup. Ich will ihr Vertrauen so sehr herausfordern, dass sie gar nicht anders kann, als mir bedingungslos zu verfallen. Sie muss mich heulend anflehen, ihr für ihr Misstrauen zu verzeihen.

GIL-BOY, 01:13

Da sie nicht dumm ist, klingt das wie eine unmögliche Aufgabe. Wo bist du jetzt?

ICH, 01:13

Bei ihr.

GIL-BOY, 01:13

Und?

ICH, 01:13

Sitze auf dem Klo. Sie schläft nicht.

GIL-BOY, 01:13

Und?

ICH, 01:14

Sie ist

GIL-BOY, 01:14

Ich bin hier. Schütte mir dein zermürbtes Herz aus. ;-)

ICH, 01:14

Klappe.

ICH, 01:15

Kann es sein, dass ich

GIL-BOY, 01:15

Gleich schlafe ich doch noch ein.

ICH, 01:15

Die Vorstellung, sie hat wirklich einen anderen …

ICH, 01:16

verstehst du, was ich sagen will

GIL-BOY, 01:16

Nein.

ICH, 01:16

Es macht mich wahnsinnig.

GIL-BOY, 01:17

Dein Ego ist dieser Aufgabe nicht gewachsen.

ICH, 01:17

Mir egal. Ich will, dass wir uns etwas ausdenken. Diese Frau ist genauso verletzlich und einfältig wie andere. Man muss sie nur knacken, und das werde ich.

GIL-BOY, 01:17

Was sollen wir uns ausdenken?

ICH, 01:18

Etwas, das mich schlafen lässt. Also beeil dich.

GIL-BOY, 01:18

Sie wird dir niemals vertrauen, wenn du es nicht ernst meinst. Das ist das Problem.

ICH, 01:18

Sie WILL mir vertrauen können. Das weiß ich. Sie wartet nur auf den ultimativen Beweis.

GIL-BOY, 01:19

Ich könnte dir eine Nutte vorbeischicken und du lässt sie abblitzen?

ICH, 01:19

Besser.

GIL-BOY, 01:20

Ich schicke dir einen Kerl vorbei und du bewahrst sie vor einer Vergewaltigung?

ICH, 01:20

Alter, nein?!

GIL-BOY, 01:20

Warum nicht? Das ist genau dein Stil. ;-) Die Rettung aus dem sicheren Hafen heraus.

ICH, 01:22

Warum sollte man auf so eine kranke Idee kommen?

Wobei …

Ich könnte den Kerl erschießen. Das hätte was. Seit Monaten mache ich nur bescheuerte Büroarbeit.

GIL-BOY, 01:22

Du willst Leute erschießen? Dein Ernst?

ICH, 01:22

Bist du der Einzige, der das darf?

GIL-BOY, 01:23

Ja.

Ja, wer so darüber redet, hat keine Ahnung mehr, worum es mal ging.

ICH, 01:23

Beruhige dich.

GIL-BOY, 01:24

Du bist ein Wichser. Vielleicht gehst du einfach zu ihr und gestehst ihr alles. Damit hast du ihr Vertrauen sofort.

ICH, 01:24

Spinnst du?!

GIL-BOY, 01:27

Nein. Wann haben wir zuletzt ein vernünftiges Gespräch geführt? Du bist besessen von ihr und dieser Idee, alles auf eine leichte Art zu lösen. Du hast Angst vor den Dingen, die ich tagtäglich tun musste, um an diesen Punkt zu gelangen. Du riechst das schöne Mädchen, und das Schloss, in dem sie lebt, gefällt dir. Sei ehrlich, hast du es dir schon ausgemalt? Das Friede-Freude-Eierkuchen-Leben mit Jade Carpenter und ihrer bezaubernden Mutter, die dir das Gefühl von Familie gibt und dir ja ›so sehr‹ vertraut? Du hast alles vergessen.

Du hast die Scheiße vergessen, die wir uns geschworen haben.

Du bist ein Lügner und Versager.

So wirst du ihr Herz nie bekommen.

ICH, 01:29

Niemand redet von ihrem Herz.

GIL-BOY, 01:29

Ich.

Ich rede von ihrem Herz.

ICH, 01:30

Dann frage ich mich, wer von uns beiden sich verändert hat.

Ich habe mein Ziel nicht aus den Augen verloren. Und du? Hilfst mir nicht mehr, weil dich dein Scheißgewissen plagt.

GIL-BOY, 01:33

Verdammt, ich habe heute Diego erschießen müssen, weil einer meiner Leute dich erkannt hat! Du bescheuerter Spinner! Du hast doch keine Ahnung mehr, was ich hier tue, und glaubst, es ist in Ordnung, wenn noch mehr und noch mehr Leute darunter leiden, was WIR uns mal in den Kopf gesetzt haben!

GIL-BOY, 01:34

Geh weiter heulen, du Arschloch.

Und schreib mir erst wieder, wenn du die verschissenen Bücher hast.

ICH, 01:34

Bro …

GIL-BOY, 01:36

Fick dich.

CALEB

Ich spürte in diesem Raum meine Vormachtstellung. Mein Platz war einer der unbedeutenden, irgendwo am Tischende, aber wenn ich sprach, schwieg der Rest.

Ich hatte mir diese Position hart erarbeitet und sie war wertvoll für das, was wir taten, aber heute hätte ich die ›Feier‹ gerne schon vor allen anderen verlassen.

Es war schwierig, dem entstandenen Misstrauen zu trotzen. Diego und Giu tot? Ein Waisenkind der einzige Zeuge seines Geständnisses? Viele hielten mich für das, was ich war: zu flüchtig, um nicht durchtrieben zu sein.

Aber ich gab einen kleinen Scheiß auf die Meinung der anderen. Der Boss vertraute mir. Er stellte mein Handeln nicht eine Sekunde infrage.

»Können wir sicher sein, dass damit alle Verräter ausgeschaltet sind?«, fragte der Mann am Kopfende. Der Boss – mit Geburtsnamen Silva Baresi – ließ sich Rotwein nachgießen und wartete darauf, dass alle nickten.

Die Trauerfeier wurde mit besonders viel Glanz und Gloria begossen. Man musste Gius Familie das Gefühl geben, ihr dritter Sohn wäre wichtig gewesen. Auch wenn es gefährlich war, sich in einem öffentlichen High-Class-Restaurant wie diesem zu versammeln, gehörte es zum guten Ton – nichts wäre schlimmer als eine Branco-Sippschaft, die sich herabgesetzt fühlte, obwohl sie schon seit Generationen *zur Familie* gehörte, oder die die Lüge witterte.

In diesem Fall hatte ich es so hingestellt, als wäre Diego der Verräter gewesen und Giu der Held, der ihn enttarnt hatte und daher von ihm niedergestreckt worden war.

Keine besonders gute Story, aber ich wollte in diesem Saftladen sowieso nicht alt werden. Das Ende war absehbar. Entweder auf die harte oder die weiche Tour, aber ich plante, bis Sommer mit der Scheiße durch zu sein.

»Sonst noch was Wichtiges?«, fragte der Boss.

Ich räusperte mich, wodurch das Gemurmel verstummte. »Ich habe einen Zwischenhändler in Manhattan ausgemacht. Er bekommt die Ware direkt aus Miami, den Fahrer kennen wir. Aber er ist neutral und daher kennen wir den Belieferten nicht.«

»Kokain?«, fragte einer am Tisch.

»Was sonst?«, fragte ich genervt.

»Und warum ist es wichtig, dass wir die Händler kennen?« Antonio Branco, Gius Bruder. Deutlich besoffen.

»Er beliefert einen Großteil der High Society Manhattans«, erklärte ich gedehnt. »Sprich: verdammt viel Geld, welches uns durch die Lappen geht.«

»Mhm«, brummte Nevio, der neben dem Branco-Bruder saß, und fixierte mich mit seinen kleinen, schmalen Augen. Er sprach italienisch. »Und wir wissen nicht, wer dahintersteckt?«

»Nein. Gar nicht.«

»Das müssen wir ändern«, schaltete Silva sich ein.

»Ja, Boss.«

»Gut«, sagte er. »Seid Caleb die nächsten Tage bei seinem Vorhaben eine Unterstützung«, ordnete er an. »Und jetzt lasst uns eine Minute schweigen. Und eine weitere, um uns daran zu erinnern, dass unser Leben davon abhängt, ehrlich zueinander zu sein.« Er räusperte sich. »Antonio? Stell die Uhr.«

JADE

»Du wirst angerufen«, informierte mich Naomi. Wir standen in der Schlange an den Kassen der Kantine.

»Ich weiß. Es ist Landon. Ich tue gerade so, als hätte ich Besseres zu tun, als mit ihm zu sprechen.«

»Wie lange schon?«

»Seit vorgestern.« Viel länger würde ich es sowieso nicht aushalten, nicht mit ihm zu reden. Er war frühmorgens einfach gegangen, ohne ein Wort des Abschieds – natürlich hatte er meiner Mutter nicht begegnen und mich nicht wecken wollen – und dennoch. Es tat gut, beleidigt zu sein. Ich wollte herausfinden, inwieweit ich dieses Beziehungsding ausreizen konnte. Was waren Männer bereit zu investieren? Und wie fühlte es sich an, zickig zu sein?

»Und warum ruft er mit einer unbekannten Nummer an?«, fragte Naomi und griff nach meinem Handy, das obenauf in meiner Tasche lag. Sie zeigte mir das Display.

UNKNOWN.

Ich runzelte die Stirn. »Meinst du, ich soll rangehen? Nachher ist das eine Masche von ihm, damit er mich erreicht.«

»Mein Gott, Jade«, sagte sie genervt. »Du bist so nicht und du denkst so was nicht. Geh ran und sprich Klartext.«

»Ich weiß, aber ...«

»Was?«

»Er macht mich schwach«, seufzte ich und nahm ab.

»Hallo. Hier ist der Anrufbeantworter von Jade Carpenter. Bitte hinterlassen Sie eine Nachricht nach dem Piepton, außer sie heißen Landon Mulvaney, dann reden Sie bitte mit der nächstgelegenen Wand.«

»Hallo, Jade.«

Ein Prickeln entstand in meinem Nacken. Er klang so ganz anders.

»Ich habe noch nicht Piep gesagt«, stotterte ich.

»Ich hätte deinem Anrufbeantworter auch nichts zu sagen.«

»Landon?«, fragte ich verunsichert.

»Du solltest das Unigelände verlassen. Deine Quelle ist aufgeflogen. Fahr nach Hause und verstecke die Dinge, von denen du glaubst, sie nicht verstecken zu müssen.«

Ich lachte noch unsicherer. »Und warum klingst du wie ein Auftragskiller, der mich davor warnt, ins Zielkreuz zu geraten?«

»Genau das rate ich dir.« *Das ist nicht Landon. Ich spreche nicht mit Landon.* Oder? »Und du solltest auf mich hören.«

Er legte auf.

»Fuck«, keuchte ich. Ich versuchte, ihn zurückzurufen, aber gerade da ging mein Handy aus. Ich hatte ständig Probleme mit meinem Akku und war zu faul, an eine Powerbank zu denken.

»Was ist passiert?«, fragte Naomi besorgt.

»Mir ist der Appetit vergangen.« Ich ließ mein Tablett auf der Ablage stehen und sah mich in der Kantine um. Sie war eine der größten der NY University und dementsprechend laut und voll. Ich suchte nach Anzeichen, dass es stimmte, was Landon gesagt hatte, aber vermutlich würde ich keine finden. »Ich muss nach Hause«, sagte ich schnell, drückte Naomi kurz und lief in die Gegenrichtung zurück. Vorbei am Nachtisch, den Hauptgerichten, durch die Schlange am Eingang.

Ich klammerte meine Tasche fest. *Deine Quelle ist aufgeflogen.*

Scheiße, das hätte nicht passieren dürfen. Wer war daran beteiligt? Wer hatte ihn verraten? Würde *er mich* verraten?

Während ich versuchte, nicht auffällig zu sein, lief ich die Treppen hinunter. Wie jemand, der dringend pünktlich zu einer Vorlesung erscheinen muss.

Unten vor den Drehtüren angelangt, lief ich plötzlich in jemanden hinein, der mir nicht ausgewichen war.

»Hoppla.« Landon hielt mich an den Oberarmen fest, um mich zu stützen.

Ich starrte zu ihm hoch.

»Vor wem bist du auf der Flucht?«, fragte er grinsend.

»Ehm ...«

Er ließ mir keine Zeit zu antworten. Ohne ein weiteres Wort beugte er sich zu mir herunter und küsste mich.

Er küsste mich so ganz anders als sonst. Zärtlicher, langsamer, liebevoller. Es fiel mir schwer, zu verstehen, was das alles sollte.

»Wollten wir nicht gerade gehen?«, fragte ich verwirrt.

»Wohin möchtest du?«, fragte er raunend und ich verstand nicht, wie ich ihn überhaupt zwei Tage lang hatte hinhalten können. Sobald er vor mir aufkreuzte, kehrte das Ziehen in meinem Magen zurück. War es wegen des Kusses gewesen? Hatte ich ein schlechtes Gewissen gehabt? Ich sollte lernen, ehrlich zu sein.

Vor allem zu mir selbst.

»Landon?«

»Babe? Du hast nicht geantwortet und jeden meiner Anrufe ignoriert. Ich musste dich persönlich abfangen.«

»Du hast mich gerade angerufen, oder?«

Er wirkte verdutzt. »Ich habe dich hunderte Male angerufen.«

»Okay. Spiel keine dummen Spielchen! Was zur Hölle willst du von mir?«

Wut flackerte durch seinen Blick. »Wenn du mich jetzt schon wieder abweisen willst, war es das.«

»Was?!«

»Du hast doch echt 'nen Knall, Jade.«

»Du hast einen! Was sollte der Anruf? Warum tust du jetzt so, als hätte ich mir den eingebildet?«

»Welcher verschissene Anruf?!«

»Landon!«

»Ich habe dich nicht angerufen!«

»Gut? Hast du einen Doppelgänger mit deiner Stimme, der mir in letzter Zeit nachstellt, oder was?«

»Wie bitte?«

»Du hast gerade angerufen.«

»Okay. Ja, kann sein. Ich wollte witzig sein.«

»Du wolltest witzig sein, indem du behauptest, meine Quelle sei aufgeflogen und ich solle nach Hause gehen?«

»Ja«, sagte er nur.

»Okay, vergiss es. Ich will dich nie wieder sehen.«

»Jade.« Er trat mir in den Weg, als ich an ihm vorbeigehen wollte. Ob ich ihm ins Gesicht schlagen sollte, damit er verstand? »Wir werden überwacht«, raunte er leise. »Du solltest mitspielen.«

»Wie bitte?!«

»Küss mich noch einmal.« Er legte eine Hand in meinen Nacken und zog mich an sich. Überrumpelt ließ ich es zu. Nicht nur überrumpelt – ich war vollkommen verwirrt. »Auch wenn du es nicht gerne tust, du musst mir vertrauen. Verhalte dich unauffällig.«

»Können sie uns hören?«, flüsterte ich. »Bist du verkabel-«

»Schscht«, machte er. »Was hältst du von Kino? Heute Abend?« Er küsste mich wieder und ich nickte. Nicht sicher, was ich tun sollte, denn wenn er wirklich überwacht wurde, hatte ich keinen blassen Schimmer, was hier lief.

Ich *musste* ihm vertrauen. Aber warum hatte er mich nicht früher eingeweiht? Was sollte der Anruf, wenn er mich doch keine paar Minuten später abfing?

Seine Lippen spielten sanft mit meinen. Wir küssten uns, als wären wir unsterblich verliebt ineinander. Währenddessen dachte ich nach. Mein Gehirn ratterte.

Aber ich kam auf keine Lösung.

Plötzlich wurden wir angerempelt. Die Türen neben den Drehtüren gingen reihenweise auf und Polizisten stürmten das Gebäude. Fassungslos sah ich zu, wie sie die Treppe zur Kantine hochliefen und nach rechts zu einem der Hörsäle abbogen. Landon packte mich und wirkte ebenso verwundert wie ich, bevor er mich zur Seite riss. Raus aus dem Strom der schwerbewaffneten Cops.

Einige Studenten schrien überrascht auf. Aber keiner der Polizisten machte sich die Mühe, etwas zu erklären. *Meine Quelle ist aufgeflogen. Fuck!*

Landon zog mich weiter. »Kennst du hier irgendwo einen Raum ...«, murmelte er undeutlich. »Wir müssen reden.«

»Es gibt die Bediensteten-Toilette. Komm mit.« Ich kramte meinen Transponder hervor und öffnete uns den kleinen Raum, der neben den anderen Toiletten lag. Landon schob mich hinein, blickte sich ein letztes Mal um und schloss die Tür hinter uns.

»Scheiße«, stöhnte er und sank gegen das Türblatt.

»Was zum Geier läuft hier?«

Er rieb sich die Schläfen. »Jade, es tut mir leid. Du bist in eine Operation geraten. Ich wusste nicht, wie ich dich da raushalten sollte.«

»Was heißt das, du wirst überwacht? Werden wir gerade abgehört?«

»Ich hoffe nicht«, sagte er mit einem schiefen Grinsen.

»Soll ich dich absuchen?«, schlug ich vor.

»Nein. Lass uns einfach so tun, als wäre nichts. Deine Mutter wird nur erfahren, wie ich dich an der Uni abfing und wir knutschend zu einer Toilette gingen. Sie wird nicht begeistert davon sein, dass wir es hier getrieben haben, aber das ist besser ...«

Als wenn sie erfährt, dass ich mit Kokain deale. »Okay, verstehe.«

»Gut.« Er lehnte sich an die geflieste Wand und starrte an die Decke. »Muss ich dich fragen, warum du einen Zugang zu diesem Raum hast?«

Ich bekam eben, was ich wollte. Bis jetzt. »Du hast mich nicht verraten«, flüsterte ich. Was auch immer er gerade auf sich nahm, er tat es für mich. Warum war er hier bei mir und nicht draußen bei der Polizei? Alles nur, um mich zu beschützen? Ich holte meinen iPod hervor, spielte irgendein Lied ab und stellte ihn so laut, dass die Musik durch die Kopfhörer zu uns drang.

»Was tust du?«, fragte er.

»Bist du verkabelt?«

»Nein, Jade.«

»Warum hat die Polizei gerade die Uni gestürmt?«

»Weil deine Quelle aufgeflogen ist.«

»Und wer, glaubt ihr, ist meine Quelle?«

»Jade ...«

»Ich will's nur wissen.«

»Ich kann dir das nicht sagen. Es gibt Dinge, die ich dir nicht sagen kann.«

»Bitte.«

Er zögerte nicht. »Nein.«

»Und wenn ich es dir sage. Wirst du mir dann sagen, ob es stimmt?«

»Nein! Lass uns das aus unserer Beziehung raushalten! Du hast Scheiße gebaut, aber du machst es nur schlimmer, wenn du jetzt mit mir darüber redest.«

»Weil ich Kokain verkaufe?«

»Ja. Verdammt. Wieso tut ein Mädchen wie du das?«

»Das fragst du mich jetzt? Nach Wochen?«

»Es ist dein Ding! Warum solltest du ausgerechnet mit mir darüber sprechen wollen? Du glaubst ja nicht mal, dass ich nebenbei keine andere vögle.«

Ich grinste. Warum stritten wir unentwegt? Und wieso schoss ich ihn nicht zum Mond, obwohl wir es taten? »Wenn wir hier drin sind, um ein Alibi zu schaffen, warum machen wir nicht etwas Echtes daraus?« Ich griff in sein Hemd und schob mich an ihn. »Auch wenn ich das FBI hasse, finde ich dich als Agenten eigentlich ziemlich heiß.«

Landon schmunzelte. »›Eigentlich‹.«

»Ein bisschen nervt mich deine rechthaberische Art und ...«

»Jade, wenn du wüsstest, was mich alles an dir nervt«, unterbrach er mich und umfasste meinen Hals. Er drängte mich an die Wand. Seine dunklen Augen tiefe Seen, in denen ich nicht vermochte zu lesen. »Und letztendlich bleibt doch nur der Wunsch, dich zu ficken.«

Wir atmeten uns ins Gesicht.

»Das verletzt mich«, gestand ich ihm. »Ich will nicht, dass du dich von mir genervt fühlst.«

Er schloss für einen Moment die Augen und schien sich

dabei mit seinem Griff an mir festzuhalten. »Weißt du, was ich manchmal glaube?«

»Was?«, fragte ich atemlos.

»Dass wir beide vollkommen im Arsch sind und nur zusammengefunden haben, weil wir uns darin üben wollen, es besonders gut zu leugnen. Was ich hier gerade tue, kann mich meinen verfickten Job kosten und alles, was ich mir erarbeitet habe. Aber du redest von Alibis und Sex, als wäre das Leben ein verdammtes Spiel. Ich will dich einmal erleben, wenn du das Gegenteil erkennst. Wenn du erkennst, dass nicht jeder auf dieser Welt in einem Schloss lebt, in dem man es sich leisten kann, die Wände mit Kokain weiß zu streichen.«

»Was redest du da?«

»Ausnahmsweise die Wahrheit. Hast du welches dabei?«

»Kokain?«

Sein Griff um meinen Hals wurde fester.

»Ja«, murmelte er.

»Nein!«

Er wartete.

»Vielleicht. Ich weiß es nicht.«

»Dein Leben möchte ich haben. Das letzte Mal, als ich mich so sicher fühlte, war ich verschissene drei Jahre alt.« Er ließ mich urplötzlich los, trat zurück und lehnte sich wieder an die gegenüberliegende Wand. »Hol es raus.« Landon griff nach seinem Handy in seinem Anzug.

»Du machst mir Angst.«

»Wie wunderbar. Würde ich in deiner Haut stecken, hätte ich verdammte *Panik*. Aber Angst ist ein guter Anfang.«

»Wem schreibst du?«

»Ich werde nicht mit dir darüber reden.«

»Was sollte der Anruf?«

»Such das verdammte Kokain in deiner Tasche!«, brüllte er.

Ich zuckte zusammen.

»Keine paar Meter von uns findet eine verdammte Razzia statt und es wäre total geil, sie würden bei dir keines finden! Du bist nicht in einen Kokon gewickelt, nur weil du das glaubst! Auch deine Mutter kann dich nicht davor bewahren, dass ich dich längst hätte verhaften müssen!«

Ich griff an meine Tasche und ließ sie von meiner Schulter sinken.

Er schrieb, während ich sie auf das Waschbecken legte und begann, darin nach einem Tütchen zu suchen. Manchmal nahm ich welches für Naomi und ihren Freund Taylor mit. Er tat mir leid, weil er unter furchtbarer Prüfungsangst litt. Dagegen nahm er Medikamente. Aber sie laugten ihn aus und er war am nächsten Tag zu nichts zu gebrauchen. Also gab ich ihm Koks, um diesen Tiefpunkt zu überstehen, damit er für die nächste Prüfung lernen konnte. Die volle Ladung Medizin für einen Abschluss und das Ticket in ein System, das ihn ausbeutete. Ob ich den Scheiß tatsächlich glaubte? Glaubte ich, Gutes zu tun?

»Ich hab welches«, murmelte ich, als ich beim letzten Fach angekommen war. Es war wie erwartet ein Päckchen. 1 Gramm. Zig Lines.

Landon steckte sein Handy zurück und nahm es mir aus der Hand. Er hielt es ins Licht, als würde er es nicht glauben können. In seinen Augen spiegelte sich das weiße Pulver zusammen mit der Neonröhre. *Trug er eigentlich Kontaktlinsen?*

Er öffnete das Tütchen und schüttete etwas davon auf die Fläche zwischen Daumen und Zeigefinger. Ehe ich ihn davon abhalten konnte, zog er es durch die Nase ein.

»Was zur ...«, stieß ich hervor. »Das war viel zu viel für einen Zug!«

»Nimmst du das eigentlich regelmäßig? Oder nur, wenn sich die Gelegenheit auftut, es Leuten wie mir zu beweisen?«

»Du bist so ...«

»Verrückt?« Er schüttete es auf seine Hand und hielt sie mir hin.

Ich wusste nicht, was das sollte. Was zur Hölle hatte er vor? Wenn sie uns untersuchten, würden sie sehen, dass wir high waren. Das war doch eine der dümmsten Ideen, die er jemals hatte – oder? Ich griff an seine Hand und zog sie vor meine Nase. Seine Haut war warm, das Pulver glitzerte.

Wenn ich jetzt high wurde, würde ich die Situation weniger klar sehen. Etwas passierte hier – der Anruf, die angebliche geheime Operation, meine Mutter und ihr heimliches Date, aber vor allem auch die Dinge, die Landon gesagt hatte. *Wir sind beide vollkommen am Arsch und haben nur zusammengefunden, um es zu leugnen.*

Ich schob seine Hand weg, sodass das Koks zu Boden rieselte, aber Landon scherte sich nicht darum. Er packte mich und küsste mich.

Damit trug er jeden Zweifel fort. Ich wollte diesen Mann, und die Vorstellung, dass uns etwas trennen konnte, schmerzte tief. Noch nie zuvor hatte mich das Gefühl ergriffen, einem Menschen vollkommen zu erliegen. Noch nie zuvor war ich dermaßen verliebt, dass sich mein Denken verabschiedete.

Von seinem Feuer entfacht streifte ich ihm den Anzug von den Schultern. Landon riss an meiner Jeans. Ich griff in seine Hosentasche, fischte nach einem Kondom. Dass er eines bei sich trug, ließ mich feucht werden. Er riss es mir aus der Hand und drückte meine Hände zur Seite. Als würde er alleine bestimmen wollen, die Oberhand besitzen.

Landon zog sein Jackett aus und warf es fort. Dann meinen Pullover, meinen BH. Alles flog auf den Boden bei der Tür. Er senkte seinen Kopf auf meine Brust herab und küsste mich. Verlangend. Seine Zunge umspielte meinen Nippel. Er küsste ihn, er biss sanft hinein, er drückte meine sexuellen Knöpfe und ich begann vor Verlangen zu wimmern.

Währenddessen zog er meine Jeans tiefer, bis er sich plötzlich an sein Holster griff und seine Waffe hervorholte. Er legte sie aufs Waschbecken. Unerreichbar für mich.

Warum?

Dann ging er in die Hocke, streifte meine Jeans von den Beinen, hob meinen Schenkel an und küsste mich.

»Fuck«, stöhnte ich und seufzte ebenso tief auf. Er legte meinen Schenkel auf dem Waschbecken ab, sodass er leichter Zugang erhielt, und leckte mich drängend, fast grob.

Es war, als passierte alles schneller als sonst. Das Kokain konnte nicht mit ihm mithalten. Landon durchrauschte meine Blutbahnen, er brachte mich zum Kochen.

Seine Zunge glitt tief durch meinen Spalt.

»Bitte«, flehte ich, »fick mich.«

Er richtete sich auf. Sein Blick war so dunkel, so kalt, dass etwas in mir gefror, während ein anderer Teil in mir noch mehr nach ihm verlangte.

Er öffnete seine Hose, drückte sie herunter und schob das Kondom über seinen Schwanz. Dabei musterte er mich, sah mir in die Augen, kam näher, griff wieder nach meinen Händen, drückte sie an die Wand, sodass ich wehrlos war, und schob sich zwischen meine Schenkel.

Zwischen meine Wände, tief in mich hinein.

Ich keuchte, da er mich so ohne weiteres Vorspiel dominant nahm.

»Das gefällt dir, oder?«, fragte er und stieß sich mit einem Mal bis zum Anschlag in mich, sodass es schmerzte und doch so unglaublich erfüllend war. »Wenn man dir endlich einmal die Kontrolle entreißt. Aber das ist es auch, was du an mir hasst. Dass ich das kann.«

Ich versuchte, meine Hände zu befreien, aber er ließ sie nicht los.

»Nein«, sagte er und schob mich gegen die Wand, während mein Bein noch immer angewinkelt auf dem Waschbecken lag. Nicht gerade bequem. »Ich will nicht, dass du deine Hände einsetzt. Lass sie, wo sie sind.«

Er ließ sie los und ich gehorchte. Im nächsten Moment spürte ich seine Hand unter meinem Po und er packte mich bestimmend.

Dann vögelte er mich und ließ mir keine weitere Atempause. So wunderschön das Gefühl seines Körpers war, der meinen eroberte, so schmerzhaft wurde das Wissen, dass ich niemals mehr bekommen würde. Etwas zerbrach in mir, während er mich nahm. Der Umstand, dass er es tat und dass ich es zuließ. Nicht, weil es mir nicht gefiel, es gefiel mir, *er* gefiel mir viel zu sehr, sondern weil ich wusste, dass ich ihm nie näher kommen würde als mit gutem, aber doch so schrecklich oberflächlichem Sex.

Ich sehnte mich danach, in ihn hineinsehen zu können. Ich sehnte mich danach, zu ergründen, warum er hier bei mir war. Ich stieß ihn von mir fort – ein ums andere Mal, aber er machte es mit? Warum?

Und lag es nur an diesem einen Grund, den er mir nicht verriet, dass er immer wieder auftauchte, oder lag es auch an mir?

Würde es mich sehr verletzen, wenn es nicht so war?

Gehörte Landon zu einem der ersten Menschen, die mich verletzen können würden?

Das ergab keinen Sinn, denn er stand schließlich vor mir und fickte mich. Und doch fühlte ich mich getrennter von ihm als je zuvor.

Ich musste etwas tun, bevor mein Geist zu sehr entgleiste; ich suchte nach Landons Lippen und küsste sie.

Nicht sofort, aber nach ein paar seiner harten Bewegungen veränderte sich etwas zwischen uns. Spürte er, dass ich nach mehr verlangte? Dass mein ›Mehr‹ auch bedeutete, etwas Wahrhaftiges zu schaffen?

Seine Zunge war es nicht, die mich tröstete, seine Bewegungen waren es nicht, die mich hielten. Nein, es war, als würden wir plötzlich durch den anderen atmen. Seine Küsse hielten mich am Leben und ich forderte ihn dazu auf. Nichts störte mich an dem, was er tat oder was ich fühlte.

Ich legte meine Hände an seine Hüfte, brachte ihn dazu, mich immer dominanter zu nehmen, sich ganz in mir zu verlieren und aus unserem Sex wurde mehr ... so viel mehr, sodass der gemeinsame Orgasmus fast nebensächlich wurde.

Denn etwas hatte sich verändert. Die Verbindung.

Und Scheiße, auch wenn er ein riesiges Arschloch war und ich keine Ahnung hatte, was er von mir wollte, so wusste ich jetzt definitiv, dass ich Schwierigkeiten haben würde, jemals wieder von ihm loszukommen.

»Gott, Jade«, stöhnte er, während er sich in mir ergoss, mich hielt und weiterfickte, mich nahm und mir gab. »Wo hast du das nur alles gelernt?«

»Was?«, fragte ich benebelt. »Wieso gelernt?«

»Alle Mädchen nach dir können mich nur enttäuschen.« Er legte seinen Kopf an meinen Hals. Sein Puls raste wie meiner.

»Wow, das war jetzt ... echt romantisch von dir ausgedrückt.« Die Blase in meiner Brust schrumpfte ein, gleich würde sie platzen.

»Nein, das verstehst du falsch«, murmelte er. »Die Vorstellung, jetzt Abstand zu nehmen, ist ungefähr so schlimm, wie es nicht tun zu können.« Genauso schlimm? War das etwa ... ein Geständnis?

»Landon?«

Er richtete sich auf, blieb dabei aber weiter in mir. Sein Schwanz pulsierte nach. »Was, Baby?«

»Vielleicht sollte ich zugeben, dass ...«, *ich mich verliebt habe.*

Ein lauter Knall.

»Was war das?!«, keuchte ich.

Ein weiterer.

»Schüsse. Fuck.« Er trat zurück, zwängte seine Erektion zurück in die Hose und prüfte wieder sein Handy. Er hatte jemandem Nachrichten geschrieben, aber keine Antwort erhalten. »Fuck.«

»Was geht hier eigentlich vor sich?!«

Er antwortete nicht, sondern schrieb eine weitere Nachricht. Seine Waffe lag noch immer auf dem Waschbecken. Ich könnte sie mir nehmen und ihn zwingen, mir endlich zu offenbaren, worum es hier ging ...

»Scheiße, was hast du damit vor?!« Meine Hand ruhte bereits auf der Pistole, aber er schloss seine um meine Finger und entriss mir die Waffe. »Du wolltest mir damit nicht wirklich drohen, oder?«, fragte er fassungslos.

»Ehm.« *Schnell, wo bleibt die Ausrede?* »Natürlich nicht. Wenn du uns nicht retten willst, tue ich es. Dein Handy wird uns nicht vor den Leuten dort draußen beschützen können.«

»Du wolltest mir meine eigene Waffe an den Kopf halten, damit ich dir sage, was läuft?«, fragte er. Blödmann.

Wieso durchschaute er mich so gut? »Weißt du, dass auch ich eine gewisse Hemmschwelle habe, die durch Wut und Kokain herabgesetzt wird, und ich gerade unfassbare Lust hätte, dich k. o. zu schlagen?« Er kam näher, wie eben beim Sex, aber jetzt wurde alles an ihm bedrohlich. Landon drückte mich gegen die Fliesen. Die kalten Fliesen, sein Unterarm an meinem Hals. Mir schnitt es die Luft ab. »Warum starrst du mich an wie ein Schaf? Fuck, *rede*, Jade!«

»Ich will wissen, was läuft«, keuchte ich.

»Indem du mich bedrohst?!«

»Wäre doch eine Möglichkeit, oder?«

»Okay. Damit hast du bewiesen, dass du den Verstand verloren hast.«

Wieder Schüsse. Draußen auf dem Flur.

»Lass mich los«, sagte ich drängend. »Ich will hier raus.«

»Wir bleiben hier drin.«

»Ich will nicht mehr mit dir in einem Raum sein.«

»Weil ich dich vor dir selbst beschütze?«

»Lass mich einfach gehen!« Ich stieß ihn mit aller Kraft von mir, schubste ihn zur Seite und riss die Tür auf. Ein Polizist stand genau vor mir im Flur. Er nutzte den Türrahmen, den ich gerade geöffnet hatte, als Deckung. Er bemerkte mich, drehte sich zu mir um, blickte noch erstaunt auf mich herab, weil ich in all der Hektik tatsächlich vergessen hatte, mich wieder anzuziehen, dann spritzte Blut in mein Gesicht.

Der Cop fiel.

Er war tot.

Ich schlug die Tür wieder zu.

CALEB

20 Minuten zuvor

Wieder nur das Freizeichen. Jades Handy war eingeschaltet, aber sie antwortete nicht. Wie sollte ich sie warnen? Als ich zurück in den Hörsaal trat, grinste mich Leandro Nicholson schief an. Schief und böse. »Wen hast du angerufen?«, fragte er grimmig.

»Das geht dich ungefähr so viel an wie die Anzahl der Haare an meinem Sack«, gab ich zurück und ließ meinen Blick durch den Raum schweifen. Der Professor hockte noch immer gefesselt hinter dem Pult. Luis und Milo sicherten die Ausgänge.

»Warum redest du nicht mit ihm?«, fragte ich Leandro.

»Ich habe dich lieber belauscht«, offenbarte mir Leandro zufrieden. »Ich traue dir nicht mehr. Du hast Diego getötet. Wir wollen alle wissen, warum.«

Ich ließ mir nicht anmerken, wie sich mein Puls beschleunigte. Sie misstrauten mir – ja, aber wenn es schon so weit war, dass sie lieber *mich* belauschten, statt ihren Job zu erledigen und vom Prof alle wesentlichen Informationen einzuholen, war ich am verdammten Arsch.

»Er ist gestorben«, erklärte ich geduldig, »weil er zu

dumm gewesen ist, um zu verbergen, dass er uns verraten hat. Ich hatte keine Wahl.« Für meine Mission hatte ich mir vier der Männer ausgesucht, die mir am meisten misstrauten und an Diegos gerechtem Tod zweifelten. Ich glaubte, wenn ich ihnen damit zeigte, dass ich mich nicht vor ihnen fürchtete, wäre das Thema durch. *Offenbar nicht.* »Für euer Kindergartendetektivspiel habe ich gerade keine Zeit.« Ich wählte die nächste Nummer so, dass Leandro sehen konnte, wen ich anrief.

»Was soll das?!«, fragte er laut. »Ich dachte, wir machen das ohne ihn!«

Wir sprachen italienisch, nachdem wir herausgefunden hatten, dass der Professor kein einziges Wort davon verstand. So ließ es sich freier reden.

»Wir machen was ohne wen?«, fragte ich ihn, während das Freizeichen ertönte. »Du dachtest, wir kommen hierher, nehmen diesen Prof auseinander und lassen den Boss nichts davon wissen? Wieso sollten wir das tun?«

»Na ja ... ich meine nur ...«

»Du bist einfach dumm, Nicholson. Damit musst du leben.«

»Aber wenn wir abgehört werden, stecken wir tief in der Scheiße!«, erinnerte er mich laut.

»Kümmere dich um ihn«, wies ich an und zeigte auf unser gefesseltes Opfer. Um hier lebend rauszukommen, musste ich den Boss wissen lassen, dass ich hier war. *Sicher war sicher.*

Er ging zum Glück ans Telefon. »Caleb?«

»Wir haben ihn. Ein Professor der NYU. Bürgerlicher Name: Grant Saltzman, wohnhaft in Hell's Kitchen. Er verteilt das Zeug an seine Studenten. Er wird nicht kooperieren.«

»Was redest du da?!«, blaffte Leandro. »Wir haben's ja nicht mal versucht!«

»Grande«, sagte Silva am Handy. »Hat er euch erkannt?«

»Nein.« Wir trugen Skimasken.

»Bene. Verschwindet von dort. Wir besuchen ihn ein anderes Mal, wenn wir mehr gegen ihn in der Hand haben.« *Wer's glaubt.* Ich wusste genau, was jetzt passieren würde.

»Si«, nahm ich Silvas Befehl entgegen. Wir legten auf.

»Und?«, fragte Leandro. »Was hat er gesagt?«

»Wir nehmen den Prof auseinander«, log ich. »Jetzt, der Zeitpunkt ist günstig.«

Leandro verengte die Augen, als würde er so besser erahnen können, dass ich plante, sie alle dem FBI zum Fraß hinzuwerfen. Aber er hatte keine Ahnung. Er hatte nicht den blassesten Schimmer, wie alles zusammenhing.

Ich ging auf den Prof zu und ging vor ihm in die Hocke.

»Wir werden nicht schreien, richtig?«, fragte ich ihn freundlich.

Saltzman schüttelte den Kopf, während seine Augen angsterfüllt umherirrten. Ich zog ihm den Knebel aus dem Mund.

»Ich bezahl euch«, keuchte er. »Ihr bekommt ein Drittel des Gewinns! Aber zuvor will ich wissen, wer dahintersteckt!«

»Oh, das ist sehr freundlich«, schmeichelte ich ihm. »Ein Drittel, obwohl wir auch den gesamten Pott haben könnten, dafür weniger Arbeit für uns, hmm ... Sie machen das nicht alleine. Ich will die Namen Ihrer Dealer.«

»Das sind Studenten. Ahnungslose Kinder, lassen Sie die aus dem Spiel.«

Ich lächelte. »Die ›Kinder‹ sind kaum jünger als ich selbst. Also nein. Ich traue ihren Studenten zu, erwachsene Entscheidungen zu treffen. Ich will die *Namen.*«

»So jung sind Sie?«, fragte der Prof fassungslos. »Sie könnten noch was aus Ihrem Leben machen und – aaaaaaaaaaah!«

Ich brach ihm einen Finger, sodass es im gesamten Saal knackte. »Leiser, Professor. Ich brauche die Namen.«

Leandro betrachtete mich gierig. Er stand auf diesen Scheiß. Sein Psychogen war fast so ausgeprägt, wie Diegos es gewesen war, nur dass Leandro nicht aus Muskeln bestand und damit so gut wie jedem Kerl körperlich unterlag.

»Ich kenne die meisten Namen nicht mal«, stöhnte der Prof schmerzerfüllt.

»Jade Carpenter?«, fragte ich über das Stöhnen hinweg so leise, dass nicht einmal Leandro mich hören konnte.

Saltzmans Augen weiteten sich. »Woher ...«

»Ja?«

»Ja, sie ist eine von ihnen«, keuchte er. »Eine der besten.«

»Was geben Sie ihr dafür?«

Er schluckte. »Lassen Sie das Mädchen in Ruhe. Sie ist die Tochter einer FBI-Agentin. Ziemlich hohes Tier. Hätte mich da nie drauf einlassen dürfen.«

»Was geben Sie ihr dafür?«, fragte ich nachdrücklich.

»Scheine. Sie ...«

Ich griff an seinen Zeigefinger.

»Sie schreibt Prüfungen«, sagte er hastig, »ich nicke sie ab, ich decke sie, das Mädchen studiert hier eigentlich gar nicht. Dafür verteilt sie einen Großteil meines Vorrats auf den Partys ihrer Familie.«

»Warum zur Hölle?«, fragte ich fassungslos. Warum riskierte sie ihre Freiheit für so einen Scheiß?

»Was weiß ich denn!«, rief Saltzman gequält. »Schauen Sie sich das Mädchen an, sie ist eine Sexbombe auf zwei Beinen und sie kümmert sich um nichts! Vielleicht ist das ein perfider Rachefeldzug an ihren Eltern. Das Einzige, was ich sie hier jemals tun sah, war die Übungsleiter und Juniorprofessoren zu verführen, und das auf eine Art, die noch für einen Porno zu geil wäre, verstehen Sie?!«

»Haben Sie mit ihr geschlafen?«

Der Professor legte seinen Kopf in den speckigen Nacken und lachte. »Kein Mann sieht dieses Mädchen an, ohne nicht an seinen Schwanz in ihrem vorlauten Mund zu denken.«

Wichser. Ich schlug ihm mit der Faust ins Gesicht, sodass er zusammensackte, und musste mich bremsen, es nicht ein zweites Mal zu tun.

Leandro starrte mich an. »Junge ...«

Ich richtete mich auf. »Der Professor widert mich an. Warten wir, bis er wieder aufwacht, und horchen wir ihn noch mehr aus. Ich geh pissen.«

»Alter, du gehst nirgendwohin.«

Ich drehte mich wieder um. Was mich dann erwartete, ließ mich innerlich fluchen. Ich hätte viel früher aufs verschissene Klo gehen sollen. »Nicholson, du zielst auf mich.«

»Ja, weil du 'ne kleine Scheißratte bist.« Der Lauf seiner Waffe zielte auf mein Gesicht.

Ich blickte nach oben. Auch Luis und Milo hatten ihre Pistolen gezückt. Spätestens jetzt saß ich total in der Scheiße.

In der tiefsten Scheiße!

Würde der Boss dem FBI einen Tipp geben, so wie er es sonst auch tat? Aber fuck, wie lange würde er dafür brauchen? Überlebte ich bis dahin? Wie?!

»Gut«, sagte ich angespannt, »was glaubt ihr Pisser, gegen mich in der Hand zu haben?«

»Diego war vielleicht ein Volltrottel«, erklärte Leandro,

»aber Giu war nicht dumm. Er hat uns 'ne Nachricht hinterlassen. In der steht, dass du der Verräter bist.«

»Hörst du dir selbst beim Reden zu?!«, fragte ich ihn mit zusammengepressten Zähnen. *Wie gelange ich an meine Waffe? Wie zur Hölle soll ich die drei erschießen, bevor sie es tun?* »Eure Scheiße ergibt keinen Sinn! Ich verrate hier niemanden, sonst hätte ich euch alle schon drei Jahre früher auffliegen lassen, klar?!«

Leandro entsicherte grinsend seine Waffe. »Wir wissen, wer du bist. Dir geht es nicht darum, uns auffliegen zu lassen. Wir sind dir scheißegal. Du planst irgendeine Sache und wir wissen, warum.«

»Warum?«, fragte ich tonlos.

»Weil du sein Sohn bist.«

Ich zögerte. Konnte ich es mir erlauben, abfällig zu lachen? »Wessen Sohn?«, fragte ich möglichst ernst.

»Wir wissen es, du Arschloch. Und wir haben keinen Bock mehr drauf, dass er dir aus der Hand frisst, egal wie wir anderen uns abmühen und wie offensichtlich es ist, dass du dem FBI Informationen zuspielst. Du bist sein kleiner Scheißbastard und genießt die ganzen Vorteile, während wir nichts haben. *Nichts.*«

Der spinnt ja total. »Ich bin im Waisenhaus aufgewachsen, du dämlicher Flachwichser!«, rief ich. »Ich habe keinen Vater und mir wäre es auch scheißegal, wenn doch!«

Leandro lachte. »Du bist echt gut. Ich habe dir deine Masche lange Zeit abgenommen. Ich meine, die meisten mögen dich. Ich dich auch. Du bist korrekt und gehst in dem Scheiß auf, den wir tun, nie auch nur ein Murren. Bis mir aufgefallen ist, dass er dich ansieht, als wärest du aus seinem heiligen Schwanz höchstpersönlich geflossen, und dann habe ich euch ein bisschen beobachtet und ihr seht euch so verdammt ähnlich, dass ich keinen Plan habe, wie das jemandem entgehen kann. Und weißt du was? Ich hatte immer Angst vor dir, weil ich niemals den Sohn des Bosses abknallen könnte, aber jetzt …? Wird er uns lieben, wenn wir ihm offenbaren, dass ausgerechnet du, sein kleiner verlogener Bastard, ihn verraten hat.«

»Wovon zur Hölle redest du da?«, fragte ich leise.

»Mach dir nicht die Mühe, es noch weiter zu leugnen. Giu hat uns was zukommen lassen. Er wusste, dass er stirbt, wenn er es nicht schafft, zu fliehen. Du arbeitest beim FBI. Und ansonsten ist mir scheißegal, wie das alles zusammenhängt. Deine letzten Worte, Caleb?«

Scheiße, er meinte das alles ernst. Rasend schnell ging ich meine Möglichkeiten durch. Was konnte ich noch sagen, um meine Haut zu retten? Fuck! Was sagte jemand, der kein Verräter war, um sich die Chance aufs Überleben zu sichern? »Du erschießt den Falschen.«

Leandro grinste. Ihn interessierte offenbar nicht, was ich zu sagen hatte. Sein Finger zuckte und ein Schuss donnerte durch den Raum. Ich spürte förmlich die Kugel, wie sie sich in meine Brust bohrte. *Das ist mein Ende.*

So hätte es nicht enden dürfen. Wofür hatte ich gekämpft? Würde meine zweite Hälfte tun, was nötig war, um mich zu rächen? Aber er hatte nicht wie ich die Kraft dazu. Wenn ich starb, starb auch er. Seelisch.

Wir sehen uns im verschissenen Himmel, Bruder.

Ein zweiter Schuss. So dicht gefolgt vom ersten, dass ich mich langsam fragte, wo die Schmerzen blieben. Ich konnte noch immer klar sehen, der Hörsaal befand sich deutlich vor meinen Augen.

Ich war nicht tot.

Dafür fiel Leandro auf den Boden, zuerst auf die Knie, dann auf sein Gesicht. Blut quoll aus der Wunde in seinem Hinterkopf. Eine Kugel hatte sich hineingebohrt.

Wieder Schüsse. Milo und Luis lieferten sich ein Gefecht. Luis war angeschossen worden, doch er schleppte sich zum Ausgang.

Milo lief ihm hinterher, aber er musste einer von Luis' Kugeln ausweichen. Luis konnte entkommen. Die Tür fiel hinter ihm zu und ich stand noch immer wie angewurzelt neben dem Pult. Schließlich zog ich meine eigene Waffe. Der Professor saß am Boden, starrte ängstlich zu mir hoch.

Ob ich ihn erschießen sollte? Er hatte mein Gesicht nicht gesehen, dafür meinen Namen gehört.

Milo kam zurück und alles, was mir einigermaßen logisch vorkam, war es, auf ihn zu zielen.

»Nimm sie runter, ich bin auf deiner Seite«, sagte er.

»Du hast gerade zwei unserer Männer abgeknallt. Wie kannst du auf meiner Seite sein?!«

»Sie hätten dich getötet, Mann! Ich hab nur nicht früher schießen können, weil ihr nun mal so verfickt weit weg standet. Das hat gedauert, bis ich mich unauffällig genug genähert hatte, ohne dass Luis was aufgefallen wäre. Geht's dir gut? Alles klar mit dir?«

Mein Atem raste noch immer, als wäre ich gesprintet. »Auf welcher Seite stehst du *genau*«, fragte ich ihn tonlos.

»Auf deiner, Mann.«

»Welche Seite, glaubst du, ist das?«

Er lachte amüsiert. »Also, wer ruft Gedney an. Du oder ich?«

Wer zur Hölle war Gedney? Wovon sprach er? »Ich. Ich rufe das FBI.«

Als er nickte und seine Waffe endgültig wegsteckte, atmete ich auf. Milo hatte mich nicht beschützen wollen, weil er glaubte, Leandro hätte Bullshit geredet. Er hatte die anderen erschossen, weil er glaubte, ich wäre ein Verräter! Weil er selbst ein Doppelagent des FBIs war!

»Ich werde das Ganze dem FBI melden«, reimte ich mir

zügig zusammen. »Dann lassen wir den Prof liegen, verfolgen Luis, töten ihn und hauen ab. Wir waren nie hier.«

»Ganz meine Meinung«, sagte Milo und grinste.

Ich versuchte, meine Hand ruhig zu halten, als ich nach meinem Telefon griff. Ich musste die Nummer von Landons Department verdammt noch mal googeln, weil ich sie nicht wusste.

Milo schöpfte keinen Verdacht.

Ich pokerte – nein, nicht nur das. Was ich hier tat, war ein verdammtes Roulettespiel und ich setzte gerade alles auf die Null.

»Fred Gedney, FBI Department, New York. Wie kann ich helfen?«

»Ich bin's.«

»Wer?«

»Ich war zufällig in der NYU und habe den größten Fisch gefangen, ohne jemals einen Köder ausgeworfen zu haben.«

»Mulvaney?« Wow, er hatte mich echt erkannt. Wie viel verschissenes Glück besaß ich?!

»Ja. Schick jede Einheit in der Nähe hierher, die du hast. Ich stecke in einer Zwickmühle, habe mich verschanzt. Es ist der Hörsaal 5, in der Nähe des Haupteingangs.«

»Alles klar. Bleib erreichbar.«

Ich ließ das Handy langsam sinken.

Milo runzelte die Stirn. »Okay, das war nicht ganz, was ich ihnen gesagt hätte.«

Meine Hand zitterte. Ich wollte das nicht tun. Milo stand auf der guten Seite, auch wenn er ein Arschloch war. Oder? War das FBI mit all seinen grausamen Foltermethoden und dem üblen Verschleierungsscheiß nicht genauso ein kranker Haufen wie die Mafia selbst? Ich erinnerte mich daran, dass auch Milo neben Diego lachend zugesehen hatte, wie einer unserer Feinde im Fluss ertrank. Und ich erkenne, wenn jemand sadistisch ist. Niemand spielt *so gut.* Abgesehen davon; wie könnte ich Jade raushalten, wenn ich Milo einweihte? Ich konnte diese Situation nicht überblicken. Ich hatte versagt. Mich zu sehr darauf verlassen, dass Landon die Beweise fand. Ich wählte ein weiteres Mal Jades Nummer. Dieses Mal *musste* sie einfach abnehmen, bevor die Cops ihr auf die Schliche kamen.

»Alter, ist wirklich alles okay mit dir?«, fragte Milo besorgt.

»Nein«, sagte ich, bevor ich meine Waffe hob und abdrückte.

Eine Sekunde später drang Jades Stimme an mein Ohr: »Hallo. Hier ist der Anrufbeantworter von Jade Carpenter. Bitte hinterlassen Sie eine Nachricht nach dem Piepton, außer sie heißen Landon Mulvaney, dann reden Sie bitte mit der nächstgelegenen Wand.«

»Hallo, Jade.«

LANDON

Auf dem Flur hatte sich jemand, den Geräuschen nach zu urteilen, den Weg freigeschossen. Da Caleb Jade per Anruf gewarnt hatte, war er vielleicht ganz in der Nähe und an der Schießerei beteiligt. Ich musste raus zu ihm. Und wenn ich selbst dabei starb.

»Oh mein Gott«, keuchte Jade, nachdem sie die Tür wieder zugeknallt hatte. Ich holte geräuschlos meine Handschellen hervor. »Was ist da draußen bloß los?! Meinst du, wir sind hier sicher?«

»Ja«, sagte ich knapp und zog sie von der Tür weg. »Aber wir sollten uns ducken. Setz dich hier hinter das Waschbecken auf den Boden.«

Ich drückte sie auf die Knie, sodass das Waschbecken sie einigermaßen schützte.

»Gib mir deine Hand.«

»Warum?«

Ich griff nach ihrem Handgelenk und legte ihr die Schelle um, bevor sie sie mir entreißen konnte. Sie war stark, aber ich war stärker, und so schaffte ich es, sie am Abflussrohr unter dem Waschbecken zu fesseln.

»Was soll die Scheiße!«, fluchte sie laut und rüttelte an den Handschellen, was bewies, dass sie vorerst hielten.

»Ich muss dich raushalten«, erklärte ich ihr raunend. »Und du würdest niemals auf mich hören. Ich will nicht, dass die nächste Kugel deinen Kopf trifft.«

»Und deswegen fesselst du mich gegen meinen Willen?!«

»Wenn ich dir vertrauen könnte, hätte ich es nicht getan. Hast du dein Handy in der Tasche?«

»Akku alle«, murmelte sie wütend.

»Nimm meines. Setz einen Notruf ab, wenn etwas Unerwartetes passiert.« Ich legte ihr mein Handy in die Hand.

»Und was wirst du tun?«, fragte sie plötzlich besorgt klingend.

»FBI-Agent spielen. Wir sehen uns heute Abend, spätestens.«

Ihre Augen waren noch immer vor Schreck geweitet. »Sei vorsichtig.«

Ich lächelte. »Danke, dass du mir verzeihst.«

Jade blickte mich stumm an, als ich mich aufrichtete und die Toilette verließ. Ein Scheißgefühl, sie zurückzulassen. Allerdings war sie in dieser Toilette vorerst sicher, denn niemand konnte den Raum von außen leicht öffnen.

Ich trat auf den Flur und überstieg dabei die Leiche des Polizisten. Ein paar Meter weiter lag eine weitere Person auf dem Boden. Vermummt, bärtig, schäbige Klamotten. Der Gedanke durchzuckte mich, dass er es ... Schritte. Ich richtete mich auf und meine Waffe auf die Person, die vor mir erschien.

Er hatte sich hinter einer Säule verborgen.

Ich erkannte ihn sofort, obwohl er vermummt war. Obwohl nichts an ihm ihn verriet. Aber ich erkannte ihn.

Seine Augen waren das Einzige unter seiner Skimaske, das frei blieb. Er trug einen Kapuzenpullover, eine Jacke, gewöhnliche Jeans und ehemals weiße Sneaker.

Wir standen uns gegenüber und ich zielte auf ihn. Etwas war passiert und ich begriff es verdammt noch mal nicht.

»Schieß«, forderte Caleb und kam langsam auf mich zu. »Los, Lan. In ein paar Sekunden wimmelt es hier nur so von Nachschub. Schieß auf mich.«

Ich starrte ihn an, bis er mich erreichte.

»Okay, was ist dein Scheißproblem?«, knurrte er. »Gott, du musst den Scheiß echt noch üben.« Er bückte sich zu dem Körper des toten Polizisten und zog dessen Waffe.

Ich sah ihm bewegungslos dabei zu. Ich konnte mich nicht rühren und nicht abdrücken.

Caleb trug Handschuhe. Er überprüfte, ob die Pistole geladen war. »Hast du deine Handschellen?«

»Sind drinnen. Bei Jade.«

Caleb warf der Tür, aus der ich gekommen war, einen Blick zu. »Da drin?«

Ich nickte.

Calebs Augen verengten sich, weil er unter seiner Skimaske grinste. »So viel zu dem Thema, du seist prädestiniert für den Job, ihr Vertrauen zu gewinnen. Während du ihr nicht mal selbst vertraust.«

»Lass den Scheiß jetzt«, bat ich angespannt.

»Jap.« Er hielt die Waffe auf seinen Unterarm und drückte ab, bevor ich irgendetwas tun konnte.

»Nein!«, brüllte ich und glaubte, den Schmerz selbst zu fühlen. »Warum zur Hölle ...!«

»Schsch«, machte er und nickte mit dem Kopf zur Tür, während er schmerzerfüllt zusammensackte. »Jetzt verhafte mich, du dämliches Arschloch, bevor es ein anderer tut.« Er biss die Zähne zusammen und sank auf die Knie, während er seinen durchschossenen Unterarm umklammert hielt.

Ich sah ihn gequält an.

»Landon«, keuchte Caleb. »Sie kommen.«

Schritte in der Eingangshalle, lautes Gebrüll. Ein Kloß stieg mir in den Hals, den ich krampfhaft versuchte herunterzuschlucken, bevor ich noch anfing, wie ein Baby zu heulen. Ich bückte mich ebenfalls, suchte die Leiche des Cops nach seinen Handschellen ab und legte sie Caleb um. Dabei musste ich seine Hand von seinem Arm wegreißen, weil er sie mir nicht freiwillig gab. Ich griff ihm unter den Oberarm und zog ihn hoch.

Die Jacke sog sich voll mit Blut, aber ich verbarg das Einschussloch, indem ich sie zurechtzog.

So führte ich ihn ab.

Einige der Männer, die das Gebäude stürmten, erkannten mich. Sie ließen mich durch.

»Ich bring ihn direkt ins Department«, klärte ich sie auf. Immer wieder wiederholte ich dieselben Floskeln. Sie ließen mich gehen – sie ließen uns gehen. Niemand stellte Fragen, denn zusammen mit den Schaulustigen, den hereinstürmenden Polizisten und den angsterfüllten Studenten, die hektisch über den Flur liefen, herrschte ein heilloses Chaos, das uns half zu verschwinden.

Ich bugsierte Caleb durch die Tür. Hin zu einem Streifenwagen. Ich zog meinen Ausweis. »FBI, Landon Mulvaney. Überlassen Sie mir Ihren Wagen.«

»Was?!«, fragte der Officer wütend, stieg aber aus. »Sie können mir doch nicht einfach –«

»Hören Sie, das ist keine Grundsatzdiskussion, ich liebe die New Yorker Polizei. Aber leider habe ich mich gleich für den richtigen Dienst entschieden und ich brauche jetzt einen Wagen.« Ich öffnete die Hintertür und drückte Caleb hinein.

»Und wer ist das?!«, wollte der Officer wissen. »Es ist mein Job, hier zu warten.«

»Das haben Sie prima gemacht.« Ich tätschelte seine

Schulter. »Vertrauen Sie mir«, ich linste auf sein Namensschild beim Lenkrad, »Rowley Seaton, das bleibt nicht ungesehen.« Dann schob ich ihn zur Seite, setzte mich hinters Lenkrad und schaltete das Blaulicht ein. »Ich kann nicht einfach wegfahren«, murmelte ich mehr zu mir selbst als zu Caleb.

»Das ist dein Ding«, keuchte er und lehnte sich zurück. »Ich kenne mich mit eurem Scheiß nicht aus.«

»Ich rufe Jades Mutter an.«

»Tu das. Sie denken eh, dass du den Tipp mit dem Professor gegeben hast.«

»Wieso?«

»Weil ich ihn gab, um rauszukommen. Können wir endlich losfahren?«

Ich atmete tief durch, bis mir auffiel, dass ich Jade mein Handy gegeben hatte. »Hast du dein Handy?«

»Habe es zerschossen und nur noch den Speicher in der Tasche. Wieso?«

»Du hast es zerschossen?!« Ich fuhr los. Was sollte ich sonst tun? Ich hatte nur eine Möglichkeit; ich brachte uns meilenweit aus der Stadt. *Wir lassen alles hinter uns. Wir vergessen den Plan.*

»Ich habe mit dem Handy das FBI in deinem Namen angerufen. Das ist eine zu auffällige Spur.«

»Warum hast du nicht mich angerufen? Weißt du, wie sauer ich bis gerade eben auf dich war? Ich dachte, du hättest mich verraten! Oder weiß der Teufel was!«

»Eher würde ich sterben, als das zu tun.«

Der Sturm in mir beruhigte sich. »Dennoch hast du mir nicht mehr geschrieben.«

»Krieg dich ein. Ich wäre beinahe gestorben und hatte keine Zeit für deine SMS. Wo ist dein Handy?«

»Jade hat es.«

»Deine Handschellen, dein Handy. Fallen dir keine romantischeren Geschenke ein?«

»Erzähl mir, was los war.«

»Ich wollte Jades Quelle dingfest machen. Ich fand heraus, dass es einen Fahrer von Miami hier hoch gibt, den niemand jemals kontrollierte. Wir suchten ihn und handelten aus, dass er zukünftig für uns arbeitete. Dafür verriet er uns seinen Käufer. Jades Prof.«

»Jades Prof?! Was soll das heißen. Welcher Prof?«

»Für Statistik. Er hat sie dazu gebracht, Kokain für ihn zu verticken. Dafür hat er sie nicht durchfallen lassen und ihr Scheine ausgestellt, obwohl sie nie da war.«

»Fuck ... Wo ist er jetzt?«

»Sag mal, was glaubst du eigentlich, was ich hier tue?«, brummte er. »Er ist natürlich tot.«

»Was hat dazu geführt?«

»Zwei der Typen, die dabei waren, haben mir misstraut. Sie wollten mich töten, weil sie glaubten, ich wäre Silvas Sohn.«

»Wie bitte?«

»Milo hat sie erledigt. Ein Doppelagent, der für euch arbeitete. Er glaubte, ich wäre auf seiner Seite.«

»Und?«

»Ich habe ihn erschossen.«

»Fuck«, stöhnte ich.

»Ich musste ihn töten. Er hat alles mitbekommen.«

»Warum hast du ihn nicht eingeweiht?!«

»Weil das alles gefährdet hätte! Denk nach! Wir können es uns nicht erlauben, dass sie Wind davon bekommen und dann werden immer wieder Leute sterben und Morde vertuscht werden und dann wird es kein zwielichtiger Milo sein, den ich hunderte Male jemanden habe foltern sehen und der als Verbrecher wie als FBI-Agent ein brutales Arsch ist, sondern es werden Familienväter und

Kinder sein, die unter dem verfickten Komplott von Carpenter und Baresi verrecken …«

»Ja, ich verstehe. Du betreibst einfach munter weiter Selbstjustiz und lässt es drauf ankommen, ob dich davon jemals jemand freisprechen wird.«

»Dafür habe ich doch dich«, sagte er ironisch. »Dein Plan mit Jade wird dafür sorgen, dass niemand jemals von uns erfährt.«

»Ja. Das war, bevor du jeden erschossen hast, der dir nicht in den Kram passt. Wie soll ich die ganze Scheiße im FBI vertuschen? Wir sind nicht besser als die, gegen die wir vorgehen.«

»Ich bin besser«, murmelte er.

»Ach ja?«, fragte ich wütend. »Warum? Abgesehen davon, dass wir die ganze Welt bescheißen, muss ich jetzt deinetwegen Morde und Namen vertuschen. Du erzählst mir was davon, ich dürfe keine Witze darüber machen, dass ich nur im Büro hocke. Aber ehrlich, weißt du noch, wie wir uns mal geschworen haben, niemanden für den Plan zu töten? Egal, ob das FBI oder irgendein Capo uns dazu bringen will? Dass wir *alles* versuchen werden, nicht so scheiße zu sein wie die, gegen die wir agieren.«

»Ich erinnere mich an diesen Schwur«, erwiderte Caleb kühl. »In deiner Welt mag es immer noch Gerechtigkeit geben, weil du dem FBI vertraust. Ich vertraue niemandem mehr.«

»Und mir?«

»Verdammt! Säße ich sonst mit einer Schusswunde in diesem Auto?!«

»Wie viele sind es jetzt? Wie viele sind schon gestorben für den Plan?«

»Ich habe aufgehört zu zählen.«

»Wir wollten das nicht. Nicht auf diese Art.« Ich musste daran denken, dass er heute beinahe gestorben wäre. Um ein Haar hätte ich meinen verdammten Bruder verloren und er tat so, als wäre nichts. Als wäre verdammt noch mal nichts geschehen!

»Ist ja gut«, murmelte Caleb. »Wie lange willst du noch den Streber raushängen lassen?«

»Bist du überhaupt noch auf der Seite der Guten?«, fragte ich erzürnt und voller Sorge. »Oder erschießt du einfach jeden, der sich dir in den Weg stellt?«

»Fragst du mich das ernsthaft?!«

»Ich wundere mich nur, Bro!« Über den Rückspiegel suchte ich seinen Blick. »Ich hätte dich stärker kontrollieren müssen! Dich davon abhalten müssen, zu tief reinzugehen.«

Er hatte seine Skimaske noch immer bis zum Nasenrücken hochgezogen. »Du hättest gar nichts tun können.«

»Also, du hast alle getötet und dann das FBI gerufen?«

»Nein. Ich rief erst Baresi an, in der Hoffnung, er würde wie sonst auch das FBI einweihen. Ich hätte mich dann als du ausgegeben, um zu überleben. Aber diese Idioten wollten mich unbedingt sofort töten. Nur euer Doppelagent konnte mich retten. *Er* brachte mich dann dazu, das Scheiß-FBI anzurufen, also tat ich das in deinem Namen und legte ihn um. Luis wurde auf seiner Flucht vom FBI erschossen.«

Ich schnaubte. »Und zwischendurch hast du Jade gewarnt?«

»Hielt ich irgendwie für klug, sie davon abzuhalten, in der Kantine ihre Drogen zu verteilen, während das FBI das Gebäude stürmt.«

»Das hätte mich beinahe verraten«, sage ich zähneknirschend. »Ich hatte keine Ahnung, was plötzlich mit ihr los war.«

»Ich musste schnell reagieren, sorry. Bieg auf die Schnellstraße, wir fahren in die Bronx. Dort gehe ich zu

Silvas Arzt und werde behaupten, ich sei ›von einem Cop‹ angeschossen worden. Die einzige Möglichkeit, das Vertrauen aufrechtzuerhalten. Sie werden denken, ich sei nur knapp davongekommen. Das ist der Beweis, dass ich kein Verräter bin, auch wenn alle anderen tot sind. Ich ›konnte als Einziger fliehen‹. Diese Lüge wird funktionieren. So habe ich mich gerettet und kann weiter unter dem Radar bleiben.«

»Indem du mit einer Bullenpistole auf dich selbst geschossen hast.«

»Ich werde mich verarzten lassen, grob. Dann ziehen wir Plan A durch. Heute Nacht.«

»Vergiss es«, murmelte ich und fuhr weiter geradeaus.

»Wir beenden es. Heute. Wir lassen alles auffliegen, töten sie und verschwinden.«

»Nein.«

»Landon, piss dich nicht ein.«

»Nein, wir verlassen die Stadt. Das ist das Einzige, was wir heute Nacht tun werden.«

»Scheiße!«, fluchte er. Ich hörte, wie er sich umsetzte, und verzichtete darauf, ihn zu beschwichtigen. Meine Entscheidung stand fest. Der Plan konnte mir gestohlen bleiben, solange mein Bruder überlebte.

»Bieg in die Bronx ab.« Ein Klicken an meinem Ohr.

Ich drehte mich nach hinten. Er hatte seine Waffe gezückt. »Witzig.«

»Ich mein's ernst. Ich habe diese ganzen Menschen nicht getötet, um jetzt klein beizugeben. Ich zieh's durch. Mit dir oder ohne dich.«

Was sollte ich tun? Caleb war durchgedreht. Er blutete stark. Ich hatte es verpasst, für ihn da zu sein. Also fuhr ich rechts ran und drehte mich zu ihm um.

Wir blickten uns in die Augen. Durch meine Kontaktlinsen hatte ich fast vergessen, wie es war, meine Iriden in grün zu sehen. Caleb hatte recht, jetzt zu fliehen, wäre endlos dämlich. Wir standen Monate lang kurz davor, zu gewinnen. Und ich hatte es mit meinem Plan, Jade zu verführen, verhunzt. Das Kokain ... der Professor ... Jades Mutter. »Das FBI wird herausfinden, wen der Prof beliefert hat«, sagte ich gedankenverloren. »Wenn er tot ist, haben sie noch leichteren Zugang zu allen seinen Daten. Sie werden auf Jade kommen. Sie werden ihr Zimmer absuchen. Und das Koks finden.«

Caleb schwieg.

»Du willst es heute Nacht erledigen. Aber du musst mir noch eine Chance geben. Ich habe eine Idee. Eine letzte.« *Eine letzte Idee, um deinen Arsch davor zu bewahren, für hunderte Jahre in den Knast zu gehen.*

Caleb schloss die Augen. »Und die wäre?«

»Ich lasse Jade glauben, ich hätte sie verraten.«

»Oh, du erzählst ihr von deinem Plan?«, fragte er ironisch.

»Und dann werde ich ihr beweisen, dass ich *ihr* vertraue. Ich werde sie endlich knacken.«

Caleb seufzte. »Du hast diese Frau noch niemals wirklich wahrgenommen. Das wird nicht funktionieren.«

Ich lächelte und fuhr wieder an. »Du unterschätzt mich, Bruder«, sagte ich und spürte die Wirkung des Kokains in meinen Adern, die mich dazu veranlasste, alles zu riskieren. »Ich weiß, zu was diese Frau in der Lage ist. Und ich vertraue ihr.«

JADE

Als ich zu Hause ankam, hörte ich meine Mutter in ihrem Büro telefonieren.

Fuck, ich hatte gehofft, ihr nicht zu begegnen. So leise wie möglich schlich ich mich durch den Flur, aber sie bemerkte mich dennoch.

Das Gespräch verstummte, ihre Stimme hallte durch das Penthouse.

»Jade!«, donnerte sie. »Bitte komm in den Salon!«

Ich hielt für eine Sekunde inne, bevor ich mich entschied, einfach drauf zu pfeifen. »Nein.«

»Wie bitte?« Sie erschien im Durchgang von ihrem Büro zum Flur. »Ich muss mit dir sprechen. Jetzt.«

Ich schwor mir, meine Sachen zu packen, sobald ich oben war, und für immer zu gehen. Wie konnte sie so kühl und distanziert mit mir sprechen, obwohl gerade ein Polizist vor mir tot umgefallen war? Wie konnte es ihr so egal sein, wie es mir ging? Langsam drehte ich mich um und ging auf sie zu.

»Was ist gerade passiert?«, fragte sie im Verhörtonfall.

Ich blickte zu Boden. »Warum soll ich es wiederholen, wenn du es schon weißt ...«

»Ich will es von dir hören. Warum musste dich jemand

aus einer Bediensteten-Toilette befreien, zu der du keinen Zugang hast und an deren Waschbecken du mit einer Handschelle gefesselt warst?«

Ich malte das Muster unseres Orientteppichs mit den Augen nach. »Landon hat mich raushalten wollen. Er hat mich dort gefesselt.«

»Landon?!«, fragte sie baff. »Landon Mulvaney?«

»Ja.«

»Sieh mich an, wenn du mit mir sprichst.«

Oh, ich könnte sie töten. Allmählich hob ich den Kopf. »Wir sind zusammen. Seit ein paar Wochen.«

»Jetzt verstehe ich, warum er vor Ort war!«, murmelte sie nickend. »Er hat das FBI bezüglich Professor Saltzman informiert und dich versucht rauszuhalten ...«

»Wie bitte?«, fragte ich baff.

»Wieso hat Landon dich fesseln müssen? Warum bist du nicht freiwillig in dem Raum geblieben?«

»Er wollte sichergehen.«

Sie atmete geräuschvoll aus. »Eindeutig wollte er das. Du hast so ein Glück, dass er da war. Eine Studentin wurde verletzt, eine andere nur knapp verfehlt. Das hättest du sein können.«

»Ja, Mom.«

»Und ihr seid zusammen?«

»Ja.« Statt in ihre Augen zu sehen, musterte ich nun das Bild hinter ihr an der Wand.

»Das freut mich. Leider haben wir Professor Saltzman nicht mehr retten können. Er war tot, als wir eintrafen, er hätte uns wertvolle Informationen liefern können.«

»Wer waren die Männer, die die Schießerei eröffnet haben?«, versuchte ich es schwach.

»Du weißt, dass ich dir darüber nichts erzählen kann. Du solltest jetzt in dein Zimmer gehen und dich ausruhen.«

»Ja, Mom.« Ich zögerte keine weitere Sekunde und drehte mich um.

»Es ist sehr wahrscheinlich, dass du als Zeugin vernommen wirst, Jade! Am besten, du machst dir noch heute Abend ein paar Notizen, damit du nichts vergisst.«

»In Ordnung, Mom.« Ich nahm die Treppe nach oben. In meinem Zimmer angelangt, sank ich von innen gegen die Tür und presste die Augenlider zusammen. Ich konnte und wollte nicht glauben, was sie gerade gesagt hatte.

Landon hatte dem FBI die Informationen übermittelt? Aber wieso ...? Er war doch ...! Ich blickte nicht durch. Ich verstand einfach nicht, wieso er sich so verhalten hatte. Andererseits ... war er vermutlich einfach ein sehr guter Lügner und ich hatte mich täuschen lassen.

Meine Knie fühlten sich an wie Pudding, als ich ins Badezimmer ging und meinen Kokainvorrat hervorholte. Zehntausend Dollar würden gleich das Klo runtergespült werden.

Mein iPhone klingelte. Ich riss ein paar der Tütchen auf und warf sie in die Toilette, bevor ich zu meiner Tasche lief und nach dem Handy kramte.

Ein *Fred Gedney* rief an. Ich hatte keine Ahnung, wer das war, und er legte auf, bevor ich rangehen konnte.

Ich drückte auf den verpassten Anruf und gab meinen PIN-Code ein. Aber auch als sich das Telefonbuch öffnete, erinnerte ich mich nicht. Normalerweise legte ich zu jeder Person Notizen an.

Ich ging zurück ins Hauptmenü und überprüfte überrascht den Akkustand. 25 Prozent?

Moment ... die Apps waren anders angeordnet. Die, die ich täglich nutzte, fehlten ganz. *Was war denn jetzt los ...?*

Nicht, dass mir mein Handy heilig gewesen wäre, aber ich hasste es, wenn etwas nicht funktionierte. Auch das Hintergrundbild war auf einen dieser Apple-Standards zurückgesetzt worden. Ich suchte die Facebook-App. Mein eigenes Profil war geöffnet. Keine neuen Nachrichten – was verdammt untypisch war, denn normalerweise wurde ich zugespamt. Leider verstanden es die wenigsten Typen, wenn ich sie nach einem One-Night-Stand absägte. Die Facebook-Messenger-App war nicht mal mehr installiert. Was zur ...?

Ich ging zurück ins Hauptmenü und öffnete das Symbol einer App, die ich noch nie zuvor gesehen hatte, im Hauptmenü aber ganz vorne lag.

Was ich dann las, schnürte mir die Kehle zu.

ICH, 12:34

Was hast du getan!?

Ist das ein Rachefeldzug, Gil?!

Weil ich sie nicht schnell genug klargemacht habe?

ICH, 12:35

Es hilft mir wirklich sehr, wenn du anrufst und irgendeinen Blödsinn faselst.

Kannst du jetzt verdammt noch mal antworten!

Du könntest das auch nicht besser. Sie ist so stur und unbelehrbar wie ein Stein.

ICH, 12:40

Sie hat tatsächlich Kokain dabei.

Scheiß drauf, ich ficke sie jetzt. Und danach kann sie meinetwegen in deine Falle rennen.

ICH, 12:52

Wo bist du, Mann?! Was läuft hier?

Ich bekam für einen Moment keine Luft mehr. Ich hielt Landons iPhone in der Hand. Und seine Worte waren zu hart. Zu erniedrigend. Ich hatte nicht glauben wollen, dass Landon so über mich dachte. Dass er mich *auf diese Art* benutzt hatte. Für irgendeinen Plan mit irgendeinem Gil.

Oh Fuck. Ich war geradewegs in seine lächerlichen Avancen gerannt und dort gestrandet. Ich hatte mir eingeredet, er würde mich ebenfalls mögen. Wie hatte ich das geschafft? Und warum tat es so verdammt weh?

Ich versuchte mit zitternden Händen, nach oben zu scrollen, aber ältere Nachrichten wurden nicht geladen. Die App musste eine Art Messenger sein. Aber zu Gil gab es keine Telefonnummer.

Mein Atem ging bebend, als ich sein Handy wieder zurück in meine Tasche steckte. Ich holte meine Uniunterlagen heraus, packte dafür ein iPhone-Ladekabel ein. Dann suchte ich das Nötigste zusammen. Zahnpasta, Unterwäsche, meinen einzigen Hoodie, falls es kälter werden sollte.

Ich stopfte alles in die Tasche. Auch das Kokain. Sollte meine Mutter meine Karten sperren, hatte ich genug Bares.

Oder?

Nein, das war Quatsch. An der Tür hielt ich inne. Ich konnte das Koks nicht verkaufen, denn ich hatte auf der Straße keine Connections. Das war viel zu gefährlich. Außer natürlich ich brachte es direkt ins Herz der Bronx ... Aber konnte ich Caleb vertrauen? Ich öffnete meine Kommode, stopfte die Tütchen zwischen meine Socken und nahm dafür den Schmuck mit, den ich besaß. Nur die Brillis, das Gold. Das dürfte ebenfalls eine Weile reichen. Ohne mich ein weiteres Mal umzusehen, verließ ich mein Zimmer.

Ich hätte das schon so viel früher tun sollen.

CALEB

Ich stolperte mehr über sie, als dass ich sie wirklich bemerkte.

Ihr Bein lag ausgestreckt auf dem Gehweg. Wie eine Pennerin lehnte sie gegen das Fenster von Coffee&Sparkle. In ihrer Hand eine Flasche mit klarer Flüssigkeit.

Gin.

»Scheiße.«

Ihr Kopf ruckte nach oben. »Hi-i«, machte sie gedehnt.

Oh, Fuck. »Jade, was machst du hier?« Ich hockte mich zu ihr auf den Boden und nahm ihr die Flasche aus der Hand. Aus Reflex griff ich an meine Gesäßtasche und musste daran erinnert werden, dass ich zurzeit kein Handy besaß. *Keinerlei Möglichkeit, mit Landon Kontakt aufzunehmen.*

»Ich habe auf dich gewartet«, lallte sie.

»Hier?!« Woher wusste sie, dass ich hier in der Nähe wohnte? Oder hatte sie sich einfach auf gut Glück hier hingehockt? »Komm, steh auf. Du bist durchgefroren.« Ihre Hände waren eiskalt.

»Ich muss mit dir reden«, murmelte sie träge und ließ

sich von mir nur schwerfällig auf die Beine stellen. Mit meinem verletzten Arm war es zusätzlich schwieriger.

»Dann hättest du dir wohl nicht die Birne wegknallen sollen«, sagte ich säuerlich.

Jade lachte lahm. »Ich dachte, so sagst du mir vielleicht, warum alles so komisch ist.«

»Was ist komisch?«, fragte ich und schleppte sie über den Gehweg.

Sie antwortete nicht mehr. Gleich würde sie im Gehen einschlafen.

Fuck, was war passiert? Wieso war sie hier und nicht bei Landon in der Stadt?

Auf die Antwort würde ich noch warten müssen.

Ich bugsierte sie in meine Wohnung und war nicht gerade leise, als ich die Türen aufstieß, um sie ins Bad zu schleppen. Ich setzte sie vor der Wanne ab, nahm ihre Tasche und leerte sie nebenan aus. Meine Wohnung bestand aus einem Zimmer, einer Art Küche und dem vergleichsweise geräumigen Bad. Ich durchsuchte ihre Sachen nach ihrem Handy. Es war bereits ausgeschaltet – sehr gut. Meinen Standort wollte ich nicht besonders gerne preisgeben, falls Jades Mutter sie beobachtete. Und wieso hatte sie ein zweites Handy? Landons? Ich nahm es in die Hand und öffnete es. Natürlich ein Sperrcode.

Ich schaltete es ganz aus und musste hoffen, dass das reichte.

Ich ging zurück ins Bad, griff wahllos nach ein paar Handtüchern, legte zwei Kopfschmerztabletten bereit, zog Jades Pullover aus und tat das einzig Vernünftige: Ich brachte sie zum Kotzen.

JADE

Als ich zu mir kam, lag ich in einem fremden Bett. Ein vertrauter Geruch stieg mir in die Nase und ich kuschelte mich noch mehr in die Decke, in der Hoffnung, so das Gefühl aus meinem Körper zu vertreiben, das mich fühlen ließ, als befände ich mich auf einem Schiff. Es war noch dunkel. Ich wusste nicht, wie ich hierhergekommen war, aber gerade war mir das herrlich egal.

»Hier. Trink.« Eine bekannte Stimme, ein Griff an meinen Oberarm.

»Warum ist es so dunkel?«, fragte ich und richtete mich auf. Ich sah kaum die Hand vor Augen.

»Es ist besser, wenn sie glauben, ich sei nicht zu Hause.«

»Wer, sie?«, fragte ich matt.

»Trink.«

Er drückte mir das Glas vor die Lippen und ich nahm widerwillig ein paar Schlucke.

»Noch mehr.«

Ich seufzte und trank das gesamte Glas. Dann sank ich zurück in die Kissen. »Du bist nicht Landon, oder?«

Er lachte. »Dein Freund? Nein.«

»Du hast eine ähnliche Stimme. Wenn nicht die gleiche.« Ich erkannte gerade mal Schemen seines Gesichts. »Und wenn ich es mir genau überlege, seht ihr euch auch ziemlich ähnlich. Wieso siehst du allen Typen ähnlich, mit denen ich in letzter Zeit was zu tun hatte?«

»Deinem Entführer? Und jetzt deinem Freund?«

»Ja!« Ich schloss die Augen. Fühlte mich viel zu kraftlos für dieses paradoxe Gespräch. Blind tastete ich nach seiner Hand, fand seinen Oberarm, griff in sein Shirt und zog ihn zu mir heran. Er wehrte sich nicht. Oder doch? Aber ich ließ es nicht zu. Ich zog ihn vor mein Gesicht, bis sein Atem mich streifte.

»Was tust du da, Jade?«, fragte er dunkel.

»Schlaf mit mir«, forderte ich und legte eine Hand an seine Wange, die ich in der Dunkelheit erst hatte suchen müssen. »Ich will dich spüren.«

Zeitgleich schob ich mein Bein zwischen seine Schenkel und spürte seine Erektion. Obwohl ich es selbst gefordert hatte, rauschte das Verlangen durch meinen Körper, weil er schon zuvor erregt gewesen sein musste.

Er lehnte seine Stirn gegen meine und vermied es, mich zu küssen. »Ich will nicht sagen, dass ich es nicht tun kann, denn du bist wach genug, aber ich würde dich nur dafür benutzen, alles zu vergessen.«

»Das klingt doch gut. Das würde ich auch.«

Seine Hand schloss sich um meinen Nacken und ich wusste, dass er mir in die Augen sah, auch wenn es viel zu dunkel war, um wirklich etwas zu erkennen. »Ich zögere nicht. Ich will dich, seitdem ich dich das erste Mal sah, und mir ist scheißegal, wie alkoholisiert du noch bist. Außer du sagst jetzt Nein. Sag es.«

Ich schluckte und sagte kein Wort.

»Fuck.« Er ließ von mir ab und verschwand in der Dunkelheit.

»Caleb?«, fragte ich leise.

Ich hörte nichts mehr.

»Warum klingst du so wie er?«

Im nächsten Moment wurde die Decke zurückgezogen, ich spürte seine rauen Hände an meiner Hüfte. Er warf mich herum. Ich keuchte überrascht. Von hinten legte er sich über mich, drückte meine Hände ins Kissen als stumme Aufforderung, sie dort liegen zu lassen, dann zog er sich wieder zurück.

Ich hörte das Schnalzen seines Gürtels, das Öffnen einer Kondompackung, er griff an meinen Slip. Er musste meine Jeans ausgezogen haben – aber wann?

Ich konnte nicht darüber nachdenken, denn er hob mich im nächsten Moment an, sodass ich vor ihm kniend dasaß, und leckte über mein Steißbein.

Ich erschauderte.

Eine Hand glitt durch meinen Spalt und berührte meine Nässe, als würde Caleb sich vergewissern wollen, dass ich es auch wirklich wollte. Ich wollte es. Im nächsten Moment spürte ich seinen Schwanz, wie er sich den Weg entlang meiner Arschbacken suchte und gegen meine Pussy stieß.

Dann drang er in mich ein.

Ich schrie auf, so schnell und hart hatte er mich genommen. Aber nichts davon glich den groben Trotteln, die in einen stießen, ohne zu wissen, was sie taten, Caleb nahm mich perfekt.

Er versenkte seine Finger im Fleisch meiner Hüfte und fickte mich in einem schnellen Takt. Sein Schwanz fühlte sich gut an, ausreichend groß, um mich auszufüllen, und nicht so groß, dass es schmerzte.

Ich krallte mich ins Kissen und stöhnte meine Lust heraus, während er sich in mir versenkte.

In mir keimte der Wunsch auf, er würde nie aufhören, und wie auch immer er es schaffte, er tat es nicht. Viel länger als irgendein Mann sonst, den ich kannte, hielt er das Tempo und vögelte mich von hinten, während ich daliegen und es genießen konnte.

Fest in seinem Griff.

Gefangen in seinem Willen.

Voller Hingabe.

Irgendwann wurde er langsamer und begann, meine Pussy zu streicheln. Ich ahnte, was er vorhatte, und griff an seine Hand.

»Nicht«, bat ich ihn. »Ich will spüren, wie du in mir kommst, ohne abgelenkt zu werden.«

Er nahm seine Hand zurück und schwieg. Ich hatte keine Ahnung, was er dachte, als er sich plötzlich zurückzog und ein letztes Mal tief in mich stieß.

Er kam. Ich spürte seinen Schwanz in mir pulsieren und empfand in ebendiesem Moment ein Gefühl, welches mir zuvor fremd gewesen war: Schuld.

Caleb sank neben mir in die Kissen. Mein Mund war trocken, ich wagte es kaum, mich zu bewegen.

»Was ist los?«, fragte er mit leicht veränderter Stimmlage. Sie klang nicht weniger besorgt als zuvor, besaß nun aber einen wunderschönen, zufriedenen Unterton.

»Nichts.«

»Du siehst nicht nach nichts aus.«

Ich schluckte wieder und ließ meine Hüfte langsam sinken. »Es ist doch dunkel.«

»Ich erkenne die Schemen.«

»Ich glaube, ich habe einen Fehler gemacht.«

Er lachte und dann tat er etwas, womit ich zuletzt gerechnet hatte: Er zog mich mit einem kräftigen Ruck um meine Taille in seinen Arm. Ich landete an seinem warmen Körper, spürte die gestählten Muskeln an meinem Rücken und seine Hände an meinen empfindlichen Stellen. Die eine massierte sanft meine Brust, die andere glitt zwischen meine Schamlippen. Dabei rieb ein Stück Stoff an seinem Arm über meine Hüfte, aber ich konnte nicht ertasten, was es war, viel zu abgelenkt war ich von seinen Berührungen.

In meinem Kopf schrie eine Stimme, ich solle ablehnen, ihn bitten aufzuhören, aber über meine Lippen kam kein einziges Wort.

Sein Finger glitt in meine Pussy, während er mit der anderen Hand meine Brustwarze zwirbelte. Ich öffnete meine Beine, damit er noch tiefer eindringen konnte und ließ mich von ihm fingern.

Dabei genoss ich das Gefühl, das sich bereits die ganze Zeit in mir anzubahnen versuchte: mich rundum wohl zu fühlen. Innerhalb kürzester Zeit war ich entspannt und hatte das Empfinden, alles loslassen zu können.

Caleb nahm mich, trug mich, hielt mich und liebkoste mich sanft. Seine Lippen streiften meine Schulter, sein Finger glitt durch meinen Spalt und seine Hand massierte meine rechte Brust.

Und zeitgleich zu diesem wunderschönen Gefühl der absoluten Furchtlosigkeit mischte sich das schlechte Gewissen.

Was sollte das?

Ich kannte so etwas nicht?

Wieso konnte ich nicht einfach genießen?

Als er einen Daumen hinzunahm, der meine Klit mit kleinen Kreisen stimulierte, und ich wusste, dass ich nicht mehr weit davon entfernt war, zu kommen, rückte ich ab.

Ich floh. Ich brauchte Abstand.

»Ich kann das nicht«, keuchte ich und rutschte so weit von ihm weg, bis wir uns nicht mehr berührten. »Wo ist hier Licht? Mach bitte Licht.«

Er antwortete nicht.

»Bitte, Caleb. Es ist traumhaft schön, aber ich kann das

nicht. Klingt das bescheuert? Ja, oder? Ich habe so etwas Dämliches auch noch nie gesagt. Es tut mir leid.«

»Beruhige dich. Warum kannst du es nicht?«

»Ich liebe einen anderen. Machst du bitte Licht?«

Es war, als würde für einen Moment die totale Stille herrschen. Nicht einmal mein Herz wagte es, zu schlagen.

Dann ging das Licht an.

Caleb hatte den Arm nach oben ausgestreckt und die Nachttischlampe eingeschaltet. Er war nackt, nur die Decke verbarg geradeso sein bestes Stück. Sein gesamter Arm und ein erheblicher Teil seiner Schulter waren mit Tattoos übersäht und sein linker Arm war verbunden.

Seine Augen strahlten grün und klar. »In *wen* hast du dich verliebt?«

Es war, als würde sich ein Messer in meinen Bauch graben und bis zu meiner Kehle gezogen werden. Mir fiel nicht nur das Atmen schwer.

»Jade?«, sagte er ernst und sah dabei Landon so verdammt ähnlich, dass es mir nicht nur Angst einjagte. Ich glaubte, vollkommen wahnsinnig zu werden.

Hektisch sprang ich auf. Shit.

Shit!

Ich suchte am Boden die wenigen Klamotten zusammen, die ich eben noch getragen hatte, und zog mich im Laufen an. Ich merkte, wie er hinter mir aufstand, aber das verleitete mich nur dazu, noch schneller zu sein. Durch diverse One-Night-Stands war ich es geübt, mich schneller an- als auszuziehen, und ich knallte die Tür zu seinem Schlafzimmer gerade zu, als er mich zu erreichen drohte. Ich schnappte meine Schuhe vom Boden, griff die Tasche und stellte irritiert fest, dass es in dieser Wohnung nur einen Raum gab, denn die nächste Tür, die ich aufriss, war die Haustür.

Egal. Nicht jeder konnte sich ein Scheißpenthouse

leisten oder eine dieser verglasten Apartments in Manhattan wie Landon. Ich atmete Freiheit, schlug die Haustür hinter mir zu und stand im Flur.

Es dämmerte hinter dem einzigen Fenster und die Umgebung gewann mehr und mehr an Formen.

Ich wusste, dass ich noch immer betrunken war, sonst hätte ich alles um mich herum besser erkannt.

Hatte ich mich etwa getäuscht? War es mein Kopf, der mir einen Streich spielte? Wie konnte es sonst möglich sein? Woher sonst konnte die Ähnlichkeit zwischen Landon und Caleb stammen als aus einem Hirngespinst?

Ich versuchte, meinen Atem zu regulieren und endlich einen Fuß auf die Treppe nach unten zu setzen. Wenn ich jetzt ging, standen die Chancen gut, dass ich Caleb nie wieder sehen würde. Landon hatte mich verarscht und ich hatte mich revanchiert. Aber wenn wir ehrlich dazu standen, war es vielleicht nicht so schlimm, wie es sich gerade anfühlte.

Warum glaubte ich plötzlich, es sei falsch von mir gewesen, mit einem anderen zu schlafen, obwohl er doch eindeutig in seinen SMS davon geschrieben hatte, mich nicht ›schnell genug flachgelegt‹ zu haben?

Das konnte nur er mir erklären. Kein Grund, ihn zu betrügen.

Und doch waren da diese vielen Ungereimtheiten. Sein Anruf gestern Mittag. Die Leugnung dessen. Scheiße. Wollte ich die Wahrheit ausblenden? Oder war alles nur ein verschissener Zufall?!

Ich drehte mich um und suchte die Klingel an Calebs Tür. Als ich sie nicht fand und gerade auf das Holz einhämmern wollte, wurde sie geöffnet.

Es stellte sich als unglaublich schwierig heraus, nicht zu hyperventilieren. Vor mir stand Landon in das helle Licht des Flures gehüllt. Nur mit wunderschönen Tattoos auf dem Oberkörper und Bart.

Ach, und mit grünen Augen.

Wir sahen uns an und ich brachte keine einzige der Fragen hervor, die mir auf der Zunge brannten. *Warum habe ich zuvor ignorieren können, dass Caleb Landon total ähnlich sieht? Wieso ist er ihm überhaupt ähnlich? Ich habe mich von diesem bescheuerten Entführer in Lederjacke ablenken lassen, aber dass die beiden Männer Zwillinge sind, daran besteht kein weiterer Zweifel. Nur: was habe ich damit zu tun?*

Caleb trat langsam zurück und öffnete mir die Tür. Wie von unsichtbaren Fäden gezogen ging ich auf ihn zu.

Sein Vorflur war eng und schmal, und als ich an ihm vorbeigehen wollte, musste ich ihn zwangsläufig berühren. Sein Geruch stieg mir in die Nase, benebelte mich. Ob seinetwegen oder aufgrund des Restalkohols in meinem Blut, ich wankte, er hielt mich, und ich sehnte mich nach nichts mehr, als dass er mich küsste.

So standen wir da, zu nah und doch zu sehr voneinander entfernt, während in meinem Kopf die Alarmsirenen so laut schrillten, dass es schmerzte.

Hätte er mich jetzt zurück ins Bett getragen, hätte ich mich nicht wehren können. Mein Körper lag wie der einer aufziehbaren Tänzerin in seiner Hand.

»Kaffee?«, fragte er. Auch wenn es die Frage nach Kaffee war, klang sie ungemein düster.

»Mhm.«

»Ist das ein ›Ja‹?«

»Überfordere mich nicht. Mir ist der Kaffee gerade scheißegal.«

Caleb lachte und tat dann das, wonach ich mich insgeheim sehnte und es doch nicht zulassen wollte. Er griff an mein Kinn und küsste mich sanft.

Reflexartig hoben sich meine Arme, um sich um seinen

Nacken zu schlingen, und ich hielt sie im letzten Moment doch davon ab. Mein Körper kämpfte gegen meinen Kopf, meine Überzeugung gegen mein Gewissen. Mein Monster gegen den Engel.

Er grinste, als er sich löste. Ihm konnte meine Angespanntheit nicht entgangen sein. »Setz dich ins Zimmer und warte.«

Was sollte ich anderes tun? Mit weichen Knien folgte ich seiner Aufforderung und stellte, zurück in seinem Schlafzimmer, fest, dass er bis auf sein Bett keinen anderen Gegenstand besaß, auf den ich mich hätte setzen können. Seine Einrichtung bestand aus einem Regal, auf dem seine Klamotten lagen, einem uralten Spiegel zwischen den einzigen zwei Fenstern und dem sehr geräumigen Bett. Von den Wänden bröckelte der Putz und der Teppich war fleckig und wahrscheinlich so furchtbar vollgesifft, dass ich niemals mit einer Lupe näher gehen wollte.

Ich konnte mir nicht vorstellen, dass hier jemand freiwillig lebte, und dann fragte ich mich, ob ich lieber hier wohnen oder zu meiner Mutter zurückgehen wollen würde – die Wahl fiel leicht.

Caleb kam zurück und trug zwei Kaffeebecher und einen Kaffeebereiter in seiner Hand. Er stellte alles drei auf der Fensterbank ab und drückte den Filter in der Kanne langsam nach unten.

Er hatte seine Jeans wieder angezogen, seine Brust hingegen war nackt wie zuvor. Ich genoss es, das Muskelspiel auf seinen Armen beobachten zu können, als er so etwas Sanftes tat, wie den Filter nach unten zu schieben. Obwohl sein Auftreten auf einen Außenstehenden brutal wirken musste, verstrahlte er eine unglaubliche Ruhe.

»Ich bin ein bisschen gehandicapt«, gab er zu, während er noch mit dem Rücken zu mir stand, und deutete auf den

Verband an seinem Unterarm. »Sonst wäre ich dir schneller gefolgt.«

Ich blieb stumm.

Er drehte seinen Kopf grinsend in meine Richtung. »Was mache ich nur falsch, dass du in meiner Anwesenheit so viel schweigst?«

»Ich habe Angst, die richtigen Fragen zu stellen.«

»Es gibt keine falschen.«

»Die, deren Antworten mir nicht gefallen könnten.«

Seine Nackenmuskeln arbeiteten, aber er ließ mich nicht daran teilhaben, was er dachte. Als er das Sieb nach unten gedrückt hatte, goss er den Kaffee ein. Er reichte mir einen der Becher und holte einen Hocker aus der Küche. Er stellte ihn vor mir ab und setzte sich darauf, sodass sich unsere Gesichter auf Augenhöhe befanden.

Ich rutschte auf der Bettkante etwas zurück.

»Bereust du es immer noch?«, fragte er und warf mir einen quälend intensiven Blick zu.

»Was?«, fragte ich stimmlos.

Er grinste wieder. »Vergiss es. Du bist diejenige, die Fragen stellen will, nicht wahr?«

»Was sollte ich bereuen?«

»Den Sex.«

Mein Speichel würde wohl nie wieder zurückkommen. »Das ist eine furchtbare Frage.«

»Ich wünschte, die Antwort wäre ein klares Nein. Kann ich dir beim Regeln deiner Körpertemperatur helfen? Du glühst.«

»Wieso seht ihr euch so ähnlich?«

»Wer?«, fragte er vollkommen unbeeindruckt.

Ich empfand die größte Lust, ihm meinen Kaffee ins Gesicht zu schütten – andererseits; bestand die Möglichkeit, dass er nichts davon wusste? »Du weißt, wen ich meine.«

Er beugte sich vor und legte die Hand um meinen Becher. Die plötzliche Nähe ließ mich noch mehr zittern. »Vorsicht, Süße. Der Kaffee ist heiß und du solltest ihn nicht verschütten.«

»Ich weiß«, brachte ich hervor.

»Du meinst, warum ich deinem Lover ähnlich sehe?« Er setzte sich zurück.

Zum ersten Mal, seitdem das Licht brannte, fühlte ich mich in meiner Wahrnehmung bestätigt. Wenn er selbst davon anfing, musste es stimmen und es war nicht etwa so, dass ich den Verstand verloren hatte. »Ihr seht euch unglaublich ähnlich«, bestätigte ich ihn. »Die Stimme, euer Gesicht, dieser perfekte Körper und ... euer Lächeln und eure Lippen, ich meine, ihr beide ...«

»Erspar mir das«, bat er. »Ich muss mir nicht anhören, wie gut er sich für dich anfühlt.«

Ich bekämpfte meinen trockenen Mund mit Kaffee.

»Ich habe keine Antwort für dich, die dich befriedigen würde«, ergänzte er.

»Versuche es.«

»Er ist mein Bruder. Wir wurden nach der Geburt getrennt. Ich kam in das Waisenheim nach Vermont, er hingegen lebte in Manhattan. Er machte Karriere beim FBI, ich bei der Mafia. Das war's. Das ist die Geschichte.«

»Und er weiß ... nichts von dir?«

»Nein. Und das sollte auch so bleiben.«

»Oookay ...« Ich wärmte meine kalten Hände an dem Kaffee. »Klingt erst mal total schlüssig, bis auf die Tatsache, dass du mir gerade einfach so verraten hast, dass du für die Mafia ... arbeitest und ich wirklich gerne noch weiterleben würde. Also können wir einfach so tun, als hättest du das nie zu mir gesagt?«

Er lachte befreit auf. »Fuck, Jade. Das läuft nicht so, wie du denkst.«

»Wie viele Menschen hast du schon getötet?«, fragte ich flüsternd.

Auch er senkte die Stimme. »Warum flüstern wir jetzt?«

»Weil Menschen-Töten für gewöhnlich nicht so geil ist.«

»Mach dir darum keine Sorgen«, sagte er verschwörerisch. »Es sterben nur die bösen Leute.«

»Ach so.« Ich lächelte künstlich. »Na dann. Wieso weiß er nichts von dir?«

Er zuckte die Achseln und antwortete in normaler Lautstärke. »Seine Adoptiveltern haben es ihm wohl nie gesagt.«

»Aber ist das nicht ein riesiger Zufall?«

»Was?«

»Dass er ausgerechnet beim FBI arbeitet und du ausgerechnet beim ... bei der ...«

»Weil Landon beim FBI ist, kam ich zu meinem Boss. Als ich erst mal herausgefunden habe, dass es ihn gibt, habe ich mich bei den Behörden als Mulvaney ausgegeben. Es war leicht, an Informationen ranzukommen. So leicht wie für kaum jemanden. Also wurde ich ein wichtiges Mitglied, unverzichtbar.«

»Mitglied bei der Mafia.«

»Sag es noch dreimal ganz laut, dann muss ich dich vielleicht doch töten.«

Ein kalter Schauer streifte meinen Rücken. »Und jetzt erklär mir noch, warum du auf dieser Party warst.«

»Auf welcher Party?«

Ich presste den Kiefer zusammen. »Du weißt *genau*, welche ich meine.«

»Jade, ich war nie dort.«

»Ach so? Und warum bist du dann nur ein paar Tage

später in diesem Coffee-Shop aufgekreuzt? Du kannst mir nicht erzählen, dass das Zufall war!«

Er beugte sich vornüber und stützte seine Unterarme auf die Knie, während er angespannt nachdachte. »Ich habe mitbekommen, dass Mulvaney angefangen hat, sich für dich zu interessieren. Also habe ich dich bei Instagram, Snapchat und Co. gesucht und stellte fest, dass du häufiger im Coffee&Sparkle bist, weil du irgendeinen Kram auf ihrer Fanpage kommentiert hast. Das war 'ne Sache von zehn Minuten, so leicht kann man dich stalken.«

»Und dahin bist du mir gefolgt?«, fragte ich bebend.

»Nein, dass wir uns ausgerechnet dort trafen, war tatsächlich Zufall. Es gibt sechs von diesen Läden in New York. Ich glaubte nicht wirklich, dir jemals in einem über den Weg zu laufen. Ausgerechnet in dem, der auf meinem Weg zur Bahnstation liegt.«

»Also kamst du dahin, weil du hofftest, mich zu treffen?«

»Ja. Und ich hätte dich einfach gehen gelassen, wenn du nicht mit diesem Entführer-Kram angefangen hättest.«

»Er sah dir wirklich total ähnlich!«

»Wegen einer Lederjacke und Tattoos?«, fragte er zweifelnd.

Ich überspielte, dass das tatsächlich albern war, und stand auf. »Okay, danke für die Aufklärung.«

»Moment ...«, sagte er gedehnt und richtete sich ebenfalls auf.

Ich klammerte mich an meine Tasse.

»Du willst gehen?«, fragte er.

Ich trank ein paar Schlucke vom Kaffee, wich ihm aus und stellte die Tasse zurück auf die Fensterbank. »Ich gehe. Die ganze Nacht war ein Fehler und ich verspreche dir –« Ich stockte, als ich mich umdrehte und er direkt vor mir stand. Still hatte er sich genähert und sich bedrohlich vor mir aufgebaut.

Ich starrte auf eine perfekte Brust und ziemlich viele Tattoos.

»Die ganze Nacht war ein Fehler?«, wiederholte er.

»Ich habe einen Freund.«

»Der es zulässt, dass du dich mit einer Flasche Gin in der Bronx abschießt? In einer Gegend, in der solche Typen wie ich rumlaufen?«

»Möglich, dass er ein Arschloch ist, aber das kläre ich dann erst recht nicht, wenn ich mich wie eine Schlampe aufführe.«

Caleb umgriff fest meinen Hals und hob mein Gesicht an, sodass ich ihm in die Augen sehen musste. »Du bist *keine* Schlampe.«

»Er macht vielleicht etwas Dummes, aber ich bin noch viel dümmer, weil ich hierherkomme, um mit dem Nächstbesten zu vögeln! Der dann auch noch zufällig sein Bruder ist! Was ich ihm vermutlich nicht einmal sagen darf! Das ist richtig ätzender Betrug!«

Schatten wanderten über Calebs Miene. Vermutlich verletzte ihn das Wort ›Nächstbester‹ zu Recht. Er war nicht der ›Nächstbeste‹ gewesen. Sondern meine einzige Hoffnung. »Er ist es nicht wert, dass du dir Gedanken um ihn machst.«

»Du kennst ihn gar nicht! Alles, was du weißt, ist, dass er ein privilegierteres Leben führen durfte als du!«

Langsam ließ er mich los und runzelte dabei die Stirn. Er schien verwundert über meine Worte oder meinen Ausbruch zu sein. »Was hat er getan, dass du zu mir gekommen bist?«

»Ich möchte nicht mit dir darüber –«

Er umfasste grob meinen Arm und zog mich an sich. »Scheiß drauf. Du weißt genau, dass ich dich zwingen kann. Ich stelle dir eine Frage, du wirst antworten. Ganz einfaches Spiel.«

Ich riss an seinem Griff und nutzte es aus, dass er nur einen Arm zur Verfügung hatte. Nach zwei Sekunden war ich frei. »Leck mich.«

Aber ich kam nicht weit. Genau genommen nicht einen Schritt. Er drängte mich mit seinem Körper zurück ans Fenster, sodass ich gegen die Heizung stieß, und umfasste meine Handgelenke, drückte sie nach hinten.

Dann küsste er mich und schob mir seine Zunge dominant zwischen die Lippen. Ich vergaß, darauf zu beißen oder mich zu wehren. Fast hätte ich mich wieder an ihn geschmiegt und ihn sogar gebeten, mich niemals wieder loszulassen.

Schwächling!, keifte eine Stimme in mir und ich spürte erneut das Schuldgefühl in mir aufkommen, als Caleb mir seine Erektion entgegendrückte und ein sehnsuchtsvolles Pochen in meinem Schritt entstand.

Ich wimmerte, weil sich die Lust mit der Wut paarte, ihm nicht einfach in die Eier treten zu können. Und je heftiger er sich an mir rieb, desto williger wurde ich, bis ich kurz davor war, einzuknicken und ihn anzuflehen, ein weiteres Mal mit mir zu schlafen.

Konnte ich auch mal aufhören, an Sex zu denken?!

»Tu dir keinen Zwang an«, sagte er lächelnd und nahm wieder Abstand. Sein Kuss brannte wie Feuer auf meinen Lippen und ich hatte keine Ahnung, was das Gefühl jemals wieder löschen könnte. »Zieh dich aus, wenn du bleiben willst.«

Mein Körper wand sich. Es war einfach zu verlockend. Ich konnte nicht einmal genau sagen, woran es lag. Dass er wusste, was er tat? Dass er der erste dominante Mann war, den ich traf? Nicht einmal Landon hatte es bisher gewagt, so mit mir umzugehen. So gegen meinen Willen zu agieren, mich festzuhalten, obwohl ich es nicht wollte. Mich zu küssen, obwohl ich ein klares ›Nein‹ hervorgebracht hatte.

»Weißt du, was mir gut gefallen hat?«, fragte ich und konnte die Erregung in meiner Stimme kaum unterdrücken.

Er lächelte neugierig und nahm tatsächlich Abstand, was ich ihm nicht zugetraut hätte. Vielleicht erwartete ich – oder hoffte ich? – dass er mich nicht gehen ließ, damit ich nicht selbst entscheiden musste. »Nein«, sagte er. »Was hat der Prinzessin gut gefallen?«

Meine Kehle wurde schon wieder trocken, als sein leuchtender Blick mich traf. *Wie ich es hasste, ständig das Gefühl zu haben, etwas Falsches zu tun!* »Als wir geredet haben. Beim Spaziergang.«

Er hob eine Braue.

»Das ist der Grund, weshalb ich hierhergekommen bin, nachdem ich Landons bescheuerte SMS gelesen habe. Ich wollte mit dir reden.«

»Na, das hat doch prima geklappt.«

Ich unterdrückte ein schwaches Lächeln.

»Was für eine SMS?«

»Soll ich sie dir zeigen ... ich meine ... darf ich sie dir zeigen? Und du beurteilst das. Als Mann. Und dann sagst du mir, dass ich kein schlechtes Gewissen zu haben brauche, weil ich seinen Bruder gevögelt habe, von dem er nichts weiß, obwohl wir eigentlich zusammen sind und er mich bat, ehrlich zu ihm zu sein.«

Caleb betrachtete mich, als zweifelte er an meinem Verstand. »Du magst ihn wirklich.«

»Das sage ich dir doch die ganze Zeit!«

Er hob abwehrend die Hände. »Sorry. Ich wollte nie eine intakte Beziehung zerstören. Die schon gefühlte drei Jahre so geht.«

»Du bist genauso ein Arschloch wie er. Warum redet keiner von euch zweien ernsthaft mit mir?«

Seine Nasenflügel blähten sich auf. War ich zu weit gegangen? »Zeig mir einfach die SMS, Jade.«

»In meiner Tasche«, informierte ich ihn und lief zur Tür, wo ich sie vorhin abgestellt hatte. Ich kramte darin herum und holte Landons Handy hervor. Nachdem ich es eingeschaltet hatte, öffnete sich die Code-Abfrage. »Es ist gesperrt«, sagte ich verwundert.

Caleb war mir gefolgt und sah mir über die Schulter. »War es das vorher nicht?«

»Nein. Ich konnte es ganz einfach öffnen.«

»Niemals. Wenn das Mulvaneys Handy ist, dann würde er es niemals ungesperrt lassen.«

»Aber ich kenne seinen Code nicht! Er wurde angerufen, ich bin rangegangen …« Und hatte meinen Code eingegeben. Meinen eigenen. Okay, jetzt wurde es wirklich strange. »Ich glaube, ich habe meinen eigenen Code eingegeben.«

Caleb betrachtete mich mit einem zunehmend zweifelnden Gesichtsausdruck. »Vielleicht solltest du dich erst mal ausschlafen.«

»Nein.« Ich gab mein Geburtsdatum ein und das iPhone öffnete sich.

»0328?«, fragte Caleb.

»Ja, der achtundzwanzigste März ist mein Geburtstag. Ist ganz schön schräg, dass er das gesetzt hat, oder? Nach ein paar Wochen Beziehung?«

Caleb schwieg. »0328?«, wiederholte er nach einer Weile.

»Jaha. Hier ist diese App.« Ich öffnete das Symbol und wartete vergeblich darauf, dass der Text von gestern erschien. Aber er war verschwunden. Es gab kein Menü oder etwas anderes. Die App bestand aus der Oberfläche eines leeren Messengers.

Caleb nahm mir das Handy aus der Hand, schaltete es aus und öffnete es noch einmal.

»Der Text ist weg«, informierte ich ihn.

»Was stand drin?« Er ging die Apps durch und ich fühlte mich immer schlechter, weil ich ihm einfach so Landons Telefon überlassen hatte.

»Könntest du es mir bitte zurückgeben? Landon wird bestimmt begeistert sein, dass ich es überhaupt geöffnet habe, und noch begeisterter, wenn er erfährt, wem ich es gab.«

Caleb reagierte nicht. Ich sah, wie er Facebook öffnete und auf meine Seite ging.

»Was ist denn jetzt an diesem blöden Facebook so spannend?!«

»Nichts«, sagte er schnell und reichte mir das Handy zurück. »Was hat Mulvaney in diesem Messenger geschrieben?«

»Irgendeine Scheiße mit ›Ich habe sie nicht schnell genug flachgelegt, Gil, rächst du dich dafür?‹ und ›Scheiß drauf, ich ficke sie jetzt, dann rennt sie meinetwegen in deine Falle‹.«

Er biss die Zähne zusammen und lächelte entschuldigend. »Bist du sicher, dass er über dich schrieb?«

»Über wen denn sonst?!«

Caleb seufzte und durchfuhr seine Haare mit den Händen. Dabei sah er Landon so schrecklich ähnlich, dass ich kurz glaubte, Landon vor mir zu haben.

Mir wurde schwindelig. Vielleicht war es besser, wenn ich diese Brüdergeschichte ebenso schnell vergaß, wie ich sie zufällig erfahren hatte.

Ich hatte mich doch in Landon verknallt? Warum spann

ich noch herum und forderte von ihm die totale Treue? Sollte er doch über mich texten, was er wollte, so konnte ich mir Freiheiten herausnehmen, die ich sonst in keiner Beziehung haben würde. Aber ich wäre glücklich. Und könnte ihn heiraten. Und genau das war es, was ich jetzt brauchte.

Die Aussicht auf etwas verdammt Stabiles in meiner zerbröckelnden Welt.

First World Problems.

Wegen nichts anderem jammerte ich hier rum.

»Ich gehe«, entschied ich ein weiteres Mal und hob meine Tasche auf. »Ich habe längst die Zeit nach dem Aufwachen überschritten. Sorry!«

Er sah mir stumm dabei zu, wie ich meine Schuhe anzog und sagte nichts mehr.

»Also dann ...«, brachte ich hervor.

Caleb war mir bis in den Flur gefolgt, machte aber keine Anstalten, mich aufzuhalten.

»Du wirst mich nicht umbringen, oder?«, fragte ich sicherheitshalber nach.

Er grinste und schüttelte den Kopf. »Noch nicht.«

»Ich meine es verdammt ernst. Gestern Nachmittag ist mein Prof aufgeflogen. Es gab eine Schießerei in meiner Uni. Ich verkaufe ... Dinge, die so Leute wie du ... und ich will keinen Ärger. Nicht mit gewissenlosen Mördern. Könntest du das irgendwie für mich einrichten?«

Er wirkte teilnahmslos. »Das Beste wäre wohl, du würdest den Kleinkriminellenscheiß einfach lassen.«

»Ich verdiene damit fünfzehntausend Dollar im Monat.«

Er weitete die Augen. »Dann lass es erst recht.«

»Das ist nicht das, was ich hören wollte. Kannst du bitte dafür sorgen, dass man mich in Ruhe lässt?«

Er schnaubte und zum ersten Mal, seitdem ich aufgewacht war, zeigte er mir, wer er wirklich war. Nein, wer er zu sein pflegte, wenn er nicht *er selbst* war. Ein skrupelloser Verbrecher, der mir mit seinem kalten Blick unter die Haut ging und dem ich die Mafia-Geschichte augenblicklich abnahm. »Lass es einfach, Jade. Wofür auch immer du meinst, fünfzehntausend im Monat ausgeben zu müssen, es ist den Ärger nicht wert, den du dir dadurch einhandeln kannst.«

»Meine Quelle ist eh aufgeflogen.«

»Gut für dich.«

»Kann ich nicht vielleicht von dir ...?« Ich ließ den Satz im Wohnungsflur verklingen. Der Gedanke war mir spontan gekommen, und wenn Caleb nicht dumm war, dachte er wenigstens darüber nach. Schließlich könnte ich ihm viel Geld bringen und ich war darauf angewiesen, die Prüfungsleiter zu schmieren, wenn meine Tarnung vorerst nicht auffliegen sollte.

»Von mir Koks kaufen, um es zu verticken?«, führte er den Satz fort.

»Ja?«, fragte ich versuchsweise selbstbewusst.

Er schwieg eine ganze Weile, sodass ich mich fragen musste, ob er darüber nachdachte oder sein Schweigen die Antwort war. »Natürlich«, sagte er schließlich knapp. »Wir suchen immer Frauen wie dich, die Zugang zu Manhattans High Society haben. Ich würde dein Leben gerne um ungefähr fünfzig Jahre verkürzen, wenn du Glück hast auch sechzig. Vorher können wir jedes Mal hart vögeln, wenn du mir die Kohle vorbeibringst, und danach auch. Ich habe ein paar Freunde, die uns gerne dabei zusehen werden, wie ich dich wund und erbarmungslos ficke, sodass du irgendwann selbst Kokain nimmst, um den Scheiß auszuhalten. Dann bist du abhängig und ich vögle dich noch lieber, weil du alles tust, was ich von dir verlange, und wenn es der Befehl ist, meinen Schwanz zu lutschen, bis du dran erstickst. Aus den fünfzehntausend machen wir fünzigtausend und vielleicht werde ich dich heiraten, damit ich dich mit all den Straßenhuren betrügen kann, deren Zuhälter ich nebenbei bin und die mir täglich stundenlang ihre Löcher zur Verfügung stellen, weswegen ich dich eigentlich gar nicht brauche. Aber ich steh halt auf den Gratis-Sex und so sehr darauf, deine gute Seele zu brechen. Wie klingt das, hm?«

Wenn ich sagte, was ich wirklich dachte, würde er mich erst recht für ein kleines, unerfahrenes Mädchen halten. Also schluckte ich die Worte, wie sehr mir gefiel, dass er so düster war, herunter und ignorierte das brennende Ziehen in meinem Magen, als ich antwortete: »Nach einer perfekten Jobbeschreibung. Kann ich dich anrufen, wenn ich mich entschieden habe?«

»Na klar. Ruf einfach 911, die Cops sind eh alle korrupt.«

Mein Herz schlug immer schneller und fast hätte ich es gewagt, ›wirklich?‹ zu fragen. Stattdessen versuchte ich, mich zu sammeln und endgültig abzuwenden. Dass er nach der Jacke, die am einzigen Haken hing, greifen und in seine Sneakers schlüpfen würde, damit hatte ich nicht gerechnet.

»Und was genau tust du jetzt?«, fragte ich.

»Ich bringe dich nach Hause, Jade. Hast du auch nur eine Sekunde gedacht, ich würde dich alleine lassen?«

JADE

»Ich brauche keinen Aufpasser«, erinnerte ich ihn zum dritten Mal, als wir die letzte Station der Bronx durchfuhren. »Du kannst gerne hier aussteigen.«

Caleb saß mir gegenüber. Nur ich wusste, dass er unter seiner Jacke nichts trug. Dafür hatte er sein Cappy tief in die Stirn gezogen.

»Und wenn ich dich bitte? Gehst du dann?«, fragte ich nervös.

»Du wolltest reden. Reden wir.«

»Ich bin fertig mit Reden. Ich habe für mein Leben lang genug mit dir geredet.«

»Sag mir, warum du noch zu Hause wohnst, obwohl du es hasst.«

»Woher weißt du, dass ich es hasse?«

Sein Schweigen war die Antwort. *Ich bin eben doch zu leicht zu durchschauen!*

»Wenn ich es dir erzähle, nimmst du mich erst recht nicht mehr ernst.«

»Ich nehme dich immer ernst.«

Ich schnaubte. *Aha?* »Okay, wenn es dich so brennend interessiert ... Meine verstorbene Großmutter hat für mich einen Fonds angelegt, den ich erhalte, sobald ich mein Studium abgeschlossen habe. Also muss ich zuvor irgendwie an meinen Abschluss kommen, weil der Gouverneur und seine Tochter – die wunderbare Susan Carpenter – mich nicht ohne einen ziehen lassen wollen. Dabei hasse ich lernen und studieren und all den theoretischen Kram. Ich habe es in Boston versucht, ehrlich. Aber die Partys waren halt immer interessanter ...« Ich grinste schief.

»Es geht dir also ums Geld?«

»Dir nicht?«, fragte ich skeptisch. »Weswegen arbeitet man sonst für ...«

»Nein. Mir geht es nicht ums Geld.«

»Mir schon. Es macht alles einfacher. Ich bin nicht wie du und bilde mir etwas anderes ein.«

»Es hält dich also nichts zu Hause. Nur das Geld.« Enttäuschung schwang in seiner Stimme mit. *Wagt er es etwa, über mich zu urteilen?*

»Hast du gehofft, ich wäre eine ehrbare Prinzessin und du mein dunkler Prinz, den ich erwähle? Worum soll es mir sonst gehen?«

Caleb hob abwehrend die Hände. »Du hast recht. Ich habe mir etwas eingebildet. Dich für tiefsinniger gehalten, als ein Upper-East-Side-It-Girl nach außen hin zu sein scheint. Aber klar. Du bist ja auch auf meinen Bruder reingefallen. Vielleicht passt ihr gut zusammen.«

Seine Worte trafen mich. »Ja, sorry. Da muss ich dich wohl enttäuschen.«

Er antwortete nicht mehr und das ließ mich noch schlechter fühlen. Die U-Bahn-Stationen glitten an uns vorbei. Licht, Schatten. Licht, Schatten. Warum blieb ich zu Hause wohnen? Was hielt mich dort? Warum hatte ich so große Angst davor, irgendwo von Neuem zu starten? Nur mit dem Geld des Schmuckes, den ich besaß?

»Ich bin allein«, flüsterte ich und sprach mehr mit dem

Fenster als mit Caleb. Aber ich wusste, dass er mir zuhörte. Dass er jedes Wort verstand. »Wenn ich abhaue und irgendwo von vorn beginne, wer sagt mir, dass es mir dort besser geht? Dass ich nicht den Falschen vertraue? Ich habe Landon vertraut. Ich vertraue dir. Dabei versuche ich nur, mich vom einen Strohhalm zum nächsten zu hangeln. Um einmal dieses Gefühl einsaugen zu können, dieses eine Gefühl, das ich nicht kenne, weil meine Mutter mich hasst und mein Großvater nie mehr in mir sehen konnte als meine schmalen, chinesischen Augen von einem Vater, den es nie für mich gegeben hat.«

»Das Gefühl, geliebt zu werden?«, fragte Caleb.

Meine Kehle verengte sich.

»Dieses Gefühl kennt doch kaum einer von uns, Jade.«

Ich sah zurück in seine intensiv grünen Augen. »Kennst du es?«

Er lächelte. »Ja.«

Eine andere Frau?

»Aber nicht, was du denkst. Wir sind, wer wir sind, weil uns die kalte Welt selbst kalt und hart macht. Ich wollte dich nicht verurteilen. Ich weiß, dass du es liebst, im Mittelpunkt zu stehen und die Gefahr zu leben. Ob als Dealerin oder mit geheimen Affären.«

»Du kennst mich viel zu gut«, wisperte ich.

Caleb zuckte die Achseln und lächelte in sich hinein. »Ich steige aus, wenn du mich ein letztes Mal küsst.«

Das Ziehen in meinem Magen verstärkte sich unheimlich. Ich, die nie ihre Klappe halten konnte, wusste nicht, was sie sagen sollte. Mann, wo war die vorlaute Jade geblieben? Ich wollte sie so was von zurück!

Er lächelte breiter, als er mein Zögern bemerkte. »Es verlangt mir einiges ab, die Freundin meines verhassten Bruders nach Manhattan zurückzubringen, ohne dass er jemals von uns erfahren wird. Du musst mir entgegenkommen. Ansonsten fahre ich mit bis zur Penn Station, steige mit ins Taxi und sorge dafür, dass er mich sieht.«

»Bist du irre? Dann erfährt er, dass es dich gibt! Ich meine …« *Was rede ich da?! Kann mir doch egal sein!*

»Er wird nicht wissen, dass ›ich es bin‹. Sein Gehirn wird die Ähnlichkeit nicht wahrnehmen, weil er nicht damit rechnet. Genauso wie du bei unseren ersten Treffen. Ich ziehe das Cappy in die Stirn, verstelle meine Stimme und gebe mich wie ein Straßengangster. Er wird nicht drauf kommen.«

»Aber er wird erfahren, dass da etwas lief.«

Er feixte. »Richtig. Und egal, wie laut du jammerst …«

Ich stand auf und setzte mich breitbeinig auf seinen Schoß, sodass meine Knie neben seinen Oberschenkeln auf der Bank lagen. Ohne zu zögern legte ich meine Hände um seinen Hals und senkte meine Lippen auf seine herab.

Ich hätte es wissen müssen, dass er sich nicht mit einem einfachen Kuss begnügen würde. Er packte mich und nahm mich mit seinen starken Armen gefangen. Seine Zunge stieß zu meiner, er drückte mich auf seinen Schoß und trieb mich dazu an, mich rhythmisch auf ihm zu bewegen.

Aber anstatt weiter zu gehen, wurden seine Bewegungen langsamer und dominanter, bis er seine Hände auf meinem Körper ruhen ließ und seine Zunge zurückzog.

Er griff in mein Haar und hielt meinen Kopf wenige Zentimeter von seinem entfernt. »Hätte nie gedacht, dass es sich so leer anfühlen könnte, dich zu küssen.«

»Es stört mich so ungemein, dass du ständig Dinge sagst, mit denen ich nichts anfangen kann«, beschwerte ich mich.

»Ich hätte dich nicht dazu herausfordern sollen, mich zu küssen.«

»Ich weiß. Aber du bist kein Typ, der mir groß eine Wahl lässt.«

»Ich habe gelogen. Jade. Dir ist doch klar, dass jedes meiner Worte eine Lüge war, oder?«

»Was?«, fragte ich. »Wann?«

Er schloss für einen Moment die Augen. Als er sie wieder öffnete, waren sie leer und kalt. »Ich liebe dich, Jade. Seitdem ich dich das erste Mal sah und mit jedem Tag mehr, an dem ich das Glück habe, mehr über dich zu erfahren. Und alles, was ich tun kann, ist dir dabei zuzusehen, wie du leidest, was mich dazu bringt, alles zu hassen, was ich tue. Wenn ich könnte, würde ich einen Teil der Zeit zurückdrehen. So tun, als hätte ich niemals getan, was nötig war, weil ich zu dem Zeitpunkt zurückgehen würde, an dem ich entschied, dass etwas wichtiger sein könnte als ich selbst und dein Glück. Ich kann dir nicht die Wahrheit sagen. Ich verstehe nicht, wie du meine dummen Lügen überhaupt glauben konntest.«

Ich schmeckte Salz auf meiner Zunge. Weinte ich etwa? Was zur Hölle war hier los? »Kannst du bitte aufhören, so mit mir zu spielen?«, bat ich ruhig. »Ich wollte dich nicht verletzen. Bitte sag nicht irgendwelche Dinge, die mich verletzen sollen.«

»Sweety«, raunte er sanft und strich eine meiner Tränen beiseite. »Ich bin der Letzte, der dich verletzen will. Aber ich bin eben nicht der Einzige, der das entscheidet. Steig in der Penn Station aus, nimm dir ein Taxi, fahr nach Hause. Bleib dort. Du bist nicht mehr so sicher, wie du es einmal warst.«

»Warum hast du mir gesagt, dass alles eine Lüge war?!«, warf ich ihm wütend vor. »Warum hast du mich nicht in dem Glauben gelassen, deine Geschichte würde stimmen? Das wäre für mich vollkommen in Ordnung gewesen!«

Er zuckte die Achseln. »Ich weiß. Lügen sind irgendwie dein Ding, aber ich bin anders.«

»Und was sollte deine Liebeserklärung gerade?! Hältst du mich für vollkommen bescheuert?«

»Tu, was ich gesagt habe.« Er schob mich von sich herunter und ging zur Tür, als die Bahn hielt. »Und nimm's mir nicht übel, aber ich musste dir dein Handy klauen. Bis bald.« Caleb lief aus dem Wagen und verschwand in der Menschenmenge, die sich in die Bahn drückte.

Ich überprüfte sofort, ob mein Handy fehlte ... Ja, natürlich.

Arschloch.

JADE

Ich spürte die kurze Nacht in den Knochen, als ich vor unserem Apartmentgebäude ankam. Hatte ich mir nicht geschworen, nie wieder zurückzukehren?

In letzter Zeit hielt ich nicht viel von Konsequenz.

»Können Sie noch eine Weile hier stehen bleiben?«, fragte ich müde. »Ich bezahle Sie auch. Aber ich muss ...«, *mich noch auf meine Mutter vorbereiten*. Das Chaos in mir kannte keine Grenzen. Im Grunde hatte ich viel erfahren und wusste doch nichts. Landon, Caleb, Brüder, Lügen, Sex ...

Ich war erschöpft und wollte schlafen.

Im Mini-Fernseher des Taxis liefen die New Yorker Nachrichten durchs Bild. Müde starrte ich darauf. Meine Mutter – kein seltenes Bild – im Hintergrund die NYU. Unser Haus wurde gefilmt. Warum unser Haus? Ich stellte lauter.

»... hatte sich mit schweren Vorwürfen gegen ihre Tochter, Jade Carpenter, auseinandersetzen müssen, die in direkter Verbindung zu Professor Saltzman ...«

Ich stellte den Fernseher schnell lautlos, bevor der Taxifahrer etwas davon mitbekam. Fuck. Direkte Verbindung? Meine verdammte Verbindung war aufgeflogen? Wie war das möglich? Niemand kannte diese Verbindung. Wirklich *niemand*!

Ich hätte niemals angefangen zu dealen, wenn man sie hätte herstellen können. Woher zur Hölle hatten sie ihre Informationen?

Es machte so schnell klick, wie ich gebraucht hatte, um die Frage zu formulieren. *Landon.* Er musste es ihnen gesagt haben.

Ich kramte mit vor Wut zitternden Händen Bargeld hervor, drückte es dem Taxifahrer in die Hand und verließ den Wagen. Er fuhr an, als mein Handy klingelte. Als ich danach kramte, fiel mir ein, dass es Landons war.

›Jade‹ rief an.

»Warum glaubte ich nur, ich könnte dir vertrauen, indem ich dir meinen PIN-Code verriet«, sagte ich säuerlich.

»Geh nicht nach Hause, Jade«, sagte Caleb eindringlich.

»Liebster, weißt du, wie sehr ich einen Fick auf deine Empfehlung gebe?«

Ich hörte etwas rauschen, als würde er wütend atmen. Doch seine Stimme klang ruhig. »Du hast deine Sammlung in deinem Zimmer nicht gut genug versteckt. Sie haben es gefunden. Geh nicht nach Hause. Du wirst verschissene *Jahre* im Gefängnis –«

Ich unterbrach ihn. »Na und? Geht's dich etwas an?«

»Komm zurück in die Bronx.«

Ich lachte abfällig. »Zu dir? Zu einem Lügner, dem ich kein einziges Wort glauben kann?«

»Irgendwann wirst du schon die Wahrheit erfahren. Bau jetzt keinen Scheiß, Jade!«

»Fick dich.«

»Jade, bitte! Fuck, leg nicht auf.«

»Was?«, fragte ich genervt.

»Das, was ich zuletzt zu dir sagte, war die Wahrheit. Bei mir bist du sicher. Ich kann dich beschützen.«

»Landon hat mich ans FBI verraten. Nur er wusste von der Verbindung zwischen meinem Prof –«

»Red nicht am Telefon davon, bist du wahnsinnig?!«

»– und mir. Scheiß drauf! Er hat mich verraten und ich habe gerade wirklich absolut keinen Bock mehr auf ihn oder jemanden, der so aussieht wie er und zugibt, mich mit Lügen abgespeist zu haben!«

»Jade, das würde er niemals –«

»Tun?«, unterbrach ich ihn wieder. »Oh, dabei hasst du ihn doch so sehr und jetzt sprichst du ihm heroisches Verhalten zu? Weißt du was? Das ist *genau* das, was dein Bruder tun würde. Im richtigen Moment im FBI glänzen, meine Mutter in Verruf bringen, sich selbst profilieren. Scheiße! Und wenn ich fünf Jahre im Frauenknast verbringe, alles ist besser als eure verlogene Scheiße.«

»Er würde das nicht tun. Geh. Nicht. Nach. Hause.«

»Ich habe nicht mit dir telefoniert, damit du mich davon abhalten kannst, meine eigenen Entscheidungen zu treffen. Sondern um dir zu zeigen, dass es genau andersherum ist.« Das Freizeichen ertönte. *Oh mein Gott.* Ich nahm das Handy vom Ohr und starrte darauf. Er hatte aufgelegt. Er hatte einfach aufgelegt. Würde er gleich um die Ecke biegen und mich mit Waffengewalt davon abhalten, nach Hause zu gehen? Oder war er wirklich so dreist, das Gespräch zu unterbrechen?

Okay, ich gebe es zu: Ich hatte mich wie die letzte Zicke aufgeführt.

Kein Grund, den Anstand zu verlieren.

Ich seufzte. So attraktiv sie beide waren und so sehr sie Dinge in mir erzeugten, die ich noch nie zuvor gespürt hatte, das war vermutlich mein letztes Gespräch mit ›Landons‹ Stimme gewesen. Ich würde sie vermissen.

Aber ab jetzt kam ich wieder allein zurecht. Wie hatte ich auch ernsthaft davon ausgehen können, Landon würde mich nicht früher oder später verraten? Vermutlich feierte ihn das Federal Bureau gerade und schmiss eine Party, während er auf eine Position befördert wurde, in der die Frauen mit ihm schliefen, um höher zu rutschen.

Ich ignorierte den erleichterten Ausruf unseren Portiers, als er mein Erscheinen bemerkte, und ging direkt in den Fahrstuhl. Ich fuhr nach oben und machte mich darauf gefasst, die letzten freien Schritte meines Lebens zu setzen.

Wie viel konnte ich aushandeln? Professor Saltzman war tot. Ich musste der Polizei glaubhaft vorlügen, dass er mich gezwungen hatte, für ihn zu arbeiten. Mehrmals und hunderte Male war ich vergewaltigt worden, weswegen ich mit niemandem darüber gesprochen hatte. Das Profil des Vergewaltigungsopfers ließ sich leicht überzeugend rüberbringen: Man sprach einfach gar nicht darüber.

Also war der erste Trick, die Schuld auf mich zu nehmen. Erst wenn ich eine Psychologin vor mir sitzen hatte, durfte ich etwas durchblicken lassen. Sie würden mir alle sofort glauben. Zeit, die ich bis dahin in Gefangenschaft verbrachte? Vielleicht drei bis vier Wochen.

Danach?

Tötete ich irgendwen und verschwand aus dem Land.

Ich lächelte, weil mir der Gedanke gefiel und es gar nicht mal *so* unwahrscheinlich war, dass ich meine Wut auf Landon auf diese Tour rausließ.

Die Fahrstuhltüren gingen auf und ich blickte einer Gruppe aus bewaffneten Agenten ins Gesicht.

»Jade!« Meine Mutter zwängte sich durch die Menge. »Dir ist nichts passiert!« Sie preschte geradewegs auf mich zu und schloss mich in die Arme. Tiefe Schluchzer erfassten sie und die Cops nahmen taktvoll Abstand. »Oh, Jade ...«

»Mom«, sagte ich kühl und versuchte, sie von mir zu schieben. Ihre scheinheilige Sorgen-Macherei hielt ich nicht aus. Das letzte Mal hatte sie mich umarmt, als ich acht gewesen war. Und auch nur, weil der dämliche Schulfotograf es so gewollt hatte.

Tränen glitzerten in ihren Augen. »Wo kommst du her? Warum riechst du nach Alkohol? Mein Gott, Liebes, was ist passiert?«

»Könntest du bitte aufhören, so aufgesetzt freundlich zu mir zu sein?«, zischte ich.

»Wie bitte?«

»Ich habe keine Lust, vor deinen Kollegen eine Show abzuliefern.«

Sie umfasste meinen Oberarm, ihr Griff war ebenso fest wie Calebs oder Landons. »Komm mit in mein Büro.«

Die Agenten gestanden ihr zu, mich mitzunehmen. Das ließ mich einerseits hoffen, dass das FBI mich nicht sofort festnehmen würde und meine Mutter noch eine gewisse Entscheidungshoheit besaß, andererseits hatte ich keine Lust auf das Gespräch mit ihr.

Ich wollte nicht von ihr gerettet werden. Das war nie mein Plan gewesen.

»Setz dich.« Sie drückte mich auf das Sofa in ihrem Büro, nahm sich einen Notizblock und setzte sich zu mir. »Liebes, du musst mir *alles* sagen. Keine falsche Scheu. Wir müssen es wissen, falls es noch mehr Frauen wie dir ergangen ist. Hat er dir etwas angetan?«

»Wovon zur Hölle sprichst du?!«, fuhr ich sie an.

»Wie redest du denn mit mir?«, fragte sie streng. »Hier geht es nicht nur um dich, Jade. Die Ermittlungen gegen ihn laufen auf Hochtouren. Ich war gerade dabei, einen

Hubschrauber nach dir suchen zu lassen. Ist dir gar nicht klar, wie weitreichend die Geschehnisse sind?«

»Sprichst du von meinem Professor?«

Sie öffnete den Mund und sagte doch etwas anderes. »Auch. Fangen wir damit an, was du weißt. Jade, wenn du nicht mit mir reden willst, werden das Mr. Gedney und Mr. McKinley übernehmen. Ist dir das lieber?«

»*Worüber* sprechen?! Ich will vielleicht gar nicht sprechen?«

»Du hast getrunken, oder?«

»Und wenn schon?«

Sie machte sich einen Vermerk. »Weißt du von weiteren Frauen, die er erpresst hat?«

»Nein!«

»Keine deiner Freundinnen?«

»Er hat nicht mit mir darüber geredet! Er hat nie mit mir geredet. Er hat mich nur ...«

»Was, Liebes?«, fragte sie und erneut stiegen ihr Tränen in die Augen. »Hat er dich sexuell ...?«

Wie war das mit der Masche, erst einmal zu schweigen? Ich senkte meine Stimme, aus der Nummer kam ich offenbar nicht anders raus. »Er hat mir gedroht, mir oder meiner Familie etwas anzutun und Cicily ... Er hat gedroht, mit ihr dasselbe zu tun wie mit mir, aber sie ist so viel schwächer als ich, ich wollte nicht ... und es war auch nicht ... ich meine, immer, wenn ich *es* nahm, war es erträglicher ...«

Der Stift fiel meiner Mutter aus der Hand. Ihr Gesicht war bleich, ihre Augen mit Wasser gefüllt. »Er hat dich mit Kokain gefügig gemacht? Wieso hast du nie etwas gesagt?«, fragte sie stimmlos.

Darauf hatte ich keine gute Antwort. Mir blieb nur die Wahrheit, um die Lüge darin einzuwickeln. »Weil du mich hasst. Weil du mich behandelst wie einen Gegenstand, der zu deinem Leidwesen in deinem Penthouse herumsteht. Weil Grandpa noch niemals mich angesehen hat, sondern immer nur die Noten auf meinen Zeugnissen. Und weil Grandma die Einzige war, die mir jemals so etwas wie Zuneigung entgegengebracht hat, aber mit ihr konnte ich schlecht darüber reden! Er drohte mir, also tat ich, was er verlangte, weil ich *keine Wahl* hatte, weil ihr immer *ihm* mehr geglaubt hättet als mir. Weil euch sowieso nichts an mir liegt! Weil ihr die hässlichste Familie seid, die es an der Upper East Side gibt!«

Scheiße. Hatte ich das wirklich laut ausgesprochen?

Meine Mutter hielt ihre Hand vor den Mund und die Tränen liefen jetzt ungehindert. »Was habe ich getan …«

Ich verschränkte die Arme vor der Brust. »Ich hab's überlebt. Aber nerv mich nicht mit Fragen, ›warum ich dir nichts erzählt habe‹.«

Sie stand auf und schluchzte, wandte sich von mir ab, damit ich ihren Schmerz nicht sah. Den Selbstvorwurf, alles vergeigt zu haben? Ihre Bewegungen wirkten allerdings so kontrolliert wie eh und je, als sie nach ihrem Handy griff.

»Kontaktieren Sie bitte Dr. Mathewson. Es ist leider so schlimm, wie wir dachten.«

»Dr. Mathewson?«, fragte ich kühl. »Deine Psychologin?«

»Jade, ich kann dir nicht helfen. Aber sie kann es.«

»Okay«, sagte ich gedehnt. »Kann ich dann jetzt in mein Zimmer gehen, bis sie kommt? Oder werde ich doch noch verhaftet?«

»Jade, wieso solltest du verhaftet werden? Du hast nichts Falsches getan.«

Mhm, klar.

»Du wurdest dazu gezwungen. Er hat sich gestern am späten Abend gestellt. Alles, was wir jetzt gemeinsam herausfinden müssen, ist, ob es noch mehr Opfer wie dich gab.«

»Gestellt?«, fragte ich müde. »Er ist tot, und wenn du jetzt behauptest, er wäre in kürzester Zeit wieder auferstanden –«

»Landon Mulvaney? Nein, Liebes. Aber er wird dir nichts mehr antun, ich verspreche es.«

»Wie bitte?«

»Es tut mir so leid. Du hast recht, recht mit allem, was du gesagt hast. Ich habe dich vernachlässigt. Es ist nur ... vielleicht wirst du irgendwann verstehen, vielleicht ...«

»Mom?«

»Ja?«, fragte sie belegt.

»Was hat das alles mit Landon Mulvaney zu tun? Wieso hat er sich gestellt?«

»Du bist schrecklich verwirrt. Oh, Jade, aber wir müssen darüber reden ...«

»Sag mal, glaubst du, *er* hätte mich vergewaltigt? Ich habe eben doch gar nicht von ihm geredet!«

»Jade!«, sagte sie nun strenger und setzte sich wieder zu mir. »Landon Mulvaney hat gestanden, dich gezwungen zu haben, Kokain für ihn zu lagern. Er gab zu, es von einem Fahrer aus Miami erhalten zu haben, und sein Ziel war es, es in der High Society zu verteilen. Seine Kenntnisse als FBI-Agent setzte er ein, um nicht entdeckt zu werden.«

»Das hat er gestanden?«

»Er hatte gestern unter Kokaineinfluss einen Zusammenbruch. Vermutlich wollte er es nicht, aber er hat es getan.«

»Was für einen Zusammenbruch?« *Sie erzählt mir gerade ein Märchen, oder?*

»Wie du vielleicht mitbekommen hast, geriet er in einen Schusswechsel. Wir dachten noch, er hätte versucht, Professor Saltzman als Zeugen zu schützen, aber nach dem

Vorfall gestern in der NYU kam er zurück ins Büro und sank plötzlich zusammen. Er gestand seine gesamten Verbindungen mitten im Office.«

»Und dir fällt nicht auf, dass das eine total dumme Story ist?«

»Wie meinst du das?«

»Warum sollte er erst noch dem FBI einen Hinweis geben und sich dann doch stellen?«

»Das kann ich dir nicht –«

»Sagen! Du spinnst doch!« *Was läuft hier für ein krankes Spiel?!* »Landon hat sich niemals gestellt! Wo ist er jetzt? Etwa in U-Haft?«

»Jade, könntest du dich bitte beruhigen?«

»Beruhigen?!« Ich suchte sein Handy in meiner Tasche und googelte seinen Namen. Die News, die sich öffneten, konnten nicht allesamt Fakes sein.

Landon Mulvaney hatte sich gestellt.

Für mich.

LANDON

Als sich die Tür öffnete, schob sich ein bierbäuchiger Brillenträger mit schmieriger Aktentasche in den kahlen Raum. Er trug die Tasche wie ein Schild vor seiner Brust und hielt direkt auf den Stuhl zu, als würde es ihn Anstrengung kosten, allzu lange aufrecht zu stehen.

Ich musste mich ziemlich zügeln, um nicht laut loszulachen, und strich mir daher über den Mund, damit dieser entspannte.

Der Anwalt ließ seine Aktentasche auf den Tisch fallen und sich selbst ebenso geräuschvoll auf den Stuhl plumpsen.

Das brachte mich immerhin zum Grinsen. »Hallo ... Gil«, begrüßte ich ihn.

»Hallo, Arschloch.«

»Hätte nicht gedacht, dass die Brille noch so gut sitzt.« Wir sprachen in unserer Sprache. Eine Sprache, die niemand sonst verstand, eigens für einen solchen Fall kreiert. Nur wenige Worte, die harmlosen, waren englisch und ansonsten klang es nach einer Mischung aus Isländisch und Latein. Falls jemand gegen das Gesetz verstieß und uns widerrechtlich abhörte, würde er vorerst Stunden damit beschäftigt sein, herauszufinden, dass es diese europäisch klingende Sprache überhaupt nicht in Europa gab – und auch nirgends sonst.

»Spar dir deine Witze, Landon. Ich habe ein Kartenspiel mitgebracht. Wer gewinnt, darf entscheiden, wer hier wieder rausgeht und wer bleibt.«

Ich zog seine Tasche zu mir heran und linste hinein. »Du hast wirklich eines mitgebracht. Und was willst du spielen? Poker?«

»Nein, irgendetwas mit mehr Strategie.«

Ich schob die Tasche wieder zurück, beugte mich nach vorne und lächelte zufrieden. »Du brauchst mich hier nicht rauszuholen. Sobald Jade von ihrem Ausflug zurück ist, bin ich so gut wie frei.«

»Willst du mir das erklären?«

»Nein, das verdirbt den Spaß.«

Seine Fingernägel wurden weiß, so kräftig ballte er die Fäuste. »Du weißt nicht, was du getan hast. Dein Gesicht ist überall im Fernsehen. Landon Mulvaney ist jetzt in ganz New York berühmt und jeder, der die Lokalnachrichten schaut, kennt dich auch in anderen Teilen dieses Landes.«

»Sie werden mich wieder vergessen.«

»Ha, ha.«

»Alter, *vertrau* mir.«

»Vielleicht ist es wirklich besser, wenn ich dich hier zurücklasse. Du hast die Freiheit nicht verdient.«

»Ich *werde* frei sein.«

Er stützte den Kopf in seine Hände und atmete bebend durch.

Ich beugte mich vor und griff an sein Handgelenk. »Mann, heulst du?«

Er stieß mich weg und blickte an mir vorbei zur Wand. »Nein. Aber wenn sie dich einbuchten, werde ich dir folgen und dich im Gefängnis umbringen. Diese Situation hier und deine überhebliche Fresse dazu überschreiten gewisse Grenzen.«

Ich stand auf, stützte mich mit der einen Hand auf den Tisch, legte die andere in seinen Nacken und zwang seinen Kopf dazu, mich anzusehen. *Eine der ersten Berührungen seit über einem Jahr. Es war immer zu gefährlich gewesen, sich zu treffen. Alles, was wir hatten, waren diese bescheuerten SMS. Und jetzt stand er vor mir. Ich hatte es endlich geschafft, voranzukommen, um ihn beschützen zu können.* »Stay cool«, sagte ich beruhigend. »Alles verläuft nach Plan. Niemals würde ich dich absichtlich verletzen. Du hättest nicht herkommen sollen. Wir haben abgemacht, dass du nur kommst, wenn ich dich anrufe, aber das habe ich nicht.«

Gils Blick glitt in meinen und er erkannte, dass ich die Wahrheit sagte.

Ich ließ ihn wieder los.

»Hat es etwas mit Jade zu tun?«, fragte er tonlos. Für ›Jade‹ benutzte er einen eigens kreierten Vornamen. Wir waren echte Meister darin, das FBI zu täuschen. »Du benutzt sie, um wieder freizukommen?«

»Besser.«

»›Besser‹, als Jade zu benutzen? Ich bin gespannt, Mulvaney.«

»Was soll ich sagen? Geh nach Hause, Gil-Boy, und genieße, indem du mir aus der Ferne zusiehst.«

JADE

Ich tippte ungeduldig mit den Zehenspitzen auf den Boden, während der Fahrstuhl im Schacht nach oben rauschte. Vermutlich hätte ich einen Plan formulieren sollen, mir überlegen, was ich sagen würde, stattdessen blieb ich vorerst still, als die Türen sich öffneten und einen selbstgefällig lächelnden, Maßanzug tragenden Landon Mulvaney offenbarten.

Locker, die Arme vor der Brust verschränkt, lehnte er gegen die Fahrstuhlwand und lächelte mich verwegen an.

Meine Wangen wurden heiß. Ob aus Wut oder Erregung, ich wusste es nicht.

Offenbar glaubte er, es käme einzig und allein von der Hitze, die sein arrogantes Auftreten in mir erzeugte, denn er schritt auf mich zu und beugte sich zu meinen Lippen vor.

Ich gab ihm eine schallende Ohrfeige, sodass die Haut meiner Hand entflammte und sein Kinn zur Seite schnellte.

Er verspannte augenblicklich, seine Lippen wurden schmal und seine Aggressionsbereitschaft schlug mir wellenförmig entgegen. Kurz fürchtete ich, er würde mich ebenfalls schlagen, und ich wich zurück, aber dann lächelte er wieder und die Angst verflog.

»Natürlich habe ich die verdient«, sagte er dunkel.

»Du hast abscheuliche SMS über mich geschrieben, die ich lesen konnte, weil du so dämlich warst, mein Geburtsdatum als Code zu verwenden, natürlich verdienst du die.«

Er sah mich verwundert an, doch ich ließ ihm keine Zeit für Fragen, sondern umschlag seinen Nacken.

Ich küsste ihn, wie ich noch nie einen Mann zuvor geküsst hatte. Ich liebte ihn, ich küsste ihn, er wusste es. Er hatte etwas getan, das ich ihm niemals zugetraut hätte, und war dabei so bescheuert vorgegangen, wie ein Mann es nur hätte tun können, aber ich verzieh ihm.

Er hatte alles riskiert, um mich zu beschützen, und ich wollte, dass das Gefühl, derart umsorgt zu werden, niemals wieder verschwand.

Als unsere Lippen sich lösten und sein Mund von meinem Lippenstift verschmiert worden war, weil ich mich nicht hatte zurückhalten können, blickte er erstaunt auf mich herunter.

»Und das habe ich auch verdient?«, fragte er raunend.

»Ich glaube, ich habe mich in dich verliebt, Landon Mulvaney. Du furchtbarer, risikobereiter, arroganter Vollidiot. Ist es das, worum es dir dabei ging? In mir diese schrecklich kitschigen Gefühle zu erzeugen?«

Seine Augen blitzten, als seine Lippen sich zu einem echten Lächeln weiteten. »Seitdem du sie das erste Mal berührt hast, kann ich mir nicht vorstellen, dass jemand anderes meine Eier noch einmal in die Hand nimmt. Also ja, ich musste dich haben, und dich ins Gefängnis gehen zu lassen, hätte dem ziemlich im Weg gestanden.«

In meinem Bauch begann es, heftig zu kribbeln, was sich ebenso heftig auf meinen Schritt auswirkte. »Aber ich hätte dich besuchen sollen, oder wie?!«

»Ich habe gekokst und nicht viel weiter gedacht als an dich.«

Er ist doch vollkommen irre! »Bitte schlaf mit mir, sobald du das Gespräch überstanden hast«, flehte ich.

Er küsste mich noch einmal und gab mir mit seinen sanften Lippen einen Vorgeschmack auf später. »Ich werde nicht nur mit dir schlafen, ich werde deinen Zustand so was von ausnutzen. Kennst du die Redensart ›jemanden in den Himmel befördern‹? Das wollte ich immer schon mal bei einem so widerspenstigen Mädchen wie dir ausprobieren. Außerdem glüht meine Wange, ich will eine Revanche.«

»Wollen Sie mich etwa züchtigen, Mr. Mulvaney«, flüsterte ich verführerisch und griff lustvoll in seinen Bizeps. »Ich war schließlich nur Ihretwegen ein böses Mädchen ...«

»Das würde mir ausgesprochen gut gefallen«, säuselte er und grinste noch breiter.

»Landon?« Die strenge Stimme meiner Mutter ließ uns auseinanderfahren, wobei er dicht an meiner Seite blieb.

Beschützend legte er eine Hand an meine Taille und setzte sogleich einen entschuldigenden Gesichtsausdruck auf. »Mrs. Carpenter, es tut mir leid, ich hätte nicht –«

»Nein«, sagte sie kühl.

»Und es war ein Fehler, die Beziehung zu Ihrer Tochter geheim zu –«

»Auch das.«

»Aber ich konnte nicht zulassen, dass sie ...«

»Das habe ich mitbekommen.«

»Ich liebe sie.«

Etwas glühend Heißes floss wie Lava durch meine Brust.

Meine Mutter schüttelte lächelnd den Kopf. »Und ausgerechnet für meine Tochter sind Sie bereit, Ihre gesamte Karriere zu riskieren?«

»Und noch mehr als das.«

»Ich bin beeindruckt, Mr. Mulvaney. Gehen Sie vor in mein Büro.«

Nur widerwillig ließ er mich los, hauchte mir einen Kuss auf den Scheitel und ging auf die Tür zu, auf die meine Mutter gedeutet hatte.

»Jade ...«, sagte sie tadelnd und seufzte auf. »Lass mich zugeben, dass ich bis zuletzt glaubte, du hättest das alles erfunden. In meiner gesamten Karriere habe ich es bisher nicht erlebt, dass jemand wie Landon so viel riskiert.«

Es war mir unmöglich, nicht wie ein verliebtes Eichhörnchen dazustehen und zu grinsen. Fuck, ich war unendlich verknallt. »Nein, Mom.«

»Du hättest wenigstens mit ihm über Professor Saltzman reden müssen!«

Sofort ließ ich mein Grinsen gefrieren. »Ich konnte nicht, Mom.«

»Ich weiß.« Sie seufzte auf und strich sich ein paar Strähnen aus dem Gesicht. »Ihr habt beide bei dieser Sache wirklich wie Kinder ...«

»Entschuldige«, unterbrach ich sie schnell.

»Ich bin ja froh, dass du Landon aus seiner verzwickten Lage wieder rausgeholt hast, aber ...«

»Bitte feuere ihn nicht!«

»Du überraschst mich, wirklich.«

»Ich mich selbst auch. Mom, könntest du dich bitte endlich mit Landon unterhalten? Ich platze vor Ungeduld.«

»Aber er wird nicht hier übernachten«, forderte sie mit einem strengen Ton.

»Mom. Ich bin vierundzwanzig Jahre alt.«

»Das geht wirklich zu weit. Ich *arbeite* mit ihm!«

Mein Grinsen wuchs bis zu meinen Ohren. »Das heißt, du feuerst ihn nicht?«

»*Ich* kann das sowieso nicht entscheiden. Aber …«

Ich sprang auf sie zu und umschlang sie mit beiden Armen. »Danke, Mom. Danke! Du bist die Beste! Danke!«

»Jade, bitte«, sagte sie pikiert. »Lass mich zuerst mit ihm sprechen.«

»Natürlich.« Ich ließ sie los und tänzelte zur Treppe. »Ach, und danke, dass du mir verzeihst!«

»Dieses Thema ist *längst* noch nicht erledigt, Madame! In Zukunft sind wir zueinander ehrlicher!«

Ich lächelte bezaubernd und sie schmolz aufgrund meines Charmes – oder eher wegen ihres schlechten Gewissens.

Meine direkte Kritik, dass ich mich nicht wahrgenommen und als Tochter ungeliebt fühlte, war zum richtigen Zeitpunkt gekommen; sie wagte es nicht einmal, mir wegen des Kokains eine Standpauke zu halten.

Ja, zusammen mit Landon, den sie sich sowieso als Schwiegersohn zu erträumen schien, war ich nun unschlagbar darin, sie zu manipulieren.

Einem wunderbaren Leben als aufgestiegene Jade stand nun nichts mehr im Wege. Selten hatte ich mich so gut gefühlt.

Landon zog den Rauch tief in seine Lungen ein und reichte mir den Joint zurück. Erst hatte er sich geweigert und behauptet, er wäre sämtlichen Drogen abgeneigt, dann hatte ich ihn ausgelacht und er klein beigegeben.

Das Marihuana verstärkte nur das glänzende Gefühl, das sich wie ein besonders fettes Wattebällchen in meiner Brust ausgebreitet hatte.

»Sie hat dir nicht mal die Kreditkarten gesperrt? Oder Hausarrest? Sie hat einfach *gar nichts* getan?«, hakte er nach.

»Hat sie dir etwas gesperrt?«, fragte ich neckend zurück.

Landon schüttelte den Kopf. Er lag nackt neben mir, die Decke nur bis zu seiner Hüfte gezogen, und hielt den Aschenbecher für uns in der Hand. »Ich glaube, sie liebt mich jetzt.«

Ich prustete los und erstickte mein Lachen mit dem Kissen.

Er stieg mit ein. »Erst der Kidnapper auf der Party, jetzt meine Opferheldenrolle wegen des Kokains ... Ich glaube, sie hätte nichts gegen eine Heirat.«

Ich lachte noch lauter, so heftig entlud sich all die Anspannung aus meinem Herzen.

»Ich hoffe, ich verstehe ihre Andeutungen richtig, nicht, dass sie *mich* heiraten ...«

»Hör auf!«, bat ich ihn erstickt, mit Tränen in den Augen. »Hör auf, hör auf!«

»Jade, du bist die Krönung«, sagte er und zog mich an sich. Seine Lippen glitten über mein Kinn, landeten auf meinen und ruhten dort für einen Moment. »Du bist die unglaublichste Frau, die ich jemals kennengelernt habe.«

»Und du bist der dümmste Mann. Wie kamst du dazu, alles für mich aufs Spiel zu setzen? Ich meine, wie dämlich ist diese Story? Ausgerechnet *du* zwingst mich, Kokain zu lagern ...«

»Ich bekam Panik und habe irgendeinen Stuss zusammengeschustert. Außerdem war ich verdammt high.«

»Tse, tse.« Ich strich eine Strähne seines dichten Haares aus der Stirn. »Du hättest meine Mutter sehen sollen, als ich ihr die Wahrheit sagte. Ihr fiel ein riesiger Stein vom Herzen. Ich glaube, sie liebt dich wirklich. Du ermöglichst es ihr, irgendwann in den Ruhestand zu gehen.«

»Das wird sie niemals freiwillig machen«, sagte er ironisch. »Außerdem kann ich sie nicht ersetzen. Sie ist viel zu ...«

»Streng?«

»Nein.«

»Hart?«

»Schon eher.«

»Bösartig?«

»Nicht unbedingt. Sie ist ... eben deine Mutter. Ich kann kein schlechtes Wort über sie verlieren. Hat sie dir die gesamte Geschichte abgenommen? Auch, dass du mir aus Scham nichts davon gesagt hast? Was wird sie im Büro sagen? Darüber hat sie sich sehr nebulös ausgedrückt.«

»Wie sie erklären wird, dass du so ein Trottel warst, und dich für mich gestellt hast?«

»Auch das.«

»Die Sache mit dem Kokain war ziemlich schlau von dir. So halten dich alle ab sofort für unzurechnungsfähig, wenn du damit in Kontakt kommst.«

Er lachte. »Ja, ich bin also doch nicht so dumm, hm? Nur scheint das das Ende meiner Karriere zu bedeuten.«

»Oooh«, machte ich zärtlich. »Das ist natürlich für den jungen, aufstrebenden Agenten ganz schlimm, oder?«

Er verdrehte die Augen. »Ich lebe schließlich davon.«

»Baby, meine Mom wird einfach um absolute Geheimhaltung und Rücksicht auf meine Intimsphäre wegen meiner traumatischen Erinnerungen bitten. Letztlich wird alles im Sande verlaufen, weil ich schließlich erpresst wurde. Du bist der liebevolle Retter in der Not, ich bin das arme Mädchen in Nöten. Allerdings muss ich wohl einige Sitzungen bei einer Psychologin über mich ergehen lassen.«

»Die hast du eh nötig.« Landon grinste fies.

Ich griff nach einem Kissen und warf es ihm lachend an den Kopf. »Du, Arschloch!«

Er lachte, nahm es von seinem Kopf herunter und legte es zur Seite. »Sie werden uns beide verhören.«

»Ja, stimmt. Wir sollten unsere jeweiligen Geschichten abgleichen.«

»In Ordnung«, sagte Landon und setzte ein übertrieben ernstes Gesicht auf: »Meine Geschichte: Ich habe gestern Nachmittag das FBI kontaktiert, als ich auf die Spur zu Saltzman gestoßen bin. Als ich herausfand, dass du etwas damit zu tun hast, rief ich dich an –aber es war schon zu spät. Saltzmans ›Kontaktmänner‹ – oder wer auch immer diese Toten im Hörsaal sind, das werden wir noch herausfinden – hatten ihn aufgespürt, ich musste selbst rein, dich beschützen, wir trafen in der Halle aufeinander. Ich wusste nicht, inwiefern man mich beobachtete, spielte dir also etwas vor. In der Toilette löcherte ich dich dann, um alles über deine Verbindung zu Saltzman zu erfahren. Aber du bliebst stumm. Hattest Kokain dabei. Um dein Vertrauen zu gewinnen, nahm ich eine Line. So solltest du glauben, ich würde dich niemals verraten. Dennoch hast du mir nicht anvertraut, was Saltzman ›dir angetan hat‹. Also musste ich denken, dass du eigenverantwortlich gedealt hast. Das Kokain stieg mir zu Kopf und ich fuhr wie wahnsinnig zurück ins Büro. Ich erfand eine dumme Geschichte, von wegen, dass ich dich gezwungen hätte, das Kokain zu lagern ... Ich glaubte jedenfalls, dir damit helfen zu können.«

»Wow.« Ich stieg selbst nicht mehr durch, was davon nun wahr war und was erfunden. »Aber du weißt schon, dass Saltzman mich nie wirklich ... gezwungen hat ...?«

»Natürlich«, sagte er blasiert. »Jetzt deine Geschichte.«

»Saltzman hat mich bedrängt und gezwungen, Kokain

für ihn zu verticken. Mir damit gedroht, meine Freundin Cicily sonst ebenfalls zu ficken. Und so was. Das habe ich meiner Mutter sofort erzählt und auch sofort erklärt, dass du nichts damit zu tun hast. Sie hat das Missverständnis bereinigt. Fertig.«

»Du musst dir sehr viel weniger merken als ich.«

»Quatschkopf!« Ich lachte und schlug ihm auf den Arm. »Ich muss mir ja deinen Scheiß auch in voller Länge merken!«

Er hielt mir die Hand vor den Mund. »Nicht so laut! Sie kann uns immer noch nachspionieren«, flüsterte er.

Ich nahm seine Hand herunter. »Du bist mir noch eine Erklärung schuldig. Okay, zwei.«

»Und zwar?«

Ich drückte den Joint im Aschenbecher aus und stellte diesen auf den Nachttisch, bevor ich meine Lippen auf seinen Oberkörper sinken ließ und ihn zu liebkosen begann. »Warum zur Hölle hast du mein Geburtsdatum als Sperrcode?«, murmelte ich.

Er antwortete nicht sofort. »Muss ich das erklären?«

Ich blickte zu ihm hoch. »Aber so habe ich dein Handy aus Versehen öffnen können und diese schrecklichen SMS gelesen! An wen zur Hölle waren sie und warum haben sie mein Herz gebrochen?«

»Wann hast du mein Handy geöffnet?«

»Gestern Nachmittag. Du wurdest angerufen und ich dachte, es wäre mein eigenes iPhone.«

Er schloss für einen Moment gequält die Augen. »Ich kann mir denken, was du gelesen hast.«

»Mhm.«

»Das ist eine ziemlich dumme Geschichte.«

»Ich will sie gerne hören.«

»Diese ganze Kokain-Sache ... ich bin da schon Monate dran. Ich wollte unbedingt das Rätsel knacken. Ich habe einen Freund, Gil. Anwalt ... Er hat mir geholfen. Immer, wenn es darum ging, einen richterlichen Beschluss durchzudrücken, wusste er, wie ... Also entstand eine Art Team. Und als wir die Spur in die Kreise deiner Freunde und Familie aufnahmen, war es naheliegend, mal auf eine eurer Partys zu gehen. Aber, fuck, ich habe nicht eine Sekunde geglaubt, dass du diejenige bist, die wir suchen. Ich habe ihm nie etwas gesagt, nur damit hingehalten, dass du etwas weißt. Und er meinte, ich solle dich ... ficken, um an Infos zu kommen. Wie auch immer. Es hat ziemlich dreckig geendet und am Ende habe ich ihm nicht mehr trauen können. Waren es diese SMS, die du gelesen hast?«

Ich nickte.

»Es tut mir leid, sie klangen bestimmt nach dem Macho, der ich leider bin, und waren damit nicht besonders einfühlsam.«

Ich nickte.

»Wo warst du eigentlich die Nacht über? Ich meine, du kamst erst heute Morgen nach Hause, stimmt's?«

Fuck, er erwischte mich auf kaltem Fuß. »Ich habe mich betrunken und weiß nicht mehr viel.«

Sein Unterkiefer verspannte sich. »Ein anderer Kerl?«, brummte er.

»Eine andere Frau. Cicilys ... Freundin. Ich habe ihren Namen vergessen.«

Er hob eine Braue. »Du bist bi?«

Ich lachte. »Mein Gott, nein! Wir waren nur zusammen tanzen. Würdest du dir das etwa wünschen?«

Er schien darüber nachzudenken. Ich würde zu gerne wissen, was er vor seinem inneren Auge sah. »Nein. Nein, nur wenn du es wolltest.«

»Die Standard-Antwort eines braven Mannes.«

Er umfasste meinen Oberarm und zog mich an sich, sodass er mir eindringlich in die Augen sehen konnte. »Ich meine es ernst. Etwas in mir schreit laut Nein bei dem Gedanken, ich müsse dir dabei zusehen, wie du eine andere Frau küsst und ... die mich küsst. Nein. Echt nicht, das ist nicht mein Ding.«

»Du hattest noch nie einen Dreier ...?«, fragte ich neugierig.

Dieses Mal verbarg er die Wahrheit nicht schnell genug. Ich sah deutlich, wie er etwas verschwieg. »Trotzdem. Du würdest mich nicht glücklich machen, wenn du das nächste Mal eine Frau mitbringst.«

»Und einen ... Kerl?«, fragte ich neckend.

»Auch nicht«, erwiderte er grinsend und warf mich plötzlich herum. »Wobei ich manchmal glaube, du würdest dir wünschen, ich könnte mich einfach verdoppeln ...« Er wanderte mit dem Kopf unter die Decke und drückte meine Beine auseinander.

Ich erschauderte. Nicht nur, weil seine Küsse meine Scham berührten, sondern auch, weil das schlechte Gewissen in mir nagte, ihm zu erzählen, dass zumindest die Vorstellung, er könnte sich verdoppeln, gar nicht mal so unrealistisch war.

Aber sollte ich es ihm sagen?

Musste ich es tun?

Oder fiel das in die Kategorie ›blöder Zufall‹ und ›alkoholverursachter Ausrutscher‹, der jedem einmal passieren konnte?

Noch hatte ich keine Antwort. Und ich würde auch keine finden, wenn Landon weiterhin so leidenschaftlich mit mir schlief. Ich hatte viel zu große Angst davor, etwas zu zerstören, das ich nicht zerstören wollte. Vielleicht niemals mehr.

ICH, 08:20

Mir geht’s gut, danke der Nachfrage.

ICH, 09:15

Habe ich dir nicht gesagt, dass sie mich raushauen wird?

Und du hast dir Sorgen gemacht! ;-)

Jade ist einfach die Beste. Auf sie ist Verlass.

Und nun habe ich ihr Vertrauen.

ICH, 08:13

Alter, wie viele Tage brauchst du noch, um diese Scheißapp auf deinem neuen Handy zu installieren?

ICH, 08:23

Gil?

ICH, 07:58

Herzblatt?

ICH, 08:04

Schnuckibär?

ICH, 17:04

Mann, ich will erst mal wissen, ob es dir gut geht, bevor ich anfange, die Bücher zu suchen. Was bringen mir die Beweise, wenn du sie nicht mit mir sichtest?

ICH, 17:06

Ach so, übrigens hab ich sie. Wir sind unsterblich verliebt.

😇

Wie gesagt, ich warte nur noch auf dein Lebenszeichen.

ICH, 23:56

Alter ....

ICH, 08:12

WO STECKST DU, MANN!

ICH, 08:34

Fuck. Ich bekomme Liebeskummer.

ICH, 17:45

😢

Lass mich nicht hängen!

ICH, 23:01

Hab alle Plätze abgesucht, die wir mal als Notbriefkästen festgelegt haben. Wie du weißt, hast du mir keine Nachricht hinterlassen.

ICH, 02:25

Aber, Alter, ich wüsste es, wenn du tot wärest.

ICH, 08:02

Gleich rufe ich die Polizei.

Haha.

ICH, 08:02

Fuck! 10 Tage, Mann!

ICH, 07:37

11 Tage.

ICH, 02:13

Ich muss dir was gestehen …

ICH, 02:14

Kann ich jetzt ja machen, weil sich die SMS eh löschen, bevor du sie liest. Ganz gut, dass wir das so implementiert haben, Jade konnte nämlich mein Handy öffnen.

ICH, 02:14

Ich heule nachts.

ICH, 02:16

Ist kein Witz.

ICH, 02:23

Fuck, Alter.

ICH, 03:37

Ich kann nicht schlafen, Mann, wo bist du?

ICH, 03:46

Ich heule nachts nicht, weil ich ein Baby bin, sondern weil es verdammt noch mal möglich ist, dass du tot bist oder du meine Hilfe brauchst, aber wir wissen beide, dass ich nichts tun kann, solange die Polizei oder das FBI nichts findet.

ICH, 03:59

Ich brauche dich. Sorry, aber du kannst nicht einfach sterben …

ICH, 08:37

Mehr als 2 Wochen … dein Ernst?

ICH, 18:50

Jade kriegt schon mit, dass was nicht stimmt.

Ich kann nicht mehr so tun, als wäre alles okay.

ICH, 08:13

Okay, ernsthaft, ich habe ihr abgesagt. Ich kann keine Sekunde mehr klar denken.

ICH, 17:31

Bruder …

ICH, 02:14

Apropos Jade … sie konnte mein Handy öffnen, weil sie meinte, mein Code wäre ihr Geburtsdatum.

ICH, 02:14

Und es ist tatsächlich so. Ich meine, ihr Geburtsdatum, unser Geburtsdatum …

?!

Ist ’n bisschen sehr spooky, was?

ICH, 08:10

Bro ....

ICH, 01:27

Weißt du noch, als wir Kinder waren.

Und du von dieser Pflegefamilie mitgenommen wurdest ...

ICH, 01:27

Das waren die heftigsten Scheißwochen meines Lebens.

ICH, 02:16

Ich bin abhängig von dir.

Durch meine Lunge fließt dein verschissener Atem.

ICH, 08:03

Bitte fick mich nicht noch länger mit deiner Abwesenheit.

ICH, 07:37

Gilly?

GIL-BOY, 01:11

Mann, du Heulsuse. Ich hatte gerade einen Nachrichteneingangs-Boost. Du hast vergessen, dass die Nachrichten auf dem Server länger als fünf Stunden gespeichert und nur auf dem Handy gelöscht werden.

ICH, 01:11

Oh.

Wie peinlich.

Wo hast du gesteckt, du elender Hurensohn!

GIL-BOY, 01:12

Bitte beleidige nicht unsere Mutter. Ich hab doch gesagt, dass deine hässliche Fresse überall im Fernsehen kam. Ich bin untergetaucht, wollte sichergehen, dass niemand Verdacht schöpft.

ICH, 01:12

Und wo zur Hölle warst du?!

GIL-BOY, 01:13

Chicago.

Hast du die Beweise?

JADE

»Ich glaube, ich werde Terrence heiraten.«

Naomi und ich sahen uns an und mussten uns zwingen, nicht laut loszulachen. Wir dachten dasselbe.

»Ihr lacht, aber er wird mich fragen. Ganz sicher.«

Oh ja, das war so sicher wie das Amen in der Kirche. »Cicily-Schatz«, begann ich vorsichtig, »du hast Geld, Terrence' Familie hat nicht sooo viel Geld ...«

»Er wird mich heiraten!« Sie streckte mir die Zunge heraus. »Vielleicht fängst du ja den Brautstrauß?«

Mein Lachen gefror.

»Oh ja, das will ich sehen«, sagte Naomi mit leuchtenden Augen. »Mr. Secret Landon, der märchenprinzenhaft deinen Arsch gerettet hat, wird der Mann deiner Träume. Genial! Bitte mach eine *richtig* große Party draus, ja? Richtig groß.«

Ich lächelte gezwungen. »Ja, ich sag's Landon gleich sofort. Meint ihr, ich soll ihm die zehnte Nachricht schreiben, die er nicht beantwortet, oder doch noch ein sechstes Mal auf die Mailbox quatschen?«

»Er wird sich schon melden«, sagte Naomi mitleidvoll. »Du hast gesagt, irgendetwas stimmt nicht mit ihm. Und du hast nicht das Gefühl gehabt, dass er dich betrügt.«

»Weiß ich's?«, fragte ich.

»Tut er nicht!«, rief Cicily. »Er hätte sich niemals für dich gestellt, wenn er es nicht ernst meinen würde.«

Ja, das stimmt zwar, aber ... Landon hatte sich rar gemacht und seit drei Tagen gar nicht mehr gemeldet. Es war mir vorgekommen, als hätte ihn ein Virus befallen. Er wirkte fahrig, unausgeschlafen und erschöpft.

Statt darauf zu drängen, dass er mit mir redete, hatte ich geglaubt, es wäre besser, wenn ich ihn in Ruhe ließe, mit dem Ergebnis, dass er sich ganz zurückgezogen hatte.

Mittlerweile wäre ich so weit gewesen, mich ihm anzuvertrauen, aber er ...? War ein Mann und nach außen hin gerne das über alles erhabene Arschloch, wer wusste schon, ob er es ertrug, Schwäche zu zeigen. *Wobei ... wohl eher nicht.*

»Mädels, ich lasse euch kurz allein.«

Naomi sah mir besorgt hinterher, als ich aufstand und ins Bad ging. Wir waren längst fertig damit, uns zurechtzumachen. Eine jede von uns trug ein wunderschönes Abendkleid. Naomi hatte ich eines geliehen. Mein eigenes hatte ich im Geheimen für Landon ausgesucht – tiefblau, eng anliegend – und noch trug ich keinen Slip darunter. Aber er würde es wohl nicht zu Gesicht bekommen.

Ich setzte mich auf die Toilette und drehte mein neues iPhone in den Händen. Mein erwachtes Gewissen sagte mir, dass ich es nicht tun sollte, aber die Untätigkeit machte mich viel zu krank, als dass ich das Richtige tun *könnte*.

Als ich es anschaltete, wurde ich noch nervöser.

Er hatte zurückgerufen – mehr als einmal.

Die Vorstellung, wieder mit ihm zu sprechen, ließ meinen Magen rumoren. Und ich wusste, dass ich es nicht nur deswegen tat, weil ich mir um Landon Sorgen machte – wie sollte mir Caleb auch dabei helfen?

Bereits als er abnahm, fühlte es sich wie Betrug an. Fuck.

»Ist das deine neue Nummer?«, fragte Landons Stimme mich.

»Ja«, antwortete ich knapp.

»Wie oft hast du versucht, mich zu erreichen?«

»Ist das wichtig?«

»Nein, wenn es sich erledigt hat, nicht.«

»Ich glaube, es hat sich erledigt.«

Schweigen. *Warum legte ich nicht einfach auf?*

»Komm runter«, sagte er. »Ich stehe vor der Tür.«

»Bitte?!«, rief ich, aber er hatte schon aufgelegt.

Ich war hin- und hergerissen zwischen dem Bedürfnis, nach unten zu gehen und zu überprüfen, ob Caleb wirklich da war, und dem Bedürfnis, ihn nicht wiedersehen zu wollen.

Klar, welches von beiden gewann.

Keine fünf Sekunden später hatte ich Cicily und Naomi vertröstet und den Fahrstuhl gerufen. Ich dachte schlauerweise nicht daran, eine Jacke mitzunehmen, dementsprechend kalt war es, als ich nach draußen trat. Gäste meiner Mutter kamen mir entgegen und begrüßten mich reserviert und höflich. Nach dem Aufsehen um meine Person versuchte sie mittels einer Party zu zeigen, dass wir kein schlechtes Gewissen zu haben brauchten. Dass das mir gegenüber wenig taktvoll war, ›traumatisiert‹ von Professor Saltzman, wie ich angeblich war, kam ihr dabei nicht in den Sinn. Ich blickte mich um und bemerkte eine Gestalt ein paar Schritte entfernt vom Eingang, die eine Zigarette rauchte, deren glühendes Ende im Schatten flimmerte.

Langsam ging ich auf ihn zu. Caleb drehte sich, durch meine hallenden Schritte auf mich aufmerksam geworden, zu mir um.

Ein wahrer Schock traf mich, weil es Landon war, der mich musterte. Sein Blick huschte über mein Auftreten, sein Gesicht lag dunkel da.

Aber kein Zweifel: Vor mir stand die beste Kopie Landon Mulvaneys, die es geben könnte. Vielleicht war er es sogar.

War er es?

Caleb trug einen perfekt sitzenden Anzug, noble Schuhe und eine protzige Armbanduhr. Seinen Bart hatte er gestutzt, sodass seine Gesichtszüge nahezu freilagen und die Ähnlichkeit zu Landon offenbarten. Die Haare waren länger als beim letzten Mal und auch das fehlende Cappy unterstrich, wie sehr er seinem Bruder glich.

Ich blieb verunsichert vor ihm stehen und bemerkte glücklicherweise eines seiner Tattoos am Unterarm, als er in seine Jacketttasche griff und mir seine Schachtel anbot.

Ich rauchte nicht. »Nein, danke.«

»Ist auch ziemlicher Shit«, sagte er lächelnd und warf seine eigene Kippe in den Rinnstein. »Hättest du nicht lieber deinen Bademantel anbehalten können?«

»Meinen was?«

»Das Foto auf Instagram, mit deinen Freundinnen zusammen.«

Wow, er stalkte mich? »Würde ich dann in dir den Wunsch erzeugen, mich zu verführen?«

Er lächelte noch breiter. »Nein«, sagte er nur und blickte direkt in meine Augen.

Die Energie zwischen uns verdichtete sich. Wie sollte es mir auch möglich sein, ihn nicht wahnsinnig attraktiv zu finden, wenn er doch wie Landon aussah?

Zusätzlich sorgte seine dunkle Ausstrahlung für ein unangenehmes Prickeln in meinem Nacken.

»Nimm mich mit hoch«, forderte er plötzlich.

»Wie bitte?«

Er schwieg wieder.

»Du kannst nicht hochkommen. Landon ist da.«

»Bei mir funktionieren diese Lügen nicht.«

»Er könnte dort sein.«

»Eben. Ich werde seinen Platz einnehmen.«

»Warum?!«

»Du machst dir doch Sorgen um ihn, oder? Wir können oben darüber reden.«

»Wir können auch hier darüber reden. Woher weißt du davon?«

Caleb trat an mich heran und legte eine Hand an meine Taille. Er *roch* sogar nach Landon und doch reizte er mich auf eine ganz andere Art und Weise. »Ich bin nicht hier, weil ich auf eine Party gehen will, Jade«, raunte er in mein Ohr. »Du kannst mich mit nach oben nehmen oder ich gehe alleine. Hineinlassen wird man mich so oder so.«

»Wow, was bist du nur für ein Schlitzohr«, sagte ich spöttisch und trat zurück. »Du willst dich als Landon ausgeben? Ich enttarne dich innerhalb weniger Sekunden.«

Er lächelte amüsiert. »Und wie?«

»Deine Augen! Landon hat keine grünen Augen!«

»Das ist mal ein Anhaltspunkt. Schließlich sind alle ganz vernarrt in meinen Bruder und können dir zu der Augenfarbe auch seine Schwanzlänge verraten.«

»Du unterschätzt das maßlos.«

»Ich mag *dich* unterschätzen. Fakt ist, ich brauche eine gute Begründung, weshalb du in der Bronx aufgetaucht bist. Wie ich es dir sagte ... meine Freunde sind neugierig geworden. Und jetzt liefere ich ihnen diese Begründung, indem ich so tue, als würde ich das Gebäude auskundschaften. Ganz einfaches Spiel.«

»Wer sagt mir, dass du es nicht wirklich tust?«

»Dein Gefühl. Das Kleid, das du trägst, lässt mich sowieso nur an eine Sache denken.«

»Nein«, sagte ich schnell. »Ich bin vergeben. Und glücklich. Und du musst deinen Freunden eine andere Ausrede bieten.«

Sein Grinsen wurde spöttisch, als würde er meinen Worten nicht eine Sekunde Glauben schenken. »Die Gefahr ist zu groß, dass sie erfahren, dass es Landon gibt. Und wenn sie ihn einmal in die Finger bekommen, werden sie augenblicklich von mir fordern, seinen Platz einzunehmen.«

»Seinen Platz?«

»Beim FBI.«

»Das wird niemals möglich sein!«

»Es ist viel einfacher, als du denkst. Vorausgesetzt, Landon selbst funkt nicht dazwischen.«

»Willst du andeuten, dass ihr ihn töten würdet, um ihn zu ersetzen ...?«

»Dass es hier um sein Leben geht, ja. Nimm mich mit hoch.«

»Du bist ein durchtriebener Wichser, weißt du das?«, fauchte ich.

»Nein. Denn dann würde ich auf das Leben meines Bruders und dein zartes Herz scheißen.« Er bot mir den Arm an.

»Landon trägt nie einen Zehn-Tage-Bart.«

»Zeiten ändern sich.«

»Ich kann nicht so tun, als ob ...!«

Er zog mich mitten vor der Glastür an sich und presste seine Lippen auf meine. Caleb schmeckte nach Rauch und Pfefferminz, so ganz anders als sein Bruder, und doch war es, als würde ich Landon küssen. Nein, nicht ganz. Caleb war sanfter und seine Küsse brannten mehr – weil ich es mir eigentlich verbot und weil ich gerade von ihm nichts Sanftes erwartete.

Der Impuls, mich an ihn zu schmiegen, wurde so mächtig, dass die Unterdrückung dessen schmerzte. Ich wusste nicht, wieso ich so schwach war und die Sehnsucht in mir aufkeimte, obwohl ich glaubte, glücklich mit Landon zu sein.

Plötzlich hatte ich das Gefühl, allem entfliehen zu wollen. Und zwar *mit* Caleb an meiner Seite.

Fuck. Ich konnte nicht anders. Ich erwiderte seinen leidenschaftlichen Kuss und genoss es, dass er mich berührte. Immer mehr Gefühle entstanden in meinem Körper, die es unmöglich machten, mich von seinen Lippen, von seiner Zunge zu trennen.

Hatte ich ihn etwa ebenso vermisst, wie ich Landon gerade vermisste?

Und es mir nur nicht eingestehen wollen?

Nein! Quatsch! Mit Landon war ich *zusammen*, Caleb hingegen war nur ein One-Night-Stand gewesen, mit dem ich Landon gerade betrog.

Ich löste mich und es war, als würde ich Magnete gewaltsam voneinander trennen wollen. »Bitte«, flüsterte ich.

Seine grünen Augen funkelten im Kronleuchterlicht der Eingangshalle. Er sah so unglaublich schön aus, dass ich es kaum ertrug, die folgenden Worte zu sagen.

»Du darfst mit hochkommen«, wisperte ich. »Aber bitte, küss mich nie wieder.«

Caleb streichelte mit einem Daumen über meine Wange. Seine Berührung war so zärtlich, dass ich das Gefühl hatte, seine Finger bestünden aus Federn. »Wenn du wüsstest, dass er all deine Ehrlichkeit nicht ansatzweise verdient, könnte ich dir das versprechen.«

»Du hast keine Ahnung, wer er ist und wie er sein kann. Alles, was du in ihm siehst, ist dein verhasster Bruder.«

Caleb schüttelte den Kopf. »Gehen wir?«

GIL-BOY, 18:35

Bin drin.

CALEB

Es war, als würde ich eine andere Welt betreten, als ich mich von Jade in ihr Penthouse führen ließ. Drei Wochen in Chicago gingen nicht spurlos an einem vorbei: Die Arbeit des Syndikats war dreckig, der Cousin von Silva, der in Detroit regierte, ein sadistisches Schwein, und ich, der keinerlei verbrecherische Ambitionen hegte, hatte mich zu den schäbigsten Arbeiten überwinden müssen. Aber es war sicherer gewesen und außerdem ertrug ich den Umstand nicht, dass Landon gewonnen hatte.

Ich brauchte Zeit, um mich zurück auf unser Ziel zu besinnen. Ich brauchte Abstand – nicht nur von ihm und New York, sondern vor allem von Jade. Aber wem machte ich eigentlich etwas vor? Kaum war sie vor mir aufgetaucht, konnte ich mich nicht mehr von ihr lösen. Und die Vorstellung, sie zu ficken, war nichts gegen den Wunsch, sie noch besser kennenzulernen. Am besten gleichzeitig, am besten in der Rolle, die Landon gerade einnahm.

Fuck, ich war am Arsch. Ich durfte nicht eifersüchtig auf meinen Bruder sein, aber genau das war es, was meine Brust erfüllte. Pure Eifersucht. Ich wollte ihm Jade entreißen und mit ihr fliehen – fast hätte ich sie über ihn gestellt.

Aber nur fast.

»Du musst aufhören, mich so anzusehen. Bitte.« Jade führte mich durch eine riesige Küche in ein leeres Esszimmer. Die Gäste hatten sich nebenan im Salon versammelt.

Ich konnte nicht aufhören, ihren perfekten Körper in diesem viel zu engen Kleid zu betrachten, und versuchte es auch gar nicht.

»Caleb!«, zischte sie.

Ob ich sie einfach fickte? Ihr bewies, dass es sehr wohl einen Unterschied machte, ob sie wahrgenommen wurde oder wie von meinem Bruder nur ausgenutzt?

»Hör auf!« Ihre Wangen schimmerten blutrot.

Ich konnte nicht. Schon gar nicht damit aufhören, mir vorzustellen, wie sie vor mir lag. Ich spürte, wie all die Anspannung der letzten Wochen ein Ventil fand. Ich wollte Jade spüren. Verdammt, ich konnte nicht mit ihr reden oder ihr etwas erklären, ich wollte mich ohne große Worte mit ihr vereinen wie in der Nacht vor drei Wochen. Ich hatte nicht nur Sex gehabt, nicht nur einen guten Fick. Dieses Mädchen erzeugte – seit ich sie das erste Mal gesehen hatte – mehr in mir als alle anderen Frauen zuvor.

Das dunkle Mahagoni des Tisches bot den perfekten Untergrund für ihre weiße Haut. »Leg dich auf den Tisch«, forderte ich leise, auch wenn ich wusste, dass es falsch war, sie zu befehligen.

In ihren Augen erwachte Panik. »Das werde ich nicht tun. Du wolltest reden. Was ist mit Landon passiert? Und hör auf, mich *so* anzusehen!«

»Landon geht mir gerade am Arsch vorbei – und dir auch. Hören wir lieber damit auf, das zu ignorieren.« Ich wurde noch leiser. Die in Fahrt kommende Party übertönte unsere Geräusche.

Als ich auf Jade zuging, wich sie zurück.

»Möchtest du das wirklich herausfordern?«, fragte sie. »Mein Körper will dich nur, weil du so aussiehst wie er.«

Ich lachte spöttisch. »Ich *bin* aber nicht wie er. Das hast du doch schon festgestellt.«

Jade klammerte sich an eine Stuhllehne. Ihre Beine wirkten noch länger in diesen High Heels und ungemein sexy. »Ich hätte gedacht, dass dir mein freier Wille mehr bedeutet.«

Ihr freier Wille ...?! Mit einem großen Schritt trat ich um sie herum, legte eine Hand auf ihren Bauch, eine auf ihre Lippen, sie schrie überrascht, aber ich erstickte das Geräusch mit meinen geschlossenen Fingern. Mein Mund dicht an ihrem Ohr. »Es geht hierbei nicht um deinen Willen, sondern um meinen, der mich mit aller Macht versucht davon abzuhalten, dich zu beschützen. Wenn du glaubst, du bist die einzige Gefangene in einem Schloss, muss ich dich enttäuschen. Aber ja, ich scheiße auf deinen freien Willen, und es liegt an dir, ihn mich nicht brechen zu lassen. Ich selbst bin viel zu schwach, um dir zu widerstehen.«

Ihr runder Arsch drückte an meine Lenden. Sie blieb stumm.

»Du konntest nicht ahnen, dass ich hier aufkreuzen würde«, ergänzte ich raunend. »Niemand wird je erfahren, dass du wusstest, dass ich Caleb und nicht Landon bin. Lass uns einfach diesem Druck nachgeben und es tun.«

Jade stöhnte, riss an meiner Hand vor ihren Lippen, während ich mit der anderen unter ihr Kleid glitt. Mein Schwanz wurde hart, als ich spürte, dass sie keinen Slip trug. Ich streichelte sie zwischen ihren Beinen und wünschte mir sehnlichst, sie hätte sich für mich ohne Unterwäsche in dieses Kleid gehüllt. Die Erkenntnis, dass dem nicht so war, schmerzte bitter, und ich nahm meine

Hand zurück, gerade als sie ihr Bein hob und mit voller Wucht auf meinen Fuß trat.

»Fuck«, keuchte ich und ließ sie los.

Schnell wand sie sich aus meinem Griff und brachte den Tisch zwischen uns. »Fass mich nie wieder an!«

Mein Fuß schmerzte tierisch. »Kein Problem.« Aber ich überspielte es gekonnt. »Ich halte mich daran, wenn du es tust.«

»Ich habe nicht damit angefangen!«

Ich hob eine Braue und lächelte schief.

»Das vor drei Wochen war etwas anderes! Ich war betrunken und du hast das ausgenutzt!«

»Ich weiß«, sagte ich und richtete meinen Anzug. »Dann solltest du heute Abend nüchtern bleiben, Prinzessin.«

Jade richtete sich stolz auf, als könnte sie mich allein durch ihre gerade Haltung vergessen lassen, dass ihr Schritt nass gewesen war. Mein Aussehen allein war es nicht, das sie erregte.

Ich beobachtete die junge Carpenter dabei, wie sie sich zu fassen versuchte und auf die Tür zustolzierte. Damenhaft langsam, aber mit resolutem Gang, entfernte sie sich von mir, sodass mir noch eine Weile blieb, um ihre Silhouette zu betrachten. Das schwache Licht im Raum spielte mit ihrer blassen Haut und das Kleid funkelte, als wäre es aus Wasser und würde sich bei jedem Schritt neu formen, um ihrem kurvigen Körper gerecht zu werden.

Bei der Tür angekommen, stieß sie sie plötzlich zu, schloss ab und drehte sich zu mir um.

Ihr Blick funkelte voller Entschlossenheit. Mit großen Schritten kam sie zu mir, griff an meinen Gürtel und zog die Schnalle auf.

»Moment«, sagte ich knurrend, umfasste ihre Hände

und drückte sie zur Seite. So fest, dass sie keuchte. »So spielen wir das Spiel nicht.«

»Ich will es.« Sie jammerte ergeben. »Ich will es so sehr, dass es keinen Sinn macht, es zu leugnen.« Jade versuchte, mich zu küssen, aber ich hielt sie mit einem Griff um ihr Kinn davon ab.

»Was *genau* willst du?«

»Dass du mit mir schläfst.« Jades Stimme bebte bei ihren Worten. »Ich kann niemandem treu sein, dafür bin ich offenbar nicht geschaffen, und wenn ich jetzt rausgehen und dich stehen lassen würde, müsste ich mich abkühlen und ich würde dabei definitiv an dich denken und es wäre dreckig und verrucht und niemand kann mir sagen, ob das nicht ebenso ein Betrug wäre.«

»Abkühlen steht dafür, dass du es dir selbst besorgst?«

Sie nickte. Ihre Wangen leuchteten noch immer rötlich, so viel Blut schoss ihr in den Kopf.

Sollte ich sie so leicht bekommen?

»Du bist mir auf den Fuß getreten«, erinnerte ich sie lächelnd. »Nicht ganz das Vorspiel, welches ich mir vorstelle.«

»Lass es mich wieder gutmachen«, flehte sie flüsternd und ihre Hände wanderten zurück an meinen Körper, hin zu meinem Gürtel. »Bitte, Caleb.«

Konnte es sein, dass sie sich so schnell umentschieden hatte? Dass sie sich vom treuen Girlfriend in das nach Sex lechzende Mädchen gewandelt hatte? Oder war das ein Trick? Das Einzige, was mich an ihrem Verhalten störte, war die Tatsache, dass ich jeden anderen Mann töten würde, der ein solches Verlangen nach einer Affäre in ihr auslöste.

In meiner Brust mischten sich Wut und Eifersucht zu einem gefährlichen Cocktail. Ihre Treue Landon gegenüber war vollkommen unangebracht, aber ich war nicht er und ich musste sie ganz besitzen.

Wieder hielt ich ihre flinken Finger davon ab, meinen Gürtel zu öffnen. Die Wut in meiner Stimme konnte ich kaum unterdrücken. »Geh auf die Knie.«

Sie erschauderte und sah mich aus großen Augen an. Die perfekten Augen, um ihren Mund zu ficken.

»Sofort.«

Jade sank nach unten. In dem Moment wusste ich, dass sie nicht spielte und dass ihr Wille vollkommen in meiner Hand lag. Sie vertraute mir. Mehr als meinem Bruder.

»Öffne meinen Gürtel.«

Ihre Finger zitterten, als sie die Schnalle löste und meinen Reißverschluss nach unten zog. Nahezu schüchtern erfühlte sie die harte Erektion unter den Shorts. Was war los mit ihr? Eben wehrt sie sich noch mit Händen und Füßen, jetzt gibt sie sich als Jungfrau?

Ich nahm meinen Schaft in die Faust. »Mund auf«, verlangte ich und schob ihr meine Länge zwischen die Lippen.

Shit, tut das gut.

Jades Lippen umschmeichelten meinen Schwanz zart und fühlten sich so viel unschuldiger an, als sie es tatsächlich waren. Ihre Zunge schmiegte sich um meine Spitze und sie selbst war es, die danach gierte, ihn tiefer in sich aufzunehmen.

Langsam kam sie mir entgegen, bis mein Schwanz an ihren Rachen stieß. Sie stöhnte laut auf, als wäre sie mit dieser Berührung im Paradies angekommen.

Ich hielt meine Hände vorerst locker um ihren Kopf gelegt, denn ich war neugierig, wie sie sich ohne weitere Führung verhielt. Auch wenn ein Teil in mir wach blieb und darauf achtete, die geringste Spur eines Hinterhalts rechtzeitig zu bemerken, konnte ich mich endlich fallen lassen.

Wenn das hier ein Blowjob gewesen wäre wie jeder andere, hätte er mich nicht berührt. Aber es kam mir so vor, als hätte Jade noch niemals etwas lieber tun wollen, als meinen Schwanz zu lutschen. So hingebungsvoll, wie sie die Augen geschlossen hielt, und so süßlich ihr ersticktes Seufzen klang, so intensiv bewegte sie ihre Lippen über meine Länge, als wäre das ihre einzige und die einzig wahre Vorstellung von Sex.

Ich hätte ihr ewig dabei zusehen können, wie sie meinen Schwanz in sich aufnahm und wieder gehen ließ und wimmerte, wenn ich mich zu weit aus ihr entfernte. Sie rutschte nach, damit sich der Abstand zwischen uns verringerte, und presste ihre Lippen noch enger zusammen, sodass die Reibung sich intensivierte.

Das hier ist wirklich der Himmel.

Hatte ich eben noch darüber nachgedacht, wusste ich jetzt sicher, dass ich sie nicht mehr gehen lassen würde. Allein die Vorstellung, irgendein anderer Wichser käme in den Genuss dieses Blowjobs, ließ das Blut in mir hochkochen und noch härter werden.

Sie gehört mir.

Es gab nur einen, mit dem ich sie selbstverständlich teilen würde.

Als die Geräusche an der Tür Jades süßliches Stöhnen übertönten, wusste ich, dass ich mich zu lange von ihren gierigen Lippen hatte ablenken lassen. Jemand öffnete mit einem Dietrich oder ähnlichem Hilfsmittel die verschlossene Tür.

Wer auch immer uns gleich stören würde, um nichts auf der Welt konnte ich Jade davon abhalten weiterzumachen. Also setzte ich Landons überhebliches Grinsen auf, sodass kein Zweifel bestand, was hier gerade lief, und freute mich fast, Jades Mutter ins Gesicht sehen zu können.

Ihre Tochter in den Mund zu ficken, wäre ein netter Beginn unserer endlosen Rache.

Aber nicht ihre Mutter erschien, sondern er. Blitzschnell hielt ich Jades Kopf fest, sodass sie sich nicht mehr rühren, geschweige denn umsehen konnte, und pumpte unwillentlich kräftiger in sie.

Ihr hemmungsloses Stöhnen, der entsetzte Blick meines Bruders und ihre verdammt enge Kehle ließen mich kommen.

Ich spritzte ab und fühlte mich dabei so gut wie eine ganze Ewigkeit nicht.

LANDON

Möglicherweise blickte ich ja in einen Spiegel, aber nein, leider war es nicht mein Schwanz, den Jade gerade mit ihren vollen Lippen vögelte. Es war nicht mal irgendetwas anderes an meinem Körper, das sie liebkoste. Sie saß tatsächlich da, auf dem Boden dieses Esszimmers, in der besten Manier einer Hure und blies meinen Bruder in den Himmel.

Keine Ahnung, was ich die nächsten Sekunden empfand. Fakt ist, dass ich jeden anderen, den ich hierbei erwischt hätte, erschießen würde. Und zwar kalt und rücksichtlos mit der Waffe, die ich trug.

Das hier allerdings kam so unerwartet, so vollkommen überraschend, dass mir zum ersten Mal in meinem Leben keine Idee kam, wie ich vorgehen sollte.

Ein Stich in meiner Brust verriet mir, dass ich längst nicht mehr das kaltblütige Arschloch von vor ein paar Wochen war. Ich würde es niemals laut zugeben – vor allem nicht vor Caleb, diesem hinterhältigen Arschloch – aber es verletzte mich, zu erfahren, dass Jade mich derart leicht mit ihm verwechselte.

War doch nicht alles gespielt gewesen? Hatte ich *nicht* immer nur gelogen, egal welche Worte ich fand? Hatte ich.

Ich hatte sie so sehr gelinkt, dass es mir egal sein müsste, wenn sie auf Calebs schlechte Imitation von mir hereinfiel – wie so gut wie jeder andere Mensch auch.

Aber ...

Mein Bruder hatte ihren Kopf umgriffen und entlud sich mit leidenschaftlichen Stößen in ihr. Mein Mund wurde bei dem Anblick trocken. Es konnte doch nicht sein, dass ich hier herumjammerte?

Wer war ich, dass ich mich ausgerechnet von Jade Carpenter schwächen ließ?

Nein, es gab nur eine Lösung für dieses leidige Problem, und die begann damit, dass ich die Tür hinter mir wieder abschloss.

Ich wartete, bis Caleb von seinem Orgasmuspferdchen herunterkam, und zeigte dann auf meine Krawatte.

Er warf mir einen Blick zu, der auch einer Oma vorm Zebrastreifen hätte gelten können.

Ich zeigte wieder auf meine Krawatte, dann auf Jade, dann fuhr ich mir mit einem Finger über die Augen.

Calebs Blick wandelte sich. Jetzt betrachtete er mich wie einen Gott.

Ich wartete ungeduldig, bis er sich endlich an den Hals griff und mit der anderen Hand Jades Kinn anhob. »Ich will, dass du die Augen schließt.«

Er säuselte auf eine Tour, die sie gar nicht mit mir verwechseln *konnte,* und dennoch schien sie augenblicklich auf ihn zu hören.

Treulose Bitch. Meine Fäuste ballten sich, während Caleb mir mit einem zynischen Lächeln bedeutete, ich solle mich beruhigen.

Ich zeigte ihm den Mittelfinger und trat in dem Moment näher, als das Lösen seiner Krawatte laut genug war, um mich nicht zu verraten.

Er verband ihr die Augen und war dabei so überaus

zärtlich und sanft, dass ich mich fragte, wie er sie überhaupt dazu bekommen hatte, ihm einen zu blasen.

Warum ihm und verdammt noch mal nicht mir?! Was war falsch mit dieser Frau?

»Gib mir deine Hand«, forderte er ruhig und sie gehorchte.

Ist das überhaupt Jade?!

Er zog sie zu sich hoch und schob sie an der Hüfte vor den Tisch.

»Leg dich nach vorn«, raunte er.

Meine Ungeduld wurde immer unberechenbarer.

Ich hörte ihr schweres Atmen, als sie sich nach vorne sinken ließ. Etwas machte sie tierisch nervös. *Ob sie wusste, dass sie verdammt noch mal den falschen Zwilling fickte?*

Als Jade sich auf den Tisch gebettet hatte, die Arme unter die Stirn gestützt, die Augen meisterhaft verbunden, genoss ich das Wissen, dass sie nicht besonders bequem lag. Aber das reichte längst nicht, um sie für ihr schlampiges Gehabe zu bestrafen. Sie sollte gefälligst wissen, wer ich war und wie sie mich zu unterscheiden hatte!

Caleb streichelte über ihren Rücken, bis er bei ihrem Hintern angekommen war. Mit seiner Hand zusammen kroch ein Schauer über Jades Rücken, der sich augenblicklich auflöste, als er ihr Kleid langsam nach oben rollte. Jetzt verkrampfte sie sich, als glaubte sie, ich hätte noch nie eines ihrer Höschen von hinten gesehen – nun gut, Caleb hatte das ja auch nicht.

Fuck, ob sie irgendeine Ahnung hatte, was hier lief?!

Ich hörte schlagartig auf, mich das zu fragen, als ich bemerkte, dass sie unter ihrem Kleid keinen Slip trug.

Scheiße.

Ein kurzer Scan des Bodens verriet mir, dass sie schon ohne Slip in diesen Raum gekommen sein musste. Caleb schmunzelte, als er den Wahnsinn, der in mir aufwallte, bemerkte. Viel schlimmer als der fehlende Slip war allerdings die Tatsache, dass ihr Arsch vor Feuchtigkeit glänzte. Sie schien auszulaufen.

Sie war vollkommen geil.

Sie wartete nur darauf, dass ich mir nahm, was mir gehörte.

Caleb trat in dem Moment zur Seite, als ich sie erreichte. Seine Hand löste sich von ihr, als ich meine auf ihren nackten Arsch legte. Ich glitt mit meinen Fingern durch ihre Fotze und fühlte den Saft an meiner Hand heruntertropfen. Verdammt, das war zu gut.

Ich fingerte sie und spürte, wie sich bereits nach Sekunden verdächtige Kontraktionen an ihren Wänden bemerkbar machten. Wie gerne hätte ich sie mit Worten angeheizt, aber es war besser, wenn ich schwieg.

Den Daumen auf ihrer Perle, die Hand in ihrem feuchten Gang reizte ich sie, bis ihr lautes Stöhnen im Raum verriet, dass sie jeden Moment von einem Orgasmus überrollt werden würde – dann nahm ich meine Hand zurück, leckte über meine nassen Finger und genoss ihren wütenden Aufschrei.

»Warum machst du das?!«, fauchte sie, dann traf sie der erste Schlag.

Vollkommen unvorbereitet zuckte sie zusammen. Ehe sie überhaupt begriff, was mit ihr geschah, ließ ich ein zweites Mal meine Hand auf ihren prallen Arsch niederschnellen.

Wie gerne ich mich schon jetzt in ihn versenken würde ...

»Fuck! Was soll das?!«, keuchte sie. *Mir,* Landon, hätte sie nicht erst eine Frage gestellt. Sie wäre aufgesprungen und sofort gegangen. Was hatte Caleb getan, dass sie sich dermaßen gefügig hingab?!

Ich sah ihn herausfordernd an.

Er war nicht begeistert von meiner Idee, sie ausgerechnet jetzt zu spanken. »Du bist mir auf den Fuß getreten«, sagte er wenig überzeugend. Auch wenn wir dieselbe Stimme hatten, wollte ich es nicht riskieren, dass uns die unterschiedliche Betonung verriet – außerdem hatte ich keinen Schimmer, was zuvor zwischen den beiden gelaufen war.

»Und deswegen schlägst du mich?!« Jade versuchte sich aufzurichten, aber ich hielt sie mit einer Hand auf ihrem Rücken fest nach unten gedrückt. »Lass mich los!«

Na los, weiter, forderte ich Caleb durch einen Blick auf.

Er verdrehte die Augen. »Willst du, dass ich dich noch einmal schlage? Wenn nicht, solltest du jetzt liegen bleiben.«

»Du bist verrückt«, keuchte sie, gehorchte aber.

Ich sah meinen Bruder entgeistert an. *Was sollte das denn?!* So hatte er mir die Möglichkeit verwehrt, sie ein weiteres Mal zu schlagen, aber das war es, was ich gerne noch hunderte Male wiederholt hätte.

Caleb zuckte die Achseln, dabei war er derjenige, von dem ich diesen Fetisch überhaupt hatte.

»*Feigling*«, formulierte ich mit den Lippen und griff wieder in Jades Arsch. Meine Schläge hatten nicht einmal annähernd einen rötlichen Schimmer auf ihrer zarten Haut hinterlassen und daher fiel die Entscheidung über meinen nächsten Schritt leicht. Ich ging mit der gesamten Handfläche zwischen ihre Beine und verteilte ihren Saft auf ihrem Anus. Wieder keuchte sie, diesmal wand sie sich sogar. Aber ich hielt sie fest in meinem Griff und ließ ihr keine Möglichkeit zu entkommen.

Calebs Schmunzeln verriet, dass er meiner Idee keinesfalls abgeneigt war, aber er machte keine Anstalten, ihr etwas zu erklären.

Na gut, dann würde sie eben von selbst auf die Idee

kommen müssen, dass ich heute keine Lust auf Blümchen hatte.

Ich sank vor ihr in die Hocke und leckte über ihre Spalte. Sie erzitterte und verspannte im nächsten Moment so sehr, dass ich ihr einen weiteren Klaps geben *musste*.

»Entspann dich«, hörte ich Caleb sanft sagen. Warum auch immer schien sie auf ihn zu hören.

Ich machte weiter. Der Gedanke, sie nicht lange vorzubereiten, sodass es ihr wehtun würde, erregte mich mit jeder Sekunde mehr. Noch viel interessanter war der Umstand, dass mein Bruder neben mir stand. Nicht die beste Zeit, um sentimental zu werden, aber schließlich dachte ich drei Wochen, er wäre tot, und die Jahre zuvor waren wir aus Vorsichtsmaßnahmen niemals auf die Idee gekommen, uns ein gemeinsames Mädchen zu suchen.

Nein. Aber jetzt war Jade hier und die Zeit gekommen.

»Caleb, vielleicht will ich das doch nicht«, brachte sie zitternd hervor. So verunsichert und ängstlich, wie ich sie noch nie zuvor sprechen gehört hatte. Aber das war nicht das Einzige, was mich störte.

Ich hörte augenblicklich auf, sie zu stimulieren und ging zurück in den Stand.

Mein Bruder lächelte entschuldigend.

»*Du bist ...!*«, formulierte ich wütend mit den Lippen und hatte doch keine Worte für diesen Wichser.

Jade wusste, wer hier eigentlich am Gange war.

Caleb.

Nicht ich.

Sie kannte ihn.

Und es war nicht ihr erstes Mal.

Oder vielleicht doch, aber sie hatte sich bereitwillig hingegeben. Hatte ihm bereitwillig den Schwanz gelutscht und all sein Sperma getrunken, als wäre es ihr heilig.

Punktum: Die kleine, miese Schlampe hatte mich *be-*

trogen und ich glaubte auch noch, nicht besonders hart zu ihr sein zu dürfen?!

Caleb warnte mich stumm, aber ich hörte nicht auf ihn, im nächsten Moment setzte ich meine Schwanzspitze an.

»Ich glaube, das hier ist genau das, was du willst«, knurrte ich und versenkte mich zwischen ihren Pobacken.

Sie schrie erstickt. Caleb war wach genug, ihr eine Hand aufzulegen, und ich war wach genug, zeitgleich meine linke von ihrer Arschbacke zu nehmen.

Aber ihr Schreien führte nur dazu, dass ich meinen nächsten Stoß noch kräftiger ausführte.

Ihr Körper rückte nach vorne, ihre Arme zitterten. Ihr Arsch war eng und perfekt für mich gemacht.

In diesem Moment wünschte ich mir nichts sehnlicher, als dass ich der Erste war, der sie auf diese Tour fickte, und ihrer abwehrenden Reaktion nach war das immerhin gut möglich.

»Bist du leise?«, fragte Caleb sie.

Sie nickte.

»Gut, denn ich brauche meine Hand.«

Ich sah Caleb fragend an. Glaubte er, ich würde sie auch noch zur Belohnung fingern?

»*Tu es*«, formulierte er.

Ach, fick dich, Bruder. Gezwungenermaßen ließ ich meine Hand in Jades Pussy gleiten und streichelte über ihre Perle.

Sie stöhnte und etwas an dem, was wir teilten, ließ mich sanfter werden. Die Frau hatte mich nach wie vor an den Eiern, wieso zog ich nicht die harte Tour durch?

»Tiefer«, forderte sie murmelnd.

Der Aufforderung kam ich nur allzu gerne nach und schob mich tiefer in ihren Arsch. Gleichzeitig fegte eine

Welle der Erregung durch unsere Körper, ich spürte es ganz deutlich.

»Noch mehr«, stöhnte sie.

Ich zog mich zurück und glitt wieder hinein, begann sie mit langsamen Stößen zu ficken, bis sie sich vollkommen in meinem Griff und unter meiner Hand entspannte.

Als ich sichergehen konnte, dass sie das Gröbste überstanden hatte, stieß ich mich bis zum Anschlag in sie.

Sie keuchte und kam. Ich hatte keine Ahnung, was mit ihr passierte oder was genau diesen Rausch ausgelöst hatte, aber ihr Körper erbebte so heftig in meinem Griff, dass ich beinahe abgerutscht wäre.

»Mehr …!«, forderte sie atemlos, ihre Lippen sinnlich geöffnet. Ich wusste, dass Caleb nichts lieber tun würde, als sich ihrem Mund zu widmen, aber noch zogen wir das Zwillingsding unbemerkt durch.

Sein Kiefer war wie in Stein gemeißelt, so sehr hielt er sich zurück. Ich entschied, ihn nicht länger warten zu lassen, und fickte Jades Arsch, bis auch in mir der Orgasmus zur Erlösung führte.

Ich rammte mich mit einem letzten Stoß in sie und verteilte meinen gesamten Samen in ihrem Anus. Etwas blöd, weil sie so Stunden unter der Dusche verbringen würde, aber das war mir egal. Mir war alles so herrlich egal, denn endlich fühlte ich mich mit ihr auf die Art verbunden, wie ich es von Anfang an gerne gewesen wäre.

Die Augen geschlossen, atmete ich tief durch und ließ das Gefühl des Ficks in meinem gesamten Körper nachklingen.

Schon wieder wurde ich sentimental, als ich mich lösen musste. Fast hätte ich ihr die bescheuerte Krawatte von den Augen gezerrt und ihr alles offenbart – mit dem Ergebnis, das hier sowieso nicht wiederholen zu können.

Jade war keine gewöhnliche Frau, die Spaß daran hätte,

sich mit uns zu begnügen. Sie wollte ein Spiel spielen, wollte jeden Mann bekommen können, der ihr gefiel. Caleb und ich waren nur Schachfiguren, die sie bald vom Spielfeld schieben würde, wenn sie den Spaß an ihnen verlor, und die einzige Genugtuung für mich war, dass sie nichts anderes für uns bedeutete.

Bis jetzt jedenfalls. Als ich zurücktrat und an Caleb übergab, der sie sanft dazu aufforderte, sich aufzurichten und auf die Tischkante zu setzen, wusste ich, dass es zu spät war, zu leugnen, wie gut sich diese Situation anfühlte.

Wie sehr ich sie liebte.

Beide.

JADE

Als Caleb nach dem Überstreifen eines Kondoms in mich hineinglitt, war es, als würde ich wieder zusammengesetzt werden. Etwas war mit mir geschehen, das ich nicht beschreiben konnte, und Caleb schaffte es, mir den Willen zu nehmen, es je zu tun.

Seine Bewegungen waren sanft, sein Atem ging ruhig. Ich schmiegte mich an ihn, während seine Arme um mich lagen und er mich ruhig mit seiner Länge massierte.

Langsam gab er mir die Sicherheit zurück, die er mir zuvor genommen hatte, und steigerte sein Tempo nur allmählich. Ich war so furchtbar erregt, dass jeder Stoß schmerzte. Alles in mir verlangte danach, ein weiteres Mal zu kommen, aber ich war zu schwach, es zu fordern. Außerdem ließ er nicht eine Sekunde vergehen, in der wir uns nicht küssten.

War er zuvor hart und grob gewesen, machte er jetzt alles wett. Ich konnte nicht sagen, was davon mir besser gefiel, und ich wollte es auch nicht.

Sein Schwanz glitt ein ums andere Mal in mich – wobei ich mich langsam fragte, wie zur Hölle er noch immer erigiert sein konnte – und beschleunigte geradeso, dass ich innerlich und äußerlich stimuliert wurde.

»Ich will, dass du alles loslässt«, forderte er an meinen Lippen, ehe er seine Hand in meinen Nacken legte und mich noch drängender küsste. »Lass alles los.«

Ich überlegte nicht erst, ob ich auf ihn hören sollte, ich ließ es einfach geschehen. Die intensive Welle des Orgasmus durchflutete meinen gesamten Körper. Ich spürte, wie er mich weiter küsste, und war doch nicht in der Lage, seinen Kuss zu erwidern. Alles verkrampfte sich, während er sich ein ums andere Mal in mich stieß, mich nahm, fickte und forttrug.

Ich seufzte und stöhnte und ließ das immens berauschende Gefühl in mir aufkommen und langsam gehen.

Was zurückblieb, war ein schreckliches Prickeln in der Magengegend. Eines, das ich bereits zu gut kannte. Eines, das einfach verboten war und ich doch nicht mehr leugnen konnte.

»Sicher, dass du Landon nicht mehr ähnelst, als du willst?«, fragte ich keck und überspielte so das eigentliche Gefühl in meiner Brust. Besser, ich stieß ihn von mir, sagte Caleb etwas, das ihn dazu verleitete, in mir nicht mehr zu sehen als einen Two-Night-Stand, denn ich konnte unmöglich mit beiden zeitgleich etwas anfangen, nur weil mein Herz in ihrer beider Nähe so heftig flatterte.

Er griff an die Krawatte und zog sie von meinem Gesicht herunter. Überrascht stellte ich fest, dass er lächelte und ihn meine Worte nicht verletzt hatten. Noch immer befand er sich in mir. Sein Schwanz pulsierte hart und verlangend. »Wie kommst du darauf?«, fragte er.

»Es ist, als hättest du beides in dir. Caleb und diesen furchtbaren Arschlochpart namens Landon.«

»Weil ich dich in den Arsch gefickt habe?«

»Mhm.«

»Hat es dir gefallen?«

»Was glaubst du?«

»Es hat dir gefallen. Du willst sogar noch mehr. Der Gedanke, dass du dich zwischen diesem Sex mit mir und dem mit deinem FBI-Lover entscheiden musst, schmerzt dich. Am liebsten würdest du mich als Affäre immer dann aufsuchen, wenn es dir passt.«

Au weia. Bin ich so leicht zu durchschauen? Ich lachte spöttisch. »Wie kommst du darauf? Ich habe ›Nein‹ gesagt und du hast es ignoriert. Das bist typisch du und ich wollte es noch einmal ausprobieren, aber jetzt weiß ich, dass ich gut darauf verzichten kann.«

Er verdrehte die Augen und zog sich aus mir zurück.

Gierig betrachtete ich seinen harten Schwanz, wie er ihn zurück in seine Hose zwängte. Ich konnte mir gut vorstellen, ihn noch einmal ...

»Kannst du aufhören, mich ständig anzulügen?«, fragte er. »Ich war lange genug hier oben. Ich werde gehen.«

»Wie bitte?«, fragte ich herrisch und verbarg so die Sehnsucht, die sich augenblicklich in mir breit machte. Warum zur Hölle musste er gehen? Wieso konnte er nicht bleiben? Für immer zum Beispiel?

»Du kannst gut auf mich verzichten, Jade«, wiederholte Caleb meine Lüge von eben und lächelte ironisch.

Es tat physisch weh, ihn nicht noch einmal küssen zu können. »Ja, stimmt«, bestätigte ich kühl. »Ich rufe dich an, vielleicht ergibt sich ja irgendwann noch mal was.«

Er lachte laut auf und wandte sich zur Tür.

Nein, verdammt!

Mein Herz machte einen gewaltigen Hüpfer, als er sich – den Knauf bereits in der Hand – noch einmal umdrehte. »Du kannst mich jederzeit anrufen, Jade. Das nächste Mal, wenn du Kokain verschwinden lassen musst, zum Beispiel.«

Ich grinste ihn sarkastisch an. »Ja, super, mach ich.«

»Gut.« Er drehte den Türknauf und verschwand nach draußen.

Nachdem ich alle Spuren von meinem Körper gewaschen und mich umgezogen hatte, ging ich wieder nach unten. Mittlerweile hatte sich der Salon gefüllt und viele bekannte Gesichter wandten sich in meine Richtung. Einige tuschelten, andere wagten es nicht, etwas zu sagen, aber die meisten lächelten mir freundlich zu.

Nachdem ich so in den Fokus gerückt und mein angeblicher Erpresser tot war, war es mir nun natürlich nicht mehr möglich, Kokain zu verteilen, und einige der Gäste fragten sich vielleicht, ob ich sie als meine früheren Kunden verraten würde – dabei hatte ich mir nicht einmal ihre Namen gemerkt und dachte auch nicht länger darüber nach.

»Jade!« Cicily erwischte mein Handgelenk und zog mich an sich, als ich auf dem Weg zur Bar war, um mir einen Drink zu besorgen. »Wo warst du denn? Und wieso trägst du ein anderes Kleid?«

»Ich habe mir in die Hose gemacht«, erwiderte ich fröhlich.

»Ehrlich?«, flüsterte sie.

»Nein, Cicily«, sagte ich genervt. »Was stehst du hier so alleine? Wo ist Terrence?«

»Er geht mir aus dem Weg«, flüsterte sie und ihre Mundwinkel fielen wie bei einer Kröte nach unten. »Kannst du mal mit ihm sprechen?«

»Ich?! Und was soll ich sagen?«

»Dass er mit mir reden soll, wenn er etwas hat. Ich bin doch für ihn da.«

Ich zweifelte, dass Terrence ein Problem hatte, das

nicht Cicily hieß, versprach ihr aber, ihn zu suchen. Mit Drink bewaffnet fand ich ihn draußen auf dem Balkon, wie er sich gerade mit Schieß-mich-Tot und Very-rich-and-Famous unterhielt.

»Terrence? Kann ich mit dir sprechen?«

Er schien nur darauf gewartet zu haben, dass ich ihn rettete, und wandte sich sofort entschuldigend ab. »Natürlich. Worum geht's?«

»Es tut mir leid wegen letztem Mal.«

»Kein Ding. Ich kenn dich so.« Er lächelte zweideutig. Sein Blick wanderte an meinem geschlossenen Kleid hinunter. »Ich weiß auch, wie du es wiedergutmachen kannst.«

»Nein, deswegen will ich nicht mit dir sprechen.« Ich hakte mich bei ihm ein und führte ihn an den Grüppchen vorbei zur Terrassentür ins Büro meiner Mutter. Kurzerhand entschied ich, dort weiterzusprechen, damit mich vor allem Cicily nicht hörte.

Meine Mutter ließ nichts Persönliches bei sich herumliegen, schon gar nicht, wenn eine Party stattfand, weshalb sie die Türen zu ihrem Büro selten verschloss.

Ich wartete, bis Terrence hereingekommen war, und nahm einen großen Schluck meines Cocktails, bevor ich begann. »Was läuft bei dir und Cicily?«

»Cicily?«, fragte er, als würde er sie gar nicht kennen.

»Mann, das ist die eine meiner Freundinnen, die glaubt, du würdest ihr demnächst einen Antrag machen!«

»Ihr kennt euch?«, fragte er verblüfft. »Sie ist doch so ganz anders als du.«

»Na und? Nicht jede Frau der East Side muss eine Schlampe sein.«

»Das hast du gesagt.« Er grinste breiter. »Warum reden wir über Cicily? Lass uns da weitermachen, wo wir letztens aufgehört haben ...« Terrence kam auf mich zu und nahm mir den Cocktail aus der Hand.

»Gott, hör auf damit!«, zischte ich und versuchte, wieder an mein Glas zu gelangen. »Terrence, was soll der Blödsinn! Wir sind fertig miteinander. Ich will mit dir über Cicily sprechen!«

»Ich aber nicht mit dir. Du weißt doch, wie talentiert meine Zunge bei ganz anderen Dingen ist ...« Er umfasste meine Taille und zog mich an sich. Dabei stieg mir sein alkoholischer Atem in die Nase und ich fragte mich, ob er noch wusste, wer ich war, dass er es wagte, mich so zu bedrängen. Ich wollte gerade die Jade-Marchal-Arts-Tricks herausholen, als eine weitere Tür aufging und eine rettende Stimme uns etwas zurief.

»Was läuft hier?« Landon erschien im Türrahmen – fuck, zumindest glaubte ich, dass er es war, denn er war blank rasiert – und sah aus, als wäre er jederzeit bereit, seine Waffe zu zücken.

»Ah, da ist ja wieder dieser Vogel, der für dich im Knast war.« Terrence lachte und ließ mich widerwillig los.

»Verschwinde«, verlangte Landon ruhig.

Terrence warf mir einen zweifelnden Blick zu, aber als ich ihn nicht weniger wütend anfunkelte als Landon, gab er sich geschlagen. »Na gut, dann *viel Spaß* noch.« Er schnaubte abfällig und verließ das Büro über die Terrassentür.

»Verdammt ...«, murmelte ich und sah ihm nach. Hoffentlich rächte er sich jetzt nicht an mir, indem er Cicily mit falschen Absichten bezirzte.

Landon kam auf mich zu und begrüßte mich mit einem Kuss.

Seine Lippen fühlten sich ebenso sanft an wie Calebs und das Geständnis des Betrugs lag mir auf den Lippen.

Mann! Wieso war nicht wenigstens der eine Zwilling total hohl, sodass es leichter war, nur einem zu verfallen?

»Hey, Baby«, sagte er. »Muss ich dich fragen, was das gerade sollte ...?«

»Ich kann nichts dafür, Terrence ist ein Arsch.«

»Klar. Und wieso gehst du mit einem Arsch zusammen ins Büro deiner Mutter?«

»Cicily denkt, Terrence würde sie heiraten wollen. Ich sollte vermitteln. Ist irgendwie nichts, was ich besonders gut beherrsche.«

Landon unterdrückte ein Lachen. »Wenn er die Aussicht darauf hat, dich vögeln zu können, dann nein. Wie geht es dir? Es tut mir leid, dass ich mich nicht gemeldet habe.«

»Ja, das war ziemlich mies.«

»Ich war krank.«

»Das ist keine Entschuldigung.«

»Ich wollte männlich tun.«

»Männlich wäre es, dazu zu stehen, dass auch du nicht aus Platin hergestellt wurdest.«

»Ach nein ...?« Er lächelte und küsste mich noch einmal. Fuck, ich fühlte mich schlecht. Nicht unbedingt, weil ich Caleb nicht hatte widerstehen können, sondern weil ich Landon nichts davon erzählen durfte – oder? Was würde Landon tun, wenn er von seinem Zwillingsbruder erfuhr?

»Ist etwas?«, fragte er aufmerksam und blickte mir intensiv in die Augen. »Habe ich dich damit doch mehr verletzt, als du es zugeben willst?«

»Nein, das nicht ...« Ich sah mich im Büro meiner Mutter um, auf der Suche nach etwas, das ich als Ausrede benutzen könnte.

»Dann lass uns zurück auf die Party gehen, Jade«, schlug er vor, als mein Blick auf den Safe fiel.

»Die Tagebücher«, murmelte ich.

»Wie?«

»Meine Mutter schreibt Tagebuch. Seitdem ich das in Erfahrung gebracht habe, denke ich darüber nach, mal in eines reinzulesen.«

»Was sollte darin stehen, das dich interessiert?«

»Dunkle Familiengeheimnisse, der Grund, warum sie mich behandelt, als wäre ich nicht ihre Tochter, all so was ...«

Landon hob eine Braue. »Und wo sind sie? In ihrem Schlafzimmer?«

Ich senkte die Stimme. »In ihrem Safe.«

Er wurde immer skeptischer. »Das müssen wirklich wertvolle Familiengeheimnisse sein.«

»Nicht wahr? Was glaubst du, was sie vor mir und dem Rest der Welt verbirgt?« Ich wandte mich von ihm ab und ging auf den Schreibtisch meiner Mutter zu.

»Babe, dieser Raum hier ist der letzte, in dem ich mit dir erwischt werden will.«

Ich drehte mich feixend zu ihm herum. »Feigling.«

Damit traf ich ihn und er überlegte es sich anders. Zügig zog er die Vorhänge zu und schloss zu mir auf. »Du willst einen Safe knacken, kleine Jade?«, neckte er mich.

»Ja«, hauchte ich. »Vielleicht ist es einfacher als gedacht.«

»Natürlich. Deine Mutter ist als völlig naive Person bekannt.«

»Das nicht, aber sie ist vergesslich. Es kam schon vor, dass ich an der Kasse bezahlen musste, weil sie ihre PIN-Codes nicht im Kopf hatte.«

Landons Gesicht öffnete sich vor Erstaunen. »Also versuchst du es einfach mit ein paar einfachen Codes oder Daten?«

»Hast du schon einmal einen Safe geknackt?«

»Sagen wir, ich weiß, wie es geht.«

Ich zog das Bild zur Seite und legte den Safe hinter dem Schreibtisch meiner Mutter frei. »In den Filmen wird immer auf das Einrasten der Einstellscheibe gelauscht, oder?«

»Ja, so ähnlich.«

»Okay, versuchen wir es.« Ich griff ans Drehrad und gab die erste Zahlenfolge ein, die mir in den Sinn kam. »Ihr Geburtsjahr.« Nichts. »Ihr Geburtstag.« Nichts. »Hmm, die Jahreszahl der Gründung des FBIs?«

»Die kennst du auswendig?!«

Nichts.

Landon legte eine Hand auf meine. »Lass es, Jade. Es könnte sein, dass es eine Sperrvorrichtung nach zu vielen fehlgeschlagenen Versuchen gibt.«

»Wie wäre es mit meinem Geburtsdatum? Umgekehrte Psychologie. Etwas, das ich viel zu naheliegend fände, um es auszuprobieren.«

Er betrachtete mich streng.

»Bitteee«, säuselte ich.

Er seufzte auf und stellte sich vor den Safe. »Behalt das Zimmer im Blick und zieh einen deiner Träger herunter. Wenn jemand reinkommt, überfällst du mich und wir tun so, als sei beim Knutschen das Bild zur Seite gesprungen.«

»Dummer Plan.« Aber ich drehte mich um und wartete. Er hatte recht, ich sollte jeden der zwei Türknäufe im Auge behalten, bevor uns jemand überraschte.

Ich hörte, wie er das Rädchen drehte – und schließlich stoppte.

»Was tue ich hier eigentlich«, murmelte er, trat zurück und warf das Bild wieder in seine Verankerung. »Du machst mich wahnsinnig, Jade, ich hätte meinen Job deinetwegen schon mal beinahe verloren.«

»Spielverderber«, neckte ich ihn, ließ es allerdings zu,

dass er seine Hand an meine Taille legte und mich zur Tür führte.

»Nein, Lebensretter. Du würdest noch alles tun, um in die ausweglosesten Situationen zu geraten. Was ist mit Cicily? Sollen wir Terrence gemeinsam daran erinnern, dass er sie nicht verarschen soll?«

Er nahm meine Hand und verschränkte seine Finger mit meinen. Eine einfache Mission, die daraus bestand, Cicily vor einem Betrug zu bewahren? Ich spürte, wie mir gefiel, dass wir so taten, als gäbe es bis auf meine Freundin keine weiteren Probleme.

Nein, vor allem mochte ich, dass wir nach außen hin als Paar auftraten.

ICH, 20:10

Lenk sie ab. Ich habe alles.

GIL-BOY, 20:10

Moment, Gil-Boy, der Plan war, dass DU sie ablenkst.

ICH, 20:11

Nenn mich nicht Gil-Boy und tu einfach, was ich sage. Ich habe es. Ich bin am Ziel.

GIL-BOY, 20:11

Ich nenn dich Gil-Boy. Gil-Boy war immer der Dümmere von beiden. Soll ich jetzt etwa alles abblasen und verschwinden?!

ICH, 20:11

Yes.

Wir sehen uns in ein paar Stunden, Herzblatt.

LANDON

Ich glaubte es erst, als der Safe sich ein weiteres Mal öffnete. Ungläubig sah ich den Spalt der Öffnung wachsen, bis sich mir der gesamte Inhalt darbot.

Jades Mutter hatte ihren Safe mit dem Geburtstag ihrer Tochter gesichert.

Ging es dämlicher?

Dass dieser Geburtstag auch meiner war, daran dachte ich vorerst nicht. Der Zufall war einfach zu lächerlich.

Zügig räumte ich die Bücher in die Sporttasche, die ich in Jades Zimmer gefunden hatte, und stopfte die letzten zwei aus Platzmangel in die Seitentasche.

Wie viel hatte diese Frau nur geschrieben …?

Bei der Vorstellung, die Seiten alle durchackern zu müssen, langweilte ich mich schon jetzt, aber es gab nun einmal kaum einen besseren Weg, an unser Ziel zu gelangen als mit diesen Werken.

Bis zuletzt hatte ich die gesamte Geschichte für eine Legende gehalten. Susan Carpenter schrieb romantische Tagebücher und offenbarte so ihr gesamtes Wissen?

Wie dämlich konnte man sein?

Als ich hörte, wie sich jemand an der Tür des Büros zu

schaffen machte, reagierte ich schnell. Zügig zog ich die Tasche zu und schloss den Safe wieder.

Wer auch immer es wagte, meinen Raubzug zu stören, würde dafür sterben müssen, wenn er nicht parierte. Dafür war ich meinem Ziel einfach zu nah und ich wusste, dass am Ende immer noch mehr Leben gerettet werden würden, wenn wir es erreichten.

Aber es war nicht Jades Mutter, die hereinkam, oder einer der Gäste, es war Jade selbst. Da war ich sie gerade erst an ihre Freundin Cicily losgeworden und keine zehn Minuten später suchte sie mich wieder?

Wütend presste ich den Kiefer zusammen. Was an ›Lenk sie ab‹ hatte Caleb verdammt noch mal nicht verstanden?

»Okay.« Jade blieb bei der Tür stehen und betrachtete mich skeptisch. »Ich habe wirklich zuletzt geglaubt, dich hier finden zu können.«

Was sollte ich tun? Sie zu mir locken und angreifen? Meine Waffe auf sie richten und sie mit einem Schuss einschüchtern? Ihr die Wahrheit erzählen und hoffen, dass sie alles schnell genug verstand? Und uns vertraute?

Caleb hatte mich in ein verdammtes Dilemma getrieben und jetzt kam er nicht mal hierher, um mich zu retten. Wichser, ey.

»Komm her«, sagte ich möglichst harmlos und winkte sie zu mir. »Du wirst nicht glauben, was ich entdeckt habe.«

»Dein Ernst? Du kramst einfach, während die Party voll im Gange ist und meine Mutter nebenan mit ihren Gästen feiert, in ihren Sachen?« Sie verschränkte die Arme vor der Brust und trat näher.

»Komm her und gib dein Geburtsdatum ein.«

Sie lächelte verunsichert. »Willst du mir sagen, dass es tatsächlich dieser Code ist?«

Ich sagte gar nichts und weckte dadurch erst recht ihre Neugier.

Jade trat näher – wobei ich ein weiteres Mal die Gelegenheit dazu bekam, festzustellen, wie verdammt sexy sie diese High Heels durch die künstliche Verlängerung ihrer Beine machten – dann erreichte sie mich und ich ließ ihr Platz, um den Safe zu öffnen. Die Tasche lag unter dem Schreibtisch am Boden und sie bemerkte sie nicht.

»Versuch es«, schlug ich noch einmal vor.

Sie warf mir einen skeptischen Blick zu und öffnete das Bild, hinter dem sich der Safe verbarg. Während sie den Code mit dem Drehrad einstellte, bereitete ich mich vor.

Es war schon viel zu lange her, dass ich den Schalldämpfer hatte benutzen müssen.

JADE

Als sich der Safe mit einem Klicken öffnete, wollte ich meinen Augen nicht trauen. Wie konnte das um Himmels willen möglich sein? Warum wählte meine Mutter ausgerechnet mein Geburtsdatum als Code?

Ich kam nicht dazu, darüber nachzudenken, denn als ich ihn öffnete, war der Safe leer, was mich in diesem Moment nicht so sehr schockierte wie das kalte, runde Metallstück an meinem Hals.

Der Lauf einer Waffe.

»Wir bleiben ganz ruhig.«

Er macht Witze.

»Schließ den Safe wieder.«

Ich tue es. Mein Herz begann zu rasen. Was passierte hier? Warum fühlte sich das alles so verdammt real an?

»Setz dich auf den Stuhl. Halt die Klappe und wag es ja nicht, mich zu verraten. Verstanden?«

»Landon?« Ich drehte mich langsam zu ihm um, nicht sicher, ob ich vielleicht einfach lachen sollte. »Findest du das witzig?«

Als nicht nur die Waffe samt Schalldämpfer in mein Blickfeld geriet, sondern auch Landons in Stein gemeißeltes Gesicht, schnürte es mir die Brust zu.

»Warum?«, fragte ich nur, denn nichts anderes kam über meine Lippen.

»Weil es von Anfang an so war. Der Safe deiner Mutter ist mein Ziel. Setz dich auf den Stuhl.«

»Aber da sind doch nur ihre Tagebücher drin? Alles wegen ihrer dummen Tagebücher?«

»Die Tagebücher einer FBI-Deputy-Direktorin. Ich werde es nicht noch einmal wiederholen. Setz dich. Auf den. Stuhl.«

»Du wirst nicht auf mich schießen«, behauptete ich stur.

Sein Lächeln wurde so böse und kalt, dass ich diese Theorie sofort verwarf. »Ich würde es an deiner Stelle nicht riskieren.«

»Okay, du willst mir erzählen, dass alles gelogen war?«

»Sehe ich so aus, als würde ich mit dir diskutieren wollen?«

»War es?«

»Natürlich! Denkst du, ich habe gerne den charmanten Liebhaber gemimt? All die Scheiße der letzten Wochen? Du warst genauso eine meiner Fake-Freundinnen wie alle anderen. Und jetzt, *setz dich auf den Stuhl.*«

Ich gehorchte. Aber nur, weil ich nicht mehr stehen konnte. Seine Worte rissen ein tiefes Loch in meine Brust. »Du kannst unmöglich gelogen haben. Das war nicht alles gespielt.«

Er hatte Kabelbinder auf den Tisch gelegt, die er jetzt um meine Handgelenke band. »Doch. Ich musste dich nur mit deinen eigenen Waffen schlagen und schon hast du mir aus der Hand gefressen.«

»Das stimmt nicht!«, rief ich wütend und zerrte an meiner Hand, was ihn dazu verleitete, wieder nach seiner Waffe zu greifen. »Fuck! Rede mit mir und sag mir, was du vorhast! Was willst du mit den Tagebüchern meiner Mutter?«

Er baute sich vor mir auf und sein Blick verfinsterte sich derart, dass ich am liebsten zurückgeschreckt wäre – dann schlug er mir mitten ins Gesicht.

Ich sank zusammen.

Der Schmerz verzerrte alles, für Sekunden merkte ich überhaupt nichts mehr. Da war nur dieses Pochen an meinem Kiefer, die Tränen in meinen Augen und dieser unglaubliche Schmerz in meiner Brust.

Ich weinte, denn ich konnte mich nicht rühren und ich konnte nicht verhindern, dass meine Handgelenke gefesselt wurden. Wie ohnmächtig saß ich da, bekam nur noch die Hälfte mit. Er musste mich mit dem Griff der Pistole geschlagen haben. Diese Erkenntnis schmerzte mehr als alles andere.

»Warum zur Hölle«, gab ich nach ein paar Anläufen von mir. Meine Zunge wollte sich meinen Worten nicht fügen. »Warum all der Scheiß?«

»Was interessiert es dich? Eben hast du dich noch von meinem Zwilling ficken lassen, obwohl du wusstest, wer er war. Erzähl mir nichts von unendlicher Treue, Jade. Du bist mindestens genauso gerissen wie ich und ich will nicht wissen, wie oft du mir ins Gesicht gelogen hast.«

Scheiße.

»Weißt du, bei allem kannst du dir einer Sache sicher sein: Ich habe dich mit keiner anderen Frau betrogen. Ist doch was, oder?«

Ich starrte zu ihm hoch, während er seine Krawatte abnahm und den Knoten aufband.

»Öffne den Mund.«

Ich ließ ihn geschlossen.

»Scheiße, Jade«, knurrte er und griff an mein Kinn. »Tu

verdammt noch mal, was ich sage, sonst bekommen wir ein echtes Problem.«

Ich hielt meinen Kiefer fest geschlossen.

»Miststück.« Er ließ von mir ab und griff nach einem Klebeband vom Schreibtisch. Als er nicht einmal zögerte, das Band abzuziehen, um es mir über die Lippen zu kleben, weinte ich noch heftiger.

»Küss mich«, forderte ich mit überraschend fester Stimme, gerade als er den ersten Klebestreifen über meine Lippen legen wollte.

»Du hast kein Wort von dem verstanden, was ich gerade gesagt habe, oder?«, fragte er dunkel und dann, ganz überraschend, senkte er seine Lippen auf meine nieder und ich konnte für einen Moment erahnen, dass es hierbei um mehr als um ein bisschen Schmerz an meinem Kiefer ging. *Um viel mehr*. Der Kuss war kurz, hart, getrieben von Angst. Welche Angst? Meine, weil ich betrogen wurde? Seine, weil ich ihn betrogen hatte?

Als er sich wieder löste, funkelte ich ihn herausfordernd an und er brach mein Herz noch mehr, als er meine Lippen überklebte.

Ich musste die Augen zusammenpressen, weil der Schmerz nicht zu ertragen war. Wie hatte ich mich so sehr täuschen lassen? Womit verdiente ich diesen Verrat? Was war nur falsch mit mir, dass ich ausgerechnet Landon vertraut hatte, der es von allen meinen Ex-Kerlen am wenigsten verdiente?

Kraftlos ließ ich es geschehen, dass er meinen Mund und meine Wangen fest überklebte. Ich versuchte gar nicht erst, mich vom Klebeband zu befreien. Ich saß einfach da und ergab mich dem Gefühl, verloren zu haben.

Es fiel mir erstaunlich leicht, die Niederlage vor mir selbst zuzugeben. Ich war selbst schuld, wenn mich dieser Wichser an einen Stuhl fesselte.

»Hör zu«, raunte Landon und griff an meinen Hinterkopf, um ihn nach oben zu drücken. »Ich werde jetzt gehen und du wirst mich nicht verraten. Es wird dir nämlich schwerfallen, zu beweisen, dass nicht mein Bruder, sondern ich den Safe deiner Mutter ausgeräumt habe. Am besten, du tust so, als hättest du nicht mitbekommen, wer dich gefesselt hat. Wenn du doch auf die Idee kommst zu petzen, könnte es passieren, dass Caleb bald im ganzen Land gesucht wird, und ich weiß, dass er nicht nur ein paar Jahre im Gefängnis verbringen wird, sondern sein ganzes Leben. Also – wenn du meinem Bruder das ersparen willst – erspar es auch mir. Verstanden?«

Ich nickte nicht.

»Du wirst es schon verstanden haben.« Er tätschelte meine Haare und holte die Sporttasche unter dem Tisch hervor. Er machte ein paar Schritte und drehte sich noch einmal um. Jetzt war sein Blick nicht mehr kalt und sein abartiges Lächeln verschwunden. Stattdessen sah er fast wie Caleb aus. Ruhig und schön.

Boah, wenn er jetzt noch etwas Versöhnliches sagte, würde ich ihm bei der nächsten Gelegenheit die Eier rausreißen!

»Auch wenn du mich jetzt hasst –«

Ich stöhnte ins Klebeband, damit er bloß aufhörte zu reden.

»Du wirst in ein paar Tagen erfahren, worum es ging. Dann wirst du verstehen.«

Ich drehte schmerzhaft meine Hände in den Fesseln und zeigte ihm gleich zwei Mittelfinger.

Er lachte und zwinkerte mir zu. »Ich liebe dich auch, Babe.«

Wichser.

ICH, 22:20

Wo warst du?

GIL-BOY, 22:24

Sorry, mir ist so ein Arschloch begegnet. Ich musste mir anhören, wie er über Jade geredet hat und ihn daher beiseiteschaffen.

ICH, 22:24

Was?!

GIL-BOY, 22:24

Er lebt noch, keine Sorge.

GIL-BOY, 22:26

Aber vielleicht fehlt ihm ein Zahn.

JADE

Ich konnte nicht sicher sein, ob Landon tatsächlich zu blöd oder ob es seine Absicht gewesen war, mich so mäßig zu fesseln, aber nach gut zwanzig Minuten war ich frei. Eine Schere hatte auf dem Schreibtisch gelegen und ich hatte mich nur eine Weile verrenken müssen, um sie zu erreichen. Landon hatte nicht einmal meine Beine gefesselt. Nachdem die Kabelbinder durchgeschnitten waren, riss ich das Klebeband von meinem Gesicht und ließ alle Spuren verschwinden.

Den Safe schloss ich ordnungsgemäß und veränderte vorher den Code, sodass mir Zeit blieb, bis meine Mutter den fehlenden Inhalt bemerken würde.

Ich stellte ihren Stuhl zurück, säuberte die Lehnen von meinen schmierigen Fingerabdrücken, denn es war eine sportliche Herausforderung gewesen, mich zu befreien, und verließ das Büro.

»Oh, da bist du ja ...!«, rief mir Cicily zu, aber ich ignorierte sie glatt. Auf direktem Wege ging ich in die Garderobe und stolperte in dem kleinen Raum über das Bein eines Mannes.

Terrence lag halb ohnmächtig am Boden und blutete an der Stirn und am Kinn.

Ich starrte auf ihn hinunter.

»Jade?«, stöhnte er.

Ich griff nach meinem Mantel und ließ ihn liegen. »Cicily? Terrence ist in der Garderobe.«

In der Zwischenzeit war der Fahrstuhl mit weiteren Gästen gekommen und ich zog mich auf dem Weg nach unten an.

Meine Finger zitterten vor Wut, sodass es eine Weile in Anspruch nahm, bis ich Calebs Nummer gewählt hatte.

»Wo bist du?«, fragte ich kühl.

»Nicht gerade etwas, das ich der Tochter einer FBI-Agentin –«

»Sag es mir.«

»Ist etwas passiert?«

»Du musst mir helfen.«

»Wo…bei?«

»Fuck! Als Tochter einer FBI-Agentin rede ich darüber nicht am Telefon!«

Caleb lachte. *Er wird mir helfen.* »Broadway, Ecke 58. 65. Stock.«

»Und welches Gebäude?«

»Das Courtyard.«

Die Lobby war winzig und dementsprechend vollgequetscht mit Koffern und spät anreisenden Gästen. Ich wartete, bis jemand einen Fahrstuhl rief, gesellte mich dazu und drückte das entsprechende Stockwerk, nachdem der Hotelgast seine Karte gescannt hatte.

Oben angekommen empfing mich Stille.

Der Flur war klein, kaum 8 Zimmer verteilten sich über das Stockwerk.

Ich ging instinktiv nach rechts und klingelte Caleb dabei an. Er öffnete mir die Tür am Ende des Ganges.

Als er ins Flurlicht trat, blieb ich stocksteif stehen. Er hatte sich rasiert und sah Landon damit so verblüffend ähnlich, dass es schmerzte.

Wäre nicht sein tätowierter Arm gewesen, ich hätte ihn augenblicklich verprügelt.

»Was zur Hölle ist passiert?«, fragte er angespannt und öffnete mir die Tür ganz.

Ich trat ein. Das Zimmer war winzig, aber modern, und der Blick aus dem 65. Stockwerk traumhaft schön. Ich streifte meinen Mantel ab und ließ mich in den weißen Sessel vorm Fenster sinken, die Füße lehnte ich an die Metallstreben zwischen den bodentiefen Fenstern.

»Soll ich mich mit Höflichkeiten aufhalten und dir etwas zu trinken anbieten?«

»Ich möchte Sex.« Selbstbewusst warf ich ihm einen Blick über die Schulter zu.

Caleb lehnte lässig gegen die Schiebetür zum Badezimmer und ließ seinen rechten Mundwinkel nach oben wandern. »Jade. Was ist passiert?«

»Nein, wirklich. Gib mir noch einmal das Gefühl von vorhin.«

Er strich sich über den Nacken. »Das kann ich nicht.«

»Warum? Ich will es. Sag mir, was ich tun soll.«

»Kein Problem. Antworte auf meine Frage.«

Ich seufzte auf und lehnte meinen Kopf an das Polster. »Landon hat mich verarscht. Du hättest mich vor ihm warnen sollen. Warum hast du es überhaupt zugelassen, dass er mit mir zusammen war? Wo war dein Bad-Boy-mäßiger Beschützerinstinkt da?«

»Mein was?«, fragte er grinsend.

Ich stand abrupt auf und blickte ihm ins Gesicht. Wie war es möglich, dass zwei Menschen sich so ähnlich sahen?

Es war, als würde ich Landon ins Gesicht sehen, nur dass diese Ausführung von ihm kein Arschloch war – jedenfalls nicht immer.

Meine Finger hatten sich wieder entspannt, als ich an den Reißverschluss meines Kleides griff.

»Was tust du da?«, fragte Caleb ruhig.

Ich antwortete nicht, zog das Kleid über meine Schultern und ließ es fallen. Der nächste Griff galt meinem BH. Mit einer schnellen Bewegung fiel auch er.

»Jade ...« Klang er tadelnd?

Ich stand nur noch in High Heels und Slip vor ihm, hinter mir die grandiose Kulisse New Yorks. Wie ich wohl auf ihn wirkte? Mein Kopf war wie leergefegt und damit blieb auch der Schmerz in meiner Brust verschwunden. Als könne der eine Zwilling den Verlust des anderen ausgleichen.

»Du begegnest auch allen Problemen mit der Droge Sex, oder?«, fragte Caleb und kam näher.

»Wahrscheinlich.«

»Bist du nicht eine Frau und weißt, was du tust?«

»Nein, gerade Frauen wissen das, glaube ich, nie so genau.«

Noch näher. »Was soll ich tun? Dir das Gefühl geben, Landon hätte dich nicht verlassen?«

»Verraten und verlassen. Und ja, ich glaube, darum geht es mir.«

»Ich bin sein Ersatz?«

»Würde dich das stören?«

»Natürlich. Mir geht es hierbei nicht um Sex mit dir.«

»Worum dann?«

»Du hast mich vorhin auf der Party verführt. Warum?«

»Das habe ich doch schon gesagt.«

»Aber danach hast du ihm nicht gestanden, was du getan hast?«

»Natürlich nicht! Es hätte dich verraten! Hättest du das gewollt?«

»Du hättest ja nicht erwähnen müssen, dass ich sein Bruder bin.«

»Also hätte ich lügen sollen, aber den Betrug gestehen?«

Er öffnete den Mund und schloss ihn wieder. »Touché.«

»Er weiß übrigens, dass es dich gibt.«

»Das habe ich befürchtet.«

»Aber egal. Er hat den Safe meiner Mutter leergeräumt. Hilfst du mir dabei, den Inhalt zurückzuholen? Und dann kannst du mit ihm tun, was auch immer du willst.«

»Den Safe deiner Mutter? Heute Abend?«

»Er drohte mir, wenn ich es erzählte, würde er dafür sorgen, dass sie denken, du wärest der Dieb gewesen. Er ist so ein feiger Arsch. Aber wenn wir zusammenarbeiten, können wir ihn vielleicht finden und dann darfst du ihn meinetwegen töten.«

Caleb lachte. Er stand nur noch eine Armlänge entfernt. »Weißt du, was in dem Safe war?«

»Die Tagebücher meiner Mutter. Irgendetwas muss in ihnen stehen, das ihn brennend interessiert, und ich will wissen was, bevor ich sie zurücklege.«

Er musterte mich eine ganze Weile, sodass mich langsam fröstelte. Die Fenster in meinem Rücken strahlten eine Menge Kälte ab. »In Ordnung«, sagte er schließlich. »Ich beschaffe sie dir zurück.«

»Wirklich?«, fragte ich hoffnungsvoll. »Hast du denn eine Idee, wo du ihn finden kannst?«

»Ja. Ich bin zuversichtlich. Willst du dich jetzt wieder anziehen?«

Ich lächelte lasziv und schüttelte den Kopf.

Seine grünen Augen funkelten. Geduldig stützte er sich mit seinen Händen auf dem Sessel ab, bis ich seine einladende Haltung verstand und mich setzte. Caleb legte seine Hände an meine Schultern und massierte mich, bevor er sich nach vorne beugte und meinen Hals küsste.

Ich reckte mich ihm entgegen, damit es ihm leichter fiel, meine Haut zu berühren. Seine Lippen waren weich und zärtlich und sie nahmen mir augenblicklich all den Schmerz aus meiner Brust.

Er trat um den Sessel herum und hockte sich vor mich. Mit warmen Händen griff er an meinen Slip und zog ihn aus. Dann legte er die Hände auf die Lehnen des Sessels und tippte mit den Zeigefingern jeweils darauf.

»Soll ich echt?«, fragte ich vorsichtig, als hätte er noch nie zuvor mit mir geschlafen oder mich berührt.

Er antwortete nicht und blieb völlig ruhig, ohne jegliches Zeichen von Ungeduld.

Ich wurde noch nervöser, als ich meine Beine langsam anhob und erst das rechte, dann das linke auf den Armlehnen ablegte, sodass ich ihm meine Pussy vollkommen ohne Schutz offenbarte – und der gesamten Stadt in seinem Rücken.

Caleb fuhr mit seinem Daumen durch meinen Spalt und ließ ihn sanft eintauchen. Ich schloss die Augen und genoss das Gefühl. Immer tiefer glitt er, bis er meinen inneren Lustpunkt erreichte und mich mit kleinen Bewegungen dagegen reizte.

Ich stöhnte unwillkürlich auf.

»Geht es dir hierbei wirklich nur um eine Ablenkung, Jade?«

Ich presste die Lippen zusammen und schüttelte den Kopf.

»Aber du kannst nicht immer erst dann zu mir kommen, wenn ihr streitet.«

Ich schlug die Augen auf. »Wir haben nicht gestritten! Er hat mich betrogen und verlassen!«

Caleb lächelte zweideutig. »Ich weiß«, sagte er nur, dann ließ er seinen Kopf zwischen meine Beine sinken.

»Mhhhh ...« Ich seufzte laut auf und reckte mich ihm entgegen. Seine Zunge glitt lieblich zwischen meinen Schamlippen entlang und fickte mich dann mit kleinen Stößen. Ich entspannte immer mehr. Seine rechte Hand wanderte zu meiner Brust hoch und massierte mich sanft, während er begann, sich meinem Kitzler zu widmen.

»Oh Gott ...!«, stöhnte ich und krallte mich in sein Haar. »Bitte fick mich, Caleb, bitte!«

Aber er hörte nicht. Er ließ seine Zunge um meine Perle kreisen und saugte an ihr, bis sich das himmlische Gefühl eines Orgasmus in mir anbahnte.

Ich hielt das Gefühl zurück, wollte unbedingt darauf warten, dass er mich nahm und ich gemeinsam mit ihm loslassen konnte.

»Jade«, hörte ich ihn angespannt murmeln, als ich mich unter ihm wand, um einem Orgasmus zu entgehen. »Bleib ruhig.«

»Ich möchte auf dich warten.«

Er lächelte zu mir hoch. »Ich habe für heute genug.«

»Das kannst du doch nicht ernst – fuck!«

Seine Bewegungen wurden intensiver als zuvor und nun nahm er noch gekonnt seine linke Hand hinzu. Bei Landon und seinem Macho-Gehabe hatte mich sein Erfahrungsreichtum nicht gewundert, aber Caleb war mir bisher nicht wie ein Frauenheld vorgekommen, dennoch beherrschte er diese Technik perfekt.

Er fingerte und leckte mich, bis ich gar nicht anders konnte, als unter seinen Berührungen zu zergehen.

Ich schrie meine Lust in die Nacht hinaus und ließ den Orgasmus wie einen kurzen Rausch über mich kommen. Kaum hatte ich mich einigermaßen gefasst, griffen Calebs

Hände nach mir und er drehte mich herum, drückte mich mit den Knien auf den Sessel.

Kaum eine Sekunde später stieß er von hinten in mich und ich rückte nach vorn.

Himmel ... ich krallte mich an der Lehne fest, ließ mich hart von ihm nehmen und spürte nach kaum fünf Minuten einen nächsten Höhepunkt in mir hervorkommen. Ich ließ exakt im richtigen Moment los, als Caleb sich in mir ergoss.

Ich sank nach vorne, ließ mich fallen und lauschte seinem lauten Atem. Als er sich aus mir zurückzog, half er mir sogleich auf und dirigierte mich zum Bett. Er war es, der mir die Schuhe auszog und die Decke über mich legte. Erschöpft ließ ich mich in das Kissen sinken.

»Ich dachte, du hättest für heute genug gehabt«, murmelte ich zufrieden.

»Ich konnte dir nicht widerstehen.« Er legte sich zu mir und kuschelte mich ein. Ich fühlte mich wunderbar geborgen. »Du bist verdammt sexy, wenn du kommst.«

»Wirklich?«, fragte ich naiv.

Er lachte an meinem Ohr. »Wirklich.«

»Caleb?«

»Hm?«

»Wieso hast du so eine ganz andere Wirkung auf mich als alle anderen? In deiner Gegenwart werde ich unsicher und fühle mich gleichzeitig unendlich geborgen.«

Seine Antwort kam nach einer langen Pause. »Weil ich dich wahrnehme.«

»Wie meinst du das?«

»Ich sehe dich. Als Mensch. Mich hat noch nie dein Aussehen oder das Geld deiner Familie interessiert.«

»Findest du mich nicht hübsch?«, fragte ich irritiert.

Er lachte wieder.

»Ist das eigentlich dumm, wenn ich solche Mädchenfragen stelle?«, fügte ich an.

Ich spürte seine Lippen, wie sie sich an meinem Hals kräuselten. »Ich finde keine Frau hübscher als dich. Aber ich habe weiter sehen können. In dein Herz.«

»Gott, kannst du kitschig sein.«

»Ich brauche einen Ausgleich zu meinem Alltag.«

»Also in der Woche der Gangster und am Wochenende der Romantiker?«

»Ich bin immer der Romantiker. Unter der Woche muss ich es nur verbergen.«

Auch ich schmunzelte jetzt und streichelte gedankenverloren über seinen tätowierten Unterarm, mit dem er mich umschlossen hielt. »Ich glaube, ich habe mich in diesen Romantiker verliebt.«

Für meinen Geschmack zog er die folgende Pause viel zu sehr in die Länge. Warum ließ er mich so lange im Ungewissen? Konnte er nicht wenigstens sagen, dass ich dumm war und gefälligst nicht zwei Männer gleichzeitig lieben konnte und schon gar nicht zwei, die sich eins zu eins ähnlich waren?

Nein, stattdessen sagte er gar nichts, dieser Blödmann.

»Und wieso konntest du in mein Herz sehen?«, fragte ich, um die schreckliche Stille zu unterbrechen. »Während alle anderen nur meine Titten sehen, wenn sie auf meine Brust starren?« Ich lachte kurz, aber er blieb ernst.

»Weil ich deine Mutter kenne, Jade.« Seine Stimme war nur ein Raunen. »Und ich weiß, wie sie ist.«

LANDON

Caleb trug noch immer seine Anzughose, war dafür aber oberkörperfrei. Ein Cappy tief ins Gesicht gezogen lief er auf einem der Laufbänder im 35. Stock dieses mäßigen Hotels und hatte nur zum Schein einen Actionfilm auf dem Display vor ihm eingeschaltet.

Ich ließ die mit Tagebüchern gefüllte Sporttasche neben seinem Laufband fallen und stieg selbst auf eines.

Im Gegensatz zu mir hätte er sich umziehen können, da ich bereits heute Morgen mithilfe eines gestohlenen Portemonnaies dieses Zimmer gebucht und auch meine Sportsachen – die meinem Bruder selbstverständlich passten – deponiert hatte. Das Portemonnaie würde der Bestohlene in ein paar Tagen zurückbekommen, die 200 Dollar leider nicht.

»Du hättest dir von mir Sachen nehmen können«, sagte ich zur Begrüßung und zog mein Jackett aus.

Caleb schien es vorzuziehen, sich noch eine Ewigkeit im Fitnessstudio auszupowern, also machte ich einfach mit. Ich betrachtete seinen Rücken und stellte fest, dass er minimal trainierter war als ich.

Er antwortete gute fünf Minuten später. »Sie hätte es bemerkt.«

»Wer, sie?«

Mein Bruder schaltete ein paar Gänge runter und lief locker aus. Sein gestählter Oberkörper glänzte vor Schweiß und ich zählte zig neue Tattoos an seinem rechten Arm. Nackt nebeneinander würde uns jeder auseinanderhalten können.

»Wer, *sie*, Mann?«, fragte ich ungeduldig.

Er griff nach seinem Handtuch, legte es sich in den Nacken und sprang vom Laufband. Beim Wasserspender füllte er sich eine Flasche und trank sie in einem Zug leer.

Ich schaltete mein Laufband aus und lehnte mich gegen das Bedienfeld.

»Jade«, sagte Caleb.

»Sie merkt es, wenn du meine Klamotten anziehst? Wodurch?«

»Sie ist oben.« Er sprach mit dem Wasserspender und daher wusste ich, dass er nicht log.

Aber verarschen wollte er mich. »Alter, verarschst du mich?«

»Sie ist gekommen.« Er schraubte die Wasserflasche zu und blickte mir ins Gesicht. »Ich habe ihr gesagt, wo sie mich findet.«

»Warum zur Hölle solltest du das tun?! Alter, ihre Mutter ist Susan verfickte Hure Carpenter und Jades Handy wird vermutlich eigens von ihr getrackt!«

»Wird es vielleicht. Aber niemand weiß, wo genau wir uns an dieser Straßenecke befinden.«

»Im Courtyard! Ist doch naheliegend!«

»Welches von den 400 Zimmern?«

»Das wird man ihr an der Rezeption sagen?!« *Vollidiot.*

Caleb schüttelte den Kopf. »Sind da die Bücher drin?«

»Nein, darin befindet sich das Gold, das ich gestern ausgegraben habe. Die Bücher habe ich in den Hudson geworfen.«

»Wir werden sie ihr zurückgeben.«

Ich sah Caleb entgeistert an. »Ich kann deinem hypergenialen Plan nicht folgen, Bruder.«

»Wir weihen Jade ein.« Er war wahnsinnig geworden. »Wir erzählen ihr alles, geben ihr die Bücher zurück und lesen sie gemeinsam.«

»Hast du zu viel Micky Mouse gestreamt oder warum ist dein Hirn so leer?«

»Wenn wir es nicht tun, verlieren wir sie.«

»Die Bücher?!«

»Jade.«

Irgendwie schien ich nicht mitzukommen. Welchen Bullshit faselte mein Bruder da?

»Sie ist dir nicht egal. Ich habe dein Gesicht gesehen. Den Schmerz in deinen Augen.«

»Ich zeige dir gleich, was Schmerz ist.«

Er grinste schief. »Als sie meinen Namen sagte, hat es dich verletzt. Du warst wütend.«

»Und?«

»Und danach hast du sie gefickt, wie ich dich noch nie eine Frau habe ficken sehen.«

»Du musst es wissen.«

»Ich werde es nicht zulassen, dass wir sie verlieren.«

»Wir? Was zur Hölle bringt dich dazu, das auch noch in den Plural zu setzen?«

»Du hast sie schon verloren. Ich will sie nicht verlieren.«

»Hat dich die Cosa Nostra irgendwie weich gemacht oder reicht es, für ein solches Softie-Gehabe Weichspüler zu fressen?«

Seine Nackenmuskeln spannten sich an und er kam näher. »Komm runter. Du bist der einsamste Mensch, den ich kenne. Die Jahre voller Lügen haben dich zerstört, du willst es nur nicht zugeben, und nun triffst du eine Frau, die dich reizt und dir alles gibt, wonach du dich insgeheim sehnst, und du schlägst ihr ins Gesicht, statt sie einzuweihen. Jade verachtet ihre Mutter, sie wäre auf unserer Seite, ziemlich sicher. Du läufst weg vor deinen Gefühlen, weswegen auch ich derjenige war, der den harten Part übernommen hat. Wenn du jemals jemanden erschießen würdest, müsstest du tagelang heulen, weil dich manche Dinge ganz anders beschäftigen als mich. Also nehmen wir diese Scheißbücher, gehen zu ihr nach oben und klären sie auf. Sie kann ›Nein‹ sagen, aber das wird sie nicht. Ganz im Gegenteil; sie wird uns wie immer überraschen.«

»Wie viel hast du mit ihr zu tun gehabt? Warum hast du das alles vor mir verborgen?«

»Du meintest, ich solle mich einmischen. Also habe ich es getan.«

»Fuck, das ist Wochen her! Warum hast du mir nichts gesagt? Du warst der *andere*? Ernsthaft?«

Caleb hob die Schultern. »Ich wollte erst herausfinden, wie du *wirklich* zu ihr stehst, bevor du sie mir einfach überlässt, weil es einfacher für dich gewesen wäre.«

»Nein. Du wolltest herausfinden, wie sie *wirklich* zu mir steht, was?«

»Auch das. Hat sie dir gesagt, dass sie dich liebt?«

Ich zuckte zusammen.

»Siehst du? Was glaubst du, wie vielen Männern zuvor sie das gesagt hat? Sie schätzt etwas an dir, Junge. Auch wenn ich nicht ganz begreife, was es ist, weil du durch und durch ein riesiges Arschloch warst. Aber sie scheint wie ich hinter deine Fassade blicken zu können. Also mach es nicht kaputt.«

»Was schwebt dir vor? Wir ficken sie abwechselnd, bis wir alt und grau sind? Und das fantasierst du, während wir genau eine verfickte Fingerkuppe breit von unserem Ziel entfernt sind?«

»Du hast doch eh keine Lust, diese Bücher zu lesen. Ich kenne dich. Du hast das Lesen satt. Sie kann uns dabei helfen.«

»Während sie dir nebenbei einen bläst?«

Er bückte sich und griff nach der Tasche.

Ich wollte ihn davon abhalten, aber ich konnte mich leider nicht rühren. Seine Worte hatten mich ans Laufband gefesselt.

»Vielleicht werden wir auch einfach nur drei gute Freunde. Kommst du mit oder willst du hier noch ein bisschen rumfrusten?«

»Geh alleine. Ich überlege mir einen neuen Plan.«

Er lachte kopfschüttelnd. »Ja, es ist besser, wenn du mich das machen lässt. Vielleicht braucht sie noch ein paar Stunden, um dir zu verzeihen.«

Ich schluckte. »Caleb?«, hielt ich ihn zurück, als er schon am Fahrstuhl stand. »Ich glaube, ich habe nicht verstanden, was du überhaupt von mir willst. Redest du davon, dass wir sie ... uns ...?«

Auch wenn er nur schmal lächelte, wusste ich, dass er mich auslachte. »Ich rede von allem, was uns Spaß macht.«

Mein Mund wurde noch trockener.

»Ruh dich aus. Ich werde dir schreiben, sobald wir etwas finden.«

JADE

Das Geräusch der sich öffnenden Tür weckte mich. Als Caleb das Flurlicht anschaltete und in den sanften Lichtschein trat, richtete ich mich auf.

In seiner Hand trug er meine Sporttasche, die Landon dazu verwendet hatte, die Tagebücher meiner Mutter einzupacken.

»Du hast sie? Jetzt schon?«

»Ja«, sagte er und stellte die Tasche auf dem Schreibtisch ab. »Ich habe sie.« Er kam zu mir zurück, griff bestimmend in meinen Nacken und gab mir einen festen Kuss.

Seine Lippen erzeugten ein Kribbeln auf meiner Haut und nicht nur dort.

»Zieh dich an, wir haben einiges zu besprechen.«

»Besprechen? Ist etwas passiert?«

»Zieh dich einfach an.«

»Warum?«, fragte ich neckend. »Lenkt dich mein nackter Körper zu sehr ab?«

Er verdrehte die Augen und grinste. »Tatsächlich. Das tut er. Im Schrank sind ein paar Klamotten von mir. Vielleicht findest du eine Sweatshirtjacke, die du über dein Kleid ziehen kannst.«

»In Ordnung.« Ich stand auf, sammelte meine Kleidung

ein und verschwand im Bad. Ich nutzte die hoteleigenen Kosmetikprodukte, schützte meine Haare mit einer Haube und überspülte meinen Körper mit heißem Wasser. Für einen Moment in der Dusche zu stehen und wach zu werden, tat ungemein gut. Es ließ mich vergessen, dass der blaue Fleck an meinem Kiefer im Spiegel nicht besonders ansehnlich wirkte.

Als ich das Wasser ausschaltete, um mich einzuseifen, zuckte ich wegen eines lauten Geräusches zusammen. Jemand hämmerte an die Tür.

»Caleb!«, dröhnte es ins Badezimmer hinein. »Mach die Scheißtür auf!«

So schnell ich konnte, sprang ich aus der Dusche, griff nach einem Handtuch und löschte das Licht.

»Caleb!«

Das Donnern verstummte. Er musste die Tür geöffnet haben. »Seid ihr wahnsinnig?«, hörte ich ihn flüstern. »Wollt ihr noch das ganze Scheißhotel wecken?«

Die Holzschiebetür des Badezimmers stand einen Spaltbreit offen, sodass ich alles hörte.

»Wir suchen dich und du hast dich nicht gemeldet.«

»Nein«, sagte Caleb gedehnt. »Habe ich nicht.«

»Und wieso nicht?« Zwei Typen kamen herein. Der erste, der gerufen hatte, hatte eine unangenehme, kratzende Stimme, der andere, der jetzt sprach, klang mies gelaunt und so, als leide er unter Magenkrämpfen. »Du hast dich einfach verpisst. Mit einem *Anzug.* Was zur Hölle hast du getan?«, fragte er mit italienischem Akzent.

»Ich war im Theater«, antwortete Caleb ironisch.

Der erste Typ knurrte. »Fick einen anderen mit deinen Witzen.«

»Beruhigt euch. Ich habe was besorgt.«

»Und was soll das sein, dass du dich in ein Hotel verschanzt?«

»Damit hat das doch nichts zu tun«, erklärte er genervt. »Das Zimmer hat seinen Grund.«

»Si. Welchen?«, fragte der andere drohend.

»Hört auf, mich anzusehen, als wärt ihr Hunde, die gleich ihr Bein heben, um mich anzupinkeln. Ich kann nichts dafür, dass Diego ein Verräter war und der Scheißprof eine Schießerei begonnen hat, klar?! Bleibt mir mit eurem Misstrauen vom Hals und verschwindet wieder. Ich brauche die Nacht hier, um in Erfahrung zu bringen, ob ich echte Beute habe oder nur Bullshit in Papierform.«

»Papierform? Falschgeld?«

»Nein, du Intelligenzbolzen, ich rede von echtem Papier, auf dem man schreibt.«

»Ist es da in der Tasche?«

Ich hörte Caleb wütend murmeln, als einer von den zwei Männern den Reißverschluss öffnete.

»Das sind ja Bücher.«

»Ach«, machte Caleb.

»Und was daran soll wertvoll sein?«

»Ihr Inhalt, Schwachkopf.«

Ich hätte beinahe aufgekeucht, als der Mann plötzlich herumfuhr und ich durch den Spalt eine Waffe aufblitzen sah. Er richtete sie auf Caleb. »Nenn mich nicht ›Schwachkopf‹, du kleiner Pisser. Wir wissen, dass etwas läuft. Seit Jahren fliegen in regelmäßigen Abständen unsere Leute auf. Wir haben die ganze Zeit nach dem Kerl gesucht, der den Mumm hat, uns nacheinander zu verraten. Und ich weiß, dass Diego es *nicht* war. Also ist deine Geschichte faul und ich will dich kontrollieren.«

Caleb trat näher, sodass die Waffe gegen seine Brust stieß.

Ist er wahnsinnig?

»Niemand kontrolliert mich, bis auf den Boss. Und der weiß ganz genau, dass ich niemanden verrate, denn ich hätte mehr Beweise als ihr alle zusammen, um euch dem FBI auszuhändigen, klar? Giu hat herumgefaselt und Diego hat ihn erschossen – warum, wenn er nicht der Verräter war, weiß ich nicht, aber als er seine kleine Pistole auf mich gerichtet hat, war es mir auch egal, denn es ging mir um mein Leben. Vielleicht hast du dich von ihm täuschen lassen, so was passiert. Beschuldige mich doch, wenn der Nächste auffliegt, das ist schließlich bisher *nicht* passiert. Und ich finde deine Reaktion reichlich übertrieben, wenn man bedenkt, dass ich es war, der vor ein paar Monaten dein Scheißleben in der Schießerei mit Sprague gerettet hat. Ich hätte dich in dieser Gasse auch einfach sterben lassen können, Mike, dann würde sich jetzt nicht der Lauf deiner Waffe in meine Brust bohren.«

Für einen Moment herrschte vollkommene Stille.

Dann bewegte sich etwas und im nächsten Moment war die Waffe verschwunden.

»Sorry, Caleb«, murmelte die größere Gestalt reuevoll. »Hätte dich nicht verdächtigen sollen.«

»Ich weiß.«

»Das ist doch Bullshit!«, donnerte jetzt der andere, der mit der leidenden Stimme. »Nur weil du das Leben von jemandem rettest, bist du doch nicht aus dem Schneider! Ich habe dich im Fernsehen gesehen! Du arbeitest fürs FBI und durch so eine dämliche Aktion mit irgendeinem Mädchen bist du aufgeflogen!«

Wieder Schritte durch den Raum.

»Das ist mein Bruder«, gab Caleb gepresst von sich. »Er sieht mir ähnlich.«

»Er sieht genauso aus wie du! Und wenn du mir das nicht erklärst, erschieße ich dich gleich hier und jetzt!«

»Aber ich bin es nicht! Verdammt, Vanni! Warum glaubst du, haben wir das geheim gehalten? Genau wegen diesem Scheißfuchs, der in unseren Reihen sitzt und uns verrät!«

»Was soll das heißen?«

»Seit Jahren gelange ich durch die Ähnlichkeit zu meinem Bruder an Informationen, kapiert? Ich gebe mich als er aus, was wunderbar funktioniert hat. Und was auch dazu geführt hat, dass ich unserem Plan, das FBI an den Eiern zu packen, näher gekommen bin als irgendjemand sonst. Dein Misstrauen ist einen Scheiß wert. Erkenn endlich, dass es hier um was Großes geht.«

Ein Grummeln. Caleb, der leise fluchte. Schritte. Jemand ging zum Schreibtisch.

»Das ist ja alles Handschrift.«

»Auf Englisch nennt man sie Tagebücher«, sagte Caleb trocken.

»Und von wem sollen diese sein?! Was soll die Scheiße, Cal?!«

»Sie sind von Susan Carpenter. Die Deputy Direktorin für Kriminalität in New York.«

Stille.

»Dein Ernst? Du willst uns mit billigen Tagebüchern abspeisen?! Das ist doch Bullshit! Was tust du eigentlich in diesem Hotelzimmer, he? Du triffst dich mit wem! Wer ist es?!«

»Die Tagebücher sind nur die nette Beigabe, Vanni. Die wahre Ausbeute des heutigen Abends habe ich noch eine Weile für mich haben wollen.«

»Was? Wieso?«

»Sie ist ziemlich hübsch.«

Scheiße, er redet von mir!

»Hübsch?!«, wiederholte der Bulle direkt vor der Tür.

»Und sie gehört mir. Aber bevor ich ihr offenbare, dass sie mir vollkommen aufgesessen ist, wollte ich die Nacht dafür nutzen, sie durchzuficken. Ihr kennt das.«

»Von wem redest du zur Hölle, ey?!«

Als ich bemerkte, dass Caleb auf die Badezimmertür zuging, wich ich zurück, aber ich hatte keine Chance, mich in dem kleinen Raum zu verstecken.

Im nächsten Moment wurde die Tür aufgezogen und ich blickte drei Männern ins Gesicht. Caleb, dem grimmigen Vanni und seinem schmierigen Freund Mike.

Caleb lächelte bösartig, wie ich weder ihn noch Landon je habe lächeln sehen. »Von ihr hier. Die mir ganz von allein in die Arme gelaufen ist.«

ICH, 02:10

Hab's mir überlegt.

Bin um den Block rum und so weiter.

Ich komme jetzt hoch.

ICH, 02:11

Cal? Ihr pennt nicht etwa, oder?

ICH, 02:11

Scheiße.

Hab 'nen zweiten Schlüssel. Bete, dass das nicht auffällt.

Entschuldigung, hätte gerne einen zweiten Schlüssel zu dem Zimmer, das ich ganz alleine nutze. Ach, sie haben mich vorhin doppelt reinkommen sehen? Kann nicht sein.

Findest du, dieser Smiley sieht mir ähnlich?

ICH, 02:11

Oookay, so ruhig wie es ist, schlaft ihr wirklich. Was zur Hölle mache ich jetzt?

Mich dazulegen? xD

ICH, 02:12

Bro …

ICH, 02:13

Ich komm jetzt rein.

ICH, 2:14

Oder?

ICH, 2:15

Du kannst mir keinen Vorwurf machen, aber die Nacht auf dem Flur zu verbringen, ist auch dumm.

ICH, 02:20

WO SEID IHR?

War Jade überhaupt jemals hier?

GIL-BOY, 03:15

Planänderung.

Schlaf dich erst mal aus.

Gerade kannst du nichts tun.

ICH, 03:15

-_-

ALTER, SAG MIR SOFORT, WAS HIER LÄUFT!

JADE

»Du bist ein mieser, verlogener, jämmerlicher Scheißkerl«, zischte ich, während Caleb meine Hände an dem stabilen Rohr einer Heizung fesselte. Sie hatten mich in einen Raum gebracht, der einem Gästezimmer glich und sich in einer alten Villa befand. Mehr hatte ich bisher nicht erspähen können, da meine Augen verbunden gewesen waren. Die Fahrt hierher war eine Tortur gewesen. Noch immer trug ich nur mein Kleid, die dämlichen High Heels und Calebs Sweatshirtjacke, und ich hatte mich vor den drei Männern im Hotelzimmer anziehen müssen.

Solche verfickten Schweine!

Aber nicht genug. Danach hatten sie jeweils ihre kleinen, schäbigen Revolver auf mich gerichtet und waren mit mir aus dem Hotel verschwunden. Nur um mich in dieses schäbige Zimmer zu bringen, in dem es zwar ein Bett gab, das aber nicht besonders einladend wirkte, und ein offenes Badezimmer, das sich nur durch einen Vorhang vom Raum abtrennen ließ, da die uralte Tür aus ihren Angeln gefallen zu sein schien.

New York kann halt überall hässlich sein.

»Du hättest mich niemals verraten müssen! Stattdessen bringst du mich hierher.«

»Das war der Plan«, sagte Caleb trocken und zog die Fesseln fest. »Und jetzt hör auf rumzujammern, sonst kneble ich deinen Mund.«

Der bullige Typ sagte etwas auf Italienisch und lachte. Ich glaubte jedenfalls, dass es Italienisch war. Es klang sehr nach Mi-amore, aber hatte eine Upper-East-Siderin mit mäßiger Bildung schon Ahnung von Europa?

Das Dümmste: Caleb stieg in das Lachen mit ein und antwortete ebenfalls auf Italienisch.

»Es ist eine Lüge, dass du diese Sprache beherrschst«, zischte ich.

»Offenbar nicht«, sagte er wieder auf Englisch und überprüfte ein letztes Mal meine Fesseln. Ich saß auf dem schäbigen Boden neben der Heizung. So wurde mir wenigstens nicht kalt – haha! »Wollen wir herausfinden, ob du dich befreien kannst?«

Caleb stand auf und trat zurück. Die Arme vor der Brust verschränkt musterte er mich. Sein Kumpel Vanni schloss auf und schaute gierig auf mich herab.

»Also, Prinzessin. Womit fangen wir an. Vielleicht mit der Tatsache, dass ich dir gesagt habe, jedes meiner Worte sei eine Lüge gewesen, du es aber glatt nicht glauben wolltest.«

»Arschloch«, zischte ich.

»Oder damit, dass Landon mich sehr wohl kennt und mir vertraut. Was es überhaupt erst möglich gemacht hat, an die vielen wertvollen Informationen zu gelangen.«

»Er kennt dich?«

»Ja, er denkt sogar, wir wären wie Brüder, stell dir vor. Und er denkt, ich hätte ihm gerne dabei geholfen, an die Tagebücher ranzukommen. Dabei ging es mir die ganze Zeit nur um dich. Wie auch auf der Party.«

»Du warst also doch dieser mittelmäßige Entführer.«

»Allerdings.«

»Und wie hast du die Schussverletzung überlebt?«, fragte ich spöttisch. »Hast du nur so getan, als wärest du gestorben?«

»Richtig. Landon hat niemals auf mich gezielt. Er wollte in deiner Gunst steigen, indem er dich rettet. Also habe ich ihm diesen Gefallen getan. Mein Plan war nie, dich zu entführen. Ich wollte herausfinden, wie leicht es ist, an dich ranzukommen. Das habe ich. Du bist viel vertrauensseliger, als du glaubst. Ich musste nur ein kleines Netz um dich spinnen, um die Bücher und dich zu erhalten. Das eine ist ohne das andere wertlos. Nur mit dir zusammen können wir deine Mutter erpressen.«

»Und worum geht es hierbei? Soll sie euch alle unschuldig zaubern?«

»Sie soll ein paar Akten für uns frisieren. Das kann nur sie. Bis dahin bleibst du bei uns.«

»Polizeiakten?! Ganz schön großer Aufwand, oder? Warum engagiert ihr nicht einfach einen Hacker?«

Caleb lächelte spöttisch. »Verzeih mir, wenn ich dich nicht tiefer in unseren Plan einweihe.« Er nahm sein Handy und sagte Vanni etwas auf Italienisch. Dieser beugte sich daraufhin zu mir herunter und legte seine dreckige Hand auf meinen Mund, während Caleb jemanden anrief. Als er zu reden begann, wusste ich, was er tat. »Mrs. Carpenter«, sagte er und glich damit Landons Stimme eins zu eins, »entschuldigen Sie, dass ich so spät störe, aber ich wollte warten, bis die Party vorbei ist. ... Ja? Das freut mich zu hören. Ich habe ihre Tochter entführt.« Er lachte, als hätte er einen Scheißwitz gemacht. »Ich würde sie gerne für die nächsten zwei Tage mit nach Philadelphia nehmen, ich habe dort Verwandtschaft. Ich rufe nur an, damit Sie sich keine Sorgen machen. ... Natürlich. Vielen Dank für

Ihr Vertrauen. ... Nein, Montag bin ich voraussichtlich wieder zurück und im Büro. Schönen Abend!«

»Deine Geschichte ergibt absolut keinen Sinn!«, zischte ich, nachdem er aufgelegt und Vanni seine Hand zurückgenommen hatte.

»Nein? Warum?«

»Diese ganze Brüdergeschichte ... ist lächerlich!«

»Findest du?« Calebs Augen blitzten so bösartig, dass ich an die Heizung zurückwich. »Was ist, wenn ich dir verrate, dass er und nicht ich gestern Abend deinen Arsch gefickt hat?«

Wovon zur Hölle redet er?!

»Ich habe dir die Augen verbunden ... Du hast dich nach vorne gelehnt ... Er kam herein und wir haben dich uns geteilt.«

Ich glaubte ihm nicht. Das konnte nicht möglich sein.

»Er hat dich geschlagen. Und auch wenn ich ihn hasse, hat es mir sehr gefallen, ihm dabei zuzusehen.«

»Du verdammter Wichser!«, schrie ich und riss an meinen dämlichen Fesseln. Ich sollte ihm sein dummes Grinsen aus dem Gesicht schlagen! Aber ich konnte mich nicht befreien, also schwor ich Rache. So unendlich viel Rache, dass ich glaubte, innerlich zu explodieren.

Das Lachen der Männer riss mich aus der wahnsinnigen Wut, die mich befallen hatte. Meine Handgelenke schmerzten, so sehr hatte ich an den Fesseln gezerrt.

»Die Fesseln halten, was meinst du, Vanni?«

»Si.« Vanni ergänzte noch irgendeinen italienischen Bullshit, dann zog er sich seine Jacke an, die auf dem Bett lag.

»Ja, ich denke auch, dass wir sie alleine lassen können. Wie lange werden wir brauchen?«

Wieder eine italienische Antwort.

»Bis dahin hält sie es ohne Wasser aus.«

»Du bist ein genauso arroganter Scheißkerl wie dein Bruder«, murmelte ich wütend, als Caleb bereits bei der Tür war.

Er warf mir einen letzten Blick zu, der nicht mehr voller Bösartigkeit, sondern einfach nur absolut dunkel war. »Nein, ich bin schlimmer«, sagte er, dann verließ er den Raum.

ICH, 03:16

Ihr seid verschwunden.

Durchgebrannt, ehrlich jetzt?

ICH, 03:21

Hier sind Fußspuren im Zimmer.

Dreckige, hässliche Schuhe.

Das warst nicht du.

Wo seid ihr?

Was ist passiert?

ICH, 04:15

Okay. Das nächste Mal, wenn ich dich sehe, töte ich dich.

Macht eh keinen Unterschied mehr.

ICH, 05:59

Bastard.

GIL-BOY, 07:14

Merk dir schon mal diese Adresse, ich schreibe dich an, wenn die Luft rein ist.

Lincoln Street, 1036, Newark, New Jersey

ICH, 07:14

New Jersey?!

GIL-BOY, 07:45

Das ist dieser Bundesstaat gegenüber vom Hudson River. 9 Millionen Einwohner. Du siehst die Skyline vom Fenster aus.

ICH, 07:45

Haha.

GIL-BOY, 08:00

🤓

Du hast gefragt.

JADE

Ich hätte nie gedacht, dass sich zwölf Stunden so ziehen können. Ungefähr so musste sich ein Langstreckenflug in der Holzklasse anfühlen. Eingepfercht, nicht bewegungsfähig, und alles, was einem geboten wurde, war Instant Food und das mäßige Filmprogramm von Amazon Prime.

Als Caleb mir das Tablet in die gefesselten Hände gedrückt hatte, hatte ich ihn noch ausgelacht, aber ich war schlau genug gewesen, es nicht als Waffe gegen ihn zu benutzen, sondern bei mir zu behalten. Die Kindersicherung war aktiviert, sodass ich keinerlei Möglichkeiten hatte, ins Internet zu gehen, aber er hatte ein Dutzend Filme heruntergeladen. Sie waren zwar allesamt stinklangweilig, aber sie waren immer noch besser als gar nichts.

Am Vormittag war er gekommen, um mir Wasser zu bringen. Er hatte mich gezwungen, welches zu trinken, und dann geknebelt, weil ich ihm zuvor wohl doch ein wenig zu leidenschaftlich um Hilfe geschrien hatte.

Jetzt hatte ich jeden Film abgespielt und im Sitzen geschlafen und fühlte vor allem eines: schreckliche Langeweile.

Ich versuchte erst gar nicht, verstehen zu wollen, wie

alles zusammenhing. Stattdessen stellte ich mir vor, wie ich die beiden Brüder niederschoss. Die Vorstellung davon hielt mich am Leben und meine Wut im Zaum.

Ich wusste, dass ich kein schlechtes Gewissen haben würde. Nein, sie beide verdienten den Tod und es war wunderbar, mir ihren tristen Grabstein vorzustellen.

Nach insgesamt fünfzehn Stunden öffnete sich die Tür wieder.

Caleb war allein. Er sah aus, wie ich mich fühlte. Sein Anzug war verrutscht, er trug eine Waffe in der Hand und ich vermutete, dass er nicht geschlafen hatte.

Als er mich bemerkte, blieb er wie angewurzelt stehen. »Fuck.«

»Hi, Arschloch«, stöhnte ich in den Knebel und hoffte, dass er mich verstand.

»Ich habe dein Essen vergessen.« Er kam zu mir und befreite mich vom Knebel. »Was möchtest du?«

»Was ich *möchte?*«, fragte ich erstaunt. *Wo kommt denn plötzlich sein freundlicher Tonfall her?*

»Wir sind allein. Hier um die Ecke gibt es einen Kiosk. Also wenn es nicht gerade Carpenter-Wünsche sind, kann ich dir bringen, was du möchtest.«

Ich öffnete sprachlos den Mund.

»Er macht in fünfzehn Minuten zu. Könntest du dich schnell entscheiden?«

»Mir ist so was von scheißegal, was ich esse. Ich würde viel lieber endlich aufs Klo gehen und mich waschen und dir dein Gesicht verunstalten.«

Caleb lächelte amüsiert und stand wieder auf. »Bin gleich zurück.«

Okay? Klar. Ich wartete, bis er verschwunden war, und zählte mithilfe des Tablets die Minuten, sodass ich annehmen konnte, er wäre nicht mehr in der Nähe. Dann schrie ich los. Ich veranstaltete den lautesten Krach, den ich hätte erzeugen können, benutzte meinen Körper, die Heizung, meine Kehle und alles sonst, was mir möglich war.

Keine zwei Minuten später flog die Tür wieder auf.

Diesmal war es der nicht italienische Mike, der mich anstarrte, als hätte ich ihn gerade aus dem Schlaf gerissen, und dem die Villa zu gehören schien. »Verdammte Scheiße!«, brüllte er. »Wer hat dich vom Knebel befreit, Schlampe?«

Caleb erschien im Türrahmen hinter ihm, warf mir einen geschockten Blick zu und stellte die Tüte schnell am Eingang ab. »Sorry, Mike, das geht auf mich. Anfängerfehler.«

»Ist doch nicht deine erste Schlampe, die du entführst.«

»Nein. Aber die erste, die keine Angst vor mir hat.«

»Dann bring ihr Angst bei, ich will schlafen.«

Caleb lachte. »Ja, ich kneble sie wieder.«

»Und wehe, mich weckt irgendein Gestöhne, weil du sie vögeln musst!«

»Dafür kann ich nicht garantieren.«

»Das solltest du. Wenn ich noch mal wach werde, nehme ich sie mir selbst.«

Calebs Miene verdüsterte sich. »Ich habe schon klargestellt, dass ihr gefälligst eure Schwänze zurückhaltet. Die Kleine gehört mir.«

Mike warf mir einen Blick zu. »Dann soll sie aufhören zu schreien, das hier ist mein Haus.« Er wandte sich ab und wollte den Raum verlassen, aber Caleb stellte sich ihm in den Weg.

»Das mag dein Haus sein«, sagte er leise, »aber vergiss nicht, wer hier wem untersteht. Wenn du eine Pussy ficken willst, hol dir eine von der Straße und bezahl sie.«

»Du vergisst, dass Vanni dir immer noch nicht traut,

Caleb. Nur weil er jetzt nicht hier ist, heißt das nicht, dass du dich aufspielen kannst.«

»Und du vergisst, dass dein Misstrauen dich dein Leben kosten kann.«

Ich hörte Mike abfällig ausspucken, dann verschwand er.

Caleb schloss hinter ihm die Tür. »Bist du eigentlich selten dämlich?!«, fuhr er mich an. »Warum schreist du? Er hätte sonst was mit dir tun können, du hast ihn doch gehört!«

Ich antwortete nicht. Glaubte er, ich würde nicht jede Gelegenheit dazu nutzen, zu entkommen?

»Hier ist etwas zu essen.« Er klang sauer und gar nicht mehr so gangsterhaft, wie er sich vor seinen ›Freunden‹ gab. »Danach gehst du ins Bad, tust, was du tun musst, und setzt dich wieder auf den Boden. Ich wollte dir das Bett anbieten, aber ich habe gerade keine Lust, Sex zu simulieren.«

»Wovon redest du zur Hölle?!«

Er stellte die Tüte neben mir ab und löste meine linke Hand von ihrer Fessel. »Ich brauch 'ne Pause. Gönn die mir einfach, ja?«

»Jetzt bist du wieder normal zu mir, oder was?«

»Ja, offenbar schon.«

»Und ich soll jetzt einfach die Klappe halten und brav sein, damit ich dir keine Probleme mache?«

»Damit du dir *selbst* keine Probleme machst, Jade! Vierzehn Menschen.«

»Was?«

»Vierzehn Menschen habe ich getötet oder beobachtet, wie sie jemand neben mir im Fluss versenkte oder erschoss. Das hier ist kein Spiel, bei dem niemand zu Schaden kommen kann, geht das in deinen Kopf?«

»Und Landon? Wirst du ihn auch töten, sobald er nicht mehr wichtig für dich ist?«

Calebs Blick war voller Skepsis. »Werden wir sehen. Iss.«

Er stand auf, zog sein Hemd aus und legte sich aufs Bett.

Mir blieb nichts anderes übrig, als auf ihn zu hören und das Problem meines knurrenden Magens zu lösen. Ich griff in die Tüte. Er hatte viel mehr gekauft, als eine Person brauchte. Keine Ahnung, warum er plötzlich wieder so nett tat. Aber ›nett‹ war natürlich übertrieben, dafür dass ich noch immer gefesselt an dieser Scheißheizung herumsaß. Ich aß auf und meldete mich bei ihm, als ich meinen Harndrang nicht mehr zurückhalten konnte. Er war eingenickt und löste schlaftrunken meine Fessel.

»Versuch jetzt nicht zu fliehen, ja?«, verlangte er müde und bugsierte mich ins Bad. »Ich bleibe lieber hier.«

»Ich soll vor dir pinkeln?!«

»Ja.«

Ich verengte die Augen.

»Okay! Aber ich warte mit geladener Waffe. Stell einfach nichts Dummes an.«

Ich schnaubte und wartete, bis er den Vorhang schloss. Das war zumindest ein Minimum Zugewinn an Privatsphäre. Ich ließ das Wasser im Waschbecken laufen, um Geräusche zu übertönen, und schluckte aufkommende Tränen hinunter.

Bescheuertes Schicksal. Alles nur, weil ich mit dem Dealen mein Karma versaut habe?

Fünf Minuten später öffnete ich den Vorhang wieder.

»Kann ich in deinem Bett schlafen?«

»Weiß ich nicht«, sagte er tonlos. »Kannst du?«

»Was soll das heißen? Ja klar kann ich, wenn du mich lässt!«

»Nicht, dass du dich hin und her wälzt oder versuchst, mich zu töten. Ich brauche wirklich Schlaf, sonst mache ich Fehler und das tötet uns beide.«

»Hör auf, wieder normal zu sein!«, fuhr ich ihn an. »Der ehrliche Caleb ist ein Schwein und ich ertrage es nicht, dass du mich das vergessen lassen willst!«

Er griff urplötzlich nach meinem Handgelenk und zog mich an sich. Er roch nach Schweiß, nach Zigaretten, ein wenig nach Landon und so himmlisch nach ihm selbst. Seine Lippen landeten auf meinen und ich konnte nichts dagegen tun, dass er mich küsste. In seiner Gegenwart schien ich meine Selbstverteidigungstricks sämtlich zu vergessen. Vielleicht machte mir aber auch der Schlafmangel zu schaffen.

»Wenn du dich fragst, was von dem, was ich sage, wahr ist und was nicht, hör auf das hier«, er berührte mich knapp oberhalb meiner Brust an meiner Herzseite, »und auf den«, er berührte mich am Bauch. »Und jetzt, lass uns verdammt noch mal schlafen.«

JADE

Noch im Dämmerschlaf wurde ich grob gepackt. Hände an meinen Armen. Mann, wie sollte ich so jemals wieder zu Kräften kommen, wenn ich ständig geweckt wurde!

»Caleb?«, fragte ich schlaftrunken und hoffte für einen Moment, es wäre alles gut. Im nächsten Moment spürte ich Fesseln um meine Hände. *Schwachsinn! Nichts ist gut!*

Er schleifte mich regelrecht aus dem Bett, bugsierte mich zurück vor die Heizung. Er warf mir einen sehr weiten Pullover über, bevor er meine Hände wieder am Heizungsrohr fesselte. Grob schob er die Tüte mit dem Essen von gestern Abend in meine Richtung und stellte auch ein paar Wasserflaschen dazu, dann verließ er ohne ein weiteres Wort den Raum.

Erst jetzt wurde ich richtig wach und lehnte mich ernüchtert an die Wand neben der Heizung. Scheiße. Der Schlaf hatte mich zu sehr übermannt und mir so die Möglichkeit geraubt zu fliehen. Falls es denn überhaupt möglich gewesen wäre.

Jetzt saß ich also wieder hier und musste mein Dasein fristen.

Seufz …

Auch das Tablet fehlte mir. Dafür kam irgendwann Mike und setzte sich aufs Bett. Er spielte mit seinem Smartphone und beachtete mich nicht weiter.

Hmm. Ich sah ihn mir genauer an. Unter seinem fülligen Bauch verbargen sich zahlreiche Muskeln. Ihm traute ich zu, dass er einen Feind mit seinem Körper zermalmte.

Wie konnte ich das nutzen?

Als Caleb zurückkam, mich nicht eines Blickes würdigte und sofort in der Dusche verschwand, fasste ich einen wahnwitzigen Plan.

Ich spreizte meine Beine. »Hey ...«, sagte ich mit rauchiger Stimme. »Warum beschäftigst du dich eigentlich nicht mit mir?«

Mike sah auf. Als er meine aufreizende Haltung bemerkte, schien sich augenblicklich ein Schalter in ihm umzulegen. »Was willst du?«, brummte er.

»Schsch, nicht so laut«, flüsterte ich lasziv. »Warum kommst du nicht näher und zeigst mir, worauf ich die ganze Zeit verzichten muss?«

»He?!«

»Ich rede von deinem Schwanz.«

Möglicherweise schrillten seine Alarmglocken los, aber sein Gehör konnte nichts mehr an sein Gehirn melden, weil dieses bedauerlicherweise direkt in seine Hose gerutscht war. Er stand auf –auch wenn ich ihm ansehen konnte, dass er noch zögerte – und kam auf mich zu.

»Zieh dir einen Stuhl heran. Lass uns reden«, verlangte ich lüstern.

»Reden?!«, fragte er abfällig.

»Darüber, was dir gefällt ... und was mir gefällt. Ich fange an. Ich steh auf Kerle wie dich. Caleb ist mir viel zu jung, viel zu ... unerfahren. Ich will einen Kerl wie dich. Und du erzeugst in mir das Verlangen, mich dir anzubieten ... so als wäre ich deine kleine Hure und du dürftest alles mit mir machen, was du willst.«

»Hör zu, du solltest diese Scheiße lassen, sonst nehme ich mir das wirklich.«

Ich legte reines Flehen in meine Stimme. »Oh ja, bitte ...«

»Du machst doch Witze«, knurrte er.

»Komm näher«, flüsterte ich. »Er darf es nicht erfahren.«

Er schien mit sich zu ringen, dann zog er sich tatsächlich einen Stuhl heran und setzte sich vor mich.

»Du musst mich befreien«, flüsterte ich, jetzt schneller als zuvor. »Bitte rette mich. Caleb ist ein Mörder und er wird mich töten. Weil ich Dinge weiß, die niemand erfahren darf. Bitte, du musst mir helfen, sonst bin ich tot! Und wenn du das für mich tust ...« Ich weitete meine Beine noch etwas mehr. »... stehe ich für immer in deiner Gunst.«

»Wovon redest du?«, brummte er ungemütlich. »Welche Dinge?«

»Er ist der Verräter«, hauchte ich. »Ich war bei dem Mord an Giu und Diego dabei. Ich habe es mit eigenen Augen gesehen, wie er sie beide erschoss. Er ist ein Verräter und er hat mich entführt, damit er meine Mutter erpressen kann, ihn in ein Zeugenschutzprogramm aufzunehmen, wenn er euch zuvor alle enttarnt.« *Oh Gott, ergab dieser Scheiß Sinn?* »Du musst ihn töten, bevor er es tut.«

Mike griff sich an den Rücken. »Du warst bei den Morden an Giu und Diego dabei? Du hast es gesehen?«

»Ja!«, sagte ich weinerlich. »Bitte, beschütze mich vor ihm, dann gehöre ich dir!«

Seine Augen glitten an mir herunter, über meine sinnlich offen stehenden Lippen, meine Brüste, hin zu meinem weit geöffneten Schritt. Ich konnte geradezu sehen, wie er sich erträumte, seinen ekelhaften Schwanz zwischen meine Beine zu rammen.

Gerade als er sich aufrichten und offenbar mit gezogener Waffe Richtung Badezimmer gehen wollte, flog sein Kopf zur Seite.

Ich schrie.

Der massige Körper kippte vom Stuhl, aus der Schusswunde an seinem Kopf quoll Blut und seine Augen starrten mich eiskalt an.

»Was zur größten Scheiße in diesem Universum sollte das, Jade?!«, brüllte Caleb, stürmte aus dem Badezimmer und fuchtelte mit seiner Waffe durch den Raum. »Wie kannst du so *dumm* sein, uns so verfickt ernsthaft in Gefahr zu bringen?«

»Uns?!«, schrie ich zurück.

»Ja, Fuck!« Er griff sich mit der linken Hand ins nasse Haar und starrte auf Mikes toten Körper. »Fuck! Wie soll ich jetzt eine beschissene Leiche loswerden?! Du bist echt die abgebrühteste Braut, die ich kenne!«

»Eine bessere Bezeichnung fällt dir nicht ein?«

»Du treibst mich an meine Grenzen, selbst was Bezeichnungen angeht. Was zur Hölle soll ich jetzt mit einer fucking Leiche machen, he?«

»Du hättest ihn ja nicht erschießen müssen.«

»Nein, natürlich nicht. Ich hätte einfach warten können, bis er *mich* erledigt.« Tief durchatmend schloss Caleb für ein paar Sekunden die Augen. Er trug nur eine Jeans, sein Oberkörper war frei und er hatte sich rasiert. Wären die Tattoos nicht, würde ich ihn glatt mit Landon verwechseln. »Hör einfach auf, irgendetwas zu tun.«

»Ja, das krieg ich hin. Bin nämlich an ein Heizungsrohr gefesselt.«

»Was wohl besser so ist«, brummte er. Sein Handy klingelte. Er ging ran. »Ja, komm einfach hoch. Jade hat das Problem ›gelöst‹ und dreihundert neue geschaffen.« Caleb schob das Handy zurück in seine Hosentasche. Sein Oberkörper bebte vor unterdrückter Wut.

»Wer war das?«, fragte ich vorsichtig.

»Mein Bruder.«

»Wirst du ihn töten?«

»Das wäre doch in deinem Sinn, oder? Du scheinst auf Leichen zu stehen, so bereitwillig, wie du mich zum Fraß vorwerfen wolltest.«

Ich schielte auf Mikes toten Körper. »Ich will einfach nur freikommen.«

»Mike hätte dich nie wieder gehen gelassen«, knurrte Caleb. »Seine letzte Frau liegt noch immer am Grund des Hudsons mit einer Betonwanne um die Beine.«

Ich lächelte schief. »Und was wirst *du* mit mir machen?«

Caleb verdrehte die Augen.

Im nächsten Moment erschien sein Ebenbild an der Tür.

Landon hatte eine Waffe erhoben. Ich hatte weder eine Ahnung, ob sie nun aufeinander schießen würden, noch, ob sie sich nun mochten oder abgrundtief hassten. Landon bemerkte den toten Körper am Boden und verlor Farbe.

»Ist dir etwas passiert?«, fragte er Caleb besorgt. Gar nicht mehr so cool, wie ich ihn kannte.

»Nein«, antwortete Caleb knapp. »Aber unsere Prinzessin hier hätte beinahe für meinen Tod gesorgt.«

Landon warf mir einen kurzen Blick zu, dann ging er auf seinen Bruder zu.

So schnell, dass ich fürchtete, er würde ihn umrennen oder schlagen, aber stattdessen schloss er ihn in die Arme und drückte ihn so innig, wie nur Brüder es tun konnten.

Ich hielt den Atem an, während sich die Männer umarmten. Natürlich hatte ich damit zuletzt gerechnet, aber ihr Moment war so intim, so warm, dass ich es nicht wagte, ihn infrage zu stellen.

Das bekannte Ziehen kehrte in meinen Magen zurück. Auch wenn es für ihr Verhalten keine gute Erklärung geben *konnte*, wünschte ich sie mir. Ich sehnte mich danach, ihnen verzeihen zu können und sie zurückzuhaben – dass ich dabei im Plural sprach, fiel mir leider auch auf. Mindestens ein Zwilling musste sich also als Arschloch entpuppen, damit ich mit dem anderen – dem Helden – davonreiten konnte.

Mir war völlig egal, welcher von beiden welche Rolle einnahm.

Allerdings sah keiner von beiden gerade wie ein Arschloch aus.

»Versprich mir, dass es vorbei ist«, sagte Landon leise, als er Abstand nahm und sein exakt gleich aussehendes Gegenüber an den Schultern fasste. Gleich, wenn man nur das Profil betrachtete. Ich konnte keinen Unterschied erkennen. *Bis auf die Farbe der Augen.*

»Ich nehme ab jetzt deinen Platz ein«, sagte Landon bestimmend und zum ersten Mal sah ich sein wahres Gesicht. Und es war, wie ich vermutet hatte, gar nicht mal so hässlich. »Lieber sterbe ich, als von deinem Tod erfahren zu müssen.«

Caleb griff an Landons Hände und drückte sie weg. »Bring lieber Jade bei, dass sie uns vertrauen muss. Ansonsten habe ich alles im Griff.«

Landon lächelte, als er auf mich herabblickte. »War sie das?«, fragte er und zeigte locker auf den Leichnam.

»Nein, ich sitze hier an ein Scheißrohr gefesselt und kann nichts tun!«, fauchte ich.

Er schmunzelte, als er auf mich zukam. Ich versuchte, vor ihm zurückzuweichen, aber das hinderte ihn nicht daran, nach meinem Kinn zu greifen. Wütend ließ ich die Berührung zu und überlegte, ob ich es schaffte, in seinen Finger zu beißen, wenn ich schnell genug war.

»So gefesselt und wehrlos gefällt sie mir«, sagte er säuselnd und streichelte mit dem Daumen über meine Wange. »All die Tage und Nächte, die ich mit dir verbracht habe, und nie warst du so zahm und ängstlich wie jetzt.«

»Das täuscht«, sagte Caleb.

»Na ja, zumindest weiß sie, dass sie gegen uns beide kaum eine Chance hat. Ich gehe mal davon aus, dass wir sie nicht einfach losmachen werden, wenn sie dich töten lassen wollte?«

»Nein, keine gute Idee.«

Landon streichelte mich weiter. Seine Augen glänzten und seine Lippen öffneten sich leicht, als würde er an Sex denken.

»Wag es ja nicht«, zischte ich.

Er grinste und ließ mich los. »Mir gefällt es, wenn sie denkt, wir wären die Bösen.«

»Mir nicht«, entgegnete Caleb trocken. »Was machen wir mit der Leiche? Ich kann nicht den dritten Vorfall überlebt haben. Erst der angebliche Verräter Diego, dann der angeblich um sich schießende Prof und jetzt Mike, der von ... irgendeinem Gespenst angegriffen wurde, das mich verschont hat? Langsam glaubt mir keiner mehr.«

»Ihr wart doch zu dritt«, sagte Landon. »Wo ist der andere?«

»Nicht hier. Er kommt in ein paar Stunden zurück, schätze ich.«

»Dann sollen die beiden sich erschießen. Wir drapieren die Waffen und Körper so, wie das FBI sie finden muss, um die falschen Schlüsse zu schließen.«

»Ich sage doch, dass ich nicht schon wieder lebend dabei wegkommen könnte! Das nimmt mir keiner ab, wenn Mike und Vanni sich die Birne durchschießen, aber ich munter weglaufen konnte!«

»Okay.« Landon strich sich durch den Nacken und sah dabei genauso aus wie sein Bruder – also noch mehr als sonst. »Was sind denn sonst so ... eure Methoden?«

Caleb blickte seinen Bruder verständnislos an. »Super Idee. Ich latsche einfach mit Mike unterm Arm in unser Krematorium und hoffe darauf, dass gerade niemand genau hinsieht.«

»Ihr habt ein eigenes Krematorium?«

»Wir haben auch einen ›eigenen‹ Friedhof.«

»Hilft uns genauso wenig.«

»Ich weiß. Wir müssen warten, bis die Leichenstarre sich wieder löst. Dann schaffen wir ihn in die Garage, hoffen, dass er in den Kofferraum passt und fahren den Wagen auf den nächsten Autoschrottplatz.«

»Und dass du einfach ein Auto zu einem Würfel pressen lässt, fällt nicht auf?«

»Alternative: Wir fackeln das Haus ab und ich sterbe mit.«

»Du meinst, dass ›Caleb‹ stirbt?«

»Ja, natürlich, Schwachkopf«, antwortete Caleb gepresst. »Ist eh überfällig.«

»Aber wenn etwas schiefläuft, können wir nicht wieder zurück. Wo sind die Bücher jetzt?«

»Bei der Bank of America.«

»Wo?!«, fragte Landon fassungslos.

Caleb sah mich an. »Ich musste sie vor dem Boss verbergen, also sind sie in einem unserer Schließfächer.«

Landon sah aus, als hätte Caleb ihm ins Gesicht geschlagen. »Du hast sie der Mafia in ihren Arsch geschoben?«

Sein Bruder wirkte erschöpft. »Wie man's nimmt. Sie liegen in einem Schließfach. Sie enthalten viel Text. Die meisten der niederen Handlanger können nicht lesen. Keiner ahnt, was genau ich da habe, weil sie sich von Jade ablenken ließen, und es war schon schwer genug, die Scheißentführung vorm Boss geheim zu halten.«

»Dann sollten wir die Bücher sofort zurückholen.«

»Ja.«

»Halloho«, warf ich ein. »Ich bin immer noch hier und es wäre sehr geil, wenn ihr mich einfach gehen lassen könntet.«

Die beiden Brüder blickten gleichzeitig in meine Richtung und antworteten synchron. »Vergiss es.«

Caleb kochte vor Wut, Landon grinste. Ich wusste nicht, wem von beiden ich lieber in die Eier getreten hätte.

»Ich verspreche hoch und heilig, dass ich für mein restliches Leben so tun werde, als hätte ich niemals etwas von eurer Existenz mitbekommen, und einfach weitermache wie bisher.«

»Das schon gar nicht!«, brummte Caleb.

Ich hob eine Braue. »Also soll ich doch alles meiner Mom erzählen?«

»Du wirst nicht mal in die Scheißnähe von Kokain kommen, um es weiterhin zu verkaufen, als wäre es Puderzucker.«

»Reg dich ab, Cal«, sagte Landon, »sie hat das super über die Bühne gebracht.«

»Ihr habt beide einfach keine Ahnung davon, was für einen Abschaum diese Droge hervorbringt.«

»Wolltest du Landon nicht eigentlich töten?«, warf ich süßlich ein. »Du ›hasst‹ ihn doch so sehr.«

Caleb verdrehte wieder die Augen.

»Das hast du ihr erzählt?«, fragte Landon grinsend. »Und sie hat dir geglaubt?«

Caleb antwortete nicht. »Hilf mir, Mike rauszutragen.«

»Hey!«, rief ich, als sie Mike gemeinsam hochhoben. »Ich will verdammt noch mal Antworten und dann will ich endlich von dieser Scheißheizung losgemacht werden und euch in den Arsch treten! Hey!«

Sie lachten nur und ignorierten mich.

Scheiße.

Was lief hier eigentlich? Machte Caleb Landon etwas vor? Oder machten sie mir etwas vor? Oder log jeder von uns den anderen an? Das Erste jedenfalls, was *ich* tun würde, käme ich aus dieser Scheißlage frei, wäre *selbstverständlich* der direkte Weg zur Polizei. Meine Mutter würde jedes noch so winzige Detail erfahren, das ich über die dreckigen Zwillinge wusste, und es würde ganz bestimmt nicht dabei enden, wie sie mich gevögelt hatten. Sie bekämen die wunderschönste Vergewaltigungshistorie an den Hals gehängt, die sich mein kreatives Hirn ausdenken konnte, so viel war sicher.

Ich musste nur freikommen. Fuck.

Auf dem Boden war etwas silbrig Glänzendes liegen geblieben. Die Männer hatten beim Anheben von Mikes Körper offenbar nicht bemerkt, dass es aus seiner Hosentasche herausgerutscht war. Ich streckte den Fuß aus, zog es mit den Zehen zu mir heran und hob es mit diesen hoch. Es war himmlischerweise ein kleines Klappmesser.

So viel zu meinem Glück. Schnell nahm ich das Messer zwischen die Zähne, hielt meinen Kopf an meine Finger und öffnete es. Die erste Fessel löste ich mit dem Messer in meinem Mund, die zweite ging durch meine freie Hand schneller.

Urplötzlich war ich frei und noch immer war nichts von den Zwillingen zu sehen oder zu hören.

Ich sprang auf, schaute aus dem Fenster und überlegte, wie ich fliehen könnte, als sie wieder hereinstolzierten.

Wir starrten uns an. Ich umklammerte das Messer in

meiner Hand. Sie trugen beide Waffen. Würden sie auf mich schießen? Irgendetwas verriet mir, dass sie es sich nicht trauten, also drehte ich mich um und schob das Fenster hoch.

Aber keine Chance – ehe ich hindurchschlüpfen konnte, hatten sie mich gepackt – beide, als würden sie bereits davon ausgehen, dass sie mich nur zu zweit bezwingen konnten.

Nach zwei Sekunden war ich das Klappmesser losgeworden und mein Körper befand sich zwischen ihren. Gott, war das heiß. Diese gestählten Muskeln, ihr unverkennbarer Geruch, sie machten mich wahnsinnig und für einen Moment vergaß ich sogar, mich zu wehren – nur um dann noch kräftiger gegen sie anzukämpfen.

»Was wolltest du tun?«, fragte Landon spöttisch und leicht atemlos. »Aus dem Fenster springen und dir ein Bein brechen?«

»Ich brech dir ein paar andere Dinge, wenn ihr mich nicht freilasst!«

Er lachte, sie bugsierten mich zum Bett. Ich schlug um mich, kämpfte, biss, fauchte, und war doch so gänzlich unterlegen.

»Ich hasse euch!«, fluchte ich, als sie mich auf die Bettkante drückten. Als würden sie mit nur einem Gehirn denken, stimmten sich ihre Bewegungen wie automatisiert und ohne weitere Absprache ab. Landon zog seine Handschellen hervor, Caleb riss meine Arme nach oben. Ich wurde an dem bescheuerten Rahmen des mickrigen Himmelbettes gefesselt, sodass ich mit nach oben gestreckten Armen vor ihnen saß.

»Das wird nicht lange halten. Das Bett ist billig und der Rahmen instabil.«

»Für den Anfang reicht es«, antwortete Landon und trat zurück.

Auch Caleb nahm Abstand, sodass uns jeweils zwei Schritte trennten.

Konnte sich dieser Hund nicht langsam etwas anziehen? Seine nackte Brust schimmerte so verdammt verlockend, dass ich gar nicht mehr entkommen wollte.

Mann! Was war ich? Ein nach Sex dürstendes Gör? Allerdings hatte es etwas Verlockendes, wie sie beide vor mir standen. Einer schöner als der andere, ihre kantigen Gesichter in Wut auf mich gehüllt.

Was wäre, wenn sie mich auf eine ganz andere Art bestrafen würden, als es normalerweise bei Entführern und ihren Opfern typisch war? Was, wenn es mir gefiele?

Eine angespannte Stille entstand. Caleb hatte die Arme vor der Brust verschränkt, Landon die Hände in den Hosentaschen vergraben und ich saß noch wehrloser als zuvor da.

Sie warfen sich einen Blick zu, den ich absolut nicht deuten konnte.

»Ach, scheiß drauf«, sagte Landon plötzlich und trat wieder an mich heran. Er griff grob in meinen Nacken, zog meinen Kopf zu sich hoch und küsste mich. Ich war zu schwach, um zu widerstehen. Seine Zunge schob sich zwischen meine Lippen und ich empfing sie gierig. Diese Situation machte mich so wahnsinnig an, dass ich es kaum erwarten konnte, mehr aus ihnen herauszulocken. Ich genoss es, dass er mich dominant und grob küsste, aber ebenso viel Leidenschaft in diesen Kuss steckte. Erst, als das erste Prickeln verflogen war, spürte ich die Traurigkeit, die sein Betrug in mir erzeugt hatte, zurückkommen.

Wahrscheinlich bekam er mit, dass ich seinen Kuss nicht länger erwiderte, und nahm Abstand.

»Du weinst«, stellte er tonlos fest und wischte eine Träne unterhalb meines Auges weg.

»Nicht wegen dir, falls du das hoffst«, log ich.

Er runzelte die Stirn und griff an meine Hände, um die Handschellen zu lösen.

»Du wirst sie *nicht* befreien«, knurrte Caleb. »Die Kleine ist eine ebenso gute Schauspielerin wie wir. Auf Kommando heulen zu können, gehört in ihr Repertoire, und Männer wie uns zu verführen, auch.«

»Mann, Caleb!«, sagte Landon und drehte sich zu ihm um. »Vor knapp dreißig Stunden faselst du mich noch an die Wand, wir sollen nichts tun, um sie zu verlieren, und jetzt heult sie und dir ist es egal?!«

Caleb mahlte mit dem Kiefer. Dann kam auch er auf mich zu. Seine Hände fanden an meinen Nacken und es ärgerte mich, dass mein Körper sich ihm auch noch entgegenreckte. Sein Kuss war so viel leidenschaftlicher, so viel mehr von Schmerz getrieben. Ich stöhnte sehnsüchtig und drückte ihm meine Lippen entgegen. Caleb ließ mich alles vergessen, es war, als würde ich schweben, als wäre ich nicht länger gefangen und niemals jemand in diesem Raum gestorben. Der Schmerz wich aus meiner Brust und hinterließ ein heißes Glühen.

»Alter ...«, sagte Landon, als Caleb sich löste.

Der Blick seiner grünen Augen glitt tief in meinen und er schien darin zu lesen wie in einem Buch. »Hätte ich dich nicht im Auge behalten, wäre ich jetzt vielleicht tot.« Calebs Stimme klang dunkel, dunkel und verletzt. »Ich hatte gehofft, du würdest durchschauen, dass ich schauspielern musste, aber ich habe dich überschätzt.«

»Wieso hast du sie denn überhaupt entführt?«, schaltete Landon sich ein.

»Vanni und Mike hätten mich sonst getötet. Ich musste ihnen etwas liefern. Und ohne zu wissen, ob sie Jade nach meinem Tod nicht doch noch im Badezimmer gefunden hätten, konnte ich mich nicht opfern.«

»Es tut mir leid«, sagte ich, ohne zu überlegen. Mann! *Bekam gerade ich das schlechte Gewissen?!*

»Es tut dir leid?«, wiederholte Caleb. »Nein, ich weiß, dass du uns noch nicht vertraust und nur auf die Gelegenheit wartest, uns verraten zu können. Deswegen werden wir dich weder befreien noch einweihen. Für dieses Spiel ist es notwendig, alle Täuschungen zu durchschauen und das kannst du einfach nicht.«

Ich verkrampfte die Finger. Seine Herabwürdigung tat weh. »Okay, dann nenn mich doch dumm, Caleb«, murmelte ich. »Alle Frauen sind dumm, wenn sie es wagen, einem Mann zu vertrauen. Ihr habt dieses Vertrauen beide schamlos ausgenutzt und euch damit in eine riesige Schar dämlicher Arschlöcher eingereiht. Entschuldige bitte, dass ich davon ausgegangen bin, ihr beide wäret nichts weiter als abartige Lügner –«

Weiterreden konnte ich nicht, denn Landon schob Caleb plötzlich zur Seite und umfasste wieder meinen Hals. Jetzt küsste er mich nicht nur hart und grob, er machte unmissverständlich klar, dass er mich wollte. Mein Atem beschleunigte und wieder war ich nicht in der Lage, mich zu wehren.

»Du bist nicht dumm«, sagte er strahlend, als er sich löste. So zufrieden hatte ich ihn selten erlebt. »Du bist großartig, Jade. Ich liebe all deinen verdammten Mut und schrägen Humor und die Tatsache, dass du uns tatsächlich noch beleidigst, während wir dich längst gefesselt haben und nur darauf warten, dich zu ficken. Du bist großartig. Sorry wegen dem Veilchen. Aber wie du siehst, ist es recht schwer, mit dir umzugehen, wenn man nebenbei an seinem Plan festhalten will.«

»Mann, was redest du da?!«, fragte Caleb skeptisch.

»Ich bin zum ersten Mal ehrlich«, sagte Landon schulterzuckend und trat wieder zurück. »Also, was machen wir mit ihr? Du vorne, ich hinten?«

Caleb lachte kalt, mir wurde anders.

Scheiße, das wollten die doch nicht wirklich tun, oder?

»Nein«, sagte Caleb gedehnt. Seine innere Wut schien sich verdichtet zu haben, umschwebte ihn wie ein dunkler Schimmer. »Ich werde sie spanken.«

Landon ließ die Luft durch die Zähne gleiten. »Wie du meinst.«

»Was soll das heißen?«, fragte ich stoisch, als Landon an meine Handschellen griff. »Ihr wollt mich noch dafür bestrafen, dass ich euch vertraut habe, und mich kein bisschen aufklären, warum ihr euch plötzlich kennt und doch irgendwie mögt ...?!«

Er schloss sie wortlos auf und ebenso schnell wieder zu. Nun war ich noch gefesselt, aber nicht mehr an die Holzstange des Himmelbettes gebunden.

Calebs Miene lag vollkommen undurchschaubar da.

»Du kannst es dir erleichtern, wenn du jetzt einfach auf mich hörst«, schlug Landon vor und zog mich in den Stand.

»Was soll der Scheiß?!«, fauchte ich. »Könnt ihr aufhören, so zu tun, als wäre das hier ein Pornofilm?!«

Die Männer lachten. »Ja, wenn es dir bisher so vorkam, dann hört das jetzt sofort auf.« Landon setzte sich aufs Bett, griff an meine Handgelenke und führte sie nach unten auf seine Knie, sodass ich mich darauf abstützen musste, wenn ich nicht das Gleichgewicht verlieren wollte.

Ich schluckte. Caleb hatte nun direkten Zugriff zu meinem Hintern.

»Ich will das nicht«, sagte ich laut. »Vor Gericht läuft das hier alles klar unter sexueller Nötigung, denn ich habe ›Nein‹ gesagt. Hört ihr? *Nein*!«

»Noch läuft das überhaupt nicht unter Sex«, sagte Caleb nur und berührte meinen Slip unter dem Kleid, das längst hochgerutscht war. »Dass du an Sex denkst, wenn ich androhe, dich zu schlagen, zeigt nur, wie sehr du danach gierst.«

»So ein Schwachsinn!« *Okay, Jade. Nachdenken. Wie kommst du hier raus?* Meine Hände lagen in Handschellen und auf Landons Knie gestützt. Mein Po befand sich in Calebs Griff. Wenn ich Landon an den Eiern packte und er aufschrie, könnte ich den Schockmoment nutzen, um nach hinten auszutreten. Bei genügend Körperbeherrschung würde ich direkt in Calebs Eier treffen. Dann wären die Männer erst mal damit beschäftigt, ihren schmerzenden Sack zu trösten, und ich hätte eine minimale Chance, zu entkommen. Besser noch, ich entwaffnete einen der beiden. Mit einer Waffe würden sie es nicht wagen, mir zu folgen, denn sie wussten, dass ich keine Hemmungen hätte, zu schießen.

»Denk nicht einmal daran«, sagte Landon grinsend und umgriff meine Hände fester. »Du hast keine Chance.«

»Wetten, doch?«, fragte ich und grinste dümmlich zurück.

Er griff fest in das Metall zwischen meinen Handschellen, zog daran und legte seine Hand gleichzeitig über seinen Schritt, offenbar, um ihn vor Angriffen zu schützen. Die freie Hand wanderte in meinen Nacken, drückte mich zu sich heran und zwang mir einen Kuss auf.

Ich war nicht begeistert von der Idee und versuchte, ihn zu beißen. Er entging meinen Zähnen und griff an meinen Kiefer, um ihn nach unten zu ziehen. »Noch immer keine Angst, hm?«, murmelte er in meinen Mund.

Caleb hatte meinen Slip nach unten gezogen und streifte ihn nun von meinen Füßen. Wie sollte ich mich bloß wehren? Ich konnte das doch nicht kampflos geschehen lassen!

So gut ich konnte, trat ich nach ihm, wand mich, versuchte, meinen Kopf einzusetzen, aber nichts half.

Calebs Hände bohrten sich fest in das Fleisch an meiner Hüfte, sodass es schmerzte, und ein »Bleib ruhig«, war alles, was es brauchte, damit ich stillhielt.

Er schlug mich auf die rechte Backe und ich zuckte zusammen, aber nur vor Überraschung, nicht vor Schmerz.

»Siehst du?«, fragte Landon und ließ meinen Nacken wieder los. »Es ist gar nicht so schlimm.«

Ein zweiter Schlag, linke Pobacke. Das Ziehen war mehr ein Prickeln und Feuchtigkeit schoss zwischen meine Beine. Fuck. Wieso waren diese Monster auch noch attraktiv und begehrenswert?

Ein dritter Schlag. Ich biss mir auf die Zunge, denn ich wollte auf keinen Fall stöhnen. Um mich nicht zu verraten, blickte ich nach unten und bemerkte Landons Erektion, die sich deutlich unter seiner Hose abzeichnete.

Shit.

Ein vierter Schlag.

Ich öffnete unbewusst die Lippen und presste sie sofort wieder zusammen.

»Noch nicht, Süße«, murmelte Landon und streichelte über meine Hände. »Nachher kaust du noch auf ihm herum, weil du den Schmerz nicht erträgst.«

Schmerz, pah. Es tat nicht im Geringsten weh.

Ein fünfter Schlag. Caleb besaß Spannung in den Fingern und ich begann, unruhig zu zappeln, weil die Vorstellung, er würde mich damit zwischen den Beinen berühren, immer verlockender wurde.

»Bleib still«, knurrte er, dann schlug er fester zu als zuvor.

»Fuck«, keuchte ich überrascht.

»Ja, Caleb ist nicht so sanft, wie ich es das letzte Mal war«, sagte Landon.

»Du?!«

Seine Mundwinkel zuckten. »Hat er dir noch nicht erzählt, dass wir uns dich geteilt haben?«

»Doch! Aber es aus deinem Mund zu hören, macht es sehr viel schlimmer!«

Ein sechster Schlag. Shit! Caleb änderte seine Technik. Er ließ die Hand nicht mehr zurückfedern, sondern nach dem Schlag liegen, sodass der gesamte Schmerz des Aufpralls in meinen Hintern stach.

»Ach was«, sagte Landon gut gelaunt, »es hat dir mehr als gefallen. Fast so gut wie das hier.«

Sieben. »Scheiße«, fluchte ich, denn jetzt tat es weh.

Acht.

Ich keuchte und ballte die Fäuste vor Schmerz zusammen.

Neun.

Mein Hintern begann zu glühen.

Zehn.

»Ich hasse euch«, murmelte ich und senkte den Kopf. *Warum musste ich das über mich ergehen lassen?!*

Elf. »Oh, das glaube ich nicht«, sagte Landon fröhlich. Zwölf.

Ich konnte nicht einmal genau definieren, was diese Situation mit mir tat. Mein Mund wurde trocken, mein Schritt war noch immer feucht – wenn nicht sogar feuchter geworden, und ich sehnte mich nach einer Erlösung, die ich mir nicht wünschen durfte.

Dreizehn.

Ich sollte Caleb hassen. Mein gesamter Hintern brannte. Stattdessen dachte ich nur daran, was geschehen würde, sobald es endete. Ich war so neugierig, dass ich den Schmerz geduldig ertrug. Vierzehn. Schon gar nicht dachte ich daran, entfliehen zu wollen, denn dafür hatte ich zu viel ausgehalten, um an diesen Punkt zu gelangen.

Fünfzehn.

»Habt ihr euch schon einmal eine Frau geteilt?«, fragte ich erstickt. Ich musste die Tränen zurückhalten, die aufgrund des Schmerzes in mir entstanden, dabei war mir absolut nicht nach Heulen.

Landons Haltung veränderte sich. Caleb unterbrach. Sie warfen sich über meinen Kopf hinweg einen Blick zu.

»Wieso fragst du das?«, wollte Landon wissen.

»Neugier. Ich will in Erfahrung bringen, ob ihr wisst, was ihr tut.« Die Worte kamen nur gepresst hervor. Mein Po brannte mit jeder Sekunde mehr, obwohl Caleb aufgehört hatte, ihn mit der Hand zu bearbeiten.

»Wir wissen, was wir tun.« Landon griff sich in seine Hose. »Was ist eigentlich falsch mit dir, dass du ständig an Sex denkst, während mein Bruder nur seinen Fetisch auslebt, indem er dich für den kleinen Trick mit Mike bestraft?«

Ich sah zu ihm auf. Konnte es etwa sein, dass sie mich tatsächlich nur folterten …?

»Kleiner Scherz.« Er reichte Caleb ein Kondom und lächelte gewinnend. »Wir werden dich ficken und du kannst gerne noch einmal fürs Protokoll laut ›Nein‹ schreien, bevor er sich gleich in dich schiebt.«

Ich wusste nicht, was ich sagen sollte. Etwas Vergleichbares hatte ich nie zuvor erlebt und ich hatte absolut keine Ahnung, was mich erwartete.

»Tut das weh?«, hörte ich Caleb fragen. Er legte seine flache Hand auf meine rechte Backe.

»Fuck, ja«, keuchte ich.

»Gut«, sagte er, dann spürte ich plötzlich seine Spitze und im nächsten Moment war er in mir.

Oh mein Gott. Mein Herz raste noch schneller. Ich

spürte Landons Hände ganz bewusst, wie sie sich um meine legten, festhielten, während sein Bruder sich in mir bewegte.

Das war so erregend, dass ich jeden Schmerz vergaß. Ich traute mich auch nicht, Landon anzusehen, denn ich würde sein überhebliches Lächeln gerade nicht ertragen. Viel wichtiger war mir, dass Caleb tiefer glitt.

Und er tat es.

Ich stöhnte, als er bis zur Hälfte in mir war, sich wieder zurückzog. Er dehnte mich, denn auch wenn ich feucht gewesen war, ich hatte mich durch die Anspannung verengt.

Der nächste Stoß glitt tiefer.

»Oh, bitte ...«, seufzte ich und schloss im nächsten Moment gequält meinen Mund.

Landon lachte. »Bitte ›nein‹ oder bitte ›ja‹?«

Ich wagte es nicht, zu antworten.

»Hast du sie ›Nein‹ sagen hören, Cal?«, fragte Landon zynisch.

»Nein«, antwortete Caleb trocken, dann stieß er noch härter zu. Ich ruckte nach vorne, stöhnte wieder und wimmerte, weil er sich fast bis zum Anschlag in mir befand. Beinahe hätte ich ›tiefer‹ gefleht, aber immerhin ein wenig Selbstkontrolle war mir geblieben.

»Dann wird das wohl nichts mit ihrer Vergewaltigungsfantasie«, sagte Landon zufrieden und streichelte durch mein Haar.

Ich fluchte innerlich. Wieso war ich nicht stärker und konnte ihrem Gehabe widerstehen?

Aber mein wütender Gedanke verflog im nächsten Moment, als Caleb sich ein letztes Mal in mich schob und mich damit vollkommen ausfüllte.

Ich stöhnte sehnsuchtsvoll, die Augen geschlossen, und genoss das Gefühl seines prallen Schwanzes in mir. Im nächsten Moment spürte ich Landons Daumen an meinem Mund.

Als ich die Augen aufschlug und seine Schwanzspitze vor mir sah, überlegte ich nicht. Ich schloss seine Eichel mit meinem Mund ein, als wäre es eine Selbstverständlichkeit, und ließ mich gleichzeitig von Caleb ficken.

Seine Bewegungen wurden schneller und damit auch wesentlich schmerzhafter, weil er mit jedem Stoß meine gereizten Stellen am Hintern traf. Stöhnte ich deswegen, schob sich Landon noch tiefer in meinen Mund. Oh, fuck ... Das war der pure Genuss für meine Sinne.

Ich leckte über Landons Spitze, saugte und spielte daran, während Caleb mich immer härter nahm. Bald mischten sich die Schmerzen und die Lust zu einem unfassbar intensiven Cocktail und ich kam.

Ich kam so schnell und heftig, dass ich nicht mehr begriff, was geschah. Ich spürte ihre zwei Schwänze in mir, schrie erstickt und wurde von einem gewaltigen Rausch erfasst. Mein Körper bebte, meine Mitte explodierte und alles, was blieb, als der Sturm vorüber war, war ein einziger Gedanke: *mehr*.

Ich ließ Landon nicht gehen. Noch gieriger stimulierte ich jetzt seinen Schwanz mit meinem Mund, erhöhte das Tempo ganz von selbst.

»Scheiße, wer hätte gedacht, dass das hier in ihr steckt?«, fragte er und legte seine Hände um meinen Kopf.

Caleb, der sein Tempo kurzzeitig gedrosselt hatte, um mich nach dem Orgasmus nicht zu überreizen, begann wieder in einem schnelleren Takt. »Du hättest sie nur fragen brauchen, schätze ich«, sagte er abgehackt, dann kam auch er.

Das Gefühl, wie er sich in mir erlöste, war zu himmlisch, um es nicht ganz und gar zu genießen. Ich spürte seinen Schwanz in mir stark pochen, bekam die plötzliche

Entspannung in seinen Griffen und seinem Körper mit und fühlte mich noch besser als nach meinem eigenen Höhepunkt.

»Hey, Mädchen, vergiss mich nicht«, knurrte Landon und griff an meinen Hinterkopf.

Ich wollte Landon ebenso wie Caleb zuvor unbedingt kommen lassen, also steigerte ich das Tempo. Das Wissen, für gleich zwei Männer begehrenswert zu sein und ihren Orgasmus herbeizuführen, war Erotik pur.

»Scheiße, ja, so ist es genau richtig«, stöhnte Landon und rammte sich zwischen meine Lippen.

Ich nahm ihn so tief in mir auf, wie ich konnte, dann spritzte er ab.

»Fuck«, fluchte er und ließ meinen Kopf los. Überrascht stellte ich fest, dass er mir die Wahl ließ, ob ich sein Sperma ausspuckte oder schluckte. Ich entschied mich für letzteres. Auch wenn es gewöhnungsbedürftig schmeckte, war es erregend, weil ich wusste, wie sehr es ihm gefiel.

»Wir tauschen«, bestimmte Caleb kurzerhand, während Landon noch damit beschäftigt war, seinen Höhepunkt zwischen meinen Lippen auszukosten.

Wieder überraschte er mich, als er auf seinen Bruder hörte und aufstand. Ich hatte ihm so viel Kompromissbereitschaft niemals zugetraut.

Ich hörte das Öffnen einer Kondompackung, als Caleb sich vor mich setzte und meine Hände auf seine nackten Schenkel legte. Er griff fest in mein Haar und drückte meinen Kopf nach hinten, sodass ich ihn frontal ansehen musste.

»Bist du einigermaßen sauber?«, fragte er fordernd und schob einen Daumen zwischen meine Lippen, drückte meinen Kiefer nach unten. »Offenbar ausreichend.«

»Wofür?«, fragte ich naiv.

»Ich will nicht, dass du das Sperma meines Bruders

gleich über meinen Schwanz kotzt. Nimm ihn in den Mund.«

Shit. Dieser Befehlston machte ihn rauer, als er war. »Doch mehr Mafiagangster, als dir lieb ist, oder?«, fragte ich ironisch.

»Los«, knurrte er und drückte mich nach unten. *Wie* er mich dann allerdings dirigierte, war wieder so typisch er. Zurückhaltend und feinfühlig, aber gleichzeitig unglaublich bestimmt. Ich ließ seine Spitze zwischen meine Lippen gleiten, die natürlich, wenn überhaupt, einen für mich in diesem Moment nicht spürbaren Unterschied zu Landon aufwies, und umspielte sie sanft.

Caleb stöhnte und schien zu entspannen, sein fester Griff allerdings blieb.

Im nächsten Moment spürte ich Landons Schwanz in mich eintauchen.

»Fuck«, brummte er. »Sie ist immer noch so eng.«

»Ja«, murmelte Caleb abwesend. »Sie ist perfekt.«

»Und wie ich an ihrer Haut sehe, hast du dich nicht gerade mit Schlägen zurückgehalten.«

»Nein«, sagte Caleb ebenso entspannt. »Habe ich nicht.«

Ich dachte nicht darüber nach, dass Caleb eigentlich ein Arschloch war, und ich dennoch seinen Schwanz blies, ich tat es einfach. Ich wurde sogar noch ein bisschen wilder, als Landon mich mit kurzen Stößen fickte.

»Wie kann man so nass sein?«, fragte er stöhnend und rammte sich bis zum Anschlag in mich. »Und sich dabei so verdammt gut anfühlen?«

Ich zitterte langsam. Die Haltung wurde unangenehm.

»Beeil dich«, verlangte Caleb.

»Mhm«, machte Landon abwesend und zog sich zurück. Ich war versucht, wütend aufzustöhnen, weil ich noch nicht wollte, dass es endete, dann spürte ich seine Hand und einen weiteren Schlag.

»Fuck!«, spie ich und zuckte zurück.

Caleb drückte mich zurück auf seinen Schwanz. »Ruhig bleiben, Liebling.«

Liebling? Der hatte ja einen Schaden!

Landon schlug ein zweites Mal zu und es brannte höllisch auf meiner bereits gereizten Haut. Ich wand mich hektisch in seinem Griff, was dazu führte, dass er noch stärker zuschlug,

»Es reicht!«, hätte ich gerne gerufen, aber Calebs Schwanz stopfte mir den Mund. Also blieb mir nur ein lauter Ton, der ›Fuck, ihr verdammten Pisser‹ ziemlich nahe kam.

Die Männer lachten gemeinsam. Ich wehrte mich und kassierte zwei weitere Schläge, dann blieb ich ruhig. Es änderte ja doch nichts.

Scheißmistkerle.

»Ob sie nun verstanden hat, dass es besser ist, auf uns zu hören?«, fragte Landon.

»Bisher hat sie mir den Schwanz jedenfalls nicht vor Wut abgebissen, also ja. Gönn ihr ein bisschen Belohnung für das neu Erlernte.«

Ich war doch kein Scheißhund! Wieder etwas, das ich nicht hervorbringen konnte. Im nächsten Moment passierte entgegen meiner Erwartung tatsächlich etwas wunderbar Belohnendes.

Landon glitt zurück in mich und nahm mich tief. Seine Hand fand an meine Klit, die er sanft massierte, während er mich mit ruhigen Stößen auf einen nächsten Orgasmus vorbereitete.

Caleb zog sich zurück. Er ließ mir die Möglichkeit, durchzuatmen, während er meinen Kopf und Rücken streichelte.

»Genau so ...«, murmelte ich und hoffte, diese intensiven Gefühle würden nie vergehen.

Landons Schwanz erfüllte mich ebenso fest und befriedigend wie Calebs zuvor, und als ich ein zweites Mal kam, war es Erlösung pur.

Ich sank zusammen und ließ los. Wellen fegten durch meinen Körper, ausgehend von Landons Fingern und seinem in mir reibenden Schwanz.

Caleb griff an mein Kinn und zog mich zu sich hoch. Er küsste mich. Küsste mir das Stöhnen von den Lippen, begleitete meinen Orgasmus und nahm mich auf.

Auf der höchsten Welle angekommen, schrie ich spitz, dann fiel ich in mich zusammen.

Meine Beine gaben nach, meine Knie landeten auf Teppich. Ehe ich mich versah, hatten mich die Männer gepackt und auf dem Bett abgelegt, und ein paar Sekunden später fand ich mich zwischen ihnen wieder.

Ungeduldig öffnete ich Landons Hemd, der noch immer seinen Anzug trug, und erfühlte die Haut darunter. Ich schob den Stoff beiseite und legte meine Lippen an seine Brust, während Caleb meinen Nacken küsste und Landon durch meine Haare streichelte.

Ich fühlte mich wie angekommen.

Angekommen in einem Paradies.

CALEB

Es war das dritte Mal innerhalb kurzer Zeit, dass ich Jade wecken musste. Die beiden waren eingenickt und ich beschloss, mich zuvor wenigstens zu vergewissern, dass wir aufbrechen konnten. Mike lag unverändert im Flur und roch noch immer neutral. In der Garage fand ich einen Benzinkanister. Das war einfacher, als seinen Körper irgendwie in ein Krematorium zu schmuggeln, wenn auch nicht so sicher.

Als ich zurück nach oben ging, fand ich Landon und Jade knutschend vor.

Ich hatte keine Ahnung, ob sie gerade nur so tat, als würde sie uns verzeihen, oder es tatsächlich plante. Zumindest Landon sollte sich bei ihr noch entschuldigen, und solange er das nicht getan hatte, blieb ich misstrauisch. Ich war längst vollständig angezogen, als ich ans Bett trat.

»Die Leichenstarre hat sich gelöst. Wir können los.«

Jade und Landon lösten sich. Mein Bruder sah mich an, als würde ich ihn bei einer wirklich sehr wichtigen Sache stören. In seinen Augen war es das vielleicht. *Hatte er jemals eine Frau so für sich entdeckt wie Jade ...?*

Scheiß drauf. Gerade musste ich über andere Dinge

nachdenken. Bevor Jade sich aufrichtete, erhaschte ich einen Blick auf ihren blanken Hintern, der rötlich schimmerte.

Ich musste lächeln, auch wenn ich sie gerne vor jedem anderen Schmerz bewahrt hätte. Aber das Spanking war ein erfüllender Akt gewesen. Und ich glaubte zu erkennen, dass sie uns wegen der abgegebenen Kontrolle noch mehr vertraute. Doch wie löschte ich ihren letzten Zweifel?

Und konnte ich sie überhaupt in unseren Plan einweihen, solange sie noch verunsichert war? Wenn ausgerechnet sie uns verriet, könnte ich es mir nicht verzeihen – denn dann wären ausschließlich wir selbst schuld. Dafür hatten wir einfach zu lange und zu hart gearbeitet.

Ich hätte die Mafia-Show nicht so gut spielen dürfen, dann würde sie mir nach wie vor vertrauen. Aber vielleicht war es auch gut, ihr zu zeigen, welche anderen Seiten ich in mir trug oder für den Plan bereit zu zeigen war, sodass es ihr am Ende leichter fiel, sich gegen uns zu entscheiden.

Können wir ihr denn ein Leben in Sicherheit bieten?

Nein.

Nachdem sie aufgestanden war und ihr Kleid zurechtgerückt hatte, konnte ich nicht widerstehen. Ich trat von hinten an sie heran, ließ eine Hand unter ihren Rock gleiten und küsste ihren Nacken. Sie entspannte in meinem Griff, obwohl es ihr wehtun musste.

Plötzlich drehte sie sich um und legte ihre Arme samt Handschellen um mich. Ihr Kuss war Folter. Am liebsten hätte ich sie genommen, ausgezogen und noch dreimal durchgevögelt. Sie nur zweimal kommen zu lassen, befriedigte mich nicht im Geringsten, außerdem schmeckten ihre Küsse noch besser, wenn sie von Geilheit getrieben war.

Aber auch das hier, das sanfte Spiel ihrer gierigen

Zunge, war perfekt. Mich störte nicht, dass ich meinen Bruder schmeckte, ich dachte nicht einmal daran, denn ich küsste nur sie. Ich wusste, dass sie austestete, inwieweit ich ihr verfallen war, also ließ ich sie im Glauben, sie hätte mich vollkommen in der Hand.

Deswegen fragte sie auch unterwürfig: »Schließt du meine Handschellen auf?«

»Erst wenn du die Wahrheit erfahren hast.«

»Und wann erfahre ich diese ›mysteriöse‹ Wahrheit?«

»Wenn ich dir vertrauen kann.«

»Tust du das noch nicht?«

»Nicht mehr.«

Ihre schmalen Augen wirkten scheu, als sie sich abwandte. Mit dieser Masche bekam sie mich genauso wenig wie mit allen anderen. Jade war nicht scheu, sie war wütend und vielleicht sogar kurz davor, etwas Dummes zu tun, um sich an uns zu rächen. Ich traute ihr zu viel zu, als dass ich sie gerade jetzt einweihen würde.

»Wir stecken den Flur in Brand und fahren zur Bank«, bestimmte ich und packte die wenigen Sachen zusammen, die uns gehörten und die wir noch gebrauchen konnten. Inklusive Proviant. Man konnte nie wissen.

»Ziemlich auffällig, oder?«, fragte Jade spöttisch.

»Definitiv«, sagte ich. »Aber ich habe keine bessere Idee.«

»Warum fragt ihr nicht mich?« Sie grinste.

Ich wollte nicht auf sie eingehen, aber Landon horchte auf. »Was hast du für eine Idee?«

»Es ist doch ganz klar, was passiert ist«, sagte sie frohlockend und brachte sich mit verschränkten Armen in Position. Sie schien stolz zu sein, dass ihr im Gegensatz zu mir ein genialer Gedanke gekommen war.

»Und was?«, fragte ich ungeduldig.

»Ich bin abgehauen.«

Landon runzelte die Stirn.

»Ich habe Mike dazu gebracht, mit mir schlafen zu wollen. Dafür hat er mich losgemacht. Ich ließ mich von ihm vögeln und stahl ihm die Waffe. Ich floh, er folgte mir, ich erschoss ihn im Flur von hinten.«

Landon und ich sahen uns an. Mein Bruder strahlte. »Das ist perfekt! Alles, was wir tun müssen, ist ihm den Gürtel aufzumachen, sodass es so aussieht, als hätte er die Hose nur grob hochgezogen, als er ihr nachgerannt ist.«

»Dann muss ich das melden«, erklärte ich beiden. »Ich muss Mike hier tot auffinden und sofort den Boss kontaktieren. Und Jade wieder einfangen.«

»Richtig.« Landon wirkte zufrieden. »Was uns Zeit verschafft.«

»Du verstehst nicht«, knurrte ich. »*Er* wird *ihr* sofort davon erzählen, sobald er erfährt, dass ich Jade entführt habe.«

»Das ist egal. Sobald wir die Bücher haben, fliegt sowieso alles auf.«

Ich seufzte. »Alles klar.«

»Mit welchem Auto ›fahren‹ wir eigentlich zur Bank?«, fragte Landon.

Ich warf ihm quer durch den Raum einen Blick zu. »Wir klauen eins.«

Die zwei hörten nicht auf zu turteln. Langsam wurde es albern, wenn nicht gar grenzwertig.

Schön, dass beide rosarot taten, mir jedenfalls steckte die erneute Lüge vorm Boss noch in den Knochen, und die Vorstellung, wie Vanni und seine Brüder reagieren würden, wenn sie Mike vorfanden, erzeugte nicht gerade Urlaubsgefühle. *Wenn nicht an mir, so werden sie sich mindestens an Jade rächen wollen.*

Als ich vor der Bank hielt, lehnte ich den rechten Arm auf die Lehne des Beifahrersitzes und drehte mich zu Jade und Landon um.

Sie lagen eng ineinander verschlungen auf dem Rücksitz und knutschten. Beide steckten jeweils mit ihren Händen tief unter der Kleidung des anderen.

Ich mochte es, Jade anzusehen und ihrem Seufzen zuzuhören, aber ich verstand nicht, was die beiden da trieben. Glaubte Landon wirklich, Jade hätte ihm einfach so verziehen? Er musste doch mitbekommen, dass sie ihn nur benutzte, in der Hoffnung, er würde ihr helfen zu entkommen?

Merkwürdiges Beispiel von gegenseitigem Misstrauen. Wieso war unsere körperliche Anziehung auf sie trotz ihrer Wut so groß?

Ich räusperte mich.

Jade ignorierte mich absichtlich, aber Landon schob sie von sich.

»Ich muss gehen, Babe«, säuselte er und zwinkerte. »Mein Bruder nervt mit seiner Mission.«

»Ja, er nervt wirklich«, flötete Jade.

»Ich nerve«, wiederholte ich spöttisch.

»Du könntest dich ja auch einfach hier hinten anschließen?«, schlug er grinsend vor.

»Nein, danke«, sagte ich, obwohl ich hart wurde bei dem Gedanken daran, wie es wäre, sie uns auf der Rückbank zu teilen. Jade gierte danach, zu erfahren, wie es sich zwischen uns anfühlte, und dieser Umstand machte es so verdammt verlockend. Aber nein. Ich konnte nicht so tun, als bekäme diese Geschichte ein Happy End. »Lass sie hier und beeil dich.«

Ich zog mein Cappy tiefer in die Stirn und wartete, bis Landon seinen Anzug wieder gerichtet hatte. Jade wollte ihn nicht gehen lassen, aber er vertröstete sie mit einem Kuss auf später.

Wie gerne hätte ich ihm ins Gesicht geschlagen und gefragt, ob er ihr dieses Gehabe wirklich abnahm. Wie konnte man so blind sein?!

Aber er ging und ich musste auf eine SMS zurückgreifen.

Ich, 14:10

Liebster Bruder

Ist das eigentlich dein Scheißernst oder warum lässt du dich von ihr einlullen?

MULVANEY, 14:10

Hä?

Seine Antwort zeigte mir, dass er offenbar keine Ahnung hatte, dass sie ihn absichtlich verführte.

ICH, 14:11

Du bist blind.

Lief das schon die ganzen letzten Wochen zwischen euch so?

MULVANEY, 14:11

Nein?! Alter, was ist jetzt schon wieder?

ICH, 14:12

Sie verarscht dich. Ich begreife nicht, warum du das nicht siehst.

MULVANEY, 14:12

Okay, bist du vielleicht eifersüchtig?

Oh Mann ... mein Bruder war zum Fremdschämen.

ICH, 14:12

Nein, du Spast. Ich bin wach und sehe hin.

»Mit wem schreibst du?«, fragte Jade und lehnte sich zwischen die zwei Vordersitze.

Ich steckte das Handy zurück in meine Jeanstasche. »Nimm deine Hände runter, man sieht die Schellen.«

»Ach, komm schon, Caleb, wieso bist du so grantig, hm?« Sie beugte sich schräg durch die Lücke nach vorne und lächelte mich munter an. »Wir sind allein«, hauchte sie und wollte sich mir nähern.

Ich sah zur anderen Seite aus dem Fenster und behielt die Straße im Blick.

Das hielt sie nicht davon ab, mich zu küssen.

Weich und schmeichelnd fanden ihre Lippen an mein Ohr und sie kaute zärtlich daran. »Ich finde dich mindestens genauso heiß wie ihn«, flüsterte sie.

»Lass den Scheiß einfach«, brummte ich nach einer Weile – diese eine Weile, in der ich es genoss, derart von ihr geküsst zu werden – und griff an ihr Kinn. »Nimm deine Hände runter und bleib wachsam. Überall kann das FBI oder die Mafia lauern.«

»Und zu wem gehört ihr? Spioniert ihr die einen aus, um bei den anderen zu profitieren?«

»Wir reinigen beide Systeme von Mördern und Verrätern.«

Jade lachte affektiert. »Und werdet dabei selbst zu Mördern.«

»Das vorhin war Notwehr.«

»Natürlich.«

Ich verdrehte die Augen und fasste den schwarzen SUV an der Straßenseite gegenüber genauer ins Auge. Eine vierköpfige Familie stieg aus. »Ich gehe eine rauchen«, entschied ich spontan und schnallte mich ab.

»Wirklich jetzt?«, fragte Jade.

Ich betrachtete sie zweifelnd. »Stört dich daran etwas, Prinzessin?«

»Du solltest mich nicht alleine lassen.«

»Tue ich nicht. Ich stelle mich gleich da drüben hin, siehst du?« Ich zeigte auf den Drogeriemarkt, zwei Gebäude neben der Bank, und steckte mir eine von Mikes Zigaretten zwischen die Lippen, die ich vorhin aus seinem Haus mitgenommen hatte. »Wir sehen uns gleich wieder.«

Sie schien nicht begeistert von der Idee zu sein, dass ich sie zurückließ, aber mir war es egal. Ich hatte Jahre alleine gearbeitet und entschieden und ich konnte nicht plötzlich meine Herangehensweise ändern. Ich zündete die Zigarette an, behielt den geklauten Wagen und die Straße weiterhin im Blick.

Erst als Landon mir schrieb, schaute ich aufs Handy.

MULVANEY, 14:19

Jo, Bruderherz.

Wir haben ein großes Problem.

ICH, 14:22

Und zwar?

MULVANEY, 14:22

Ich bin nicht der erste Agent an diesem Schalter.

ICH, 14:22

Möglich. Und was soll das bedeuten?

Ungeduldig wartete ich auf eine Antwort, die nicht kam.
Dann hörte ich den Motor unseres geklauten Autos starten.
Als ich aufsah, war es schon zu spät.

LANDON

»Landon Mulvaney, FBI. Wir haben Grund zu der Annahme, dass in einem Ihrer Schließfächer Diebesgut und Beweismittel gelagert werden. Hier ist der Aushändigungsbefehl.« Ich hielt der Kaugummi kauenden Schnepfe einen Fake-Beschluss hin, den ich selbst unterzeichnet hatte, und ging davon aus, dass die Kleine so sehr eingeschüchtert war, dass sie nicht groß zögern würde.

Sie nickte lächelnd. »Welche Schließfachnummern sind es diesmal?«

»Hm?«

»Haben Sie Ihren Verdacht erweitert?« Sie nahm das Papier entgegen. »Das sind dieselben Schließfächer wie gestern.«

»Gestern?«

»Zwei Agenten waren gestern hier und haben den Inhalt der Schließfächer konfisziert. Die Tochter des Gouverneurs persönlich hat sich darum gekümmert. Ich dachte immer, die würde nur ihr hübsches Gesicht für die Presse hinhalten, aber sie ist genauso eine ...«

»Jaja, Mrs. Carpenter war hier? Gestern?«

»Nein«, sagte sie kopfschüttelnd. »Sie war nicht persönlich vor Ort. Ich habe sie telefonisch an meinen Vorgesetzten weitergeleitet.«

Ich starrte das Mädchen an. »Die Schließfächer sind *leer?*«

»Nur das, was als Diebesgut einwandfrei identifiziert werden konnte, wurde entnommen. Ich muss Sie bitten, leiser zu sprechen. Überlegen Sie, was ein solcher Eingriff für unsere Bankkunden bedeutet. Einerseits möchten wir selbstverständlich kein Diebesgut lagern, andererseits befürchten die Kunden einen Eingriff in ihre Privatsphäre.«

»Fuck, halten Sie den Mund!«, zischte ich und riss ihr den Zettel wieder aus der Hand. »Wie hießen die Kollegen, die hier waren?«

Sie schluckte. »Ich weiß nicht ...«

»Wie sahen Sie aus? Es ist dringend, Miss.«

»Also ... breit und klein, aber irgendwie doch sportlich und der eine hatte einen starken indischen Akzent ...«

Ich hatte keine Ahnung, von wem die Kleine sprach. Aber Caleb zufolge war ich heute *eigentlich* in Philadelphia – zumindest sollte Jades Mutter das noch eine Weile denken – weswegen ich nicht einfach im Department anrufen und nachfragen konnte. »Alles klar.«

Ohne ein weiteres Wort verließ ich den Schalter und fischte mein Handy hervor. Ich musste herausfinden, wer gestern hier gewesen war. Vielleicht bestand die geringe Chance, dass die Tagebücher noch in einem FBI-Gebäude lagen und nicht an Susan Carpenter ausgehändigt wurden – aber war sie so leichtsinnig? Würde sie die Bücher nicht augenblicklich zurückverlangen?

Andererseits würde sie sich dadurch auch verraten. Denn der Inhalt war brisant und niemand durfte überhaupt erfahren, dass es ihn gab.

Vielleicht bestand ihre Masche darin, so zu tun, als wären es gar nicht ihre.

Ja, das war tatsächlich naheliegend, wenn sie nicht gerade ihren Namen auf jede Seite gekritzelt hatte.

Ich drehte mich wieder um, wartete, bis der nächste Kunde verschwunden war, und setzte mein charmantestes Lächeln auf. »Miss Caulfield«, sagte ich schmeichelnd, nachdem ich auf das Namensschild der Brünetten gelinst hatte, »ich muss Sie noch einmal stören. Wie, sagten Sie, sahen meine Kollegen aus? Ich möchte vor meinem Chef nicht als Trottel dastehen, wenn ich an den anderen vorbeigearbeitet habe, deswegen frage ich lieber Sie, verstehen Sie?«

Sie lief rot an.

»Sie tragen übrigens verdammt hübsche Ohrringe. Wo sind die her?«

JADE

Ich ließ den Wagen laufen, kurbelte das Fenster herunter und stieg aus. Noch immer in High Heels schlenderte ich um den Wagen herum und trug dabei die Handschellen in der rechten Hand.

Caleb war zu meiner Genugtuung sprachlos, als ich vor ihm zum Stehen kam und die Handschellen hochhielt.

»Das nächste Mal fesselt ihr mich nur, wenn ich es will.«

Er hielt die Hand auf und ich ließ die Schellen hineinfallen.

Dann nahm ich ihm die glühende Zigarette aus den Fingern und inhalierte einen Zug. Das Zeug kratzte widerlich im Hals, aber ich tat cool.

Caleb griff in die Innentasche seiner Lederjacke, steckte sich eine neue Zigarette an und reichte sie mir.

»Nein, die schmecken wirklich eklig.« Ich warf seinen Stummel davon.

Er grinste. »Du hättest fliehen können.«

»Und du hättest mich auch einfach nicht spanken können.«

»So entscheidet sich jeder für etwas anderes.«

»Ich habe ein Restvertrauen in dich, aber nur, weil dein

Bruder so ein Trottel ist und ich mir nicht vorstellen kann, dass du ihn freiwillig verarschst. Also sag mir die Wahrheit oder ich fahre wirklich.«

Seine grünen Augen leuchteten intensiv. Aber er antwortete nicht.

»Vielleicht bin ich ja sogar auf eurer Seite?«, sagte ich ungeduldig. »Ich verstehe nicht, wieso ihr glaubt, ich wäre es nicht, denn offenbar richtet sich dieser Kram hier gegen meine Mutter und ich hasse diese Frau. Warum belügt ihr mich lieber, statt mir die Wahrheit zu sagen?«

Caleb ließ die zweite Zigarette ungeraucht fallen und trat sie aus. Er blickte weit an mir vorbei.

»Die Antwort auf meine Fragen findest du offenbar nicht im Himmel«, erinnerte ich ihn.

Er blickte zurück in meine Augen. »Du hast also mit Landon rumgemacht, um an seinen Schlüssel für die Handschellen zu kommen.«

»Natürlich.«

»Und das Auto hast du ganz alleine kurzgeschlossen?«

»Ja, war jetzt nicht so schwer, irgendwelche Kabel aneinanderzuhalten, bis es funktionierte. Oder glaubst du, ich habe einen Iron Man in der Tasche, den ich im Notfall hervorzaubere, der das für mich übernimmt?«

Caleb lachte kopfschüttelnd. »Du bist also einfach geblieben.«

»Stört's dich?«, fuhr ich ihn an und überspielte damit meine Nervosität.

»Nein«, sagte er leise. »Es gefällt mir sehr.«

Ich glaubte zu spüren, wie sich die Luft zwischen uns verdichtete. Wir teilten einen intimen Moment, ohne uns zu berühren oder etwas zu sagen. Am liebsten hätte ich mich in seinen Arm geworfen und mir schwören lassen, dass meine Gefühle nicht noch einmal verletzt werden würden, aber dafür war ich leider nicht Mädchen genug und er war nicht Held genug.

Caleb verfolgte einen Plan.

Und er stellte ihn über alles.

»Du willst also eingeweiht werden ...«, begann er langsam.

Ich nickte – noch immer nervös.

»Aber ich habe eine viel bessere Idee.«

Oh Nein. Was kam jetzt?! »Damit kannst du mich doch nicht abspeisen!«

Er steckte die Handschellen zu den Zigaretten in seine Seitentasche, dann hielt er mir die leere Hand auf. »Vertrau mir.«

Zögernd griff ich hinein und folgte dem leichten Zug in Richtung seines Körpers.

»Du hast mir immer vertrauen können«, sagte er leise. »Und jetzt vertraue ich dir.«

JADE

Als meine Mutter nach Hause kam, wartete ich in ihrem Büro auf sie. Ich sah zerstört aus, die Haare zerzaust, das Make-up verwischt und vor mir auf dem Couchtisch stand eine Flasche Whiskey.

»Jade?«, rief sie ins Haus. »Bist du zurück?«

Ich antwortete nicht. Wartete, bis sie sich ausgezogen hatte und von selbst in ihr Büro trat. Dort blieb sie stocksteif stehen. »Jade«, keuchte sie. »Was ist passiert? Wo kommst du gerade her?«

»Mom, bitte setz dich zu mir«, verlangte ich mit brüchiger Stimme.

Sie hörte auf mich, setzte ihren besorgten Weltretter-Blick auf und nahm den Platz in nächster Nähe zu meinem Sessel ein. »Ich dachte, du wärest mit Landon unterwegs. Habt ihr euch getrennt?«

»Nein«, sagte ich nur.

Sie faltete die Hände und verbarg damit ihre Ungeduld. Ich wusste, dass sie gerade in ihre Verhör-Manier verfiel. Susan Carpenter behandelte auch ihre eigene Tochter wie eine Verbrecherin, wenn es darum ging, an Informationen zu gelangen.

»Ich wurde entführt.«

Meine Mutter zuckte und blieb gleichzeitig so unfassbar ruhig. »Wann und von wem?«

»Ich konnte entkommen.«

»Du musst mir alles genau sagen, Jade.« *Sie scheint davon gewusst zu haben ...*

»Sie wollten, dass ich ihnen sage, was ich über dich weiß«, log ich überzeugend mit immer matter werdender Stimme.

»Das hätte nicht passieren dürfen. Ich dachte, bei Landon wärest du in guten Händen.«

»Sonst hättest du mich weiterhin überwacht?«

Wieder zuckte sie.

»Überwachst du mich, Mom? Trackst du meinen Aufenthaltsort und beobachtest, was ich tue?«

»Jade«, begann sie tadelnd, »ich tue nur das, was für deine Sicherheit nötig ist.«

»Habe ich dich jemals darum gebeten?«

»Darum geht es nicht. Du bist meine Tochter und lebst gefährlich. Was ist passiert? Wo ist Landon?«

»Du hast mich mit Landon nur verkuppeln wollen, weil er mich kontrollieren kann?!«

»Beschützen, Liebes. Nicht kontrollieren.«

»Was steht in deinen Tagebüchern?«

Dieses Mal zuckte sie nicht. »Wieso kommst du jetzt darauf?«

»Weil ich den Entführern nichts sagen konnte«, sagte ich mit einem schiefen Lächeln. »Ich habe ihnen einfach nichts über dich erzählen können und mir ist aufgefallen, dass das ganz schön armselig ist, weil ich eigentlich deine Tochter bin.«

»Von *wo* kommst du gerade?«

»Das kann dir doch egal sein! Du sagst mir auch nichts! Gar nichts! Lässt mich in einer Blase leben ohne jeden Austausch von Information!«

»Jade, du hast nie so gewirkt, als würde es dich interessieren!«

»Was interessieren? Das Leben meiner Mutter? Das Leben der Frau, die mich seltener angelächelt hat als mein Kindermädchen? Nein, es hat mich nicht interessiert. Also warum fragst *du* nach meinen Entführern? Dir kann es doch egal sein. Ich bin frei und entkommen. Ab sofort kannst du mich wieder mit einer Drohne ausstatten, die über meinem Kopf fliegt, und bist glücklich.«

»Darum geht es jetzt nicht«, ihr Tonfall wurde strenger, »sondern darum, dass diese Menschen Verbrecher sind und nicht nur dir, sondern auch anderen Menschen Schaden zufügen könnten.«

»*Was* verbirgst du vor mir? Wieso liegen deine Tagebücher in einem *Safe*? Was ist so wertvoll an deinem Geheimnis, dass ich sogar unter Folter gezwungen werde, etwas darüber zu sagen?«

»Was um Gottes willen ist passiert?«

»Antwortest du bitte auf meine Frage?«

»Jade, diese Verbrecher glauben, mich erpressen zu können. Aber in diesen Büchern steht nichts, das sie verwenden könnten. Sie sind einfach nur privat. Das wenige private Leben, das ich habe.«

»Steht da etwas über mich drin?«, fragte ich stockend. »Gehöre ich überhaupt zu deinem privaten Leben dazu?«

Susan Carpenter hielt meinem Blick stand, aber er war leer. Sie würde mir nichts sagen. Also blieb mir nur eines.

Ich stand auf und zog Calebs Waffe.

Ihre Augen weiteten sich.

»Sag mir, was du vor mir verheimlichst!«

Sie regte sich nicht.

»Und heb verdammt noch mal die Hände, sonst schieße ich!«

Sie gehorchte. »Jade, du solltest ruhig bleiben und an die Konsequenzen denken.«

»Ich *scheiße* auf die Konsequenzen. Womit glaubt die Mafia, dich erpressen zu können? Was steht in den Büchern? Welches Geheimnis verbirgst du vor mir?!«

Tränen entstanden in ihren Augen. »Das eine hat mit dem anderen nichts zu tun!«

»Warum nicht?«

»Jade, es war absehbar, dass du zum Opfer aufgrund meiner Tätigkeit werden wirst. Deswegen wollte ich nie Kinder. Ich wollte nicht, dass dir etwas zustößt.«

»Mir ist klar, dass du *mich nie wolltest*, aber jetzt bin ich leider hier und wir könnten anfangen, wie Mutter und Tochter miteinander zu reden, oder ich erschieße dich einfach, was dem Gefühl gleichkommt, das ich auch zuvor hatte: ohne Mutter aufgewachsen zu sein!«

»Jade, was möchtest du von mir hören? Ich verstehe dich nicht. Was glaubst du, in Erfahrung zu bringen?«

»Dein verficktes Geheimnis!«

»Ich kann es dir nicht sagen.« In ihren Augen schimmerten Tränen. »Ich beschütze es mit meinem Leben, Jade. Es wird mit mir sterben.«

Oh Mann. Warum musste sie eine solche Märtyrerin sein? Ich blieb eine Weile vor ihr stehen und wartete, bis Landon hereinkam.

»Jade«, sagte er erstaunt. »Was zur Hölle ...«

Meine Mutter regte sich nicht.

»Mrs. Carpenter?«, fragte Landon besorgt. »Jade! Nimm die Waffe runter.«

»Nein.«

»Du könntest jemanden verletzen!«

»Ich weiß.«

»Jade ...« Er erreichte die Sitzgruppe. »Wir bleiben jetzt

alle ganz ruhig. Es ist deine Mutter, Jade. Ich bin hier, dir wird nichts passieren.«

Ich antwortete nicht.

Landon legte seine Hände von hinten auf Susans Schultern und beugte sich hinunter, um ihr das Gefühl zu geben, er würde sie beschützen. »Jade, bitte. Wenn du schießt, könntest du mich treffen. Tu es nicht.«

»Ist doch nicht mein Problem, wenn du dich ihr näherst«, sagte ich spöttisch und er grinste hinter dem Rücken meiner Mutter.

Dann legte er ihr das Chloroform auf Mund und Nase und meine Mutter sank nach einem überraschten Atemzug in sich zusammen.

Ich atmete durch und ließ die Waffe sinken. »Shit«, keuchte ich.

Landon nahm sie mir ab, als würde er wissen, dass ich es nicht länger ertrug, sie zu halten.

»Sie hat mir einfach *gar nichts* gesagt«, stöhnte ich auf.

»Na ja, wir wissen jetzt, dass sie wirklich bereit wäre zu sterben, bevor sie etwas preisgibt.«

»Das wusstet ihr vorher nicht?«

Landon schüttelte den Kopf. »Ich habe ihre Reaktion ganz anders eingeschätzt.«

Sein Ebenbild stolzierte zur Tür herein. »Wieso bist du eigentlich so ein krasses Mädchen, Jade?«, rief Caleb mir zu.

Moment.

Er schlenderte zum Schreibtisch und ließ sich auf den Bürostuhl sinken. »Glaubt ihr, wir haben auch nur die geringste Chance, etwas in ihrem Büro zu finden, das uns weiterhelfen könnte? Was suchen wir außer den Tagebüchern und ihrem ›Innersten‹ noch?«

Ich griff an Landons Unterarm, der vor mir stand, und schob seinen Ärmel hoch. Tattoos. »Shit.« Ich fluchte. Wie hatte ich sie verwechseln können?! »Du hast Landon einwandfrei imitiert«, warf ich Caleb vor.

»Ich weiß«, gab er lächelnd zu.

»Aber warum? Warum bist du und nicht er hereingekommen?«

Landon legte die Füße auf dem Schreibtisch ab und verschränkte die Hände in seinem Nacken. »Wir wollten herausfinden, ob wir es noch können. Das nächste Mal werde ich Caleb mimen. Allerdings bin ich nicht besonders gut darin, den sanften, gebrochenen Softie zu spielen.«

»Fick dich«, knurrte Caleb. »Wie fesseln wir sie?«

»Bin ich hier der Mafia-Fessel-Junkie oder du?«

Caleb hob genervt eine Braue. »Du solltest duschen gehen, Jade. Wir wissen nicht, wann wir aufbrechen müssen.«

»Was heißt ›aufbrechen‹?«, rief Landon. »Wir bleiben hier. Wir warten. Wir denken nach. All der Kram, der zu einer gewissen Entschleunigung führt. Und zu Schlaf. Von beidem hatte ich in letzter Zeit wenig.«

»Du bist zu verwöhnt«, sagte Caleb, trat vor den Sessel meiner Mutter und blickte auf sie herab. »Wer von uns hat die Handschellen?«

JADE

Die Hitze des Wassers auf meinem Körper stieg mir wohlig in die Glieder. Entspannung machte sich in mir breit, Behaglichkeit. Ja, das Badezimmer, mein einziger Rückzugsort, empfing mich wie ein alter Freund.

Erst als das Bad voll mit Wasserdampf stand, verließ ich die Dusche und umwickelte meinen Körper mit einem großen Handtuch. Es klopfte an der Tür.

Ich hatte nicht abgeschlossen und wartete einfach, bis derjenige hereinkam. Die Tür öffnete sich.

»Jade?«, fragte einer der Brüder vorsichtig. »Darf ich reinkommen?«

»Ja.« Schnell scannte ich seine Erscheinung. Keine Tattoos am Arm, braungraue Augen. Landon. »Meinetwegen.«

Landon kam herein und schloss die Tür hinter sich. »Ich wollte mit dir reden.«

»Und das hat nicht warten können, bis ich mich angezogen habe?«

Er wirkte zerknirscht. »Nee.«

»Ookay ...«

Er strich sich durch die Haare und sah sich im Raum um, fast hilflos. »Ich will nicht, dass du denkst ... ich wollte mir meine fünf Minuten mit dir abholen, du weißt schon ... so wie du mit Caleb alleine geredet hast. Plötzlich komme ich aus der Bank und Caleb und du seid beste Freunde und alles scheint geklärt. Da dachte ich, vielleicht sollten wir auch mal unter vier Augen reden. Allerdings bin ich nicht besonders gut in diesen Dingen ...«

»Landon, was zur Hölle willst du sagen?«

Er strich sich mit beiden Händen durchs Gesicht und legte den Kopf in den Nacken. »Es tut mir leid, dass ich dich angelogen habe.«

Ich lachte auf.

Er warf mir einen bösen Blick zu. »Warum lachst du jetzt? Glaubst du mir nicht? Tut es mir aber.«

»Okay.«

»Was ›okay‹?«

»Ja, das war vermutlich der Versuch einer Entschuldigung, oder? Meine Antwort lautet: okay. Schwamm drüber. Lügen, schlagen, mich irgendwo fesseln und deinem Bruder ausliefern, alles verziehen.«

»Das meinst du doch ironisch.«

»Ja, natürlich meine ich das ironisch!«, blaffte ich. »Lass dir gefälligst etwas Besseres einfallen als ein billiges ›Tut mir leid‹. Ich hab dir meine verfickte Verliebtheit gestanden und du hast so getan, als würdest du mich ebenfalls mögen, obwohl ich die ganze Zeit über misstrauisch war, du hast sozusagen mein gesamtes Vertrauen in Männer für immer zerstört! *Und* mich mit dem Griff einer Waffe mitten ins Gesicht geschlagen! Du kannst dir dein ›Tut mir leid‹ so was von in den Arsch schieben!«

Das Gesicht, das er jetzt machte, war bereits eine kleine Entschädigung für meinen Schmerz. Innerlich frohlockte ich. Meine Worte hatten ihn verletzt. Also war doch nicht alles gespielt gewesen.

»Und was soll ich tun?«, fragte er hilflos.

»Ist das dein Ernst?«

Er zog die Schultern zusammen. »Ja?«

Oh Mann, wollte er gleich noch seinen Schwanz einziehen? Ich trat vor ihn, griff an seine Schultern und zerrte sie zurück in ihre gewöhnliche Position. Dann richtete ich seine Krawatte und strich sein Hemd glatt. »Was möchtest du von mir?«, fragte ich fordernd.

»Dass du mir vergibst.«

»Warum?«

Ihm war diese Situation so unangenehm wie keine zuvor. »Ich will dich nicht verlieren.«

»Warum nicht?«

»Aus Gründen.«

»Welchen?«, bohrte ich.

»Mann, Jade ...« Er blickte an mir vorbei Richtung Dusche.

Ich griff an sein Kinn und zog es zurück in meine Richtung. »Sieh mich an, wenn du mit mir redest.«

Seine Augen fokussierten meine und er wirkte gequält. »Weil ich dich liebe.«

Wow. Ich ließ ihn los. Mit diesem Geständnis hatte ich nicht gerechnet.

»Ja«, schloss er an, »das meiste war gespielt, ja, ich bin ein Arsch, ja, ich habe dich benutzt, ja, ich hätte dich niemals schlagen dürfen, ja, es war falsch, dich nicht einzuweihen, ja, ich bin neidisch auf Caleb, dass er es so viel besser versteht, *dich* zu verstehen, und ja, ich würde alles auf dieser Welt tun, damit du mir verzeihst.«

Ich schluckte. Mein Mund wurde trocken. »Okay ...«

»Nicht schon wieder ein ›okay‹.«

Langsam wich ich zurück. »Ich muss darüber nachdenken.«

»Worüber?«

»Ob ich das kann.«

»Was genau?«

»Weiß ich gerade auch nicht. Ich weiß gerade nicht, ob ich dir wirklich glauben kann. Vielleicht schauspielerst du nur wieder.«

Er griff nach meinen Händen und zog mich zurück an seine Brust. »Baby, ich schauspielere *nicht*. Ich lüge nicht. Ich liebe dich. Sag mir, wie ich es dir beweisen kann.«

Atemlos befreite ich mich und ließ ihn stehen. Mein Herz raste und ich musste raus hier. Schnell. »Weiß ich nicht. Lass dir was einfallen«, setzte ich verstört nach, stolperte in mein Zimmer zurück und rannte dem nächsten Zwilling direkt in die Arme.

CALEB

Jades Wohnräume bestanden aus einem geräumigen Schlafzimmer, einem kleinen Wohnbereich, einem großzügigen begehbaren Kleiderschrank und dem Badezimmer, in dem sie gerade geduscht hatte und Landon mit ihr sprach.

Ihr Bett war majestätisch und bot mindestens einem Elefanten Platz. Landon hatte durch seine Affären und Alibi-Freundinnen schon einige solcher Zimmer von innen gesehen, für mich war es das erste Mal.

Beinahe hätte ich meiner Neugier nachgegeben und ein paar ihrer Notizblöcke auf ihrem Schreibtisch durchblättert, aber dann beschränkte ich mich doch darauf, die Dinge zu betrachten, die sowieso offen herumlagen.

Sie besaß keine Fotos. Keine Polaroids, nicht mal Postkarten. Dafür hatte sie kleine Basteleien neben ihrem Bett liegen. Selbstgemachter Schmuck, eine Kette mit ihrem Namen, einen Bilderrahmen mit ein paar chinesischen Zeichen und Figuren aus gebranntem Ton oder geschnitztem Holz. Geschenke?

Ich nahm die Kostbarkeiten in die Hand und fragte mich, wie sie in Jades Zimmer gefunden hatten. Ein wenig erinnerten sie mich an meine eigenen Besitztümer, die ich im Waisenhaus angesammelt hatte und vor jedem bis auf Landon verborgen hatte. Fehlten nur noch ein paar Murmeln, um die kindliche Sammlung perfekt zu machen.

Ihr Schlafzimmer war in sanften Farben gehalten. Das Werk eines Interieur-Designers natürlich. Bis auf ihre Uni-Unterlagen, die kleinen Geschenke und ihre Klamotten schien sie nichts im Raum zu lagern. Es wirkte steril, unpersönlich.

Neben der Badezimmertür stand ihre Kommode. Ein goldener Spiegel hing darüber und an ihm befestigt ein Traumfänger. Wieder selbstgemacht. Wieder ein Geschenk. *Von wem?*

Die Tür flog auf und Jade stand plötzlich vor mir. Nur mit Handtuch bekleidet und hochrotem Kopf.

»Wie hoch ist die Wahrscheinlichkeit, dass ihr mich für ein paar Stunden alleine lasst? Nur ... für ein paar?«, fragte sie.

»Sehr gering. Wieso?«

Sie antwortete nicht und lief an mir vorbei zu ihrem Kleiderschrank.

Ich folgte ihr.

»Noch nicht einmal alleine umziehen darf ich mich?«

»Willst du das denn?«, fragte ich lächelnd.

Sie wurde noch röter. »Ja!«, fauchte sie und knallte die Tür zu ihrem Ankleidezimmer vor meiner Nase zu.

Meine Hände verkrampften sich. *Was hatte Landon jetzt schon wieder getan?!* Ich fuhr zu ihm herum. Wie ein begossener Pudel war er aus dem Badezimmer gestapft. Fehlte nur noch, dass er sich schüttelte. »Sorry.«

»Was ist passiert?«

»Weiß ich nicht.«

»Wie bitte?«

Landon fiel es schwer, mir in die Augen zu sehen. »Ich

hab alles vergeigt. Wir haben die Tagebücher verloren. Wir haben sie verloren. Wir haben das Spiel verloren ...«

»Welches Spiel?!«

»Unseres?«

»Wir haben nie gespielt?! Meinst du, es war ein Scheißspiel, diese Männer zu töten oder mich bei der Mafia einzuschleusen?«

Er richtete sich auf und verschränkte die Arme vor der Brust. »Du hättest jederzeit mit mir tauschen können. So war es abgesprochen. Ist doch nicht mein Problem, dass du dir Tattoos stechen lässt, damit man dich eindeutig identifizieren kann und jeder seine feste Rolle bekommt.«

»Willst du streiten?«

»Richtig.«

»Um sie? Oder wegen ihr?«

»Was?«

»Wieso bist du so aggressiv?«, fragte ich freundlich. »Geht's dir hierbei um dein Ego, das nicht teilen kann?«

»Was?«, fragte er vollkommen verblüfft.

»Deine SMS, ob ich eifersüchtig sei.«

Landons Augen weiteten sich. »Bist du's?«

»Worauf«, raunte ich, »um alles in der Welt sollte ich eifersüchtig sein? Auf meinen Bruder?«

Er entspannte sich sichtlich. »Okay, ich hatte befürchtet, du siehst das anders als ich.«

Langsam hob ich eine Braue.

»Ich bin mal kurz weg.« Er wedelte mit seinem Handy in der Hand. »Ich schreibe dir, falls was ist, und fahre kurz nach Hause.«

»Wozu?«

»Wir brauchen ein paar Klamotten von mir. Morgen gehen wir zum FBI und holen die Bücher. Zu zweit. Du weißt schon so, dass es niemand merkt. Aber bis morgen haben wir noch eine Nacht vor uns – und ich eine Idee.«

»Aha.«

Er zwinkerte nur, dann verschwand er nach draußen.

Es war nicht klug, dass er alleine ging. Allerdings war er immer noch ein FBI-Agent und nicht dämlich genug, sich auf offener Straße erschießen zu lassen.

Ich ging zurück zu der Tür, hinter der Jade verschwunden war. »Jade.«

»Was denn?«, fragte sie genervt.

»Darf ich reinkommen?«

»Boah!« Sie öffnete die Tür. Ihr Blick glitt sofort zu meinem Arm, da sie uns anscheinend nur anhand der Tattoos auseinanderhalten konnte. Der fehlende Bart machte uns zu ähnlich. »Ihr seid doch sonst nicht so zurückhaltend.« Sie stand nur in Unterwäsche vor mir.

»Ich glaube, wir üben uns gerade darin, höflicher zu sein. Außerdem trägst du schon genug.«

»Ha, ha.«

Ich schmunzelte. »Zieh dir was über. Dann spielen wir Frage-Frage-Spiel.«

Sie griff blind in ein Regal rechts von sich und warf sich einen weiten Pullover über. »Und wer gibt die Antworten?«

»Wir beide. Du stellst eine Frage, die ich ehrlich beantworten werde, dann ich«, schlug ich vor und setzte mich auf ihr Bett.

»Jede Frage?«, sagte sie zweifelnd.

»Ja.«

»Darf ich ...«, sie blickte kurz und schüchtern zu Boden, »dich zuvor küssen?«

Ich lachte. »Tu dir keinen Zwang an.«

Jade kam näher und ich öffnete meine Beine, damit sie sich zwischen meine Knie stellen konnte. Sie legte ihre Hände um meinen Hals und berührte meine Lippen, während ich meine Fingerspitzen sanft über die nackte Haut an ihren Beinen gleiten ließ.

Ihr Kuss war erst zärtlich, zurückhaltend und scheu und wurde dann immer gieriger, bis ich nicht mehr anders konnte, als sie zu packen und an mich zu ziehen. Wir verschmolzen, wir glitten ineinander, ihre Zunge war mein Paradies.

Atemlos hielt sie inne und drückte gegen meine Brust, um sich zu entfernen. Ihr Herz raste, ich spürte es durch meine Hand an ihrem Rücken, und ihre schmalen Augen starrten mich an. »Wieso machst du das?«, fragte sie stimmlos.

»Was tue ich?«

»Du bist so ... und er ... ich meine ... hast du ... darf ich dich etwas fragen?«

»Das habe ich gerade vorgeschlagen.«

Sie schloss die Augen. »Halt mich fest.«

»Tue ich.«

»Caleb, ich hatte gehofft, Landon wäre einfach zu doof, um jemals ... Reue zu zeigen.«

Ich musste lachen. »Mein Bruder? Zu doof?«

»Ja, ich dachte, nur einer von euch hat Intellekt. Und ich hatte gehofft, er wäre das asoziale Schwein und ein arrogantes Arschloch.« Sie öffnete die Augen wieder und trat zurück. Wild begann sie zu gestikulieren. »Er hat mich angelogen und ich habe mich täuschen lassen. Dann traf ich dich und ich wollte ausgerechnet ihm gegenüber treu sein, aber eigentlich ... hätte ich das nicht gewollt, ich meine ... aber dann kommt er einfach ins Badezimmer und ...«

»Bist du sicher, dass du mit mir darüber sprechen willst?«

»Mit wem sonst?«, fragte sie verblüfft und hielt in ihrer Bewegung inne.

Ich stützte mich mit den Ellbogen aufs Bett und genoss es, sie zu betrachten.

»Caleb, ich kann mich nicht entscheiden!«, platzte es aus ihr hervor, was sie nervös zusammenzucken ließ. Um meinem Blick zu entgehen, setzte sie sich neben mich aufs Bett, allerdings so weit wie möglich entfernt. »Es geht nicht. Ihr seid beide blöd.«

Ein breites Grinsen wanderte auf meine Lippen und ich wartete, bis sie zu neugierig wurde und mich wieder ansah. »Das musst du auch noch nicht«, sagte ich und blickte ihr in die Augen. »Genieße einfach die Zeit.«

Jade lachte spöttisch. »Die Zeit genießen? Meine Mutter liegt unten gefesselt in ihrer Garderobe und ich soll die Zeit genießen?«

»Ja. Es liegt immer irgendwer irgendwo gefesselt. Nur weil es deine Mutter ist, muss es dich nicht tangieren.«

»Was für eine schräge Weltanschauung.«

»Nicht besonders menschlich, aber sehr hilfreich.«

»Ich habe Angst«, gestand sie mir leise.

»Okay«, sagte ich. »Du darfst Angst haben.«

Sie wirkte jünger, so wie sie dasaß und ihre wahren Gefühle vor mir zu verbergen versuchte, dann krabbelte sie plötzlich auf mich zu und schmiegte sich wie eine Katze an meine Brust.

Fuck, es tat unglaublich gut, für sie mein Gewicht auf nur einen Arm zu verlagern und ihr mit dem anderen durch ihr dunkles Haar zu streicheln.

»Was wollt ihr von meiner Mutter?«, murmelte sie.

»Wir wollen sie entlarven.«

»Entlarven? Sie?«

»Ah«, machte ich und legte einen Finger auf ihre Lippen. »Wir stellen unsere Fragen abwechselnd. Von wem sind die kleinen Geschenke in deinem Zimmer?«

»Von meiner Großmutter.« *Ihre Grandma? Wirklich?*

»Wir wollen sie entlarven, weil sie korrupt ist«, beantwortete ich ihre Frage von zuvor. »Bedeutet dir deine Großmutter viel?«

»Sie ist die Einzige, die mir jemals das Gefühl gegeben hat, ein menschliches Wesen und nicht nur ein Störfaktor zu sein.«

»Durch ihre Geschenke?«

»Mh!« Sie legte mir lächelnd einen Finger auf die Lippen.

Ich verdrehte die Augen und hielt ihn fest. Sanft umfuhr ich die Spitze ihres Fingers mit meiner Zunge und ließ sie in meinen Mund eintauchen. Sie stöhnte unwillkürlich.

»Ich gebe auf«, sagte ich und ließ ihren Finger wieder los. »Beantworte mir noch diese letzte Frage, dann bist du dran, ohne Unterbrechung.«

»Ja, durch ihre Geschenke«, sagte sie lächelnd, weil ich ihr entgegengekommen war. »Als hätte sie es mir anders nicht sagen können, dass ich ihr etwas bedeute.«

»Sicher, dass diese Geschenke von deiner Grandma kommen? Ich habe einiges über diese Frau recherchiert und ...«

»Von wem denn sonst?! Von meiner Mutter sind sie ganz sicher nicht. Sie lagen am Geburtstag und an Weihnachten immer dabei. Ganz obenauf. Bis sie gestorben ist, war es jedes Jahr so.«

Ich zuckte die Achseln. *Vielleicht war Seniorin Carpenter doch kein Monster?* »Jetzt du.«

»Woher glaubt ihr zu wissen, dass meine Mutter korrupt ist?«

»Sie arbeitet mit meinem Boss zusammen.«

»Mit deinem ...? Aber das würde ja bedeuten, dass sie ...«

»Genau. Erinnerst du dich an das Gespräch auf der Party? Da hat sie mit ihm gesprochen.«

In ihren Augen spiegelte sich ein gewaltiger Moment der Erkenntnis wider.

»Der Informationsaustausch zwischen den beiden ist fließend. Sobald das FBI eine Aktion gegen Baresi, meinen Boss, plant, wird er von deiner Mutter informiert. Andersherum gibt er ihr Informationen bezüglich Handelsrouten und Schwarzgeldzahlungen und vielem mehr, um seine Konkurrenz auszuschalten. Als ich zum Beispiel in der Uni war, habe ich meinen Boss angerufen und damit rechnen können, dass er das FBI kontaktiert, um deinen Professor ausfindig zu machen. Verstehst du? Deine Mutter und Baresi schieben sich gegenseitig das zu, was sie vom anderen benötigen, um weitermachen zu können wie bisher. Dabei wandern alle die in den Knast, die dem Capo nichts bedeuten oder zu einem Störfaktor werden, und das FBI verzeichnet so unter der Führung deiner Mutter seit Jahrzehnten Erfolge. Auf der anderen Seite kann das Syndikat weiterarbeiten wie bisher. Der Schwarzmarkt wird auf diese Art von beiden kontrolliert. Als wären sie eine Gemeinschaft.«

»Seit Jahrzehnten?«, wiederholte Jade fassungslos.

»Ja. Genau genommen seit vierundzwanzig Jahren.«

»Was habe ich damit zu tun?«

»Du?«, fragte ich überrascht. »Wieso du? Nichts.«

»Aber wieso hat alles begonnen, als ich geboren wurde?«

»Hat es nicht. Dass sie dich vor vierundzwanzig Jahren bekommen hat, war Zufall.«

»Was ist dann vor vierundzwanzig Jahren geschehen?«

Erst jetzt bemerkte ich Landon, der zurückgekommen war und sich wortlos in den Türrahmen gelehnt hatte. Er beantwortete Jades Frage an meiner statt: »Unsere Eltern wurden getötet.«

LANDON

Der Zeitpunkt, alles auszupacken, konnte wohl kaum unpassender sein. Seit einer Ewigkeit hatte ich darauf gewartet, meinen Bruder wiederzusehen und nicht irgendeinen Scheiß vorspielen zu müssen, und was tat er? Die ganz alte Geschichte ausgraben und mich so dazu zwingen, die Beschwingtheit des Abends zur Seite zu schieben und mich wieder daran zu erinnern, dass wir keinen Schritt weiter waren.

»Sie wurden getötet«, fuhr ich bitter fort. »Bei einer großen Schießerei. Mehrere Zivilisten starben, aber es wurde alles vertuscht. Alles. Es gibt nicht einmal ein Grab unserer Eltern und in unseren Geburtsurkunden steht auch nicht ihr richtiger Name. Das FBI hat mit seinen Methoden alles spurlos verwischen können und keiner der Verbrecher, darunter Baresi, wurde verurteilt. Die Morde gab es auf dem Papier nie. Die Schießerei tauchte in der Zeitung nur als ausgeuferter Partygag auf.«

»Wie habt ihr das alles herausgefunden?«, fragte Jade fassungslos.

»Wir hatten viel Zeit«, sagte Caleb.

»Aber seit wann kennt ihr euch denn? Wann habt ihr euch kennengelernt?«

»Kennengelernt?«, fragte ich verwundert.

Caleb schüttelte den Kopf. »Ich habe gelogen, Jade. Wir waren nie getrennt.«

Sie drehte sich vollständig in meine Richtung.

»Ach, wenn er lügt, ist es okay?«, fragte ich säuerlich.

»Im Gegensatz zu dir hat er es früh genug zugegeben und nicht erst, als es zu spät war. Also seid ihr beide zusammen im Waisenhaus aufgewachsen?«

»In Vermont, richtig«, ergänzte ich.

»Und wie habt ihr von dem Tod eurer Eltern erfahren?«

»Recherche«, erklärte Caleb.

»Recherche und der Vorteil, dass wir vier Augen und vier Ohren besitzen und zwei Körper, wenn uns jemand dumm kommt«, ergänzte ich.

»Und ihr habt das alles geplant? Dass der eine von euch zum FBI und der andere ... das war euer Plan?!«

»Ja. Wir haben zuerst ›Landon‹ kreiert«, erklärte ich. »Anfangs war er ›der Streber‹. Er hatte Bestnoten, während ›Caleb‹ abkackte. Wir schrieben unsere Prüfungen immer abwechselnd, so mussten wir jeweils nur die Hälfte lernen. Beim Einstufungstest für die Uni war es noch leichter. Wir gingen auf die Toilette und tauschten hinterher einfach die Plätze. Alles, was wir brauchten, waren unterschiedliche Klamotten, die wir wechselten, sodass die Leute glaubten, uns auseinanderhalten zu können. Niemand kam darauf, dass der eine von uns nur in der Prüfung saß, um beim anderen einzuspringen.«

»Ihr wart ... Landon gemeinsam?«

»Ja«, bestätigte Caleb. »So wie wir Caleb gemeinsam waren und uns vorsichtig, aber gezielt einen Namen in der Verbrecherszene machten. Raubzüge waren für uns kein Problem. Die Leute sahen immer nur einen, obwohl wir zwei waren. Ablenkungsmanöver, Zaubertricks und daraus resultierende Diebstähle brachten uns schnell voran. Wir bekamen Kontakt zu den ersten Hehlern und tauchten immer mehr in die Verbrecherstrukturen ein, während Landon in doppelter Geschwindigkeit seinen Abschluss schaffte. Das FBI wollte ihn sofort, weil wir bereits damals so viele Insider-Infos hatten. Wir vertuschten gekonnt, woher. Er begann seine steile Karriere beim FBI, ich wurde Caleb. Ab da arbeiteten wir getrennt.«

»Alles nur, um den Komplott zu entlarven?«

»Um unsere Eltern zu rächen«, sagte Caleb düster, »und um Gerechtigkeit zu schaffen.«

»War das nicht unglaublich riskant?«

»Natürlich«, sagte er.

»Und wie seid ihr sichergegangen, dass man es nicht bemerkt?«

»Wir haben uns nicht mehr persönlich gesehen, unsere Wohnung aufgelöst und uns nur noch über eine eigens programmierte App geschrieben. Verschlüsselt, auf beiden Seiten. Unhackbar, wenn man nicht gerade speziell danach sucht. Und auch dann muss man ein Profi sein.«

»Scheiße«, keuchte Jade und fuhr zu mir herum. »Du hast Caleb geschrieben? Du hast diese verfluchten SMS Caleb geschrieben?!«

Fuck. Was sollte ich sagen?

»Er hat mir noch ganz andere Dinge über dich geschrieben«, sagte Caleb schmeichelnd.

Wichser.

»Was?«, wollte Jade wissen.

»Wie sexy du bist zum Beispiel.« Er legte eine Hand in ihren Nacken und zog sie zu sich heran. Er küsste sie leidenschaftlich, aber ihr Kopf schien noch von den vielen neuen Informationen zu rauchen.

»Lass sie los«, forderte ich. Er hörte. »Zieh dir was an, Baby, wir müssen langsam los.«

»Moment«, sagte sie gedehnt. »Heißt ihr überhaupt Landon und Caleb?«

Wir grinsten uns zu.

»Nein«, antworteten wir synchron.

»Sondern?«

»Jack.« Wieder antworteten wir gleichzeitig.

»Ihr heißt Jack?«

»Der Name auf unserer Geburtsurkunde lautet Jack.«

»Ihr heißt beide Jack?«

Ich grinste breiter und nickte zu Caleb. »Nein. Er heißt Gil.«

Jade prustete los. »Jack und Jill?! Ein Jungen- und ein Mädchenname?«

Caleb rollte mit den Augen. »Ich bin Jack. Wenn hier einer Gil ist, dann er dort drüben. Gil hat immer eine Brille getragen. Ich habe nie eine gewollt.«

»Alter, wir haben nur irgendwann *definiert*, dass Gil der mit der Brille ist. Aber so geboren wurdest du.«

»Gott, ich habe so viele Fragen«, stöhnte Jade. »Wieso trägt Landon eine Brille? Wie konntet ihr einfach eure Identität tauschen? Wann habt ihr damit angefangen? Wieso hat man euch nach einem Mädchen benannt? Seit wann gibt es Caleb und Landon? Wie habt ihr es geschafft, eure Pässe zu fälschen und eure Identitäten? Wer waren eure Eltern? Und was zur Hölle glaubt ihr, in den Tagebüchern meiner Mutter zu finden?«

Caleb richtete sich auf. »Landon wird dir den Rest beantworten. Ich gehe mich ebenfalls duschen. Heute Morgen wurde ich unterbrochen.« Er streichelte Jade vertraut über den Rücken, ehe er den Raum verließ.

Jade schaute mich fordernd an.

Hilflos blickte ich zurück. Hieß das jetzt, wir weihten sie vollkommen ein? In unseren gesamten Plan? »Also, es gibt da Plan B«, begann ich zögernd. Sie blieb stumm. Shit.

»Plan B lautet: Beweise zu beschaffen, die sich gegen deine Mutter richten und den Komplott aufklären, ohne dass wir als Zeugen auftreten müssen, damit wir weiterhin unterm Radar bleiben können. Es gibt ein Gerücht, deine Mutter würde ihr wahres Gesicht in einem Safe verbergen. Nein, sagen wir, es ist ein Witz im Büro. Und weil ich es schaffte, bestimmte Bemerkungen in ihrem Beisein fallen zu lassen, erfuhr ich, dass sie Tagebücher schreibt. Oder zumindest ihr geheimes Wissen in irgendwelchen Aufzeichnungen festhielt. Mein Ziel war es also, die Tagebücher zu beschaffen, während Caleb einfach nur abwarten musste.«

»Und warum hast du dafür mich gebraucht?«

»Ich konnte schlecht der Liebhaber deiner Mutter werden, um Zugang zu ihrem Büro zu haben.«

»Warum nicht?«, fragte sie neckend. »Sie hätte dir sicherlich nicht die Eier zerquetscht.«

»Weißt du, eigentlich bin ich ganz froh, dass ich dich bezwingen musste, sonst hätte ich es nie getan.«

»Bezwingen?«, fragte sie spöttisch.

»Wie eine ungebändigte Löwin.« Ich hob die Tüte an, die ich schon eine Ewigkeit in der Hand hielt. »Zieh dich an, wir wollen los.«

»Wäre es nicht besser, hier zu bleiben?«

»Nein. Du stellst deiner Mutter eine Flasche Wasser mit Strohhalm hin und gibst ihr Schlafmittel, und um alles Weitere kümmern wir uns morgen früh.«

»Nicht mal zur Toilette darf sie gehen? Ihr seid ganz schön fies.«

»Ihretwegen starben unsere Eltern und noch viele mehr, sie verdient das.«

»Ich wusste ja, dass sie eine furchtbare Frau ist, aber so ... herzlos?«

»Jade«, sagte ich ungeduldig.

Sie sprang auf. »Ja, ja! Also was wünscht der Herr? Was kurzes Schwarzes oder Jeans und Shirt?«

Ich schmunzelte und folgte ihr in den begehbaren Kleiderschrank. »Auf keinen Fall eine Jeans.«

Jade trug nur einen langen Sweater, der ihr knapp bis über den Po reichte, und sah darin unverschämt sexy aus. Für heute Abend musste es aber doch etwas edler werden. »Nimm das hier.« Ich griff nach einem roten Stück Stoff, der zwischen ein paar längeren Kleidern hing.

»Das ist ein Minirock, Landon.«

»Na und?«

Sie seufzte, nahm ihn mir ab und stieg hinein. Auch wenn wir uns zuvor bereits berührt hatten, auch wenn ich wusste, wie es war, sie zu küssen oder zu ficken, fühlte sich plötzlich alles anders an. Es kam mir vor, als würden wir etwas Neues beginnen – wenn sie denn überhaupt noch wollte.

Daher hielt ich auch Abstand und sah ihr nur dabei zu, wie sie den Rock knapp unter ihrem Bauchnabel schloss. Vielleicht versuchte sie mich zu testen, als sie den Pullover hob und mir den schwarzen BH darunter offenbarte, aber ich blieb standhaft und wo ich war.

Sie sollte nicht glauben, dass es mir hierbei um Sex ging. Wahrscheinlich war es genau das, was sie als Beweis benötigte, um mir erneut zu vertrauen.

»Lass die Unterwäsche weg.« Caleb lehnte sich wie ich vorhin an den Türrahmen und schloss die unteren Knöpfe seines Hemdes.

Jade, die gerade ihre Oberteile durchging, hielt inne und drehte sich zu uns um. »Wieso?«, fragte sie lasziv.

»Tu es einfach«, befahl ich.

Sie hob eine Braue, als würde sie mir bedeuten wollen, dass sie von mir – noch – keine Befehle entgegennahm.

Als Caleb aber ebenfalls nickte, griff sie sich seufzend an ihren Rücken und der BH fiel herunter.

Mein Bruder war sofort bei ihr. Gierig nahm er ihre prallen Brüste in die Hände und küsste ihre Nippel nacheinander. Jade schloss die Augen und seufzte. Der Drang, zu ihr zu gehen und ihre Lippen für mich zu vereinnahmen, wurde übermenschlich, und es kostete mich all meinen Willen, hier stehen zu bleiben, und ihnen dabei zuzusehen, wie sie sich berührten.

Jades Brustwarzen waren nach wenigen Liebkosungen meines Bruders hart. *Wie gerne hätte ich selbst gekostet …*

Sie schlug die Augen auf, als sie ihre Hände auf Calebs Kopf sinken ließ, und blickte mich herausfordernd an.

Wenn ich nicht etwas unternahm, würde mich mein Schwanz verraten, der sich gierig in meiner Hose aufbäumte. Also öffnete ich die Tüte und holte eine der Masken, die dieselbe rötlich schimmernde Farbe wie ihr Rock hatte, hervor, um sie ihr zu zeigen.

Sie öffnete erstaunt den Mund. Auch Caleb richtete sich wieder auf.

Er drehte sich zu mir um und betrachtete mich zweifelnd. »Was genau schwebt dir vor, Bruderherz? Ein Swinger-Club?«

Sein Ernst? »Nein. Wir werden sie mit niemandem teilen.«

JADE

Als Landon mir die Tür zum hinteren Teil der Stretchlimousine aufhielt und mich breit anlächelte, kam es mir so vor, als wäre ich noch nie zuvor mit einer gefahren. Natürlich war das hier New York und Limousinen so verbreitet wie Kutschen im Central Park, aber dennoch hatte ich damit einfach nicht gerechnet. Ich hatte nicht damit gerechnet, dass es mir – bei allem, was die letzten Tage geschehen war – vergönnt sein sollte, in einer Limousine mitzufahren – in Begleitung von zwei unerträglich attraktiven Männern.

Ich nahm Landons Hand an und setzte mich elegant in den Wagen. Dort wartete bereits Caleb auf mich, der den Champagner aus dem Kühler nahm. Er las das Etikett.

»Schmeckt das wirklich so anders als Sekt?«

Ich biss mir auf die Unterlippe. »Ich kenne Sekt nicht.«

Er lachte laut auf. »Scheiße, Jade, du bist echt verwöhnt worden, oder?«

»Möchtest du wissen, wie viel meine Ohrringe kosten, oder soll ich es dir lieber ersparen?«

»Diese kleinen Perlendinger?«

Ich lächelte steif.

Caleb schüttelte lachend den Kopf und zog mich an

sich. »Komm einfach her, Prinzessin.« Er küsste mich und ließ seine Hand über meinen freien Rücken gleiten. Zu dem Minirock trug ich ein Oberteil, das nicht mehr als ein Fetzen war, und daher nur ein wenig meine Brust und meinen Bauch bedeckte.

Ich war so schrecklich nervös, ja, aufgeregt, dass ich seinen Kuss kaum erwidern konnte. Meine Lippen hatten sich verspannt. Das hier war anders als das erste Mal. Ich war nicht gefangen, ich war nicht gefesselt, ich war vollkommen frei und von ihnen umgeben, als dürfe ich es mir wirklich erlauben, sie beide gleichermaßen zu wollen.

War das nicht verrückt? Musste in meinem Kopf nicht bald und automatisch eine Entscheidung getroffen werden?

Caleb setzte sich auf die Bank hinter dem Fahrer und lehnte sich zu ihm. »Mister«, sagte er.

»Guten Abend, Sir«, antwortete der Fahrer.

»Schalten Sie doch bitte das Radio etwas lauter und vermeiden sie keine Staus.«

»Wie Sie wünschen, Sir«, erwiderte der Fahrer, stellte das Radio so laut, dass es zu uns nach hinten schallte, und ließ den Sichtschutz hochfahren.

Augenblicklich wurde es still, bis Landon die Stereoanlage anschaltete. Ruhiger Jazz erfüllte den Innenraum des Wagens.

Meine Wangen fühlten sich an, als würden sie glühen. *Ich trug nicht einmal einen verdammten Slip.*

Landon hatte in der Zwischenzeit die Champagnerflasche geöffnet und uns eingeschenkt. Er reichte mir ein Glas und trank seines in einem Zug leer.

Ich nippte an meinem und ließ mich von Caleb mit einem Nicken dazu auffordern, es ebenfalls ganz zu trinken. Er drückte mir auch sein eigenes Glas in die Hand und ich trank es aus, sodass mein Magen vor lauter Kohlensäure gluckerte.

Caleb nahm mir das Glas ab, legte eine Hand auf meinen Oberschenkel und beugte sich an mein Ohr. Seine Lippen streiften meine Haut und meine gesamte linke Seite wurde elektrisiert. »Wieso zeigst du Landon nicht, dass du auf dem besten Weg bist, ihm zu verzeihen, hm?«, fragte er raunend.

Fuck. Was wollte er andeuten?

»Keine Sorge, er wartet nur darauf, dass du ihm etwas entgegenkommst, damit er dich ins Paradies befördern kann.«

Caleb lächelte dunkel. Die Aufforderung war klar. Er wollte, dass ich begann.

Ich selbst musste aktiv werden.

Fuck. Noch nie zuvor war ich dermaßen verunsichert gewesen. Unsicher, weil ich nicht glauben wollte, dass ich bekommen würde, wonach ich mich sehnte.

Mit trockenem Mund und zitternden Gliedern krabbelte ich auf Landon zu. Ich wusste, wenn ich einmal begonnen hatte, würde Caleb alles Weitere bestimmen. Ich musste mich nur fallen lassen. Die Lust bestimmen lassen.

Ohne ein Wort zu sagen, setzte ich mich breitbeinig auf Landons Schoß. Sein Schwanz war hart und drückte sich zwischen meine Beine, als ich mich auf ihn niedersinken ließ.

Ich griff fest in sein Haar und zog seinen Kopf etwas zurück. Mit geöffnetem Mund strich ich über seine Lippen, aber ich küsste ihn nicht. Gerade als er mich packen wollte, glitt ich tiefer, ließ meine Beine in den Fußraum sinken und öffnete seinen Gürtel.

»Oh fuck, jaa ...«, stöhnte er und lehnte sich zurück.

Seine Erektion war gewaltig. Ich umgriff sie mit meiner rechten Hand und führte sie zwischen meinen Lippen in meinen Mund ein. Langsam ließ ich meine Zunge um seine Spitze kreisen, bis ich ihn tiefer in mich gleiten ließ.

»Was auch immer du ihr gesagt hast, es war das Richtige«, stöhnte Landon und griff in mein Haar. Gemächlich begann er mich zu führen, ohne zu viel Druck aufzuwenden.

»Ich habe ihr gar nichts Genaues gesagt«, hörte ich Caleb hinter mir. »Sie hat das ganz alleine entschieden.«

»Noch besser.«

»Sie sollte bei mir weitermachen.«

Landon hob meinen Kopf an und sah mir in die Augen. *Scheiße, sie waren grün.* »Du hast ihn gehört. Sei ein braves Mädchen und tu, was er sagt.«

»Du hast färbende Kontaktlinsen getragen«, stieß ich hervor und starrte in seine grünen Augen, die ebenso intensiv leuchteten wie die von Caleb.

Landon lächelte. »Die ganze Zeit.« Mit einem dominanten Griff um meine Taille hob er mich hoch und setzte mich auf die Bank. Während Landon meine Beine spreizte und zwischen ihnen versank, fasste Caleb nach meinen Schultern und zog mich auf seinen Schoß. Bevor ich mich orientieren konnte, spürte ich schon seine Spitze zwischen meinen Lippen.

Gierig saugte ich daran, während Landon mit seiner Zunge in mich eintauchte.

Verdreht, die Klamotten längst verrutscht lag ich auf der Bank und ließ mich von Caleb sanft in den Mund und von Landon mit dem Mund vögeln. Mir war es nicht möglich, selbst aktiv zu werden, und schon gar nicht, darüber nachzudenken, was ich als Nächstes tun sollte.

Ich war zwischen ihnen gefangen.

Landons Zunge glitt zu meiner Perle und umkreiste sie fest.

»Wie wär's, wenn du kommst, Prinzessin?«, fragte

Caleb, fasste in mein Haar und drehte meinen Kopf, sodass ich gerade auf der Bank und mit dem Nacken auf seinem Schoß lag.

Landon nahm seine Finger hinzu und ich spreizte meine Beine so weit, wie es mir möglich war, um ihm Einlass zu gewähren.

Ich schaute sehnsüchtig zu Caleb hoch, griff kurzerhand an seinen Hals und zog seinen Kopf zu mir herunter. Der Kuss führte zu meiner Explosion. Es konnte nicht mehr himmlischer werden, als ihrer beider Lippen auf und ihre Zungen in mir zu spüren. Ich glitt ins Paradies, ich war so unfassbar glücklich und konnte nicht unterscheiden, ob es nun der Orgasmus war, der mich durchfegte, oder die Erkenntnis, sie beide zu besitzen.

Das Glück war allumfassend, durchbrach meine Glieder, und obwohl ich hätte befriedigt sein müssen, machte mich der Orgasmus nur noch wilder.

Ich umfasste Landons Hals, zog ihn zu mir hoch. Während sein Körper dabei über mich glitt, suchte ich ausgehungert seinen Mund. Ich küsste ihn, verschlang ihn genauso wie Caleb zuvor, reckte meinen Nacken unwillkürlich nach hinten, als Landon mit nur einem Stoß tief in mich glitt, und ließ meinen Mund von Caleb zurückerobern.

Oh Fuck. Das war zu gut. Zu himmlisch.

Landon fickte mich, seine Stöße kamen schnell und hart, und ihrer beider Hände glitten über meinen Körper. Sie befreiten mich von meinem Oberteil, umfassten jeder eine meiner Brüste und umfuhren meine Nippel mit ihren Zungen.

Ich wimmerte, so mächtig war das Gefühl, das ausgehend von meinen empfindlichen Brustwarzen in mir entstand. Landon wurde langsamer, um sich ganz meinen harten Spitzen zu widmen. Auch Caleb wurde spürbar härter und ihre Liebkosungen fast schmerzhaft.

Ganz plötzlich änderte sich wieder alles. Sie schienen sich ohne Worte abzusprechen. Landon füllte mich komplett aus, während Caleb von der Bank rutschte. Er drückte mein Gesicht seitlich ins Leder und schob mir seinen Schwanz, vor mir im Fußraum kniend, in den Mund.

Ich nahm ihn sehnsüchtig in mir auf und spürte an den immer schneller werdenden Bewegungen, dass sich die Brüder ihrem Höhepunkt näherten.

Sie kamen gleichzeitig. Ihr Stöhnen erfüllte meine Sinne, ihre Schwänze meine Öffnungen und das Glück verdreifachte sich.

»Das reicht mir noch nicht«, hörte ich Caleb sagen.

Landon atmete schwer. »Was schwebt dir vor?«

Ich sah die beiden einen bedeutungsvollen Blick austauschen, als Landon mich schon zu sich hochzog.

»Okay, Baby, dann entspannen wir uns mal.« Er setzte sich auf den Sitz und dirigierte mich dazu, auf ihn zu gleiten.

Ich stöhnte, als seine Länge in dieser neuen Position tief in mich glitt. Er hielt mich an der Hüfte fest und sorgte dafür, dass meine Unterschenkel neben seinen Beinen lagen.

Calebs Hände glitten von hinten über meinen Po. Er verteilte Creme auf meinem Anus und ich schüttelte panisch den Kopf.

»Ihr wollt doch nicht wirklich ...?«

Landon schmunzelte. »Doch.«

Caleb drückte mich am Kiefer zu sich herum und gab mir einen gierigen Kuss, während er einen Finger in meinen Hintern gleiten ließ.

Fuck, das war so erregend, so fremd und erregend, dass ich nicht wusste, wie ich entspannen sollte.

»Lass es zu«, verlangte er grob und gab mir einen Schlag auf meine nackte Backe.

Wieder stöhnte ich auf.

»Oder willst du es nicht?«, fragte er grinsend und glitt mit seinem Finger noch tiefer.

»Doch, unbedingt«, seufzte ich und küsste ihn drängender.

Er schob einen zweiten Finger dazu und weitete gemächlich meinen Arsch.

Landon hielt mich an der Hüfte fest. Selbst wenn ich gewollt hätte, wäre ein Entkommen unmöglich gewesen.

»Schmeckt sie noch nach dir?«, hörte ich ihn fragen.

»Zier dich nicht, Bruder, und koste selbst.« Er drückte meinen Kopf zu Landon herum, den ich wie auf Kommando zu küssen begann.

Erst zögerte er, dann aber zog er mich bestimmend an sich und küsste mich umso inniger.

Vier Hände auf meinem Körper und ich konnte nicht mehr sagen, welche zu wem gehörten. Sie streichelten meinen Körper, meinen Po, meine frei liegenden Brüste und steifen Nippel. Caleb richtete sich langsam hinter uns auf. Die eine Hand verließ meine Brust und stützte sich auf die Lehne neben Landons Kopf. Seine Beine fanden neben meine Schenkel und ich spürte seinen Schwanz an meinem Arsch.

In diesem Moment schob mich Landon an meiner Hüfte nach oben, sodass mich sein Schwanz nicht mehr ausfüllte und Caleb leichter Zugang hatte, der sich quälend langsam in meine hintere Öffnung schob.

»Mmh«, stöhnte er. »Das ist perfekt.«

»Ist es«, bestätigte Landon ihn.

»Sie ist so herrlich eng ...«

»Ich weiß.«

Der Schmerz wurde heftiger und löste sich auf, als Caleb sich zurückzog und Landon dafür in mich hineinglitt.

»Ja, so ist es gut, oder?«, raunte er an meinen Lippen und küsste mich wieder. Schob mich hoch, Caleb tauchte in mich ein, glitt noch etwas tiefer, zog sich zurück, ich landete wieder auf Landons Schwanz.

Ihr Takt war perfekt. Ihre Bewegungen einzigartig aufeinander abgestimmt. Meine Lust über alle Maßen gesteigert.

Immer schneller wechselten sie sich ab, bis ich spürte, dass Caleb sich mit einem seiner Stöße bis zum Anschlag in mich vergrub.

»Wir sollten es ihr gönnen, zu spüren, wie eng sie werden kann.«

»Du weißt, dass wir das noch nie gemacht haben«, sagte Landon.

»Es gibt immer ein erstes Mal«, hörte ich Caleb brummen, als sie mich gleichzeitig nahmen.

Ich stöhnte laut und kehlig auf. Das Gefühl ihrer beiden Schwänze in mir war besser als alles zuvor. »Bitte ...«, wimmerte ich und wusste doch nicht, warum ich flehte, denn sie wussten selbst viel besser, was ich jetzt brauchte.

Hart und innig nahmen sie mich. Stießen sich in mich vor, gaben mir zwischendurch immer wieder das Gefühl, innerlich bis zum letzten Millimeter ausgefüllt zu sein, und ich kam und ich schrie.

Schrie diese unglaubliche Lust in den Wagen hinaus, wurde geküsst, Münder fanden auf meinen, aber sie hörten nicht auf, obwohl der Orgasmus mich auf eine Spitze getrieben hatte, die beinahe schmerzhaft war. Sie machten weiter, Woge um Woge durchglitt meinen Körper, vereinnahmte mich, ließ mich wieder zerspringen, und dann spürte ich ganz genau, worauf sie hingearbeitet hatten, und sie stöhnten und sie ergossen sich in mir, während mich der nächste Orgasmus vereinnahmte.

Mein Körper wurde dermaßen heftig von den Emotionen überrollt, dass sich meine Augen verdrehten, ich nichts mehr um mich herum wahrnahm und schließlich erschöpft zusammensackte.

Ich saß immer noch auf Landons Schoß, dessen Schwanz sanft in mir pulsierte, während ich Calebs Hand hielt, der sich neben uns gesetzt hatte und mich dunkel ansah.

Glückselig erwiderte ich seinen Blick und lächelte stumm.

Er zog meine Hand vor seine Lippen und küsste sie.

»Bleibst du bei uns?«, fragte Landon.

»Bleibt ihr es?«, fragte ich.

JADE

Der Champagner hatte sich mit dem Sex zu einem Rausch verdichtet. Ich fühlte mich, als wäre ich betrunken, dabei machte mir eine halbe Flasche normalerweise nicht viel aus.

Die Männer führten mich in einen Club, für den Landon zuvor Tickets besorgt hatte, sodass wir an der Schlange vorbeigehen konnten. Alle Anwesenden trugen Masken. Die Brüder hatten mir meine federnbestickte Maske gereicht und sich selbst jeweils schwarze Masken aufgesetzt.

Sie zogen mich in die wogende, tanzende Menschenmasse und platzierten mich in ihrer Mitte.

Eng von ihren Körpern umgeben tanzte ich. Umschlang den einen, küsste den anderen und stellte zufrieden fest, dass ich sie auseinanderhalten konnte, obwohl sie vollkommen gleich aussahen.

Caleb war der zurückhaltendere der Brüder, aber wenn er mich an sich zog, war seine Bewegung immer bestimmt. Landon hingegen nahm mich, wann er es wollte. Ihm fehlte es an Taktgefühl, dafür liebte ich seine unbeschwerte Art. Bei Landon wusste ich mittlerweile, woran ich war, Caleb blieb mir in einigen Punkten ein Rätsel.

Der Club eignete sich nicht dafür, meine Fragen loszuwerden, und vermutlich war das ihr Plan gewesen. Sie wollten mich einen Moment lang für sich – ohne die Probleme, die auf uns warteten.

Als der DJ wechselte und die Musik ins Black abdriftete, zogen die Brüder mich Richtung Bar. Gerade wurde ein Tisch in einer Bucht frei und Landon und ich setzten uns, während Caleb Getränke holte.

Landon sah ihm für eine Weile hinterher.

»Du willst einen Beweis für meine Liebe, oder?«, fragte er und beugte sich zu mir vor, damit ich ihn verstand.

Keine Ahnung. Wollte ich? Noch war alles zu frisch, um darüber nachzudenken, ob ich ihnen für immer vertrauen wollte.

»Siehst du ihn?« Er nickte zu Caleb und ich drehte mich kurz zu ihm um. Landons Bruder lehnte entspannt an der Bar und wartete darauf, dass er bedient wurde. »Du könntest ihm eine Pistole an den Kopf halten und ihn erschießen. Dann würde ich mit ihm sterben.«

Ich blickte zurück in Landons Augen. Das Grün darin wirkte so ganz anders als Calebs. Als würden mich jeweils zwei verschiedene Seelen betrachten.

»Verstehst du? Wenn er stirbt, sterbe ich. Er lebt, dann lebe ich. Ganz einfache Logik.«

»Ziemlich pathetisch«, sagte ich grinsend.

Landon griff nach meinen Händen und zog sie über den Tisch zu sich heran. »Ich liebe meinen Bruder über alles. Deswegen fiel es mir leicht, dich auszutricksen, meine Gefühle abzuschalten und dich für unseren Plan zu benutzen. Diese Scheiße mit den Tagebüchern habe ich nur deswegen durchziehen wollen, um ihn zu beschützen. Denn mit den Beweisen aus diesen Büchern müssten wir vielleicht niemals in Erscheinung treten und nicht auf der Flucht vor der verfickten Cosa Nostra leben, verstehst du?

Ich habe es für ihn getan. Weil er in der Scheiße zu tief drin steckt und vielleicht nicht mehr rauskommt.«

Ich wusste nicht, was ich sagen sollte. Niemals wäre es mir in den Sinn gekommen, dass es jemanden in Landons Leben geben konnte, der ihm mehr bedeutete als er sich selbst.

»Und weil ich dich auch liebe«, fuhr er fort, »denn das ist dieses Gefühl offenbar, jemanden nicht verlieren zu wollen und unbedingt beschützen zu müssen – teile ich ihn mit dir.«

Ich lachte auf.

Er grinste und lehnte sich zurück. »Das ist mein Liebesbeweis.«

Ich lachte noch lauter. »Ernsthaft?«

»Klingt ein bisschen peinlich, oder? Aber so ist es. Und wenn du ihn *verarschst*, warum auch immer du es tun solltest, ist er nicht der Einzige, der dich dafür bestrafen wird. Wir machen das sehr gerne zusammen.«

»Du hast also ... ich meine, du hättest also überhaupt kein Problem damit ...?« Fuck, es war schwieriger, diese Frage zu formulieren, als es einfach zu tun.

»Ihn mit dir zu teilen? Nope.«

»Landon!«, sagte ich nervös lachend. »Du bist nicht in deinen Bruder verliebt! Es geht hierbei doch darum, dass ihr *mich* teilt!« Puh, jetzt war es raus. »Ist das ein Problem ... für dich?«, schob ich zögernd hinterher.

Er breitete die Arme aus, stützte sich auf seine gefalteten Hände und beugte sich vor. Von unten herauf blickte er in meine Augen und lächelte schief. »Kommt es dir etwa so vor, kleine Jade?«

Ich schüttelte den Kopf und er richtete sich wieder auf, gerade als Caleb unseren Tisch erreichte und drei Drinks darauf abstellte.

»Worüber redet ihr?«, fragte er beschwingt.

»Nichts«, sagte Landon grinsend und zwinkerte mir zu.

Sie nahmen sich jeweils ein Glas und warteten, bis ich nach meinem griff.

»Trink, Bruder«, sagte Caleb feixend, »du weißt, was dich heute Nacht noch erwartet.«

Landon ließ sich nicht anmerken, wovon Caleb sprach, und stürzte den Vodka-Mix herunter. »Wer kommt mit tanzen?«

Nach zwei weiteren Stunden war ich vollkommen erschöpft und auch der Alkohol konnte mich nicht mehr aufputschen. In einer solchen Situation hätte ich früher andere Drogen besorgt, aber Caleb achtete mit einem Adlerauge darauf, dass ich nichts in diese Richtung unternahm.

Als ich zwei Dealer in unserer Nähe erkannte, war ich sogar froh darum. Nicht, dass Alkohol besser war, nur hatte Kokain die Eigenschaft, einen noch mehr zu verändern. Caleb bemerkte die zwei Frauen auch, die in der Nähe der Toiletten, in denen Landon gerade verschwunden war, herumstanden und so aussahen, als würden sie Kaugummis verkaufen, denn sie kauten munter welche.

»Willst du?«, fragte er.

Ich stand dort, in seinem Arm geborgen, dicht an seinem Körper.

»Ich würde dir welches besorgen, wenn du mir versprichst, es nicht zu übertreiben.«

»Wow, wirklich?«, fragte ich ihn neckend. »Oder ist das nur ein Test?«

Er ließ eine Hand durch mein glattes Haar gleiten.

»Kein Test. Ich bin ja hier, um auf dich aufzupassen. Außerdem wäre ich gerne mit dir high.«

»Was ist mit Landon?«

»Der muss heute Nacht noch einiges durchstehen, also könnte er es auch gebrauchen.«

»Wovon zur Hölle redest du ständig?«

Er lächelte nur. »Also?«

»Ich weiß nicht«, sagte ich zögernd. »Ich werde das Gefühl nicht los, dass ihr mich besonders fromm haben wollt. Nicht, dass das wie gestern Morgen endet.«

»Dass wir dich fesseln und spanken? Aber das hat dir doch gefallen, oder?« Sein Lächeln wuchs.

»Fuck«, stöhnte ich. »Hat es vielleicht, aber …«

»Bleib genau hier stehen«, raunte er, hauchte mir einen Kuss auf die Lippen und ließ mich los. Er ging auf die zwei Frauen zu. Tat so, als würde er sie anflirten wollen, lehnte sich mit dem nach oben ausgestreckten Ellbogen an die Wand und präsentierte auf diese Art sein eng anliegendes Hemd mit den begehrenswerten Bauchmuskeln darunter. Die Frauen konnten gar nicht anders, als ihn mit ihren Blicken auszuziehen.

Ich spürte Eifersucht in mir hochkommen, auch wenn seine Masche wahrscheinlich die beste war, um ihr Vertrauen zu gewinnen. Wieso mussten die Zwillinge auch bloß so unwiderstehlich sein? Reichte es nicht, wenn ich sie attraktiv fand und der Rest der Welt abstoßend?

Ich seufzte und lehnte mich mit der Schulter an die Wand, sodass ich nicht hinsehen musste. Dafür bemerkte ich etwas viel Schlimmeres. Die Tür zur Herrentoilette öffnete sich, Landon kam hervor und eine Frau mit Federmaske stürmte auf ihn zu, als hätte sie nur auf ihn gewartet.

Ophelia.

Dieses unmögliche Weibsstück, mit der er angeblich

vor mir zusammen gewesen war. Sie redete lautstark auf ihn ein, und als er sich abwenden wollte, begann sie zu heulen.

Echte Tränen rannen ihr die Wangen hinunter und ließen ihren Mascara verlaufen. Ich wusste nicht, ob Landon mich bemerkt hatte, aber wie er nun auf sie reagierte, gefiel mir gar nicht. Er hörte der Schnepfe aufmerksam zu und versuchte, sie zu beruhigen.

Dafür berührte er sie an der Schulter, streichelte über ihre Arme und so war es kein Wunder, dass sie sich auf ihn stürzte und ihn umschlang. Wie die letzte Bitch schmiss sie sich an ihn ran und knutschte ihn ab.

Ich drohte innerlich zu explodieren, weil Landon sie nicht einfach von sich stieß. Brauchte der Typ etwa Hilfe?

Und seit wann?

Ich biss die Zähne zusammen, stolzierte auf die zwei zu und riss sie von ihm fort. »Hast du es echt nötig?«, fuhr ich sie an und stellte mich zwischen Ophelia und Landon.

Sie riss die Augen auf. »Die? Du versetzt mich echt für die da?!«

»Okay, wie dumm bist du, dass dir nicht aufgefallen ist, dass wir seit *Wochen* miteinander gehen?«

Ihre Augen weiteten sich noch mehr. »Aber ...«

Ich wischte durch die Luft. »Halt die Klappe und denk dir dein ›Aber‹ in deinem hallenden Hirn. Auf der Tanzfläche warten genügend Kerle nur darauf, dein dummes Maul zu ficken. Dafür reicht es, deinen Ausschnitt ein bisschen tiefer zu ziehen, wie wär's?«

Ophelia starrte mich an und ich überlegte, ob sie noch einen Tritt ins Gesicht brauchte, damit sie verstand und verschwand. Vollkommen desillusioniert blieb sie vor mir stehen. War die Kleine etwa noch nie dumm angefahren worden?

Ich griff nach Landons Hand, der sich ebenfalls nicht

bewegt hatte, und zog ihn mit mir. Als Ophelia es noch wagte, uns hinterherzuglotzen, stöhnte ich genervt auf und zog Landon an mich.

Ich küsste ihn, wie ihn nur eine Frau küssen konnte, die zuvor nicht nur seinen, sondern auch den Schwanz seines Bruders in sich gehabt hatte, und vereinnahmte ihn vollkommen.

Seine Hände, seine Zunge, sein gestählter Körper entschädigten mich augenblicklich für die Peinlichkeit und dafür, dass er Ophelia nicht schnell genug losgeworden war.

Als er sich von mir löste, war die Ziege endlich verschwunden.

»Jade«, sagte er tadelnd. »Ich habe nur versucht, nett zu sein, und du zerstörst ihr halbes Leben mit deiner ... Ansprache.«

»Nett?!«, wiederholte ich spöttisch. »Zu ihr?«

»Ich habe sie auf eine ziemlich miese Art verlassen.«

Ich legte den Kopf schief. »Und? Hat es dich damals gejuckt?«

»Nein, natürlich nicht. Aber jetzt ...«

Ich legte ihm einen Finger auf den Mund. »Was sollte das dann? Willst du versuchen, wie Caleb zu sein? Freundlich und rücksichtsvoll?«

Er hob die Brauen, denn antworten konnte er schließlich nicht.

»Ich liebe aber nun mal das Arschloch, und wenn dich das nächste Mal irgendeine Frau anpackt, will ich es auch sehen. *Sofort.* Und wenn ihr kleines Herz am Ende am Boden liegt, niemand hat dich anzurühren, schon gar nicht, wenn ich in nächster Nähe stehe.«

Ein breites Lächeln entstand auf seinen Zügen. »Du liebst mich?«

Fuck. Was habe ich gesagt? »Ein bisschen«, sagte ich

schnell und wand mich aus seinem Griff. Er hielt mich fest, aber die Sekunde reichte, um zu sehen, dass Caleb verschwunden war.

»Was soll das heißen, ›ein bisschen‹?«

»Caleb«, sagte ich hektisch.

»Du liebst ihn mehr? Oder uns beide nur zur Hälfte?«

»Er ist weg!«

CALEB

Ich rollte die Dollarnoten wieder zusammen, verließ die Toilette und rannte einer wütenden Jade und einem verwundert dreinblickenden Landon in die Arme.

»Was zur Hölle hast du darin getan?«, fragte Jade vorwurfsvoll und zeigte auf die Tür zur Damentoilette.

»Kommt mit.« Ich suchte mir einen Weg durch das Gedränge in einen Bereich, in dem es wesentlich ruhiger war. Eine abgetrennte, dunkle Bar.

Ich vergewisserte mich, dass die beiden mir gefolgt waren, und griff heimlich nach einem leeren Glas, das auf einem der Tische zurückgelassen wurde. Mit einer Handbewegung nach unten ließ ich den restlichen Inhalt auslaufen, dann zerschlug ich es an der Wand. Ich bückte mich, hob zwei der größten Scherben auf und reichte eine davon Landon. »Wir haben ein Problem«, klärte ich ihn auf.

Jade funkelte mich wütend an. »Besteht dieses Problem aus zwei Frauen, die dich in die Damentoilette gelockt haben?«

Sie gefällt mir noch mehr, wenn sie eifersüchtig ist. »Richtig. Sie haben mich gefragt, ob ich Landon bin.«

»Was?«, fragte Landon erstaunt. »Wer?«

»Sie wollten Cash, damit sie mir mehr erzählen, also bin ich ihnen wie ein Idiot hinterhergetrottet. Was ganz gut war, denn möglicherweise hat man uns hier noch nicht zu zweit gesehen.«

»Sprich Klartext«, forderte Landon ungeduldig. Er hatte bereits jetzt einen Arm schützend um Jade gelegt, als würde er einen Angriff erwarten.

»Einer unserer Leute ist hier. Er sucht dich offenbar anhand eines Fotos von mir.«

»Scheiße.«

»Ja.«

»Okay, dann gehen wir. Wir sind unbewaffnet und haben keinen Plan.«

»Nein. Wir wurden alle am Eingang kontrolliert und abgetastet. Er auch. Wer auch immer dieser Schwachkopf ist, der nach dir sucht, er scheint allein zu sein und ist ebenso wenig bewaffnet wie wir. Wenn wir gehen, wird er uns folgen und wir wissen nicht, ob er nicht vielleicht Verstärkung ruft. Nein, wir nutzen den Überraschungsmoment. Nimm die Maske ab und geh mit Jade auf die Tanzfläche. Wir warten, bis er kommt. Ich habe schon eine Idee, was wir ihm sagen werden, nachdem er uns sein Liedchen gesungen hat. Am besten lockt ihr ihn zurück in den Toilettenbereich.«

»Wie soll ich ihn erkennen?«, fragte Landon.

Ich dachte nach. »Okay, hast recht. Ich tue so, als wäre ich du.« Zügig schloss ich den Ärmel meines Hemdes wieder, nahm meine Maske ab, steckte sie in die Innenseite meines Jacketts und setzte Landons dummes Grinsen auf.

»Ey, so lächle ich nicht!«, beschwerte er sich prompt.

Jade schmunzelte. »Doch, eigentlich schon.«

Landon wollte etwas Lautes erwidern, aber ich schnitt ihm das Wort ab.

»Wir werden ihn in Richtung der Toiletten locken«,

sagte ich. »Du stößt dazu. Bleib wachsam. Wenn Jade etwas passiert, tu ich dasselbe dir an.«

»Na, dann ist der Ansporn ja gleich größer, sie nicht dem nächsten Mafioso zum Fraß vorzuwerfen.«

Ich lachte nicht und wandte mich zum Gehen. Meine Hand fand in Jades und sie ließ sich von mir mitziehen. Etwas sträubend.

Ist sie noch immer sauer wegen der zwei Girls? Ob sie überhaupt eine Ahnung hatte, wie gering mein Interesse an anderen Frauen war?

Ich führte sie in Richtung der VIP-Empore. Wir hatten zwar keine Tickets, aber es gab einen Bereich vor dem geschlossenen Durchgang, in dem wir uns aufhalten konnten. Der Trick war, den Typen zu finden, der Landon suchte, und selbst von ihm gesehen zu werden.

»Was hast du den zwei Frauen dafür gegeben, dass sie dir alles verraten haben?«, fragte Jade nach einer Weile, während ich den Blick schweifen ließ.

»Ein paar Zwanziger.«

»Geld?«

»Jade, was sonst?«

»Ich meine nur ... würdest du ... mehr tun, um dein Ziel zu erreichen ...«

Ich fuhr zu ihr herum und starrte ihr durch die Maske in die Augen. »Wer hat dir diesen Scheiß erzählt?«

»Wer von euch kam auf die Idee, mich zu verführen, um leichter an die Tagebücher zu gelangen?«

»Warum willst du das wissen?«

»Warst du es? Ich bin dir eigentlich egal, oder?«

Was sollte dieses Gespräch jetzt? »Du bist mir nicht egal«, stellte ich klar.

»Aber trotzdem schickst du deinen Bruder vor, damit er mich benutzt, um an die Beweise zu kommen.«

»Nein«, knurrte ich. »Das war Landons Idee. Er nannte

es Plan B. Er wollte, dass wir es so leichter haben, unentdeckt unterzutauchen. Wir hätten die Beweise vervielfältigt und wie Snowden an die große Glocke gehängt – und wären dabei nie als Zwillinge enttarnt worden. Es ging ihm darum, unserer beider Leben zu beschützen.«

»Wow«, sagte sie erstaunt. »So hatte ich ihn gar nicht eingeschätzt.«

»Ja«, erwiderte ich knapp. Insofern war er der bessere Bruder von uns beiden. Er hielt an diesem Leben fest.

»Was ist Plan A?«

»Baresi und deine Mutter zu töten.«

Ihre Hand in meiner verspannte sich. »Wann habt ihr angefangen, mich zu stalken?«, wechselte sie das Thema. Ich hörte an ihrer Stimme, dass es sie nicht kalt ließ, wie ich darüber redete, zu morden. *Würde ich es tun, obwohl es ihr nicht gefiel?*

Ich suchte noch immer aufmerksam die Menge ab, auch wenn mich ihre Fragen ablenkten. Warum wollte sie das alles wissen? Gerade jetzt? »Ist 'ne Weile her.«

»Wie lange?«

Ich schloss für einen Moment die Augen, um ruhig zu bleiben. Dieser Moment eignete sich nicht dafür, ihr zu offenbaren, wie lange sie mir schon etwas bedeutete. »Seitdem wir wissen, dass deine Mutter mit Silva Baresi zusammenarbeitet, kennen wir auch dich.«

Ich hoffte, diese Erklärung würde ihr reichen, auch wenn sie nicht im Mindesten die Wahrheit umschrieb. ›Kennen‹ war untertrieben. Ich weiß noch genau, wie es war, Jade das erste Mal auf einem Foto gesehen zu haben.

»Und seit diesem Moment habt ihr mich beobachtet?«

Ich, verbesserte ich sie in Gedanken, *ich hatte sie beobachtet. Daher war es mir auch so verdammt schwergefallen, Landon seinen dämlichen Plan durchführen zu lassen. Aber wer war ich schon? Und wer war sie?*

Unten durch die Menge schob sich ein breitschultriger dunkelhaariger Kerl, dessen Maske aus einem Piratenauge bestand. Alles an seinem Auftreten verriet, dass er nur durch die Verwandtschaft mit einem der Türsteher hereingekommen war. Es war einer der Branco-Brüder. Antonio, der vermutlich von seinem Bruder Vanni geschickt worden war.

Wie hatten die Mistkerle mitbekommen, dass Landon heute Abend hier sein würde?

»Caleb?«, fragte sie. »Was verschweigst du mir?«

Dass ich sie liebe und alles für sie tun würde. Für sie beide. »Nichts weiter, komm mit.«

Ich wartete, bis Antonio Branco uns entdeckte, dann führte ich Jade zurück zu den Toiletten. Sie folgte wortlos, worum ich unglaublich dankbar war. Unterwegs gab ich Landon, der in der Nähe hinter seiner Maske verborgen wartete, einen Wink.

»Geh vor und sorg dafür, dass die Männertoilette frei bleibt«, befahl ich Jade raunend.

Sie sah mich überrascht an, als hätte sie nicht damit gerechnet, dass ich sie mit einband. Aber das war Quatsch. Wenn ich ihr keine Aufgabe übertragen würde, würde sie sich eine suchen und damit viel eher in Gefahr geraten.

Ich ließ sie los und sie befolgte meinen Vorschlag. Mir war klar, dass sie es locker hinbekommen würde, die Herrentoilette zu leeren, ich hatte nur keinen Schimmer wie.

Ein letztes Mal sah ich mich nach Antonio um, bevor ich Jade nachgehen wollte, und stieß kurz darauf mit einer schlanken Blondine zusammen. Ihr Make-up war so stark verlaufen, dass ich mich fragte, ob das ihre Art von Maskierung war, als sie schon die Hand hob und mir mit voller Wucht eine scheuerte.

Sofort reagierte ich im Reflex. Sie hatte die Hand kaum sinken lassen, als ich sie schon gepackt und herumgedrückt hatte. Ich schob sie ruckartig zur Seite, drückte mein Knie zwischen ihre Beine und nagelte sie gegen die Wand.

Ihre Hand verdrehte ich schmerzhaft, sodass sie schrie.

»Du tust mir weh«, heulte sie.

»Wer bist du und warum hast du mich geschlagen?!«, knurrte ich.

»Ich werde dich anzeigen!«, jammerte sie noch lauter.

Verfluchtes Weib. »Woher kennen wir uns, verdammte Scheiße, dass du glaubst, mich einfach schlagen zu können?!«

»Was?!«

Ich schaltete zu spät. Das musste etwas mit Landon zu tun haben. Jetzt hatte ich ausgerechnet vor dieser Schlampe unser Geheimnis verraten. »Sorry, bin schon betrunken«, erfand ich schnell und ließ sie los.

»Ich erkenne dich überhaupt nicht wieder, Landon!«, heulte sie.

»Okay, wir reden gleich. Geh schon mal an die Bar und besorg uns zwei Drinks. Ich schulde dir eine Erklärung.« Davon ging ich mal aus, wenn sie Landon eine pfefferte. Ein Griff in meine Hosentasche und ich zog fünfzig Dollar hervor. »Bis gleich ... Süße.« Ich ließ sie los und schob sie Richtung Tanzfläche.

Als ich mich umdrehte, stand Landon ganz in der Nähe und konnte sich kaum halten vor Lachen.

Ich hätte ihm den Mittelfinger gezeigt, aber die Vorstellung davon, was er heute Nacht noch vor sich hatte, befriedigte mich mehr. Mit meiner Hand fuhr ich über meinen tätowierten Arm bis zur Schulter hoch. Sein Lachen starb. *Er weiß, was ihn erwartet.*

Ich grinste und ging in die Männertoilette, als ich sicher war, Antonio würde folgen.

Jade stand direkt bei der Tür neben den Waschbecken.

Die Toilette war tatsächlich leer.

»Er wird mir jede Sekunde hineinfolgen«, informierte ich sie. »Ich weiß, du hörst es nicht gerne, aber es wäre von Vorteil, wenn du dich in einem der Toilettenräume verstecken ...«

Sie hob eine Braue. »Nein.«

»Okay, dann lehn dich dort an die Wand und lenk ihn ab.«

»Ablenken?«, hakte sie nach. »Du meinst, wenn er reinkommt?«

»Genau.«

Sie verstand und lehnte sich grinsend gegen die geflieste Wand. Das eine Bein angezogen, in ihrem verdammt kurzen Rock, sah sie bereits jetzt verführerisch aus. Als sie ihren Rock noch höher zog, ihr Haar durcheinanderbrachte und die Lippen sinnlich öffnete, wurde selbst ich hart.

Verdammt, Konzentration!

Ich brachte mich neben der Tür in Position, die sich kurz darauf öffnete. Antonio war in unsere Falle gerannt. Er blieb wie angewurzelt stehen, als er Jade bemerkte, die ihm verführerisch zuzwinkerte. Er schien sie nicht zu kennen – woher auch. Vanni hatte sicherlich nicht daran gedacht, ihm zu sagen, wie Jade aussah, außerdem trug sie eine Maske. Zögernd schloss Antonio die Tür und machte es mir auf diese Art besonders leicht, ihm meinen Ellbogen ins Gesicht zu rammen. Ich griff in seinen speckigen Nacken und stieß seinen taumelnden Körper an die Wascharmatur, sodass er zusammensank.

Blut blieb am Marmor hängen, als sein Körper zu Boden glitt.

»Fuck«, keuchte Jade. »Du bist so ...«

»Ja?« Ich ließ Wasser über meine Hand laufen, um sie von Antonios Schweiß zu säubern.

»Angsteinflößend.«

»Hast *du* Angst?« Aber sie blieb mir eine Antwort schuldig, denn Landon kam herein.

»Und? Wer ist der Kerl?«, fragte er und ging vor ihm in die Hocke.

»Vannis Bruder, der mich sucht, vermute ich. Schätzungsweise wird er uns nicht einfach sagen, ob er mich töten oder etwas anderes mit mir tun will.«

Landon suchte Antonios Jacke ab und studierte sein Portmonnaie. »Foltern wir ihn.«

»Dafür haben wir keine Zeit«, knurrte ich. »Antonio weich zu machen, kann Stunden dauern. Wir müssen pokern. Wenn er aufwacht, halten wir ihm eine Glasscherbe unters Auge. Sagt er uns nicht sofort, was er weiß, ist er es los.«

»Okay, dann hat er noch ein zweites Auge, und dann?«

»Dann hat er eine Kehle.«

»Du willst ihn einfach töten«, stellte Landon fest.

»Er ist einer dieser Männer, dessen Tod die Welt nicht betrauert. Er hat vor einem Monat vierzehnjährige Straßenjungen mit seinen Fäusten zermalmt und ich will nicht wissen, was er mit den Mädchen getan hat, die nicht schlau genug waren, wegzulaufen.«

»Hm.«

»Ich rede mit ihm«, schlug Jade vor.

Landon und ich sahen auf.

Jade trat vor. »Versteckt euch in einer Kabine und ich werde mit ihm reden.«

»Was zur Hölle willst du ihm sagen?«, fragte Landon verwundert.

»Improvisation.«

Ich dachte darüber nach und schüttelte den Kopf. Es konnte nur ein Ende dieses Dramas geben. »Nein. Mein Plan ist besser.«

JADE

Antonio saß benebelt gegen die Wand zusammengesackt und wurde von Caleb mit einer Glasscherbe bedroht. Ich stand wie angewurzelt im Raum und konnte nicht sagen, wie ich darüber dachte, was Caleb tat.

»Warum bist du mir gefolgt?«, fragte er Antonio ein zweites Mal.

»Ich wollte sehen, ob es stimmt ... dass du so aussiehst wie er«, brachte der Kerl hervor, der zwar massig war, aber jetzt umso kleiner wirkte. »Ist nur eine Verwechslung. Ich wollte nie ...«

»Wie wer?«, fragte Caleb.

»Wie einer, den ich kenne.«

»Ich bin es, Schwachkopf«, sagte Caleb. Landon hielt sich im Hintergrund, sodass Antonio ihn nicht sah. »Also, warum verfolgst du mich?«

»Du bist ... dieser FBI-Agent?«

»Ja und nein. Was glaubt ihr, über mich zu wissen?«

»Nix! Wir dachten, du wärest verschwunden, Mann!«

»Das ist nicht ganz die Wahrheit«, knurrte Caleb. »Ich verschwinde nicht, das wisst ihr.«

Antonio atmete schwer. »Mike ist tot.«

»Mike?«

»Die Kleine ist verschwunden. Sie hat ihn umgelegt. Im ersten Moment dachte ich, du wärst auch tot.«

»Bin ich nicht.«

»Hast du Mike getötet?«

Caleb mahlte mit dem Unterkiefer. »Nein«, sagte er gedehnt. »Woher wusstest du, dass du mich hier findest?«

»Arbeitest du für *uns* oder für *die*?«

»Wenn ich es dir sage, wird man dich töten.«

Antonio schluckte. Sein Blick huschte zu mir. »Ich blicke nichts mehr. Wie hast du die ganze Zeit dieses verfickte Doppelleben führen können? Dieser Scheiß-FBI-Agent namens Landon Mulvaney war letztens sogar in der Zeitung! Er war im Gefängnis, als *du* nicht im Gefängnis warst! Alter, ich weiß das ganz genau! Ich bin nicht dumm!«

»Das war alles Show. Wie hast du mich heute hier gefunden?«

»Einer der Kids hat deine Freundin gehackt. Irgendsoein blondes Püppchen aus der City. Glaube, ihr Name war Ophelia. Sie hatte vor 'ner Weile Karten für euch gekauft und den Namen auf die Gästeliste setzen lassen.«

»Verstehe. Geh zurück, Antonio. Behalte das Ganze für dich. Niemand darf erfahren, was ich hier tue. Sonst kostet mich das mein Leben, klar?«

»Und was ist mit Mike passiert?«

»Das erzähle ich dir nicht jetzt. Nicht hier.«

Antonios Augen wurden schmal, aber er schien seine Gedanken zu verdrängen und nichts mehr erwidern zu wollen. »Du hast uns also die ganze Zeit verarscht.«

»Ich hab die ganze Zeit euren Arsch gerettet. Ohne mich wäret ihr alle längst beim FBI aufgeflogen. Denk dran, wenn jemand ein schlechtes Wort über mich verliert, tust du das, Toni?«

Der massige Kerl nickte.

Caleb nahm die Glasscherbe zurück. »Okay. Nimm's mir nicht übel, dass ich nicht ein zweites Mal von dir verfolgt werden will.« Er rammte Anonio seinen Ellbogen ein weiteres Mal an die Schläfe.

»Alter, Scheiße!«, brachte Landon keuchend hervor und trat aus der Tür hervor. »Wird er dir das abnehmen?«

»Wir müssen verschwinden, bevor er aufwacht«, murmelte Caleb gedankenverloren.

»Du willst, dass dein Boss und seine Leute denken, es gäbe nur einen von uns, richtig? Damit einer ...«

»Ja. Genau. Gehen wir.«

Damit einer was?, fragte ich mich in Gedanken, als ich den Männern nach draußen folgte. *Damit einer von ihnen für den anderen sterben kann?*

»Das meintest du also vorhin«, sagte ich schmunzelnd, als Caleb sich zu mir ans Geländer lehnte. Wir standen im zweiten Stock eines nach unten hin offenen zweistöckigen Tattoostudios, in dessen unterem Teil Landon sich mit einer Flasche Wasser für den Kreislauf bewaffnet auf einen Sessel gesetzt hatte. Nicht ohne seinen Bruder mit einer ordentlichen Portion an Schimpfwörtern bedacht zu haben.

Brooklyn. So ganz anders als der Glamour der Party zuvor.

»Ja«, sagte Caleb grinsend und blickte wie ich auf seinen Bruder hinab, der von gleich drei Tätowierern in Beschlag genommen wurde. »Bei jedem einzelnen meiner Tattoos habe ich mich immer gefragt, ob dieser Zeitpunkt kommen wird.«

»Warum macht ihr das? Warum wollt ihr exakt gleich aussehen?«

Caleb – der ebenfalls mit freiem Oberkörper neben mir stand, weil die Tätowierer ihn als Vorlage benötigten – trank einen Schluck aus der Bierflasche in seiner Hand, bevor er antwortete. »Wenn wir morgen ins FBI gehen, um die Bücher zu holen, darf uns nicht das kleinste Detail verraten.«

»Aber man wird sehen, dass Landons Tattoos ganz frisch sind.«

»Ja, deswegen gehen wir abends. Bis dahin sollten die Rötungen verschwunden sein.«

»Meinst du, das reicht? Wirklich detailgetreu ist das nicht.«

Caleb seufzte und strich sich durchs Haar. »Es geht dabei noch um etwas anderes.«

»Um was?«

»Ich bin bei meinem Boss aufgeflogen. Meine hinterlassene Blutspur hat den Rachedurst der Branco-Brüder geweckt. Sie werden ihren Bruder Giu rächen wollen und Mike und vielleicht auch Diego. Ich habe in der letzten Zeit zu viele der niederen Handlanger töten müssen.«

Ich schluckte. Er sprach darüber, als wäre es bedeutungslos.

»Es gibt jetzt zwei Möglichkeiten: Entweder sie sehen, dass Landon nicht ich ist, und lassen ihn in Ruhe – wovon wir nicht ausgehen, weil wir nicht dumm sind. Oder sie verfolgen uns, bis sie einen von uns haben. Nur für den Fall ... dass sie wirklich einen von uns erwischen, müssen sie in dem Moment denken, sie hätten mich, Caleb, getötet. Daher dürfen sie nie erfahren, dass wir Zwillinge sind, und daher ist es wichtig, dass wir exakt gleich aussehen. So kann wenigstens einer von uns weiterleben.«

»Das ist der Grund?«, fragte ich fassungslos.

Caleb blieb ernst.

»Ihr wollt einen von euch opfern?!«

»Sicher nicht«, knurrte er. »Hier geht es um Vorsichtsmaßnahmen.«

»Und Landon weiß das? Landon weiß, warum er das da unten über sich ergehen lässt?«

Caleb schüttelte den Kopf. »Er würde den Plan nicht mehr zu Ende bringen, wenn er wüsste, wie gefährlich es gerade wird. Für ihn ist nur wichtig, dass er jederzeit meinen Platz einnehmen kann. Bis zu meinem Tod denkt er nicht. Ich glaube, er denkt, wir seien unsterblich.«

Er lächelte und auch in meiner Brust entstanden warme Gefühle bei dem Gedanken an diesen selbstverliebten, egozentrischen Idioten, der sich für einen Gott hielt und sich nur deswegen in einer Nacht die Tattoos von Jahren stechen ließ, um seinen Bruder beschützen zu können. Und wenn er dabei sterben würde.

»Fuck«, murmelte ich, »warum hältst du überhaupt an diesem ›Plan‹ fest, wenn einer von euch dabei sterben kann? Meine Mutter und ihre Machenschaften können dir egal sein! Dein oder sein Leben sind doch viel wichtiger!«

Er verengte die Augen, bevor er die Bierflasche leerte. »Für dich vielleicht«, sagte er kühl.

»Was soll das heißen?«, fragte ich wütend. »Warum bist du bereit, so viel zu riskieren?«

»Ich riskiere nichts«, hielt er dagegen. »Nicht mehr, als die letzten Jahre, bevor wir uns kannten.«

Das versetzte mir einen Stich. Hatte sich mittlerweile denn gar nichts geändert?

»Es geht hierbei nicht nur um deine Mutter, Jade. Sondern um ein komplexes Gerüst aus Korruption in den obersten Regierungsetagen New Yorks. Wir wissen nicht, was *noch* alles in den letzten Jahrzehnten verschwiegen und verfälscht wurde. Vielleicht haben wir nur eine kleine

Spitze des Eisberges entdeckt und dein Großvater steckt ebenso tief drin wie deine Mutter und Baresi.«

»Mein Großvater ist viel zu langweilig für so eine Verschwörung!«

»Sicher?«

»Ist doch auch egal! Du riskierst euer beider Leben, um das aufzudecken? Wofür? Glaubst du, ihr erhaltet den Friedensnobelpreis?«

Caleb lachte trocken und drehte die Flasche in seiner Hand. »Warum nicht?«

»Ich hätte nie gedacht, dass er dir so egal sein könnte«, stellte ich emotionslos fest.

»Er?«

»Es ist gefährlich und ihr solltet eigentlich fliehen. Stattdessen tust du alles dafür, hierbleiben zu können. Um deinen *Plan* zu vollenden. Komme, was wolle.«

»Nicht jeder in dieser Welt hat das gewaltige Glück, in einem goldenen Käfig aufgewachsen zu sein, von dem aus es sich so herrlich nach unten blicken lässt. Einige sehen das Elend, weil es direkt vor ihrer Nase schlüpft, und ich bin es leid, nichts dagegen zu tun.«

»Aber du wirst vielleicht *sterben*«, zischte ich. »Wenn nicht du, dann er.«

»Die Welt wurde immer erst dann verändert, als Menschen keine Angst hatten, etwas zu riskieren.« Er wandte sich ab.

»Bullshit!«, rief ich ihm nach. »Was ist mit Gandhi? Es gibt auch wesentlich ungefährlichere Revolutionen!«

Er fuhr zu mir herum. Seine grünen Augen stachen kalt hervor. »Gandhi?«, wiederholte er spöttisch. »Was genau hat *Gandhi* deiner Meinung nach getan?«

»Indien befreit.«

»*Indien befreit?*«

»Ich weiß es nicht«, gab ich zu. Hatte ich schon einmal

erwähnt, dass ich vor meiner Familie vorgab, dumm und ungebildet zu sein? Das war ich teilweise leider wirklich.

»Du kennst Gandhi doch nur von ein paar Zitaten, die irgendein nobler Designer zufällig auf eines deiner 300-Dollar-Hoodies gedruckt hat. Aber ja. Vielleicht bin ich bald einer derjenigen, der die größte Verschwörung in der Geschichte des FBI aufgedeckt hat, und irgendeine Upper East Siderin wird von mir behaupten, ich hätte Amerika damit befreit. Das muss ein geniales Gefühl sein.«

»Du wirst unfair.«

»Und du verstehst nicht, worum es hierbei geht.«

»Und du verstehst nicht, dass ich dich nicht verlieren will! Keinen von euch!« Fuck. Hatte ich jetzt schon wieder so etwas losgelassen?

Calebs Haltung veränderte sich. Wandelte sich von hart zu sanft, von verschlossen zu offen. »Liebst du mich, Jade?«

Fuck. »Ja«, murmelte ich. »Ein bisschen.«

»Das solltest du nicht«, sagte er und ging. »Nicht mal ein bisschen.«

Die restliche Nacht zog an mir vorüber. Ich war noch auf einem der Sofas im Tattoo-Studio eingenickt und erst Stunden später geweckt worden. Die Sonne stand bereits am Himmel, aber noch immer war ich hundemüde.

Zurück im Penthouse angekommen, schrie mein Körper nach Bett und ich war froh, dass Caleb vorschlug, sich um meine Mutter zu kümmern, während Landon mich an der Hand nahm und nach oben führte.

Landon hatte nicht mehr viel geredet. Sein Kreislauf war durch den Tattoomarathon im Eimer, und nachdem ich ihn ein weiteres Mal eingecremt hatte, schaffte er es gerade mal, seinen Arm um mich zu legen, schon war er eingeschlafen.

Ich hingegen wurde immer unruhiger, je länger ich neben ihm lag, und wartete auf Caleb.

Würde er überhaupt kommen?

Verschwieg er mir etwas und ich kam nur nicht drauf, was es war?

Müde hielt ich meine Augen offen und lauschte ins Haus. Es vergingen unzählige Minuten, bis ich endlich Schritte auf der Treppe hörte.

Sehnsüchtig erwartete ich, dass er hereinkam, aber er griff nur nach dem Türknauf und wollte die Tür zuziehen.

»Caleb!«, rief ich flüsternd.

Er hielt inne. »Ich dachte, ihr schlaft.«

»Na und? Warum kommst du nicht her?«

Ich hörte ihn seufzen, als er die Tür wieder öffnete und sich beim Eingang die Schuhe auszog. Er kam zum Bett und setzte sich an meine Seite. Das Licht im Badezimmer brannte und tauchte sein Gesicht in dunkle Schatten.

»Was verschweigst du mir?«, fragte ich leise.

»Ich dachte, du hättest genug von mir nach dem Gespräch von vorhin.«

»So einfach wirst du mich nicht los.«

Er lächelte schief und ließ seinen Blick über Landon schweifen, der tief und ruhig atmete. »Gönnen wir ihm seinen Schlaf und reden später weiter.« Caleb wollte sich aufrichten, aber ich griff nach seiner Hand.

Sofort kribbelte die Haut, mit der ich sie berührte, und ein sehnsuchtsvolles Ziehen in meinem Magen entstand.

»Hast du sie zur Toilette gehen lassen?«, fragte ich. Einerseits konnte ich mir nicht vorstellen, dass Caleb Frauen schlecht behandelte, andererseits wusste ich jetzt, wozu er fähig war.

»Ja. Sie durfte sich waschen und all das.«

»Hat sie es mit sich machen lassen?«

Er lachte trocken. »Es ist deine Mutter. Sie glaubte, sich gegen mich wehren zu können.«

»Hast du sie geschlagen?«

»Jade, warum fragst du das? Meldet sich dein Gewissen oder willst du wissen, wie weit ich gehen würde?«

»Beides. Wobei ... das Gewissen meldet sich nicht ganz so stark.«

»Ich habe kein Mitleid mit ihr. Sie ist die erste Person, die sich in meiner Gefangenschaft befindet und mit der ich kein Mitleid habe. Ja, ich bin hart zu ihr. Ja, ich würde auch noch weiter gehen. Wichtig ist, dass sie das weiß. So ist es für alle einfacher.«

»Hast du wirklich gelogen?«

»Wann?«

»Die ganzen Male, als du gelogen hast. Als du mich entführt hast. Als du mir die Lügengeschichten aufgetischt hast. Und als du meintest, du würdest mich ... lieben.«

»Ich habe gelogen, wenn es nötig war.«

»War es nötig, mich glauben zu lassen, dass ich dir etwas bedeute?«

Eine lange Pause. »Nein.«

»Warum gibst du mir das Gefühl, du würdest mich mögen, und keine paar Stunden später stößt du mich von dich?«

»Fuck«, knurrte Landon an meiner Seite. »Haltet endlich die Klappe und schlaft.«

Caleb schmunzelte. Er hielt noch immer meine Hand.

»Caleb«, brummte Landon warnend. »Auch du bist nicht aus Stein. Leg dich hin und mach die Scheißaugen zu.«

Sein Bruder seufzte.

»Und komm nicht auf die Idee, noch weiter mit Jade zu

streiten. Baby, kannst du ihm nicht seine Eier kraulen, damit er endlich Ruhe gibt?«

Ich grinste und Caleb verdrehte die Augen, bevor er sich neben mich legte.

Landon murmelte zufrieden und schloss mich fester in seinen Arm. »Und jetzt haltet die Klappe«, brummte er an meinem Ohr.

Caleb legte meine Hand auf seine Brust und sah Richtung Decke. Ich nahm meine andere Hand und streichelte ihm über Stirn und Wange.

»Ja, ich habe Angst vor dir«, flüsterte ich.

Er drehte seinen Kopf schweigend in meine Richtung.

»Ich glaube, du kannst mich mehr verletzen als irgendjemand sonst.«

JADE

»Wie du sie entsicherst und lädst, muss ich dir nicht mehr zeigen, oder?«, fragte Landon und legte mir seine Pistole in die Hand. »Übertreib es nicht mit dem Rumgeballere, in Ordnung?«

Ich grinste. »In Ordnung.«

Er stützte sich auf die Lehne und gab mir einen heißen Kuss. Ich wollte nicht, dass er endete, und reckte mich ihm entgegen.

»Wenn wir mit den Tagebüchern zurückkommen, haben wir alle Zeit der Welt, weiterzumachen«, murmelte er an meinen Lippen.

»Wirklich?«, fragte ich hoffnungsvoll.

Er lachte zufrieden und streichelte durch mein Haar. »Mir gefällt es, dass du von heute auf morgen so zahm geworden bist und ständig rot anläufst.«

»Tue ich nicht«, sagte ich stoisch.

»Nein, gar nicht«, sagte er gedehnt.

Ich zog ihn noch einmal an seinem Kragen an mich heran. Auch nach hundert Küssen würde ich sie nicht gehen lassen wollen. Etwas sagte mir, dass ihr Vorhaben gefährlicher war, als es klang. Zu zweit ins FBI eindringen und wertvolle Beweise entwenden? Möglicherweise ein Kinderspiel, aber vielleicht auch ein Hinterhalt?

Ich hatte keine Ahnung. »Pass auf ihn auf, ja?«, sagte ich leise.

»Auf meinen Bruder?« Landon verzog eine Braue.

»Ich glaube, er plant etwas. Er wird sich vor dich werfen wie ein Schutzschild. Oder ... ich weiß es nicht. Ihr kommt doch beide zurück, oder? Versprichst du es mir?«

Landon schien nachdenklich zu werden und ging plötzlich vor dem Sofa, auf dem ich saß, in die Hocke. Mein Auftrag war es, hier zu warten, und wenn ich etwas Merkwürdiges mitbekam, meine Mutter in Schach zu halten. Nichts Weltbewegendes also und dennoch wusste ich, dass jede Sekunde Warterei unerträglich werden würde.

Landon nahm mir die Waffe aus der Hand, legte sie neben mir ab und griff nach meinen Händen. »Ich weiß, dass Caleb etwas plant. Er ist immer ein paar Schritte weiter als alle anderen. Und du brauchst dir keinerlei Sorgen um uns zu machen.«

»Sicher?«

»Absolut. Ich bin nicht mit Glück auf die Position gekommen, an der ich jetzt im FBI stehe. Man wird uns alle Türen öffnen. Caleb kommt nur deswegen mit, damit wir die Bücher unbemerkt raus kriegen.«

»Und dann?«, fragte ich neugierig.

»Dann kopieren wir jede einzelne Seite, hinterlegen die Dateien an allen möglichen Orten, lassen die Bombe gehörig platzen, verschwinden für eine Weile aus der Stadt und haben unendlich guten und sehr ausgiebigen Sex auf irgendeiner karibischen Insel. Caleb wird uns dort ein Haus kaufen und ich werde uns ein Bett kaufen, an das ich dich fessle, bis du mich auf Knien anflehst, dir eine kurze, winzig kleine Pause zu gönnen. Vielleicht gönne ich sie dir, aber nur, wenn du vorher bewiesen hast, dass du sie auch verdienst.«

Mir wurde heiß und ich presste meine Beine zusammen, zwischen denen es verräterisch feucht wurde.

»Siehst du?«, fragte er feixend. »Diese roten Wangen meine ich. Fuck, ich will sie mein restliches Leben glühen sehen.«

»Bitte kommt so schnell wie möglich wieder«, flehte ich.

Er gab mir einen letzten Kuss. »Du bist nicht die Einzige, die das will.«

ICH, 18:07

Kiiiiiinderspiel.

GIL-BOY, 18:07

🙄

Sag mir einfach, wann ich reingehen soll.

ICH, 18:14

Jetzt.

Gerade durch. Die Lady am Empfang verwirrst du am besten, indem du ihr charmant zulächelst und: «Hi, Rosie« sagst.

GIL-BOY, 18:21

Habe ich. Jetzt wartet sie nur noch auf einen Ring von mir.

Heißt sie überhaupt Rosie?!

ICH, 18:22

Nein, sie heißt irgendwas mit R.

Wer heiratet Jade eigentlich, wenn es so weit ist?

GIL-BOY, 18:24

Was willst du jetzt von mir?

Ich bin in Raum C20 angekommen. Muss ich weiter?

ICH, 18:24

Nein, warte dort. Ich lasse mir gerade die Unterlagen aushändigen.

ICH, 18:26

Ich meine nur … sie kann nicht uns beide heiraten.

GIL-BOY, 18:26

😐

Du darfst sie gerne heiraten, wenn dir das so wichtig ist.

ICH, 18:26

Dir nicht?

GIL-BOY, 18:26

Alter! Diese Sache läuft seit … dreißig Stunden. Was willst du von mir?!

ICH, 18:2

😗😗😗

Chill, Gil.

GIL-BOY, 13:27

💣☠️

ICH, 18:27

Ich liebe sie.

Du liebst sie.

Sie liebt uns.

Wir sollten heiraten.

GIL-BOY, 18:29

xD xD xD

Wer auch immer da ist, kannst du das Handy bitte dem Gehirn meines Bruders zurückgeben?

Ich dank dir unendlich.

ICH, 8:29

😢

Du machst mich traurig.

GIL-BOY, 18:29

Und du machst mich WAHNSINNIG. Hast du die Scheißbücher jetzt endlich?!

ICH, 18:30

Noch nicht. O:-)

Ich muss gerade auf eine Kollegin warten. Nur Geduld.

ICH, 18:32

Also ich finde jedenfalls, sie macht das sehr gut.

Wir sollten sie behalten. Alle anderen Bitches waren doch schäbig. Jade ist Jade.

So eine wie sie finden wir kein zweites Mal und ich will auch gar nicht nach einer Alternative suchen.

ICH, 18:33

Cal?

ICH, 18:34

Ich werde hart bei dem Gedanken, was wir tun werden, wenn wir die Scheiße endlich erledigt haben. Seitdem ich mich erinnern kann, gibt es nur ein Thema für uns. Und wofür? Um die Welt von Carpenter und der Mafia zu befreien? Bullshit, das ist so herrlich nebensächlich geworden, seitdem du mir gesagt hast, worum es eigentlich geht.

ICH, 18:37

Also im Grunde bist du schuld.

ICH, 18:38

Du hast mir die Augen geöffnet, Bruder.

ICH, 18:40

Ohne dich hätte ich sie vielleicht einfach ziehen lassen und

wuuussccccchhhh

wäre sie weg gewesen.

U know. Wie der Wind.

GIL-BOY, 18:40

Wie lange hast du jetzt nach dem Wolkensmiley gesucht, um ihn einzusetzen?

ICH, 18:40

Gilly-Boy, du verstehst mich nicht.

GIL-BOY, 18:42

Okay. Weißt du, was ich gleich tun werde? Einem Agenten, der vorbeirennt, den Hals umdrehen, weil du mich so fucking aggressiv machst. HAST DU DIE SCHEISSBÜCHER.

ICH, 18:46

=D

Nee.

GIL-BOY, 18:46

Okay. Ich werde sie heiraten.

ICH, 18:46

Warum?

GIL-BOY, 18:46

Weil dein Hirn ihrer unwürdig ist.

ICH, 18:46

😆🤣

ICH, 18:47

Vergiss es. Ich heirate sie. Ich frage sie direkt, wenn wir zurückkommen.

GIL-BOY, 18:47

Nein. Ich werde als Erster da sein.

ICH, 18:47

Nope.

GIL-BOY, 18:47

Doch. Ich blas die Scheiße ab und gehe jetzt direkt los.

ICH, 18:47

Hey! Das ist unfair!

GIL-BOY, 18:47

Du bist der Letzte, den sie heiraten wird. Mich oder niemanden.

ICH, 18:47

😩

Ich hätte brüderlich mit dir geteilt. Du die eine Hälfte der Zeremonie und ich die andere.

GIL-BOY, 18:48

Vergiss es. Du darfst Trauzeuge sein, mehr nicht.

ICH, 18:48

Das ist nicht fair!

GIL-BOY, 18:48

Tja.

😎

ICH, 18:48

Du sagst das nur, um mich zu ärgern.

GIL-BOY, 18:48

ERRATEN!

ICH, 18:49

<3 Wusst ichs! Du meinst das alles ironisch!

GIL-BOY, 18:49

UND DU HOFFENTLICH AUCH!

ICH, 18:49

=D Ja. Manches.

ICH, 18:50

Schau. Aber das mit der Heirat …

GIL-BOY, 18:50

Noch ein Scheißwort, das nicht zum Thema ›Wie kriegen wir die Tagebücher von Susan Carpenter‹ passt, und ich zerstöre dieses Handy.

ICH, 18:51

Ich liebe dich, du kleiner Scheiß-Gilly-Boy-Loser.

👻

ICH, 18:53

Hab die Bücher. Bin allein. Raum C34

LANDON

Ich musste noch immer lachen bei der Vorstellung, wie ich Caleb auf die Palme gebracht hatte. Als er den Raum betrat, war sein Gesicht in Stein gemeißelt.

»Hey, Gilly«, begrüßte ich ihn feixend. »Ich wollte mich nur ein bisschen für deine ganzen Scheißtattoos rächen. Weißt du, wie es ist, wenn drei Tätowierer über dir hocken?«

»Bestimmt genauso unterhaltsam, wie mich mit Nachrichten zu nerven.« Seine Miene hellte sich augenblicklich auf, als er die Sporttasche wiedererkannte, die auf dem Tisch lag.

»Wir haben Glück«, klärte ich ihn auf. »Das meiste des Schließfachinhalts ist in der Asservatenkammer gelandet. Nur die harmlosen Bücher sind hier geblieben und sollten demnächst ins Labor gehen.«

»Genial.« Caleb zog sich einen Stuhl heran und öffnete die Tasche. »Habe noch keinen Blick hineingeworfen. Du?«

»Wann denn?«

Mein Bruder schlug eines der Bücher auf. Wir befanden uns in einem der Untersuchungsräume im Keller des FBI-Gebäudes und es war noch leichter gewesen hineinzukommen als gedacht.

»Siebenundzwanzigster Dezember«, las er laut vor. »Heute hat es gestürmt. Ich kann nur für ein paar Stunden im Landhaus bleiben und sie nicht sehen. Dafür blicke ich in den Garten, dessen Laub durcheinandergewirbelt wurde, und sehe uns darin. Einen Drachen, der gen Himmel steigt. Dich, der zeigt, wie es geht. Und mich, die euch ermahnt, die Jacken wieder zu schließen, weil es ganz normal zu sein scheint, die überbesorgte Mutterrolle einzunehmen. Denn ihr dürft nicht krank werden. Denn ihr bedeutet mir alles.«

Ich schloss meinen Mund erst, als Caleb stoppte. »Oookay.«

»Klingt nicht gerade wie das knallharte Innerste einer abgebrühten, korrupten, geld- und machtgierigen Gouverneurstochter«, stellte er fest.

»Nee.«

»Vermutlich Codewörter. Alles.«

»Warum schreibt diese Frau überhaupt Tagebuch?!«

Caleb zuckte die Achseln. »Ich werde es herausfinden. Nimm ein paar der Bücher und geh vor. Ich folge dann in einer Stunde.«

»Alles klar.« Ich griff nach den teils aufwendig verzierten, teils nur in verstärkter Pappe gebundenen Büchern und Heften und verstaute sie in meiner FBI-Bomberjacke. Caleb trug dasselbe hässliche Ding, denn es eignete sich hervorragend dafür, die Bücher hinauszuschmuggeln.

Als ich knapp die Hälfte an mir verstaut hatte, wandte ich mich zur Tür – und dann ging mir endlich ein Licht auf.

»Cal«, sagte ich und drehte mich wieder um. »Du kommst doch nach, oder?«

Er blätterte abwesend in einem der Bücher. »Mh?«

»Du kommst nach. Du verlässt das FBI-Gebäude in einer Stunde wieder und machst keinen Scheiß.«

Er sah auf und er konnte mich nicht täuschen. Ich wusste, dass er etwas verbarg, und ich konnte mir auch denken, was es war. Wütend ging ich zurück.

»Wovon redest du, Mann?«, fragte er dümmlich.

»Das dumme Gesicht steht dir nicht, Bruder. Du willst hierbleiben und dich stellen, stimmt's? Das war dein Plan. Diese hässlichen Tattoos habe ich mir nur deswegen stechen lassen, damit *du* ich werden kannst, und nicht, damit *ich* du werden kann. Lüg mir ins Gesicht, dass es anders ist!«

Er betrachtete mich gelangweilt.

Okay, diese Scheiße machte ich nicht länger mit. Ich ging auf ihn zu, aber er sprang auf, bevor ich meine Hände um seinen Hals legen und ihn zwingen konnte, mir zu sagen, was er verschwieg.

Er wollte mich abwehren, ich täuschte ihn und griff an. Aber da dieser Mistkerl nun einmal mein Bruder war, konnte er meinem Griff federleicht entfliehen.

»Was soll das jetzt?!«, blaffte er und versuchte mich zu erwischen. Wir kämpften schnell und hart, ohne dem anderen auch nur ein Haar zu krümmen.

Der riesige Nachteil, wenn man Jahre, ja verfickte Jahrzehnte, damit verbracht hatte, aneinander das Kämpfen zu üben: Wir kannten jede Bewegung des anderen, jede Regung, jedes Wimpernzucken und konnten es deuten.

Ich wusste, wie sein Körper reagieren würde, bevor er es selbst wusste. Und er wusste, was ich dachte, obwohl ich keinen einzigen Gedanken fasste.

Shit. Unsere Kämpfe wechselten von der einen Kampfsportart zur nächsten, bis wir beim Aikido angekommen waren. Ein Geben und Nehmen von Energie.

Wir würden einen Scheißwettbewerb gewinnen, wenn wir irgendwo auftraten, so elend perfekt waren wir darin.

Irgendwann gab ich es auf und wich zurück.

Unser Atem ging schwer, unsere Brustkörbe hoben und senkten sich.

Durch den Kampf hatte ich mehrere der Tagebücher wieder verloren, die auf ihren Seiten gelandet waren und wie hässliche Matschpfützen am Boden lagen.

»Ich werde hierbleiben und du gehst vor.«

Caleb verengte die Augen. »Kein Problem, ich wollte ihr sowieso vor dir einen Heiratsantrag machen.«

Ich zuckte bei der Vorstellung, Jade könne sich doch noch für einen von uns entscheiden, blieb aber standhaft und setzte mich zurück an den Tisch. »Dann viel Spaß dabei.«

»Sei kein Vollidiot«, sagte Caleb genervt. »Ich kann die nächste Stunde damit verbringen, die Bücher zu lesen, du hast dazu doch gar keine Lust.«

»Du willst dich stellen, Bruder«, behauptete ich stur. »Du willst dich hier dem FBI ans Messer liefern und behaupten, du und nur du seist Caleb *und* Landon, ein korrupter FBI-Agent. Du wirst ihnen alles geben, was du weißt, und hoffen, dass sie dich, beziehungsweise uns, mittels eines Zeugenschutzprogramms vor der Mafia beschützen, aber das ist Bullshit, denn sie werden dich einbuchten. Für lange Zeit. Du bist kein Kronzeuge, du bist einer derjenigen, den sie suchen.«

»Wie kommst du darauf?«, fragte er harmlos.

»Glaubst du nicht, dass sie im FBI seit einer Ewigkeit nach der Verbindung zur Mafia suchen? Die meisten Agenten wissen, dass da etwas läuft, und sie werden dich händeküssend begrüßen und glauben, endlich die korrupte Lücke gefunden zu haben. Bis du das Gegenteil beweisen kannst, bist du vielleicht schon tot. Auf irgendeinem Stuhl gegrillt worden.«

Caleb betrachtete mich voller Mitleid.

Ich lehnte mich zurück. »Wenn es nicht so ist, dann kannst du es mir ganz leicht beweisen, indem du jetzt gehst. Ich werde garantiert nachkommen.«

Ich sah die Wut in meinem Bruder hochkochen, die sich dadurch äußerte, dass sein Körper sich anspannte und seine Augen kalt blitzten.

»Checkst du nicht, dass es die einzige Möglichkeit ist, wie einer von uns frei sein kann und lebend aus der Sache rauskommt?«, knurrte er. »Ein Zeugenschutzprogramm ist die einzige Möglichkeit, das Land unbemerkt zu verlassen und dem Racheakt der Mafia zu entkommen – die zurzeit *dank Antonio* denkt, ich hätte alleine agiert.«

»Nö. Das ist eine dumme und feige Möglichkeit.«

»Dumm und feige?! Ich gehe, wenn es schiefgeht, für viele Jahre in den Knast, damit du und Jade frei leben könnt!«

»Jade und ich? Indem ich nicht mehr existiere, oder was? Zu deinem Plan gehört, so zu tun, als hätte es nie Zwillinge gegeben. Sobald du dich stellst, werde ich ausradiert. Weder meinen Pass noch irgendwas anderes kann ich dann benutzen.«

»Du hast doch einen verfickten Pass, auf dem Jack Loyster steht!«, brüllte Caleb.

»Noch ein bisschen lauter und deine Masche wird erst recht nicht mehr funktionieren, weil sie uns hier finden.«

Er presste seinen Kiefer zusammen. »Landon und Caleb sind Kunstfiguren, die wir erschaffen haben, um sie in einem solchen Moment zu zerstören. Du wirst einfach wieder Jack oder Gil. Ich verstehe dein Problem nicht. Einer von uns *muss* diesen Schritt gehen, denn die Mafia wird nicht eher Ruhe geben, bis sie wissen, dass Caleb tot ist.«

»Ich *bin* Landon geworden. Jack und Gil habe ich nie gemocht.«

Caleb verdrehte die Augen. »Darum geht es jetzt natürlich vorrangig. Um deinen Namen.«

»Ich kann nicht glücklich mit Jade in der Weltgeschichte herumturteln, während du hinter Gittern einsitzt. Dein Plan ist scheiße.«

»Warum denn nicht?! Du würdest das Gefängnis doch niemals überleben.«

Ich verschränkte die Arme vor der Brust. »Doch. Wenn du glaubst, es gibt nur eine Lösung, dann gehe ich ins Kittchen.«

»Das ist kein Scheißspiel, Lan«, knurrte mein Bruder. »Wenn du nicht beweisen kannst, dass in dir mehr Verbrecher als Agent steckt, wirst du im Gefängnis untergehen.«

»Das schaffe ich schon.«

Er raufte sich die Haare. »Ich verstehe nicht, wieso du nicht einfach die Sachen nimmst und verschwindest! Du liebst diese Frau, ihr könnt glücklich werden und alle sind verfickt zufrieden!«

»Liebst du sie nicht?«

»Doch, verdammt!« Seine Stimme wurde wieder lauter. »Deswegen tue ich es ja, verdammt! Weil ich sie liebe! Weil mir ihr Leben wichtiger ist als meines und sie dann nicht für immer in verfickter Angst leben muss, es zu verlieren!«

»Wow«, sagte ich matt.

»Was ist jetzt schon wieder?«

»Dir ist nicht in den Sinn gekommen, *sie* zu fragen, ob sie das möchte, oder?«

»Leben anstatt zu sterben?«

»Ohne dich zu leben, anstatt mit der Gefahr, zu sterben, richtig.«

»Jade kennt keine Gefahr. Sie würde immer die dümmere Variante wählen.«

»Ich übrigens auch.«

Caleb verdrehte die Augen. »Ihr verhaltet euch beide wie Kinder. Das passt super zusammen.«

»Ich werde nicht als Erster dieses Gebäude verlassen.«

»Kein Problem. Ich kann warten, bis du es doch tust.«

»Du nennst es kindisch, nicht den einfachen Weg zu gehen? Ich finde das mutig.«

»Was willst du?! Warum bist du nicht einfach froh, dass ich dir den Vortritt lasse und damit unserer beider Arsch rette?«

»Deinen rettest du damit nicht. Und ich brauche keinen Vortritt. Diese Frau allein zu bändigen, übersteigt meine Fähigkeiten.«

Mein Bruder musste kurz, aber wirkungsvoll grinsen.

Hoffentlich verstand er endlich. Es gab kein Ende zu zweit. Für niemanden von uns. Während wir uns ansahen und jeder darauf wartete, dass der andere nachgab, ließ ich seine Worte auf mich wirken. Er würde für Jade und mich auf sein Leben in Freiheit verzichten. Er würde sich opfern und hielt es für selbstverständlich, dass nur er diese Rolle einnehmen konnte. Wieso eigentlich war nicht ich selbst darauf gekommen? Warum hatte ich nicht eine einzige Sekunde darüber nachgedacht, was ich zu tun bereit wäre, um das Leben von Jade und ihm zu beschützen?

Wieso spielte er den Helden und ich war nichts weiter als ein Egoist?

Jade hatte sich nicht für mich entschieden – aber vielleicht würde sie es für Caleb tun. Und Caleb verdiente nach der ganzen Scheiße in den Reihen der Cosa Nostra ein normales Leben als Jack Loyster. Er war derjenige, der frei bleiben sollte. Er war derjenige, der das Mädchen verdiente.

Ich würde zurückbleiben und ihm das ermöglichen.

»In Ordnung«, lenkte ich schließlich ein. »Ich bin für deinen Plan.«

Calebs Anspannung löste sich sofort. »Das hat lange gedauert.«

»Aber *ich* werde mich dem FBI stellen.«

Seine Kinnlade öffnete sich. »Bist du des Wahnsinns?«

»Nein. Das ist ein guter Plan.«

Er starrte mich an.

»Ich bleibe hier, und sobald du das Gebäude verlassen hast, zerstöre ich das Handy mit der App darauf und werde zum größten Verräter der Nation oder so, falls in den Tagebüchern nichts Wesentliches drinsteht. Vielleicht habe ich Glück und sie sprechen mich doch noch frei. Immerhin könnten sie meiner Geschichte glauben, dass ich die ganze Zeit hinter der Verbindung zwischen Silva Baresi und Susan Carpenter her war. Manchmal gewinnt in diesem Land auch die Wahrheit.«

»Wenn du freikommst, brauchst du ein verficktes Zeugenschutzprogramm, mindestens!«

»Okay. Dann eben so was.«

»Du scheinst sehr gut vorbereitet zu sein für diese Art von Aufgabe.«

»Im Gegensatz zu dir kenne ich mich blendend mit den Methoden des FBI aus und kann sie täuschen, was diese Zwillingssache angeht. Besser als du.«

Jetzt war es Caleb, der die Arme vor der Brust verschränkte. »Du nervst, Bruder.«

»Das war deine Idee. Ich setze sie nur um.«

Gerade als er etwas erwidern wollte, klingelte sein Handy. Er ging, ohne zu zögern, ran. Es musste Jade sein. »Ja?« Er hielt sich das andere Ohr zu, weil er sie nicht zu verstehen schien. »Nicht am Handy so viele Details. Bist du in Ordnung? ... Bleib ruhig. Hauptsache, dir ist nichts passiert. Einer von uns beiden kommt sofort.« Er legte auf und sah mich herausfordernd an. »Sie braucht unsere Hilfe. Spielen wir nun ›Ene Mene Muh‹, um festzulegen, wer sie retten darf und wer hierbleibt?«

JADE

Es war nicht meine Absicht gewesen, auf ihn zu schießen. Wirklich nicht. Er hatte mir nur einfach keine Wahl gelassen.

Möglicherweise war er gar kein Sicherheitstechniker, den meine Mutter gerufen hatte. Dafür sprach, dass er nicht, wie vom Portier mitgeteilt, schnurstracks ins Büro meiner Mutter gegangen war, um den Safe zu überprüfen, sondern sich erst mal umgesehen hatte. Die Hand die ganze Zeit über dem Halfter, das an seiner Hüfte baumelte.

Auch hatte er ziemlich schäbig gegrinst, als ich Landons Glock auf ihn gerichtet hatte, um in Erfahrung zu bringen, was er eigentlich wollte. Er hielt mich für ein dummes, kleines Mädchen und war grinsend auf mich zustolziert.

Vielleicht, weil er mich wirklich lustig gefunden hatte, oder aber er fand mich wirklich dumm.

Wie auch immer, ich hatte schießen müssen und jetzt lag der massige Ein-Meter-achtzig-Kerl am Boden im Büro meiner Mutter und verblutete.

Ich war so schlau gewesen, ihn zu entwaffnen, bevor ich die Jungs gerufen hatte, und nun überlegte ich fieberhaft, wie ich ihnen erklären sollte, dass ich blindlings auf irgendwelche Sicherheitsleute schoss.

Der Typ war unangekündigt hereinstolziert und der Portier hatte ihn zunächst unangekündigt durchgelassen. So viel zu der Arbeit eines Portiers! Was, wenn ich wilden Zwillings-Sex im Flur gehabt hätte?! Was dann?!

Wenn ich jemals ein Haus oder ein Apartment kaufen oder mieten würde, dann gefälligst eines, in dem man selbst Herr über die Eingangstür war.

Ich konnte nicht umhin, mir vorzustellen, wie dennoch der ein oder andere Postbote durch irgendein Glaselement hineinsehen und vor Neid erblassen würde, weil ich als Objekt der Begierde zwischen zwei Männern lag ...

Seufz ...

Die Fahrstuhltür öffnete sich. Einer der beiden Brüder kam herein. Ich suchte nach Erkennungsmerkmalen, aber ich hatte keinen blassen Schimmer, welcher von beiden es war.

»Alles in Ordnung mit dir?«, fragte *er* besorgt und kam auf mich zu. So besorgt wäre nicht nur Caleb, sondern auch Landon.

»Ja. Warum bist du allein?« So umging ich die Frage, welcher der Zwillinge er überhaupt war.

Seine Miene verschloss sich. »Wo liegt der Kerl?«

»Im Büro meiner Mutter.«

Er schritt an mir vorbei, öffnete die Tür zum Büro und verschaffte sich einen kurzen Überblick. Wieder konnte ich keine Eigenheit an ihm feststellen. »Sag mir ganz genau, was passiert ist.«

»Erkennst du ihn denn nicht?«, fragte ich, in der Hoffnung, er wäre Caleb und der Typ wirklich ein Gangster.

»Nein, aber das hat nichts zu sagen. Wie kam er hier rein und wann hast du auf ihn geschossen?«

»Er kam einfach so, ohne Ankündigung. Ich habe mich

verborgen und dann flüsternd beim Portier angerufen und nachgefragt, ob er Bescheid wisse. Der Kerl sieht schließlich ziemlich ordentlich aus und meine Mutter hat ständig irgendwelches Personal, das sich hier umsieht. Mein Großvater ist paranoid und beauftragt viele Sicherheitsfirmen.«

»Was hat der Portier gesagt?«

»Dass der Typ Steven Harthford heißt und eine Routineuntersuchung am Safe vornehmen wird. Da war Harthford natürlich längst hier oben. Ich schlich mich an und beobachtete ihn. Er ging nicht nur ins Büro, er durchsuchte das Wohnzimmer, umrundete die Küche und schaute sich im Schlafzimmer meiner Mutter um. Er sah sich überall gründlich um, bevor er sich am Safe zu schaffen machte. Als er ihn nicht einfach öffnete, sondern davor herumstand, habe ich ihn bedroht, um zu erfahren, was er plant. Er guckte mich wie ein Affe blöd an, grinste dann, griff an seinen Gürtelbund und kam auf mich zu. Ich sah noch, wie er seine eigene Waffe umfassen wollte, als ich einfach ... schoss?«

»Ist das eine Frage?«

»Ich dachte, bevor er ... du weißt schon. Wo ist Landon?«

Caleb – ich ging davon aus, dass er es war – drehte sich wieder um und bückte sich zu dem Mann auf den Boden. »Er lebt noch.«

»Wirklich?«

»Ja. Du hast ihn an der Schulter und an der Hüfte getroffen. Beides sieht ungefährlich aus, auch wenn er eine Menge Blut verliert.«

»Oh.«

»Wir sollten ihn nicht sterben lassen, ohne zu wissen, wer er ist.«

»Das heißt, du weißt es wirklich nicht?«

Er blickte kurz auf. Etwas an seinen matten Augen wirkte merkwürdig. »Nein.«

»Also bist du doch Landon?«

»Ich bin der, der ich sein muss.« *Was sollte das nun bedeuten?!* »Lass uns schnell nachdenken. Wenn ein Krankenwagen kommt und du überzeugend darstellen kannst, dass er dir Angst eingeflößt hat, wie wahrscheinlich ist es, dass man dir glaubt?«

»Ich weiß es nicht. Ich habe noch nie auf einen Menschen geschossen.«

»Ja, das ist ein Nachteil.« Landon oder Caleb oder Wer-auch-Immer rieb sich die Stirn. »Okay. Bring mir eine Pinzette, Tücher und Verbandszeug, wenn du etwas findest.«

»Das ist nicht dein Ernst.«

»Ich kann ihn sterben lassen, willst du das?«

»Ihr habt euch doch sonst nicht darum gekümmert.«

»Die Männer, die in den letzten Tagen gestorben sind, waren sehr üble Typen, die in einem Bundesstaat mit Todesstrafe diese ohnehin gekriegt hätten. Hier wissen wir gar nichts.«

»Okay.« Ich atmete auf. »Ich bin so froh, dass du das sagst.« Ohne eine Antwort abzuwarten, lief ich los und suchte die entsprechenden Dinge zusammen. Ich half Landon? ... Caleb? dabei, die Blutungen zu stillen.

»Der Kerl hat wirklich ein irres Glück. Hast du das geübt, so gezielt vorbeizutreffen?«

»Das ist nicht witzig«, murmelte ich.

Er lächelte. »Nein, natürlich nicht.«

»Bist du nun Caleb oder Landon, verdammt?!«, fragte ich, nachdem ich mich vergewissert hatte, dass der Sicherheitstechniker von unserem Gespräch nichts mitbekommen würde, weil er vollkommen weggetreten war.

»Kommst du immer noch nicht drauf?«

»Nein! Du bist so ruhig wie Caleb, aber auch so fokussiert, wie Landon es sein könnte, wenn er wollte. Du machst makabere Witze, die allerdings nicht zu weit gehen, spricht auch für Caleb. Allerdings gehe ich davon aus, dass man eher auf der FBI-Akademie lernt, mit Schussverletzungen umzugehen, oder?«

»Beim organisierten Verbrechen auch.«

Okay, also Caleb. »Ihr habt das wirklich perfektioniert, wie der andere zu sein. Wie hat man euch früher auseinandergehalten? In einem Waisenhaus?«

»Gar nicht«, sagte Caleb abwesend, während er die Schreibtischlampe anschaltete und sie wie eine OP-Lampe vor die offene Wunde in Harthfords Schulter zog. »Jeden Morgen haben wir gewürfelt, wer Jack und wer Gilbert ist. Wir wollten immer lieber Jack sein, weil Gilbert durch den Frauennamen bei dem Duo Jack und Jill immer das Objekt von Hänseleien wurde. Wir gingen später in unterschiedliche Klassen und teilten uns so die Stunden, die wir hassten – Englisch, Kunst – oder die wir liebten – Sport, Mathe. Es kam auch auf die Lehrer an. Wir hatten immer schon unsere eigene Idee davon, den Lehrplan zu gestalten, bis Jack irgendwann zu demjenigen wurde, der nur noch schlechte Noten schrieb und dafür jeden Mist machte, und Gil der kleine Streber wurde.«

»Aber Gil hat doch eine Brille getragen, oder? Wie habt ihr das gemacht, sodass Landon nicht blind herumgelaufen ist?«

Caleb näherte sich mit dem Kopf Harthfords Schulter bis auf zehn Zentimeter und fischte die Kugel mit der Pinzette aus der offenen Fleischwunde. »Wir haben eine ohne Sehstärke beim Optiker geklaut und immer geschummelt, wenn wir zu den Sehtests mussten. Die färbenden Kontaktlinsen haben wir erst für ›Landon‹ verwendet. Uns erschien es sicherer, falls ›Caleb‹ doch einmal auf einem Fahndungsfoto landen sollte.«

Ich schwieg. »Warum sprichst du von euch beiden in der dritten Person?«, fragte ich, nachdem er sich daran gemacht hatte, die Wunde zu verbinden.

»Weil wir nun mal beide sind. In uns beiden steckt der andere. Nur so konnte unser Plan funktionieren. Hilf mir beim Umwickeln.«

Ich war mir nun ziemlich sicher, Caleb vor mir zu haben, und assistierte ihm, so gut ich konnte. Auch die zweite Wunde verband er. Der Mann wachte zwischendurch auf und stöhnte leidend.

»Jade«, sagte Caleb dirigierend, »es wäre besser, wenn wir ihm noch mehr Schmerzmittel geben. Habt ihr welche hier? Etwas Starkes?«

»Ich bringe dir, was ich finde«, bot ich an und stand wieder auf. Im Badezimmerschrank meiner Mutter fand ich einiges, das ich in die Taschen meines Pullovers lud und Caleb bringen wollte.

Kurz bevor ich die Tür des Büros erreichte, wurde ich jedoch gepackt.

Eine große Hand landete auf meinen Lippen, der Lauf einer Waffe an meiner Taille. Ich erstarrte sofort, atmete hektisch und brachte keinen Ton hervor.

»Ganz ruhig«, raunte eine tiefe, männliche Stimme, die mir einen Schauer über den Rücken trieb. »Ich will dir nichts tun. Bleib einfach ruhig.«

Er will mir nichts tun? Der Mann schob mich auf die Bürotür zu. Ich konnte sein Gesicht nicht sehen, aber etwas verriet mir, dass er vom Alter her mindestens in den Fünfzigern war. Seine Statur, die Stimme und der Geruch nach einem klassischen Parfum ... Er schob mich vor sich her, nachdem er die Tür mit einem Fuß aufgestoßen hatte, und ging in Richtung Schreibtisch, wo Harthfords Bein hervorlugte.

Caleb richtete sich mit dem Rücken zu uns auf und

drehte sich erst dann um, als er uns im Augenwinkel zu bemerken schien. Er erstarrte mitten in der Bewegung. Seine Miene gefroren.

»Caleb«, sagte der Mann, der mich gepackt hatte, überrascht. »Was zur Hölle treibst *du* hier?«

Caleb warf mir einen Blick zu, bevor er dem Mann neben mir zunickte. »Komplizierte Geschichte. Gerade verarzte ich Harthford.«

»Ist er verletzt?!«, fragte der Fremde erstaunt. »Wer hat auf ihn geschossen?«

»Das ist ebenfalls kompliziert. Vielleicht sollten wir alles abbrechen und ihn ins Krankenhaus bringen. Um Jade kümmere ich mich persönlich.«

»Das ist Jade?« Der Mann zerrte mich herum, um mir ins Gesicht sehen zu können.

Ich keuchte, denn mit seinem Aussehen hatte ich zu keiner Zeit gerechnet. Dieser Mann war mir unendlich vertraut, und das lag nicht nur an seinen grünen Augen.

»Ah, natürlich. Du warst schon häufiger in der Zeitung. Bist ein wirklich hübsches Mädchen«, sagte er anerkennend, während seine Augen über mein Gesicht glitten. »Halb asiatisch, stimmt's? Ziemlich klug.«

»Wie bitte?«, fragte ich verblüfft.

Er riss mich wieder vor sich. »Caleb«, donnerte seine Stimme durch den Raum. »Was läuft hier! Wieso trägst du eine Jacke vom FBI? Klär mich auf!«

»Das kann ich nicht in ein paar Worten. Du musst wohl zuerst mich aufklären. Bist du für Susan gekommen, um sie zu befreien?«

Der Mann neben mir verspannte spürbar.

»Gut, sie ist hier irgendwo gefangen. Hilf mir, Jade zu fesseln, sie ist zurzeit unberechenbar. Ich werde sie bewachen.«

Es herrschte Stille. Die ganze Stimmung war zum Zerreißen gespannt. Plötzlich kam mir in den Sinn, dass der Bruder vor mir auch Landon sein konnte und vielleicht gar keine Ahnung hatte, wie er in Calebs Manier das Vorgefallene erklären sollte.

»Du solltest gehen«, sagte der Mann tonlos. »Caleb, das hier ist kein Spiel und deine letzte Chance. Geh und komm nicht wieder.«

Caleb lächelte ironisch. »Es ist anders, als du glaubst. Die Verbindung ist aufgeflogen. Wir müssen jetzt zusammenarbeiten.«

»Das war keine Bitte, es war ein Befehl.«

»Und ich bitte dich, nichts zu überstürzen. Sieh nach Susan.«

Der Fremde knurrte auf und stieß mich nach vorn. »Lass die Kleine nicht aus den Augen.«

Caleb nahm seine Waffe vom Schreibtisch und richtete sie auf mich. »Geh zum Sofa und setz dich darauf.«

Ich gehorchte und sah dem Mann hinterher, der Caleb locker Befehle erteilt hatte. Sein Boss? Alles an ihm strahlte Macht und Dominanz aus, aber er wirkte nicht boshaft. Eher ruhig und besonnen.

Kaum hatte er die Tür hinter sich geschlossen, atmete Caleb neben mir auf und ließ die Waffe sinken.

»Scheiße.«

»Wer war das?«, fragte ich sofort.

»Silva Baresi«, raunte Caleb. »Der ›Boss‹, der mit deiner Mutter gemeinsame Sache macht. Er muss Wind von ihrer Gefangenschaft bekommen haben. Jetzt ist er hier, um ihr zu helfen. Unser Problem ist offenbar geringer als gedacht, denn er weiß nichts davon, dass ›Caleb‹ aufgeflogen ist. Vermutlich hat es ihm niemand gesagt, weil er ›Caleb‹ mehr vertraut als allen anderen. Wir werden versuchen, ihn in Schach zu halten. Zu zweit und mit deiner neu erlernten Schießkunst können wir es schaffen.«

»Was zur Hölle meinte er mit: ›Halb asiatisch, ziemlich klug‹?«

Caleb zuckte die Achseln. »Keinen Schimmer.«

Keinen Schimmer? Würde Caleb so etwas sagen? Ach, verdammt! Ich stand wendig auf, ging auf ihn zu und küsste ihn ohne Umschweife.

Aber seine Lippen schmeckten wie die seines Bruders, sein Kuss war eine Mischung aus beiden, seine Zärtlichkeit keinem von beiden zuzuordnen und ihr Geruch nicht zu unterscheiden.

Ich löste mich von ihm und wurde langsam wütend. Als ich an seinen Arm griff, zog er ihn weg.

»Zeig mir die Tattoos! Ich will wissen, wie frisch sie aussehen!«

»Es gibt jetzt Wichtigeres.«

»Gibt es nicht! Wo ist der andere von euch?!«

»Jade, wir haben nicht viel Zeit!«

»Erklär es mir!«

Caleb – oder wer – rieb sich die Augen. »Einer von uns ist zurückgeblieben. Er wird sich dem FBI stellen, sodass das Syndikat und die ganze Stadt denken, er sei ein Doppelagent gewesen und es gäbe nur eine einzige Person. Caleb und Landon zusammen. Kannst du mir folgen? Dadurch ist gewährleistet, dass einer von uns vollkommen unter dem Radar verschwinden kann, während der andere das Ganze aussitzt.«

»Aussitzen?! Du meinst, er wird als Kronzeuge gehen gelassen, oder?«

»Hoffen wir es.«

»Du machst Witze. Keiner von euch würde auf so eine dämliche Idee kommen.«

Er lächelte schief. »Doch. Leider.«

Ich schüttelte paralysiert den Kopf.

»Jade, wir lieben dich beide«, sagte er so leise, dass uns

Silva Baresi auf keinen Fall hörte, »und für uns ist es das Wichtigste, dass du überlebst. Wir müssen den Fokus von dir weglenken.«

»Was soll das für eine bescheuerte Liebe sein?!«, fauchte ich. »Wer von euch steht denn nun gerade vor mir?! Und warum hat der andere sich geopfert? Kam keiner von euch auf die bescheidene Idee, mich zu fragen, wie ich das sehe?!«

»Doch. Deswegen bekommst du beide. Ich bin Landon.«

Ich schnaubte.

»Und Caleb.«

»Was glaubst du, wie viel Lust ich gerade habe, dich zu verprügeln, hm?! Ihr könnt doch nicht glauben, dass ich mit ... so etwas Halbem zufrieden bin! Während ich immer daran denken muss, dass der andere gerade vielleicht im Gefängnis in den Arsch gevögelt wird?!«

»Das wird keinem von uns passieren.«

»Glaubst du!«

»Vielleicht haben wir Glück und das FBI lässt ihn frei. Wir haben zwar Selbstjustiz betrieben, aber ...«

»Vorausgesetzt, das FBI glaubt euch, dass meine Mutter die Drahtzieherin ist.«

»Sie müssen vor allem die Beweise dazu finden.«

»Die Bücher.«

»Ja. Hoffen wir, es steht etwas drin.«

»Was heißt das? Seid ihr euch nicht sicher?«

»Wir hatten keine Zeit. Wir haben auch *jetzt* keine Zeit.«

»Ich weiß«, zischte ich, »wie soll ich dich jetzt also nennen, wenn ich dich rufen will?«

»Jack.«

Ich hätte ihm am liebsten ins Gesicht gespuckt. »Gut, dann lass mich noch eine Sache loswerden.«

»Aber schnell.«

»Bevor ich gleich erschossen werde, will ich, dass Schluss ist. Ich mache mit euch beiden hirnamputierten Vollidioten Schluss, bevor ich überhaupt meinen Kopf diese Information verarbeiten lasse.«

»Wie bitte?!«, knurrte *Jack*.

Ich bohrte ihm einen Zeigefinger in die Brust. »Ich mache mit *dir* Schluss, weil du gar nicht ohne ihn hättest herkommen dürfen, und ich mache mit *ihm* Schluss, weil er einfach dort blieb, ohne mich zu fragen, wie ich das sehe. Sucht euch ein anderes Mädchen, dessen Herz ihr brechen könnt, ich habe genug. Und bis dahin bleibst du für mich Landon, denn den habe ich immer schon ein wenig mehr gehasst.«

»Jade, unser Plan war es, *dich* damit zu beschützen.«

»Ich brauche keinen Schutz! Ihr seid doch vollkommen bescheuert, wenn ihr denkt, ich würde den einen von euch einfach vergessen können, nur weil der andere beide so gut imitieren kann! Ihr tut mir echt leid, euer Intelligenzquotient kann nicht besonders hoch liegen!«

Er zog mich an sich. Ohne auf mein Einverständnis zu warten, presste er mir seine Lippen auf den Mund. In dem Moment wusste ich, dass Landon mich küsste. Landon, natürlich. Nur Caleb konnte auf die selbstlose Idee gekommen sein, seine Freiheit zu riskieren, um uns zu beschützen. Außerdem war Caleb ein Dickkopf und hätte sich nicht von Landon umstimmen lassen. Endlich zu wissen, wen ich küsste, tat gut, und ich ließ meinen Mund, meine Zunge erobern. Ließ mich in den dominanten, rücksichtslosen Griff fallen. Landon griff in meinen Nacken, hielt ihn fest und mich plötzlich auf Abstand. Sein Verhalten wechselte. Mit einem Mal war ich unfrei, fest in seinem Griff. Er küsste mich, wie Caleb es tun würde. Voller Schmerz und von Emotionen getrieben.

Fuck, das *war* Caleb. Er hatte Landon zurückgelassen, um mich zu beschützen. Hatte seinen Bruder geopfert, weil ihm mein Leben mehr bedeutete als alles, weswegen er auch nicht gewollt hatte, dass ich mich in ihn verliebe. Landon musste Caleb geschickt haben, weil Landon seinen Bruder liebte und ihm die Freiheit gönnte.

Ich befreite mich mit aller Macht aus seinem Griff, schaffte es aber erst, als er mich gehen lassen wollte. Typisch Caleb. Typisch Landon. Typisch Arsch.

»Okay, schön. Ich werde nie erraten, wer du bist, aber du kannst nach dem Theater mit meiner Mutter und dem ominösen Gangsterboss trotzdem für alle Zeit verschwinden.«

Der Zwilling vor mir unterdrückte seine aufkommende Wut. »Wir sind jetzt leise und vorsichtig. Dieser Mann hat mehr Menschen getötet und töten lassen, als wir beide wissen wollen. Vielleicht tötet er auch deine Mutter. Wir werden uns an Baresi ranschleichen und ihn rauslocken.«

»Wirst du ihn erschießen?«

»Nicht sofort. Wenn er tot ist, wechselt sofort jemand anderer an seinen Platz. Nein, so jemand muss richtig hochgenommen werden. Zusammen mit deiner Mutter.«

Er legte mir die Glock von vorhin in die Hand und ich stand wieder auf.

Stumm folgte ich ihm, denn er hatte keine Anstalten gemacht, mich zurückzuweisen, und griff im Flur angekommen sogar nach meiner Hand, die ich nur deshalb nahm, weil wir so wortlos kommunizieren konnten.

Wir näherten uns der offen stehenden Garderobentür – geräuschlos.

»Geht es wieder ...?«

»Gib mir noch einen Schluck Wasser«, hörte ich meine Mutter röcheln.

Stille. Ich sah, wie Caleb-Landon sein Smartphone anschaltete und eine Tonaufnahme startete.

»Wer hat dir das angetan, Susan?«

»Es war Jade selbst«, hörte ich meine Mutter kraftlos antworten. »Sie hat mich bedroht, um zu erfahren, was ich vor ihr verberge.«

»Hast du es ihr gesagt?«

»Nein.«

»Sie hält dich seit Tagen hier gefangen?« Die Stimme des Capos klang ungemein sanft.

»Nicht ganz Tage ... Silva, sie war nicht allein. Sie wurde instrumentalisiert. Du musst sie beschützen.«

»Caleb ist mit ihr im Wohnzimmer. Wir werden sie ausfragen, sobald du zu Kräften gekommen bist ... und du dich umgezogen hast.«

»Caleb? Wer ist Caleb?«

»Einer meiner vertrauenswürdigsten Männer. Er wird von uns erfahren, anders geht es nicht. Aber er wird verstehen.«

»Hier war ein Mann ... ich weiß es wieder. Er hat Jade geholfen, ich sehe kein Gesicht vor mir, alles ist verschwommen in meiner Erinnerung. Ich glaube, er hat mir Drogen gegeben, sodass alles verwischt wurde. An mehr kann ich mich nicht erinnern. Wir müssen vorsichtig sein, Silva. Wir sollten nach wie vor niemandem vertrauen.«

»Ihm vertraue ich wie einem Sohn.«

Stille.

»Entschuldige, das hätte ich nicht sagen dürfen.«

»Nein, schon gut.« Sie schluchzte. »Du hättest niemals herkommen dürfen. Vielleicht ist das eine Falle.«

»Ich konnte nicht anders. Wenn es nur deine Tochter betrifft, können wir sie aufklären. Wir *müssen* es tun.«

»Aber ...«

»Stimmt es, dass deine Tagebücher entwendet wurden?

Ich dachte, es handele sich um etwas anderes und habe den Inhalt der Safes ins FBI geschickt, ohne mich vorher zu vergewissern.«

»Ins FBI? Was sollen die bloß mit meinen Tagebüchern?«

»Es stimmt also? Du hast sie tatsächlich geschrieben?«

»Du hast mir jedes Jahr eines geschenkt. Also schrieb ich jedes Jahr hinein.«

»Über vierundzwanzig Jahre hinweg?«

»Ja«, sagte sie stimmlos.

Schweigen.

»Das war eine meiner dümmsten Ideen. Einer meiner Leute muss sie entwendet haben. Jade scheint entführt worden zu sein. Jetzt wird sie vermutlich erpresst. Ich habe keine Ahnung, von welchem meiner Feinde genau. Zudem kann das FBI alles der letzten Jahre nachlesen. Wir müssen sofort aufbrechen und fliehen.«

»Nachlesen? In diesen Büchern steht nichts drin! Gar nichts! Denkst du, ich bin wahnsinnig und würde etwas hineinschreiben, das uns betrifft?«

»Sondern? Keine Namen, keine Gegebenheiten, nichts?«

»Nein, nur Hoffnungen, Wünsche und Träume. Das Einzige, was man daraus erfährt, ist, dass sie nicht meine leibliche Tochter ist. Das ist alles. Nicht einmal einen Skandal wert. Die langweiligen Tagebücher einer verschlossenen, träumenden Frau.«

»Warum wurden sie dann entwendet?«

»Weil selbst du geglaubt hast, ich würde sie dafür verwenden, meine Geheimnisse niederzuschreiben. So ein Schwachsinn! Ich bin keine Anfängerin, Silva.«

Ich hörte den Mann lachen. »Das stimmt.«

Die Geräusche zeugten davon, dass sie sich küssten.

Ich sah fragend zu Landon – *oder wer er nun war* – auf. Der wirkte ebenso irritiert.

Er öffnete die Nachrichtenfunktion seines Smartphones und tippte zügig einen Text.

Meine Mutter kicherte mädchenhaft. »Ich muss mich dringend umziehen.«

»Und wir müssen einen Krankenwagen rufen. Einer meiner Männer wurde angeschossen. Ich helfe dir hoch.«

Landon hielt mir sein Handy hin.

ICH:

Tu so, als wäre alles von dir ausgegangen. Stell dich dumm. Lass die Waffe fallen, sobald Silva dich bedroht. Fordere eine Erklärung. Sag, dass ich verschwunden bin.

Ich las die Nachricht durch und nickte.

Geräuschlos entfernte er sich und verschwand im Büro.

Ich wartete, bis sich die Tür etwas weiter öffnete, und musste nicht einmal ein besonders schockiertes Gesicht aufsetzen. *Nicht ihre leibliche Tochter? Küsse zwischen einem Capo und einer FBI-Agentin? Dann auch noch irgendwie zärtlich?*

Schräg.

Als Silva die Tür aufstieß, ließ ich die Waffe fallen und tat so, als würde ich vor Angst zittern.

Er nahm mir meine Masche augenblicklich ab. »Was tust du hier, Mädchen?«, fragte er ungestüm und griff an mein Handgelenk, damit ich ihm nicht entkam.

Meine Mutter folgte. »Jade ...«, sagte sie wütend. »Ich kann nicht glauben, dass du mir das angetan hast.«

»Was läuft hier«, fragte ich bebend. »Warum beschützt ausgerechnet dieser Mann dich?«

Sie schwiegen und blickten streng auf mich herab. Meine Mutter hatte ihren wütenden Killerblick aufgesetzt, der Capo hingegen schien milder gestimmt, aber mir war klar, dass keiner von beiden mir leicht vergeben würde.

»Werdet ihr mich töten?«, fragte ich stammelnd.

»Nein«, sagten beide gleichzeitig, fast so liebevoll, wie es Eltern tun würden.

»Ist er mein Vater?!«, rief ich nun ehrlich schockiert und wich zurück. Scheiße! Das passte plötzlich mit allem zusammen – na ja, bis auf die Tatsache, dass ich Schlitzaugen hatte.

»Nein«, sagten sie wieder.

»Hast du gelauscht?«, fragte Silva.

Ich brach in Tränen aus. »Werdet ihr mir alles erklären?«, fragte ich ängstlich und als wäre ich zehn Jahre jünger.

Sie nickten. Der Capo steckte seine Waffe zurück. »Wo ist Caleb?«

»Einfach gegangen.« Ich schluchzte. »Als hätte er fliehen wollen.«

Der Boss schüttelte den Kopf. »Es ist besser so. Gehen wir in den Salon.«

»Ich ziehe mich um«, informierte uns meine Mutter, die mich noch immer abschätzig betrachtete, und ließ mich mit Silva zurück. »Ich bin so enttäuscht von dir, Jade«, setzte sie noch nach und ich zeigte ihr in meinem Kopf einen riesigen Mittelfinger.

Bitch.

Silva machte mir unmissverständlich klar, dass ich ins Wohnzimmer vorgehen solle. Dort angekommen setzte ich mich steif auf einen Sessel.

»Ich habe Angst«, gestand ich ihm aufgesetzt mädchenhaft und schaute zu Boden.

»Wenn du ehrlich bist, brauchst du keine Angst zu haben.«

Ehrlich, pah! Ist euch noch nicht klar, dass ich fürs Lügen geboren wurde?

»Wer hat dich entführt?«

Der eine Zwilling. »Ich weiß es nicht.«

»Wie bist du entkommen?«

Mit Sex. »Ich habe mich selbst befreien können.«

»Wer hat den Safe deiner Mutter geknackt?«

Der andere Zwilling. »Ich weiß es nicht.«

»Hast du die Tagebücher deiner Mutter je gesehen?«

Da musste ich nicht einmal lügen. »Als der Safe einmal offen stand.«

»Weißt du, was darin steht?«

Keinen Schimmer, aber ich habe euch belauscht und kann es mir zusammenreimen. »Dass sie nicht meine Mutter ist«, wisperte ich. »Warum? Warum das alles?«, setzte ich weinerlich nach.

»Weißt du, wer ich bin?«

Haha! Sie sind ein richtiger Arsch. »Offiziell ein Waffenhändler.«

»Und inoffiziell?«

Ein noch größerer Arsch. Sozusagen ein gigantischer Arsch. »Ein Verbrecher.«

»Warum hast du deine Mutter gefesselt und eingesperrt?«

Oh, weil es guttat, Landon und Caleb dabei zuzusehen. »Ich weiß es nicht.«

»Du weißt es nicht?«

»Ich hasse sie.« *Diese Masche hatte schon einmal ihr Gewissen geweckt.* »Ich habe ihr bis eben den Tod gewünscht, mich nur nicht getraut abzudrücken.« *Fette Lüge.*

»Bis eben?«

Nö! Aber was bringt sie uns tot? Sterben kann sie, nachdem jeder in New York erfahren hat, wer sie ist. »Es gibt einen Grund, oder?«, sagte ich theatralisch. »Es hat alles einen Grund.«

»Richtig.«

»Ich will ihn, glaube ich, gar nicht wissen.« *Masche Zwei. Ich tue so, als wäre ich wirklich die abgebrühte Braut, die ich bin, damit sie es auf keinen Fall glauben.* »Töten Sie mich oder zahlen Sie mich aus. Ich werde einfach verschwinden. Aber ich will nicht Mitwisser bei einer Verschwörung sein.«

»Keine Verschwörung. Zusammenarbeit.«

Oh Gott. Gleich behauptet er noch, meine Mutter wäre eine großartige Frau, die er nicht nur deshalb fickt, weil es ihm etwas bringt. »Ich liebe schwarzen Humor«, ich tat paralysiert, »aber hier verstehe ich den Witz nicht.«

»Kein Scherz.« Der Mann mit seinen dunklen Locken und den viel zu grünen Augen nickte ernst. »Du brauchst keine Angst vor uns zu haben. Es ist auch nicht wichtig, ob wir dir vertrauen können. Dir wird keiner glauben, wenn du es erzählst.«

Wie beruhigend.

»Du bist adoptiert worden, Jade.« *Okay, fuck. Wieso hat sie mich nicht einfach zurückgelassen, wo ich war?*! »Und dir nicht zu sagen, dass du es bist, ist das einzige Geheimnis, das wir dir offenbaren müssen, damit du verstehst.«

»Ich verstehe gar nichts«, flüsterte ich.

»Deine Mutter war schwanger.« *Pause.* »Von mir.«

»Erzähl es ihr nicht!« Susan kam herein und schrie herrisch durch die Gegend. »Wir können ihr nicht vertrauen. Ich weiß wieder, wer ihr geholfen hat!«

Oh, schade.

Meine Mutter lief auf mich zu. Sie trug eine Jogginghose, ihre Haare waren von der Dusche feucht und sie setzte sich vor mich. »Jade. Du weißt, dass du eine Straftat begangen hast. In ein paar Minuten werden die Sanitäter dich fragen, warum du auf Mr. Harthford geschossen hast. Und wenn ich möchte, wird das nicht ansatzweise so glimpflich für dich enden, wie du es als Carpenter gewohnt bist. Ist dir *klar*, dass du uns jetzt die Wahrheit sagen musst? Ansonsten sehe ich mich gezwungen, dich der Staatsanwaltschaft zu übergeben.«

Ich hatte noch immer Tränen in den Augen, aber diese waren zu keiner Sekunde echt gewesen. »Du hältst mich wirklich für so dumm, dass ich dir diesen kleinen Trick abnehme, oder, *Mutter?*«, fragte ich in normalem Tonfall. »Nicht nur du hast mich die letzten vierundzwanzig Jahre belogen und getäuscht, sondern ich auch dich. Du bist das letzte Stück Dreck auf dieser Erde und ich rede sehr, sehr gerne mit der Polizei über dich. Und über die Dinge, die ich hier ertragen musste. Möglicherweise waren es einige mehr als die, an die du dich erinnern kannst. Es wird sicherlich einiges dazukommen, und selbst wenn dann Aussage gegen Aussage steht, bin ich nicht die Einzige von uns beiden, die einen psychologischen Test für sich verdrehen kann. Du wirst mich schon töten müssen, um zu verhindern, dass ich dein Leben zerstöre. Auf deine Drohungen gebe ich einen letzten Scheiß.«

Meine Mutter zuckte, Silva bewegte sich. »Nicht!«, warnte er sie. »Sie steht unter Schock und will dich verletzen.«

Susan Carpenter hatte nach ihrer Waffe gegriffen.

Sie war das letzte Monster, wenn sie tatsächlich vorhatte, mich zu erschießen.

»Wir können ihr nicht vertrauen«, flüsterte sie, gepackt von Zorn. »Sie ist nicht mehr meine Tochter.«

»Ich war es auch nie, du verschissene Schlampe!«

Ich sah, wie ihre offene Handfläche zuckte. Sie wollte mich schlagen, ich wich auf dem Sessel zurück, zog die

Knie an, um meinen Körper zu schützen, und wurde jäh von einer Stimme überrascht.

»Du wirst ihr nicht ein Haar krümmen, sonst bist du tot.«

»Caleb«, sagte der Boss überrascht.

»Landon«, sagte meine Mutter fast zeitgleich.

Ich drehte meinen Kopf in die Richtung des erschienenen Zwillings. Er hielt zwei Pistolen auf sie gerichtet, seine Miene zu Stahl erstarrt.

»Landon?«, fragte Silva erstaunt.

»Caleb?«, meine Mutter ebenso irritiert.

Sie sahen sich an.

»Tja, beide und keiner von beiden«, erklärte der Zwilling mit einem süffisanten Lächeln. »Und so gerne ich euch dabei zusehen würde, wie in eurem Kopf die Fragen explodieren und wie unglaublich amüsant das Gespräch verliefe, wenn ihr feststellt, dass ich euch beide tief in den Arsch gefickt habe, so bedauerlich ist die Tatsache, dass ich keinerlei Sinn darin sehe, euch weiterleben zu lassen.«

Für den Bruchteil einer Sekunde huschten seine Augen zu mir. Ich verstand sofort, ich sollte aus dem Schussfeld gehen. Aber gerade, als ich mich bewegte und schon erwartete, von dem durch die Gegend spritzenden Gehirn meiner Mutter getroffen zu werden, warf sich Susan mit gehobenen Armen in seine Richtung.

»Nein, bitte tu es nicht! Bitte!«

Ich hätte nicht erwartet, dass der Zwilling zögern würde, aber etwas an ihrem Verhalten schien ihn zu verwundern.

»Warum willst du uns töten, Landon?«, fragte sie zitternd. »Ich will es nur verstehen.«

Warum sprach sie eigentlich mit ihm ständig so, als würde sie ihn lieben, während sie für mich nur dumme Drohungen übrighatte?

Landon starrte sie an.

Was zur Hölle war denn mit ihm?

»Erschieß sie einfach, gottverdammt«, keuchte ich. »Sonst endet das wie in einem schlechten Western und alle sterben, nur sie nicht.«

Der Zwilling warf mir einen Blick zu und zum ersten Mal erkannte ich darin echte Hilflosigkeit. Hatte er noch nie einen Menschen erschossen? Stand vor mir nicht Caleb, der im Morden geübt war, sondern Landon, der es nur von der FBI-Akademie und den Übungen dort kannte?

Scheiße, wie sollten wir gewinnen, wenn er sich nicht traute abzudrücken?

Denselben Gedanken schien auch Silva zu fassen. Es fühlte sich wie der Flügelschlag eines Schmetterlings an, so schnell hatte er seine Waffe in der Hand – genauso meine Mutter.

»Nein!«, schrie ich.

Der Zwilling entsicherte seine Waffen zeitgleich mit Susan und Silva. Nun richteten sie sich gegenseitig die Läufe auf ihre jeweiligen Herzen.

»Fuck!« Ich saß wie festgefroren da. Bewegungsunfähig, vollkommen von der Angst an den Sessel genagelt. »Bitte lasst ihn am Leben. Ich werde alles tun.« Noch schlimmer als die Erkenntnis, dass einer der Brüder vom FBI hochgenommen werden würde, war die Vorstellung, einen von ihnen ganz zu verlieren. »Mom, bitte.« Die Tränen, die jetzt kamen, waren echt. »Mom.«

In ihrem Gesicht regte sich nicht der kleinste Muskel.

Silvas Miene war ebenso in Stein gemeißelt.

»Ich will eine Erklärung, Caleb«, verlangte er. »Sofort!«, donnerte er ohrenbetäubend.

Dennoch war ich die Einzige, die zusammenzuckte.

Caleb blieb wachsam. Er wusste, dass er sterben würde,

wenn er sich nur den kleinsten Fehltritt erlaubte. Die Wahrscheinlichkeit, sie erschießen zu können und dabei nicht selbst erwischt zu werden, war einfach zu gering. »Und du glaubst, weil du eine Erklärung verlangst, werde ich sie dir geben?«, fragte er spöttisch.

Silva Baresi mahlte mit dem Kiefer. »Was ist es, das du willst? Geld? Eine höhere Position? Meinen Tod? Dann hättest du schießen müssen, als du die Gelegenheit dazu hattest.«

»Was ich will?«, fragte der Zwilling mit einem schmalen Lächeln. »Ich will Rache.«

»Warum?«, fragte meine Mutter – oder sollte ich anfangen, sie ›Adoptiv-Mutter‹ zu nennen – mit fester Stimme. »Rache an wem?«

»An euch zwei korrupten, egoistischen, brutalen Mördern.«

Susan lachte abfällig, aber Silva blieb ernst.

»Wenn du schießt«, begann der Capo ruhig, »wirst du sterben.«

Die Augen des Zwillings blitzten auf. »Wenn ich nicht schieße, auch. Mir ist klar, was mit Verrätern passiert, die sich dir in den Weg stellen, Baresi. Dabei ... bin ich gar kein Verräter. Ich bin weder ein dreckiger FBI-Gefolgssklave, noch einer deiner stumpfen Soldaten. Ich bin mehr als das und ich werde euch noch so lange leben lassen, bis ihr das erkennt.«

»Wovon bitte sprichst du?«, fragte Susan.

Calebs Oberkörper blieb vollkommen ruhig, seine Atmung unsichtbar. Nur eine falsche Bewegung und sie würden alle aufeinander schießen. »Keine Zeit für Höflichkeiten. Die Frage ist doch, ob ihr es wirklich tun würdet. Würdet ihr den nächsten Unschuldigen töten, der eure Verbindung aufdeckt? Wie viele sind schon gestorben? Wie viele im Knast, die glaubten, etwas zu wissen?«

»Wir haben niemals jemanden töten müssen!«, rief Susan. »So weit wären wir nicht gegangen!«

»Wenn ihr mich tötet, werdet ihr auch Jade töten müssen, um weiterhin alles verschleiern zu können.«

»Wir werden Jade nicht töten«, erklärte Silva ruhig. »Dafür gibt es keinen Grund.«

»Und das sollen wir deiner lügnerischen Fresse glauben?«, fragte eine zweite Stimme vom anderen Ende des Raumes her. »Dann verstehe ich nicht, warum ihr eure Waffen auf meinen Bruder richtet und nicht einfach erkennen wollt, dass ihr verloren habt.« Ein deutlich blasierter lächelnder Zwilling stand zehn Schritte entfernt und richtete zwei Pistolen ebenfalls auf Silva und meine Mom. »Egal, was ihr tut, wenn ihr schießt, sterbt ihr beide. Wenn ihr nicht schießt, könnte es sein, dass wir euch liebevoll verschonen.«

»Zwillinge«, keuchte Silva.

»Stimmt genau«, sagte *Landon* strahlend. Etwas an seiner Art ließ mich ziemlich sicher glauben, dass er es war. »Und da ich den Anfang leider verpasst habe, wäre es freundlich, wenn ihr die ganze Geschichte eurer Trauervereinigung noch einmal wiederholt, um mich auf den neuesten Stand zu bringen. Bevor wir uns wieder Plan A unseres Feldzuges widmen.«

Silva und Susan waren nicht nur erstarrt, es schien, als hätten sie für einen Moment aufgehört zu leben. Wieder schien die Zeit stillzustehen. Zwei Brüder, die sich eins zu eins ähnelten. Ein Liebespaar in ihrer Mitte, das es nicht geben dürfte, und sechs erhobene Pistolen.

Als meine Mutter sich bewegte, wusste ich instinktiv, warum. Ich wusste, dass sie nicht schießen würde, ich wusste, dass sie nicht schießen *können würde.* Aber damit war ich allein. Sie sackte nach vorn, die Zwillinge dachten, sie würde tricksen. Ich spürte sozusagen, wie sich eine

Kugel löste, wie *Landon* schoss. Ich riss an dem Arm meiner Mutter, zog sie zurück, zog sie aus dem Schussfeld, um sie zu verschonen, weil mein Kopf mir sagte, dass es hier um mehr ging als um Lügen und Verbrechen. Etwas an ihrer aller Reaktionen sagte mir mit einem Mal, dass es falsch wäre, wenn sie starb.

Ohnmächtig ließ sie sich von mir zur Seite ziehen, die Kugel verfehlte ihren Kopf. Eben noch glücklich darüber, ihr Leben vorerst gerettet zu haben, zuckte ich jetzt zusammen, als ich die Schusslinie mit den Augen nachverfolgte.

»Nein!«, schrie der Zwilling, der geschossen hatte. »Jade!«

Aber es war längst zu spät. Aus Minuten wurden wieder Sekunden, die Zeit lief normal, und *Caleb* hatte eine seiner Waffen sinken lassen. Er wurde getroffen, von seinem eigenen Bruder.

Baresi, der längst seine Pistole abgelegt hatte, hob die Arme, um der Wut des noch gesunden Zwillings zu entgehen – die einzige Option, um nicht sofort erschossen zu werden.

»Was hast du getan?«, fragte *Landon* mich und lief auf uns zu. »Wieso hast du deine Mutter weggezogen?«

»Sie ist nur in Ohnmacht gefallen!«, rief ich zu meiner Verteidigung. »Sie wollte euch nicht angreifen!«

»Na und?!«

Caleb stand noch immer wie erstarrt vor uns. Ich sah ihn schon vor mir, wie er auf die Knie sank, mir ein letztes Mal sein Lächeln zuwarf, und wir überlegen mussten, wie zur Hölle wir ihn in ein Krankenhaus bringen konnten, ohne Probleme zu bekommen, als er sich an die Seite griff und seine Jacke öffnete. Er zog aus einer der Taschen ein Buch hervor, welches ein deutliches Einschussloch zeigte.

»Okay, vielleicht glaube ich von nun an doch an einen Gott«, murmelte er und betrachtete den Einband.

»Die Kugel wurde abgefangen?«, fragte der andere Zwilling besorgt. »Ist dir wirklich nichts passiert?«

»Nein, das Tagebuch unseres Feindes hat mich gerettet.« Der Zwilling lächelte schief. »Kannst du das nächste Mal gefälligst richtig vorbeischießen? Wir müssen Baresi fesseln. Jade? Nimm Susans Waffe an dich und hör auf, irgendetwas Dummes zu tun.«

Ich schluckte. War ihnen nicht klar, dass Susan Carpenter beinahe gestorben wäre? Und sie vielleicht gar nicht die Frau war, für die sie sie hielten?

Die Zwillinge zwangen Baresi dazu, sich auf einem Stuhl fesseln zu lassen, und gingen dabei ineinandergreifend vor, als würde jeder von ihnen vier statt zwei Arme besitzen. Nach kurzer Zeit konnte ich nicht mehr unterscheiden, wer von ihnen wer war, da *Caleb* seine Jacke ausgezogen und *Landon* sie von Anfang an nicht getragen hatte. Also sah ich ihnen zunehmend frustriert dabei zu, wie sie auch meine Mutter auf einen Stuhl verfrachteten. Sie positionierten die beiden Rücken an Rücken und sorgten mit Kabelbindern dafür, dass sie keine Möglichkeit hatten, zu entkommen. Ich fragte mich, wie lange es dauern würde, bis zwei weitere Menschen starben.

»Also gut …« Nun glaubte ich wieder zu wissen, wer von ihnen welcher war, denn nur Landon klang jemals so selbstgefällig – oder? »Da haben wir also unsere zwei korrupten Hasen.«

Die Brüder umkreisten ihre Opfer und blickten Susan und Silva nacheinander ins Gesicht.

»Ich mag es, dass sie uns so anstarren, als wären wir gerade vom Himmel gefallen«, sagte der andere Zwilling.

»Ja, es ist toll, oder? Ich wollte schon immer mal *das* hier tun.« Landon hielt dem Capo seine Waffe mitten an die Stirn. »Ist doch ein gutes Gefühl, oder nicht?«, fragte er ihn. »So sind hunderte deiner Opfer gestorben. Eigentlich wäre es nur fair, wenn du wüsstest, wie das ist.«

»Andererseits wäre das auch eine echte Verschwendung«, säuselte der zweite von ihnen und betrachtete Susan von oben herab mit verschränkten Armen. »Ich glaube, ich warte seit über zehn Jahren darauf, sie töten zu können. Was meinst du? Für jedes Jahr eine Stunde, die wir sie quälen?«

»Und uns für all die Toten rächen, die sie zu verantworten haben.«

»Und für alle Menschen, die unter der Hand des Capos litten.«

»Für wen arbeitet ihr?«, fragte Susan tonlos, die wieder zu sich gekommen war und stark mitgenommen aussah. »Wer ist euer Auftraggeber?«

Landon lachte. »Ein Auftraggeber? Wer sollte unser Auftraggeber schon sein? Nein ... der einzige Auftraggeber, den wir jemals hatten, ist unser Gewissen.«

»Und worum geht es hier?«, fragte der Capo. »Wenn es euch um Rache geht, dann erschießt uns einfach. Verschont das Mädchen von dem Anblick einer Folter.«

Die Zwillinge grinsten. »Unsere Eltern«, erklärte der eine.

»Zwei ganz normale Menschen, die niemals jemandem etwas antun wollten«, ergänzte der andere.

»Kamen nebenbei der größten Verschwörung dieser Stadt auf die Schliche.«

Kunstpause. »Euch.«

Der Capo blickte ausdruckslos zurück.

»Eurem dreckigen kleinen Spiel um Macht«, begann der Erste.

»Aber leider ...«, fuhr der Zweite fort.

»Haben sie nicht damit gerechnet ...«

»Dass das Wissen sie töten würde.«

»Und ahnungslos sind sie gestorben.«

»Alles wurde vertuscht.«

»Bis wir dahinterkamen.«

Die Zwillinge bewegten sich synchron um Susan und Baresi herum.

»Die Morde haben offiziell nie stattgefunden«, fuhr der eine fort. »Das FBI selbst hat alles vertuscht. Angeblich sind sie in einer Schießerei gestorben. Vor vierundzwanzig Jahren, kurz nach unserer Geburt. Ganz aus Versehen. Unbeteiligt sozusagen. Wir sind hier, um diesen *kleinen* Komplott aufzuklären.«

»Und um sie zu rächen.«

»Welche Schießerei?«, fragte Susan. »Vor zwanzig Jahren gab es in New York täglich welche.«

»Kein Grund, die Zahlen zu schönen und Opfer zu verheimlichen«, entgegnete einer der Zwillinge kühl. »Und das alles, um den Mord an unseren Eltern zu verschleiern.«

»Das haben wir niemals getan«, sagte Susan. »Noch nie in meinem Leben habe ich irgendwelche Zahlen geschönt und auch niemanden getötet, der etwas zu wissen glaubte. Ich war immer vorsichtig. *Immer!*«

»Susan«, sagte Silva raunend, der aufmerksam zugehört hatte, »das scheint eine Verwechslung zu sein. Denk nach, welchen Überfall sie meinen könnten.«

Sie legte den Kopf in den Nacken, sodass ihr Haar das von Baresi berührte, und schloss erschöpft die Augen. »Das ist lächerlich«, sagte sie.

»Ein Missverständnis, Caleb«, sagte Silva und versuchte, Caleb unter den zwei Brüdern zu identifizieren, »das ist ein Missverständnis. Wie hießen eure Eltern?«

Ich bemerkte ein weiteres Mal, wie *Calebs* Maske bröckelte. So wie vorhin, als er Susan nicht erschießen konnte. »Es geht uns nicht allein um sie«, sagte er tonlos. »Die

Suche nach unseren Eltern brachte uns nur darauf, dass das FBI und die Mafia gemeinsame Sache machen.«

»Mulvaney?«, fragte Silva. »Hießen eure Eltern Mulvaney?«

Die Zwillinge hielten in ihrer Bewegung inne.

»Die Mulvaneys haben nie existiert«, sagte der Capo.

Meine Mutter brachte ihren Kopf zurück in eine aufrechte Position. »Was für ein Name ist Mulvaney?«, fragte sie Silva. »Was sagt er dir?«

»Ich habe ihn erfunden«, antwortete er. »Ich habe diese ganzen Opfernamen erfunden.«

»Wie bitte?!«, murmelte ich. »Ich weiß, dass ihr kurz davor seid, erschossen zu werden, könntet ihr daher bitte so tun, als wäret ihr nicht völlig wahnsinnig?« *Bevor die Zwillinge euch blind erschießen?*

Silva blieb ernst und warf mir einen Seitenblick zu. »Keiner dieser Menschen ist wirklich gestorben. Warum auch immer ihr denkt, wir hätten sie getötet und den Mord vertuscht, es gab sie nicht. Wir haben sie auch nicht getötet. Die Schießerei war inszeniert. Ich habe Dokumente und Akten gefälscht, wieder gelöscht, wieder gefälscht, um alles zu verbergen. Wenn es euch nur darum gegangen ist, kann ich euch beweisen, dass wir den Tod eurer Eltern niemals vertuscht haben – denn in dieser Straßenschlacht vor vierundzwanzig Jahren ist niemand gestorben und auch sonst erinnere ich mich an niemanden, den ich getötet haben soll, weil er etwas über Susan und mich herausfand. Ihr seid instrumentalisiert worden. Irgendjemand *wollte* euch glauben lassen, ihr müsstest euch an uns rächen.«

»Wieso sollte ich jahrelang deine hässliche Drecksarbeit ausführen, nur um meine Eltern zu rächen?«, fragte Caleb kontrolliert, aber spöttisch. »Ich habe selbst miterlebt, wie ihr euch gegenseitig Informationen zugeschoben habt. Wir sind die Zeugen, die das belegen, und glaubt mir, unsere Aussage ist längst an einem sicheren Ort aufgezeichnet und wird auch im Falle unseres Todes veröffentlicht. Das FBI hat die letzten Jahre Feinde des Syndikats kategorisch ausgelöscht. Wer unbequem wurde, wurde nicht mehr getötet, nein, er kam ins Gefängnis. So konnten der Staat *und* das Verbrechen profitieren. Im Hintergrund sind die Geschäfte unbemerkt weitergelaufen. Die kleinen Erfolge sorgten dafür, dass niemand nach dem großen Hahn krähte.«

»Ihr habt euch ins FBI *und* ins Syndikat eingeschleust, um diese Verbindung aufzudecken?«, fragte meine Mutter verblüfft. »Du hättest mir diese Akten zeigen müssen, Silva, dann hätte ich gewusst, wer Mulvaney ist. Und wie heißt ihr wirklich? Caleb und …?«

»Caleb Carmack«, sagte Silva.

Landon lachte. »Nein. Caleb Carmack und Landon Mulvaney sind komplett durchdachte Kunstfiguren. Und ja, ihr hättet euch wirklich besser absprechen müssen, dann wäre euch *vielleicht* aufgefallen, dass sich Zwillinge in eure Reihen eingeschleust haben, aber ihr hättet dieses Ende dennoch nicht abwenden können. Und nein, niemandem wäre jemals die Verbindung zu meinem ermordeten Vater Joseph Mulvaney aufgefallen, weil es diesen Namen hier oben häufig genug gibt. Manchmal lässt sich das größte Geheimnis am besten durch etwas Offensichtliches tarnen.«

»So kommen wir nicht weiter«, sagte Silva. »Mir scheint es, als würden wir alle dasselbe wollen, aber wenn ihr uns nicht zuhört, werdet ihr nicht erfahren, worum es hierbei eigentlich geht.«

»Okay, wir sind ganz Ohr«, sagte Landon freundlich. »Aber vielleicht breche ich dir vorher noch irgendetwas dafür, dass du meinen Bruder deine Scheiße hast erledigen lassen.« Er griff an seinen Arm und ich schrie.

»Nein! Lass es!«

Die Zwillinge sahen auf.

»Hört auf. Lasst sie einfach hier sitzen, ich will euch nicht dabei zusehen. Ich will nicht dabei sein, wenn ihr genauso schlimm werdet wie die Leute, die ihr eigentlich hasst.«

»Genauso schlimm?«, fragte Landon.

»Ich will nicht wissen, wie viele Menschen Caleb töten musste, damit euer Plan nicht auffliegt. Und jetzt wollt ihr sie foltern, obwohl ihr ...«, *nichts begreift.* »Das Letzte, was ich sehen will, ist, wie ihr im Blut eines anderen Menschen badet.«

Die Brüder warfen sich einen Blick zu, den ich nicht deuten konnte. Für ein paar Sekunden herrschte Schweigen, dann steckten sie synchron ihre Waffen zurück.

»Gut, dann lassen wir es einfach.« Der eine nickte dem anderen zu und sie kamen zu mir, die Hände ausgestreckt, um mir aufzuhelfen. Verwirrt ergriff ich sie und ließ mich hochziehen.

»Die Sanitäter dürften eh jeden Moment hier sein«, sagte einer der Brüder. »Wir kümmern uns um Harthford und schauen dann weiter.«

Ich hielt die Waffe weiterhin in der Hand, als ich den Männern folgte. *Warum brachen sie einfach alles ab?* Ich verstand gar nichts mehr.

Kaum im Flur angelangt, verfielen sie beide *endlich wieder* in die Haltung, die sie jeweils auszeichnete, und ich atmete erleichtert auf.

»Tut das nie wieder«, verlangte ich erschöpft.

»Dich in Gefahr bringen?«, fragte Landon süffisant.

»So tun, als wäret ihr der jeweils andere. Ich habe bis

zuletzt nichts durchschaut! Wer von euch war nun so dämlich, im FBI zurückzubleiben?«

Sie warfen sich einen weiteren Blick zu.

»Du hast es nicht erraten?«, fragte Caleb.

»Nein!«

»Dann werden wir es dir nicht sagen«, antwortete Landon entschuldigend.

»Was?! Warum nicht? Ich muss noch entscheiden, wen von euch ich seltener mit meinem Arsch angucke!«

»Honey«, sagte Caleb und trat näher. »Das geht auf unsere gemeinsame Kappe. Niemand von uns wird den anderen bloßstellen, indem er verrät, wessen beknackte Idee das gewesen ist. Bekomme ich einen Kuss?«

»Was?«, fragte ich verblüfft. »Nein!«

Er lächelte nur und zog mich an sich. *Wie soll ich mich auch wehren?* Glücklich hieß ich seine Zunge zwischen meinen Lippen willkommen. Ich hatte so viel Angst um sie gehabt, dass es mir irreal vorkam, diesen Kuss genießen zu dürfen. Er ließ mich los, bevor ich genug bekommen hatte, und reichte mich an Landon weiter.

Ich seufzte auf, als ich ihn schmeckte, seine ungestüme Art zu küssen genoss. Womit hatte ich diese zwei Idioten bloß verdient?

Als Landon mich losließ, waren die Sanitäter bereits im Flur. Caleb schickte sie ins Büro meiner Mutter. Er klärte sie auf, während Landon mir meine Waffe geschickt abnahm und sie an seinem Körper verbarg.

»Du bist also zurückgeblieben«, sagte ich flüsternd. »Nur einer von euch wusste, wo Harthford liegt.«

»Blödsinn«, sagte er grinsend, »du hast es doch am Telefon gesagt, wo und wie du auf ihn geschossen hast.«

»Aber ich habe mit Caleb gesprochen.«

Er grinste breiter. »Und Caleb hat es Landon gesagt.«

»Ich hasse euch. Einer von euch konnte meine Mutter nicht erschießen, warum?«

Landon sah mich warnend an, da gerade einer der Sanitäter durch den Flur lief.

»Sie sehen, dass ihr Zwillinge seid«, flüsterte ich. »Ich dachte, das wolltet ihr vermeiden.«

»Jetzt ist alles egal. Wir werden unsere Sachen packen und fliehen.«

»Wohin?«, fragte ich nervös.

»Wohin du willst.«

»Ich?«

Er verengte die Augen. »Du wirst mitkommen, oder nicht?«

»Wir fliehen?«, wiederholte ich flüsternd und begann, wie irre zu strahlen. »Echt?«

Landon lachte. »Normalerweise freut man sich nicht, wenn man gezwungen wird, einen Ort zu verlassen, um nicht gekillt zu werden.«

Er hatte recht. »Wie wollt ihr untertauchen?«, fragte ich versuchsweise trocken. »Habt ihr Geld?«

»Geld?« Caleb schloss auf, nachdem sich die Fahrstuhltüren hinter den Sanitätern geschlossen hatten. »Seit wann sorgt sich eine Carpenter ums Geld?«

»Ich bin halt verwöhnt worden«, gab ich ein wenig kleinlaut zu.

»Keine Sorge. Ich hatte letztens auf der Party genügend Zeit, etwas einzustecken, was für den Anfang reichen wird.«

»Du hast hier geklaut?!«, fragte ich fassungslos.

Er zuckte grinsend die Achseln. »Ein paar Diamanten waren vielleicht dabei ...«

»Was hast du den Sanitätern gesagt, dass sie uns in Ruhe gelassen haben?«, ging Landon dazwischen.

Caleb schmunzelte. »Ich kann sehr überzeugend sein, wenn es darum geht, keine Kompromisse zu dulden.«

»Klartext?«

»Ich bot ihnen die Wahl zwischen zweitausend Dollar und ein paar Schussverletzungen in ihren *eigenen* Körpern. Sie haben das Geld genommen, und bis sie sich trauen, zur Polizei zu gehen, sind wir längst verschwunden.«

»Und was wollt ihr jetzt tun?« Ich hatte das Gefühl, nicht folgen zu können. »Warum habt ihr euer ... Verhör einfach unterbrochen?«

»Weil du Recht hast«, sagte Caleb.

»Wir wollen nicht so werden wie sie«, sagte Landon.

»Wir lassen die beiden im Wohnzimmer. Die Tonaufnahme wird als Indiz ausreichen, wenn man sie findet.«

»Außerdem ist es generell fraglich, wieso sie zusammen in einem Salon gefesselt wurden, wenn sie doch eigentlich verfeindet sind. Ich glaube, wir haben genug Spuren hinterlassen.«

»Ihr brecht einfach alles ab?«, fragte ich schockiert. »Ihr wolltet die Korruption beenden! Ihr wolltet eure Rache! Und Gerechtigkeit! Was ist daraus geworden?«

»Stimmt. Das wollten wir, bis du uns daran erinnert hast, dass es Wichtigeres gibt«, sagte Caleb leichthin. »Wir haben etwas gefunden, wofür es sich noch mehr zu kämpfen lohnt.«

In meinem Magen begann es heftig zu kribbeln. »Wirklich?«, fragte ich mit piepsiger Stimme, woraufhin ich mich schnell räusperte.

Die Männer lachten und wandten sich zur Treppe nach oben.

»Ihr wollt also einfach gehen?«

»Ja. Wir helfen dir beim Packen.«

»Und euch ist die Lösung des Rätsels völlig egal? Diese

ganzen Andeutungen, die Baresi gemacht hat, von wegen der Name eurer Eltern wäre nur erfunden?«

Sie sahen sich an und nickten gleichzeitig. »Ja.«

»Glaubt ihr, dass er das alles erfunden hat?«

»Genau.«

»Und euer Desinteresse ... ist nur meinetwegen?«

Sie erreichten die Treppe und grinsten nur. So sehr es mir schmeichelte, so merkwürdig war es, dass sie Silva und Susan nicht ein Wort glaubten.

»Darf ich noch ein letztes Mal mit meiner Mutter sprechen?«, fragte ich daher. »Ich will ihr ein letztes Mal in die Augen sehen ... allein.«

»Wenn du dich nicht von ihr austricksen lässt«, sagte Landon unbeeindruckt.

Ich schüttelte den Kopf.

»Und dem Capo nicht vertraust«, warnte mich Caleb, »was auch immer er für einen Bullshit redet.«

»Werde ich nicht.«

Sie zögerten. »Sollen wir wirklich nicht mitkommen?«

»Nein, vielleicht ist es ganz gut, wenn ich mich alleine von ihr ›verabschiede‹ ...«

Sie nickten.

»Okay, wir warten hier«, schlug Landon vor.

Ich öffnete die Tür zurück in den Salon und unterbrach so das Gespräch, das Susan und Silva leise geführt hatten. Ganz in der Nähe, weder für Silva noch für meine Mutter sichtbar, lag ein iPhone der Zwillinge und zeichnete alles auf.

Obwohl ich zu meiner Mutter hatte gehen wollen, entschied ich mich kurzerhand um und setzte mich auf die Lehne des Sofas, sodass ich mich Silva frontal gegenüber befand.

Er musterte mich aus müden, kleinen Augen.

»Was möchtest du, Mädchen«, fragte er erschöpft.

»Wenn es dir darum geht, uns doch noch zu töten, lass dir sagen, dass es nicht spurlos an dir vorbeigehen wird. Man bekommt Albträume, die einen für immer verfolgen.«

»Das sind keine Albträume, das nennt man Karma«, erklärte ich ihm.

Meine Mutter saß mit dem Rücken zu mir und blieb stumm.

»Mir ist etwas aufgefallen«, begann ich selbstbewusst.

»Und was?«, fragte der Capo matt.

»In den Tagebüchern steht wenig über mich, aber der Safe wurde dennoch mit ›meinem‹ Geburtsdatum gesichert. Und Landon hat denselben Entsperr-Code wie ich. Außerdem hat Caleb über mein Facebook-Profil sofort überprüft, ob ich wirklich an diesem einen Tag Geburtstag habe. Warum?«

Er brauchte mir keine Antwort zu geben.

»Weil die Zwillinge dasselbe Geburtsdatum haben wie ich.«

LANDON

Caleb betrachtete seine Fingernägel und dann mich. Es fiel ihm nicht leicht, cool zu tun, während wir hier warteten und Jade doch noch etwas zustoßen konnte.

»Das ist ein Fehler«, murmelte er. »Ihr könnte etwas passieren.«

»Zweifelst du an meiner Fesseltechnik?«, fragte ich und saß entspannt auf der dritten Treppenstufe. »Sie hat erfahren, dass sie nicht Susans Tochter ist. Gönnen wir ihr doch den Moment, herauszufinden, wieso.«

»Und wenn sie Susan tötet? Das ist nämlich der einzige Grund, der mir einfällt, warum sie uns nicht dabei haben will.«

»Dann tötet sie sie eben. Ich war mit Jade ein paar Wochen zusammen. Ihre Mutter hatte ständig ein Lächeln für mich übrig, während sie Jade nicht mit dem Arsch angesehen hat. Dann noch die Lüge, die Verschwörung ... soll unsere Kleine doch selbst entscheiden, welche Rache ihr am besten gefällt, ohne von dir Moralapostel daran gehindert zu werden.«

Das Gesicht meines Bruders verkrampfte sich augenblicklich vor Wut. »Ich bin kein verschissener Moralapostel, ich mache mir verfickte Sorgen.«

»Eben im FBI hast du sie noch verlassen wollen. Was meinst du, wie es gewesen wäre, in Untersuchungshaft zu sitzen und nicht zu wissen, wie es ihr geht?«

Er mahlte mit dem Kiefer. »Weswegen ich mich dagegen entschieden habe.«

Ich hob eine Braue. »Allein, dass du auf diese beknackte Idee gekommen bist –«

»Halt die Fresse«, knurrte er. »Ich konnte sie halt nicht mit dir Idioten alleine lassen. Sieh dir den Scheiß an, den du verzapfst. Wir müssten längst in einem Taxi raus aus der Stadt sitzen, aber du lässt sie noch Stunden mit ihrer Adoptivmutter quatschen und bist nicht mal dabei. Weißt du was? Ich scheiß drauf. Dafür war sie schon zu häufig in Lebensgefahr.«

Caleb stieß sich von der Wand ab und ich wusste, dass ich keine Chance hatte, ihn davon abzuhalten, Jades Bodyguard zu spielen. Auch wenn ich ahnte, dass Jade sich tierisch über Calebs Misstrauen aufregen würde, entstand etwas Warmes in meiner Brust.

Ich hatte meinen Bruder nie zuvor so in Sorge erlebt, schon gar nicht bei einer Frau. Waren ihm ernsthafte Beziehungen zu Frauen nicht seit seiner Pubertät vollkommen egal gewesen? Ich hatte sie aufgerissen und er hatte diesen Umstand ausgenutzt, indem er sich für mich ausgegeben hatte, wenn es uns beliebte, aber war es ihm jemals um mehr als um Sex gegangen? Hatte er die letzten Jahre überhaupt welchen gehabt? Mit wem?

Nein, ich konnte mir glatt vorstellen, wie er als Caleb spartanisch gelebt und nur so zur Show vor seinen neuen ›Freunden‹ ab und an einen Blowjob von einer Nutte zugelassen hatte. Er war ein kleiner Held, was Zurückhaltung anging, und diese endete abrupt, als er seine Gefühle Jade gegenüber zuließ.

Beinahe hätte ich geseufzt. Der kleine Gilly wurde erwachsen.

Ich verbesserte mich. Vielleicht war er schon immer der bessere Jack von uns beiden gewesen.

Noch bevor Caleb die Flügeltüren zum Salon erreichen konnte, gingen sie auf.

Ich begann zu grinsen, weil er gerade rechtzeitig vor der Peinlichkeit bewahrt wurde, ihr keinen Freiraum lassen zu können, als dieses Grinsen gefror und ich augenblicklich an meine Waffe griff.

Fuck. Das konnte doch nicht ihr Ernst sein!

Auch Caleb hatte sich an den Rücken gegriffen und umschloss mit seinen Fingern den Griff seiner Glock. Aber es war bereits zu spät, um zu schießen. Wir konnten ja schlecht Jade umnieten, die herausgetreten war und vor ihrer Mutter und dem Capo stand.

Ich richtete mich auf und ging langsam auf sie zu, während Caleb zurückwich – auch für den Sicherheitsabstand, falls Baresi oder Susan so wahnsinnig sein würde, Caleb zu entwaffnen.

Jeder der drei, die im Bogen der Flügeltür aufgetaucht waren, sah verheult aus. Selbst dieser Gangsterboss hatte ein aufgequollenes Gesicht. Jade – deren porzellanfarbene Haut silbrig schimmerte – stand mit bebenden Lippen vor uns. Ihre Mutter schluchzte. Die zuvor Gefangenen standen putzmunter vor uns.

Als Susan nach vorne stürzte, richtete ich meine Waffe auf sie.

»Nicht schießen!«, schrie Jade und es war meinem unendlichen Vertrauen in sie geschuldet, dass ich nur in Richtung des Bodens schoss.

»Bleib weg von ihm!«, brüllte ich.

Sie hatte sich Caleb genähert, der sich nicht mehr rührte, und erstarrte mitten in der Bewegung.

»Was für ein perfides Spiel läuft hier?«, rief ich kühl und unterdrückte den Wahnsinn in meiner Brust, der auch Jade gerne ein paar Köpfe kürzer sehen würde.

»Checkst du es nicht?!«, fauchte sie. »Sie wollte Caleb nur umarmen, du idiotisches Trampeltier!«

»Was willst du jetzt von mir?!«, rief ich wütend zurück. »Seid ihr alle bekloppt geworden?«

»Sie will ihren verdammten Sohn umarmen, Lan!«

Der laute Aufschlag eines schweren Gegenstandes. Caleb hatte tatsächlich seine Waffe fallen gelassen und Susan nahm dies als Einladung, ihn mit einer Umarmung zu erwürgen. Dieses Mal war sie zu schnell gewesen und jetzt brachte es nichts mehr, auf sie zu zielen. Dafür behielt ich den Capo im Blick.

Susan brach in laute Schluchzer aus und Caleb ließ es steif geschehen, bis plötzlich auch er seine Arme um sie legte.

Sie klammerten sich aneinander und ich stand wie blöd hier rum, mit einer Glock in der Hand, und fürchtete, seit vierundzwanzig Jahren in einer Soap gelebt zu haben, von der ich als Truman nichts wusste.

Warum?!

Es konnte nur eine Erklärung geben: Jade hatte uns verraten – von Anfang an –, unsere hormongesteuerte Abhängigkeit ausgenutzt und auch Caleb so weit gebracht, dass er ihr bedingungslos alles abnahm. Im nächsten Moment würde Susan ein Messer ziehen und meinen Bruder erstechen. Aber von hier aus konnte ich nichts tun, sie standen einfach zu dicht beieinander.

Jade kam auf mich zu, doch ich wich zurück.

»Ich warne dich«, knurrte ich und ließ die Waffe erhoben. »Vielleicht ist mein Überlebenswille doch größer, selbst wenn mein Bruder dabei stirbt.«

»Begreifst du denn nicht?«, fragte sie unter Tränen lächelnd. »Hast du Silva jemals in die Augen gesehen? Welche Augen siehst du da?«

»Du willst mich doch gerade vollkommen verarschen«, zischte ich.

»Ich liebe dich, Landon«, wisperte sie. »Und ich verarsche dich nicht.«

Ein Kloß entstand in meinem Hals. Sie machte mich schwächlich und weich, wenn sie diese Worte zu mir sagte, und ich ließ meine Waffe sinken.

»Es sind deine Eltern, Landon. Eure Eltern.«

Ich sah zu Caleb hinüber, von dem Susan sich allmählich löste. Der Capo sprach ihn leise an. Da sie einige Schritte entfernt standen, konnte ich sie nicht hören, aber mein blinder Bruder schien den Scheiß eindeutig zu schlucken.

Meine Augen glitten zurück zu Jade. »Süße. Ich habe dich in jedes deiner Löcher gefickt und das hätte ich sicher nicht getan, wenn du meine verdammte Schwester wärst. Also was soll dieser Endzeit-Witz?! Wieso sagen wir dir, du sollst dich nicht von ihnen belabern lassen und keine zehn Minuten später stolzierst du mit ihnen in den Flur?«

Sie verengte die Augen. »Du bist wirklich manchmal dümmer, als du sein müsstest, oder? Ich bin *adoptiert*. Kapiert?«

»Nein!«

»Ich bin nicht deine verschissene Schwester.«

»Aber offenbar wärst du das gerne, sonst würdest du nicht so einen Bullshit reden!«

»Susan hat euch weggegeben, damit niemand jemals von euch und ihrer Verbindung zu Silva erfährt, und mich dafür adoptiert, damit es nicht auffällt! Sie hat uns noch in derselben Nacht getauscht! Die Nacht unserer Geburt!«

»Du willst mich doch verarschen!«, schrie ich jetzt.

Caleb drehte sich in meine Richtung. Seine Miene war todernst.

»Ihr wollt mich beide verarschen, weil ihr euch wie auch immer abgesprochen habt! Scheiße, was geht in euren kranken Köpfen vor?«

»Landon«, sagte Susan sanft und schenkte mir ihr mütterliches Lächeln.

»Nein. Echt nicht.« Ich wich zurück. Die Realität schien vor mir zu zerbröckeln. Unbewusst ging ich Richtung Fahrstuhl. Aber das war längst kein Fluchtweg, der mich schnell genug verschlucken konnte. Also ging ich weiter, bis ich mit dem Rücken gegen die Tür zum Treppenhaus stieß. Vierzehn Stockwerke nach unten?

Egal.

Ich musste diesem Scheiß entkommen.

Sofort.

CALEB

Ich steckte mir eine Zigarette an, als ich Landons Rücken ein paar Schritte vor mir bemerkte. Er saß auf einem Lüftungsschacht, die Arme vor der Brust verschränkt, die Beine ausgestreckt, und starrte stur geradeaus Richtung Stadt.

Meine Schuhe – ich trug noch immer seine, passend zur Bürokleidung – verrieten mich, als ich nähertrat, aber er ließ es sich nicht anmerken.

Erst als ich mich neben ihn setzte, drehte er seinen Kopf.

Ich reichte ihm meine Zigarette und er griff danach. Er nahm einen tiefen Zug, als ich mir eine zweite ansteckte.

»Du hast gewonnen, Bruder«, sagte er tonlos. »Du bist der bessere Jack.«

»Ich hatte nie ein Problem damit, Gil zu sein.«

»Eben. Das ist Jacks wahre Größe. Gil zu werden, weil es seinem Ego nichts ausmacht.«

Ich lachte auf.

»Als diese verschissenen Masons dich mitgenommen haben –«

»Malones«, verbesserte ich ihn.

»Ist ja auch egal«, sagte er unwirsch. »Als sie kamen und

dich aus dem Waisenhaus mitgenommen haben und Mrs. Hibdin sich einen Ast gefreut hat, uns endlich trennen zu können, habe ich mir geschworen, dass mir das nie wieder passiert. Dass wir niemals wieder getrennt sein werden. Diese dumme Fotze Mrs. Hibdin hat uns nur deswegen trennen wollen, damit sie uns endlich unterscheiden kann. Wieso haben wir uns nicht an *ihr* gerächt?!«

»Ich kam zurück.«

»Ja, aber nur weil wir Glück hatten.«

»Nein.« Ich lächelte bei dem Gedanken daran, dass ich ihm nie die Wahrheit erzählt hatte. »Die Malones haben den lieben Gil mitgenommen, aber ich wurde der ausreißerische Jack. Als sie mich zwei Wochen später wieder abgeliefert haben, wusste Mrs. Hibdin, was passieren würde: Egal, wen die Malones mitnehmen würden, es wäre immer Jack, niemals Gil. Weil wir uns immer verstellen würden, um zusammenbleiben zu können. Deswegen ließ sie uns zusammen. Es war ihr nicht möglich, den Guten von uns zu einer Familie zu geben, um den Schlechten besser zu erziehen. Die Reputation des Hauses hätte gelitten, also nahm sie uns beide in Kauf.«

»Das hast du mir nie so genau erzählt.«

»Ich wollte, dass du denkst, niemand würde dich oder mich wollen. Als Siebenjähriger hatte ich Angst, du würdest dich für eine Familie und gegen mich entscheiden.«

Landon schmunzelte und sah mir kurz, aber intensiv in die Augen. »Scheiße, Mann. Warum kanntest du mich schon da so gut? Vielleicht hätte ich es damals als Siebenjähriger sogar getan«, gab er zu. »Ich habe mir immer schon nichts sehnlicher gewünscht als eine beknackte Familie.«

Ich lehnte mich auf dem Schacht zurück und stützte mich dabei auf die Ellbogen. »Jetzt hast du eine.«

Landon lachte trocken auf und warf die kaum gerauchte Kippe von sich. »Fuck you. Diese Geschichte ist

Irrsinn. Sie ist so krank wie unmöglich. Der Zufall ist einfach zu ... dämlich, um überhaupt darüber nachzudenken.«

»Nicht dämlich. Wir wussten von Anfang an, dass die Lüge über unsere Eltern nicht der Wahrheit entsprach, und fanden ziemlich schnell heraus, was sie uns im Waisenhaus verschwiegen hatten. Dass unsere Eltern nicht bei einem Unfall gestorben sind, sondern getötet wurden. In einer Schießerei, zu der es kaum Aufzeichnungen gibt. Eigentlich gar keine. Niemandem wäre jemals aufgefallen, dass es diese verfickte Schießerei überhaupt nicht gegeben hat, weil wir diejenigen sind, für die sie überhaupt erfunden wurde. Die Polizeiakte wurde nur deswegen manipuliert, um uns zu schützen. Um dem Waisenhaus eine Begründung zu geben, uns niemals die Wahrheit zu erzählen. Um unsere Herkunft zu verschleiern. Unsere angeblichen Eltern starben in dieser Schießerei nur auf dem Papier und nur für uns! Damit niemand erfährt, wer wir sind und woher wir kommen. Und diese Schießerei, die es niemals gab, ist so gut wie der einzige Hinweis darauf, dass sich Silva und Susan seit über vierundzwanzig Jahren kennen und zusammenarbeiten. Also ... war es auch nur uns möglich, überhaupt darauf zu kommen. Verstehst du? Wir waren prädestiniert dafür, die Verbindung zwischen ihnen aufzudecken.«

»Ich verstehe gar nichts«, sagte er kühl. »Wir sind also ein Jahrzehnt lang einem Phänomen hinterhergejagt? Das zufällig auch noch unser Erzeuger-Paar ist?«

»Du solltest mit ihnen reden. Hör dir an, was sie zu sagen haben.«

Er lachte kalt. »Wenn ich irgendjemanden als Vater hätte haben wollen auf dieser ganzen großen, verschissenen Welt, dann sicher keinen mordenden Bastard, dem Menschenleben so gleichgültig sind wie Grashalme in der Prärie Chinas.«

»Das ist ja das Ding. Er ist kein Mörder.«

»Nein, natürlich nicht.«

»Und unsere *Mutter*? Sie hat Jade jahrelang ignoriert. Du verzeihst ihr das einfach so?«

»Sie musste uns weggeben. Mann, ich bin keine Frau und kann Muttergefühle nicht nachempfinden, aber ich könnte auch niemals wieder eine Frau so lieben wie Jade, wenn ich sie aus irgendeinem dämlichen Grund tauschen müsste, verstehst du? Susan kam mit dem Verlust nicht klar.«

»Boah ey ... Was hat sie dir gegeben?«

»Du bist unfair. Sie hat Jade ja nicht wie Dreck behandelt. Jade bekam ein Zuhause, sie bekam eine Erziehung, sie hatte Nannys, sie ging auf die besten Schulen, sie konnte sich kaufen, was sie wollte, sie wurde beschützt und sie wurde nicht verzogen. Sonst hätte sie nie dealen müssen, wenn Susan ihr von Anfang an den kompletten Zugriff auf ihr Vermögen gewährt hätte. Susan war keine liebende Mutter, aber sie hat es immerhin geschafft, Jade zu der Frau zu machen, die sie jetzt ist. Und das ...«

»Hör auf. Hör auf!«

»... ist ihr doch gelungen, oder?«, fragte ich grinsend. »Komm mit runter«, schlug ich besänftigend vor, »und überzeuge dich selbst.«

Er kräuselte angewidert die Lippen. »Gehirnwäsche à la FBI in Kombination mit der Mafia?«

»Jade wird auch da sein.«

»Junge, das ist krank! Krank, krank, krank!«

»Ich weiß. Aber ohne sie wären wir vielleicht nie darauf gekommen.«

»Und? Hätte mich wirklich nicht gestört.«

»Landon, denk nach«, beschwor ich ihn. »Selbst wenn Silva und Susan uns egal sind, können wir davon nur profitieren. Wir hatten bis vor einer Stunde die Option, für immer unterzutauchen oder uns dem FBI zu stellen. Jetzt haben wir plötzlich Eltern, die beides zu verhindern wissen. Wir können frei sein. Und werden Multimillionen erben. Die beiden fressen uns aus der Hand, du wirst sehen. Sie werden uns den Weg golden bescheißen, für welchen auch immer wir uns entscheiden. Sie kennen uns keinen Tag, aber sie lieben uns, wie nur Eltern es können. Sieh es dir an. Das Schicksal hat uns gerade einen Jackpot serviert.«

»Aha. Jetzt ist der Jackpot plötzlich wieder was anderes.«

»Jade würde ich niemals als Jackpot bezeichnen.«

»Tja, ich schon. Ist dir nicht klar, dass sie, wenn irgendetwas von der großen Scheiße stimmt, die du von dir gibst, unsere verdammte Schwester ist? Unsere *Schwester*?!«

Ich verdrehte die Augen. »Kein Problem, wenn du sie nicht mehr vögeln willst. Ich schaffe das im Gegensatz zu dir auch allein.«

Er ballte eine Faust und ich schlug ihm freundschaftlich auf die Schulter.

»Komm schon, Mann. Was auf irgendwelchen Papieren steht, wer mit wem verwandt sein soll und wie unsere Namen eigentlich lauten, hat uns noch nie interessiert. Außerdem, selbst wenn sie unsere *leibliche* Schwester wäre, hätte ich kein Problem.«

Landon presste die Zähne zusammen. »Das ist abartig.«

»Und? Würdest du es auch als Inzest bezeichnen, wenn wir ihr beide gleichzeitig den Schwanz vorne reinschieben?«

Er verspannte noch mehr. »Das ist was anderes.«

»Viele würden sagen, dass das zu weit geht.«

»Mir doch egal. Es geht dabei um Jade, die es geil finden könnte.«

»Siehst du? Klammer dich nicht so an Konventionen fest. Du warst es selbst, der das mit der Heirat vorschlug.«

»Ja, einer von uns, verdammt! Einer sollte sie heiraten und wir sollten vorher klären, wer!«

»Du wolltest die Zeremonie brüderlich teilen, vermutlich, indem du ganz plötzlich zur Toilette musst, wo ich auf dich warte.«

»Was jetzt eh nicht mehr geht, weil sie unsere verfickte *Schwester* ist und eine Heirat mit ihr in diesem Land verboten!«

Ich lachte noch lauter. »Komm schon, Lan. Da unten wartet das Paradies auf dich. Und unsere Eltern.«

Er atmete tief durch und stand schließlich auf. »Nur, weil du es bist«, murrte er und richtete seine Kleidung. An der Tür zum Treppenhaus hielt er mich am Oberarm zurück.

Seine Stirn lag in Falten. »Es wäre kein Inzest, wenn wir sie gemeinsam in ihre Pussy ficken, oder?«

»Frag nicht mich, sondern die katholische Kirche«, sagte ich augenverdrehend. »Als Nachkommen von Adam und Eva sind wir sowieso alle verwandt.«

»Du bleibst dabei so cool, während ich nicht anders kann, als mich aufs Dach zu verpissen.«

»Ich habe den Muttervorteil«, gab ich unumwunden zu. »Ich habe heute Abend meiner Mutter zum ersten Mal bewusst in die Augen gesehen und sie sieht dir verdammt ähnlich. Das ist was anderes, als seinem Vater das erste Mal ins Gesicht zu blicken.«

»Deswegen wurde Susan ohnmächtig, oder? Als wir beide vor ihr standen, hat sie es begriffen, wer wir sind.«

»Ja.«

»Wusste Silva die ganze Zeit über, dass du sein Sohn bist?«

»Nein. Woher?«

»Weil sie uns so gut behandelt haben. Ich hatte von Anfang an das Gefühl, Susan würde mich mehr lieben als Jade.«

»Vielleicht im Unterbewusstsein, ja.«

»Scheiße, ist das alles kitschig.«

Ich lächelte schmal. »Kitschig ist nur, was wir mit Jade tun werden, wenn wir das Gespräch hinter uns gebracht haben.«

Mein Bruder horchte auf. »Was werden wir mit ihr tun?«

»Alles, was wir wollen.«

LANDON

Als wir aus dem Treppenhaus traten, lief uns Jade entgegen. Sie zögerte, bis sie mich erkannte, und gab mir dann eine pfeffernde Ohrfeige.

»Fuck!« Damit hatte ich definitiv nicht gerechnet. »Was soll das immer, Jade?!«

»Geh nie wieder nach so was aufs Dach!«, zischte sie. »Ich habe gerade geglaubt, du hättest dich runtergeworfen, klar?! Hört endlich auf, mich hierbei zu ignorieren und so viel Scheiße zu verzapfen!«

Caleb grinste.

»Und du hör auf zu grinsen!«, fauchte sie. »Sie sind in der Küche und nerven mich mit ihrem endlosen Gejammer, wie leid es ihnen tut. Vor allem meine ›Mutter‹. Sie hat sich vierundzwanzig Jahre das ›tut mir leid‹ verkniffen und jetzt sprudelt es unaufhörlich aus ihr hervor. Schrecklich.«

Caleb lachte gut gelaunt und zog sie an sich. Er drückte ihr einen Kuss auf die Schläfe und sie entspannte in seinem Griff, lächelte ebenfalls.

Ich fragte mich, warum ich nicht einfach mit dem Fahrstuhl nach unten fahren und für immer mit ihnen abhauen konnte. Wieso sollte ich mir dieses Gespräch mit meinen angeblichen ›Eltern‹ geben? Ich hätte beide beinahe abgeknallt und jetzt waren wir plötzlich eine große, glückliche Familie?

Jade bemerkte meinen Unwillen und ließ eine Hand in meine gleiten. »Ich komme mit, okay?«, schlug sie sanft vor.

Meine Wange ziepte noch immer von ihrem Schlag. »Meinetwegen.«

Sie lächelte verständnisvoll und zog mich Richtung Küche. Caleb folgte.

Silva und Susan standen eng beieinander und diskutieren leise. Sie verstummten, als wir erschienen.

Susan lächelte unter Tränen. »Landon«, sagte sie erstickt.

»Bitte keine emotionalen Ausbrüche. Ich will einfach nur hören, was der Scheiß soll.«

Sie schluchzte.

Silva hatte einen Arm um sie gelegt und übernahm das Wort. »Dann will ich dich nicht länger hinhalten. Du willst sicher alles von Anfang an wissen, oder?«

»Ja, natürlich.«

Baresi seufzte schwer. »Ich verliebte mich in eure Mutter, als sie siebzehn war. Damals war New York noch ein raues Pflaster und sie trieb sich in Gegenden rum, in die blonde junge Mädchen wie sie nicht gehörten. Als sie achtzehn wurde und ihren Geburtstag in einem großen Club feierte, konnte ich nicht widerstehen. Ich umwarb sie.«

»Umwerben?«, fragte ich abfällig. »Ist das ein 70er-Jahre-Wort für ficken?«

Er lachte amüsiert. »Die Baresi-Familie besitzt Anstand. Wir *umwerben* Frauen, die unser Interesse wecken, selbstverständlich.«

Ich verkniff mir einen Kommentar, wie anständig ein Mafia-Boss wohl sein mochte, und hörte weiter zu.

»Ich habe nicht damit gerechnet, dass aus unserem ersten Abend mehr werden würde. Und zwar so viel mehr, dass ich mich entscheiden musste. Zwischen ihr und meiner Familie, zwischen der Gefahr und dem Verbrechen. Es war die Zeit, als ich in die Geschäfte meines Vaters eingeführt wurde, und ich konnte ihn eine Weile damit hinhalten, Susan nur verführt zu haben, damit sie mir Informationen über ihren Großvater brachte. So einfach blieb es natürlich nicht.«

»Ich kam ihm nämlich auf die Schliche«, erzählte Susan und die knallharte FBI-Agentin lächelte plötzlich wie ein junges Mädchen.

»Wir zerstritten und trennten uns«, fuhr Baresi fort, »als ich ihr nicht sagen wollte, was ich eigentlich tat. Sie versuchte mit allen Mitteln herauszufinden, wer ich war und wer meine Eltern waren, und geriet dadurch in große Gefahr.«

»Als ich es dann wusste und mit eigenen Augen gesehen hatte, wie Padre Baresi einen jungen Mann foltern ließ, entschied ich mich für die Karriere beim FBI. Noch nie zuvor habe ich etwas sehnlicher gewollt, als das Verbrechen zu stoppen, und auch wenn es nicht die typische Karriere einer jungen Frau war, hatte ich den Segen eures Großvaters.«

»Könntet ihr *bitte* aufhören, im Plural zu sprechen«, bat ich grollend.

Caleb klang ironisch. »Er hat ein Problem damit, dass Jade seine ›Schwester‹ ist.«

»Na und?«, fuhr ich ihn an.

»Ich verstehe«, sagte Susan. »Das ist wirklich etwas ...«

»Lass es uns einfach abkürzen«, schlug Silva vor. »Ich liebte deine Mutter und konnte sie nicht einfach gehen lassen. Immer wieder suchte ich sie auf, auch wenn ich ihr nicht mehr trauen konnte. Aber etwas ließ mich wissen, dass sie auch mir vertraute, und in einer von vielen Nächten waren wir nicht vorsichtig genug und sie wurde schwanger.«

»Mit Zwillingen«, sagte sie stockend.

»Von denen niemand erfahren durfte, dass es meine Kinder sind«, ergänzte Silva.

»Ihr wäret nicht nur ein Skandal –«

»Man hätte euch getötet.«

»Oder zumindest bestraft. Verstoßen. Uns verstoßen. Und selbst wenn wir hätten untertauchen können, so wäre immer die Frage offen geblieben, ob Silvas Familie uns nicht doch noch gefunden hätte. Vielleicht hätten sie euch dann nicht getötet, aber uns entrissen und ...«

»Meine Familie lebte streng nach einem Ehren-Kodex. Wir sahen keine Chance, euch zu beschützen, wenn wir zusammenblieben.«

»Also entschieden wir uns dafür, euch wegzugeben. Und damit es niemandem auffiel und jemals auffallen würde, adoptierte ich Jade, ein halbasiatisches Mädchen, das keinerlei Ähnlichkeiten zu Silva haben würde. Die Nacht, in der ich euch bekam ... Ich habe euch nie wieder gesehen. Keine Fotos, keine Namen. Ich gab euch namenlos weg und ...« Sie schluchzte, fuck. »... hielt euch keine paar Stunden im Arm. Ich sah euch, eure kleinen, wundervollen Hände, eure kleinen, zarten Körper und ich wusste, dass ich euch immer lieben würde. Silva verschleierte eure Herkunft bis ins letzte Detail. Das Waisenhaus erfuhr nicht, was passiert war und so erfanden sie ihre eigenen Namen und ihre eigene Geschichte für euch. Vielleicht hätten wir das nicht dem Waisenhaus überlassen sollen, sonst wäre euch nie aufgefallen, dass etwas nicht stimmen konnte. Ich wusste bis heute nicht, wie das Waisenhaus euch getauft hat. Ich wollte es nicht wissen, ich wollte euch nicht doch noch finden können. Als ich euch weggab, gab ich mein Herz mit. Gab meine ganze Liebe mit und wusste, dass ich niemals jemanden noch einmal so lieben könnte wie euch. Mein Leben brach in diesem Moment auseinander und es kostete mich all die Jahre Kraft, es dennoch zusammenzuhalten.«

Meine Kehle wurde trocken.

»Und daher tut es mir auch so leid, Jade«, keuchte sie und weinte noch heftiger. »Es tut mir so unendlich leid, dass ich dich nicht lieben konnte, obwohl du es verdient hättest, so wie es jedes Baby verdient. Aber ich sah immer nur den Verlust meiner Söhne in dir. Nie den Gewinn, dich dafür erhalten zu haben.«

»Ich weiß«, sagte sie belegt. Auch in ihren Augen standen Tränen.

Fuck, das war nicht zum Aushalten. Leider blieb auch meine Stimme weg.

»Du solltest ihm noch erklären, warum er euch nicht zu hassen braucht«, warf Caleb ein. »Landon wollte mir nicht glauben, dass wir uns doch nicht gegenseitig umbringen müssen.«

Ha, ha.

Silva seufzte. »Als wir entschieden, euch wegzugeben und die Stadt nicht zu verlassen, entschieden wir uns auch dafür, gegen das zu kämpfen, was uns davon abhielt, zusammen zu sein. Wir wollten gemeinsam New York zu einem besseren Ort machen. Die Bandenorganisationen kontrollieren und eindämmen und Gerechtigkeit wieder zu etwas machen, das nicht nur ein Kunstbegriff ist. Wir hatten natürlich begrenzte Mittel, aber der Kontakt zum New Yorker Bürgermeister und die Umsetzung der Zero-Tolerance-Politik waren ein guter Grundstein. Der Schwarzmarkt wird niemals zum Erliegen kommen, aber wenn man ihm nicht ausgeliefert sein will, muss man ihn selbst kontrollieren. Insofern konnte ich Standards schaffen, die es vorher nicht gab. Klare Regeln aufstellen. Willkürliche Morde verhindern. Vergewaltigungen, Straßenstriche, Frauenhandel, Waffenschiebereien ... Ich machte die Stadt mit deiner Mutter und ein paar wertvollen Politikern zusammen zu einem besseren Ort. Mittlerweile kann man sich nachts wieder draußen bewegen. Das war vor zwanzig Jahren noch nicht möglich. Wir opferten euch, um die Kinder einer Millionenstadt zu beschützen.«

»Fuck«, murmelte ich.

»Voll kitschig, oder?«, sagte Jade halb ironisch, halb ergriffen

»Natürlich haben wir alle belogen, die mit uns zusammengearbeitet haben«, erklärte Silva weiter. »Deswegen kann ich verstehen, dass ihr unsere Zusammenarbeit kritisch gesehen habt. Niemand wusste, woher das FBI seine Informationen bezog und wie ich es schaffte, gezielt große Verbrecherstrukturen hochgehen zu lassen. Aber es geschah nicht, um uns zu bereichern. Wir wollten dasselbe wie ihr. Eine fairere Welt.«

Es herrschte für einige Sekunden Schweigen.

»Na dann. Ist unser Job hier ja erledigt.« Ich stieß mich von der Arbeitsplatte ab, auf die ich mich gestützt hatte und zwang mich zu einem Lächeln. »So perfekt wie ihr können wir niemals die Stadt vor allem ›Unrecht‹ bewahren und ihr seid noch jung und frisch genug, das bis zu eurem Lebensende fortzuführen. Wir sollten den Status quo einfach so lassen, wie er ist. Wir sind zwei verlorene Waisen, Jade erbt all das Geld der Carpenters und wir sehen uns bis zur Verlesung des Testaments nie wieder.«

Alle starrten mich verständnislos an.

»Was?!«, knurrte ich.

»Wieso bist du jetzt so doof?«, fragte Jade unzufrieden.

»Du hättest wenigstens etwas sagen können, das nicht auch von einem Fünfzehnjährigen stammen könnte.«

»Warum sollte ich?«, fragte ich sie hart. »Ich musste gerade feststellen, dass ich Jahre meines Lebens getrennt von meinem Bruder damit zugebracht habe, das FBI zu infiltrieren, obwohl es gar nicht nötig gewesen wäre. Mein Leben war ein riesiger Scheiß, weil ›meine Eltern‹ es nicht einmal fertiggebracht haben, uns einen *klitzekleinen* Hinweis zu hinterlassen. Zum Beispiel, nicht nach ihnen zu suchen, weil es doch nichts bringt. Oder anders: Während ich in einem verfickten Waisenhaus aufgewachsen bin, in dem wir uns ständig gegen die anderen verkackten Kids wehren mussten und uns so gut wie nichts persönlich gehörte, hat man dir den goldenen Löffel in den Hals gesteckt, der wiederum eigentlich für uns bestimmt war. Was vollkommen in Ordnung gewesen wäre, wenn ich nicht mit der Wut älter geworden wäre, zu denken, meine *Eltern* hätten meine *Eltern* getötet! Klar?! Außerdem werde ich mich hüten, diese Frau jemals meine Mutter zu nennen, denn das tust du auch, und das letzte auf dieser Welt, was ich will, ist, dass Gefühl zu haben, ausgerechnet *du* wärst meine Schwester!«

Wieder herrschte Stille. Ich drehte mich wütend im Kreis.

»Wieso versteht mich hier niemand? Wollt ihr gerade wirklich glückliche Familienzusammenkunft spielen? Jade hat mehr durch ihre Familie gelitten, als ich mir ausmalen will, fuck, sie hat mit Kokain gedealt, weil sie so am Ende war, und ihr wollt innerhalb von wenigen Stunden alles vergessen machen und euch in die Arme fallen?!«

»Jeder von uns hat Fehler gemacht«, gab Silva zu.

»Ich ja wohl nicht!«, herrschte ich.

Jade kicherte, was mich leicht besänftigte. »Nein, natürlich nicht, Landon. Du kannst gar keine machen.«

»Stell mich bloß nicht mit diesen zwei Menschen dort auf eine Stufe«, sagte ich warnend und zeigte unwirsch in Richtung ›meiner Eltern‹.

»Hier geht es nicht um Stufen, Darling«, zwitscherte sie. »Es geht einzig und allein darum, dass alles gut wird.«

»Gut?!«

»Um nicht zu sagen, perfekt«, ergänzte Caleb.

»Perfekt?!« Ich fuhr zu ihm herum. »Habt ihr ihnen auch schon unser Geheimnis offenbart, oder was?«

Calebs Augen blitzten warnend auf.

»Seht ihr. In dieser Familie ist kein Platz für einen zweiten Zwilling.«

»Ach, komm schon«, sagte Jade liebevoll. »Du hattest noch nie Schwierigkeiten damit, dir deinen Platz einfach zu nehmen.«

»*Lass* bitte diese Anspielungen im Beisein unserer *verschissenen* Eltern.«

Sie lachte wieder. »Du bist so niedlich, wenn man dich neckt.«

»Landon«, begann Caleb. »Sei kein Vollidiot und atme durch.«

»Und die bescheuerten Tagebücher? Warum haben wir eigentlich denen hinterhergejagt?«

»Ich habe sie deinem Vater geschrieben«, erklärte Susan. »Und euch.«

»Na, großartig.« Ich erinnerte mich nur zu gut an das Gesülze, das Caleb aus ihnen vorgelesen hatte. »Ist hier in diesem Raum eigentlich irgendwer ansatzweise böse oder halten wir im Geheimen alle eine Einhornfarm?«

Jade grinste und tat etwas, gegen das ich mich nicht wehren konnte. Sie legte ihre Hände an meine Wangen, zog sich zu mir hoch und küsste mich. Ihre sanften Lippen zu spüren tat gut, ihren Geruch einzuatmen ebenfalls. Sie beruhigte mich und stärkte mich, und als sie sich löste, war mein Ärger weitgehend verflogen.

»Sag es«, bat ich. »Wenn wir diesen Kitsch durchziehen wollen, dann nicht, indem wir uns verleugnen.«

Sie runzelte die Stirn. »Was sagen?«

»Du bist unsere Schwester«, sagte ich leise.

Sie verdrehte die Augen. »Ich bin *nicht* eure Schwester, sondern wurde nur *zufällig* –«

»Und du hast uns beide.«

Sie lief rot an. »Okay, verschieben wir dieses Gespräch, bitte?«

»Nein.«

Sie stöhnte laut auf und drehte sich in Richtung ihrer Mutter – ihrer Adoptivmutter, oder was auch immer sie war. In Susans Miene war Verwunderung getreten.

»Mom.« Jade warf mir einen bösen Seitenblick zu. »Ich weiß, dass ihr euch überlegen müsst, wie es weitergeht. Ich habe verstanden, dass es schwierig für euch wird, weiterhin alles zu verbergen, und dass hier Silvas Leben oder deine Freiheit auf dem Spiel stehen. Aber egal, was ihr tut oder plant, oder wie ihr in Zukunft New York Spiderman-ähnlich retten wollt, ihr solltet wissen, dass wir uns nicht trennen.«

Susans Augen leuchteten auf. »Ich würde mich so für dich freuen, wenn dir etwas vergönnt ist, was mir nie möglich war, und alles dafür tun, dass ihr zwei zusammen sein könnt.«

»Mhm«, machte Jade. »Das schließt Caleb allerdings mit ein.«

Silva hatte Schwierigkeiten zu folgen, Susan hingegen öffnete verwirrt den Mund, mein Bruder grinste.

»Was genau willst du sagen?«, fragte Susan.

»Was auch immer ihr euch vornehmt, die Zwillinge gehören mir.«

JADE

Ich probierte die Parfums durch, die in Landons Badezimmerschrank standen. Er hatte mir erlaubt, mich für einen Duft zu entscheiden, weil er mehr nicht mitnehmen würde. Allerdings mochte ich es am liebsten, wenn er gar keinen künstlichen Duft trug und dadurch wie er selbst roch – und wie sein Bruder.

»Wenn ich wirklich für dich packen soll, nehme ich nur die hässlichen Sachen für dich mit, Cal.« Landon hatte zwei große Reisetaschen aufs Bett gestellt, den Schrank in seinem Rücken geöffnet und faltete seine Wäsche, um sie zu verstauen. In dem kleinen Apartment in Midtown war es eng geworden, weil meine Koffer bedauerlicherweise den Raum sprengten. Ich hatte mich nicht entscheiden können und zum Glück nicht entscheiden müssen. Die Zwillinge waren sehr großzügig gewesen, was mein Reisegepäck anging, vor allem, da ich ihnen ein heißes Kleid nach dem nächsten präsentiert hatte.

»Ich klau dann eh deine«, sagte Caleb abwesend, der auf dem Sessel vor dem bodentiefen Fenster saß und aus dem zweiundvierzigsten Stockwerk nach unten schaute. »Ich kann immer noch nicht glauben, dass du tatsächlich hier gelebt hast, während ich in dieser schäbigen Butze in der Bronx meine Zeit verbracht habe.«

»Du hättest tauschen können, aber du wolltest nicht. Eigentlich hatten wir abgemacht, dass jeder von uns alle paar Wochen den Job des anderen übernimmt, damit wir beide immer genug Einblick haben.«

»Wie du auf emotionale Dinge reagierst, haben wir vorgestern ja gesehen und glaub mir, jemanden sterben zu sehen, fällt in die Kategorie: verdammt emotional.«

»Leck dich selbst, Cal.«

»Hört auf zu streiten«, forderte ich sie auf und warf eines der Parfums in Landons Tasche. »Und nimm bitte *nur* hübsche Kleidung mit. Jede Frau soll vor Neid erblassen, wenn sie euch sieht.«

»Uns interessiert aber nur deine eigene Blässe«, sagte Landon grinsend.

»Das stimmt nicht ganz. Ihr wollt schließlich auch, dass ich diese heißen Gucci-Fummel trage, damit jeder Mann mich bewundert und erkennt, dass nur ihr mich haben könnt.«

»Hm«, machte er, »möglich.«

»Weißt du, was mir einfällt«, sagte Caleb und stand aus seinem Sessel auf. Sein ironisches Lächeln gefiel mir nicht. Es war häufig so viel böser als das von Landon. »Sie hat Schluss mit uns gemacht.«

»Was? Wann?«

»Als du nicht dabei warst. Sie hat mich angesehen und mir ins Gesicht gesagt, dass Schluss ist.« Caleb steckte die Hände in die Taschen seines Anzuges. Obwohl er fast dasselbe wie Landon trug, weil er seine eigene Kleidung zurückgelassen hatte, wirkte er darin immer eine Spur legerer.

»Du warst also derjenige, der zurückgekommen ist«, stellte ich zufrieden fest. »Nicht Landon.«

»Richtig«, sagte Caleb süffisant.

»Deswegen konntest du Susan nicht erschießen und hast auf ihr Flehen reagiert? Weil du zum ersten Mal deine Mutter vor dir gesehen hast? Und dir etwas an ihr auffiel? Wie mir bei Baresi! Er sieht euch echt verdammt ähnlich.«

»Na ja, wir hatten bei dieser Sache alle Tomaten auf den Augen«, sagte er beiläufig. »Susan sieht uns nicht besonders ähnlich, aber trotzdem hat sie irgendetwas, das mich an Landon erinnert. Zurück zum Thema.«

»Ich habe Schluss gemacht, weil ihr es verdient«, sagte ich stoisch.

Landon hob eine Braue.

»Ihr wolltet mich einfach verlassen!«

»Niemand wollte dich *verlassen*«, verbesserte mich Caleb. »Wir wollten dich beschützen.«

»Und mich dafür verlassen! Das kann man nicht schönreden und deswegen habt ihr es sehr wohl verdient, dass ich mit euch Schluss mache.«

»Und dass du uns beleidigst, verdienen wir auch, hm?«

Shit. Warum wurde er jetzt so. »Natürlich.« Meine Stimme bröckelte.

»Und dass du mich schlägst, obwohl ich einfach nur aufs Dach gegangen bin«, ergänzte Landon zufrieden. »Das ist auch absolut in Ordnung.«

»Oder dass du Silvas und Susans Fesseln löst, ohne uns vorher Bescheid zu geben und auf uns zu hören.«

»Ich habe schließlich richtig gelegen.«

»Ja, aber das Problem ist, Süße ...«, sagte Caleb gedehnt, »dass wir nicht durchgehend das Gefühl haben, du würdest uns vertrauen.«

»Und Vertrauen ist schließlich der Beginn einer jeden guten Beziehung, oder?«, fügte Landon an.

Ich schluckte. »Wenn ihr eine gehorsame Gespielin für

eure kranken Fantasien sucht, bin ich wohl wirklich nicht die Richtige.«

»Nicht?«, fragte Caleb und lächelte breiter.

Fuck. Sie standen mir direkt gegenüber und ich spürte, wie allein bei der Vorstellung, sie wieder zu spüren, die Innenseiten meiner Schenkel feucht wurden. »Soll ich euch ... beweisen, dass ich das mit dem Schlussmachen nicht ... ganz so ernst meinte?«

»Nein«, sagte Caleb. »Du meintest das ernst. Du wolltest Schluss machen. Leider ist das keine Sache, die nur einer von uns dreien entscheidet. Und da wir dich nicht gehen lassen und immer überstimmen werden ...«

»Tja«, sagte Landon und griff sich an den Gürtel. »Aber du kannst es mir trotzdem gerne beweisen.«

Ich befeuchtete meine Unterlippe bei der Vorstellung, wie es wäre, ihn zu spüren. »Zumindest kann ich euch ein wenig besänftigen«, schlug ich rauchig vor und senkte die Lider.

Auch Caleb legte die Hände an seinen Gürtel. »Du kannst es versuchen, aber es wird dich nicht retten.«

»Sicher?«, fragte ich lasziv und sank vor ihnen auf die Knie.

Sie öffneten zeitgleich die Hosen und ich konnte mich gar nicht entscheiden, nach welcher prallen Erektion ich als Erstes greifen sollte. Zum Glück hatte ich zwei Hände und streckte sie nach beiden aus.

Gott ... das fühlte sich so gut an. Meine Mitte entflammte vor Sehnsucht nach ihren Schwänzen und als Landon nähertrat, um mir seine feucht glänzende Spitze zwischen die Lippen zu schieben, wimmerte ich auf.

Langsam ließ ich ihn in mich gleiten und liebkoste ihn mit meiner Zunge, während ich Calebs harten Schwanz zwischen meinen Fingern spürte. Ich fickte Landon mit dem Mund und wendete mich dann Caleb zu, der ebenso gut schmeckte und mich noch gieriger machte.

»Sie kann das perfekt«, stöhnte Caleb über mir. »Wir sollten sie öfter dazu bringen, sich bei uns entschuldigen zu wollen.«

Ich wechselte wieder. Diesmal drang Landon fordernder in mich ein, umfasste meinen Kopf und fickte mich mit schnelleren Stößen.

»Ich glaube«, sagte er abgehackt, »sie denkt, wir sind es, die uns entschuldigen müssen.«

»Wie unspaßig.«

Landon ließ mich abrupt los und schob mich sanft zu Caleb, der mich sanfter und liebevoller nahm.

»Gefällt dir das?«, fragte er.

Ich lächelte an seiner Spitze und nahm ihn tiefer. Zärtlich ließ ich meine Zunge um ihn herumfahren und sorgte so für noch mehr Druck.

»Perfekt«, stöhnte er und schloss die Augen.

»Verschwende nicht deine Kraft, bevor wir angefangen haben.«

»Aber ihr meinen Samen zu geben, wäre doch eine Art der Entschuldigung, oder?«

»Spinner. Jade, steh auf.«

Ich überlegte für einen Moment, ob ich auf Landon hören sollte, aber Caleb verlieh den Worten seines Bruders Nachdruck, indem er mein Kinn umfasste und zu sich hochzog.

»Zieh sie aus, Bruder«, sagte Landon. »Ich suche die Gadgets.«

Caleb lächelte mich dunkel an, als sein Bruder im Flur verschwand. »Ich weiß nicht, ob ich dir nicht lieber dabei zusehen würde, wie du dich ausziehst.«

Ich lächelte ebenfalls und öffnete den Bund meiner Jeans. »Du scheinst derjenige zu sein, der Hilfe gebrauchen könnte, oder?«, fragte ich grinsend, schob meine Jeans samt Slip nach unten, stieg heraus und griff ans Ende meines Pullovers. Caleb betrachtete mich mit wachen grünen Augen, als ich den Sweater über meinen Kopf zog. Jetzt fehlte nur noch der BH.

»Ja, ich könnte wirklich Hilfe gebrauchen«, sagte er und zog mich am Handgelenk an sich, sodass ich gegen ihn stieß, seine Erektion gegen meinen Bauch drückte und er meine Hände an seinem Hemdkragen positionieren konnte. Ich öffnete die Knöpfe und blätterte ihn gierig daraus hervor.

Plötzlich griff er an meinen Hals, zog mich an sich und küsste mich hart.

Ich seufzte auf, ließ mich von seiner Zunge erobern und öffnete meinen Mund weit, um seinen gierigen Kuss zu erwidern. Immer ungeduldiger glitten meine Hände unter sein Hemd und schoben es hoch. Die gestählten Muskeln darunter sorgten für ein wunderbares Prickeln unter meinen Fingern.

Er knurrte, als ich mich gegen seine Erektion schob und wieder mit der einen Hand danach griff. Mit festem Druck schob ich die Vorhaut über seinen Schaft, bis er mich unerwartet herumdrückte und meinen Oberkörper aufs Bett hinunterdrückte.

Ich landete mit den Ellbogen auf der Matratze, stützte mich ab und spürte keine Sekunde später seinen Schwanz an meinen Schamlippen.

Mit einem festen Stoß glitt er in mich hinein.

Ich stöhnte.

Er fickte mich schnell und hart, nahm mich bis zum Anschlag tief.

»Was tust du denn?«, hörte ich Landon fragen.

»Konnte nicht widerstehen«, sagte Caleb abgehackt.

»Du hast doch nicht mal ein Scheißkondom benutzt, Idiot!«

»Ja, Scheiße.« Caleb drückte sich noch ein paar Mal in mich, dann zog er sich zurück.

Wie konnte er es wagen, aufzuhören?

Ich nahm wahr, wie Landon an ihn herantrat und ihm ein Kondom reichte. Eine Packung wurde geöffnet und dann spürte ich Landons Hände, wie er meinen Arsch umfasste und sich ebenfalls in mich schob.

»Fuck, ja«, stöhnte er, »ich verstehe, was du meinst.«

Ich gestand mir innerlich, dass es mich absolut anturnte, von ihnen nacheinander genommen zu werden, und ich genoss ihre dominante Art durch und durch.

»Hey, Kätzchen«, sagte Caleb, der neben das Bett getreten war.

Landon schob meinen Körper mit Leichtigkeit bis zur Bettkante. Über die Ecke hatte Caleb nun leichten Zugang zu meinem Mund.

»Ich bevorzuge es dann doch ohne Gummi«, sagte er grinsend und hielt mir seinen Schwanz mit der Hand umschlossen entgegen.

Ich zögerte nicht und nahm ihn in mir auf.

»Mhhh«, stöhnte ich zufrieden und ließ mich von ihnen beiden ficken. Ich kostete das Gefühl aus, sie beide in mir zu spüren, und forderte sie durch mein Stöhnen auf, noch härter zu werden.

»Sie will mehr, oder? Scheint ihr gar nicht zu reichen, die normale Tour.«

»Überhaupt nicht«, bestätigte Caleb, umfasste meinen Kopf und hielt mich so gefangen. Er fickte meinen Mund hart und alles, woran ich denken konnte, war es, wie er sich in mir ergießen würde. Gott, ich lechzte viel zu sehr danach.

Landon zog sich zurück.

Ich stöhnte wütend auf, weil ich längst noch nicht genug hatte, und zuckte im nächsten Moment zusammen, weil er mich schlug. Aber nicht hart oder bestrafend. Es waren federnde Schläge auf meinen blanken Po, die mich noch anheizten.

»Siehst du, Bruder? Es geht auch ohne Schmerz.«

»Mhm, interessiert mich nicht.«

Landon lachte, bevor er mir einen letzten Schlag verpasste und wieder in mich eintauchte. »Wir sollten sie ins Paradies entführen.«

»Ja, tu das«, brummte Caleb.

Landon ging auf den Vorschlag ein.

Seine nächsten Stöße zielten darauf ab, mich zu stimulieren. Mit jeder gesteigerten Welle der Erregung presste ich meinen Mund um Calebs Schwanz fester zusammen. Landon fingerte mich mit seiner Hand zusätzlich an meiner Klit und ich wurde endlich über eine der vielen Wellen hinweggetragen. Wieder war der Orgasmus so intensiv, dass ich für einen Moment nichts mitbekam. Ich spürte ihr lautes, hartes Stöhnen, schmeckte Sperma auf der Zunge und explodierte innerlich vor Lust und Erregung.

Ich blieb schwer atmend liegen. Caleb zog sich zurück. Landon pumpte sich in mich.

»Oh Mann, das war gut«, murmelte ich zufrieden und blieb matt auf dem Bett liegen.

»War?«, fragten die Männer gleichzeitig.

Ehe ich mich versah, wurde ich herumgedreht.

Sie lächelten mich beide an, beide mit ihren wunderschönen grünen Augen und demselben ironischen Lächeln und hoben mich hoch.

Es war ein Leichtes für sie, mich aufs Bett zu legen. Die Reisetaschen landeten auf dem Boden.

Landon hatte sie hinuntergeschoben und kam jetzt von

der Bettkante auf mich zu. Er spreizte meine Beine, umfasste meinen Po und ließ seine Zunge zwischen meine Schenkel gleiten.

»Fuck!«, schrie ich erregt, als er meinen vom Höhepunkt empfindlichen Kitzler mit der Zunge berührte, und spürte sogleich Calebs Lippen auf meinen, die meinen Schrei erstickten.

Er küsste mich grob, getrieben von Lust. Griff nach meinen Händen und riss sie nach oben. Handschellen blitzten auf, und bevor ich etwas dagegen einwenden konnte, waren meine Hände an die zwei Leselampen gefesselt.

»Nicht unbedingt etwas, das dich für immer festhalten würde«, sagte er, »aber ich vertraue darauf, dass du Landons Nachmieter seine Lampen lassen willst.«

»Da wäre ich mir nicht so sicher«, keuchte ich und verdrehte im nächsten Moment die Augen nach hinten, als Landon mit der Zunge in mich eindrang.

So gut!

Caleb widmete sich meinen Brüsten. Er öffnete den BH, sodass die Körbchen zur Seite fielen, und nahm einen meiner Nippel in den Mund.

Mit der anderen Hand stimulierte er meine rechte Brust. Er zwirbelte und küsste sie, liebkoste und biss, und als Landon sich wieder meiner Perle widmete und dafür seinen Finger benutzte, um mich zu ficken, ging ich ein zweites Mal zwischen ihnen auf.

Ich zerbarst innerlich, drückte meinen Rücken durch, presste mich ihnen entgegen und ließ den Orgasmus wohltuend über meinen Körper gleiten.

Sie machten weiter, hörten nicht auf.

Landon hob meinen Arsch an und leckte über meine Spalte, bevor er sich ganz aufrichtete und vorerst zurückzog.

»Stehst du eigentlich auf Inzest, Schwester?«, fragte er grinsend.

»Was?! Fuck, nein! Hör endlich mit diesem Blödsinn auf!«

»Hm, es gibt da aber etwas, das du sicher sehr gerne spüren willst«, raunte Caleb und legte einen Arm um meinen Rücken. Er hatte sich ein Kondom übergezogen und schob sich nun unter mich, sodass ich gar nicht anders konnte, als mein Gewicht auf ihm zu verteilen.

»Entspann dich, du bist mir nicht zu schwer.«

Ich spürte seine Hand an seinem Schaft, wie er ihn langsam von unten in meine Pussy einführte.

»Wie fühlt sich das an?«

»Gut«, seufzte ich.

»Und wie wäre es, wenn das noch etwas intensiver wird?«

Landon positionierte sich zwischen meinen Beinen.

Ich erzitterte bei der Vorstellung, was als nächstes geschehen würde.

»Bereit?«, fragte er feixend und schob sich zusätzlich in meinen Spalt. Es schmerzte, aber die augenblicklich erzeugte allumfassende Reibung ließ mich diesen kaum spüren.

»Gott«, keuchte ich und bog mich vollkommen durch, während Landon immer tiefer glitt. »Hör auf!«, verlangte ich atemlos und er hielt inne. Ich musste mich an das Gefühl ihrer zwei Schwänze in mir gewöhnen, weil es etwas war, das ich noch nie erlebt hatte und mir nicht hatte vorstellen können.

Er wartete noch einen Moment, dann glitt er tiefer und damit wurde mein innerer Lustpunkt bis ins Maximale gereizt.

Zwei, drei ihrer Stöße, die ich nicht auseinanderhalten konnte, und ich spürte ein weiteres Ziehen in mir, wie einen Lichtstrom, der sich durch meinen Körper fraß, mich in Ekstase versetzte und schließlich schreien ließ.

Ich vergaß für einen Moment die Grenzen meines Körpers, spürte keine Muskeln, keine Glieder, nur Calebs Mund, der sich auf meinen legte, mir die Lust von den Lippen leckte, und ich kam und kam und kam ...

Fuck. Alles drehte sich, als ich wieder Klarheit fasste. Landon zog sich langsam zurück.

»Wow«, sagte er erstaunt.

»Ich würde sagen, das hat sich gelohnt«, sagte Caleb und auch er glitt aus mir hervor, legte sich neben mich.

»Was war das?«, fragte ich atemlos und sah sie nacheinander an. »Warum war das so intensiv?«

Landon zuckte die Achseln. »Ich habe keine Erfahrungswerte.«

»Könnt ihr das wiederholen?«, fragte ich matt.

Sie lachten.

»Bitte«, flehte ich.

»Du hast also auch nicht an Inzest gedacht, hm?«, fragte Caleb und strich eine meiner Strähnen beiseite.

»Nein, wieso?«

»Frag Landon.«

Dieser zog sein Kondom ab und seine Short wieder über. »Nerv mich nicht, Bruder.«

»Auf diese Art könnten wir dich schwängern«, sagte Caleb sanft.

Seine Worte erzeugten ein erneutes Kribbeln in mir, auch wenn ich unterhalb meines Magens so gut wie taub war und sich dieses Gefühl daher in die Brust verlagerte. »Schwängern?«, japste ich.

»Gleichzeitig in dir kommen«, raunte er und nagte an meinem Ohr. Seine Zunge glitt in meine Muschel. »Dich beide ficken, sodass sich unser Samen vermischt und du definitiv von einem von uns schwanger wirst, ohne zu wissen, von wem.«

»Du redest gerade von Kindern«, flüsterte ich und erstarrte immer mehr.

Landon lächelte, als hätte er mit den Worten seines Bruders absolut kein Problem.

»Genau«, raunte Caleb. »Das ist der eigentliche Grund, weshalb man fickt.«

»Verwirr sie nicht, Cal.« Landon legte sich auf die andere Seite neben mich und streichelte über meine entblößten Brüste. »Wir sollten sie erst mal heiraten.«

»Heiraten?«, wiederholte ich schockiert.

»Ja, wir müssen dich schließlich an uns binden. Jetzt wo du keine echte Carpenter mehr bist, sollten wir dich zu einer machen.«

»Oder zu einer Baresi, je nachdem, welcher Name auf unseren neuen Pässen stehen wird«, ergänzte Caleb.

»Und wie genau stellt ihr euch das vor?«, fragte ich verblüfft, aber ebenso geschmeichelt, dass sie offenbar schon darüber gesprochen hatten. Wollten sie mich wirklich so sehr? Für immer?

»Das entscheiden wir, wenn du ›ja‹ gesagt hast«, sagte Landon und Caleb lachte mit ihm.

Dann zog er mich wieder an sich, küsste mich und reichte mich an Landon weiter.

Eng umschlungen lag ich zwischen ihnen. Spürte sie beide, genoss ihre Küsse und Liebkosungen.

Und ich wusste genau, zu wem ich gehörte.

Landon nahm Caleb die Fahrertür aus der Hand, die er gerade geöffnet hatte. »Halt, ich fahre.«

»Wieso du?«, fragte Caleb.

»Dann kannst du während der Fahrt hinten mit Jade rummachen. Ich gönne es dir.«

Ich verdrehte die Augen, weil ich mal wieder nicht gefragt wurde.

»Vergiss es«, sagte Caleb, »du fährst wie ein Bekloppter.«

»Das ist New York. Hier überlebt man nur, indem man wie alle anderen Irren fährt.«

»Streitet ihr?«, fragte ich ungeduldig. »Dann kann es nur eine Lösung geben.«

Sie drehten sich zu mir um. Wir standen mit unserem riesigen BMW in einem Halteverbot, aber den zwei Brüdern war es natürlich egal.

»Und welche?«, fragte Caleb.

»Ich fahre.«

Sie lachten beide aus vollem Herzen.

»Ihr seid solche Machos!«, fauchte ich. »Schon mal was von Emanzipation und Feminismus gehört?«

»Ja, ziemlich häufig«, sagte Landon grinsend.

»Aber hierbei geht es nicht darum, dass wir dich nicht fahren lassen wollen ...«, sagte Caleb.

»Sondern dass einer von uns in der Zwischenzeit deinen Körper für sich in Beschlag nehmen *muss.«*

»Weil es sonst unter unserer Würde ist.«

»Innerer Anspruch und so.«

»Äußerer auch.«

»Absolut nicht diskussionswürdig.«

»Ihr seid bescheuert«, lobte ich sie.

Sie grinsten und glichen sich dabei wie ein dämliches Ei dem anderen.

»Schau, wir brauchen einfach einen Fahrer«, sagte Landon und zeigte auf die Rückbank. »Drei Plätze, das ist perfekt für uns. Jade kommt in die Mitte.«

»Und wer fährt uns?«, fragte ich spöttisch. »Der Teil deines riesigen Egos, der nicht mehr in deinen Körper passt?«

Landon machte ein Gesicht, als hätte er auf eine zu saure Gurke gebissen, und Caleb lachte laut los.

»Jade, geh nach hinten«, befahl er. »Du bekommst die ganze Bank fürs Erste für dich.«

»Aber dann könnte es mir passieren, dass ich nicht nur den Beifahrer mit meinen Händen von hinten ablenke ...«

»Ich schaff das schon«, sagte er schmunzelnd und setzte sich nach vorn.

Landon spielte beleidigte Leberwurst und ging, ohne mir die Tür zu öffnen, vorne herum zur Beifahrerseite.

Ich setzte mich nach hinten.

»Haben wir mittlerweile ein Ziel?«, fragte ich.

»Das Krankenhaus«, sagte Caleb und reichte Landon

sein Smartphone, auf dem er die Adresse abgespeichert hatte. Der tippte sie ins Navi ein. »Dort muss schließlich auch deine Mutter zur Entbindung gewesen sein. Wir werden uns umhören, wer genau sie war.«

»Aber wir haben nichts von ihr! Nur die kleinen Geschenke, die sie mir geschickt hat.«

»Und den Poststempel ihrer Briefe, die Susan aufgehoben hat.«

»Ja, ein Kaff in der Nähe von Los Angeles. Dort werden wir sie sicherlich einfach so finden.«

Landon antwortete mir noch immer nicht.

»Mit ein paar Anhaltspunkten vermutlich schon«, sagte Caleb. »Wenigstens wissen wir, dass sie dir ein wenig ähnlich sieht.«

»Eine Scheißmilliarde Menschen sieht mir ähnlich, wenn du die Schlitzaugen meinst.«

Caleb setzte den Blinker und fuhr an. »Wir werden deine Mutter finden. Und in Erfahrung bringen, weshalb sie dich weggeben musste. Hast du die Geschenke alle eingepackt?«

»Ja. Sie sind in meiner Handtasche.«

»Auch die, die deine Mom seit dem Tod deiner Großmutter zurückgehalten hatte?«

»Genau. Ist es eigentlich schräg, dass ich Susan auch das verzeihen kann? Ich meine, so konnte ich wenigstens bis vorgestern glauben, meine Großmutter hätte mich geliebt und die Geschenke stammten von ihr. Hätte Susan mir die Geschenke einfach weiter zukommen lassen, wäre mir der Haken aufgefallen.«

»Nicht so schräg wie der ganze Rest. Bestimmt sind an den Geschenken einige Hinweise versteckt, die wir auf den ersten Blick nicht gefunden haben. Außerdem haben wir bald Geburtstag. Notfalls schleusen wir uns in die Post ein und überwachen jeden Briefkasten, um sie abzufangen. Vielleicht schickt sie dir wieder etwas.«

»Im Einschleusen versteht ihr euch ja gut, hm?«

Caleb lächelte mich über den Rückspiegel an, bevor er ihn richtig positionierte. »Richtig.«

»Wollt ihr mir noch mal erklären, warum genau wir Jades Mutter suchen?«, fragte Landon. »Wird das zu eurem Hobby, Frauen zu interviewen, die Jade nicht genug lieben konnten?«

»Schwachkopf«, murmelte Caleb. »Du hast Susan doch gehört. Jades Mutter *wollte* Jade nicht weggeben. Genauso wie Susan *uns* nicht weggeben wollte.«

»Und ihr glaubt den Scheiß, ja?«, fragte Landon mürrisch. »Ihr glaubt, dass beide Frauen total die herzensguten Menschen sind, die vom Schicksal gefickt wurden und uns eigentlich supergerne bemuttert hätten?«

Schweigen.

»Ja«, sagten Caleb und ich gleichzeitig und ziemlich locker.

»Ich habe kein Problem damit, wenn mich meine Mom nicht wirklich wollte, echt«, erklärte ich. »Aber vielleicht ist sie in einer ähnlichen Situation wie Susan gewesen und braucht unsere Hilfe. Außerdem wüsste ich *echt* gerne, wer mein Vater war, denn wenn meine Mom Asiatin war, dann war er schließlich amerikanisch oder europäisch ... Mich interessiert das einfach.«

»Du hast kein Problem damit?«, fragte Landon kühl. »Weißt du, vielleicht habe *ich* ja ein Problem damit. Ein Problem mit Susan, die dich aufs Abstellgleis geschoben hat, nur weil sie mit ihrem Verlust nicht klarkam. Oder mit Silva, der das alles abnickt, als würde das nun mal dazugehören. Ich habe vierundzwanzig Jahre damit verbracht, zu glauben, meine Eltern wären stinknormale Leute, die man stinknormal abgeknallt hat, und jetzt sind es die Verschwörer höchstpersönlich? Nein, sorry, Jade. Wenn wir deine Mom finden, wird es etwas mit dir machen, und ich will dich am liebsten davor bewahren. Wieso leben wir nicht unsere neu gewonnene Freiheit und lassen Krankenhaus Krankenhaus sein?«

Caleb lachte laut auf. »Du hast einfach nur keine Lust auf einen Roadtrip, gib's doch zu!«

Landon grummelte etwas und verschränkte die Arme vor der Brust.

Ich setzte mich hinter Landons Sitz und legte meine Hände auf seine Schultern. »Hey, Baby, sei nicht böse, weil ich vorhin einen Witz gemacht habe.«

Er stöhnte auf, griff an meine Hände und hielt sie eisern fest, während er sich zu mir umdrehte. »Böse? An deiner Stelle würde ich die Klappe halten, sonst kommt mein ›riesiges‹ Ego nach hinten und fickt dich in den Arsch.«

»Das fände ich gar nicht soo schlecht.«

Sein Lächeln hing schief. »Nachdem ich ihn rot glühend gespankt habe.«

»Du oder dein Ego?«, fragte ich neckend.

Er senkte die Brauen. »Wir sind drei. Du hast meinen riesigen Schwanz vergessen. Ich stelle sie dir beide bei Gelegenheit noch einmal vor.«

»Also bin ich eigentlich mit ... vier Persönlichkeiten zusammen? Oder hat dein Zwillingsbruder auch mehrere in sich vereint?«

Er schnaubte. »Calebs schizophrene Buddys willst du nicht kennenlernen, glaub mir.«

»Möchtest du eigentlich lieber zu Fuß gehen, verehrter Bruder?«, fragte Caleb ihn freundlich.

»Nein«, sagte Landon zufrieden und setzte sich zurück. »Ich wollte nur kurz klarstellen, wer der Bessere von uns beiden ist.«

»Natürlich.«

»Ja, das liegt doch auf der Hand. Ohne mich hätten wir Jade längst verloren.«

»Natürlich.«

»Ich erinnere dich nur an deine Rede im FBI-Gebäude ...«

»Halt die Klappe«, knurrte Caleb. »Soll ich dich an das Gespräch im Hotel erinnern? Oder deine ganzen affigen, frauenfeindlichen SMS, die du mir über sie geschrieben hast? Du hast sogar einen Blowjob erfunden, um anzugeben!«

Landon setzte fluchend zum Sprechen an, aber ich unterbrach sie beide.

»Jungs«, sagte ich zärtlich und ließ meine Hände jeweils bei beiden durch die Haare gleiten. »Es ist doch ganz klar, dass es nur eine Person geben kann, die die beste ist.« *Kunstpause.* Sie beide lächelten, weil sie wussten, was jetzt kam. »Mich.«

Ende

ICH, 22:18

Happy End, hm?

GIL-BOY, 22:18

Du sollst da drin Kaffee kaufen und keinen Roman beginnen.

ICH, 22:18

Ein Happy End kommt am Schluss. Hast du in Englisch nicht aufgepasst?

GIL-BOY, 22:19

😐

ICH, 22:19

Du bist immer so grantig, Bruderschnuckel.

Warum bloß?

GIL-BOY, 22:19

Ich bin gerade sieben Stunden ohne Pause gefahren. Ich will einfach nur einen Kaffee.

ICH, 22:19

Ja, Schatz.

Hier ist nur halt eine Schlange.

Tut mir auch total leid für dich.

GIL-BOY, 22:20

Fährst du die nächste Etappe?

ICH, 22:20

Nö? Ich fahre schließlich wie ein Bekloppter. Ich leg mich nach hinten zur schlafenden Jade.

GIL-BOY, 22:20

🤡

ICH, 22:20

Hey, ich habe Angst vor Clowns!

GIL-BOY, 22:20

Deswegen solltest du freundlicher zu deinem Bruder sein, Jack-Boy.

ICH, 22:21

Wissen wir wirklich nicht, wer Jack und wer Gil ist?

GIL-BOY, 22:21

Weißt du es?

Die haben uns doch von Anfang an verwechselt.

ICH, 22:21

Ich glaube, ich bin der Ältere.

GIL-BOY, 22:21

Auch wenn Gil der Ältere ist? ;-)

ICH, 22:21

Hast recht.

Lass uns Landon und Caleb bleiben. Die Namen mag ich mittlerweile.

GIL-BOY, 22:21

Okay.

Habe ich kein Problem mit.

Aber KAFFEE wäre nice!

ICH, 22:21

Jaja.

Warst du schon mal in Kalifornien?

GIL-BOY, 22:22

Wann soll ich da gewesen sein?!

ICH, 22:22

Du warst schließlich auch in Chicago.

GIL-BOY, 22:22

Nein.

Ich war noch nicht in Kalifornien.

ICH, 22:22

Super. ;-DD

Dann hast du keinen Vorteil und so.

Das Angeben steht dir eh nicht.

ICH, 22:22

Bleiben wir da?

GIL-BOY, 22:22

ICH, 22:22

Soll nice sein.

ICH, 22:23

Palmen.

Sonne.

Strand.

Meer.

Chilliger Lifestyle.

GIL-BOY, 22:23

Glaubst du nicht, dass wir zurückmüssen?

GIL-BOY, 22:23

Unsere … Eltern werden Schwierigkeiten haben, die ganze Sache auf Dauer zu vertuschen. Nachher wird Baresi von seinen eigenen Leuten getötet, wenn rauskommt, was er getan hat. Er muss sich nur den kleinsten Fehler erlauben …

ICH, 22:23

Weiß nicht. Das ist so typisch Gil-Boy-like.

Lass uns rebellisch sein und uns mit Jades Treuhandfonds absetzen!

GIL-BOY, 22:24

Nach Kalifornien?

ICH, 22:24

Egal.

GIL-BOY, 22:24

Hm.

Aber solange wir nicht sicher sind, dass sich die Branco-Brüder nicht doch noch an mir rächen wollen, kann ich nirgends wirklich entspannen.

ICH, 22:24

Du willst wieder zurückgehen?

In die Stadt, die wir retten wollten, und das Erbe unserer ›Eltern‹ übernehmen und sie weiter retten? Typisch du.

GIL-BOY, 22:25

Wenn ich EINMAL im organisierten Verbrechen die Rolle des Verräters ausleben dürfte. Ganz bewusst, mit allen Tricks und ziemlich böse … Ja, das würde mir gefallen.

ICH, 22:25

Und ich soll weiter den FBI-Helden spielen und so tun, als käme ich von ganz allein darauf, wer in der Cosa Nostra die Fäden zieht?

Was sagt Jade dazu?

GIL-BOY, 22:26

Sie schläft.

ICH, 22:26

Hm.

GIL-BOY, 22:27

Zumindest ist es eine Option.

Nachdem wir ihre Mutter gefunden haben, können wir zurückgehen und hätten eine Aufgabe.

Noch wissen nur ein paar Handvoll, dass es uns zweimal gibt.

Stell dir vor, das würde so bleiben …

Außerdem … in Chicago gibt es einen ziemlich kranken Kerl, der ziemlich kranke Geschäfte macht und den ich nicht nur gerne tot sehen würde, sondern noch lieber für zwanzig Jahre hinter Gittern. Ich musste über zwei Wochen für ihn arbeiten. Er hat unsere Rache verdient.

ICH, 22:28

Du willst die Welt retten, Bruder?

GIL-BOY, 22:28

So nebenbei.

ICH, 22:28

🤔

Nebenbei finde ich gut.

Unser Hauptjob wäre weiterhin, die Löwin zu bändigen.

GIL-BOY, 22:28

Zum Beispiel.

ICH, 22:29

Und die Löwenbabys.

🤣🤣🤣🤣

GIL-BOY, 22:30

😅

Ist der Scheißkaffee endlich fertig?

ICH, 22:31

Hab mich noch gar nicht in die Reihe gestellt, Bruderschatz. ;-)

GIL-BOY, 22:31

ALTERRR!

ICH, 22:32

😘

DIE GESCHICHTE VON JADE, LANDON UND CALEB GEHT IN SISTERS WEITER …

Leseprobe

Landon ließ die Reisetasche fallen und blickte sich im Motelzimmer um. »Zwei Betten?«, fragte er.

Caleb ging an ihm vorbei und ließ sich auf eine der beiden King-Size-Matratzen fallen. »Ich dachte, so hast du mal deine Ruhe, während ich mich mit Jade richtig ausbreiten kann.« Er streckte die Hände nach oben und dehnte sich. »Ich brauche den Platz nach der langen Fahrt.«

»Na, dann gehört das Bett natürlich ganz dir und Jade kommt zu mir.«

Caleb schloss entspannt die Augen. »Vergiss es.«

»Halloho«, erinnerte ich die beiden Brüder daran, dass sie mich wieder mal übergingen. »*Ich* habe dieses Zimmer ausgesucht. Denn *ich* will *mein* King-Size-Bett für mich. Ihr könnt euch eines teilen, so wie es sich für eine Königin und ihre Diener gehört.«

Die Männer fuhren mit ihren Köpfen in meine Richtung. »Was hat sie gerade gesagt?«

Ich ließ mich seufzend auf Bett zwei fallen und breitete

Arme und Beine aus. »Ihr habt mich schon verstanden.« *Gott, es tut so gut, sich nach zwanzig Stunden im Auto strecken zu können.*

Im Augenwinkel bemerkte ich, wie Caleb sich aufsetzte und Landon einer Salzsäule gleich im Zimmer erstarrte.

»Ich bin es nun mal gewohnt, alleine zu schlafen«, erklärte ich ihnen liebevoll. »Niemand, der mich mit seinem Atem nervt oder mir ständig den Platz wegnimmt, da liegt, wo ich gerne mein Bein hin ausstrecken möchte, oder mich daran hindert, mich im Bett hin- und herzudrehen, wie und wann ich es möchte.«

»Keiner, der deinen Nacken küsst«, begann Landon brummend.

»Oder deine samtweiche Haut streichelt«, ergänzte Caleb.

»Oder dich mit seiner Zunge in deiner Pussy aufweckt.«

»Eben!«, sagte ich fröhlich und wusste, wie wütend ich sie damit machte. »Ganz viel Ruhe nur für mich.«

Caleb trat an Landons Seite. Beide hielten die Arme vor der Brust verschränkt und glichen sich damit wie die zwei Enden einer Wurst. Zwei unglaublich attraktive Enden. »Ich glaube, sie will uns ärgern«, sagte Caleb.

»Ja«, sagte Landon knapp. »Sie will unser Interesse wecken und unsere Wut, ganz eindeutig.«

»Sie will spielen.«

»Und glaubt, zu gewinnen.«

»Egal, was wir tun, sie muss immer die Oberhand haben.«

»Als wäre sie für uns mehr als unser kleines Spielzeug.«

»Richtig, Bruder. Ich glaube sogar, sie denkt, *wir* wären *ihr* Spielzeug.«

»Abgefahren. Unsere Süße hat sie nicht mehr alle.«

»Scheint so. Auch wenn ich tierisch Bock hätte, sie gerade jetzt durchzuficken ...«

»Während sie mir königlich einen bläst ...«

»Und sie kaum zu Atem kommt, weil wir beide so tief in ihr drin stecken ...«

»Sollten wir sie lieber in *ihrem* Bett in Ruhe lassen.«

»Sie braucht ihren Schlaf.«

»Hat sie ja gerade so schön zusammengefasst«, sagte Landon zufrieden.

»Was meinst du? Zwölf Stunden? Das dürfte reichen, oder?«

»Machen wir dreizehn.«

»Dreizehn Stunden Schönheitsschlaf.« Caleb lächelte. »Bock auf ein Bier?«

»Und Baseball? Heute spielen die Yankees.«

»Das hätten wir beinahe verpasst, wenn wir uns um unsere Prinzessin gekümmert hätten.«

»Wir sind einfach zu sehr auf sie fixiert gewesen.«

»Nerven wir sie nicht weiter.«

Die beiden nickten sich zu und wandten sich ab.

»Ihr spinnt doch!«, rief ich ihnen belustigt hinterher, aber sie reagierten nicht. »Ihr werdet jetzt nicht wirklich gehen, oder?«

Sie warfen sich einen amüsierten Blick zu und öffneten die Tür.

Ich richtete mich auf, als sie nach draußen verschwanden.

»Hey!«, rief ich ihnen hinterher und warf ein Kissen nach Caleb, der als Letzter über die Türschwelle trat.

»Ob wir sie einschließen?«, fragte Caleb gespielt nachdenklich.

»Gute Idee, dann wird sie niemand stören«, hörte ich Landon antworten.

»Das ist nicht euer Ernst!« Aber bevor ich aufspringen

und sie davon abhalten konnte, die Tür von außen zu schließen, war das Schloss bereits eingerastet. Ich rüttelte am Türknauf. »Ihr seid solche Wichser!«, brüllte ich und glaubte, sie lachen zu hören.

weiterlesen?

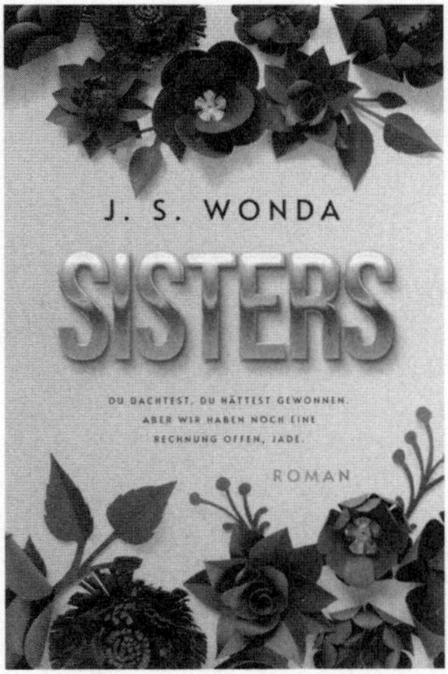

ISBN: 978-3-98595-661-6
Auch als eBook und Hörbuch.

NACHWORT

Mit Buch 20 möchte ich mir an dieser Stelle die Zeit gönnen, euch meine anderen Bücher ganz persönlich vorzustellen und zu empfehlen. Denn vielleicht fragt ihr euch jetzt: »Wow, das war der Hammer! Wo kriege ich mehr?« Oder ihr sagt: »Nicht schlecht, aber es muss ja echt nicht so hart sein.«

Hier kommen meine Empfehlungen:

Mochtest du BASTARDS, so wird dir DARK PRINCE sicherlich auch sehr gefallen. Die Reihe ist wesentlich länger und mächtiger, aber vielleicht sogar noch einen Tick spannender und aufregender. Du triffst dort auf Florence, das Pendant zu Jade, die im Gegensatz aus ärmlichen Verhältnissen stammt. Aber ich glaube, beide würden sich verdammt gut verstehen.

Mochtest du DARK PRINCE, ja, bist du dieser Reihe geradezu verfallen, werden es andere Bücher von mir vielleicht schwer haben, dich zu überzeugen, weil du immer an den dunklen Prinzen denken musst. Oder aber du bist vielleicht total der CIAN-Fan?

Cian Callaghan ist der männliche ›Gott‹ aus »Und täglich ohne Dich« und er wird dir vielleicht ganz besonders gut gefallen, wenn dir BASTARDS etwas zu explizit und zu düster war. Allerdings kann es dir passieren, dass nach Cian niemand mehr an ihn herankommt. Vielleicht sparst du ihn dir also bis ganz zum Schluss auf?

Wenn dir BASTARDS gefallen hat, du die Spannung in Verbindung mit einer BDSM-angehauchten Geschichte magst, aber eigentlich nicht so für ein Dreier-Ende zu haben bist, dann ist die Reihe FALLEN das Richtige für dich. Sie ist etwas kürzer gehalten als meine anderen Buchreihen, aber immer noch länger als BASTARDS selbst. Zu ihr gehört auch »Catch the Billions, Baby!«, ein Buch, das leicht aus der Reihe fällt. Damals wollte ich unbedingt einen Einteiler schreiben und vor DARK PRINCE fiel mir die Geschichte um Olivia und Sexy-Jaden ein. Es hat dann sage und schreibe zehn Reihentitel gebraucht, bis ich wieder einen ›Einteiler‹ geschrieben habe, den du gerade in den Händen hältst. (Zumindest hat er ein in sich abgeschlossenes Ende ! :D)

Mittlerweile sind viele weitere Bücher von mir erschienen. Über SMOKE und VERY BAD KINGS erfährst du auf meiner Homepage www.wondaversum.de oder im Buchhandel mehr.

DANKSAGUNG

Ich danke euch für eure Zeit, euer Engagement, eure Kraft und eure Geduld. Für eure gute Laune auf der Leipziger Buchmesse, für euer Teilen und Werben, für euer Feedback im Allgemeinen. Dafür, dass ihr immer für mich da seid, mir helft und zur Seite steht. Ohne euch sind meine Bücher nur ein schwacher Hauch von dem, was sie durch eure Hilfe werden! Danke!

DIE CREW
Iris Gierga
Claudia Matheis
Veronika Schlotmann-Thiessen

DIE FEEN-CREW
(enger Testleser-Kreis:)
Kristina
Jenny
Nika
Ania
Julia
Kerstin
Sandra
Claudi
und Sarah

Ihr seid die Besten, ich danke euch!

WEITERE TESTLESER:
(eine wundervolle, zusätzliche Hilfe:)
Ariane F.
Becci
Elisabth S.
Monique M.
Sarah G.
Tülin A.

**TESTLESER FÜR
DIE NEUAUFLAGE:**
Lea
Victoria
Laura
Marie
Stephie
Wiebke

PROBELESER
(Rückmeldungen zum Einstieg ins Buch:)
Simone W.
Annika H.
Ilona R.
Jenny J.
Tanja N.
Tanja D.
Karina W.
Tanja W.
Sarah R.
Karina L.
Elisabeth K.
Sandra H.
Esmee S.
Yamung G.

Ganz besonderer Dank für das Last-Minute-Lesen geht an:
Ines P. & Lore ›the Captain‹ ;-)